等星星坠落

[上册]

陌言川 著

青岛出版社
QINGDAO PUBLISHING HOUSE

图书在版编目（CIP）数据

等星星坠落 / 陌言川著. — 青岛 ： 青岛出版社，2020.11
ISBN 978-7-5552-9320-0

Ⅰ. ①等… Ⅱ. ①陌… Ⅲ. ①长篇小说－中国－当代 Ⅳ. ①I247.5

中国版本图书馆CIP数据核字(2020)第169005号

书　　名　等星星坠落
著　　者　陌言川
出版发行　青岛出版社
社　　址　青岛市海尔路182号（266061）
本社网址　http://www.qdpub.com
邮购电话　18613853563　　0532-68068091
责任编辑　李文峰
特约编辑　龚雅琴
校　　对　张静静
装帧设计　千　千
照　　排　梁　霞
印　　刷　河北鹏远艺兴科技有限公司
出版日期　2020年11月第1版　　2024年4月第6次印刷
开　　本　16开（640mm×920mm）
印　　张　38
字　　数　400千
书　　号　ISBN 978-7-5552-9320-0
定　　价　65.00元（全二册）

编校印装质量、盗版监督服务电话　4006532017　0532-68068638
建议陈列类别:畅销·青春文学

目 录 [上册]

目 录 [下册]

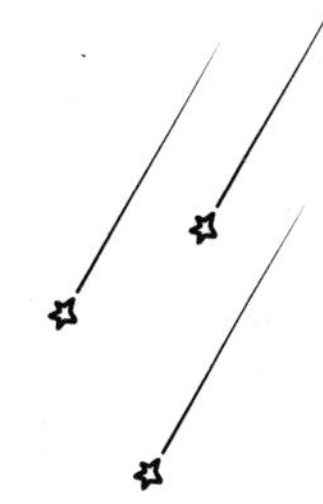

第一章

你跟别人不一样

祝星遥跟黎西西赶到高一（7）班的教室门口，准备上早读课，才进门就发觉班里的气氛不太对。黎西西突然小声惊呼：“啊，江途来上学了。”

祝星遥下意识地抬头看向靠近后门的最后一桌，座位上的少年突然抬头。他皮肤冷白，鼻梁高挺，鼻梁上架着一副黑框眼镜，藏在镜片后的瞳孔漆黑，透着一股寒意。

那些偷偷扭头看他的同学飞快地回头，翻书的翻书，抄作业的抄作业，吃早餐的吃早餐。一瞬间，只剩祝星遥还直勾勾地看着他，两人四目相对。

她猝不及防——此时要是转移目光就显得太刻意了——只能轻轻地抿了一下唇角，努力地继续跟他对视。

江途沉默地看了她几秒，重新低下头。

祝星遥松了口气，低着头拉黎西西回到座位上，从书包里拿出作业，等各科科代表来收。黎西西凑过来，小声说：“没想到江途会回来上学，吓了我一跳。”

祝星遥看了她一眼：“他来上学是好事，你怕什么？”

在江城一中，很多人知道江途，就算没见过人也知道名字。因为在祝星遥这一届高一开学后的第三天，有一群放高利贷的人在校门口拉了十几条横幅，横幅上指名让江途还钱。那阵仗太大，这件事一下子就在学校里传开了。他一个高中生还能欠高利贷？等学校出面处理后大家才知道，钱不是他欠的，是他爸欠的，那群人闹到学校就是想逼债。

事情发生的第二天江途就请假了，到现在已经快两个月了。就在大家以为江途可能要退学的时候，他毫无预兆地回来了。

“你没看见他刚才的眼神吗？冷冰冰的，怪吓人的……”黎西西缩了下脖子，声音压得更低了，“不是说他爸爸既好赌又暴力吗？他弟弟也不省心。专家说，从小生活在恶劣环境里的孩子，性格和心理上都会有缺陷。江途那人一看就很难相处，孤僻冷漠。”

祝星遥想起江途刚才的眼神，有种说不出的感觉。

还没到早读时间，教室里闹哄哄的，几个男生说到兴奋处嗓门特别大，一边说还一边做动作，一个个跟多动症患者似的。

一个一脸青春痘的男生急忙跑进来，经过祝星遥的桌前时，把她刚拿出来的书撞掉了。

男生连忙将书捡起来，挠挠头：“对不起啊……”

祝星遥：“没事。”

黎西西看了眼那个男生，见他在江途旁边的位置上坐下。黎西西偷偷看了看，转头对祝星遥说：“不过，我觉得江途有一点比别的男生强。”

祝星遥太了解黎西西了，头也没抬：“长得好看？”

黎西西：“对啊，你不觉得吗？”

因为刚才那几秒钟的对视，祝星遥记住了江途的长相，想了想说：“还好，我不是很喜欢戴眼镜的男生。”她也不太喜欢江途身上那股冷漠疏离的感觉，觉得男生还是阳光一点比较好。

过了一会儿，有人喊了声：“老曹来了！”

七点四十分，早读铃声响起，班主任曹书峻走进教室。

虽然大家叫他老曹，但他一点也不老，才二十七岁，也就比这群学生大十岁左右。曹书峻站在门口扫了一眼，目光在江途的身上停留了几秒，对那几个还在说话的男生喊：“你们下课后再聊，现在把课本拿出来背书。”

早读课结束后，曹书峻走到后排，拍了拍江途的肩："跟我来一趟办公室。"

江途起身走了出去。

各科科代表开始收作业，祝星遥也站起来收物理作业。她父亲祝云平以前是大学物理教授，几年前才辞职下海经商，她大概是遗传了祝云平的基因，物理学得很好。入学考试中，她的物理成绩在班里排名第二，排名第一的是江途。她记得江途的中考成绩，总分虽然只是全校的中游，但物理却考了满分，他是全校唯一的物理考了满分的人。

刚开学的时候，取得各科最高分的人直接默认是科代表，但刚开学江途就请假了，物理科代表的职位就落到了祝星遥头上。

她将作业收齐了的时候，英语科代表周茜还站在后门催江途的同桌："你赶紧的！抄作业也不知道提前一点！"

周茜羡慕地看向祝星遥："为什么每次你收作业都收得这么快？"

黎西西隔着四张桌子举手道："这题我会，因为星星长得漂亮啊。"

抄作业的男生一边"奋笔疾书"，一边附和道："对，她可是我们的女神，怎么能让她等呢？罪过。"

其他男生附和道："就是！"

周茜抡起一沓作业砸向一个男生的脑袋："丁香花，你再嘴欠，信不信我掐死你！"

男生叫丁巷，有时候说话贱兮兮的，被大家起了个外号——丁香花。

祝星遥觉得有点好笑，咳了声，抱着作业快步走出教室。

刚开学一个多月，各个班已经把班级和年级里的"花花草草"评了个遍。祝星遥从小到大在这种评比里就没输过。她不光长得漂亮，还是个学霸。更重要的是前段时间不知道是谁把她拉大提琴的视频放到了校园网上，视频里的少女一身白色的定制礼服，坐在舞台的中央，在灯光的照射下，整个人都在闪闪发光。祝星遥闭着眼睛拉大提琴的模样格外动人，她也因此在学校彻底出了名，因为长得好、成绩好，还有才，成了大家眼里标准的女神。

物理办公室里只有两个老师，江途站在曹书峻的办公桌前。江途个子很高，身高超过一米八，背脊挺拔瘦削。

曹书峻把各科的月考试卷递给他，想了想还是没提他家里的那些问题，交代了一些学习方面的事：“你缺课一个多月，功课落下了很多。你跟同学借一借笔记，先把功课补上，其他的事别多想。”

江途神色平静，嗯了一声。

曹书峻叹了口气：“学校这边我已经帮你说好了，你不用担心会被退学。家里越困难你越是要坚持，好好念书，考个好大学，未来的路才能走得更好。”

祝星遥抱着作业走到门外，听见他们还在谈话，退了一步，低着头站在墙边。她听见江途嗯了一声，正想着要不要先回去，眼底就映入了一双洗旧了的男式运动鞋。

祝星遥连忙抬头，江途正低头看着她。祝星遥有些慌，刚想说自己没偷听，少年就转身走了。她郁闷地交了作业，回到班上，发现走廊上站的人比平时多了很多，一问才知道他们是来围观江途的——很多人之前只是听说了江途，并不知道他长什么样子。她抬头看向江途，他似乎完全没受影响，神色平静地刷着题，对走廊上的目光视而不见。

祝星遥看着走廊上的人，皱眉回到座位上。

这种情况一直持续到下午。走廊上又来了一批围观者，黎西西看了看毫无波澜的江途，支着下巴跟祝星遥说：“我以前一直觉得你的心理素质很好，但从某种程度上来说，他的心理素质比你的还好。他被这么多人围观了一天，都跟没感觉似的，你偶尔还会脸红、生气。”

祝星遥拉大提琴的视频刚被传到论坛上的时候，祝星遥也被大家这么围观过一回，走到哪里都被人指着说：那个就是祝星遥。

她转头看黎西西：“你上午还说他心理有问题。”

黎西西：“……”

啪的一声，祝星遥的桌上多了一瓶豆奶，她顿了一下。

体育委员张晟笑着对她说：“祝星遥，请你喝豆奶。”

自从校运会上她接受了张晟的一瓶豆奶后，他就每天给她送一瓶。祝星遥看着那瓶豆奶，皱眉：“谢谢，但是以后真的不要再给我带了。”

黎西西把豆奶拿走，笑眯眯地看着张晟：“你不知道吗？豆奶喝多了会发育不良的。”

张晟：“啊？”

丁巷经过，瞥向黎西西“一马平川”的胸，贱兮兮地道：“所以，你是豆奶喝多了吗？”

黎西西：“……”

祝星遥没忍住笑出了声，唇红齿白，眼睛明亮。

有男生拍桌大笑起来：“黎西西很有经验啊，看样子是真的。”

“真的假的？我建议女生以后都别喝豆奶了。”

“就是，就是！”

一群男生哄笑起来。

黎西西搬起石头砸自己的脚，懊恼得直跺脚，气得把豆奶砸到丁巷的身上，怒道：“丁香花，你去死！”

丁巷嗞了声，手忙脚乱地接住豆奶，叹了口气：“早上周茜也让我去死，我今天死了两回了。”

黎西西翻了个白眼：“活该，你死一千遍都不够谢罪。”

“行吧，反正我会诈尸的。”

上课铃响了，丁巷跑回座位，还顺走了那瓶豆奶，把张晟气得脸都绿了。

这节课是历史课，历史老师是个快退休了的老头，上课一般没几个人听。

江途在写曹书峻给他的试卷。丁巷之前趁着江途去厕所时偷偷地数了数，发现江途被全年级围观了一天，竟然写了七张数学试卷、八张物理试卷和六张化学试卷，将这段时间的理科测试试卷全写完了。

丁巷把豆奶递过去，咳了声：“那啥，做卷子挺辛苦的，请你喝豆奶。”

江途瞥了眼那瓶豆奶，冷淡地开口：“不用，谢谢。”

丁巷讪讪地将豆奶拿回来，低声嘀咕：“我就是看不惯张晟，明眼人都看出来女神不喜欢他送吃的了，他还每天送一瓶豆奶。女神是靠几瓶豆奶就能追到的吗？痴心妄想。”

笔尖一顿，江途转过头，第一次认真地看自己的同桌——他今天提祝星遥的次数不下十次。丁巷的脸上冒了不少青春痘，不过他的五官还算端正，起码比张晟的顺眼得多。

丁巷被他盯得发毛，不自在地说：“你怎么这么看我？”

“没事。”江途推了推鼻梁上的眼镜，低下头继续写卷子。

下课铃一响，江途就从课桌里拽出黑书包，第一个离开了教室。

他的座位就在门边，因此除了丁巷没人看到。

等大家往后看的时候，江途的座位上已经空了，跟他从来没来过似的。有人担心地问：“江途怎么跑得那么快，不会明天又不来了吧？”

丁巷马上说：“不会的，他今天写十几张试卷呢。”

“这么厉害？真的假的？”

“真的啊，老曹不是把各种小考和月考的试卷都给他了吗？这么厚一沓！他把理科的卷子全做完了。”

“他这么厉害？那他跑什么？这么着急。”

张晟走到门口，朝江途的桌上看了一眼，嗤笑了声：“估计是怕追债的人追到校门口，得赶紧躲啊，不然等着被‘高利贷’逼到退学吗？”张晟的脸上带了几分鄙夷和不屑，语气里有些幸灾乐祸。他旁边的男生跟着笑了笑。

丁巷皱着眉道：“你怎么这样说话？好歹同学一场，盼着点好不行吗？”

“我说的难道不是实话？”

祝星遥拎着书包，面无表情地往后看了一眼。张晟还没收回脸上的笑意，厚着脸皮挥手：“女神，再见啊。”

祝星遥没理他：“西西，走吧。”

黎西西连忙跟上，走出教室后才说：“张晟有时候真讨厌。”

张晟的家庭条件不错，加上成绩也可以，平日里就很骄傲，不太把人放在眼里，还很难缠。祝星遥皱眉道：“是挺讨厌的。”

黎西西问：“江途应该不会不来上学吧？”

今天正好是周五，明天不上课。祝星遥想起她在办公室外听到的话，摇头说：“不会的。”

司机老刘来接祝星遥放学，车经过一片看起来老旧、破败的居民楼。这地方叫荷西巷，荷西巷靠近市中心，周边早就开发得繁荣昌盛了，唯独这里一直没被拆迁，据说是因为这一片的“钉子户”太多，拆迁赔款一直没谈妥。祝星遥所住的星苑别墅与荷西巷隔了两条街，她每天上下学时都会经过这里。

祝星遥坐在车上望着荷西巷，意外地看到一条窄巷口处站着两个穿着一中校服的学生，一男一女。少年挺拔瘦削，祝星遥一眼认出他是江途。

他对面站着一个娇小的女生，江途伸手接过女生手里的粉色书包，将书包挂在自行车车把上，女生仰着脸冲他笑了笑。

祝星遥惊讶得坐直了，瞪大眼睛朝那两人的方向看。车都开远了，她还忍不住转头往后瞧。老刘十分好奇，忍不住问："小姐，需要停车吗？"

祝星遥回过头，说不用。这是她第一次看见江途跟女生说话，还帮人拿书包。江途会帮那个女生拿书包，两人的关系应该不一般吧？

她将双手放在膝盖上，重新坐好。

江途推着自行车走进一条狭窄的巷子里。这里的楼房年头很久了，因为房子与房子间离得近，所以光线很差，越往里面走越昏暗。

荷西巷的楼房每栋都一样老旧，只有临街那几栋楼的外墙上刷了新材料，据说是为了市容。

刚过下午六点，巷子里已经漆黑一片了。江途住在巷子尽头的那栋楼里，住一楼，还没走近就听见江锦辉骂骂咧咧的声音："我跟你说，这片迟早会拆迁的，不管是按人头还是按面积算拆迁费，至少都有两百万，还你两万块算什么，你还怕我会赖账？"

"最晚明年，我给你算二分利息。"

"我骗你做什么？"

江途将自行车扔在一旁，一脚踹开家门，面无表情地走向江锦辉，一把夺过他那部破手机。江途没看通话对象是谁，直接将手机放到耳边，冷冷地道："如果你把钱借给他，他又还不上的话，我一分钱也不会替他还的。"

说完，江途直接挂断电话，把手机丢了回去。

江锦辉气得直咬牙，看着比他还高出一些的儿子，骂道："你干什么呢！还有没有把你爸放在眼里？"

江途没理他，走出家门把自行车上挂着的粉色书包取下来，走到对面楼的一楼，交给一个中年女人："林姨，林佳语的书包。"

他跟林佳语同年，一起在荷西巷长大，小学、初中、高中都同校，有时候一起做兼职，林佳语是跟他关系最好的女孩子。虽然二人都住在荷西巷，家境都不好，但林佳语的父母老实憨厚，她家的情况比他家好很多。毕竟不是谁都会那么倒霉，碰上一个赌鬼爸爸。

林姨接过书包，无奈地往对面看了看："你妈妈今晚上夜班，你待会儿带小路来这边吃饭吧。"

江途拒绝了："不用了，谢谢林姨。"

快七点的时候，江路在外面玩够了才背着书包回家。江途领着弟弟去外面的摊子上吃了碗馄饨，回到家时江锦辉已经不在了，至于去哪里鬼混了，不言而喻。

周日傍晚，江途脱下奶茶店的围裙，结束了一天的兼职，走出奶茶店的时候已经晚上七点了。

奶茶店位于市中心广场附近，他往前走了几百米拐进一家网吧，把趴在人家的椅子后面看别人打游戏的江路拎了出来。

江路反应过来的时候已经被拎到门口了，立马开始挣扎："哥——你放开！人家在比赛，我还没看完呢！你让我看完吧！"

"人家比赛关你什么事？"

"我就看一下，你让我回去，就二十分钟……"

江路挣扎的时候也没分寸，手一直乱挥，江途的眼镜被他打飞了好几米远，落在花坛旁边。

江途眯着眼看向江路，江路缩了缩脖子，不敢吭声。似乎感应到了什么，江途抬头看见了站在花坛旁、背着红色大提琴包的少女，她穿着白色毛衣，配英伦格长裙，乌黑的长发柔顺地搭在肩头，整个人清新又柔软。

她正目不转睛地盯着他，眼睛瞪得有些圆，神色惊讶。

江途抓着江路的衣领的手指忽地一松。

江路得到自由，连蹦带跳地钻回网吧："哥，我等会儿自己回去！"

江途没看他，盯着祝星遥，看到她正挪动脚步走向那副眼镜，他几个大步飞快地上前去捡眼镜。祝星遥背着大提琴，行动不便，弯腰比较慢，她的手在他的手背上擦了一下，两人同时顿住。

祝星遥直起身，低头看向江途，发现他不戴眼镜的样子更好看。他额前的发丝垂到眉毛上，睫毛浓密漆黑，眼尾有些上翘，显得薄情又清冷。

江途很快捡起眼镜戴上，直起身垂眼看她。祝星遥站在他面前，往他身后看了一眼："刚刚那个人是你弟弟吗？长得跟你挺像的。"

江途嗯了声，声音又低又沉。

祝星遥想起黎西西说过，江途有个比他小五岁的弟弟，很不省心。她这次亲眼见了，觉得他弟弟确实很不省心。

祝星遥问："你不去追他吗？"

江途没想到会被她看到这样难堪的一面，如果她没站在眼前，他就去追了。

这并不是他们第一次说话，他知道她假期时都会背着大提琴去这栋大楼里上课，这栋楼里有一间很有名的音乐教室。

今年暑假，她背着大提琴去奶茶店买过几次柠檬水，有一次收银员去洗手间了，他临时顶上收了钱，只不过当时他戴着口罩，她没怎么看他。不过，就算她看了也不一定会记得他吧。

江途看了她一眼："算了，他想看比赛，让他看完吧。"

祝星遥一时间不知道该说什么，突然想起周茜教训调皮的弟弟时的做法，指了指网吧，认真地说："如果你弟弟真的太不听话了，就打他一顿好了。周茜说她弟弟不听话的时候，被打一顿就老实了。"

江途惊讶地看着她，没想到她会说出这样的话。

一辆黑色奔驰车停在他们面前，车窗降下，坐在副驾驶座上的丁瑜看过来："星星，快上车。"

没等江途回话，祝星遥看了他一眼："我先走了。"想了想又补充道，"明天……学校见。"

江途顿了一下，点头："嗯。"

祝星遥对他笑了笑，走过去拉开车门，小心翼翼地将大提琴放进去，提着裙摆钻进车内。祝云平正在打电话，听到车门关上的声音后就把车开出去了。

丁瑜看了眼后视镜："刚才那个男生是你的同学？"

祝星遥透过后视镜看见江途还站在原地，忽然有点懊恼：江途的爸爸好赌又暴力，他从小在那种环境中长大，她还说出"打他一顿好了"这种话……这不是傻吗？

她心不在焉地点头："嗯，正好碰见了。"

丁瑜没多想，笑着解释："等很久了吧？临下班时有个病人出了点状况，因此耽误了。"

"也没多久。"

祝星遥降下车窗，看了一眼后视镜，发现江途已经走了。

江途回到网吧时江路已经看完比赛了，主动跟着江途回家。两人一路走到巷子口，花了半小时。

一道瘦小的身影站在巷子口，她扎着马尾，是林佳语。

林佳语看见他们，跑过来："路灯坏了，里面太暗了，我不敢回去。刚想叫我爸爸来接呢，你们就回来了。"

路灯已经坏了两天了，还没人来修。江途看了一眼黑漆漆的巷子口，走在前面："走吧。"

江路嫌弃地说："佳语姐，你胆子真小。"

林佳语："要你管。"

江路让她走在前面："我就不怕。你走在前面，我跟我哥哥保护你。"

林佳语没理江路，小心翼翼地捏住江途的衣角。江途皱了皱眉，加快脚步，衣角自动脱离了林佳语的手心。林佳语哎了声，站在原地跺脚，暗道江途真是小气，抓一下衣服都不行，小时候还手拉手过家家呢，越长大越难相处。

她跟上去对着他的背影说："对了，梁哥说他们有个店员周日请假上不了夜班，你要去吗？去的话我帮你说一声。"

江途只有一份固定的兼职，就是在那家奶茶店里当服务员。其他时候，在不跟学校的课程有冲突时，只要别人需要顶班，不论白天还是晚上，也不管是什么工作，他都接。因为帮人顶班的酬劳比较高。

林佳语有时候觉得他太拼命了，但他似乎也没有别的办法。

穿过最黑的那段路，前方渐渐透出一丝光亮，是从居民楼的窗户里透出来的。

"那你帮我跟梁哥说一声。"江途淡淡地道。

林佳语点头："你回头买个手机吧，这样方便些。"

高中生大多有手机，只要不在上课时玩就可以了。江途之前有个很旧的按键式手机，做兼职时与人联系用的，前段时间追债的人过来闹，江途在跟那帮人打架的时候，不小心将手机摔坏了。

江途点了点头，与林佳语道别后跟弟弟一起进了家门。

家里，桌上摆好了饭菜，江锦辉依旧不在家。只要他不在家，这个家还勉强有个家的样子。舒娴端着一盘菜从厨房里出来，微笑着说："回来啦，洗手吃饭吧。"

江路饿坏了，跑到餐桌旁拿筷子夹菜。

江途毫不客气地把人拎走，沉声道："今天你要是再挑战我的耐心的话，我就揍你了。去洗手。"

江路不情不愿地放下筷子，跟在哥哥身后去洗手。

江途洗手的时候，突然想起祝星遥一本正经地说"打他一顿好了"的样子，觉得有点好笑，弯了弯嘴角，让江路看得直发愣。

周一早上，祝云平难得有空，送祝星遥上学。黎西西在校门口等她，乖巧地跟祝云平打招呼。车刚开走黎西西就忍不住感叹道："每次看到你爸，我都忍不住想到我爸，同样是四十岁的中年男人，怎么我爸就顶着个啤酒肚，头发也越来越稀疏了呢？我感觉他熬不过三年就要秃顶了……祝叔叔就不一样了，身材保持得很好，头发浓密，长得也帅。"

祝星遥提醒道："就算秃了，他也是你爸……"

黎西西很担忧："我知道，我就是怕秃头这东西会遗传。"

祝星遥忍不住说："你爸知道你这么嫌弃他吗？"

黎西西笑得没心没肺："哪敢让他知道啊。"

祝星遥往学校里走，丢下一句："下次我去你家，我告诉他。"

黎西西："……"

校门口来来往往全是穿着统一的校服的学生。校服宽大松垮，没什么型，偏偏有些人身形好，穿上这件丑不拉叽的校服也十分出众。祝星遥就是这种人。黎西西都能感受到大家的目光正不自觉地追随着祝星遥。

黎西西连忙追上去，凶巴巴地道："你敢说，我就敢绝交！"

祝星遥有恃无恐："我长得漂亮，你舍不得。"

升旗仪式结束，学生们回到教室，各科科代表开始收作业。祝星遥第一次在收作业时遇到了困难。她站在第一组的最后一桌旁，犯愁地看着趴在课桌上睡觉的少年。

江途的眼镜被搁在堆起来的课本上，手也搭在上面；他的手指修长，皮肤比一般男生白，手背上的青筋清晰凸显，手看起来十分有力；他将脑袋埋在手臂里，肩背随着呼吸不断地起伏，看起来睡得很熟。

祝星遥看了一眼他的桌面，整整齐齐的，没看到作业本。

丁巷似乎总在抄作业，他飞快地抬头看了祝星遥一眼，又低下头继续抄："江途的作业在我这里，我马上就抄好了。"

原来江途写作业了啊。

祝星遥忍不住说："我好像每天都看见你在抄作业，你自己写过吗？对了，江途的物理考了满分，你上次月考时物理刚及格。"

丁巷被女神说得满脸通红，故意咳了声说："我下次不让你看到我在抄就是了。"

周茜走过来，没好气地道："你是智障吗？祝星遥是这个意思吗？"

黎西西因为上次被嘲笑发育不良的事而记恨丁巷，立即走过来："星星是让你抄作业也抄得有点水平，好吗？"

数学课代表走过来，骂了句："丁巷，快点！"

语文科代表："快快快！"

化学科代表："快！"

丁巷："……"

一时间，江途被各科科代表围住了，他们全是来催丁巷交作业的。

江途睡得很不安稳，动了动手指，食指指尖把眼镜往前推了一点。丁巷快速抄完作业，站起来将作业往桌上一拍："给给给！催命呢！"

作业本不小心打到了眼镜的镜腿，直接将眼镜打飞出去。大家没明白怎么回事，只知道好像有什么东西掉下去了。

祝星遥拿走丁巷的作业，正要离开，突然一脚踩到了什么东西。

咔嚓——

清脆的声音从祝星遥的脚下传来。

原来，那个刚才还放在江途的手边的黑框眼镜被她踩到了，质量不算好的镜架碎成了三段。

祝星遥："……"

众人循声一看，都愣住了。

丁巷直发蒙："不是吧……"他低头看江途的桌面，发现眼镜已经不见了。丁巷看看祝星遥，又看看江途，一时间愣住了。

"是江途的眼镜吧？我都没看清，怎么突然就掉了。"

"我也没看清……"

"好像是被丁巷拍飞的。"

江途只觉得周围实在是太吵了，用手肘撑着桌面坐直了，皱眉抬头看向四周。江途不戴眼镜的样子显得很严厉，眼神冷淡且不耐烦，看得周围的人都静了下来。

祝星遥抿了抿唇，对江途说："那个，我不小心把你的眼镜踩坏了……"

江途昨晚一夜没睡，十分疲惫，现在又被吵醒了，脸色实在不太好。他抬头看了她一眼，又站起来看了看地面，看到自己的眼镜正四分五裂地散在她的脚边。

祝星遥觉得自己有点冤，眼镜突然就跑到她的脚下被她踩碎了，她又想到那天晚上他的眼镜被弟弟打掉了，心想这真是一副多灾多难的眼镜啊。

祝星遥想到江途家里的情况，连忙补充道："抱歉，我赔你一副吧。"

江途抬眸看她，忍不住皱了皱眉。

黎西西听了，下意识地说："星星不是故意的，她只是没收住脚……"

黎西西说完这话，又感觉有些不对。

祝星遥不是故意的，就不用负责了？

丁巷挠挠头，忙说："眼镜是被我打飞的，应该我来赔才对。"说完还笑了一下，对祝星遥说，"哪能让你赔？要赔也是我赔啊。"

其他几个男生也说："就是，怎么能让女生赔呢。"

祝星遥抿唇："这不是男生女生的问题，眼镜确实是被我踩坏的。"

张晟走了过来，低头看了眼碎掉的眼镜，满脸不屑地说："他们两个都不是故意的。不就是一副眼镜吗？校门口旁边就有家眼镜店，我前两天还陪曹铭去配过，便宜的，一副才一百多块钱。"

丁巷翻了个白眼，呛声道："你这么有钱，那你送我几百块呗。"

张晟不悦："我好心……"

祝星遥打断张晟："你闭嘴吧，这不关你的事。"

张晟想骂人，但因为对方是祝星遥便硬生生地咽下这口气。谁让他喜欢她呢。

祝星遥没理他，转头看江途。

江途凝视她片刻，重新坐回去："不用。"

"你近视多少度了？"她问。

江途近视三百度，不算太严重，但因为他个子高，只能坐在后排，而且还要打工，不戴眼镜确实不行。他重新抬头看她，眼底有着与年龄不符的深沉，淡淡地说："我说了不用，眼镜我会自己配的。"

"那你看得见黑板吗？"

"看不见。"

"……"

二人正僵持着，上课铃声响了，数学老师谢娅抱着教案走进来。

祝星遥不知道江途是不是因为张晟的那些话才不让她赔眼镜的，但也顾不上了，得先上课。

一中的数学老师都特别严厉，谢娅不到三十岁，打扮得一丝不苟，鼻梁上架着一副金边眼镜，看上去很不好说话。谢娅是隔壁班的班主任，祝星遥经常听隔壁班的同学说谢娅特别凶，简直是年轻版的灭绝师太，难怪一直没结婚。

黎西西不敢在谢娅的课堂上说话，在草稿本上写了句"那眼镜还赔吗？"，然后将本子递给祝星遥。

祝星遥写道："赔。"

黎西西："可是他说不用了，总不能把他拖去眼镜店吧？"

祝星遥想了想，确实不能拖着他去。如果换个人，她可能没那么为难，但偏偏是江途。他家里欠了那么多债，为什么要拒绝自己呢？她叹了口气，继续写："如果他坚持要自己去配眼镜，那我回头就直接把钱给他。"

两人一言一语地聊着，谢娅突然敲了敲讲台，冷冷地道："黎西西，你上来解一下这道题。"

黎西西慌了，心虚地走上讲台，拿起粉笔在上面写起来。

谢娅看了一会儿，面无表情地看向祝星遥："祝星遥，你来。"

祝星遥长得漂亮，成绩在年级里排前十，一般老师觉得她是好学生，不会为难她。但是谢娅不是一般的老师，不会因为你漂亮或成绩好就不惩罚你。

这是祝星遥第一次上讲台解题，耳根微热，她觉得有些紧张。

好在昨晚预习过，祝星遥很快就解开了那道函数题。

"下次注意听课。"谢娅点点头，总算放过了她们。

祝星遥松了口气，跟着黎西西一起走下讲台。好不容易熬到数学课下课，等谢娅一走，黎西西就暴躁地抓着自己那头柔软的短发，叫了起来："啊！我想换个数学老师！"

"我也想。"祝星遥抱着物理作业起身，低头看了黎西西一眼，"我去交作业，你别抓头发了，小心变秃。"

黎西西连忙放下手，温柔地顺了顺自己的短发："我错了，我不想变成秃头。"

祝星遥走了两步，回头看她，笑眯眯地说："对了，好像秃头是传男不传女的。"

黎西西："……"

另一边，曹铭看向张晟："真的假的？张叔叔有点……"

还没说完，曹铭就被张晟捂住了嘴。张晟凶狠地道："胡说什么呢？！"

其他人一听，了然：哦？张晟的爸爸是秃头？

祝星遥看张晟一副要跟曹铭打起来了的样子，轻轻地笑了笑，转身走了。

周茜哈哈大笑起来，抱着作业起身，叫住祝星遥："等等，我跟你一起。"

"老天估计是看张晟太损了，所以准备让他中年时变成秃头。"丁巷笑了笑，转头看向江途。刚才的数学课上，江途一直没怎么看黑板，估计想看也看不清。但既然江途说不用赔眼镜了，他也不好意思再提。

江途这次竟然接话了，淡淡地笑了："大概吧。"

张晟看过来："你笑什么？"

江途："大家笑什么，我就笑什么。"

张晟瞪了他一眼，骂了句脏话。

放学后，江途等人走得差不多后才离开。他大步走到自行车棚内，把那辆老旧的自行车推出来，长腿一跨，很快就蹬了出去。

他没戴眼镜，有些不习惯，也看不太清楚路，微微地眯着眼。

已经快11月了，这两天气温降得很快，风中透着寒意。祝星遥走出校门，朝司机的方向走去，经过张晟说的那家眼镜店时，停住脚步往里面看了看。就在这时，江途高瘦的身影从她面前经过。

校门口人多，他骑得慢，似乎没看见她。

她想也没想，往前跑了几步，叫住他："江途，你等等。"

江途停下来，用右脚撑着地面，回头看她。

她跑到他跟前，笑了一下，指指斜后方的眼镜店，声音轻快地说："我们去配眼镜吧。"

江途低头看着眼前的少女：她眼神清澈，笑意盈盈，眼底像点缀了星光似的。他咽了口口水，转头看着前方："不用你赔。你家的车在前面，别让你爸妈等太久了，早点回家吧。"

祝星遥没想到他认得她家的车，有些意外，下意识地说："我爸妈今天没时间，我跟司机说一下，让他等等就好了。"

天边乌云层层，压着霞光，好像快下雨了。

江途回头看她："我有事，先走了。"

一旁有人叫了江途一声。一个穿着一中的校服的女孩骑着自行车来到江途身边，着急地把手机递给他："你妈妈打电话来找你。"

江途看了一眼祝星遥，接过林佳语递来的手机。

他还没说话，林佳语就低声说："好像是陈毅又带人找上门了……"

祝星遥听见了，咬了一下唇，抬头看江途。

少年绷着脸，脖子上的青筋隐隐地冒出来。他将手机贴在耳边，说了句："我现在回去。"

他把手机还给林佳语，转头看到祝星遥的眼底流露出一丝同情，用力地捏住自行车的把手对祝星遥说："我真的有事，有什么事之后再说吧，你先回家。"

林佳语这才注意到祝星遥，愣了一下。

祝星遥顿了顿，小声说："好，你要是需要帮忙的话……"

她话没说完，他就接话道："不用。"

江途骑着车离开，林佳语看了看祝星遥，说了句再见后，骑着车去追江途。

祝星遥看着他们骑远了才若有所思地转身。她从小到大都没吃过什么苦，除了祝云平和丁瑜反对她上音乐班时她大哭大闹了一次外，基本上是要什么有什么。

她想象不到江途过的是什么日子。

上车后，她忽然想起来，刚才那个女生好像就是上次在荷西巷口跟江途说话的那个。

江途骑得飞快，林佳语压根追不上。

江途到家的时候，江家一片狼藉。舒娴正在打扫，抬头就看见了头发凌乱、气喘吁吁的江途。舒娴疲惫地笑了笑："没事了，他们就来闹了一下。"

债没还上，这样的事每个月都发生一两回。那帮人只要不高兴就会来闹一闹。

江途一言不发，上前帮母亲把桌子、椅子搬起来。

有把椅子的腿断了，他找出工具，把椅子搬出去修。

林佳语这会儿才到家，放好自行车，见对面已经收拾得差不多了，在江途旁边的水泥凳上坐下，看向他："刚才我就想问了，你的眼镜呢？"

江途敲打着钉子的手顿了顿："被踩坏了。"

"啊？"林佳语连忙问，"谁踩的？"

江途低着头，没有回答。

从小到大，林佳语跟江途的相处方式就是这样，他不回答的话，她再怎么追问也问不出答案。江途闷得很，什么事情都藏在心里。不过，在林佳语看来，向江途吐苦水、说秘密是最合适的，因为不用担心他会说出去。

林佳语突然想起祝星遥，开学那么久，今天还是她第一次近距离地看祝星遥。

祝星遥当时似乎是在跟江途说话。林佳语十分好奇："刚才祝星遥跟你说什么啊？”

江途用手搭着凳子腿，继续敲钉子：“没什么。”

林佳语喋喋不休：“她长得好漂亮啊，气质也特别好，校服那么丑，她穿着却还是那么好看。我经常听别人说起她，我们班的男生都说她是女神，把我们班的班花夏瑾气得脸都绿了。我跟你说过的，夏瑾家特别有钱，不过夏瑾有点大小姐脾气。”她叹了口气，有些郁闷地说，“怎么会有祝星遥和夏瑾这种长得漂亮、家世好、成绩也好的女生呢？上天好像把所有的好东西都给她们了，真不公平……”

江途丢开工具锤，面无表情地说：“这个世界本来就是不公平的。”

林佳语不想让话题变得沉重，转头看他：“那你呢？”

“什么？”他站起来。

“你觉得祝星遥漂亮吗？很多男生都喜欢她。”

从小到大，林佳语就没听江途夸过哪个女生。他不像别的男生，不会跟朋友聚在一起讨论哪个女生漂亮、哪个女生可爱，或者是喜欢哪种类型的女生……他就像个异类。

江途拎起椅子准备回去，林佳语突然站起来拦住他。她不到一米六，抬头看他时还是挺累的：“哎！你怎么这样啊，问你什么你都不回答，有点青春期男生的样子好不好？”

处于青春期的男生是什么样子？像张晟那样盲目自信？或是像丁巷那样整天女神长女神短？又或者一定要跟男生们聚在一起讨论谁漂亮、谁在追谁？

江途垂下眼，看着林佳语，皮笑肉不笑地说：“比你漂亮就是了。”

他绕过她走进屋子。

林佳语愣了一下才反应过来江途已经回答她的问题了。

回答就回答，他还非要进行人身攻击，太可恶了！

突然，豆大的雨点砸在地面上，一个瘦小的男孩儿背着书包冲到屋檐下，一脸惊奇地往屋里瞧了瞧：“佳语姐，我哥刚才说谁比你漂亮？”

林佳语没好气地说：“我们学校的女神，就是最漂亮的那个。”

江路人小鬼大，又经常去网吧里混，比一般的孩子懂得多，问道：“比电视里的女明星还漂亮？”

“这个，不知道怎么说……”林佳语想了想，觉得十几岁的少女跟电视里风情万种的女明星的差别还是很大的，“反正很漂亮就是了。”

“没关系，我觉得你也漂亮。”

“还是你会说话，你哥那种人是找不到女朋友的，哈哈哈哈！”

“我也觉得。”江路非常配合，把林佳语逗得哈哈大笑起来。

屋子里的光线很暗，江途站在窗前，看着渐渐变得泥泞的路口出神。祝星遥再漂亮又如何？那也是挂在天上的星星，他也摘不下来。

第二天，江途没去配眼镜。

第三天，江途没去配眼镜。

第四天，江途依旧没有去配眼镜。

第五天，江途……

“这都第五天了，周五了！”黎西西强行把祝星遥的耳机摘下来，掰着手指头数给她看，“江途怎么还不去配眼镜啊？他是不是穷得连眼镜都配不起？星星，不说你了，我都想给他钱去配眼镜了。”

祝星遥正在听演奏曲，转头看她，皮笑肉不笑：“那你去给。”

黎西西㞞了：“我不敢……我怕他把钱甩在我的脸上，让我滚。”

祝星遥：“……”

老实说，祝星遥也不敢，不然早就去塞钱了。

那天跟江途分别后，回到家她才恍然大悟，像江途那样的男生，自尊心估计比谁的都强，她如果非要赔他钱的话，他说不定真的会把钱甩到她的脸上。

她摸摸自己的脸，心想江途估计也不是个看脸的人，美色对他没用……

她想了想说：“等下周一再说吧，他可能是这几天没时间。”

周茜凑过来说：“之前丁巷还跟我说，江途最近上课都不怎么看黑板，经常趴在桌上睡觉……”

祝星遥转头看向后排，江途正趴在桌上睡觉。他好像每天都睡眠不足。

江途因为家里穷，以及被祝星遥踩坏了一副眼镜，突然变得备受关注起来。

张晟嗤笑：“有毛病，搞不懂这群女生总关注那个穷光蛋做什么，母爱泛滥还是因为那家伙长得有点好看？”

“就他特殊！那帮女生哪有那么多同情心，说不定是等看热闹呢。”曹铭低头玩手机，头也不抬地说，“你管他那么多做什么？”

“看他不顺眼。”

“算了吧。”曹铭看了看张晟，忍不住劝了句，“虽然江途总是独来独往的，但是野草都是野蛮生长的，你看他那样子，也不像是好欺负的老实人。”

张晟见祝星遥又一次看向江途。

这一天，她都转头看江途八回了，却连个正眼都不给自己。

张晟觉得有点憋屈，不屑道：“就他那样的，有什么好怕的？”

江途这几天确实很忙，梁哥店里那个请假的店员一直没回来，估计是不准备干了。他每天一放学就得过去，真的没时间去配眼镜。

六点半，他准时到店，店门口挂着一个红色的大招牌，招牌上写着“梁哥烤肉店”。

这家店暑假时才开，就在荷西巷和市中心广场中间的那条街上，位置不在黄金地段，但客流量还可以，租金不是很贵。刚开业的时候，林佳语在这儿做兼职——发传单，认识了老板梁哥。

烤肉店的营业时间是中午十二点到凌晨五点，从午餐到夜宵，一般将近早上六点才打烊。

江途走进店里，一个三十岁出头的男人手里夹着烟走过来：“哎，我不是给佳语那丫头发短信了，让你今天不用来了吗？都熬几个通宵了，不累啊？”

男人叫梁城，就是梁哥。

江途皱眉：“她可能没注意看，或者她的手机没电了。”

“啧。你还没买手机呢？”

“没有。”江途转身，准备先去夜市上买个二手手机，“今晚店里不缺人的话，我就先回去了。”

“等等。”梁哥叫住他。

江途转身，一个不明物体被梁哥丢了过来，他抬手接住，是个旧款诺基亚手机。

他抬头看向面前这个长相略糙、不修边幅的男人。

梁城抬抬下巴："不白给你，今晚留下来帮忙，周末有点忙。"梁城也算比较了解江途了，江途脾气倔，自己白给他东西的话，他肯定不要。

江途低头看了看手机，抬头说："好，谢谢。"

他转身进店里，把校服换掉，套上店里的衣服，钻进后厨。

靠窗的一张桌子上坐着几个穿着一中校服的学生，男的女的都有。有个女生说："刚才那个人是我们学校的？长得很帅啊，怎么之前没听说过呢。"

"很帅吗？有陆霁帅吗？"

"呃……没看太清楚，就看见个侧脸，感觉很帅。"

"那个男生是江途，你们不知道？"有个男生笑了笑，"他不戴眼镜时确实有点不一样，我差点没认出来。"

两个女生惊讶不已："真的假的？"

男生说："真的啊。亏你们还跑去围观人家了，他一不戴眼镜，你们就认不出来了？"

两个女生面面相觑，其中一个小声说："他不戴眼镜时比平常帅了好几倍……"

周日下午，祝星遥被黎西西从练习室里拖出去逛街，去买冬天穿的衣服。

两人从商场出来的时候已经六点了，祝星遥没买到喜欢的，黎西西则拎着几个购物袋。黎西西用脑袋蹭祝星遥："哎，我们真的不吃晚饭了吗？"

祝星遥推推她毛茸茸的脑袋："不去，一个下午都在逛街、吃东西，我现在实在吃不下了。等会儿要回去拿琴，你还是回家吃吧。"

她的大提琴还丢在练习室里，她现在回去还能练习两个小时。

黎西西撇撇嘴："好吧，那下次我请你吃烤肉。"

祝星遥："嗯。"

两人在路口分别，黎西西打了辆车回家，祝星遥低头往前走。忽然，一张传单拦住了她的去路，祝星遥抬头一看，面前是那个跟江途关系匪浅的女生，对方正笑着看她。

林佳语有点不好意思："巧啊，同学，拿一张吧。"

祝星遥接过传单，又看了看她怀里还有厚厚一沓没发出去的传单，想了想，问：“这么多传单你要发多久？”

林佳语没想到她会问这个，小声说：“两个小时吧。”

“嗯……”祝星遥又问，“你知道江途近视多少度吗？”

“啊？”林佳语惊讶地看着她。

“我把他的眼镜踩坏了，他说不用我赔，会自己去配，但他一直没去配，这几天上课他都没办法看黑板，我觉得很过意不去。”祝星遥怕她误会什么，解释得飞快，“我就是想还他一副眼镜而已，你别误会。”

林佳语惊讶不已，没想到江途的眼镜是祝星遥踩坏的，还没回过神，她的手机铃声就响了。她抱着传单吃力地掏手机，祝星遥看她行动困难，伸手接过她怀里的传单：“我帮你拿一下吧。”

“谢谢。”林佳语说完掏出手机一看，电话是江途打来的。

她看了眼祝星遥，祝星遥正在看传单，似乎很好奇上面写的是什么。

她背过身，对着手机压低了声音问：“江途，你近视多少度来着？”

奶茶店里，江途站在厕所门口，微微蹙眉：“你问这个做什么？”

“嗯……”林佳语看到祝星遥看完传单内容后，竟然还顺手帮她发了几张，呆了呆，觉得有点像在做梦，用脚尖点了点水泥砖，低下头说，“是祝星遥问我的。她说她踩坏了你的眼镜，想还你一副。”

奶茶店距离广场很近，江途跑过来只花了五分钟。

天色刚刚暗下来，路灯还没完全亮起来，两旁商铺的灯光交错地照着街面。江途站在街口，半眯着眼看向广场上站在人群中的少女，她正抱着一沓传单漫不经心地发给路人，模样既懒散又娇俏。

她跟在学校时不一样，跟拉琴的时候也不一样，每发出去一张，都会笑着说一声：“谢谢。”

她发传单时像个漂亮的礼仪小姐，让人忍不住多看她几眼。

他抿紧唇，盯着她走过去，脚步不自觉地放慢。

祝星遥低头拿起一张传单，余光里看见有人走近，下意识地把传单递出去：“你好，看一下……”

她没想到会看到江途，一下子说不出话来。

少年穿着一件黑色的长袖T恤，下身是一条黑色运动裤，额前的发丝微微凌乱。祝星遥已经穿上了厚毛衣，白皙的脸蛋半埋在温暖的高领毛衣里，而他却连件外套都没穿，整个人瘦削挺拔，青松似的站在她面前。

他一言不发地接过她递过来的传单，低头看了看，又垂眸看她：“为什么在这里发传单？”

祝星遥愣愣地看着他。林佳语没告诉她江途会来啊！

林佳语本想今晚拖着江途去配眼镜，但眼看已经六点多了，眼镜店最迟十点关门，等她发完传单再回去估计都九点了，肯定来不及了。祝星遥为了让林佳语能够早点回家，便主动提出要帮忙发传单。

她转头看向站在不远处的林佳语，林佳语背对着他们，根本没注意到江途来了。

祝星遥抱着一丝侥幸，问他：“你……是刚好路过吗？”

“不是。”

江途微微皱了皱眉头，低头沉默地看着她。祝星遥能感觉到他不高兴，一点也不高兴。

祝星遥大概知道他为什么不高兴，仰着脸看他，有些不安地咬了咬唇。

江途突然意识到自己的语气太冷了，不动声色地移开眼，抽走她手里的传单，低声叮嘱：“在这里等我。”

“哎——”她惊讶地喊了一声。

江途大步迈向林佳语，把那沓传单塞回她怀里，语气冷淡：“你怎么让她帮你发传单？自己的工作自己做。”

林佳语吓了一跳，抬头看他：“你怎么来了？”

几分钟之前，她刚告诉他在广场附近发传单碰见了祝星遥，他就把电话挂了，她还以为他在奶茶店里忙着呢……

林佳语问完那句话，想起他刚才的问题，又说：“我没让她帮忙，我说今晚会拖你去配眼镜，她就说想帮我。”林佳语从小就知道江途的脾气不好，也没太在意，“你的眼镜既然是她踩坏的，就让她赔吧，我看她好像挺过意不去的，谁让全校都知道你穷呢……”

江途面无表情地丢下一句：“我先走了。”

林佳语叫了他一声，江途没理，径直走了。他见祝星遥还站在原地，似乎真的在等他，心里有些不是滋味，加快脚步走到她面前。

祝星遥身高一米六五，比他矮了十几厘米。她仰起脸，安静地看他，好像在等他的回复。

江途盯着她，语气中似乎带了些无奈和妥协："走吧。"

他转身往街口走，步子迈得很大。祝星遥愣了一下，忙追上去："去哪？"

少年突然停下脚步，她差点一头撞上他的背，脚尖踩到了他的脚后跟。祝星遥连忙往后退了点，江途侧身低头看她："去配眼镜。你不是要赔我眼镜吗？"

祝星遥心里一喜，又觉得哪里不对，看了一眼林佳语："那她呢？不等她一起吗？"

江途向前走："不用。"

祝星遥犹豫了一下，急忙地追上去问："可是你就这么跟我走了，她不会误会吗？"

林佳语会不会太大方了？还是她对江途太有信心了？

"误会……"

"什么"两个字还没说出口，江途猛地顿住脚步，祝星遥猝不及防，真的撞上了他的背。少年的背上硬邦邦的全是肌骨，撞得她头晕眼花。

江途变了脸色，忙问："你没事吧？"

祝星遥揉了揉额头缓解痛意，嘟囔道："没事。你这人走路怎么总是突然停下来……"

他看着她微红的眼眶，沉默了几秒，转身往前："没事就好，不用管林佳语，走吧。"

祝星遥撇撇嘴，发现他的脚步变慢了，心情这才好一些。

从广场穿过去，前方是祝星遥平时练琴的训练室所在的大楼，二人拐过一道弯，继续往前走了几百米，抬头便看到荷西巷的旧房子，以及前面一排矮旧的商铺。

两人沉默地走了一路，祝星遥指了指对面附近的唯一一家眼镜店，转头看江途，问："我们去那里吗？"

江途顿了一下："嗯。"

两人走到眼镜店前，江途漫不经心地瞥了一眼老旧的荷西巷："我跟林佳语家住对门，我们从小一起长大。"

江途说完就进了眼镜店，祝星遥没想到江途会突然解释，愣在原地。

祝星遥有点窘，心里庆幸自己还没跟黎西西讲这条八卦消息。她之前是真的以为江途跟林佳语是一对，主要是江途平时太孤僻了，他能跟一个女生这么亲近，实在很容易让人误会……

眼镜店不大，店里只有老板一个人在。

祝星遥走进去的时候，江途正跟老板说："左右眼都是300度，散光低于75度。我要那种一百二十块一副的镜片。"他指了指玻璃柜台内的一副黑框镜框，"镜框要这个。"

祝星遥被他的速战速决惊得目瞪口呆。

"等等！"她忍不住喊。

这么随便就配好的眼镜，不会对眼睛有伤害吗？她看向江途的眼睛：他的眼睛很好看，眼皮有点薄，睫毛浓密，眼尾略长，让他在看人的时候总带着几分冷漠，班里的女生都说他不戴眼镜比之前帅多了。跟隔壁班的男神陆霁的阳光帅气不一样，他气质冷清，还……有点酷。

祝星遥看了一眼那副粗糙的黑框镜框，再转头看了一眼江途，觉得这副眼镜戴上去有点暴殄天物。

"要不，换一副镜框吧？换一副轻盈、好看一点的。"

她半趴在柜台上，开始认真地挑选起来。

老板是个中年男人，他店里还是第一次来这么漂亮有气质的小姑娘，本来都要拿出江途指定的那副镜框了，又收回了手，看向江途，笑道："这么漂亮的女孩子，眼光肯定很好，就让她挑一个？"

江途没回答，盯着祝星遥的侧脸：她的鼻子秀挺，鼻翼上有一颗小小的痣，那颗痣长得很别致，让她原本就好看的脸平添几分精致。

她忽然转过来，指指某个眼镜框，认真地询问他："这个可以吗？"

他走过去看了一眼，是一副黑色的半框镜框，款式比之前那副简单、好看许多，但要贵将近一百块。

"这个比之前那个好多了，材质很轻。"老板热情地推荐，"要试试吗？"

"不用。"江途说，"就这个吧。"

老板高兴地取出镜框，祝星遥忽然眼巴巴地看向他，笑盈盈地问："老板，可以打折吗？"

江途倏地转头看她。

祝星遥无辜地眨眨眼，意思是让他别管，她来处理。

他默默地别过头。

老板尴尬地笑了一下，很想让她出去看看自己的店名——平价眼镜店，最终看在祝星遥长得漂亮的分上，还是给他们打了折，镜片加上镜框，正好二百五十块。祝星遥付钱的时候心情有些复杂，怀疑老板是故意的。

两人走出店门的时候，天色已经全暗了。

深秋的夜晚，风很大，温度比白天时低很多。祝星遥抱着胳膊，转头催促江途："你快把眼镜戴上试试。"

江途戴上新眼镜，祝星遥冲他笑："这样就好看很多了。"

他淡淡地扯了下嘴角，手摸进裤兜："多出的六十块钱，我还给你。"江途的手忽然一顿，口袋里空荡荡的，他的钱都在外套口袋里，外套没带出来。

祝星遥还在想该怎么拒绝那六十块钱的时候，就看见江途有些僵硬地抽出手，冷冷地解释道："我今天没带钱，明天去学校了再给你。"

她愣了一下，心想是没带钱还是没钱？

她忙摇头："不用了，这个星期你都没能好好看黑板听课，那六十块就、就当是误学费吧。"

工作有误工费，学习也有误学费啊。

江途："……"

他听着她慌乱又善意的解释，复杂的心中多了一丝柔软，脸却绷紧着，冷淡地道："不需要，六十块钱还是有的，我不喜欢欠别人的。"

话音刚落，一阵寒风袭来，天气忽然就冷了起来。

祝星遥感觉他的态度比这深秋的晚风还冷，有些不知所措起来，好在手机铃声忽然响了，她获救般地低头从包里翻出手机，一看时间已经快八点了。

之前祝云平说加完班后会来接她，大概就是这个时间吧。

她接通电话，嗓音软软的："爸爸。"

祝云平笑着说："我快到了，你下来吧。"

"我下午跟西西逛完街没回练习室，我在、我在……"

她几乎没来这边逛过，一时间形容不出自己在哪里，下意识地看向江途。他低声说了句“荷西巷东一路口”，她连忙复述：“我在荷西巷东一路口。”

“怎么跑那边去了？”祝云平转动方向盘，“那你站在路边等我，别乱跑，那边到了晚上会有点乱。”

祝星遥想说自己不是一个人，又怕祝云平多想，乖乖地说：“好。”

江途看她挂断电话，往前迈开步子：“走吧，带你到路口。”

祝星遥愣了一下，一边把背包的拉链拉上，一边跟上去。她本来以为前面就是东一路口了，但江途带她七弯八拐地走了好几分钟才在一个亮堂的路口停下。那里车水马龙，人来人往。

两人站在路牌下，江途低头看她：“你在这里等吧，车经过时会看到你的。”

祝星遥抬头看他：“好，谢谢。”

“不用。”江途没再说什么，“我先走了。”

祝星遥一笑，对他挥了挥手：“好，明天见。”

江途转身走了，背影在人群里显得有些单薄。祝星遥看着他都觉得冷，忍不住嘀咕：“穿那么少也不怕感冒，感冒了还要花钱买药……多不划算！”

一分钟后，黑色的奔驰车停在她面前。祝云平降下车窗，她连忙笑起来，拉开车门坐上去。

道路尽头的拐角处，少年看到她上了车才大步离开。

江途一路走回家，一打开家门就看见了好几天没回家的江锦辉。江锦辉看起来心情不错，看见他还笑了一下：“哟，换新眼镜了？要给你报销吗？”

江途估计他是赢钱了，没搭理他，径直走进房间。

舒娴端着电饭锅从厨房出来，喊了声：“小途，去把你弟弟叫回来。”

江途嗯了声，回房间拿了件外套穿上出了门，到那家收留小学生的黑网吧将江路拎了回来。江路前两天刚被揍过一顿，这次老老实实地跟在他后面，还夸了一句：“哥，你的新眼镜比原来那副好看多了。”

周一一大早，丁巷走进教室看见江途戴着眼镜，立即喊了句：“江途，你终于配眼镜了！”

他嗓门大，这一声喊完，正恹恹地准备早读的同学齐刷刷地看过来，除了祝星遥。

江途连头都没抬，嗯了一声，继续补作业。他周末没时间做作业，每周一早上会早点过来补作业。

大家满足了好奇心后，又转过头去做自己的事情了。

黎西西转头看祝星遥，点评道：“这副眼镜比之前那副黑框的好看多了。果然人靠衣装，江途靠眼镜……呸，也不是，他还是不戴眼镜好看些。”

黎西西趴在桌子上小声说：“星星，那你还要给他钱吗？”

“好看吧？镜框是我选的，钱……”祝星遥正整理课桌上的东西，笑眯眯地抬头看了黎西西一眼，突然看到桌上多了本物理作业，姓名栏上写着“江途”。

她看着那个作业本，突然猜到了什么，翻开一看，本子里果然夹着六十元钱。

黎西西拽了拽她的袖子，惊讶不已：“你刚才说什么？你选的镜框？你什么时候去选的？昨天下午我一直跟你在一起，没听你说啊！”

黎西西一连抛出几个问题，声音还不小，前后桌都听见了。

张晟跟曹铭经过，正好听见了黎西西的话。脚步一顿，张晟低头看向祝星遥，脸色不太好看：“祝星遥，你还真给他赔眼镜了啊？他一个男生，真好意思要？”

张晟的声音很大，几乎全班都听见了。

大家齐刷刷地看过来，又转头看向江途，眼神微妙。

祝星遥觉得张晟简直莫名其妙，忍不住皱眉道：“这是我的事，你管不着。”

张晟气呼呼地回到座位上。

祝星遥皱眉把钱收起来，又看了一眼江途的作业。她还是第一次翻看他的作业本，意外地发现他的字写得很好看，虽然字迹有些潦草，但笔锋却刚劲利落。

下午三个班一起上体育课，祝星遥跟黎西西一起下楼的时候，听见其他班的女生说："陆霁在物理竞赛中拿了第一名，是真的吗？"

"真的啊，有人早上听到谢老师跟曹老师聊天时说到了。不过我听说江途本来也要参加的，后来因为家里的事被迫退赛了。"

"去了也不一定考得过陆霁啊，陆霁除了字写得不太好看外，没有其他缺点了吧？"

众所周知，陆霁写了一手跟他帅气的长相极为不符的字。

黎西西转头问祝星遥："我怎么记得决赛成绩还没公布，她们一个个都未卜先知吗？"

祝星遥想了想说："陆霁的复赛分数很高，拿第一的可能性挺大的，大家是猜的吧。"

大家在操场上集合。江途和张晟的身高差不多，两人排在一起。张晟是体育委员，体育老师交代他带人去拿器材的时候，他叫了三个男生，其中就有江途和曹铭。

江途没说什么，跟着大家一起去器材室。

四个男生走进器材室，江途伸手拿篮球的时候，曹铭在张晟的眼神示意下突然伸手把江途的眼镜拿走了："我看一下女神选的眼镜啊！借给我戴戴，我的度数跟你差不多……"

江途抓着篮球，皱眉看过去。眼镜戴久了，他的鼻梁上都被压出了两道浅浅的印子。他的目光冷漠阴沉，曹铭被他看得直发怵。

张晟幸灾乐祸地将眼镜抢了过去："给我也看看。"

曹铭回过神，想起还有戏要演，忙抢过来："是我先借的。你又不近视，凑什么热闹？"两人你推我抢，完全把眼镜的主人当空气。

啪的一声，眼镜掉到地上。

两人还在推搡，张晟穿着一双红色的新球鞋，抬脚就要踩上那副眼镜。

江途想也没想，狠狠地把篮球砸过去。他的力气很大，把张晟砸得膝盖一麻，差点跪了下来。张晟龇了声，抬头瞪着江途，站起来就要冲过去揍江途。

江途按住他的腿，弯腰从他的脚下把眼镜拿出来，随后狠狠地推开张晟。

江途直起身，看向张晟：“我不想在学校里打架。”

这边闹出的动静很大，惊动了管理器材室的老师。张晟骂人时，老师正好走了进来，看到几个男生剑拔弩张的场面，当即怒吼道：“干什么呢，你们？想打架？”

想打架的只有张晟一个人。

张晟想整整江途，曹铭当然得配合。另一个男生则是临时被拖入伙的，虽然挺看不惯江途的，但并不想跟他打架。

那个男生忙说：“老师冤枉，我们没有打架！”

管器材的老师显然不信，警告道：“在学校打架是要受处分的，你们不知道？”

“知道，我不会在学校里打架的，老师请放心。”江途把眼镜上的灰抚去，戴上眼镜，捡起那个篮球，再从旁边拿了几副网球拍，径直走向门口，“我先回去上课了。”

管器材的老师有些困惑，这位同学是什么意思？他不在学校里打架，出去就能打了？

江途回到操场，把篮球扔给丁巷，走到祝星遥面前，把网球拍塞到她手里。

祝星遥刚才确实说过要打网球。

她愣了一下：“谢谢。”

江途点了点头，转身就走。

丁巷叫他：“江途，打球啊。”

“不了。”他没心情打球，转身跑向田径场。

祝星遥拿着网球拍盯着江途看。别的男生上体育课打球，他每次都跑几千米后就走了。

江途跑完三千米，满头大汗地往教学楼走，经过教学楼一楼的物理组办公室时，看见两个高个子男生从办公室里走出来。其中一个笑着道：“完了，听说全年级都在传我拿了第一，是谁替我传的？”

“哈哈哈！谁让大家对你的期待高呢！其实第一次参赛，能拿第二已经很不错了，虽然这不太符合你男神的身份。”

“滚！”他又骂了句，“我就是怕祝星遥也以为我拿了第一。”

江途顿住脚步，站在二楼拐角处，朝后面那两个人看过去。

陆霁一抬头就对上他的目光，愣了一下，觉得这个人有些眼熟。

许向阳勾住陆霁的肩膀，低声道："你小声点！这里离办公室很近，被老师听到了怎么办？"

不管在哪个高中，早恋都是被禁止的。江城一中抓早恋抓得很严，稍微有一点苗头就要找家长了。

尽管如此，但青春期的躁动谁也没办法说清楚，喜欢这种情绪谁也无法阻挡。

陆霁喜欢祝星遥，这件事在几个好朋友间已经不是秘密了。

"你看什么呢……"许向阳顺着陆霁的目光抬头，冷不丁地被江途的目光惊了一下。江途转头走了，许向阳愣了愣，问陆霁："刚才那个人好像是隔壁班的江途？"

物理竞赛初赛在9月初，也就是刚开学那会儿，江途一开始也要参赛，跟陆霁、许向阳等参赛学生在办公室里一起开过会，彼此打过照面，当时祝星遥也在。

不过，祝星遥说她不需要保送名额，拒绝参赛，老师劝也没用。她离开办公室时，一群男生的目光都追着她，唯有江途没看她，目光看向窗外，眼神沉静冷淡。

陆霁回忆了一下，点头："是他，换了副眼镜，差点没认出来。"

许向阳啧了几声："怪不得！感觉他变帅了，都快赶上你了。"

陆霁哼笑了声，没搭腔。高一（7）班和（8）班的教室都在三楼，两人经过（7）班的时候，江途正靠着墙，叉着两条长腿仰头喝水。

陆霁朝楼下瞥了眼，祝星遥跟几个女生已经走到教学楼楼下了。他又往（7）班的教室里看了眼，里面除了江途外，还有几个女生。他勾住许向阳的肩膀从（7）班的后门走进去："班里还在上课，我不想打报告进去，我们在隔壁班玩玩，下课后再回去吧。"

"哎……"许向阳想反对也来不及了，人已经被拖进去了，"行吧。"

陆霁坐到丁巷的位置上，看着江途笑道："在这里坐一会儿，不介意吧？"

江途放下水瓶，看他一眼："随意。"

陆霁当真很随意，又问："借一下纸笔，可以吗？"

江途没说话，直接把草稿纸和笔推过去。陆霁接过来，低头在草稿纸上唰唰唰地写了一道物理题目："你没参加竞赛挺可惜的，复赛时有一题挺难的，我没做出来，你试试？"

陆霁跟江途是完全相反的两种人，陆霁身边总是跟着几个男生，在男生或女生里人缘都极好。林佳语在江途的面前提过几次，一中的女神是祝星遥，男神是陆霁。

陆霁把草稿本放到他面前。

江途刚要拒绝，一低头就看到本子上写得跟狗扒似的字，眼神变得有点复杂。他不知道陆霁的字写得那么丑。

下一秒，门口传来祝星遥的声音："陆霁？你看错了吧？他们应该明天才回来。"

祝星遥走进教室，一抬头就看见陆霁坐在江途旁边朝她笑。陆霁很阳光，跟他身旁戴着眼镜一脸沉静的江途形成了鲜明的对比。

那两人都在看她，她张了张嘴，有些说不出话来。

陆霁愉快地挥了挥手："你没有看错，我们提前半天回来了。"

令祝星遥震惊的不是陆霁提前回来了，而是江途跟他坐在一起的画面。她回过神来，对陆霁说："恭喜你啊……"

"等等。"陆霁打断她，生怕她说出"恭喜你拿了第一名"这种话。太丢脸了。

他挠了挠鼻尖："咳，没拿第一，我是第二名。"

祝星遥笑道："那也很厉害了。"

陆霁顺势说："我刚才还说有道题很难，我没做出来，想让江途试试。他中考物理不是考了满分吗？你要不要也看看？"

江途知道陆霁不过是想跟祝星遥搭讪罢了，不动声色地提笔开始做题。

"过去看看啊。"黎西西推着祝星遥往前，"你有强大的物理学基因，我相信你可以的。"

"好吧，我试试。"

祝星遥走过去，周茜和其他几个女生也跟过去。

江途把题目递给她，祝星遥眨了眨眼："你不是也要做吗？"

"题目我记住了。"他说。

祝星遥接过本子一看，默默地抿了抿唇，虽然听说过陆霁的字写得丑，但亲眼所见而产生的震撼感还是挺强的。黎西西猛地咳了声，看了眼五官帅气的陆霁，很含蓄地说：“陆男神，你的字真独特！”

陆霁已经习惯被人吐槽了，看向祝星遥，咳了声：“你……看得懂吗？”

祝星遥说得很含蓄：“多看几遍就看懂了。你的字……跟我妈妈在病历本上写的诊断说明差不多，我平时看多了。”

祝星遥的潜台词是：幸亏我妈是医生，不然我也看不懂呢。

其他人哈哈大笑，许向阳道：“对！就跟医生的诊断书差不多，得看半天才能看明白。”

陆霁不在意地笑笑：“以后我要是做了医生，欢迎大家来挂号。”

许向阳：“滚吧，谁想去医院啊？！”

大家笑得更欢了。

祝星遥笑着坐到江途前面的椅子上，朝他伸出手：“江途，借我一支笔吧。”

江途顿了顿，瞥了一眼她细嫩的手，把手上的那支放到她的掌心上，自己又拿了一支。他就两支笔，刚才那支笔的墨水顺一点。

江途跟祝星遥面对面做题，好像没受到任何干扰。余光扫到她细白的手指和娟秀的字迹，他发现，她思考的时候会习惯性地将笔头抵在嘴角，下意识地咬笔头。

“别咬。”江途突然出声，声音低沉，听起来有些凶。

祝星遥被吓了一跳，反应过来，窘迫地笑了笑：“抱歉，我习惯了，忘了这是你的笔……”

“脏。”

其他人均是一愣。陆霁先看了一眼江途，又看了眼那支旧钢笔，笑着提醒：“笔上有细菌，别咬。”

祝星遥有些心不在焉地点了点头，不知道江途是在嫌她咬笔头不卫生，还是在说笔很脏……

她低下头小声说：“好……”

江途知道她可能误会了，眯了下眼，终究没有解释。刚拿的那支笔不太出墨，他用力地画了几道后，终于出墨了。

几分钟后，下课铃响了，整栋教学楼都热闹起来。班里刚打完球的男生一身臭汗地跑回来，见江途被大家包围了，忍不住好奇地过去看。

“你们在做什么？”

“哦，陆霁说有道竞赛题很难，让江途跟祝星遥试试看。”

“哦？陆霁回来了？”

一时间，大家都围了过来，空气里弥漫着男生刚打完球的汗味。黎西西嫌弃地瞪他们：“你们这些臭男生走远一点，臭死啦！”

有男生哼笑：“你懂什么，这叫男人味！”

黎西西：“……”

江途不习惯被人这么包围着，皱了皱眉，加快了解题的速度。一分钟后，他停下笔，把答案放到陆霁面前。

陆霁看了一眼，微微挑眉。答案是正确的。

他的注意力一直在祝星遥身上，看见她做题的步骤就知道她做错了，跟他当初一样。

下课铃响后祝星遥才停笔，抬头看了一眼江途：“我跟你对一下答案。”

江途瞥了一眼她的答案，没说话，把本子放到她面前。

祝星遥看了一眼，抬头看陆霁。陆霁弯了弯嘴唇：“很遗憾，你的答案错了。”

话音刚落，门口忽然有人喊：“陆霁、许向阳，你们两个回来了不回班里是怎么回事，想在（7）班做上门女婿吗？”

陆霁：“……”

许向阳：“……”

其他人：“……”

安静了几秒后，众人哈哈大笑起来。（8）班有女生喊：“我不同意，陆霁是我们班的，请留给我们内部消化！”

陆霁觉得头都大了。

门外有男生继续喊：“许向阳，你可是（8）班班长，快滚出来。”

许向阳心想：关我什么事？想做上门女婿的是陆霁又不是我！

江途忽然站起来，脸上没有任何情绪，看向周边围着的一群人，淡淡地说：“让让，我出去一下。”

众人脸上的笑容淡了下来，默默地往旁边退开。等江途走出去后，后门处又被人群堵上了。

空气里的汗味实在不太好闻，祝星遥把江途的本子拿起来，冲丁巷招招手："帮我跟江途说一声，我借走看看。"

丁巷大方得好像那是他的本子，连忙说："没问题，尽管借。"

祝星遥、黎西西回到座位上，陆霁和许向阳也从后门走出（7）班，周围的人群这才散了。周原站在走廊上笑嘻嘻地看他们，陆霁走过去，没好气地踹他一脚："你有病啊，喊什么上门女婿？"

周原叫了一声，压低声音问："你不是喜欢女神吗？"

"喜欢也不能这样，多尴尬啊！"陆霁懒洋洋地靠在护栏上，忽然想到一件重要的事情，转头看他，"之前叫你帮我买的东西呢？"

"放心，明天带过来给你。"

"行，谢了。"陆霁笑着拍拍他的肩膀，"回头请你吃烤肉。"

因为陆霁回来了，走廊上比平时热闹了许多，上课铃响后大家才拖拖拉拉地回班上。

江途在厕所洗了一把脸，踩着铃声回到班上。

他的草稿本正从第二组一路传过来，坐在他前桌的女生将本子递给他，小声说："祝星遥递来的。"

"谢谢。"他接过本子坐下。

女生还是第一次听他说谢谢，觉得有些受宠若惊。

丁巷凑过来，指着陆霁的字毫不留情地吐槽："你看陆霁长得那么帅，成绩也好，谁能想到他的字这么丑呢？我左手写的都比他的好。所以说，人不可能是完美的。"他顿了顿，连忙补充，"不对，我女神就是完美的。"

江途瞥见草稿纸下方多了几个娟秀的字：谢谢，我看懂了。

他侧身靠着墙边，垂着眼，低低地说："嗯。"

丁巷愣了一下，转头看他，一时间分不清他回答的是哪个问题，是觉得自己用左手写的字都比陆霁的好看，还是觉得祝星遥是完美的。

最后一节课是历史课，是非常催眠的一节课，尤其是对刚上完体育课的男生来说。

男生们睡倒了一大片，江途瞥了一眼睡得快要打呼噜的丁巷，用左手转着笔。

几秒后，他忽然停住，盯着草稿纸上歪歪扭扭的三个字看，随后将草稿纸哗啦撕掉，抓成一团。

放学铃响，江途把书包往肩上一甩，把纸团扔进垃圾桶，走出教室。他在自行车棚里碰见了张晟，张晟将脚搭在自己的自行车上，冲他竖了根中指。

江途面无表情，跨上自行车走了。

这一幕被丁巷和另外两个男生看到了。

第二天早读课，丁巷忍不住提醒江途："虽然张晟挺讨厌的，脾气不好嘴巴还贱，但家里有钱，真惹上了还是挺麻烦的。"

江途连追债的人都不怕，还怕张晟？不过他还是说了句："谢谢。"

祝星遥的课桌里掉出几封信，黎西西一脚踩住，趁别人不注意时将信捡了起来。她转头看向祝星遥，笑得跟只小狐狸似的："还是我帮你拆？"

从开学到现在，祝星遥课桌里的情书几乎就没断过。她很少拆，大多由黎西西代劳。黎西西做贼似的趴在桌上，一边拆一边小声地说："这是（9）班的某某写的，这封是（15）班的某某写的，还有这封是（1）班的某某写的，这个人我知道，是篮球队的，身材挺好的……"

祝星遥哦了声，表示知道了。

黎西西将信揉成团，丢进桌洞里，看着祝星遥笑眯眯地说："都是些歪瓜裂枣，不看也罢，如果……"她凑到祝星遥耳边，"如果陆霁给你写情书的话，你会接受吗？"

祝星遥："……"

黎西西又说："陆霁长得好看，成绩又好，很多女生喜欢他，全年级没哪个男生比得上他了吧？"

祝星遥想起陆霁的那手字，有点难以想象他写情书的样子，说道："不可能。"

但有时候，越是觉得不可能的事情，越可能发生。

（8）班，周原迟到了，被谢娅骂了一顿才灰溜溜地跑回座位上。

陆霁抬头看他：“你又通宵打游戏了？”

“我出门忘记拿这个了，又跑回去了一趟。我容易吗？”周原从书包里抽出一个精致的信封，递给陆霁，“给你，你让我帮你订的演奏会门票。我都不知道这东西这么难买，还是找黄牛高价买才买到的。记得给钱。”

陆霁买的是陈蓝乐团大提琴演奏会的门票，时间在这周末。

陆霁看了一眼，笑道：“谢了。”

谢娅站在讲台上，冷冰冰地看向他们。周原连忙闭嘴，等人走后才转头问：“你准备怎么给她？直接给？”他好心劝道，“我觉得最好不要，她搞不好看过了，你要是被当面拒绝那多没面子？我都不忍心看。”

“我没打算当面给。”陆霁顿了顿，“放学后我把票放到她的课桌里，明天早上她就能看到了。”

“要不要我帮你写几个字？”周原忍笑，“你的字太丑了，小心被拒绝。”

陆霁：“滚。”

今天轮到江途值日，他最后一个走，正要关教室门时陆霁忽然冲进来，喘着气对他说：“等等，江途，借我支笔。”

江途看了他一眼，从桌上拿了支笔递过去。

很快，周原追了过来。

陆霁在丁巷的座位上坐下，转头警告周原：“你想都别想，这种事情不可能让你代劳。”

等气喘匀了，周原在隔壁桌坐下：“行行行，我的好心被当成驴肝肺了，我不管了。”

江途不知道他们想做什么，转头看向陆霁：“我要锁门了，你要写什么快点。”

接着，他就看见陆霁把一个精致的信封放到桌上。那个信封跟普通情书的信封不一样，宽大精致，封面是金色的，上面写着：大提琴演奏会门票。

陆霁用手压着一张纸，认认真真地写字。看得出来，他正努力地把字写工整了。

他把便笺塞进信封里，站起来朝周原招了招手，懒洋洋地笑：“这样，东西就不会被当成垃圾扔了，懂了吗？”他走向祝星遥的课桌前，突然想起了什么，回过头说：“再把笔给我一下。”

周原屁颠屁颠地将江途的笔递过去，陆霁接过后又在便笺纸上添了几个字。陆霁将字条重新放进信封内，将信塞进祝星遥的课桌里。

陆霁放好信封，一身轻松，一抬头就对上江途冷漠的目光。他愣了一下，突然发觉自己当着江途的面做这种事情似乎不太好。不过，他觉得江途这样的男生不会多管闲事。陆霁将手抄进裤兜里，走到后门处，若无其事地看向江途：“一起走吧。”

江途不知道陆霁是觉得他瞎了还是没有把他放在眼里，不动声色地说：“你这么明目张胆，就不怕我举报？”

周原恼了：“你不是吧？这种事情大家私底下明白就好了，还举报？追祝星遥的男生那么多，你举报得过来吗？”

江途面无表情地瞥周原一眼，没说话。

陆霁没想到江途会这么说，愣了一下，忽然笑了：“你肯定不会。”

江途沉默地拿起桌上的书包，绷着脸道：“你们快出去吧，我要锁门了。”

等陆霁和周原走出去后，江途锁好门，转身走了。

此时已经下午六点多了，除了各班的值日生外，校园里基本空了。三人先后下楼，又一起走向自行车棚。江途走得很快，周原不太放心，叫住江途：“哎，你等等！”

江途看向他。

周原问：“你不会真的举报吧？”

江途冷淡地丢下一句“无聊”，蹬着自行车就窜了出去。

周原：“……”

他看看陆霁，指着已经快不见踪影的江途，黑着脸说：“我总觉得他口是心非。”

陆霁笑得肩膀一直抖：“你确实挺无聊的，他就是开个玩笑而已。”

你永远没办法预测，那些话到底是玩笑还是一语成谶。

周五早上，祝星遥在课桌里发现了那封信。那个金色的大信封在一堆花花绿绿的信封里如镶了金似的显眼，祝星遥将它抽出来，果然看到上面熟悉的票根封面。这还是第一次有人给她送大提琴演奏会的门票。

黎西西哇了声："这谁啊？竟然这么懂！"

祝星遥也很惊讶。陈蓝乐团演奏会的门票最低也要几百块一张，虽然江城一中多的是家里有钱的学生，但开学这么久，她还是第一次碰上懂得迎合她喜好的男生。

男生们明里暗里叫她女神，有人约她吃饭，有人约她唱歌，还有人约她去游乐场……就是没人约她看演奏会。

祝星遥拆开信封，里面果然是两张演奏会门票。跟着一起掉出来的是一张字条，上面的字迹有几分熟悉，比昨天在草稿纸上写的"诊断书"要工整一些，上面写着：周末一起看演奏会，可以吗？

落款只有一个"J"。"J"是代表陆霁的"霁"？

很多人写情书时不敢写真名，就写个缩写字母或代号，甚至不署名，因为怕被老师抓到。

她转头，跟黎西西面面相觑。黎西西飞快地把两张票翻出来看："哇，位置还挺好的，是第二排中间的位置。"

祝星遥："重点是这个吗？"当然不是！

黎西西眨了眨眼睛，做贼似的往四周扫了一眼，兴奋地凑过去说："我昨天说什么来着，我就说他要是喜欢你呢？我简直是预言家！"

"这哪是预言，简直是魔咒。"祝星遥皱眉嘀咕着，她跟陆霁一点都不熟，觉得有些尴尬，"你确定是陆霁？"

黎西西指着字条："我觉得，这个字除了陆霁外没别人写得出了。而且，除了他也没哪个男生会这么有心约你看演奏会。"拍了拍胸口说，"你让我先压压惊。"

祝星遥：该压惊的是她好吗？你压什么惊？

几秒后，压完惊的黎西西凑过来，笑眯眯地问："陆霁可是我们学校的男神，被他追的感觉应该很不一样吧？"

祝星遥不知道该怎么形容，想了又想："很意外吧，你都说了他是大家的男神，男神……走下神坛？"这么说也不对，她又不比他差。祝星遥连忙摇头，又打了个比方："就是很意外。你能想象我追一个男生，或者突然喜欢上一个男生的样子吗？"

黎西西愣了一下："你这么说我就懂了。好像真没看见你喜欢过哪个男生，顶多会夸一句挺帅的、挺厉害的、人挺好的……"她顿住，恍然大悟，"我感觉我今天才看清你，你一直在给别人发好人卡啊，我的星星女神！"

祝星遥："要不然呢，难不成我拒绝人家时还要在人家的心口上扎一刀吗？"

黎西西：那也太残忍了。

黎西西哼了声："你国庆节放假时不是去北京看过首场了吗？陆霁估计没打听清楚，那这票怎么办？"

"还回去吧。"

就算是陆霁，祝星遥也干脆地拒绝了，黎西西表示理解，毕竟长得漂亮的人可以任性。鉴于对方是男神，黎西西再次确认："陆霁真的很帅，你真的不再考虑一下？"

祝星遥抽出课本准备早读，低头说："我不能因为他长得好看就跟他约会吧？那我得跟多少人约会啊！"

万一……这不是陆霁写的呢？祝星遥心里存着一丝侥幸。

黎西西："你说得很有道理，我无法反驳。"

那可是男神！也就祝星遥能拒绝得那么干脆了。

祝星遥想了想："放学后你跟我一起把票还回去吧。"

身后，周茜用力地踹她们的椅子："你们赶紧把东西收起来，老曹来了。"

祝星遥跟黎西西手忙脚乱地把那堆信塞回桌洞中，刚收拾完曹书峻就走进来了。曹书峻脸色严肃，语气严厉："都快期中考试了，你们还一副懒懒散散的样子，都复习好了吗？"

大家默默拿出书本，不敢吭声。

这一整天，祝星遥都过得有些微妙。（7）班跟（8）班的教室相邻，跑步时两支队伍也挨着；（7）班的人连去上厕所时都要经过（8）班，祝星遥每次出教室都会碰见站在走廊上的陆霁。

两人的目光对上，陆霁对她轻轻地眨了一下眼，还笑了一下。祝星遥愣了一下，觉得他在暗示什么。她抿了抿唇，不好意思地低下头，确定演奏会门票是他送的了……

江途侧身靠着墙，看见祝星遥跟陆霁的目光对在一起。从他的方向看，只能看到陆霁在笑。

天气还不算太冷，走廊上一向很热闹，陆霁回来以后变得更热闹了。丁巷趴在护栏上跟男生说笑，祝星遥经过的时候，（8）班有个男生吹了声口哨，陆霁在男生的脑袋上摁了摁，然后冲祝星遥笑了笑。

脚步一顿，祝星遥看向陆霁。陆霁穿着洗得干干净净的校服，里面是件浅色毛衣，嘴角弯起，一派温暖又阳光的少年模样。

丁巷看见这一幕，愣了一下，回到座位上低声说："我怎么感觉陆霁喜欢女神呢？他不会真的想做上门女婿吧？"

江途垂下眼，情绪忽然变得很差，整个人看起来又冷又躁。

丁巷听见咔嚓一声，转过头，震惊地发现江途用大拇指硬生生地将一支铅笔折成了两半。

他战战兢兢地问："你怎么了？"

江途松开手，拿出一把生了锈的小刀，低头开始削铅笔。他的声音寡淡得听不出任何情绪："没什么，嫌铅笔太长了。"

丁巷："……"

他一言难尽地看向断成两截的铅笔，觉得自己同桌的脾气可能不太好……谁没事掰铅笔玩啊！

周五放学后，教室里很快就要空了，祝星遥跟黎西西还在慢吞吞地收拾书包。祝星遥背上书包，转身看见江途也在，说："江途，你还没走啊？"

江途起身，余光瞥见走廊上站着两个高瘦的身影。那两人压低了嗓音说话，对话隐隐约约地传入江途的耳中。

周原十分得意："我就说她会等你，她是女神没错，你也是男神啊，我都不知道你紧张什么。"

陆霁："你不懂。"

周原："你别看不起人啊，我谈恋爱的次数比你参加竞赛的次数还多。"

陆霁："所以说你不懂啊。"

只喜欢一个人，和喜欢过很多人是不一样。江途站起来，抬头看向祝星遥，嗓音微哑："现在走。"祝星遥弯起眉眼向江途道别。

天气越来越冷了，他的校服里面还是只穿了一件薄薄的T恤，祝星遥在心里感叹他是真的不怕冷啊。

江途转身，背影清瘦，轮廓利落，少年感十足。

黎西西小声说："其实，江途要是不这么阴沉沉的，家里条件好一些，再把眼镜摘下来，那也是妥妥的男神。"

祝星遥想起江途不戴眼镜时的模样，虽然他跟陆霁的气质从里到外都不一样，但确实不妨碍他不断地吸引着女生的注意力。

她转头看黎西西："你喜欢江途这种类型的吗？"

黎西西一脸笑意："喜欢，但江途这种男生又冷又难驯，我驾驭不了。"

祝星遥："……"

行吧，她知道黎西西已经把江途纳入"黎西西外貌协会"的一员了。黎西西又说："而且……跟他在一起应该挺难的吧。你看，有不少女生说他长得好看对吧？但是你看见哪个女生追他了吗？或者你看见哪个女生想跟他亲近吗？"

祝星遥想了想说："他有个青梅竹马，俩人的关系挺好的。"

"哇！真的假的？"

"嘘。"

祝星遥觉得这是江途的私事，让别人听见不太好，连忙捂住黎西西的嘴巴，一抬眸就看见陆霁正倚在走廊的护栏上看过来。

她放下手，拉住黎西西，两个人一起走过去。

陆霁挺紧张的，当看到祝星遥从书包里取出信封的时候，心里一直绷着的那根弦忽然松了，好像这是意料之中的事情一样。

祝星遥说："谢谢，但是我国庆的时候去北京听过了。"

陆霁低头看了一眼信封，没接，看着她说："你要是看过了，就送给朋友。"

周原没想到陆霁会被拒绝，愣了一下，忍不住帮兄弟说话："都送出去了，还回来是不是……不太好？你要是不收就送人吧。"

祝星遥有点尴尬，陆霁踹了周原一脚，看向她说："这样吧，你下次开演奏会的时候，给我留几张票，可以吗？"

祝星遥一愣，想了想点头道："好。"

深秋的夜总是来得很快，加上是周五，放学不到十分钟学校里的人就走了一大半。喧嚣散去，校园变得空荡萧瑟起来。

江途站在图书馆外的一棵枯树下，回头看了一眼教室走廊的方向，踩了踩脚下的那堆枯叶后走了。

那两张票祝星遥给了黎西西，黎西西说要拿去卖给黄牛。祝星遥有些汗颜，但也任由黎西西处理了。

周六下午，祝星遥在练习室里练琴练到六点，跟她合作的乐团成员纷纷离开或者去吃饭了，有个师姐招呼她："星遥，一起去吗？"

祝星遥把大提琴放进包里，站起来笑笑说："不了，我爸爸等会儿来接我。"

"幸福的小孩，那我们走啦。"

"拜拜。"

她刚跟师姐挥完手，手机铃声就响了，祝云平说临时有饭局，让老刘来接她，老刘应该很快就到楼下了。

祝星遥撇撇嘴，有点不高兴："好吧，妈妈没空，你也越来越忙了，我都快成留守儿童了。"

祝云平笑着哄道："等你期中考试结束，我们一起出去吃大餐。你今天早点回去，让张姨给你做饭吃，吃完晚上好好复习功课。"

挂断电话，祝星遥叹了口气，背着沉重的大提琴走了。

周末有些堵车，尤其是在荷西巷西巷口这样的易拥堵路段。老刘叹了口气，回头说："小姐，前面不知道怎么回事，堵住了。"

祝星遥降下一点车窗，闻到夜市上飘来的阵阵香味，肚子更饿了。她知道附近有一家很不错的鸭血粉丝店，之前跟丁瑜一起来吃过几次。

"刘叔，我想去前面逛逛。"

祝星遥下车，往前走了几十米，发现了堵路的原因。原来，有辆车撞倒了一个骑着三轮车卖夜宵的小贩，两人没谈妥赔偿款，小贩骂得凶，不让路，让后面的车堵了个水泄不通。

幸亏她下车了，不然得堵到什么时候？

祝星遥是个"路痴"，觉得这是因为出门时总坐车的缘故。她在那一片商铺间绕了差不多半个小时，就是没找到那家店。

她又累又饿，皱眉站在道路拐角处昏黄的路灯下，整个人透着一股迷茫和颓丧。

跟往常每一个平淡的夜晚一样，江途去那家网吧找弟弟。前些天江锦辉赢了钱，江途不屑于要，江路却趁机要来不少零花钱。

那些钱大部分被他花在网吧里了。

江途到的时候，江路正窝在椅子里，跟别人打比赛。

网管一看见江途就害怕，飞快地跑出柜台，准备把江路揪起来。江途抬手阻止了网管，大步走过去，站在椅子后盯着江路打游戏，不懂这个游戏为什么能让江路这么痴迷。

江路还在噼里啪啦地敲键盘按鼠标，直到旁边那个比他大三四岁的男生凑过去，在他的耳边说："你回一下头。"

"怎么了？"江路一回头，被吓得手都软了。

江途瞥见他的上机时间还剩十分钟，面无表情地把人拎起来。江路喊道："哥，还有十分钟呢！别浪费……"

反抗无效，江路被江途拎到一旁。

江途坐了进去，江路一脸蒙地看着他，问道："哥，你要做什么？"

他们家没买电脑，江途很少上网。江途点开搜索页面，手指在键盘上顿了顿："查点东西。"

"哦……"江路对他到底想查什么东西不感兴趣，凑到旁边看别人打游戏。

江途在搜索栏里输入"江城大提琴演奏会"几个字，瞬间跳出来不少页面。他点进去看，得知陈蓝乐团在江城开演奏会的时间是周六晚上的七点半。

十分钟后，刚好七点半，网吧的电脑自动锁机。

江途拎着不省心的弟弟走出网吧，江路嚷嚷道："我想去吃鸭血粉丝，我自己有钱，从那赌鬼的口袋里摸来的……"

"那赌鬼"，说的是他们的亲爹。

"家里给你留了饭。"

江途揪着他的衣领，余光一瞥，脚步忽然顿住，转头看过去，路灯下的少女脸庞白皙，身影纤细，长发柔软地散落在肩头。她忽然转过头来，眼睛在看见他的那一瞬间亮了："江途！"

他想，他大概是出现幻觉了。

他眨了一下眼，她已经站在他跟前，惊喜地说："看到你太好了！"

江途紧紧地揪着江路的领口，江路被勒得直咳嗽："咯咯，哥，你再不松手，你弟弟就要死了！"

江途回过神来，松开手，垂眸看着眼前笑容灿烂的少女，嗓音低沉："祝星遥？"是啊，祝星遥，看到你太好了。

那一刻，江途的心底好像有什么东西枯了又绿了，死了又活了。

祝星遥忽略了他语气里的异样，开心地笑着说："太好了，我刚刚迷路了，幸好看见你了……"

"你怎么在这里？"

现在是七点三十分，她不是应该跟陆霁在听演奏会吗？

祝星遥有点不好意思地解释："我跟司机被堵在路口了，想来这边吃鸭血粉丝，但怎么都找不到那家店……"

江路一脸好奇地看着祝星遥，忽然想起林佳语说的他们学校的女神，笑了笑道："姐姐，你是我哥的同学吗？"

祝星遥有点意外，没想到那个不令人省心的小鬼嘴巴还挺甜的，跟江途一点也不像。她抿唇笑了笑："嗯，同学。"

"你想吃鸭血粉丝？我带你去啊！我也想吃，我哥……"

"闭嘴。"江途低喝道。

江路和祝星遥同时闭了嘴。

江途顿了一下，看向祝星遥："我不是说你。"

祝星遥忽然笑了："我知道。"

"走吧。"江途不动声色地收回目光，转身看向前面的巷子口，"你说的那家店在前面那条街上，你走错了，我带你过去。"

"好啊。"祝星遥肚子都快饿扁了，跟在他身后，忍不住说了一句，"这边……很多地方长得都差不多。"

挺老旧的一条街上，商铺除了招牌不一样外，看起来都差不多。

江路等他们走了才反应过来自己被丢下了，忙追过去，摸着肚子说："哥……那我也可以吃一碗吗？"

江途皱眉，不悦地道："我说不给你吃了？"

江路：你之前明明说过！

祝星遥默默地转头看着这对兄弟，目光落在江途的侧脸上：他鼻梁高挺，脖子修长，下颌线紧绷，整个轮廓在夜色下变得清晰好看起来，连身上那股冷漠的气息都淡了。

江途转头看她："这里其实不大，你是不是不太认路？"

祝星遥不想承认自己是个"路痴"，低头轻哼："我没有不认路，只是平时出门不怎么走路，都在车上，所以没注意……"

江途想起她刚才惊喜得如同见了救星般的眼神，又问："你在这里绕了多久？"

祝星遥沉默了一秒："可能有半个小时吧。"

他没戳穿她，江路却非常夸张地哇了声："姐姐，你是'路痴'吗？"

祝星遥严肃地说："真的不是。"

江途看她嘴硬的样子，有点想笑，微微地抿了抿唇。江路挠挠头，一本正经地说："好吧，看在你漂亮的分上，我相信你了。"

祝星遥："……"

她惊讶地指指还不满十二岁的江路，看向江途："这个小家伙怎么这么会说话？他真的是你的亲弟弟吗？性格跟你一点也不像。"

江路神气地道："肯定不像啊，佳语姐都说像我哥这样的，是找不到女朋友的。"

江途低下头，瞪了江路一眼。

祝星遥忍不住笑出了声。江途沉默了几秒，转身走在前面。兄弟俩带着她绕了半条街，拐到另一个街口，找到了那家店。

这是家老店，曹记鸭血粉丝店，味道出了名地好，平时客人很多，好在现在已经快八点了，人少了一些。

江路熟门熟路地跑去给自己点了一碗。祝星遥中午吃得少，又在外面绕了那么久，现在已经饿得不行了，点了一份鸭血粉丝和一份锅贴，转头看见冰柜，又说："再加两瓶豆奶。"她低头拉开背包的拉链，掏出钱包，对江路说，"姐姐请你喝豆奶。"

江途把钱放在柜台上，转头看她。祝星遥对上他的目光，有点疑惑："怎么了？"

"没事。"他顿了一下，对老板说，"收我的。"

“不用，还是我自己来吧。”祝星遥连忙把自己的钱递过去。江途都这么穷了，她不能占他的便宜。

老板却已经把江途的钱收走了，还非常郑重地说：“哪能让女孩子给钱啊，收他的就行，小姑娘你就好好坐着等着吃就行了。”

祝星遥：“……”

江途从冰柜里拿出两瓶豆奶，问老板：“有没有常温的？”

江路立即说：“我要冰的。”

祝星遥也说：“我也要冰的。”

一大一小两张脸都看着他，江途看了看她，终究没说什么，拎着两瓶豆奶找了张干净的桌子带俩人坐下。

江途靠在椅子上听她跟江路说话。两人的声音不大不小，江途隐约听见江路说“我哥有点凶”之类的话。他皱着眉，很想把江路拎过来揍一顿。

祝星遥觉得江路好像也没有想象中那么不懂事，而且嘴是真的甜。俩人端着托盘坐到江途的对面吃起来，她喝下一口汤后，胃终于舒服了些。她看向对面沉默地坐着的江途：“你要不要吃一点？”

“不用。”

“好吧。”她没多说什么，拿起手边的豆奶，发现瓶盖已经被拧开了。她下意识地看向江途，他正侧着头看着窗外。

她喝了一口，莫名地想起黎西西之前在班上说的那句“豆奶喝多了会发育不良”，又想起刚刚江途看她的那一眼，突然感觉很微妙。

江途该不会是想提醒她这个吧？

她低头看向自己的胸，觉得自己发育得很正常。刚才一定是自己想多了。

旁边，江路拧开瓶盖，一口气灌了半瓶，还说了句：“爽！谢谢女神姐姐。”

祝星遥震惊了。这个小鬼的嘴会不会太甜了点？

江途也愣了，转头看江路。江路被他们盯得有些蒙，嘀咕道：“怎么了？佳语姐姐说最漂亮的就是女神，我没见过我哥的哪个同学比你漂亮啊，难道你不是最漂亮的那个？”

祝星遥被逗乐了，看向依旧面无表情的江途，脱口而出：“这个得问你哥哥了，是不是最漂亮的，我自己说了不算。”

江途：“……”

他直勾勾地盯着笑得正开心的少女，想，她笑起来的时候比安静时更好看，眼睛黑白分明，眼底似有光在闪。

她爸妈真的很会起名字，祝星遥、祝星遥……他在心里呢喃她的名字，觉得这个名字很适合她，从头到尾都很适合。

祝星遥被他看得有点不好意思，刚想说话就听见他淡淡的声音传来：“大家都这么说，应该就是了。”

这个回答中规中矩。

祝星遥忍不住想笑，江路得意地道：“我就说啊，没见过比你还漂亮的。”

今晚，祝星遥的胃口出奇地好，她吃完了一碗鸭血粉丝、两块锅贴，还喝了大半瓶豆奶。江路的食量更惊人，剩下的几块锅贴都进了他的肚子。

祝星遥刚放下筷子，手机铃声就响了。

老刘看她走了太久，不放心，打个电话过来问问。

祝星遥：“我马上就回去了，你在路边等我一会儿。”

祝星遥刚挂断电话，一道痞里痞气的声音传来：“哟，这不是江途吗？江路小朋友也在啊？”

她抬头，看见一群穿着打扮像小混混的人站到桌旁，笑容轻蔑。领头的男人剃着寸头，头上刮了几道花纹，看起来一脸凶相。他在江路的脑袋上揉了一把，江路先是缩了一下，立即不悦地站起来，仗着身体瘦小钻了出去，回头瞪着那个男人：“别碰我！”

“啧，真小气，碰一下都不行。”那人懒洋洋地笑着，像是在跟熟人开玩笑。

祝星遥不确定地看向江途，发现原本姿态放松的少年正处于紧绷、戒备的状态。他没看她，站起来冷冷地问那几个混混：“你们想做什么？”

她很快明白，那些人不是什么好人。看江途跟他们认识，再联想到江途家里的债务，祝星遥猜测那些人估计是放高利贷的……

那人笑了笑，看到祝星遥，笑容忽然顿住，眼底透出惊艳。他上下打量着她，慢悠悠地对江途说：“江途，这妞是谁啊？不错啊，很久没见过这么漂亮的小姑娘了。”

江途沉下脸来，一字一顿地道：“不关你的事。”

祝星遥被他看得很不舒服，也很讨厌他说话的语气，站起来，清冷地道：“我漂不漂亮，确实不关你的事。”

她仰着头，从骨子里透出一股不可侵犯的姿态。陈毅看着，更觉得心痒难耐。

江途回头沉默地看她，并不想她掺和进这种事里，甚至有些后悔带她来了这里。

陈毅挑眉道：“性格还挺辣？”

江途攥紧了拳头，看向陈毅：“陈毅，她只是来这里吃饭的，你别太过分了。”

陈毅耸耸肩，目光放肆地打量着祝星遥：她手里捏着的是诺基亚最新款的手机，好几千块一台，怎么看她都是有钱人家的大小姐……

“这么说你们不熟了？”他看了江途一眼，又笑着看祝星遥，“小美人，留个电话号码？下次约你出去玩。”

江途：“滚。”

祝星遥转头看他：少年面无表情，脖子上的青筋紧紧地绷着。

店里其他客人纷纷看过来。

陈毅的脸冷下来了：“你怎么还敢这么嚣张？我知道你骨头硬，但你就一个人，干得过我们一群人？你爸欠我老大的钱还没还呢，我都不知道你在跟我较什么劲。我要是你，早就低头弯腰走人了。”

江途嗤笑道：“那是你。”

老板一看这架势，忙从柜台后跑出来，显然是认识陈毅，急切地道：“陈毅，我叫你毅哥行不？别在我店里闹行不行？我还要做生意呢！”荷西巷里的生意人大多知道陈毅，一个专门帮人追债的混混头子，真闹起来，在他店里打起来都不是事。老板又道：“你们是来吃饭的对吧？赶紧坐下，我送你们几瓶啤酒。”

陈毅看向老板，笑了笑：“行啊，那先谢谢了。”

看样子，陈毅他们真的是来吃饭的，打算收手了。

祝星遥轻轻拉住江途的衣角，小声说：“我们走吧。”

江途身体微僵，低头看向她又细又白的手指，又垂着眼看她的脸，缓缓地咽下那股艰涩感，低声道：“嗯，走吧。”

他刚转身，祝星遥就松手了。

江途看了一眼旁边：“江路，走。”

江路连忙跑过去。某些时候，他还是会害怕的，需要依附于哥哥。

本来今晚就算到此为止了，偏偏陈毅在江路走前抬手用力地揉了一下他的脑袋。江路一个重心不稳，往后倒退了两步，撞向祝星遥，祝星遥跟着退了一步，撞上一个端着一份刚出锅的鸭血粉丝的客人。

热辣滚烫的汤水哗啦啦地洒了一大半，几乎全洒在祝星遥的背上。她叫了一声，江途连忙回头，脸色微变：“烫吗？快把外套脱了。”

其实不是很烫，但她的背被淋湿了大半片，连头发都没能幸免。

她脱下外套，上面又油又黏……

那客人是个四十多的中年男人，很不爽地骂了两句：“是你自己撞上来的。吃顿饭撞上这种事情，真晦气……”他骂完就走了。

祝星遥崩溃不已，头发丝上还滴着汤水，感觉自己整个人都脏兮兮的，从来没这么狼狈过。她皱了皱眉，用外套上没湿的地方擦头发吸汤水。

江途紧紧地抿着唇，从桌上拿了抽纸擦着她正滴着汤水的发尾。祝星遥愣了愣，抬头看他。江途垂着眼，又抽了几张纸塞到她手里：“拿这个擦。”

然后，他松开她的发尾，拿走了她手上的外套。

江路抬头瞪陈毅，向江途告状：“他按着我的头，我才不小心撞上女神姐姐的……”

江途抿紧唇，目光凶狠地看向陈毅。

他想打人。

陈毅看向祝星遥，咳了声：“我刚才真的没想到会是这样的结果，不然，我赔你一件外套？”

祝星遥抬头：“好啊，三千五百六十八块，我今天第一次穿。”

陈毅：“……”

他沉默几秒，痞笑起来：“行啊，你把电话给我，我明天带你去买件新的。”

“想得美。”祝星遥从江途的手里抢过外套，把外套塞进垃圾桶里，微微一笑，“我不要了，就当是送给你了。”

她抬头看向一脸阴沉的江途，抓着他的手就往外拽。江途僵了僵，她的手有些凉，又小又软，钩着他带茧的手指，如同钩着他摇摇欲坠的理智一般。

她刚开始没拉动他，回头看他，低声说："走啊，我该回家了。"

江途低头，眼镜从鼻梁上滑下，他伸手推了推，遮住了眼底翻涌的情绪。

"走吧。"他反握住她的手，拉着愣在一旁的江路走了出去。

祝星遥被他拖着，低头看了一眼两人交握着的手，又看到他用另一只手抓着江路，心情忽然有点复杂。

走出店门，江途松开她的手，转头看她："我送你去找司机。"

祝星遥的手上还残留着他的温度，小声说："嗯……"

江途低头看江路："你先回去。"

江路点点头，朝祝星遥挥挥手："女神姐姐，再见。"

江路对这片熟悉得很，一下子就跑远了。

深秋，夜色正浓，一阵寒风袭来，祝星遥没了外套，身上只穿了一件薄薄的毛衣，顿时打了个寒战。江途一言不发地脱下自己的外套，递过去给她："穿我的吧。"

祝星遥看了看他身上单薄的T恤，犹豫着没接，小声道："你身上的那件太薄了，我还穿着毛衣呢。"

下一秒，少年的黑色外套被罩在她的肩上。他转身向前走去："我是男的，没那么容易感冒。如果不是我，你今晚也不会遇上这种事情。"

他大步往前走。

祝星遥站在老旧的街灯下，看着他清瘦挺拔的背影，觉得他好像……很难受。也是，生在这种家里，遇上这种事情，谁能好受呢?

她的手机铃声又响了。

江途停下脚步，回头看了她一眼。

这次是丁瑜打来的，大概是因为回到家后没看到她。

祝星遥伸手穿上衣服，他的衣服太大了，她扯了一下袖子才把手露出来。那件不合身的衣服衬得她纤细柔软得像一只小猫。

她跑向江途，接通电话："妈妈，你回家了？"

丁瑜刚回到家："你怎么还不回来？"

祝星遥低头，盯着她跟江途的影子，柔声解释："之前堵车，我太饿了就下来吃了点东西，现在马上就回去了。"

江途把祝星遥送到司机停车的地方，祝星遥想把外套脱下来还给他，他不冷不热地说："你先穿着吧，改天再还给我，我不冷。"

江同学，你只穿了一件T恤啊！

现在，夜里的温度都低于十摄氏度了，你还不冷？

祝星遥将这视为一个少年的倔强，想，他今晚被陈毅当着那么多人的面，尤其是当着她的面说了那样的话，肯定觉得很难堪。她犹豫了一下，穿着他那件宽大的外套向车的方向走去。

快走到车前时，她又回了一下头，看见他已经转身了，身影在老旧的街头显得冷清孤僻。她心里忽然涌起一阵冲动，又跑向他。

江途怕她的司机看到不好，所以转身后走得很快，听到身后传来脚步声时，也没回头。

直到祝星遥气喘吁吁地站在他面前，挡住他的去路后他才猛地停住脚步看着她。

祝星遥的发丝微乱，嘴角还粘了几根。她抬手理了理头发，扬起白皙精致的脸庞看他，眼睛亮晶晶的："江途，其实现在怎么样没关系的，以后都会好的。"

江途愣住，心脏强烈地一颤。

她冲他笑了笑，没给他反应的时间就转身跑了，宽大的衣角被风吹得扬起。他回头盯着她纤细的背影，心底酸胀到发软。

他知道以后一切都会好的，但从来没人跟他说过这种话，不管她是有心还是无意，是同情还是施舍，都让人招架不住。

她知不知道，她这样会让他想犯错。

祝星遥当然不知道。

她跑上车，发现老刘欲言又止，看着她的表情非常复杂。祝星遥估计他刚才是看到江途了……

她还穿着江途的外套，却一本正经地解释道："刘叔，我下车真的只是去吃了一碗鸭血粉丝，但是中途出了点意外。事情不是你想的那样，这事说来话长，还有点复杂……"

刘叔："哦……"

祝星遥怕他告诉父母，又乖巧地道：“刘叔，我知道你可能不太理解，但还是请你不要告诉我爸妈，好吗？”

刘叔一脸无奈：“我可能年纪大了，确实不太理解……”

祝星遥：“……”

车停在院子里，祝星遥把江途的外套塞进包里，在老刘的注视下下车，背着大提琴、拎着包走进家门。

“妈妈，我回来了。”

丁瑜从厨房出来，手里端着杯刚榨好的果汁，一看见她就皱了眉，放下杯子走过来：“你的外套呢？这么冷的天就穿了一件毛衣，感冒了怎么办？”丁瑜说着就帮她把大提琴从肩上卸下来。

祝星遥把自己的头发递到丁瑜面前，皱着眉说：“你闻到了吗？鸭血粉丝的味道！我不小心被人撞到了，外套被弄得太脏了我就扔了。你会怪我吗？”

那件外套是丁瑜托人从国外带回来的，花了三千多元。

现在想想，她真的觉得有点可惜，其实……那件衣服拿回来洗洗应该还能穿吧！

“你啊……”丁瑜用食指戳了戳她的脸蛋，没好气地说，“你爸爸为了赚钱忙成这样，让你喜欢什么就买什么，你还真的挥霍起来了啊？”

祝星遥又不能说实话，呛声道：“你买个包得花好几万块呢，一个月还买三个。”

丁瑜瞥了眼祝星遥：“那是我老公的钱，我多花点怎么了？”

祝星遥哼了声：“等我开演奏会后，我也能赚很多钱。要不是你跟爸爸不同意我读音乐班，也不准我接代言，我可能已经是个富婆了。”

她六岁开始学大提琴，八岁开始登台表演，十四岁开了第一场个人小型演奏会。一直有经纪人想跟她签约，但都被父母拒绝了。高中时，她想念音乐班，想有更多时间练琴，但无论她怎么闹怎么求，甚至写了保证书，他们都不同意。他们的思想观念比较传统，希望她能参加高考，也觉得她过早地进入这个圈子会不太好。

祝星遥有时候想，小孩就是小孩，怎么都拧不过大人给你定下的条条框框，只能妥协。

她在浴室里洗了半个小时，确定自己的头发上只剩香味了才肯罢休。吹干头发，她忽然想起了什么，从包里掏出那件黑色外套，仔细地闻了闻，上面除了清冽干燥的洗衣皂味道之外，背上那块还有一股鸭血粉丝的味道……是从她的头发上沾过去的。

半夜，祝星遥偷偷摸摸地把那件衣服塞进洗衣机里清洗。

半个小时后，她又做贼似的抱着衣服回到房间，在阳台的护栏上拉了根绳子，把衣服晾在上面，这样就不会被父母看到了。

周日傍晚，林佳语发完传单回到荷西巷，在路口看见江途拎着一个袋子从干洗店里出来。她叫住他："江途！"

江途站在台阶上，转头看她。

林佳语跑过去，好奇地问："你去干洗店做什么？"

江途走在前面，不动声色地道："没什么。"

"没什么那你手里拿的是什么啊？"林佳语追问道。他们家还有什么东西需要拿去干洗店吗？那多贵呀！

江途懒得理她，林佳语早就习惯了，又自动换了话题："今天早上江路跟我说，他昨晚跟你还有一个女神姐姐一起去吃鸭血粉丝了，还碰上了陈毅。他说的女神是祝星遥吗？"

他脚步一顿，嗯了声。

林佳语笑了笑："还真是她啊，我发现你们挺有缘的，总是能碰到。"

他们有缘？江途扯了扯嘴角，大概是吧。

他在偶遇她这件事上运气特别好，从一年前开始，不用特意制造机会就总是能看见她。

"江路说她很酷，把三千多块钱的外套直接扔进垃圾桶里了！"江路跟她说的时候说得绘声绘色的，林佳语都能想象到那个画面。她说着说着，突然指了指江途手里的袋子问："这不会是祝星遥的那件衣服吧？"

江途又嗯了声。

林佳语惊得走不动路了："你昨晚回店里从垃圾桶里捡的？"

昨晚江途确实回了一趟店里，衣服已经被老板娘收起来了。老板娘觉得衣服穿在祝星遥身上很漂亮，又听说一件得三千五百多元，就捡起来准备洗干净了给女儿穿。

那会儿陈毅他们还在，一群混混吵吵闹闹的，看见江途回来拿外套，都乐疯了，对江途百般嘲讽。

要不是老板拦着，江途说不定真的会跟陈毅他们打一架。

江途垂着眼，冷冷地道："一件三千五百六十八块。"

林佳语惊了。没想到一件外套竟然这么贵！

他继续往前走，心里觉得不管这件衣服值三千五百六十八块，还是值六十八块，都不该被丢掉，被人捡走穿在身上更不可以，这件衣服是祝星遥的。

周一，期中考试的座位表排下来了，考试时间是从周三到周五。

祝星遥和江途的书包里都塞了一个袋子，放着对方的外套。黎西西问祝星遥的时候，祝星遥把那天的事情告诉她了。黎西西惊讶得瞪大眼睛："所以，你第一次穿男生的衣服，是穿江途的？"

祝星遥愣住，这确实是她第一次穿男生的衣服。男生的衣服宽大，跟穿自己衣服的感觉很不一样。

她突然想起自己还跟江途拉了手，这也是她第一次牵男生的手。

黎西西心痛地抱住她："呜呜，我怎么有种女神被拱了的感觉呢？"

"谁被拱了啊？！"祝星遥回过神来，用力地搓了搓她的头发，"再胡说八道，我就搓到你秃顶。"

黎西西连忙护住自己的头发，哇哇大叫："我错了我错了，你饶了我吧……我不想变成秃头！"

一听这话，张晟就觉得刚才祝星遥跟黎西西是在说关于秃头的事，忍不住低喝道："黎西西，你别动不动就说秃顶的事行不行？有病啊！"

黎西西立即回道："说你了吗？代入感这么强，你怎么不去演戏？北电上戏欢迎你！"

张晟："……"

全班哄笑起来，都觉得黎西西太有才了。

张晟转头看向江途，发现他的嘴角也带着笑意，又吼了一句："不准笑！"

丁巷觉得奇怪："别人笑就行，江途笑你就看不过去，你这是什么毛病啊？”

大家也觉得奇怪，是啊，为什么？

江途是因为祝星遥跟黎西西打闹时张牙舞爪的模样而笑。

有时候张晟是真的挺傻的，知道对方看不起自己，还连被别人笑话一下都觉得是耻辱。

江途瞥向张晟，淡淡地说了句：“你算什么？管我笑不笑。”

张晟气势汹汹地站起来：“你有什么资格笑我？”

就在此时，上课铃声响了。曹铭连忙拉住张晟：“赶紧坐下来，谢娅来了。”

果然，谢娅已经站在教室外了。

谢娅抱着教案踩着高跟鞋走进来：“都坐下。”

中午一放学，大多数人跑去吃饭了，教室里只剩下几个人。

祝星遥拎着袋子站起来，走向后排。江途知道她是来还他衣服的。

她把袋子递过去，小声说：“我洗过了。”

江途愣了一下，没想到她会帮自己洗衣服。他接过衣服，嗓音低沉：“谢谢。”

接着，他站起来从桌子底下拿出一个袋子递给她。祝星遥疑惑地接过来，拉开一看，顿时愣住了，惊讶地抬头看他：“你……”

“洗得很干净了，应该还可以穿。”他把手机和钥匙塞进外套兜里，看了她一眼，“你要是不想穿也可以，下次别随便扔掉就是了。”

“谢谢。”

祝星遥觉得自己那晚豪迈地报价后，再把衣服塞进垃圾桶的样子……大概有点傻。三千多块对江途来说是大数目，但她却随随便便就扔了。

江途应该是在嫌她浪费。

又过了一天，期中考试开始了。

考场座位是按照月考成绩排的，江途上次没有参加月考，直接被塞进了一个有空位的考场，刚巧就坐在祝星遥的后面。

第一场考语文，祝星遥写完作文后，准备把选择题的答案涂到答题卡上，打开笔袋才发现她的铅笔的笔芯不知什么时候断了，而且她还没带卷笔刀。

前桌是别的班的，她不认识。

她沉默了两秒，趴在桌上转头看向后桌，猝不及防地对上江途漆黑的瞳仁。

江途已经做完了，正取下眼镜休息，目光漫不经心地落在前面的少女身上，岂料她突然做贼似的趴在桌上看过来，两人同时一愣。

祝星遥回过神，无声地说："借我铅笔。"

他盯着她鼻尖上的那枚痣，垂眼扫向桌面，桌上有两支很短的铅笔，短的那支很不好用。

祝星遥等了几秒。

监考老师站起来，皱眉咳了声："坐好，不准对答案。"

江途将那半截铅笔递给祝星遥，祝星遥连忙接过去，举起那支短短的铅笔自证清白："老师，我只是借一下铅笔。"

考试结束，江途起身就走。

"等等，还你铅笔。"祝星遥叫住他，将铅笔递过去。

目光落在少女白皙纤细的手指上，他说："不用还了。"

祝星遥看着他走远，把那半截铅笔塞进笔袋里。祝云平喜欢收集钢笔，这个习惯也影响到了她，她的笔袋里放着许多支钢笔，很快就把那半截铅笔淹没了。

江城一中每年元旦时都会举办迎新晚会，期中考试结束后，学校的通知就下来了，每个班要准备一个节目去参加彩排，彩排通过了才能上台表演。

曹书峻接到通知后，站在讲台上笑着问："你们有什么想法吗？"

话音刚落，底下一群男生的肾上腺激素突然飙升，都沸腾起来。丁巷反应快，抢答："这还用想吗？让祝星遥上去拉大提琴，她绝对能艳压全场！"

"就是啊！我们班的节目，稳赢！"

"我早就想看女神拉大提琴了，之前只看过视频，不过瘾啊！"

"就这么定了！不用商量！"

…………

看过祝星遥演奏会视频的人都知道，她是当之无愧的才女，有她在别人就不用操心了。一时间，全班同学都看向祝星遥，黎西西忍不住说："你们别擅自做主啊，星星当然可以艳压全场，但你们也得问问她同不同意啊！"

曹书峻的本意也是让祝星遥一个人上，这样他们班就不用另外浪费时间去排练节目了。他咳了一声："祝星遥，你觉得怎么样？你要是同意的话，我就报上去了。"

祝星遥在大家期待的目光中轻轻点了点头："好。"

这件事很快就传遍了整个年级，大家都知道祝星遥要在迎新晚会上表演节目了。（8）班的教室内，周原搭着陆霁的肩，兴奋地出主意："要不要在晚会上搞点动作？"

上次被拒绝之后，陆霁其实有点消沉，事后想了想，觉得自己确实有点着急了。他拍掉周原的手："全校师生盯着，你想搞什么？"

周原说："献殷勤啊，送花啊。"

陆霁歪着头看向窗外，正好看到祝星遥跟两个女生经过。他看了几秒，转头用看傻子的眼神看着周原："她是拉琴，不是唱歌，我送一束花上去不是有病吗？"

周原：他说得好像有道理。

三天后，期中考试的成绩出了。学习委员和班长分别考了第一、第二名，祝星遥名列班级第三、年级第九。

最让大家吃惊的是江途，他缺课了近两个月，竟然还考了班级第四名。

周五的班会上，曹书峻在全班同学面前表扬了他："江途一个多月没来上课都考得这么好，而且数学和物理都是满分，你们正常上课了还没考好的，要好好反省一下。"

丁巷看向江途，反省道："我不配做你的同桌。"

下一秒，曹书峻就宣布："开学这么久都没调过座位，这次调一下，就按照成绩排名的顺序选座位和同桌。"

丁巷："……"

他看向江途："途哥，你不会抛弃我的，对吧？"

虽然江途性格冷漠话少，但他的成绩好啊，作业也随便让丁巷抄！这种同桌去哪里找？！

江途瞥他一眼："随便。"

黎西西考得一般，在班里排名第十二。她推了推祝星遥，高兴地道："我们坐到第四组的后面去。"开学时她们来得太晚了，座位被占了，没的选了才坐到第二排的。祝星遥也不喜欢坐得太靠前。

学委和班长都懒得换座位，马上就轮到她选了。

她问黎西西："倒数第二桌就好了吧？"

黎西西："嗯嗯！"

祝星遥说："我跟黎西西坐第四组的倒数第二桌。"

丁巷一听，看向江途道："途哥，我们坐第四组最后一桌吧。"丁巷想坐到女神的后面。

这次，江途没抬头，说："随便。"

他的声音不大不小，正好能让班里的人听见。

大家都选好座位后，开始搬桌子，两个男生帮祝星遥和黎西西把桌子搬到后面。桌子有点歪，江途帮祝星遥挪正，转身时不小心用袖子擦到了她的脸。

他顿了一下，低头看她。祝星遥抬头冲他笑笑："谢谢。"

少女的笑容甜美明丽，江途盯着她的脸看了片刻，侧身走出去："没什么。"

祝星遥的前面坐着两个男生，曹书峻一走，张晟就过来说要跟他们换座位。被人拒绝后，张晟又转回头看向江途，嗤笑道："江途，换个座位，我给你两千块怎么样？"

祝星遥皱眉："张晟，你是不是有病？谁稀罕你的钱！"

张晟看了江途一眼："说不定他乐意呢？"

江途站起来，目光冰冷地看向张晟："滚。"

他还是那副冷清不屑的样子，跟上次在器材室里一样。那个"滚"字直接激怒了张晟，张晟挥拳冲过去说："你有什么资格叫我滚？"

旁边的人还没看清江途是什么时候出手的，就看见张晟的手臂被江途反扣在身后，脑袋也被按在桌上。江途十分平静，甚至没有一点被激怒了的感觉，只说了一句："我说过，我不想在学校里打架。"

在学校里打架会被处分的，他已经这么不堪了，不想再让祝星遥看到自己这么难看的样子。

教室里还剩下的十几个人全都震惊地看着他们。

班长和曹铭连忙过来把他们分开。张晟气得脸红脖子粗，要不是被人拉着，肯定会冲上去打江途。曹铭心里挺忌惮江途的，连拖带拽地把张晟拉走了。

丁巷回过神来，用一脸被征服了的表情看向江途："这回我是真的服了，途哥不是白叫的。"

江途没搭理他，看了一眼似乎被惊到了的祝星遥，低声问："被吓到了？"

祝星遥摇头："不是……"

江途不知道她在想什么，也不打算追问。

他沉默了几秒，说："不是就好。"

江途拎着书包，转身走出教室。

黎西西才是被吓到了的那个，等他走了才叫道："天哪，刚才江途有点帅啊。"

祝星遥看着他的背影，想到了陈毅。江途连陈毅都不怕，怎么可能会怕张晟？他应该是真的不想在学校里打架。

第二天，全班都知道江途和张晟昨晚差点打起来了的事，也知道二人起冲突的原因是张晟拿钱羞辱江途。

天气越来越冷了，一晃到了12月。

祝星遥还没确定好要在迎新晚会上拉什么曲目。上午的一个课间，她跟黎西西说："要不然你跟我一起上台？你唱歌，我给你配乐。"

别看黎西西只有一米五八，看起来就像个可爱的小男生，但唱歌特别好听。

"不要，大家是想看你，又不是想看我。"黎西西拒绝，"我都说了，你只要抱着大提琴坐在舞台上，无论表演什么大家都会说好。你纠结什么啊？我来帮你选一首。"

丁巷嬉皮笑脸地往前凑："让我也来选选呗。"

黎西西冲他翻白眼："你？你有艺术细胞吗？算了吧。"

丁巷：基本的审美他还是有的好吗？

他转头看向江途："那让途哥来？"

江途抬头，刚刚做完眼保健操的他没戴眼镜，漆黑的眼珠直直地看向祝星遥。

祝星遥愣了一下，回头看江途：江途在校服里穿着一件黑色毛衣，脖子的线条流畅，脖子上一侧贴着一张创可贴。丁巷早上问过他是怎么回事，他说是不小心刮到的。

祝星遥不信。他得多不小心才会刮到脖子啊！

虽然他不动声色，但祝星遥觉得他今天比以往更沉默。音乐能让人心生希望，她看着他，忽然笑眯眯地说："途哥，选一下吗？"

少女的嗓音轻灵悦耳，她一声"途哥"，让江途的心跳漏了一拍，随后又疯狂地跳动起来。

祝星遥并没有意识到这一点，只觉得江途好像是1月份出生的，确实比他们大一些，而且黎西西有时候也会开玩笑地叫他一声"途哥"。她叫应该也没什么吧？

江途狼狈地移开眼，喉咙发紧，挤出几个字："别这么叫我。"

祝星遥有点不高兴，指了指丁巷和黎西西："为什么？他们两个都这么叫。"

因为你跟别人不一样。

你做什么事，说什么话，对我而言都是特殊的。

——江途在心里说。

他再次抬头，沉默地看着毫无所察却肆意地挑战他的理智的少女——她正无辜地盯他。半晌，他无奈地说："你至少让我听一下，我才能选啊。"

祝星遥立即笑了，把一只耳机放到他的课本上："这些都是在我演奏会上刻录下来的。"她顿了顿，有些好奇，"你应该没听过我拉琴吧？"

江途沉默了一秒："听过。"

"校园论坛上传的那个吗？"她挑眉笑了，"我还以为你不上校园论坛呢。"

江途沉默，没有回答。

他确实不看校园论坛，而且他听过的也不是论坛上传的那段。他忽然抬头看她，很冷静地问："你让我选一下，是要我给意见，还是我选什么你那天晚上就表演什么？"

祝星遥："……"

这个问题问得太犀利了，她之前是想缓和气氛让他高兴些才随口说的，并没有一定让他选定一首。

黎西西和丁巷也看向她。

祝星遥眨眨眼，小声说："你先听听？"

"嗯。"他把耳机戴上。

课间时间没多少了，他只听了一首轻快的曲子上课铃声就响起了。祝星遥把随身听递给他，狡黠一笑："你把耳机从领子里穿出来，再把校服拉链拉到最上面，然后戴上耳机，捂着耳朵写字，这样老师就看不见了。"她小狐狸似的捂住右耳，教他怎么在上课时开小差，说完又觉得有点不好意思，"你下课后再听也可以。"

她上文科课程的时候经常这样偷偷地听音乐，江途怎么可能不知道？

他不动声色地看她一眼，把耳机从校服下摆穿过领口，戴在右耳上，再将拉链拉到顶端遮住耳机，不仔细看确实看不出来："好了。"

祝星遥愣了一下，笑着道："途哥厉害。"

江途："……"

他看她的眼神中透着些许无奈。

这节课是历史课，历史老师凭本事把班里的男生催眠倒了一大半。江途趴在桌上，背脊微弓，整个脑袋向下埋着，连丁巷都以为他被历史老师和大提琴曲给催眠了。

江途的两边耳朵内都塞了耳机，重复听了三遍《巴赫G大调第一号》。

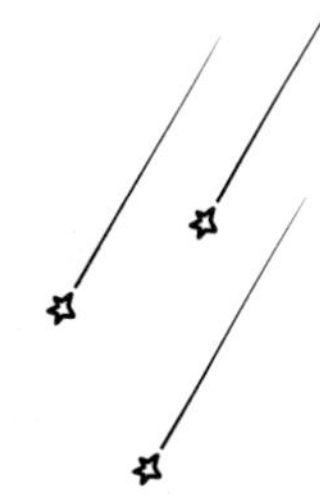

第二章

J同学每周五的情书

他第一次听祝星遥拉大提琴是在初三时的暑假。江锦辉好赌，在旧厂区工作的工资一分也没用在家里，全都拿去赌了。赌债东家欠一点，西家欠一点，但数额都不算大，江锦辉咬咬牙辛苦一两年，还是可以还上的。因为常年赌博的事，江锦辉好几年前跟舒娴的感情就不好了。他喝多了或者输了钱时，不只会动口，还会动手，舒娴性格软弱，钱被江锦辉拿走了也能忍下来。

她总是抱着希望，觉得等荷西巷拆迁了，家里就好了。

但任何时候，赌鬼都是不可以相信的。

8月底，陈毅和一群人带着高利贷欠条去荷西巷找江锦辉追债。

那晚，江途第一次清晰地认知到，什么叫希望的破灭。

他跟陈毅打了一架之后，又跟江锦辉打了一架，颓丧地跑出荷西巷，漫无目的地跑了一路，不知道自己去的是什么地方。直到被别墅区里的警卫当成可疑人员给拦下来了，他才知道自己跑到跟荷西巷相隔两条街的星苑别墅里来了。

跟警卫解释清楚后，他沿着别墅路段往前走。婉转悠扬的大提琴演奏声传入耳中，他循着声音往前走，来到一处花园前。被白色木栅栏围起来的花园里布满了彩色的霓虹灯，里面温馨热闹，人不少，像是在办派对。一个穿白色礼服拉着大提琴的少女坐在台阶上，脸蛋白皙，演奏的时候非常投入，整个人看上去灵动而优雅。

那晚繁星闪耀，加上花园里彩灯闪烁，她看上去像生活在一个五彩斑斓、遥远又美好的世界里。

而江途被隔绝在那个世界之外，只能沉默地看着、听着。

大提琴的旋律低沉婉转，却宛如包容了世间万象，抚去他心底所有的悲愤、不甘和难受。

琴声止，有人喊她："星星，再来一曲！"

少女笑道："好。"

江途站在外面看了十分钟后，转身走了。

后来，他看见她背着大提琴包走进奶茶店买柠檬水。

再后来，她站在高一（7）班的讲台上微笑着做自我介绍："我叫祝星遥。"

…………

"江途，你听完了吗？"

"途哥，你听完了吗？"

江途突然抬头，额头被压得红了一块，眼睛有些内双，眼尾微翘，那层浅薄的双眼皮从眼尾散开。他不戴眼镜也不笑的时候又冷又酷，直直看向祝星遥。

黎西西笑了两声："你看，只有星星叫途哥才会醒。"

丁巷也笑："途哥，你飘了。"

江途低头抿了抿干燥的唇，嗓音干哑："我没注意到已经下课了。"

祝星遥想起他整节课都将头埋在桌上，默默地说："你不会是听睡着了吧？"

江途觉得有点好笑，眼底染上笑意："没有。"

祝星遥不太相信："那你喜欢哪个曲目？"

随身听被江途设置成了单曲循环模式，他把校服拉链拉开，取下耳机递过去："现在这首。"

祝星遥戴上耳机，有些诧异地看着他："你喜欢这个啊，为什么？"

他嗯了声，垂下眼淡淡地说："听了会让心情变好。"

祝星遥盯着他脖子上的那块创可贴，又看了看他的表情，觉得他的心情好像好些了。她托着腮看向黎西西："那就选这首吧。"

黎西西觉得选哪首都可以，因为她觉得都好听："好啊。"

丁巷叹了口气，心痛地说："我感觉我遭到了不平等的对待，意见都不让提。"

黎西西微笑道："谁让你成绩排倒数，长得也不够酷，还打不过张晟呢？"

丁巷："……"

张晟前段时间经常来挑衅，但江途说不会在学校打架就不会打，一次也没破功。

下午，祝星遥就把曲目报了上去。

放学的时候，祝星遥又瞥见了江途脖子上的伤，趁黎西西丢垃圾、丁巷也不在，小声问："你……是被人打了吗？我是指那些人……"

江途知道她说的是陈毅他们，用手指在脖子上蹭了蹭，淡淡地说："没事，家常便饭。"

反正，陈毅每个月月初都要去他家收一次账，他在家的话，陈毅那帮人就收敛一点；他不在的话，家具什么的就要遭殃了。

他说完，不想再看祝星遥纠结、同情的表情，转身走了。

圣诞节当天，江途侧身靠着墙，用后脑勺抵着墙壁，余光淡淡地扫向祝星遥。她跟黎西西正在收拾桌子里的苹果、巧克力、贺卡等等。她其实很讨厌这些东西，每次整理的时候都有点暴躁。

有时候，他来得早的话，还能看见她课桌里零零散散地摆了几封情书。

总有些不自量力又自我感觉良好的少年想要"摘星"。

他左手捏着那半截铅笔，若有所思。

祝星遥对着那堆巧克力和苹果发愁，转头看向他，可怜巴巴地说："吃苹果吗？"

江途转头看她，冷淡地道："不吃。"

祝星遥："巧克力？"

他面向前方，皱眉道：“你要是真的不知道该怎么处理的话，我帮你扔到垃圾桶里。”

“别别别！”丁巷连忙阻止，露出一副为女神排忧解难的表情，“扔掉多浪费啊，分给我一点。我吃，我吃！多少我都吃！”

前面坐的那两个男生也转过身说：“我们也可以帮忙。”

祝星遥：“……”

她看了看江途冷酷的脸，觉得他可能误会了。她真的不是因为他穷才问他要不要吃的。

黎西西随手塞给前桌两个苹果，还站起来吆喝：“要吃苹果、巧克力的，自己过来拿。”

周茜拿了两个苹果和一盒巧克力，转头喊：“都来拿啊，又没毒。”

一时间，男生女生都凑过来，很快就把那堆吃的给瓜分了。

“谢啦，女神。”

“等会儿不用买零食啦！”

“要是每天都有就好了。我这么说会不会被女神打？”

祝星遥一本正经地说：“会。”

大家哈哈大笑起来。祝星遥看着清爽的桌面，轻轻地嘘出一口气，跟黎西西小声抱怨：“可别再送了，很烦。”

黎西西又说：“这帮男生的脑子里塞的是屎吧！送一堆吃的，是想把我们女神养成猪吗？”

祝星遥：“……”

她往黎西西的怀里塞了一盒巧克力：“你可闭嘴吧。”

黎西西直接拆了巧克力，转身丢了几颗在丁巷的桌上：“丁香花，请你吃。”她看了看神色冷淡的江途，收住了自己想往他桌上扔巧克力的想法，咳了声，转回去。

丁巷剥了一颗巧克力放进嘴里，看了眼江途，问：“途哥，吃不？”

江途淡淡地道：“不吃。”

下午放学后，黎西西要去买周杰伦的专辑。祝星遥回头，看到江途跟往常一样，迅速收拾好东西，正准备走人。两人一整天没怎么说话。其实平时也差不多，江途的话本来就少，基本是别人问他他才会回答，没必要的话，他基本不会主动开口。

他真是个非常不主动的人。

江途拉上书包拉链，看了看她。

祝星遥心想，你总算看到我了。

她眨了眨眼，问："你每天放学后都走得那么急，也不去打球，是要去做什么？"

一般放学就跑的男生，不是去网吧里打游戏，就是去球场上占位置。

她从没在球场上见过他。

江途把包甩到肩上，淡淡地说："打工。我先走了。"

他人高腿长，很快就到了门口。

黎西西转头看丁巷："途哥在打什么工呢？"

祝星遥也看着丁巷。

丁巷耸肩："别看我啊，我也不知道。反正途哥经常一放学就走，有时候好像还通宵打工，问他，他也不告诉我。不过据我观察，他哪天要是在课上睡半天，那前一天晚上肯定是熬通宵了。"

祝星遥仔细地回想了一下，与他做前后桌都一个多月了，他好像每个星期总有那么两三天睡眠不足。

迎新晚会定在周五晚上，地点是一中的大礼堂。礼堂后面连着操场，空旷得足以容下全校的学生。祝星遥这周很忙，要配合整个节目流程进行彩排，以免出错。学校安排她压轴出场。

周四下午，祝星遥把大提琴带到学校，进行最后一次彩排。

大提琴是她的宝贝，她这是第一次将琴背到学校。一进校门，她就吸引了众多人的目光。

陆霁跟周原、许向阳一起骑着自行车上学，刚进校门就看见前方那个背着红色大提琴包的少女。

大提琴之所以叫大提琴，是因为琴身真的挺大的。她今天下午没穿校服，穿的是一件卡其色的短外套，搭配修身牛仔裤，整个人看起来很纤细——琴包看起来都比她大。

周原连忙推陆霁："那个包看起来很沉啊，你……"

你赶紧去献殷勤啊！

他话没说完，陆霁就踩着自行车窜了出去。

“祝星遥。”陆霁喊她的名字，在她旁边停下车。

祝星遥回头，陆霁指了指她背上的琴包：“挺沉的吧？我帮你拿吧。”

“不用了，谢谢。”祝星遥笑着拒绝了，“我背习惯了，不觉得有多沉。你快去上课吧，时间快到了。”

她转身直接走向礼堂。

陆霁看了几秒她的背影，周原和许向阳来到他旁边。周原指了指走远了的祝星遥：“那就是我们之前在视频里看到的那把大提琴，听说花了十几万才买到。”

陆霁收回目光：“不奇怪，定制的琴的价格都是几万块起步。”艺术向来是无价的。

周原笑着搭着他的肩膀，挑眉道：“不过你家里有这个钱，给她送一把琴都可以。勇敢地上。”

陆霁哼了声：“走了。”

周原连忙蹬着自行车追上去：“你明天真的不打算做点什么？这么好的机会……”

“你别嚷嚷。”陆霁回头瞪他一眼，压低嗓音，“我有准备新年礼物。”

（7）班也有男生在路上碰见祝星遥了，一回到班上就兴奋地宣扬道：“我刚才看到女神背着大提琴去彩排了，明晚就能看到女神的现场演出了。”

丁巷用笔戳黎西西的后背：“黎西西……”

黎西西转头瞪他：“说话就说话，再戳我，我就揍你。”

丁巷挠挠头，无语地道：“你凶什么，我就是想找你聊聊天。”

“你跟江途聊。”

“他没话跟我说……而且他也不知道啊！”

“……”

江途正在做物理竞赛题，闻言头也没抬。

黎西西觉得丁巷挺可怜的，要是让她跟江途这样的人做同桌，她可能会抑郁。她回头看丁巷：“你想聊什么？星星还是月亮？”

丁巷干笑道：“我之前在男厕所里听人说，女神的大提琴一把要十几万，真的假的？”

黎西西：“真的啊。一把意大利独立制琴师制作的新琴一般是十几万起步，星星的好几把琴都是定制的，最贵的一把好像几十万吧。”

丁巷咂舌：“贵得吓人。”接着又笑着说，“不过，这才配得上女神。”

江途顿了顿，盯着试卷，略微出神。

那天放学后，很多人跑去礼堂看彩排去了。江途在自行车棚里碰见了林佳语，林佳语刚推着自行车出来，笑着看他：“江途，你等会儿去哪？”

他蹲下来打开自行车锁，说：“梁哥朋友的酒吧里缺人，我去帮忙。”

这种临时工作的工资比较高，不过林佳语很少去做，她没他那么缺钱。她哦了声：“那你小心点，酒吧里还是挺乱的，别惹到人了。”

江途跨上自行车，看她一眼：“我先走了。”

林佳语：“哎，等等——”

他都已经走了，又停下车回头：“怎么？”

林佳语推着自行车往前：“我等会儿要去买新年贺卡，有同学给我送了，我要回礼。”她眨眨眼，“你呢，有人送你贺卡吗？有的话我帮你带几张吧。你也别再独来独往了，交点朋友啊……”

江途没耐心听她说教，冷声说：“不用，我走了。”

酒吧在市中心，就在梁哥的烤肉店后面的那一条街上。江途把自行车放在烤肉店内，换下校服后才走向酒吧，经过拐角的那家精品店时，脚步忽然一顿。

精品店的玻璃橱窗上挂着各种精致的小礼物，他的目光落在悬挂着的那张贺卡上。贺卡上，少女抱着大提琴坐在窗台上，仰头看着夜空中的点点星辰。

江途盯着看了一会儿，走进去买下那张贺卡。

越是临近元旦假期，酒吧这种地方的人就越多。江途刚套上服务生的衣服，就被人塞了一个托盘：“97座点的伏特加，你送过去吧。”

江途点头："嗯。"

江途端着托盘穿过不断闪耀着的灯光走近97座，一抬眼，就看见了陈毅跟他的那群兄弟。江途对这几个人太熟悉了，每个月都能见到一两次。江途顿住脚步，并不想惹事，转身想让同事帮忙送过去。

"真的，就在一中的校门口看见的。她背着大提琴从一辆大奔上下来的，那车百来万吧，果然是有钱人家的大小姐啊。"

"我也看见了，感觉比前两个月看到时更漂亮、更有气质。"

"大提琴？"陈毅懒洋洋地问，"还是个艺术生？"

"不是。"那个小弟喝了一口酒，兴奋起来，"我问了一个学生，那姑娘叫祝星遥，是他们学校的校花。怪不得长得那么漂亮呢！明晚一中有迎新晚会，她要上去表演，拉大提琴。毅哥，我们明晚要不要翻墙进去看看？"

陈毅晃着酒杯，冷哼道："我本来打算明晚去趟荷西巷呢，听说江锦辉昨晚赢钱了。那浑蛋赢了钱也不主动还，每次都要咱们上门逼，真欠揍。"他想起祝星遥那张漂亮的脸蛋，忽然坏笑一声，"算了，明晚去看看，我还挺想念那个小美人的，还梦见过她，啧……"

话没说完，一杯伏特加被放到他面前，酒洒了一半，洒在他的裤子上。

"您的酒。"少年冷漠地说完，转身就走。

陈毅回过神来，霍地站起来，揪住他的后领往后一拽，厉声道："江途，你什么意思？"

江途被拽得往后退了几步，面无表情地转头看他："没什么意思。"

陈毅最看不惯江途身上的这股劲，明明家里什么都没有，还总露出一副冷清绝尘的模样，看他们的时候眼底还透着一股轻蔑的意味，也不知道在轻蔑什么。江途自己能好到哪里去？

他冷笑："还说没意思，那你把酒洒到我的裤裆上？"

江途平静地道："一个快三十的男人竟然打一个十几岁的高中生的主意，酒都看不惯你的下流。"

陈毅眯了眯眼，还没动手就有手下朝江途的腹部方向挥拳。江途想也没想，抬脚就踹了过去。他腿长，比那人出拳要快，那人捂住肚子呻吟了几声。

很快，一群人都上了。江途被陈毅按着，被那人还了一拳，腹部隐隐作痛。他沉着脸挣扎，做好了跟他们打一架的准备，唯一后悔的就是戴了眼镜。

反倒是陈毅把他们拦住了，看了一眼急忙跑过来的酒吧经理，抬手喊："都停手，酒吧老板跟老大有点交情，别砸了场子。"

他松开江途："那杯酒就记在你的账上了。"

江途在酒吧代班的工资是一百五十块，酒一百二十块一杯，他今晚相当于白干了，但他一点也不后悔。

经理黑着脸把他拉过去，训了几句："你怎么回事？你也不是第一次来帮忙了，怎么能跟客人打起来？"

江途垂眸，漫不经心地听着。

那晚，他几乎一夜没睡。酒吧打烊时已经凌晨五六点了，他在休息室里冲了个澡，洗去一身烟酒味，套上校服，骑着自行车去上学。

教室里空无一人，江途从书包里抽出那张贺卡，低头看了很久，直到握着钢笔的右手都僵硬了也没想好要写什么。

也不知道过了多久，门口传来了少女熟悉的声音："途哥？"

他愣住，转头看向后门方向。

少女背着大提琴慢慢走进来，惊讶地看向他："你怎么来这么早？"

他不动声色地拿出语文课本，把那张贺卡压在课本下面，反问她："那你怎么来这么早？"其实现在也不算早了，距离早读课还有十几分钟。但大家大多是踩着点进教室的，早五分钟到都算很早了。

"我昨天背着大提琴进学校时，大家都盯着我看，所以我今天就想来早一点，免得被大家围观。"祝星遥站在他面前，环顾教室，嘀咕了句，"我把琴放到哪里好呢？"

江途看着她："学校里没有保存乐器的地方？"

"有的，但是我来早了，老师还没开门。"祝星遥看中了他身后的那块空地，眼睛微亮，指了指那里，"我放在这里可以吗？放一上午就好了。"

江途回头看了一眼："可以。"

她把书包丢到桌上，刚转身就感觉到肩上一轻，江途已经把她的琴包卸下来了。她愣了一下，下意识地提醒道："你轻点哦！那是我的宝贝！”

江途的动作一顿，垂眼看她：“我知道。”

“每一把琴都是我的宝贝，小时候花几百块买的那把也是。所有的琴我都好好地保存着呢。”她下意识地解释，怕他误会，语气还有些急，“所以不是因为贵它才是宝贝的。”

江途把琴包立在角落，回头看她，嘴角淡淡地弯了一下：“你急什么，我没误会你。”

冬日，天亮得晚，教室里的白炽灯亮堂堂地照着少年冷白色的脸。祝星遥仰着小脸，清楚地看到了他眼底的血丝，抿了下唇，小声问：“你昨晚做什么去了？”

走廊上传来一阵急促凌乱的脚步声，前门被撞开，两个男生打闹着冲进教室。

他们看见祝星遥和江途站得很近，都愣了一下。

祝星遥大大方方地看向他们，笑道：“早啊。”

男生挠挠头：“早啊。女神你来这么早啊？”

“带琴来了，所以早一点。”

“哦……原来是这样。”

江途不动声色地坐下，没回答祝星遥的问题。

那把大提琴放在他身后的空处，他当了一上午的护琴使者，不让别人靠近。

因为晚上有迎新晚会，学校只上半天课。学生们翘首以盼，期待着晚上的迎新晚会。祝星遥吃完午饭后，休息了一会儿，然后去化妆、换衣服，为晚上的表演做准备。

晚会正式开始的时间是晚上七点，每个班都被分在固定的区域里。场地上整整齐齐地摆着椅子，看起来颇为壮观。

黎西西和周茜在后台陪祝星遥。

祝星遥在礼服外面套了件宽大的羽绒服，懒洋洋地窝在椅子上，咬着吸管漫不经心地喝豆奶：“快开始了，你们还不回去吗？开场表演是夏瑾的独舞，我看过彩排，她跳得很美。”

夏瑾是（15）班的班花，多才多艺。

黎西西拉着周茜站起来，笑眯眯地道：“那我们先回去了。那帮男生最期待的是你的压轴表演啊，大提琴女神。”

祝星遥催促道：“你快走吧。”

黎西西做了个鬼脸，拉着周茜走了。

祝星遥一转头，就看见夏瑾站在她身后，脸色不太好看。她尴尬地笑了一下，心想：糟糕，黎西西的话被她听到了……

晚会热火朝天地进行着，现在进程已过半。丁巷看着自己旁边空着的椅子，着急地挠头：“途哥怎么还没来呢？”

张晟嗤笑：“什么途哥，他算什么哥啊？”

“又没让你叫。”丁巷戗回去，然后跟旁边的男生说：“再不来就要错过女神的表演了。”

学校没有要求所有学生都来看晚会，而且这种时候管理得比较松。丁巷给江途打了几个电话都没有人接，后来，江途直接关机了。

他嘀咕：“搞什么……”

坐在祝星遥前桌的男生说：“可能就是对晚会不感兴趣吧。你看他平时独来独往的，看起来连个爱好都没有，在家睡觉、出去玩或者去网吧打游戏了，都说不准吧……”

丁巷觉得好像有点道理，但心里还是觉得很可惜，女神的表演曲目还是江途选的呢，他怎么可以不看呢！在丁巷看来，没看到祝星遥的表演就跟丢了钱差不多。

终于轮到祝星遥表演了，她提着裙摆走向舞台中央，从场务手里接过大提琴的时候愣了一下。原来，场务竟然是陆霁。

陆霁将琴递给她，微笑着道：“加油。”

她接过琴，小声说：“谢谢……”

夜色深沉，深冬的街道上冷冷清清的。一道高瘦的身影飞快地穿过街头，冲到一中的校门口。不等门卫放行，他就单手撑在栏杆上利落地翻进去，双脚刚落地又飞快地往前跑。

门卫愣了一下，连忙追了出去，大声吼道：“小兔崽子，你给我停下！让你进去了吗？校牌呢？给我停下，听到没有？”

少年没理他，狂风似的跑远了。

门卫拿着对讲机站在原地转圈，要不是看他身上穿的是一中的校服，早就让人把那兔崽子给抓住了。他皱眉嘀咕：“大半夜的，跑什么呢，被鬼追呢……”

江途奋力地跑向礼堂，用此生最快的速度。

寒风吹过胸膛，冷得透彻，他也不在意，循着优雅的琴声往前跑。偌大的礼堂敞着大门，操场上有几千名学生，黑压压的一片，却很安静。

最后一个音符落下，那片黑压压的人群中忽然沸腾起来，有个男生站起来，将手做成喇叭状，高声喊道：“女神，再来一曲！”

班主任一巴掌拍在那个男生的后脑勺上：“喊什么呢！安静，坐下！”

场面逐渐失控了，越来越多的男生站起来为祝星遥欢呼。

“祝星遥，我爱你！再来一曲！”

“女神祝星遥，再来一曲！今夜不散！”

…………

“祝星遥，再来一曲！”

男生们一个个都青春无敌，荷尔蒙无处挥洒，躁动的因子在身体里狂欢。

江途站在那个喧嚣的世界外，弓着背，双手撑在膝盖上，用力地喘息着，额头上的汗水一滴滴地往下掉。在寒风的吹动下，他整张脸都变得冰凉冰凉的，加上脸上的伤，看起来颇为狼狈。

他抹了一把脸上的汗，从口袋里掏出眼镜戴好，直起身，远远地看着舞台上穿着白色礼服的少女。

她站起来，款款地向观众鞠躬。

万千灯光笼罩着舞台，舞台中央的少女精致漂亮，比天上的星星还要闪耀。

江途看着她提起琴回到后台，在人群散去之前，转身走了。

教学楼内一片漆黑，人都去看晚会了，这边一个人也没有。少年高瘦的身影钻进去，也没人看见。

他推开高一（7）班的后门，按亮一盏灯，走了进去。

少年的嘴角破了，上面的血迹已经干涸。他从语文课本里抽出那张贺卡，坐在椅子上凝神片刻，在下笔之前顿了一下，换上另一只手。

祝星遥回到后台的时候已经快被冻僵了，手在光裸的手臂上用力地搓了搓。忽然，她肩上一沉，身上多了一件白色的羽绒服，是她自己的羽绒服。

她愣住了，回头看见陆霁正站在她身后。

陆霁见少女精致的锁骨还露在外面，低声提醒她："快去换衣服吧，别感冒了。"

"谢谢。"祝星遥被冻坏了，声音有些发颤。

她冲他笑了一下，跑去换衣服了，换好衣服回来后，看到自己的背包上放着一个小巧精致的礼物盒。她捧着礼物盒四处张望，目光跟还站在原地的陆霁对上。

他挑眉笑着说了一句话，后台嘈杂，她听不太清他的声音，只能从口型判断出他说的是"新年快乐"。

回到家洗完澡时已经凌晨一点了，祝星遥打开那个礼物盒，里面是一个定制的木质大提琴挂件，样子非常精致。挂件下方压着一张白色的小卡片，卡片上写着"偶然看到的，你应该会喜欢"，落款人是J。

J大概是陆霁的代号了。

祝星遥拿起卡片，感慨陆霁真的很会挑礼物，上次送她大提琴乐团的演奏会门票，这次送大提琴挂件。祝星遥对一切关于大提琴的东西都无法抵抗，真的很喜欢这个挂件。

陆霁啊……

她想起他干净阳光的笑容，觉得实在没办法讨厌他。

祝星遥想了想，把那个大提琴挂件挂在了照片墙上。

晚会之后就是周末，加上元旦三天，一共凑了五天小长假。假期第一天就下了雨，天气冷得厉害，祝星遥窝在房间里上网。

黎西西给她发来消息："你快去看校园论坛，里面关于你的帖子占了一半，还有一半是关于高二学长宋熠表白曲薇，被教导主任训话的事……"

"宋熠学长真帅，胆子真肥！"

"对了，昨晚江途没去看晚会你知道吗？白让他选曲目了。"

祝星遥愣住，忙打字问："江途昨晚没去看迎新晚会？为什么？"

黎西西："不知道，丁巷打他电话没打通。"

他连电话也没接？

祝星遥下意识地想到了陈毅，担心江途的家里是不是出事了。她拿起手机，忽然想起自己没有他的电话，黎西西肯定也没有。她直接在QQ上问丁巷要江途的手机号。

丁巷很快把江途的电话号码发过来，还回了句："女神，你要途哥号码做什么？我昨天打了一晚上都没打通，刚刚又试了一下，他的手机还处于关机状态……"

跟江途关系最好的丁巷都没联系上江途，祝星遥觉得江途是出事了，回复道："有道数学题要请教他。"

荷西巷里，寒风阵阵。这里的通风条件不好，一下雨就潮得厉害冷得刺骨。

林佳语穿着厚厚的棉衣踏进江途家。里面已经被收拾干净了，家具能修好的都被修好了，修不好的都被扔了。江路一个人坐在餐桌前吃早餐，她走过去问："你哥哥呢？"

"在里面。"

"昨晚怎么回事啊？陈毅他们以前来的时候，也没这么过分啊。"

江路摇摇头，叹了口气："不知道，本来他们都要走了，后来有人说要去一中看晚会……我也不知道怎么突然就又打起来了，我哥……"他朝房间的方向看了眼，小声说，"我哥昨晚有点疯，可能是压力太大了吧。"

林佳语叹了口气："你爸爸呢？"

"谁知道呢，昨晚就不在家，要不然也不会闹成这样。"他哼了声，转头看见江途走出来，缩了缩脖子，"哥。"

"你来干吗？"江途看向林佳语。

林佳语看到他眼角和嘴角的伤，有些心疼地撇嘴："我来看看你们啊。"昨晚陈毅那帮人来了，动静闹得比之前都大。

"有什么好看的。"脸上看不出情绪，他没理会林佳语，走到门口换上球鞋。

林佳语看他要出门了，忙喊道："你今天还要打工啊？别去了吧，今天先休息一天。"

江途换好鞋，直起身看向江路，冷声道：“你在家好好做作业，再去网吧，我就揍你。”

江路今天格外乖巧：“哦……”经过昨晚，他总算见识到他哥是个什么样的狠人了，他哥平时对他真的太温柔了。

“你脸上有伤呢。”林佳语急道。他脸上的伤不少，身上肯定也有伤。

“我又不靠脸吃饭。”江途淡淡地丢下一句后离开了。

刚走出荷西巷，他兜里刚开机的手机就振动起来。掏出来一看，他愣住了，认出这是祝星遥打来的电话。祝星遥没有他的号码，他却记得她的，第一次在班级登记表上看到时就记住了。

祝星遥没想到自己的运气这么好，电话一打就通了……

江途站在巷子口接电话，她听到呼呼的风声，小声问：“江途？”

“嗯。”他将手插进裤兜，转身继续走，“你找我有事吗？”

少年的声音一如既往地冷淡，被风一吹，听起来既冷漠又遥远。祝星遥沉默了一阵说：“丁巷说你昨晚没去看晚会，电话也打不通，我们有点担心……”

脚步顿了一下，他低头说：“昨晚临时有事。”

祝星遥小声问：“是不是那些人？”

江途不想把昨晚的事情告诉她。陈毅就是个无赖，如果真的让他看见她在舞台上的样子，陈毅以后一定会骚扰她的。

他说：“不是。”

元旦假期结束时正好是周四，祝星遥和黎西西为了在校门口买早餐，差点迟到，踩着铃声跑进教室。俩人刚坐下就听见丁巷说：“途哥，那晚你没来真的太可惜了，错过了女神的大提琴演出。”

祝星遥顿了一下，黎西西回头问：“对啊，你怎么没来呢？全班就你没来。”

江途轻描淡写地说：“家里临时有事，就没有来。”

祝星遥一回头便愣住了，盯着他的嘴角和眼角看。江途也没指望别人会看不出来，抬头面色平静地看祝星遥：“你看什么？”

祝星遥小声说：“看你的脸，长得帅。”

江途：“……”

女神什么时候这么夸过一个男生？！

丁巷和黎西西下意识地看江途，丁巷这才发觉他的嘴角和眼角都有伤，一看就是几天前造成的。丁巷惊讶地道：“天哪，途哥，你打架了吗？”

江途：“没有。”

他在骗人。

祝星遥看着他：“那你的嘴怎么了？”

江途沉默了几秒，抬头看她：“摔的，要我描述一下是怎么摔的吗？”

祝星遥：“……”

这人虽然话少，噎起人来却毫不含糊。她有点郁闷地转身收拾起课桌，桌子里没什么乱七八糟的东西，只有几张贺卡，样式普通。

曹书峻走进来，祝星遥趁他不注意，写了张小字条，又在MP3（音乐播放器）上找到《巴赫G大调第一号》，转身悄悄地放到江途的桌上。字条上写着：我就当你心情不好了，给你听。

江途看着那行字，心情复杂地看向她的背影。他把贺卡藏在她桌子里唯一的一本琴谱中，怕贺卡太多被淹没，还顺手处理掉了一些卡片。

江途不知道她会在什么情况下看到那张贺卡，一整天都有些心不在焉。

周五早读课后，祝星遥拿出琴谱，发现里面塞了东西。当看到贺卡上那个抱着大提琴的少女时，她愣了一下。

她轻轻翻开贺卡，目光扫到上面熟悉的字迹——

我的女孩

新年快乐，愿你永远如星辰闪耀

2006年12月29日23时59分

落款：J。

2007年1月5日，星期五早上，天气阴雨，温度零下三摄氏度。

在一个很普通的冬日，祝星遥收到了来自J同学的第一封情书。情书上的字迹跟陆霁送给她的礼物卡片上的很像，特别是那个字母J，写得几乎一模一样。

大提琴挂件与贺卡上的大提琴少女。

写于同一天的卡片，落款都是J。

祝星遥先入为主地认为情书是陆霁写的，也从来没有把J同学跟江途联系在一起。因为12月29日的晚会上，江途是班上唯一没来看晚会的同学。

当时的她并不知道，这位J同学的情书一写就是两年多。

每个星期五，风雨无阻。

而此时，J同学就坐在她身后，看着她打开贺卡，半悬着的心终于落下，又觉得有些空荡茫然。

江途看着窗外微微出神。每当这个时候，丁巷都觉得他既深沉又冷淡。

丁巷忽然想起一件事，兴冲冲地转头问："途哥，你的生日是不是快到了？"

男生过生日时，一般是跟朋友一起吃顿烤串、打个游戏或者唱个歌什么的。丁巷的人缘还不错，班里男生过生日时，他大多参与了，之前还顺嘴问过江途的生日是哪天。

江途随口说了个1月，没说具体日期，明显是敷衍着回答的。

江途收回目光："嗯。"

丁巷笑："那准备怎么过啊？"

祝星遥把贺卡放回琴谱内，又把琴谱塞进课桌里，推开黎西西凑过来的脑袋，回头看向江途。江途抬头沉默地看了她几秒，垂下眼，淡淡地道："我不过生日。"

丁巷啊了声："为什么啊……"

祝星遥想敲丁巷的头。为什么……当然是因为江途没钱啊！过生日不花钱啊？他们一群男生过个生日至少要花几百块，江途跟他们不一样，没有闲钱来过生日。

她在黎西西的手上拍了拍，示意黎西西提醒一下丁巷。

某些时候，黎西西跟祝星遥的默契度极高。

江途翻开一套物理竞赛题，说："我很少过生日。"

丁巷刚叹了口气，脚就被人用力地一踩。丁巷叫起来，脸都疼得扭曲了："啊啊啊！黎西西,有病吧？"

黎西西站在他前面，笑眯眯地收回脚，低头看他："脚伸得这么长，挡道了。"

丁巷：凶婆娘。

黎西西跟丁巷吵了一架，转头问祝星遥："刚才你在看什么，看得那么出神？我都没看见。"

上课铃响了，语文老师抱着教案走进来。祝星遥从课桌内拿出那本琴谱，等黎西西凑过去后才小心翼翼地打开，小声说："这个。"

大提琴挂件的事情黎西西知道，她一看到贺卡眼睛就亮了："哇，这肯定是陆霁送的，字都一样。我的女孩……感觉好浪漫。我又想起李准基了，还是单眼皮帅哥更有魅力……"

她们上初三的时候，《我的女孩》风靡一时，黎西西每天都在纠结李栋旭和李准基谁更帅。

最后，还是单眼皮的李准基胜利了，因为他没追到女主角，完全属于观众。

讲台上，语文老师看过来，说："上课。"

祝星遥匆匆合上琴谱，又将它塞回课桌里，站起来跟大家一起喊"起立"。

江途把一切看在眼里，有点好奇祝星遥到底跟黎西西说了什么，觉得祝星遥好像并没有打算扔掉那张贺卡。

他不知道她能不能猜到那个"J"代表的是谁，毕竟以字母"J"开头的姓氏那么多……

就算猜，祝星遥也猜不到他身上，他写下那句祝福的时候，也没想过要她回应自己。

只是有些情绪太满了，他需要发泄出来而已。

周日晚上六点，祝星遥背着大提琴穿过小广场的时候，看到一个穿着红色棉衣的少女站在路口发传单。大概是太冷了，没人的时候，她就在原地蹦几下。

祝星遥还没看到祝云平的车，想了想，走过去从身后拍拍她的肩。林佳语很快回头，看见祝星遥，眼睛一亮："啊，是你啊！"

她的脸和鼻子被风吹得通红，一副快感冒了的模样。祝星遥看着她都觉得冷，忍不住说："你怎么不去可以挡风的地方？"

"这里人比较多啊。"林佳语有点不好意思地吸吸鼻子，看见有人过来，连忙凑上去发了几张。发完，林佳语又回头看祝星遥：她背着黑色的大提琴包，穿着白色羽绒服，漂亮温软还特别有气质。林佳语看看自己，棉袄里面还穿着厚毛衣，整个人看起来有些臃肿。

祝星遥见她手上的传单不多了，而且祝云平也还没到，就没急着走。

不知道是不是林佳语的错觉，她总觉得祝星遥站在自己旁边之后，过往接受传单的行人都多了起来，之前十个中有三个接就不错了，现在起码多了一半，那些人拿了传单后还会多看祝星遥几眼。

她好奇地问："你不走吗？"

祝星遥说："我在等我爸爸，他好像还没到。"

林佳语眨了眨眼，俏皮地说："你一站在这里，我的传单就发得快，肯定是因为你漂亮。那你再陪我一会儿？我发完领到工资后就可以给江途买礼物了。"

她要给江途买礼物？

祝星遥没给男生送过礼物，也从来没想过要给江途送生日礼物，而且江途说他不过生日……就算有人送他礼物，他也不一定会收。

林佳语和江途的关系一定很好吧，才会这么自然地说要给他送礼物的事。她突然有点好奇："你要送什么给他？"

"买个MP3吧，他都没有。"

"这个礼物好。"祝星遥想起他说听巴赫会让心情变好，"他应该很喜欢。"

"我也觉得。"林佳语将手伸到嘴边哈气取暖，笑着看祝星遥，"你去买东西的时候，老板会给你打折吗？"

祝星遥想了想，点头说："会。"

上次跟江途去配眼镜时，老板就打折了。

林佳语眨眼："好想带你去。"

祝星遥："……"

这时，一辆黑色的商务车停在祝星遥后方，按了按喇叭。

祝星遥回头，一看车子就知道自己又被祝云平放鸽子了，来接她的是老刘。她撇撇嘴，从林佳语的手里抽了点传单："我帮你发，等会儿陪你去买礼物。"

林佳语："……"

十分钟后，林佳语坐上了祝星遥家里的车，被老刘送到了数码街。

这条数码街上卖的多是二手货，但也有新的，林佳语图的是便宜。祝星遥第一次来这里，四处张望："要去哪家店呢？"

林佳语也很少来这里，看了看："往前面走吧。"

两人见其中一家店的老板准备关门了，商量一下后，决定进入这家店。林佳语很有经验，这种快关门的店，最后一单生意都很容易做成，还能便宜些。

祝星遥长见识了，跟着她一起进去。

老板是个三四十岁的男人，看见两个小姑娘，态度很不错，拿出好几个价格在一两百元的MP3供她们挑选。

林佳语对祝星遥说："要不你帮我选吧，你比较懂。"

老板拿出来的都是些杂牌的，祝星遥依次试用了一下，觉得音质不是很好。

最后，在祝星遥的建议下，林佳语选了一个大品牌的二手MP3，价格跟杂牌的新货差不多。祝星遥靠"刷脸"，又减了三十块，到手价一百八十块。老板送了个原装的盒子，礼物很拿得出手了。

走出店门的时候，林佳语有些心疼，嘀咕道："我今年都没给自己买过这么贵的礼物。"

祝星遥顿了一顿，她今年收到的最贵的礼物是一把三十多万的意大利定制大提琴，那是祝云平送给她的新年礼物。

"我请你吃饭吧。"祝星遥摸摸肚子感叹道，"好饿。"

"应该我请你才是。"林佳语抬头笑了笑，"你帮了我大忙了。"

祝星遥想了想，指指前面的鸭血粉丝店："我们吃那个吧。"

对祝星遥来说，鸭血粉丝是既便宜又好吃的东西。两人面对面地吃得面红耳赤，林佳语有点感叹："江途都十七岁了，时间过得好快……我还记得我们上幼儿园的时候，他还挺可爱的，现在冷冰冰的，整天摆出一副'别惹我'的表情……"

祝星遥这才知道江途是1990年出生的，比她大一岁多。

她跟着吐槽："有时候我都觉得他像二十七岁了，太老成了。"

林佳语哈哈大笑，笑完又叹了口气："如果让他穿越到二十七岁的话，他肯定愿意。"

"为什么？"

"嗯……他就是很想长大。"

祝星遥想，大概因为长大了，就什么都好了、什么都会有了吧。

车子开到荷西巷已经是晚上九点了，林佳语正要下车，突然听到祝星遥叫了一声"江途"。

林佳语茫然地看她，祝星遥指了指车窗外正快步走着的高瘦身影："他在前面。"

林佳语一看，连忙下车大声喊："江途！"

少年顿住脚步，回头看过来，他的身影在昏黄老旧的街头显得格外虚幻。

林佳语从祝星遥家的车上下来的场景也很虚幻。

林佳语跑到他面前，回头用力地朝祝星遥的方向挥了挥手。祝星遥降下车窗，喊了声："拜拜！"

等车开远了江途才回过神来，低头看林佳语："你怎么跟她在一起？"

林佳语笑眯眯地说："这是我跟女神的秘密。"

江途："……"

他想撬开林佳语的嘴，让她说。

连林佳语都跟祝星遥有秘密了，他该说什么？

晚上，祝星遥坐在电脑前摆弄那个二手的MP3。林佳语让她帮忙下载歌曲，说江途喜欢听五月天的歌。

她把五月天的歌都下载进去，又在里面放了一些英文单词和口语训练。

最后，她看里面还有内存，就把她以前在演奏会上刻录的大提琴曲都放了进去。

1月19日，周五早上，江途刚推着自行车出来，林佳语就跑过来塞给他一个盒子，笑眯眯地说："礼物。生日快乐啊。"

江途皱眉："不是让你别乱送了吗？"

林佳语哼了声，跑了。

江途皱眉，将盒子塞进书包里，看都没看就骑上车走了。

一直到开班会前，江途才想起来拆开那个盒子。看到里面的随身听时，江途愣了一下，最终还是戴上耳机试了一下。

直到听到熟悉的《巴赫G大调第一号》，他才猛地抬头，发现祝星遥正托腮看着他。

祝星遥："好听吗？"

他没回话。

"林佳语拜托我帮忙下载歌曲，我就从我的随身听里直接拷贝过去了。那些你不喜欢听的可以直接删掉。"

他沉默地盯着她，还是没说话。

祝星遥被他忽视，也不太在意，笑盈盈地说："江途，生日快乐啊。"

那一刻，江途觉得耳边除了她的声音外，什么也听不到。他近乎痴迷地盯着她，觉得她在引人犯错。

他以为很漫长的一刻，其实只有几秒而已。

"啊，生日快乐？"丁巷猛地转头看江途，江途说自己不过生日后他就不再问具体日期了，"是今天啊！"

黎西西笑眯眯地回头："途哥，生日快乐啊！"

听到声音的同学都看过来。大家对江途的印象还停留在"冷淡孤僻""跟张晟不和"及"成绩不错的穷学生"上，很多人平时跟他见面时连招呼也不打，这会儿听到祝星遥祝他生日快乐，有几个人也陆续附和了两句。

班里的气氛有点尴尬。

张晟回头看了一眼，有些不满地道："我上个月过生日，你们都没祝我生日快乐。"

"跟你熟吗？"黎西西无语。

"……"

张晟看了看祝星遥，憋屈地转过头，冷笑道："一个个同情心泛滥得跟发了洪水似的。"

一时间，气氛更尴尬了。

祝星遥看着江途："你别听他乱说，我没有……"

江途看着她："我知道。"

他抬头，淡淡地对那些说了祝福的人说："谢谢。"接着，江途低下头，把耳机塞进耳朵里，沉默地继续听音乐。

祝星遥盯着他看了许久，感觉他真的不在意别人对他的看法。无论张晟怎么挑衅，无论别人的目光有多轻蔑，他都不动声色。她突然有点好奇，他到底在意什么。

班会课上，曹书峻强调道："还有不到一个月就要进行期末考试了，大家想好好过个年的话，现在抓紧时间复习还来得及。"他向来不啰嗦，说完就让大家继续复习了。

大家纷纷翻开课本开始复习，曹书峻在讲台上监督了一会儿，看到谢娅经过，咳了声后走了出去。

两个班主任一起走了，班里立即变得嘈杂起来。

祝星遥低头整理课桌，发现语文课本里掉出来一张卡片，还是那种可以折合的卡片。卡片上画的依旧是大提琴少女。

上面是J同学写的情书。

他的话依旧简短有力——

希望时间过得快一点

那样能距离你近一点

2007年1月19日12点30分

落款：J。

黎西西凑过来看了看，压低了声音："又是'J'啊！最近我特意帮你打听了一下陆霁的事，听说陆霁因为字写得丑，不太爱写字，语文考试时经常被扣卷面分。他还喜欢周杰伦，估计是因为这样才喜欢用'J'做代号。"

祝星遥："这真的是陆霁写的吗？"

她还是有点不敢相信陆霁是真的想跟她早恋。一中抓早恋抓得很严，同学们在情书上都不敢写大名，敢写的都是勇士。

勇士是有的，不过如果被抓到的话，后果会很惨。

虽然如此，但学校依然阻止不了十六七岁春心萌动的年轻男女，依旧有人在早恋的边缘疯狂地试探，比如高二的宋熠学长追求曲薇学姐的事，就弄得全校皆知了……

这类八卦祝星遥都知道，喜欢她的男生也很多，但她还是觉得自己距离“早恋”这件事很遥远。

黎西西有理有据地说：“看字迹，不是他还能有谁？而且他还给你送了大提琴乐团演奏会的门票、大提琴挂件，除了他，我觉得没哪个男生会这么细心地送你大提琴少女的贺卡了。你看看别的男生的情书，要多俗气有多俗气……”

祝星遥有点疑惑：“‘希望时间过得快一点’，这句也算表白？”

黎西西转了转眼珠：“可能是希望快点分文理班吧，这样的话，你们说不定能分到一个班，这样距离就近了啊。”

黎西西说的，好像很有道理。

祝星遥认同了。

黎西西小声问：“他这么说，你心动吗？”

祝星遥仔细想了想，其实她不知道心动到底是什么感觉。她听到喜欢的曲子时会心动，但喜欢一个人的心动是什么感觉，她确实不知道。

黎西西有些无语。

好吧，女神有资本对任何男生说不，就算是陆男神也得慢慢地追着。

江途将耳机从领子穿过，戴着耳机听了一节课的祝星遥的演奏。因为曲子是刻录的，祝星遥谢幕的声音也会被录进去。

少女的嗓音轻软悦耳，听得他的神经都颤了一下。

这是江途收到的最好的礼物。

上课、复习、写作业、测试……三个星期一眨眼就过去了。期末考试的成绩一出，有人欢喜有人忧。江途成了全班第三名，祝星遥看成绩单的时候，转头看他：“江途，我发现你偏科很严重，高二分文理班后，你肯定能考到年级前三名。”

江途抬眸看她："你呢？"

祝星遥："我不怎么偏科啊。"

"我说你是选文还是选理？"

"我啊……"祝星遥歪头，"我还没想好。"

江途沉默。她如果选理科，他们还有同班的可能，但她如果选文科……他垂下眼，藏住眼底的挣扎。她如果选文科，他似乎也改变不了什么。有那么多班级，能分在一个班完全是不可强求的运气和缘分。

他没办法学文科，也没有筹码去赌。

他没有资格任性，走错一步都不行。

祝星遥想了想，又说："应该选理吧，我不是很想背书。"

心底生起一丝喜悦，他不动声色地道："你的理科成绩比文科的好。"

寒假对江途来说没有任何意义，除了不用上课，有了更多时间多打几份工外，再没别的了。

荷西巷只有在每年春节的时候才显出几分温情。不管日子过得如何，年总是要过的。舒娴置办了一些年货，让江途到巷子口帮忙搬回家。

江途把东西搬回家后，她又给了他一张卡，叹了口气："你去取五千块钱出来，陈毅这两天要是来闹，拦着别让他再砸东西了，不然还怎么过年？"

江途接过那张卡，又带上自己的那张卡后出了门。

舒娴的卡里只有七千多块，他从中取出五千块，又把自己卡里存下的五千多元全部取出来。

回到巷子口，江途隔老远就看见陈毅带着一帮人往他家的方向走去，皱着眉跑起来。

巷子里，江锦辉揣着赢来的两万多元钱，哼着歌进了门。舒娴一看他这副样子就知道他肯定是赢钱了。江锦辉刚进门，门外就传来嘈杂声，随后，虚掩着的门被人踹开了。

陈毅带着一群人走进来，慢悠悠地对江锦辉说："辉哥，看你满面春风的样子，应该是赢钱了吧？"他大大咧咧走进去，跟在自己家里似的，坐到椅子上跷着腿，"赢钱了就还钱吧，别每次都让兄弟们上门催，怪累的。”

江路正在林佳语家看电视，因为他们家的电视上次被陈毅砸坏了。江路听到声音便走了出来，正好看见他哥跑到了门口。江路喊道：“哥，陈毅又来了。”

江途拍了拍他的后脑勺，把眼镜塞到他的手里：“拿好，在外面待着。”

林佳语也跑了出来，担忧地看他，回头小声说：“爸，你去看看吧……”

林母白了她一眼，低声说：“你一个小姑娘，别掺和。”

他们家那件破事，谁管得了？林母朝林父使了个眼色，不让他过去。

江途走进去。

江锦辉觍着脸说：“是赢了一些，正准备晚上给你们还呢。这不是准备过年了嘛，家里有点忙……”他一抬头，看见江途走了进来。陈毅看向江途，一群人齐刷刷地看向门口那个高瘦冷漠的少年。

上次陈毅他们几个跟江途在这里打了一架。陈毅看见江途，脸色难看了几分。

江途看了陈毅一眼，径直走向江锦辉。江锦辉站在沙发旁，有些警惕地看他：“你干吗？”

少年面无表情，直接上手去掏他的口袋。

江锦辉反应过来，立即推开他，气得眼珠子都瞪圆了，怒骂道：“你这混账！你想做什么？我是你老子！一次两次我忍了，你总这样对你老子动手，以后是要被雷劈的！”

“那就劈吧。”

江途如今身高蹿到了一米八三，比江锦辉还高出了三厘米，这段时间陈毅来闹的时候，基本上都是江途在应对。少年的力气和爆发力本来就强，他冷着脸把江锦辉按在沙发上，不论江锦辉怎么骂、怎么挣扎，硬是从江锦辉的口袋里掏出了那两万多块。

江锦辉这些年因为赌博早就变成了一个无赖，气疯了什么都干得出来。江途刚松开他，他便抓起桌上的烟灰缸冲江途砸过去。

江途侧身躲开，烟灰缸砰地砸到墙上。

舒娴冲江锦辉喊："你干吗啊？"

江锦辉愤怒地指着江途："我干吗？你应该问你儿子刚刚在干吗？这是不是你教的？啊？"

舒娴长得又白又瘦，年轻的时候属于清丽佳人，现在还不到四十岁，依旧有几分姿色。她红着眼瞪丈夫："对，是我教的又怎么样？"

江锦辉抬手就要打她一耳光，江途迅速冲过去抓住他的手，把舒娴拉到自己身后，冷冷地看向江锦辉："你在我面前动手试试。"

江锦辉用力地转动着手腕，拧不过江途，感觉颜面扫地，气得脸都绿了。

陈毅坐在椅子上，笑着观看了一场父子大戏。

江途一把甩开江锦辉，走过去把那两万多块钱加上他刚取回来的一万块，一并丢给陈毅，面无表情地道："三万三千元，够半年了。"

陈毅慢慢地把那些钱收好，心情不错地站了起来，看向眼前的少年："这要看你爸有没有再欠钱了，而且谁规定每个月还五千就行了？有钱提前还不行？"

江途冷着脸，一言不发地看他。

陈毅一个二十六七岁的男人，混了这么多年，见的人多了，就是没见过像江途这样随时能跟他豁命的家伙。他眯了一下眼，在江途的肩上拍了拍："看我的心情，我考虑考虑。"

说着，陈毅带着一群人走了。

有人还感叹："那小子连他爹都敢动手，怪不得上次敢跟我们打。"

陈毅还没明白上次江途是为什么跟他横，不置可否地笑了一声："估计是被逼得脑子有问题了。"

等人走后，江途看都不看江锦辉一眼，径直走出家门。江路和林佳语呆呆地站在门边，大概都没想到江途会抢江锦辉的钱。尤其是江路，平时江锦辉赢钱后他都趁机问江锦辉要零花钱，能要到多少就要多少。

江途已经很久没拿过江锦辉的钱了。

江途从江路的手里拿走眼镜，戴上就走了。

林佳语叫道："哎，你去哪？"

江途没回头："出去透气。"

江途跑到祝星遥所在的别墅区，远远地看见司机把一箱箱行李塞进越野车里。祝星遥戴着毛茸茸的耳罩，背着她的大提琴站在车旁，整个人看上去温柔清新。

祝星遥要回爷爷奶奶家过年，去江城旁边的一个小城市，车程三个小时。

车开出院子，她从后视镜里看到一个模糊又熟悉的身影，回了下头。老刘突然猛地咳了一声："小姐，你坐好了啊，别到处乱看。"

祝星遥："……"

她不是坐得好好的吗？

老刘的眼神特别好，他刚刚把车开出来就看见上次那小子站在树干后面了。那个男生都敢跑到家门口来了，不怕被先生和夫人看到？小姐也是，胆子也忒大了。

祝星遥被老刘弄得莫名其妙："我坐好了啊。"

这个春节，有人过得有滋有味，有人过得很煎熬。江锦辉的赌资被江途全部拿走后，又借不到钱，他几乎每天都要跟舒娴吵一架。只要江锦辉不动手，江途就不管。

元宵节晚上，江途戴上耳机走到巷子口，倚着红砖墙看着车来车往。

林佳语不知何时跟了过来，突然跳到他面前大叫起来，想吓唬他。

可惜江途连动都没动，看白痴似的看她。

林佳语哼了哼："你在想什么？这么入神。"

耳机里传来祝星遥的谢幕感言，那是江途听了无数遍的声音。

江途在心里说：在想祝星遥。

面上，他却不动声色："没什么，想快点开学吧。"

林佳语出门时还听见江锦辉在打电话借钱，想想过年对江途来说确实很没意思。她叹了口气，又转头问："听说，荷西巷明年可能真的要拆迁了，拆迁款按人头算。你觉得这次是真的吗？"

江途面无表情，声音很冷："不知道。"

林佳语琢磨了一下，忍不住高兴："要是是真的就好了，那我们家就可以搬到大房子里去住了。我好喜欢那种明亮的公寓，不喜欢荷西巷这种潮湿又阴暗的地方。等你家还了钱后，你也可以轻松很多。"

拆迁这件事说了十年了，有的说按面积算，有的说按人头算，到底怎么样，现在还没定下来。

江途虽然没问过，但也猜到这就是舒娴一直不肯离婚的原因。

她说，离婚的话，拆迁时就分不到钱了，这么多年的苦日子算什么呢？

这样值得吗？江途觉得不值得，也不信江锦辉的说辞。

但愿，舒娴的坚持能有个好结果。

三天后，高一下学期正式开学了。

座位暂时按照上学期的来，教室里闹哄哄的。祝星遥回头看江途，问他："江途，除夕节前两天，你是不是去过星苑别墅那边？我好像看见你了。"

江途一愣。他当时没有刻意藏，却没想到她会看到。他不动声色地说："嗯，跑步去了。"

他没戴眼镜，肤色冷白，衬得眼眸漆黑深沉。不知道是不是错觉，祝星遥每次这样跟他对视时，都觉得他的眼里似乎藏了很多话。她微微仰着脸，笑起来："那么冷的天你还跑步啊。"

江途垂下眼，低声嗯了声。

开学后的第一个周五，祝星遥又收到了J同学的情书。有时候她在走廊上看见陆霁对她笑，都莫名地紧张起来，怕被别人看出来什么。

陆霁每次看到她避开他的目光，都有些烦躁，问周原："我也没死缠烂打啊，怎么觉得她好像在躲着我？"

周原安慰道："没事，她可能是害羞呢？或者她不想早恋？"

陆霁沉默，觉得原因很可能是两人不够熟悉，或者她没那么喜欢自己……

陆霁暗自希望高二时两人能被分到一个班里。

4月初，曹书峻在班会上说了文理科分班的事情，让大家好好考虑。江途跟祝星遥都选了理科，黎西西犹豫了很久也跟着祝星遥选了理科。她在填表之前还很担忧地问祝星遥："学理科的话，头发会不会掉得比较快？"

祝星遥微笑着道："背书背多了也会脱发的。"

同样纠结的还有林佳语，她缠着江途问了很多遍："我选什么呢？"

江途每次的回答都是："自己想。"

最后，林佳语还是咬着牙选了理科。

4月底，祝星遥闹了一个很大的笑话。那个周末的上午，她跟黎西西约好在广场上见面，当时广场上人非常多，听说在进行什么节目的海选。

黎西西非要拽着她去看热闹，两人被人流挤到了前面，挤都挤不出去。这也就罢了，她们前面还正好站了两个高个子少年，几乎看不见舞台。

黎西西一直在碎碎念——

"矮子的悲哀……"

"怎么才能挤到前面去呢？"

…………

"这首《倔强》唱得真好，我很想看看啊……"

身后又挤进来一拨人，祝星遥被挤得发闷，感觉空气里全是二氧化碳。加上阳光越来越烈，祝星遥只觉得闷热干燥，令人窒息。

过了一会儿，她实在忍不住了，跟黎西西说："我们出去吧。"

黎西西往后看了看，有点绝望："这么多人，我们出得去吗？"

祝星遥也在想这个问题，她们现在已经被挤到了中间，被里三层外三层地堵在舞台的正前方，无论是往前还是往后，要挤出去都得蜕层皮。

她想了想，忽然有了主意，拍了拍前面的少年。

少年回头，一看见她就愣住了。祝星遥微笑着问："可以让一下吗？我们想去前面报名参赛，能不能让我们往前走？"

巧的是这两个少年都是江城一中的，谁不认识祝星遥啊？

男生被女神搭讪，明显很激动，热心地对前面的人招呼道："大家帮帮忙，给我们女……这位参赛选手让个路。"

他本来想说"女神"的，幸好及时收住了。

大家齐刷刷地看向祝星遥：少女穿着黑色长裙，骨形瘦削，皮肤白皙得在阳光下有股透明感；面容精致，笑容纯粹清新，比电视上的明星还漂亮。

有人下意识地往旁边让了让，为祝星遥她们挤出一小段路。

还能这样？黎西西愣了一下，立即点头道："对对对，大家帮忙让个路，我们要去前面。”

祝星遥也愣了，显然没想到那句话的效果这么好，来不及多想，已经被黎西西抓着往前走了。黎西西一边向前走一边喊着：“我们要参赛，麻烦让让。”

这句话很有效，围观群众竟然为她们挤出一条狭窄蜿蜒的小道，目光齐刷刷地扫向她们。

祝星遥总有种不好的预感，面上却不显，镇定地跟着黎西西往前走。

身后，有人好奇地问那男生：“你们认识那个小姑娘？她可真漂亮啊，她要是能通过海选的话，我天天给她投票。”

又有人说：“肯定能啊，靠脸就能杀进决赛。”

男生得意地说：“那可是我们学校的女神，大提琴拉得特别好，还开过演奏会呢。”

不过，他总觉得好像有什么不对……

他挠挠头，忽然反应过来：“她刚才说要参赛？”

热心群众也反应过来：“……”

这好像是一档选男不选女的节目。所以，你们的女神穿着仙女裙要怎么参赛呢？

祝星遥和黎西西走到舞台前，站在评委身后，一眼就看到舞台的背景板上写着八个大字：××男声海选大赛。

祝星遥沉默地盯着那几个字。

工作人员听到后面有人说要参赛，走过来想说明一下，却见群众看戏似的围着两个十六七岁的小姑娘。

他先问了一句：“你们谁想参赛？”

黎西西反应过来，脸色涨得通红，磕磕巴巴地说不出一句话。

群众看热闹不嫌事大，指向祝星遥，笑嘻嘻地说：“这位小美女。”

祝星遥：“……”

她的脸渐渐变得通红，从耳根蔓延到了整张脸，也不知道是被正午的太阳晒红的，还是羞的。

工作人员一脸惊讶地看向祝星遥，为难地说：“可是，我们不选女的啊，长得再漂亮也不能破例。”

祝星遥看着眼前的摄像机，把黎西西往前推了一步，微微一笑：“不是我，是我朋友。”

黎西西留着一头短发，皮肤白皙，模样清秀，人也瘦，主要是胸平……她穿T恤、牛仔裤的时候，经常会被人当成小男生。祝星遥企图蒙混过关，待会儿再以“她太紧张了，还是算了”为由溜之大吉。

不过，工作人员长了一双火眼金睛，无奈地笑了：“女扮男装的也不行……”

祝星遥：“……”

黎西西：“……”

围观群众爆笑起来，引起了前排评委的注意。

评委席上最年轻的一位男评委笑着看她们：“小姑娘对我们的比赛这么支持啊，可以等选女歌手的时候再来报名。”

祝星遥和黎西西是从上千个围观群众的包围中逃出来的。

两人跑到路边奶茶店的遮阳棚下，满脸通红，额头上冒着汗珠。她们互相瞪着对方，也不知道到底是谁的错，让彼此这么丢人。

瞪着瞪着，祝星遥忽然有点想笑，嘴角翘了起来。

黎西西像是突然被按了开关似的，仰头狂笑：“哈哈哈！祝星遥，你也有今天！”

这要怪谁？

祝星遥白了她一眼：“再笑就不理你了。”

黎西西抹了一把笑出的眼泪，拉着她走进奶茶店：“走，我请你喝奶茶谢罪。”

人都聚集在舞台前，四周的商铺内反而显得冷清起来，奶茶店里只有三五桌客人。黎西西站在柜台前说：“我要一杯招牌奶茶，多加点冰。”

“柠檬水。”祝星遥犹豫了一下，补充道，“也加冰。”

黎西西转头看她，嘀咕：“你那个快来了吧，还是别喝冰的了，不然到时候肚子疼……”祝星遥在生理期时比较遭罪，喝冰的不是自虐吗？

柜台里，梳理台前戴着口罩的少年蓦地转头，往这边看了一眼，目光顿了顿。

收银的姑娘问：“那柠檬水还要冰吗？”

祝星遥：“要。”

她现在需要喝点冰的降降脸上的温度，刚才实在太丢人了。

黎西西还是很理解她的，没再阻止。

五分钟后，祝星遥拿起柜台上的柠檬水，顿了顿，不确定地低头喝一口，皱眉抬头问："怎么是常温的？"

收银员摸了摸杯子，里面确实没放冰块，回头看向戴着口罩的少年。少年瘦削挺拔，正低头清洗着机器。他戴着黑色鸭舌帽，没戴眼镜，眉目间皆是疏离淡漠，将声音压得很低："抱歉，我忘记了。"

祝星遥觉得他的声音很熟悉，抬头往柜台那边看了一眼，少年正弯着腰整理漏水的水槽，她只看到了一个戴着鸭舌帽的后脑勺。

收银员抱歉地说："那您看还需要加冰吗？我再给您处理一下。"

祝星遥收回目光，有点无奈："算了。"

黎西西把自己的奶茶递过来："别沮丧啦，给你喝第一口。"

祝星遥不客气地咬住吸管，喝了一大口冰奶茶，走出店门。

两人一走，收银员就奇怪地看向江途。她记得江途的记性好得惊人，他从来没犯过错，怎么会忘记加冰呢？不过她也没多想，只说："幸好刚才那个小美女没计较，下次不要弄错啦，不然咱们要被扣钱的。"

目光从门口收回，江途低头说："嗯，不会了。"

5月份，举办节目的电视台以及地方电视台转播了海选时的盛况，祝星遥跟黎西西强势入镜。她们因误入选秀现场成为年度笑话，走到哪都被人笑。

走廊上，周原跟许向阳一唱一和——

许向阳："可是，我们不选女的啊，长得漂亮也不破例。"

周原："不是我，是我朋友。"

许向阳："女扮男装的也不行……"

周原实在憋不住了，仰头笑得连肩膀都在抖："哈哈！真的笑死我了！那个黎西西最惨……"

许向阳也笑了："还女扮男装，可真有意思，她不就是发育不良嘛。"

他们笑得实在太猖狂了，黎西西的脸红了又黑。她实在忍不住了，腾地从座位上站起来，从角落抄起一把扫帚冲出去，怒气冲冲地拿扫帚一指：“谁还笑？再笑一声我就打一棍子！”她挺了挺胸，瞪着许向阳，“我发育不良关你什么事？我穿你家布料，吃你家大米了吗？”

许向阳一愣，张张嘴正要说话。

黎西西立马说：“闭嘴！”

许向阳：“……”

陆霁从（7）班后门处看见祝星遥正趴在桌上，以为她羞得不好意思见人了，分别踹了周原和许向阳一脚：“差不多得了，再笑就打人了。”

走廊上有人交头接耳：“你说，陆霁是在给谁出头？”

“废话，肯定是祝星遥啊，你不记得上次晚会上，他给她递琴吗？平时，只要祝星遥经过，他都会抬头看她，我总觉得他是真的想做（7）班的上门女婿……”

“不过，如果是真的，那全校估计也就他有希望追到女神了。”

“那他现在在追吗？”

陆霁看过去，几个女生连忙闭上嘴。

黎西西冲走廊方向翻了个白眼，带着扫帚走回去，祝星遥觉得黎西西的那头短发都要被气得根根竖起来了。黎西西一屁股坐回座位上，气呼呼地道：“气死我了，我要给许向阳做个假人，每天扎他几针！”

祝星遥刚要安慰她，忽然听见身后有人笑了声。她转头，发现江途不知什么时候把眼镜摘了，阳光透过玻璃窗倾泻而入，映着他乌黑的头发和同色的眼珠；他的皮肤比一般男生白，此时，他的嘴角正带着淡淡的笑意。

她愣了一下，第一次觉得这个少年的身上有了温度，皱眉道：“途哥，连你也笑？”

江途笑意不减，反问道：“不可以笑？”

祝星遥：“……”

她呆呆地看了他几秒，突然捂着脸说：“连你这个万年冰山脸都笑了，可见我真的闹了一个很大的笑话。”

江途一愣，没想到自己在她心里的形象是这样的，不过人的性格很难改，他沉默了一会儿，看向她说：“万年冰山脸是贬义的吗？”

祝星遥真的觉得好丢人，将捂着脸的手指挪开一点点，露出一双充满怨念的眼睛："我在说你酷，夸你呢。"

又冷又酷的江途同学。

江途安静地盯着她，慢慢收回嘴角的笑意，低声说了一句话。

上课铃声正好响了，他的声音淹没在刺耳的铃声里。祝星遥眨了眨眼睛，回过头去的时候才反应过来他说了什么。

他说："好，不笑你了。"

那个笑话在暑假来临后才慢慢被遗忘。暑假，祝星遥去了北京，祝云平请了陈蓝当她的老师，她兴奋得不得了。

除了练琴之外，祝星遥还报了个德语班，整个暑假过得忙碌又充实。

8月底，她过完了十六岁的生日，正式迈入十七岁。

开学前一天，江途刚到家就看见陈毅大摇大摆地坐在他家的沙发上。舒娴还没下班，江锦辉也不在，江路坐在陈毅对面的小凳子上，跟一群混混大眼瞪小眼，那模样活像被绑架了似的。

江路一看到他立即跑过来，小声喊："哥。"

江途的脸色瞬间冷了下来，陈毅吊儿郎当地笑着说："回来了啊，几个月不见了。"

那三万多块钱还是挺有用的，这半年陈毅都没来，让江途家得以喘息。江途拍了拍江路的头，从兜里掏出一沓钱放在桌上。

林佳语刚跑进来，就看到了这一幕。

陈毅收了钱，看了一眼林佳语，笑道："这是你媳妇儿？"

"嘴巴放干净点。"江途皱眉，"钱给你了，你可以走了。"

"看来你更在意祝星遥啊，上次我才说一句，你直接泼了我一身的酒。"

江途冷冷地看着他。陈毅没得到回应，觉得有些无趣，起身招了招手："走了。"

等人走后林佳语才松了口气，疑惑地看向江途："刚才陈毅为什么要提祝星遥啊？"

江途不耐烦地道："没什么。"

他说完转身走进房间。

这个家虽然破旧，但面积还行，差不多有九十平方米，隔了三个房间。每间房的面积有些小，但他起码能一个人住一间屋子。他关上门，从抽屉里拿出打火机，走到窗边。

学校的分班表这时候应该张贴出来了，江途骑着自行车奔到学校，来到高二教学楼的公榜前。陆霁和周原也在那里，陆霁将手抄在裤兜里，皱着眉盯着分班表看。

周原挠挠头："这……你跟女神真的没缘分啊，许向阳的运气都比你好。"

陆霁烦躁地转身，一眼就看到正用脚蹬地撑着自行车的江途，有点惊讶："你也来看分班表？"

"嗯。"江途看了他一眼，坐在自行车上，抬头看分班表。

陆霁说："没想到你也会在意这件事。"

高二分文理，理科共有十三个班，其中五个是重点班，按照理科总分排名。江途从（1）班的名单开始看，第一个名字就是他的，然后，隔着一个是许向阳，下面一个是祝星遥。

江途捏着自行车把的手松了松，悬着的一颗心落地，觉得自己还是挺幸运的。

至少，他比陆霁幸运。

他看向陆霁，声音寡淡："明天早上这里大概会挤满了人，提前看更省事。"

说完，他就蹬着自行车走了。

高二正式开学的那天，江途才知道黎西西和丁巷也被分到了（1）班，原来（7）班的同学中也有十来个被分进来，包括张晟和曹铭。

祝星遥和黎西西来晚了，坐在第三组的倒数第二桌，江途跟丁巷还坐在第四组的最后一桌。丁巷兴奋不已："我的运气也太好了，以倒数第一的名次进了重点班不说，还能继续跟你和女神同班。"

江途用余光看祝星遥，不置可否地笑了笑。

不过，原高一（15）班的班花夏瑾也被分到（1）班了。到了这里，她就不是班花了，脸色似乎不太好看。

黎西西叹息："一山不容二虎啊。"

祝星遥白了她一眼："你小声点，还有，打比方的时候能不能走点心？”

黎西西笑嘻嘻地抱住她：“啊，管她呢，憋屈的又不是你。”

高二（1）班的班主任是曹书峻，（2）班的班主任是谢娅。

谢娅有点不明白，曹书峻这种性格懒散的人，学校怎么会安排他做班主任？他走后门了吧？

两人在楼道碰上了，曹书峻笑了笑：“谢老师，你准备怎么排座位？”

谢娅看了他一眼：“反正不会是自主选择，抽签或者我定。”

曹书峻觉得她在讽刺自己，不过也没在意，笑了笑：“刚才开会，组长让我以后多向谢老师学习，以后请多多指教啊。”

谢娅皮笑肉不笑：“可以。”

两人各自走进新班级。

曹书峻站在讲台上，看到不少熟悉的面孔。他点了几个男生去搬书，等新课本发下去后，非常民主地问：“你们想怎么排座位？按老规矩还是抽签？”

丁巷举手道：“老规矩！”

“老规矩是什么啊？”有人不明白。

曹书峻笑了笑：“老规矩就是按成绩排。”

成绩排名靠后的男生反对：“我不要啊！那不是欺负弱小吗？”

“那正好，激励大家变成强者。”曹书峻当即拍板，“就这样，从第一名开始。”

丁巷立即看向江途，可怜兮兮地道：“途哥……”

江途用手推了推眼镜，抬头说：“我跟丁巷坐在这里，不换了。”

许向阳坐在第三组的最后一桌，也不换了。曹书峻看过来，笑道：“许向阳，我看了下，班里就你做过班长，现在直接让你做班长，没问题吧？”

许向阳看看大家，笑了笑说：“我从小学就开始当班长了，得先问问别的同学有没有想竞选的。”

黎西西飞快地举起手。

许向阳：“……”

曹书峻问："黎西西你有什么意见？"

黎西西一看，全班只有自己举了手，又弱弱地收回手："没了。"

于是，许向阳成了班长。

祝星遥还没选位置，丁巷在后头喊："女神，你们坐到我们前面啊，跟上学期一样。"

祝星遥转头，正好与江途的目光对上。某一秒，她觉得江途的眼底似乎有一丝期待，愣了一下，又觉得自己看错了。

黎西西说："我们过去吧，我不想坐在这里。"

两人做回江途的前桌。江途跟丁巷帮她们搬了桌子，祝星遥跟江途擦身而过的时候，在他身上闻到了一丝熟悉又陌生的味道，愣了一下。

江途已经转身，低头看她："怎么了？"

去年冬天，祝星遥穿过他的外套，那件黑色外套上只有干净的皂香味，带一点清冽，很好闻。

她仰头笑笑："没事，就是我们又同班啦。"

江途低头看着她，笑了下："嗯。"

课间，黎西西戴着耳机哼歌。

她唱的是周杰伦的新歌《不能说的秘密》，电影暑假时刚上映，很多人看过。几个女生还聚在一起议论："电影虐死我了，骗了我好多眼泪。"

"是啊，哭死我了。"

丁巷煞风景地说："你们女生的眼泪真好骗。"

黎西西翻了个白眼："丁香花，你闭嘴。"

丁巷："……"

他转头看江途："途哥，你说是不是？我们这个年纪，又不是杀人放火了，有什么秘密是不可以说的？"

祝星遥转头就看见江途摘下眼镜，看到了他眼底的倦意和血丝，觉得丁巷问错了人，江途这么难捉摸的一个人，她觉得他浑身都是秘密……

江途昨晚去梁哥的烤肉店顶班了，几乎一夜没睡，刚要趴下睡一会儿，一抬头就对上了祝星遥充满好奇的目光。

他看着她，淡淡地说："是人都有秘密吧。"

你就是我最大的秘密。

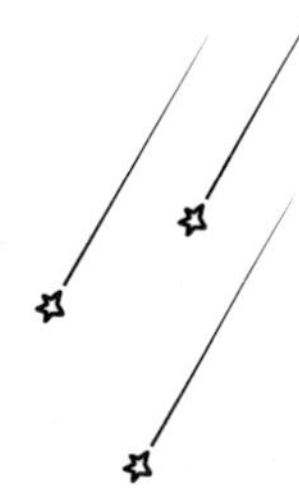

第三章

你是我最大的秘密

刚开学，一年一度的全国物理竞赛又开始报名了。江途高一的时候因为家里出事了没参加，这次曹书峻把他叫到办公室里谈了一下。江途沉默了片刻说："抱歉，我参加不了。"

参加物理竞赛太费时间了，有时候一走就是一个月，他不放心舒娴跟江路，也不愿意将自己的人生绑定在保送这条路上。就算没有保送，他相信自己也可以考得很好。

曹书峻劝说无果，只能惋惜地说："你跟祝星遥都不参加，我们班就许向阳参加了。"

江途从办公室回到教室后，祝星遥转头问他："班主任是不是跟你说参加竞赛的事情？"

"嗯，我拒绝了。"

祝星遥惊讶："为什么啊？你物理学得这么好，不去太可惜了。"

丁巷和黎西西看向他，同时问："对啊，为什么？"

丁巷："你去了说不定能拿到保送资格。"

江途看了他们一眼，目光落在祝星遥的身上。

少女穿着夏天的校服，白衣蓝领，脖子的线条柔和好看。她每次转头的时候，鼻子上那颗别致的痣就对着他，江途看着那颗痣："保送名额对我来说不是那么重要。"

祝星遥想了想，弯起眉眼："也对，分科后你直接成班级第一了，成绩那么好，就算不保送你也肯定能考上清华北大。"

江途看着她卷翘浓密的长睫毛，淡淡地弯了下嘴角："但愿如此。"

中午，许向阳、陆霁和周原在食堂打好饭，说起这件事，陆霁有些意外："是吗？我以为他今年肯定会参加呢。物理学得这么好，不去可惜了。"

许向阳也说："是有点可惜，不过他说得也有道理，考大学又不是只有竞赛这一条路。"

陆霁不置可否："嗯。"

他本来也不想参加的，但是拗不过老师，就当为校争光了。

几个人的目光搜索着食堂的空桌，陆霁一眼就看到祝星遥跟黎西西正捧着餐盘往前走，坐在了他的新同桌林佳语的旁边。

周原立即拿肩膀撞他："祝星遥跟你的新同桌认识啊？"

陆霁的新同桌就是刚被分到（2）班的林佳语，那姑娘挺拘谨的，没跟陆霁说过几句话。陆霁没想到她竟然认识祝星遥。

学校周边有很多店，加上食堂也分了大食堂和小食堂，祝星遥跟黎西西平时来大食堂的次数不多，这还是第一次在这里碰见林佳语。

林佳语一个人占了一张桌子，叫祝星遥和黎西西坐过来。

祝星遥给她们互相介绍了一下，黎西西啊了声："你就是途哥的青梅竹马啊。"

"我们从小一起长大。"林佳语有点不好意思地笑了笑，好奇地问，"他怎么成途哥了？"

祝星遥咬住吸管喝了口豆奶："他同桌先叫的。"

林佳语笑："你也这么叫吗？"

"偶尔……"祝星遥松开吸管，想了想说，"不过他有时候会制止我这么叫。"

林佳语眨眨眼："为什么？"

黎西西咬了一口鸡腿，乐滋滋地说："可能是觉得消受不起吧，毕竟星星也不是谁都喊哥的。有一次星星喊途哥，被我们班的体育委员听见了，那个人眼珠子都要瞪出来了，嫉妒得要命。”

祝星遥说：“你太夸张了。”

“不夸张！我觉得张晟对你有点走火入魔了。”黎西西看着林佳语，忽然反应过来自己刚才那些话说得不太好：他们毕竟是青梅竹马，万一她喜欢江途呢？黎西西忙补充道：“不过，其实星星只有在开玩笑的时候才会叫他途哥。”

林佳语忍不住笑了一下。

祝星遥正要说话，对面空着的座位被人占了。

陆霁坐到她对面，笑着看她：“我们坐这里，可以吗？”

这还是开学后祝星遥跟陆霁第一次这么近距离地接触，她想起累积了差不多两个学期的“星期五情书”，无论是信封还是贺卡，上面画的都是大提琴少女。她看着陆霁走了一下神，发现陆霁还在看她，忙说：“随意啊，这里又没人。”

陆霁他们在旁边坐下。黎西西因为之前在走廊里发生的那件事，对许向阳没什么好脸色，朝许向阳翻了个白眼。

许向阳：“……”

陆霁看看林佳语，又看向祝星遥，说：“没想到你们认识。”

祝星遥看向林佳语，林佳语解释道：“班主任排的座位，我跟他是同桌。”

“你之前不是（15）班的吗，”周原好奇地问，“怎么跟他们（7）班的人关系这么好？”

林佳语这才发觉自己对祝星遥太自来熟了，解释道：“她陪我去买过东西，还帮我‘刷脸’打折呢。”

祝星遥当即咳了一下，差点被豆奶呛到。

陆霁突然想到她上学期在海选赛场上“刷脸”的事，强忍住笑看了眼她手里的豆奶：“你很爱喝这个？”

祝星遥小声说：“还好，挺好喝的。”

祝星遥跟陆霁本来就出名，两人只是面对面坐着就吸引了不少人的目光。有人从食堂出去，忍不住说：“我就说陆霁肯定喜欢祝星遥吧，不然怎么会跟她坐一桌。”

“他们两个看起来挺般配的啊……”

“就是不知道祝星遥喜不喜欢陆雩。”

江途走到食堂门口，正好听到了，顿住脚步，一抬头就看见祝星遥跟陆雩一群人走过来。他定定地看了他们一眼，转身去打饭。

林佳语看见江途，跟大家打了声招呼，立刻朝他那边跑了过去。

周原又惊了，用手指了指：“她还认识江途那小子啊？”

祝星遥看了一眼：“他们是一起长大的，一直住在一个地方。”

林佳语是要问物理竞赛的事情：“你是不是不放心家里啊？”

江途回头看了她一眼：“嗯。”

林佳语叹了口气：“好吧，就是很可惜……”

江途没觉得有什么可惜的，往门口看了眼，不经意地问：“才开学两天，你跟陆雩就这么熟了？”

“班主任安排我跟他同桌……”林佳语看他打好饭，跟着他走了两步，“他刚才坐那边可能是因为祝星遥，我觉得他好像喜欢祝星遥……”

不是好像，陆雩就是喜欢祝星遥。

江途面无表情地收回目光，端着餐盘转身。

下午，林佳语回到座位上，看见陆雩正在刷竞赛题。陆雩抬头看了她一眼，懒洋洋地说：“没想到你跟江途是从小一起长大的，你也住在荷西巷？”

林佳语对陆雩很熟悉，毕竟他是学校里的名人、女生眼里的男神，实话实说：“嗯，是一个地方的……”

陆雩愣了一下，笑问：“那你跟祝星遥怎么认识的？”

林佳语把替江途配眼镜的事情说了说，陆雩一边听，一边安静地转笔，这才知道江途的眼镜原来是祝星遥选的。

周四早上，参加物理竞赛的学生离校了。

周五早读课上，祝星遥在英文课本里翻到风格一致的信封时还愣了一下，拉了拉黎西西的胳膊。黎西西看过来，小声道：“哇，J同学的星期五情书又来了。”

祝星遥感觉J同学的字比上学期写得好看了一些，很疑惑：“他都不在学校了，你说到底是谁帮他放的信？”

黎西西不以为然：“这有什么奇怪的，你平时看见过有人往你的课桌里塞东西吗？没有吧。但里面还是每天都有信和吃的。陆霁的人缘那么好，他让人在上学前或者放学后塞个信，不是很简单吗？”

祝星遥觉得黎西西说得挺对的，便把信封塞进书包。

江途将手搭在窗边，看着她把拉链拉起来，用左手转了转笔，低下头背单词。他其实很好奇那些信和贺卡最终被她怎么处理了，是带回家了再扔掉，还是会因为上面的画而保存？

他收罗那些贺卡和信封很不容易，不管怎么样都不希望那些信被扔掉。

下午班会课上，曹书峻把其他班委和各科的科代表定下了，物理科代表定了江途。江途皱了下眉，站起来说：“抱歉，我没时间，还是让祝星遥做吧。”

祝星遥忍不住回头看他，江途看着她低声道：“可以吗？”

他明明在求人，语气却还这么冷淡。祝星遥眨了下眼睛，无奈地说：“好吧。”

放学后，江途没有急着走，晚上七点才去梁哥的烤肉店打工，现在还有点时间，索性在教室里把物理和数学作业做完了再走。他连书包都没带，骑着自行车出了校门，意外地看见祝星遥正拿着手机，站在老地方等车。

她的父母或司机还没来？

他在她身后停下，祝星遥回头看见他，笑了一下：“你还没走啊？”

江途嗯了声：“你家里人呢？”

江途的话音刚落，她的手机铃声就响起了。

祝星遥接通：“妈妈，那你去忙吧，我自己回去就行……我都多大了，你忙吧……”她挂断电话，看向江途，才回答他刚才的问题：“刘叔家里有事，这一两个月估计都没办法来接送我了，我爸妈经常加班。嗯，就你看到的，我被我妈妈放鸽子了。”

祝云平说要找个临时司机顶替老刘，但合适的司机还没找到。

丁瑜一向很忙，一有急诊就走不开，祝星遥都习惯了。

江途看着她说：“那你怎么回去？”

学生已经走得差不多了，校门口空荡荡的。她家里也空荡荡的，祝星遥突然不是很想回家，摇摇头："我去广场那边，去练习室里练琴。"

江途沉默片刻，将支着车的脚收回："我也去那边，你……"

他顿了顿，看着她不知道在想什么。

祝星遥抢答道："你载我？"

江途："……"

他看了一眼自行车后座，他只载过江路，而且这辆自行车有点旧了。他捏了一下自行车把，漆黑的眼珠望向她："你确定？自行车的后座有点硬，坐着可能不太舒服。"

祝星遥就知道他在担心这个，走过去，直接侧身坐到后座上，抬头看他："走吧，西西的自行车后座我都坐过了，你的车技比她强多了。"

江途低下头说："那你坐好了。"

祝星遥笑："好。"

江途把车骑出去，祝星遥重心不稳，下意识地抓住他的衣服，指尖碰到了他的腰。他猛地刹住车，祝星遥的脑门猝不及防地在他的背上一撞，撞得她头晕眼花："嘶……你的背好硬。为什么要突然停车？"

江途抿紧唇，看见少女细白的手指正紧紧地抓着自己的衣服。

他咽了口口水，再次把车骑出去："没什么。"

太阳刚落山没多久，大片红霞挂在天边。江途骑着自行车上大桥的时候，祝星遥转头看着江面和天边，忽然被那些绚烂的云彩晃了眼，才反应过来，她这是第一次坐在一个男生的自行车后座上。

两人都穿着校服，长得又好看，吸引了不少人的注意。

好在江途骑得快，俩人很快就到了广场。江途在梁哥烤肉店门前停下车，用脚支着地面，回头看她："你吃烤肉吗？"

祝星遥带着几分好奇跟在江途的身后，看着他把自行车锁在烤肉店旁边，抬头看了一眼大红色的招牌"梁哥烤肉店"。这家店她跟黎西西来吃过。

江途直起身，低头看她："走吧。"

她跟在他身后，轻声问："你在里面打工？"

他嗯了声。

此时正是饭点，又是周五，店里人不少，两个人刚进店门就感受到一阵热气扑面而来。梁城正招呼着客人，看见江途和他身后的祝星遥，眼睛都瞪大了：“哟！”

不仅梁城，其他店员也惊讶地看向江途。

江途在店里搜寻了一下，转头问祝星遥：“坐在那边可以吗？”

那是一张靠窗的两人桌，在柜台附近，比较安静。祝星遥抬头看他，温柔地笑了笑：“好啊，坐哪里都可以。”

梁城站在柜台边上冲他挑眉，一脸“你小子开窍了”的表情。

他神色微顿，解释道：“这是我同学，顺路带了她一程。”

梁城看了一眼漂亮得过分了的祝星遥，觉得有几分眼熟，就是一时没想起来在哪里见过，笑呵呵地对她说：“除了小林妹妹，这家伙还是第一次带同学过来。”

小林妹妹指的应该是林佳语吧。

祝星遥感觉江途跟梁城好像很熟，笑了一下：“是吗？那我很荣幸。”

江途垂眼看她，不知道她在荣幸什么。

梁城笑着拍拍他的肩，低头在他的耳边说：“你先带人过去坐着，也不用急着去后厨，吃饱了再说。”说完，梁城将人往前推了推。

江途带祝星遥坐下，问她：“你想吃什么？我去拿过来。”他顿了一下，“就当是我把物理科代表的职位推给你的赔礼，我请你吃。”

祝星遥愣了一下，忙说：“那只是小事……”

“对我来说是件麻烦事，你帮了大忙了。”

“……”

祝星遥不知道该怎么拒绝了，她一直觉得拒绝江途是一件很难的事情。他都这么穷了，还要请她吃烤肉……

江途把菜单摊开放到她面前：“这里的牛肉挺新鲜的，你如果不知道选什么，我去拿过来就好了。这里的东西不贵，你吃不了多少钱。”

祝星遥没再推辞，翻了翻菜单，忽然把菜单合上放到他面前：“你随便拿吧，我不吃五花肉不吃内脏，香菜也不要。”

江途记下：“好。”

他走进后厨，拿了托盘去给她挑食材。梁城抽空跟过来，站在边上笑着看他：“真的只是同学？长得那么漂亮，你就一点感觉都没有？”

江途拿了一盘新鲜的牛肉，转头说："只是同学，你别乱猜。"

梁城看他神色平静，啧了声："你小子真是……这个年纪喜欢上什么姑娘才叫正常，别太无趣了，小姑娘不喜欢这么闷的类型。"

江途顿了一下，突然想起陆霁，没说话，拿了不少食物。

他转身的时候，梁城还嘀咕了句："我总觉得她挺眼熟的，就是想不起来在哪里见过……"

江途没在意，带着东西转身出去。

祝星遥正低头跟黎西西发短信，抬头看见江途，笑了一下："我跟黎西西说我在这里吃烤肉，要不是她已经到家了，肯定要跑出来了……我可以跟她说你在这里打工的事吗？"

"随你。"江途在她对面坐下，拨了拨炭火，把腌制好的肉一片片铺到烤网上，"这也不是什么秘密，这里经常有一中的学生过来吃烤肉。"

祝星遥说："我跟西西也来过，没看见你。"

江途没想到她也来过，抬头看她："我一般在后厨里待着。"

肉片被烤得吱吱作响，香味散发出来。祝星遥闻着就饿了，看着江途熟练地烤着肉，忍不住抬头看他，余光瞥见玻璃窗上印出的营业时间：中午十二点至凌晨五点。

她突然反应过来，转头看他："所以，你来这里打工要做到早上？"

江途把烤熟的牛肉放进白色的盘子里，再将盘子放到她面前："嗯，可以吃了。"

怪不得……

怪不得他有时候会趴着睡一个上午，原来是这样啊。

祝星遥盯着少年干净好看的脸，默不作声地夹起一块肉，眼睛微亮："好吃，比上次我跟西西烤的好吃多了。你是怎么烤的啊……"

"酱料都调好了的，不要再放过多的调料就行了。"江途猜到她口味比较淡，烤的时候就没再多放调料，他看她略带惊喜的眼神，嘴角带了点笑意，"也可能是你们将肉烤老了。"

"怪不得。"祝星遥看着江途的动作，也拿起筷子夹了几片肉放上烤网，"上次西西就是一股脑地刷酱料，肉吃进嘴里全是酱料味。"

过了一会儿，她把自己烤好的肉放进他的盘子里。

江途顿了一下，抬头看她。

祝星遥笑：“你试试看，看我烤的好不好吃。”

烤肉店里烟雾缭绕，江途的眼镜上蒙了一层雾，他隔着那层雾看面前的少女，低头拿起筷子。

过了一会儿，他想起什么似的起身，再回来的时候，手里拿了一瓶插上了吸管的豆奶。

江途将豆奶放到她面前，祝星遥愣了一下，露出笑容：“谢谢。”

直到七点半吃完饭，祝星遥才发觉江途好像没吃多少，而她自己却快吃撑了。

江途把眼镜摘下来，低头拿纸巾细细地擦去上面的雾，抬头看她：“你晚上怎么回去？”

祝星遥拿着书包站起来：“我妈妈忙完了会来接我的。”

“那就好。”他点了下头，拉开椅子，“我送你到门口。”

江途把人送到店门口，沉默地看着她走远，然后转身回去换好衣服走进后厨。

晚上十点多，祝星遥上了丁瑜的车，刚坐下丁瑜就凑过来闻了一下：“身上怎么一股油烟味？去吃什么了？”

丁瑜的鼻子特别灵敏，祝星遥服气得不行：“我晚上跟同学去吃烤肉了。”

丁瑜挑眉道：“我说呢。跟哪个同学啊？”

祝星遥低头系安全带，小声说：“就……西西啊。”

“你们俩也真有缘，又分到一个班了。”丁瑜把车开出去，“那她怎么回去？”

“她打车。”祝星遥撒谎不眨眼。

她靠在椅背上，想了想拿出手机，翻开通讯录给江途发了一条短信：“途哥，我回家了，谢谢你今晚请我吃烤肉。”想了想，又加上一句，“天将降大任于是人也，必先苦其心志。”这是两人第一次发短信。

几分钟后，江途站在烤肉店的后门处，盯着手机看了会儿才一下下地按着手机的按键回复道：“好。”

他把手机塞进裤兜，抬头看了一眼满天的繁星，心想其实也没什么苦不苦的。

晚上，祝星遥洗完头，吹干头发，躺到床上时已经十二点了。她突然想起江途，他现在应该还在忙着工作吧？

周一早上上学时，祝星遥一下车就看见夏瑾从身后的那辆黑色轿车里下来。两人打了个照面，祝星遥笑了笑："早啊。"

夏瑾也笑了一下："早。"

两人同班几天以来没说过几句话，就像黎西西说的那样"一山不容二虎"，祝星遥能感觉到夏瑾不是很喜欢自己。

祝星遥打过招呼后就走了。夏瑾走在她身后，忽然说："祝星遥，你跟江途是在谈恋爱吗？"

祝星遥忽然停住脚步，回头问她："为什么这么说？"

夏瑾轻快地走过去，挑了下眉："周五傍晚我在大桥附近看见你坐在他的自行车后座上……"

祝星遥没想到会被人看见，解释道："那天我家里没人来接我，正好在校门口碰见江途，他也去广场那边，顺路带我一程而已，你别乱想。"

"就这样？"夏瑾不太相信。

"就这样，你别乱说。"祝星遥不笑的时候显得有些严肃，"快到早读时间了，快走吧。"

走进教室，祝星遥看见江途已经坐在座位上了，他正在补作业，丁巷在他旁边拼命地抄。

黎西西嘲笑丁巷："丁香花，你这辈子自己做过作业吗？"

丁巷的手速飞快："废话！肯定做过啊！"

祝星遥走到桌边，与江途对视了一眼，抿了下唇，不知道要不要提前告诉他夏瑾的事。万一夏瑾说出去了呢，是不是该让他有个心理准备？

她被说多了，不怕这些绯闻，但江途不一样，他好像从来没有被传过绯闻。

江途抬头看她："怎么了？"

以前，祝星遥以为江途跟林佳语关系匪浅，两人之间肯定有点什么。后来相处久了，她才发现江途对人的态度只有熟和不熟两种，熟悉的话他就多跟你说几句话，合理范围内的照顾和帮忙，他也不会拒绝；不熟的话，他连眼神都懒得给你一个。

他非常冷，也非常酷。

林佳语跟他从小一起长大，熟得不能再熟了。至于她跟黎西西，包括丁巷，应该也被江途归入他熟悉的范围内了，所以，他才会主动关心和询问。不然，又冷又酷的途哥才懒得搭理你！途哥听到那些绯闻后估计连眉头都不会皱一下，还会评价一句“无聊”。

祝星遥被自己的想法逗乐了，忍不住笑了：“没事。”

江途被她笑得莫名其妙。

她人已经坐好了，他看了看她轻轻晃动的发尾，低头继续补作业。

祝星遥觉得夏瑾也不像是个爱嚼舌根的人，既然自己已经解释清楚了，夏瑾应该不会再乱说了，而且这件事即便夏瑾说出去了，别人也不一定会信。

倒是夏瑾对江途好奇起来了，以前她在（15）班，听说过（7）班有个因为家里出了事，隔了一个多月才来上学的男生。但当别人跑去围观江途的时候，她连看都没来看过，心想就一个穷小子而已，有什么好看的。

被分到了（1）班后，她发现班上有个高瘦挺拔、皮肤冷白还戴着副眼镜的男生，这个男生孤僻又冷漠，第一眼看过去就不太好相处，但在男生里面很突出。这时她才知道，江途原来长这样。

她仔细地观察了两天，发现江途对祝星遥的态度跟他对黎西西的差不多，而且林佳语跟江途的关系好像更好一些。夏瑾觉得自己对江途更好奇了。

周三下午，（1）班、（2）班和（9）班一起上体育课，体育委员去借器材，女生们趁机跑到树荫底下乘凉。

祝星遥看见林佳语，笑着喊了一声：“佳语。”

林佳语往祝星遥那边跑，还没跑到就被夏瑾叫住：“林佳语。”

“啊。”林佳语看向她，笑了一下，“夏瑾。”

两人以前在一个班，夏瑾家里有钱有势，身旁总是围着许多男生女生，林佳语忙着学习、打工，她们完全是两个圈子的人，平时很少说话。

林佳语本来以为夏瑾只是心血来潮跟她打声招呼，所以应了一声就走向祝星遥了。

夏瑾有点不高兴了，皱眉说：“我叫你呢，你怎么不理人啊？”

“我以为你只是跟我打招呼……”林佳语急忙解释，走到夏瑾面前，“你叫我有事吗？”

夏瑾看了一眼祝星遥说："我是想问你，你跟江途很熟？"

林佳语愣了下，点头："嗯，我们从小一起长大。"

原来是这样啊。

夏瑾笑了笑："没什么，我就是看见你跟他说话，有点好奇。"

祝星遥下意识地想起那天的事情，看了夏瑾一眼，又看了看林佳语，总觉得夏瑾的好奇不是什么好事。黎西西朝器材室的方向看了一眼，轻哼道："张晟每次上体育课都让途哥去拿器材，公报私仇啊。"

"你上次说他们还差点打架了？"林佳语知道江途的人缘不算好，但也知道他不会无缘无故地跟人打架，"是谁先动的手啊？"

黎西西说："那肯定是张晟啊。"

夏瑾又好奇了，目光扫过来："江途跟张晟还打过架？为什么啊？"

江途跟张晟高一时就不和了，到现在两人的关系也没缓和下来，要不是江途够冷静，两人早就打了八百回了。有个以前在（7）班的女生说："好像是因为祝星遥……"

黎西西反驳："不对，是因为张晟说要拿两千块跟江途换座位，江途不换，然后两人就打了一架……是张晟拿钱侮辱人好吧！"

祝星遥点头："对。"

女生嘀咕："那也算是因为你啊，张晟因为你才想换座位的。"

夏瑾阴阳怪气地说："果然是女神啊，因为一个座位都能让两个男生打起来。"

祝星遥皱眉："说了不是因为我才打起来的，是张晟先挑衅的。"她顿了一下，"而且江途也不想打架。这件事已经过去很久了，现在说也没意思。"

"女生们别躲在树下偷懒，都给我过来！"体育老师叉着腰大喊。

各班的体育委员已经带着男生把器材带来了，祝星遥、黎西西走过去，张晟赶紧把网球拍递过去："给你，你刚才说想打网球是不是？"

夏瑾说："我也想打网球。你怎么才拿了一副球拍啊？"

祝星遥看了她一眼，说："那你拿吧。"

祝星遥绕过夏瑾走向江途，江途的手里拿着羽毛球拍和排球。他低头看她："你要打羽毛球吗？"

"嗯。"

江途把球拍递给她，低声说："你想要网球拍的话，那边还有。"

他可以再去借。

祝星遥接过，小声说："不用了，就这个吧，随便玩一下混到下课就好了。"

江途不知道她为什么有点不高兴，不过明白肯定不是因为网球拍。他看着她跟黎西西朝羽毛球场的方向走去，转身跑向田径场。

羽毛球场和排球场挨着，都在田径场上方。祝星遥跟黎西西打了几下，就把球拍丢给别人了。俩人和林佳语一起坐到台阶上，看着江途在田径场上跑步。

祝星遥看向林佳语，问："江途初中时也不打球吗？"

林佳语笑："打的。他篮球打得挺好的，当时很多女生去看他打球呢。"

祝星遥嘀咕道："是吗？我好像没见他打过球。"

"现在……他放学了就要去打工，没时间了。"

祝星遥又问："他还去哪里打工？"

"他在很多地方打过工，烤肉店、酒吧，网吧也去过……哪里需要就去哪里。"林佳语叹了口气，看向祝星遥，"是不是觉得他过得很辛苦？"

祝星遥看着在田径场上沉默地跑着步的少年，有点无法想象他是如何兼顾那么多事情的，只想象一下都觉得有点令人窒息。

江途跑完了三千米，放慢脚步，朝她们这边看过来。

祝星遥抱着膝盖，低头小声地回答林佳语："嗯。但是江途好像什么都能做得很好。"

林佳语想了想："好像是这样，打工、打架、管弟弟、做饭、学习……样样行！"

黎西西补充道："长得还好看！"

林佳语撇撇嘴，嘀咕了句："就是家里的破事太多了，都没女生敢喜欢他。"

体育课结束，祝星遥从厕所回来后，看到桌上放着一瓶豆奶。

她站在桌前，皱眉看着那瓶豆奶，脚跟忽然被人轻轻地一抵。她回头，江途正侧靠着墙，没戴眼镜。他刚跑完步，额前的头发有些湿。

他低声说："我顺便买的，不是张晟给的，放心喝吧。"

祝星遥愣了一下，然后甜甜一笑："谢谢途哥。"

江途的嘴角很淡地弯了一下。

第一组倒数第二桌上，夏瑾歪着头，被江途的笑晃到了眼。她呆了一下，好半天才回过神来。

放学后，江途先去了一趟网吧，把江路从网吧里揪出来。带着弟弟回到荷西巷，江途看见舒娴正站在门口跟林佳语说话，她们在说物理竞赛的事。

江途顿住脚步看了她们一眼，转身进屋。

江路跑过去："妈，你们在说什么啊？"

林佳语不知道江途是不是不高兴了，担心地张望。舒娴叹了口气："没事。小途什么也不跟我说，我只能问问你了，不然都不知道他在学校到底是什么情况。"

林佳语在心里说：他回家要是什么都说，那才奇怪了。

舒娴进屋时，江途已经把饭煮上了。她走进厨房，抬头看着已经长到一米八三的儿子，问："现在报名还来得及吗？我听说参加这个可以保送清华北大……"

江途说："来不及了。"

舒娴沉默了几秒，才说："你应该参加的，我跟小路没关系的。"

江途擦掉手上的水，冷淡地道："说得轻巧，你是会把钱藏好了不给江锦辉，还是被打的时候能打得过他？都不行吧。"他顿了一下，声音更冷了，"那就别说了，清华北大我自己考。"

他转身出去，没想到一抬眼就看见江锦辉。他直接走回房间，当江锦辉是空气。

江锦辉也是难得早回一次，听见母子的对话，走进厨房看着正在洗菜的舒娴问："刚才他跟你说了什么？是不是答应你会考清华北大，然后让你跟我离婚？"

舒娴没想到江锦辉的想象力这么好，一想到江途因为这个家而放弃了物理竞赛就来气，瞪着江锦辉说："是又怎么样？等拆迁了，我们就离。"

江锦辉气笑了："有本事现在就离啊。"

"你当我傻？"

"我告诉你，就算拆了也别想离！离了找第二春？没门！要是让我看到你跟哪个男的鬼混，看我不打断你的腿！"

"你、你给我滚！"

那两人又开始吵了，声音传进房间。江途面无表情地戴上耳机，把声音调到最大，大提琴沉缓悠长的曲调让他慢慢变得平静，直到祝星遥谢幕的声音传入耳中，他才完全被治愈了。

江途每次心情不好的时候，就会听她的演奏曲，这已经变成一种习惯和治疗方式了。

第二天早上，江途很早就到了学校，走到班级门口，听见身后有人喊了他一声："江途。"

他回头，看到一个还算眼熟的女生，是同班的夏瑾。他淡淡地问："有事吗？"

没事的话，大家一般不会叫他的。

夏瑾没想到他的态度这么冷淡，笑容微僵："没事，就是跟你打个招呼。"

江途没再说什么，转身走进教室，拉开椅子坐下。

夏瑾从来没被人这么冷漠地对待过，皱着眉走到座位上，往那边看了好几回，越看江途冷漠的侧脸就越郁闷，感觉一早的好心情都被他破坏了。凭什么江途对她这么冷淡，对祝星遥那么好？

祝星遥跟黎西西在早读课前三分钟进了教室，曹书峻跟谢娅已经站在走廊上了，两个班主任有一搭没一搭地聊着天。其实有心观察的话就会发现，都是曹书峻在主动聊。

黎西西神秘兮兮地对祝星遥说："据我观察，老曹在追谢师太。"

"谢老师才三十岁吧，别叫人家师太。"祝星遥从书包里抽出几本新买的德语口语书，头也没抬，"而且她没结婚吧，那老曹追她就追她呗，男未婚女未嫁，很好啊。"

"谢老师好像比老曹大三四岁吧，而且谢老师一看就对老曹没意思啊。"黎西西转头看她，随手把她桌上的书拿过来翻了翻，"哎，你要是去了德国，我是不是一年才能见你一次啊？"

“也不一定啊，假期我也可以回来的。”

丁巷原本正在抄作业，听到这几句，吓得立马抬头，震惊地道：“德国？女神你要去德国？”

他的嗓门实在太大了，周围的人都看向祝星遥。

江途一顿，缓缓地抬起头。

祝星遥抿嘴笑了笑，大方地道：“现在还说不准呢，我在准备明年的考试，考完还有面试。不过我会努力的，应该……没问题！”

“还要面试？”丁巷挠挠头，忽然想到女神和她的大提琴，“是要考音乐类的学校吗？”

“嗯。”

祝星遥报考音乐学院是很早就计划好了的，只要念完高中，再按照流程申请出国留学的话，祝云平和丁瑜也不会再反对她的选择。所以她才会拒绝参加物理竞赛，因为她根本不需要什么保送名额。

有人问：“考哪个学校啊？”

祝星遥：“柏林艺术。”

“哇，虽然听不太懂，但是感觉好厉害，果然是女神。”

“是啊，不过……你不是艺考生啊。是要拉大提琴吗？”

“废话，肯定是大提琴啊，她都能开个人演奏会了，还在乎是不是艺考吗？”

众人吵了起来，闹哄哄的，祝星遥一笑置之。很快，早读课的铃声解救了她，曹书峻走进来：“吵什么呢？都把书拿出来读。”

曹铭喊道：“在说祝星遥考德国的柏林艺术学校的事呢。”

祝星遥：“……”

曹铭这个大嘴巴，非要给她宣扬得全班都知道？

曹书峻看向祝星遥，很快就明白她当初为什么拒绝参赛了。他笑容爽朗地说：“要考柏林艺术学校啊，那挺好的啊，演奏艺术家确实很符合我们校园女神的身份。祝星遥以后就是我们一中的名人了，说出去我这个班主任都有面子。”

有男生笑了：“那要是男朋友呢？岂不是更有面子！”

“就是！男朋友才倍儿有面！”

祝星遥脸都僵掉了。这些人是要把她往早恋的椅子上按吗？

果然，曹书峻连忙换上严肃的表情，说："不准胡说八道！我跟你们说，都不准早恋啊。学校是严禁早恋的，被抓到了后果可是很严重的，男神女神也不行。"

祝星遥委屈巴巴地说："老师，我什么也没做啊。"

曹书峻咳了声："我是警告大家，不是在说你。"

祝星遥撇撇嘴。你刚才可是差点拿我当典型反例了好吗？我做错什么了？

等曹书峻走出教室，曹铭拍拍张晟的肩膀，低声说："你怎么臭着一张脸？祝星遥肯定是没那么好追的，她要去国外上大学，以后说不定真成名人了，夸张点说，追她的人都得排到德国去……"

张晟的脸色不太好看："那你觉得她看起来是那种爱玩、花心的人吗？"

曹铭往后瞧了瞧："现在肯定不是啊，如果是的话，早跟（5）班那个班花似的，男朋友都换好几个了。不是说陆霁也在追祝星遥吗？他都没追到……咯咯，我的意思是，祝星遥不花心、不随便、不轻易谈恋爱。"

"所以啊，我要是能在高中追到祝星遥，那我不就赢了？"张晟自我感觉良好地说，"就算陆霁也追那又怎么样？他有那么多女生追，万一突然被哪个女生追到手了呢？还有两年呢，你别急着打击我。"

曹铭真的服了，竖起大拇指说："你加油。"

祝星遥因为早读课的事情有点郁闷，不想再谈关于留学的事情了。她来例假了，肚子疼得不行，人恹恹地趴在桌上。

黑板角落的值日生栏里写着祝星遥、黎西西以及丁巷、江途的名字——今天轮到他们值日了。擦黑板一向是男生的活，丁巷去擦黑板。

江途起身去接水，黎西西将自己和祝星遥的杯子递给江途："途哥，拜托了。"

两个杯子，一个上面花花绿绿贴着各种贴纸，一个是定制的保温杯，外面是浮雕的大提琴和音符。祝星遥的生活用品好像很多都带有大提琴或者音符元素。

江途也记不清帮她们接了多少次水了。饮水机在走廊转角的公共区域，几个班公用，需要刷卡取水，有时候需要排队。男生有时候挺懒的，宁愿买水也不去排队。而且十几岁的男生真的不太细心，也没什么耐心，只要看见有人去接水，一个个都将水瓶递过去，让人顺道一起接了。

江途去的时候快上课了，不用排队。

很快，他拎着水回来，把杯子放到祝星遥的桌子上。

祝星遥蒙蒙地坐起来，小脸发白，右边脸颊被压出了淡淡的粉色，看上去比平时生动几分。她回头看他，那模样能让江途内心的小人坐在地上抓心挠肝。他想让她别再这么看着他了，他禁不住。

一秒后，江途败下阵来。

他凝视着她，低声问："德语……难学吗？"

祝星遥愣了一下，很快笑了："还好。其实我从暑假就开始学了，已经学了几个月了，入门后感觉跟学英语差不多。"

祝云平给她请了一对一的私教，她语感好，学起来很快。

"是吗？"江途很淡地笑了一下，"你的英语也很好。"

其实，祝星遥学得好的科目只有三门，英语、语文还有物理，数学差一点。

自从分了文理科之后，江途的成绩就变得拔尖起来了，因为他的理科成绩实在是太好了。江途好像天生聪明，学什么都学得特别快，英语也不错，只不过他很少说。祝星遥不知道他的口语怎么样，不过从仅有的几次课堂练习和英语老师的抽读中能听出来，他的口语不错，说的是很纯的英式发音。

祝星遥笑眯眯地问："你的英语也很好啊。你要多读才行，外语就是要多读多练，你不能闷着不开口呀。"

黎西西回头附和道："就是，途哥的英语说得特别好听！"

黎西西不但是"颜控"，还是"声控"。

十几岁的男生很多还在变声，大多声音不算好听，但江途比他们大一些，声带已经比较稳定了，再加上他说话的声线寡淡，反而十分勾人。黎西西不止一次在祝星遥面前夸过江途的声音好听了。

"我的声音不好听吗？"丁巷插话道。

黎西西翻了个白眼："你这公鸭嗓，能不能有点自知之明？"

丁巷："……"

他捂住心口：今天又是被黎西西伤到的一天。

上课铃响第一声，谢娅就抱着教案等在走廊上了，非常准时。课间就这么过去了，江途被他们两个一打岔，没办法再开口。

放学后，四个人做完值日，江途负责倒垃圾。等江途倒完垃圾回来时，教室里已经空了。

他从书包里抽出一张精致的折合式卡片，低头盯着那张卡片看了很久，突然不知道该对她说什么。他其实能猜到，像她那样家庭条件的女孩，应该是不会在国内上大学的，更何况她还是拉大提琴的，国外多的是名校，所以，今天他不是很意外。

但猜测是一回事，他亲耳听到又是一回事。

祝星遥……好像离他越来越远了，毕业后连见一面都难。

少年转了转钢笔，忽而按住，落笔时只写了她的名字。

江途把卡片塞进她新买的德语书里面，垂眼看了一下，里面的德语单词他一个也不认识。

他合起书本，放回原处，回到自己的座位上。过了一会儿，他从书包夹层袋里摸出打火机。这个时候学校里没什么人了，只剩高三的、在校队训练的，以及在打球的男生。

江途偶尔能听到男生进球时的欢呼声，除此之外，整栋教学楼里鸦雀无声。

过了一会儿，江途把书包甩到肩上，面无表情地走出教室。到了楼梯口，活跃、迅速的脚步声从下面传来，江途下意识地将手往后藏，垂眼看去。

周原打球打得满头大汗，正往上跑，一抬头就看见江途冷冰冰的目光，吓了一跳："你站这里干吗？吓死我了！"

江途淡淡地道："值日。"

他快步下楼，手微垂着。

周原继续往上跑，经过江途身旁的时候忽然一顿，低头看着江途的手，顿时瞪大眼睛："等等，你……"

楼梯间的平台上就有个垃圾桶，江途走到那边丢了垃圾，转身看向一脸震惊的周原。周原顿时觉得是自己太大惊小怪了，抓抓头发，举手说："别这么看我，我什么也不会说的……"

江途懒得跟整天替陆霁出谋划策追祝星遥的"共犯"说话，转身走了。

周原："……"

他嘴巴张张合合，说不出话来。没想到这家伙竟然这么跩。

江途目视前方，脚步轻快，经过夏瑾时也没认出她来。夏瑾感觉少年跟一阵风似的从她身旁走过，利落又干脆，连半个眼神都没给她。

她愣在原地，回头看他的背影，跺了下脚。

他的眼睛是长在头顶上了吗？她这么漂亮一个人站在旁边，而且还是同班同学，他竟然能一而再再而三地当她是空气？

夏瑾旁边的学姐拍拍她："你怎么了？认识那个男生？"

夏瑾满脸不悦："我们班的，明明戴着眼镜呢，每次都跟看不见我似的。"

这位学姐家里的生意依附于夏家，她们两家今晚要一起吃饭。高三课业重，拖堂现象非常严重，数学老师为了讲一道题差不多晚了半个小时放学，也亏得夏瑾愿意等她。她讨好地说："他可能瞎了吧，你这么漂亮都看不见。我觉得你比祝星遥漂亮多了，祝星遥这种类型的女生就学校的小男生喜欢。再长大一些就知道了，男人还是喜欢你这种类型的，明艳漂亮，还有点性感……"

夏瑾勉强笑了一下，小声问："是吗？"

学姐："那当然，我们高三的男生都说你比较漂亮。"

周五早上，祝星遥再次从自己的德语书里翻到了J同学的情书。

这次的内容非常酷，也非常简短，只有她的名字。

祝星遥

——2007年9月13日

落款：J。

所以，他只写她的名字，是什么意思？祝星遥想啊想，怎么也想不到他想说什么。黎西西非常善于解答："千言万语，不及你的名字打动我。欲擒故纵啊！"

祝星遥："……"

欲擒故纵？他们才多大，玩什么欲擒故纵啊？

这封情书被祝星遥评为J同学最无趣的一封情书。

很久以后，她跟J先生说起这件事，了解真相以后，把那封信评为J先生最简短的情书排行榜第一。她姑且把他叫她的名字当成他的告白吧，然后问他："那你当时没有哭？"

J先生沉默地看她，觉得她似乎把他想得太脆弱了，男人哪会那么轻易就哭。

他回答："没有，我干了点坏事。"

她好像有点失望。但下一秒，她倏地抬头说："你做什么了？要是被抓到了不会被处分吧？"

J先生："……"

重点不是这个，重点是他当时真的很难受。

祝星遥准备报考柏林艺术学校的事情很快就在年级里传开了。

正在准备竞赛的陆霁收到了周原的消息："祝星遥要去柏林，你怎么办？"

许向阳的消息也很快到了："周原你这个傻瓜，这个时候说这种事情，是想让陆霁弃考吗？"

陆霁无奈地盯着他的手机屏幕，有些烦躁："你别胡说八道，弃考是不可能的。傻了吗？到这儿了还弃考，传回去我成什么了？"

许向阳咳了声："我这不是怕你被爱情冲昏了头吗？"

"不是很意外，她这样挺好的，这是她该走的路。"陆霁想了想，轻声说，"德国还挺远的，坐飞机要将近二十小时。"

许向阳问："那你怎么办？"

陆霁低头挠挠鼻尖，有些心不在焉："先考完试再说吧。"

一个星期后，物理竞赛复赛结束，陆霁跟许向阳都进了决赛。陆霁比去年考得好，分数比许向阳的高一些。消息传回学校，曹书峻跟谢娅都挺高兴的。

不过，许向阳是（1）班的，陆霁是（2）班的，谢娅明显更得意些："陆霁这回应该有希望拿第一名了吧？"

曹书峻看她一眼，微笑道："应该没问题。不过……快月考了，他跟许向阳缺了不少课，又没时间复习，考试排名估计要下降了。"

“这个可说不准，陆霁的基础好，缺点课也不一定会影响发挥，而且……”谢娅抱着教案站起来，一身套装精致又优雅，她低头看向曹书峻，“分班的时候我看过平均分，我们班的平均分比你们班高几分。许向阳的基础比陆霁差，月考肯定考不过陆霁，所以，平均分你们（1）班要垫底了。曹老师，长点心吧。”

曹书峻：“……”

谢娅踩着高跟鞋，非常有气势地走了。

在一中，无论大小考，都要排个班级排名。分科后的第一次月考被安排在国庆放假前。

曹书峻一开始是不太乐意做班主任的，但主任非要让年轻人试试做班主任。再加上谢娅带了个好头，她带的班级每次成绩和纪律考核都是第一，这更坚定了主任的想法。

所以，曹书峻是被迫上任的。他刚脱离学校没多久就从学生转变成班主任，做学生时的那种懒散和民主都还在，跟谢娅不一样，所以他管理得很松。

事实证明，有时候对付一群十几岁精力旺盛的家伙，必须得严厉凶悍，这样才能服人。

你对他们讲道理，没用！人家只当你是唐僧念经。

“严师出高徒”这句话还是有道理的，谢娅和她带的班正印证了这句话。

曹书峻对月考有点头疼。班会课上，他看着还在说悄悄话的几个男生，突然拍了拍桌子，怒道：“安静！是以为我耳背了听不到吗？”

底下瞬间安静下来，甚至有人一脸蒙地抬头。

大家面面相觑：老曹怎么突然这么凶了？

黎西西正在跟祝星遥传字条，吓得字都写歪了。

祝星遥默默把德语书收起来，假装在认真地听老师开班会。

曹书峻冷着脸说：“快月考了，大家注意复习。这是分科后的第一次考试，大家重视一点。还有，课间或者月考结束后，张晟尽快落实校运会的报名情况，手好腿好的就能报名参加，都积极一点。”

手好腿好……

在座的同学们有手不好或者腿不好的吗？

这边正开着会，后门忽然传来一声：“报告。”

许向阳和陆霁站在门口，祝星遥抬头看去的时候，正好看见了陆霁。

陆霁似乎就在等她的一个回眸，四目相对一下，他笑了。

夕阳的余晖洒在少年松软的发丝上，让他看起来非常阳光。

陆霁朝她扬了一下手，看见了的同学纷纷转头看向祝星遥，忍不住低呼：“哇。”

祝星遥的心跳都漏了一拍。老曹前几天才拿她当典型的反例，要是看到陆霁跟她打招呼……这不就被抓现行吗？更别说那堆情书了！

她慌慌张张地转头看向讲台，小脸都吓白了。

曹书峻的神色缓和了下来，他高兴地说：“进来吧。许向阳这次物理竞赛进了决赛。”

大家集体鼓掌。许向阳笑着说：“谢谢大家捧场。”

曹书峻夸完许向阳后，交代他要好好复习准备月考，又说：“有时间的话，就跟张晟一起盯盯校运会报名的事，没时间的话就等月考结束吧。”

许向阳：“没问题。”

见曹书峻没有注意到陆霁，祝星遥悬着的心才稍稍落地。她轻拍胸口，低呼：“吓死我了……”

黎西西转头，暧昧地眨眼睛：“只是被吓到了吗？”

祝星遥没好气地瞪黎西西一眼，很仔细地回忆了一下，好像……不止。起码她刚才看见陆霁阳光的笑容时心情还是很好的，他的笑能感染到别人。

江途将她所有生动的小动作、小表情尽收眼底，胸腔里似乎堵着一团气，让他闷得难受。

放学后，祝星遥利落地把各种书塞进书包，塞得书包沉甸甸的。少女的肩十分瘦削，书包压在她的肩上，好像能把她压垮。

江途垂眼看她：“我帮你拿到校门口？”

祝星遥非常坚强地挺起胸，笑着摇头：“不用了，我自己可以，已经习惯了。”

以后可能要经常这样，她总不能每次都依赖别人吧？

江途想说，书包都快把你的腰压弯了……但她确实把腰杆挺得笔直，像是要去跳舞似的，看上去美得让人移不开视线。

放学铃响了，大家人挤人地下了楼。

走廊渐渐空了，（1）班后门处走出几个人。许向阳转头说："祝星遥、黎西西，一起出去吃东西吧，陆霁请客。他考得好，要请大家吃饭。"

江途将书包甩在肩上，神色冷漠地盯着许向阳的后脑勺。共犯二号。

黎西西凶巴巴地拒绝道："不去，谁要跟你们这群臭男生一起吃东西？"

许向阳："姑奶奶，我到底哪里惹到你了？同班后你就没给过我一个正眼看。"

黎西西翻了个白眼，懒得解释。

祝星遥抬头，对上陆霁带笑的目光。有几个还没走的同学悄悄看过来，好像要证实男神跟女神有一腿的绯闻。可惜，祝星遥轻轻摇头："我马上要去上课，没时间，你们去吧。"她顿了一下，冲陆霁笑了笑，"恭喜你啊，决赛加油。"

期待落空了，陆霁不动声色地笑笑："谢谢，那……下次？"

祝星遥犹豫了。

一秒。

两秒。

…………

"林佳语。"江途冷淡的声音率先打破沉默。

背着书包刚走出教室的林佳语有些蒙，停在原地抬头看过来："啊？"

江途越过祝星遥走向林佳语，伸手道："把你的手机给我一下，我打个电话。"

他个子高，气质冷，冷不丁出声走出去，吸引了好一些人的目光，连祝星遥都不自主地追着他的背影看。

祝星遥看着陆霁小声说："月考前可能都没时间，国庆假期也安排满了。等有时间了再说吧。”

陆霁舔了下唇，轻轻点头：“好。”

周原都想捶胸顿足了：兄弟啊，你强硬一点啊！

围观群众有些满足。起码……男神约女神了啊！这就是铁证！

林佳语完全处于状况外，哦了声，先看看四周没老师，才从口袋里摸出手机给江途：“你的手机没电了吗？要打给谁啊？”

江途沉默了一下，捏住手机低嗯了声：“打给梁哥吧。”

祝星遥背着沉甸甸的书包走过来，跟林佳语和江途挥手道别，然后拉着黎西西走了。接着，陆霁、周原和许向阳也走了。

他们走在祝星遥身后，许向阳还冲黎西西喊：“哎，黎西西你是不是对我有什么意见啊？”

走到一楼了，黎西西面无表情地回头道：“哦，原来你们男生的记忆也只有七秒啊！”

许向阳看向周原和陆霁：“……”

陆霁笑了：“女生有时候真的挺记仇的。”

许向阳：“……”

周原拍拍他的肩膀：“你高一的时候笑她女扮男装、发育不良。女生很介意这个的，特别是那些真的是‘飞机场’的女生。”

周原说完，感觉黎西西那模样像是想拿刀杀人。

他干笑两声，跑了。

许向阳：“……”

祝星遥一脸淡定地提醒道：“我劝你们现在谁都别说话了，谁说话谁死得快。”

然后，她拉着气得张牙舞爪的黎西西走了，免去一场杀戮。

祝星遥：这算是对拒绝陆霁的邀请的补偿吧。

三楼，林佳语跟几个同学趴在走廊上津津有味地看戏，还笑出了声。楼下的人抬头往上看了眼，林佳语看到陆霁眯了眼，忙捂住嘴转过头去。

下一秒，她的手机被塞进了怀里。

江途转身走了，林佳语愣了一下，忙喊道：“你打完了吗？”

江途头也没回：“打了，现在去店里。”

林佳语哦了声，低头看了一下通话记录，里面干干净净的啊。她疑惑地转头看楼下，江途已经到了楼下，正往自行车棚走去。

“真的啊，陆霁昨晚就说要请祝星遥跟黎西西一起吃饭了。”

“请两个啊？那不算‘实锤’啊！”

“这还不算啊？难道陆霁是在追黎西西？不可能！他绝对是对祝星遥有意思，请黎西西只是顺便，毕竟黎西西跟祝星遥的关系好啊。”

“陆霁跟祝星遥很般配啊，不过……祝星遥要出国的吧？他们是准备开展异国恋吗？”

第二天，大家都在讨论昨晚的事情，一时间，陆霁在追祝星遥的事好像成了大家眼里的事实。祝星遥听到这些流言的时候，整个人都蒙了。

月考都快来了，他们怎么还这么有精力聊八卦？

黎西西说：“因为你跟陆霁都很有名，所以大家才格外关注的。你看看别人，哪有这样高的关注度？”

祝星遥正在默写德语单词，顿了一下，无奈地说：“我才不想要这种关注度呢。”

桌上突然多了一个纸团，黎西西直接打开了。

许向阳：“那几句话我收回，对不起，黎西西同学。”

黎西西的脸直接黑了，她昨晚梦到自己一辈子都没胸，立马就回了几个字：“你泼出去的水还能收回吗？”

许向阳满脸黑线，女生果然很记仇，尤其是黎西西。泼出去的水，他要怎么收回去？

许班长向来人缘好，没有他笼络不了的人心，却在黎西西这里栽了跟头，被她恨上了。

张晟在课间见缝插针地拉着大家报名参加校运会。但是，在月考面前，那些恩怨缠绵的故事都暂时被丢到一边了，更别提校运会了，响应的人寥寥无几。

祝星遥：“我报一个跳高吧。”

张晟挠挠头说：“这个项目夏瑾报了，她去年拿了第一。”

夏瑾从小就跳芭蕾，身体轻盈，弹跳力又好，很适合跳高。去年祝星遥也报了跳高，拿了第二名。得知夏瑾报了，祝星遥改口道：“那我报……跳远吧。”

“跳远她也报了。”

“……”

反正，跟“跳”有关的，夏瑾全包了。

祝星遥抬头微笑着道：“那一百米短跑吧。”

理科班女生少，每人至少得报一个项目，逃也逃不掉，不如趁早挑个容易的。

张晟觉得她挺给自己面子的，喜不自胜地低头写上，再抬头看向坐在祝星遥后面的江途，嗤笑道：“江途，你也报两个吧，班里一米八以上的男生必须得报两个项目……”

“一千五百米和三千米。”江途冷淡地打断他的话。

张晟一直以为江途会拒绝自己，没想到他答应得那么爽快，被噎了一下，写下江途的名字后，低骂了一句就走了。

很少有人报长跑，祝星遥没想到江途竟然报了两项。上次体育课结束后，她跟黎西西聊起校运会，还对江途说了一句：“途哥，你可以去参加长跑，到时候我跟西西去给你加油、递水。”

毕竟，全班他只跟她、黎西西和丁巷是熟人。

课间，江途摘下眼镜让眼睛休息，将手搭在窗沿上，静静地看着她。片刻后，他点点头，确定现在的生活就是他想要的。

9月底，因为要放国庆假了，所以最后一个周末学校不放假，让学生考试。

持续两天的月考结束了，还剩下两天就放国庆长假，学校大发慈悲，表示长假后再公布成绩。学生们都安心了，兴奋地迎接小长假。

祝星遥那一周多收了一封来自J同学的信。

难道是因为国庆假期不能放信，所以他提前给她写了？

黎西西说：“是啊！J同学多有心啊，想跟你约一顿饭，你还不愿意。”

祝星遥解释道：“我真的没时间啊，而且中午大家不是一起在食堂里吃饭了吗？”

有几次，大家确实在食堂里一起吃饭来着。

黎西西趴在桌上说：“这不算啊，星星！人家要的是约会，最好是两个人单独的那种！”

祝星遥：“我真的没时间。”她上完课就挺晚了，总不能让人家等吧，而且信是信，看信不用面对陆霁的脸和神色，看起来很轻松，跟见到人时的感觉完全不一样。

黎西西：“……”

她只能说，陆霁有点惨。

祝星遥背着一堆书和两封信去上德语课，站在老地方等司机来接。几分钟后，她刚要上车就看见林佳语被一个女生扶着，艰难地从校园里跳出来。

她被吓了一跳，忙跑过去问：“佳语，你怎么了？”

林佳语脸色苍白，额头上还在冒冷汗，应该是疼得不行了。那个女同学抬头看她，眼睛发亮，仿佛看到了救星：“啊，祝星遥，你能不能送一下林佳语？她练跳高时扭到脚了……也不知道情况严不严重……”

祝星遥看向林佳语，二话不说就扶住她：“我们去医院看看吧，万一伤到筋骨就麻烦了。”

林佳语想到去医院要花一大笔钱，顾不得疼，急忙摇头：“不用，不用，荷西巷那边有个卫生诊所，收费便宜。而且……我感觉应该没事，刚刚很疼，现在缓了一点了。”

“那边能拍片吗？”祝星遥皱眉问。

“好像不能。”

“那还是去人民医院吧。”祝星遥想了想，撒了个谎，“我妈妈是医院的医生，可以给你打折，价格跟诊所那边差不多。”

林佳语从出生到现在就没去大医院看过病，信了祝星遥的话。

那晚，祝星遥没去上德语课，刚好丁瑜和祝云平忙，也顾不上她。她陪着林佳语检查完后已经快十点了，等她们上车后林佳语才记起来她们还没吃饭……

林佳语特别不好意思，小声说：“我请你吃饭吧，你带我去医院，还帮我打折，我都不知道该怎么谢你。”

祝星遥虽然饿得不行了，但还是说：“下次吧，等你能走路了再说。”

荷西巷里开不进轿车，林佳语的爸妈正好在上夜班，没办法来接她。祝星遥给江途打电话，他没接，祝星遥只能扶着林佳语沿着狭窄的巷子慢慢地往里面走。路灯很暗，发黄的光晃得祝星遥的眼睛有些花。

她快要饿晕了。

远远地，几个高大的男人朝她们这边走了过来。

林佳语惊慌失措地抓紧她的手，压低声音："完了……好像是陈毅他们。"

陈毅？

那几个人流里流气的对话声慢慢传来——

"啧，江途那小子真是欠揍，每次看到他那张冷冰冰的脸我就想揍人！下次你们别拦着我。"

"讲点道义，钱拿了就别打人了，人家还没成年呢。"

"你倒是好心，上次动手的时候也没看见你手软，装什么装。"

祝星遥听到那些话忍不住皱眉，心里很不舒服。陈毅他们还打了江途吗？她刚要抬头就被林佳语拽住衣服。林佳语小声说："你过来一点，我们别惹他们。"

祝星遥能听见林佳语微微紧促的呼吸声，林佳语在紧张、害怕。

祝星遥抿紧唇，靠近林佳语，给那几个人让路。

陈毅带着几个人经过，看见两个穿着校服的女生贴墙站着。有人吹了声口哨："哟，这是不是江途的小媳妇？"

小媳妇？说的是林佳语吗？

巷子里光线很暗，祝星遥比林佳语高几厘米，低头看林佳语，发现林佳语的脸有些红，不知道是走路喘的还是被吓的。

林佳语抬头气恼地道："你们别胡说，拿了钱就别欺负人了。"

几个混混哈哈大笑起来。

"佳语，是你吗？"有个中年男人在后面喊了声。

林佳语惊喜地喊："爸爸！"

林佳语的爸爸不放心，请假赶回来看闺女，没想到正好碰上这帮人。荷西巷内房屋密集，里面都是他认识的邻里，他人缘好，要是喊一声，肯定能跑出来几个人救场。

祝星遥松了口气，也跟着抬头。

陈毅本来都要走了，回头看见祝星遥白皙漂亮的侧脸——那皮肤白得晃了他的眼——好几秒后他才想起来，这姑娘就是那个拉大提琴的祝星遥。这里太黑了，她穿着校服，他差点没认出来。

“哟，小美人，好久不见啊。”他吹了声口哨，突然记起上回他们想去看晚会，却被江途打乱了计划的事。

他打量着她：“难不成你是来找江途的？”

祝星遥皱眉：“关你什么事？”

陈毅叹了口气：“我说你怎么这么不听话呢，让你离他远点，忘了吗？”

“你打人了？”祝星遥冷冰冰地看着他。

林佳语的爸爸走到他们身边，戒备地对陈毅说：“陈毅，你想做什么？”

陈毅深深地看了眼祝星遥，转身走了。同时，林佳语的手机铃声响了。

一分钟后，江途穿着黑色休闲服出现。少年高瘦挺拔，目光直直地看向祝星遥。在他一团糟的生活里，她总是不经意地闯进来，干干净净的，像一颗突然落入凡间的星星。

他咽了咽口水，机械地走向她。

祝星遥什么都不知道，见他脸上干干净净的，没有打架的痕迹，抬头朝他笑了一下。江途比她高了不少，站在她面前低头看她，藏在镜片下的眼珠漆黑深沉。

林佳语回头说：“江途，你送祝星遥出去吧，她今天帮了我大忙了……”

几秒后，江途声音低哑地说：“走吧。”

“啊，好。”

他转身走在前面，祝星遥亦步亦趋地跟着他。

他盯着地上两人被拉长的影子，发现她在偷偷地看他。两人沉默着，直到身后传来林佳语的声音：“我同学的妈妈是医生，有医院的打折卡。这次没花多少钱，跟诊所收的差不多。”

江途倏地停住脚步。

祝星遥差点撞上他的肩，连忙稳住自己，不解地抬头。

昏暗狭窄的巷子里，两人站得很近。祝星遥轻轻蹙眉，像是要确定似的，忽然踮起脚尖，脸颊靠近他的领口。少女香甜的气息毫无防备地靠近，发丝轻轻地擦过他的脸。

江途紧张得心跳都要停了，声音紧绷沙哑：“你干吗？”

“途哥，你的身上怎么有烟味？”

少女的声音很软很轻，落在他的耳边，带着一丝小心翼翼，却像一把利刃深深地插进了江途的心脏。

如果祝星遥低头看一眼地面上的影子，就会发现少年垂在身侧的手抬起，刚碰到她的校服，又猛地收住了。

喉结滚动，江途僵硬地往后倾了一下，躲开少女身上带着甜味的气息。

同时，祝星遥在他的领口处嗅了一下，脚跟落地。

她抬头，那双眼睛亮如星辰。她对他毫无防备，这让江途觉得自己刚刚产生的那股想抱住她的冲动很可耻。他不动声色地后退了一步，低头沉默地看她，有些艰难地开口：“没有，我打工的那家店里的味道。”

祝星遥忽然有点心疼，这种感觉被十几岁的她归结为同情。她安慰道：“没事，等你考上大学就好了……”

江途看她这么认真，嘴角轻轻地弯了弯，正要说话。

咕噜——

很小的声响，在安静的巷子里却很清晰。

祝星遥第一次在外人面前饿得肚子咕噜叫，脸一下就红了。她窘迫地低下头，小声说：“我、我跟林佳语都没吃晚饭，现在快十点了，很饿……”

江途看着她的头顶，嘴角的弧度放大，低声问：“鸭血粉丝，吃吗？”

祝星遥立即点头：“吃！”

他转身走在前面：“带你去。”

少年的声音依旧淡淡的，但不知为何，祝星遥觉得他好像突然变得高兴起来了。她摸了摸自己扁平的肚子，心想途哥肯定在笑话她。她的形象啊……

少女微垂着脑袋，有点郁闷地跟在他身后。

繁星点缀着夜空，月色变得温柔，照着两人的影子。狭窄昏暗的巷子仿佛没有尽头，他们安静地走着，祝星遥本来想问他陈毅的事情，但想了想还是没开口。

有些事，江途可能不想说，而且他的心情才刚刚好起来，她再提陈毅不是傻吗？

江途像是想起了什么，回头问她："谁送你们回来的？"

"司机……"祝星遥摸出手机，"我给他打个电话，让他等一下。"

他又问："你爸妈呢？"

祝星遥边发消息边说："我爸爸在加班，我妈妈去省外开会了……"

老刘家里的事情还没处理完，新司机更老实憨厚一些，祝星遥怎么说，新司机就怎么做。

十分钟后，两人到了店里。

曹记鸭血粉丝店晚上卖夜宵，现在已经有人来吃了，里面挺热闹的。

祝星遥要了一碗鸭血粉丝、一份生煎包，再加一瓶豆奶。

她实在是饿坏了，坐在桌前等餐的时候，一直眼巴巴地看着取餐口。江途靠在椅子上，第一次看见她这副模样，觉得新鲜，目光不自觉地变柔了。

几分钟后，餐准备好了，江途站起来："我去拿。"

两人已经很熟悉了，祝星遥对江途十分信任，不设防，便让他去了。江途放下托盘，祝星遥顾不上说话，接过江途递来的一次性筷子，闷头就开始吃起来。

江途坐在她对面，靠在椅子上，十分放松，直勾勾地看着她。

因为她看不见，所以他可以放肆一点。

祝星遥就算饿极了，吃得有点快，但吃相依旧好看。等那种饿得难受的感觉消失后，她转头喝了一大口豆奶，抬头看向江途。

眼镜从他高挺的鼻梁上滑下来，掩盖了他所有的情绪。

祝星遥满足地眯了眯眼："啊，终于舒服了。"

江途伸手推了推眼镜，提醒道："下次别这样了，对胃不好。"

"我平时不这样的，今天是特殊情况……"祝星遥重新拿起筷子，望着他，"你要不要吃一点？生煎包我可能吃不完……"

最后，有两个生煎包是祝星遥吃剩下的。

江途看了她一眼，抽了一双筷子，低声说："别浪费了。"

祝星遥愣了愣，看着他把剩下的两个生煎包吃掉，感觉有点不对劲。如果刚才他跟她一起吃就没什么，但现在……他好像是在吃她剩下的东西。

在她发愣时，江途站起来不动声色地说："走吧，你该回家了。"

"啊，对。"祝星遥连忙站起来。

他的神色太过平静自然，反倒让她觉得是自己多想了。途哥应该就是不想浪费食物而已。

祝星遥正胡思乱想，手机铃声就响了。

她跟在他身后，抬头看了一眼店里的挂钟，已经晚上十点半了。

电话是祝云平打来的，他肯定是因为回到家没看到她，才打电话来问的。

江途听见身后的女孩轻声跟她爸爸撒娇，说马上就回家。

两人走出街口，向司机停车的地方走去。陈毅正好带着一群兄弟过马路，有个小弟指着江途说："那不是江途吗？没想到啊，刚被要完债，现在竟然就出来泡妞了，果然长得好看的家伙不管有钱没钱，都有小姑娘喜欢。"

陈毅看过去，看到了江途和他身旁那个穿着校服的小姑娘。姑娘背影纤瘦，扎着的马尾发尾微鬈，看着十分好看。

另一个小弟兴奋地说："那个小姑娘就是刚才在巷子里看见的那个吧？我看见脸了，特别漂亮！江途还挺有本事的。"

"确实漂亮。"陈毅冷哼了声，"便宜江途那个穷小子了。"

等他们穿过马路，江途跟祝星遥已经走远了。

荷西巷除了商业街上的路灯亮一些外，其他地方的路灯灯光都发黄、昏暗。祝星遥家的车就停在一栋老旧的住宅楼旁边，司机贴心地把车灯打开，照着路人。

还有几十米就到了，江途停下脚步，看了一眼那辆车，低头对祝星遥说："你回去吧。"

明天就是国庆节了，初秋昼夜温差大，祝星遥觉得有点冷，搓了搓细瘦白皙的手臂，抬头冲他笑了笑："那我走啦。"她冲他挥挥手，转身走了。

“祝星遥。”几秒后，他喊住她。

祝星遥回头，俏生生地站在月色和昏黄的路灯下：“嗯？”

江途看着她，嘴角很淡地弯了一下，提醒她：“下次别拿医院能打折这种话忽悠人了，除了林佳语那个笨蛋外，没人会相信的。”

祝星遥：“……”

不知道为什么，虽然他是在说林佳语是笨蛋，但祝星遥觉得他说的是自己——只有笨蛋才会拿医院能打折这种话去骗人……

祝星遥有些窘，忍不住瞪他：“你每次笑我的时候，我都觉得自己好像犯了个很蠢的错误。”

江途低头笑了，嗓音低沉：“是有点蠢。”

祝星遥：“……”

好了，他这次是在明着骂她了。

江途收了笑容，看着她：“下次不用这样，回去吧。”

祝星遥想了想：“那你别告诉她。”

江途点了点头，抬了抬下巴，让她上车。她笑了一下，挥挥手，转身跑了。

江途将手插在裤兜里，看着车开远了才转身离开。

江途刚回到荷西巷，林佳语就跛着脚蹦出来，扶着门框喊：“你怎么这么久才回来？”

“去吃了点东西。”他站在原地，抬头看她，“你们刚才在巷子里碰见陈毅时，他有没有做什么？”

林佳语说：“没有，正好我爸回来了，他们不敢怎么样。”

江途点了下头，正准备进屋，林佳语又喊了一声，他回头问：“还有什么？”

林佳语有点不好意思，小声说：“你帮我问一下祝星遥……在医院里花了多少钱。我爸说医院不能打折，她肯定帮我付钱了……我得还给她。”

“自己问。”

“我没她的号码啊。”

江途看了她一眼，说了一串数字，问她：“记住了吗？”

林佳语：“……”

她直发蒙，能记住才怪！

江途有些不耐烦，从裤兜里摸出手机，丢下一句："等下我把号码发到你的手机上。"

过了一会儿，林佳语收到了江途发来的号码，心里总觉得哪里怪怪的。江途竟然一下就把祝星遥的号码背出来了？

第二天早上，江途刚踏出家门就看见林佳语拄着根简陋的拐杖从对面蹦出来。她一看到他就问："江途，我的电话号码是多少？"

江途的脚步顿住，林佳语哼了声："你肯定不记得。"

"你以为我跟你一个记性？"

江途鄙夷地看了她一眼，转身走了。

林佳语："……"

他是在骂她记性差还是在说她笨？

祝星遥吃完早餐没多久就收到了林佳语的短信，说要还她钱。她看着短信叹了口气，果然"医院能打折"这种谎话太傻了，林佳语已经反应过来了。

客厅里放着行李箱和大提琴包，陈蓝这几天在北京，排出了几节课的时间给她，她等会儿就要去机场了。

祝云平拎着行李箱，笑着看她："叹什么气呢？"

祝星遥摇头："没有，做了件傻事……爸爸，你别问了，我们快去机场吧。"

祝云平也摇了摇头："真是长大了，什么都不乐意跟我们说了啊！"

丁瑜拎起大提琴催促道："行了，快走吧，等会儿来不及了。"

一家三口走出家门，祝星遥上车后给林佳语回了条信息："你先好好养伤，还钱的事等到学校后再说吧。"

国庆假期结束后，因为林佳语的脚伤还没好全，她父母又要上班，江途不得已，只能载她去学校。到了校门口，两人被刘主任拦住，刘主任拔高声音说："你们两个怎么回事？"

江途皱了下眉，冷淡地解释："她脚上有伤。"

过往的学生都看过来，林佳语忙从后座上下来，用脚尖点着地，解释道："我脚上真的有伤。"

刘主任打量着她，不太相信："怎么伤的？"

过往的人窃窃私语起来，林佳语没被人这么围观过，脸红了起来。祝星遥正好在校门口，看到这一幕，连忙上前扶住她，看向刘主任："主任，她脚上真的有伤，还是我陪她去的医院。"

刘主任认识祝星遥，也相信她的话，摆摆手："快进去吧。"

祝星遥抬头看了一眼江途，说："我扶她进去吧。"

江途点了一下头，骑着自行车走了。

祝星遥扶着林佳语走进校门，林佳语感激地看向她，小声说："刚才刘主任肯定误会我跟江途了，要不是我的脚没好，江途才不会带我上学呢……第一次坐他的自行车就被主任抓了，真倒霉。"

"这是你第一次坐他的自行车？"

祝星遥有点惊讶，林佳语跟江途从小一起长大，竟然是第一次坐他的车。

林佳语哼了声，说："那可不，要不是我的脚伤还没好，他肯定不愿意载我。"

祝星遥想起上次他载自己的情景，心底觉得那事有些微妙，还没品出什么，就被人从身后抱住了。她吓了一跳，黎西西从她身后跳出来，大笑起来："吓到你了吧？"

祝星遥翻了个白眼："吓死了。"

黎西西笑得很开心，看到林佳语走路的姿势有点怪，疑惑地问："你怎么啦？"

林佳语叹了口气："我之前练跳高时，不小心扭到了……"

"啊，没事吧？"

"没事，都快好了。"

祝星遥跟黎西西一左一右地扶着林佳语走到三楼，林佳语从口袋里掏出一百多块钱递给祝星遥，不好意思地笑笑："还你钱，谢谢你了……"

祝星遥看了林佳语一眼，又想起江途说自己傻的事，心情复杂地接过钱。

早读课快上了，三人忙走进各自的教室。祝星遥一走进去，就听到张晟笑着说："你们看到了没，今天早上，江途载着他女朋友在校门口被刘主任拦住了。"

有人震惊地问："真的假的？"

张晟说："你问他啊。那个女生就是隔壁班的。"

大家看向江途，江途面无表情地看向张晟，眼神冷冰冰的。虽然才分到一个班没多久，但大家都知道江途跟张晟不对付了，江途为人冷淡难相处，张晟嘴巴损。

祝星遥站在三、四组中间的过道上，皱眉看向张晟："你别乱说，江途跟林佳语只是从小一起长大的朋友，不是男女朋友。"这种话不能乱说，传到老师耳朵里的话，江途和林佳语是要被叫去谈话的。

江途顿住，目光转向祝星遥。

黎西西看向张晟，鄙夷地道："你一个男生怎么这么八卦？"

张晟："我……"

许向阳咳了声，在桌上敲了敲："别吵了，班主任在走廊上了。"

祝星遥回到座位上，见江途正看着她，小声问："怎么了？"

江途想起刚才她帮自己解释的事，心底酸得有些发胀，她总是这样无意识地做一些让他无法招架的事情。他眯了眯眼睛，低声说："没事。"

丁巷像是刚回过神来，转头说："吓死我了，我还以为途哥真的有女朋友呢。"

黎西西眨眼："途哥有女朋友这件事就这么让人震惊吗？我看你一副魂都被吓跑了的样子。"

丁巷想也没想就说："那肯定震惊啊。你觉得途哥像是会谈恋爱的人吗？完全不像啊。我都想象不到他喜欢一个人会是什么样子。"

祝星遥跟黎西西对视一眼，她们之前都以为江途跟林佳语关系匪浅，后来才知道是她们想得太多了。

江途收回目光，看向丁巷："当着我的面说这些，是不是不太合适？"

丁巷："……"

祝星遥跟黎西西笑了声，转过头去。

当初明明是祝星遥先坐上江途的自行车的，两人的谣言却没传开，而江途跟林佳语的谣言倒是很快传开了。江途性格冷淡，话本身就少，更别说会主动去向无关的人解释了。他只跟祝星遥解释过。

林佳语在自己班里解释了，加上祝星遥早上在班里说的那番话，谣言再传出去，就变成八卦了。

“江途跟林佳语都住在荷西巷里，两人从小一起长大，不是那种关系。”

“江途看起来那么冷漠，怎么也不像是会谈恋爱的样子……很难想象他跟哪个女生在一起。”

“江途长得很帅啊，也有女生喜欢他吧？就是他家里那种情况，大家都不敢追他……”

八卦传了一天，月考成绩和排名也下来了。

分文理科后，江途的成绩一下变得很拔尖，他在这次月考中考了年级第一名。第二名是陆霁，祝星遥排到了第十名。不过这个成绩对她来说已经足够了，毕竟她分出时间去练琴、学德语了。

班级的平均分排名就很虐了，五个重点班中，（1）班排名倒数第二，（2）班排名第一。

课间休息时，祝星遥默写了一下德语单词，转头去看江途。他没戴眼镜，正侧头看着窗外。她歪着脑袋笑了起来：“恭喜啊，考了第一名。”

江途被她的笑脸恍了神，低声说：“没什么。”

祝星遥说：“很厉害了。”

目光落在她鼻翼上那颗小痣上，他真的很想伸手去摸一下。

“校运会上还差几个项目没人报名。”张晟拿着表站在前面喊，“标枪和铅球，还有两个长跑接力赛，大家报一下名。”

没几个人搭理他。

张晟的脸色有些难看。

许向阳接过表格，感叹班里女生少就是麻烦，抬头说：“女生四百米接力赛还差两个人，谁可以参加？祝星遥，你跑一百米应该挺快的吧？再跑一个？”

祝星遥转头看他，刚要说话就听到夏瑾说：“那我报一个吧，我可以跑。”

黎西西说：“那一百米我来吧，星星还报了一个两百米接力呢。”

“你可以吗？”许向阳好奇地打量着黎西西的小身板。

黎西西抬起下巴，问：“我怎么不可以？班长大人是觉得我腿短跑不快还是平胸不配参与？”

许向阳：“……”

有人偷笑出声。

许向阳一言难尽地把黎西西的名字写上去，举给她看，微笑道：“期待你的表现。”

黎西西：“……”

祝星遥拍拍她的背说：“不气不气。”

许向阳笑了一下，三两下把报名表填完了塞给张晟。

校运会上，每个班都要选一个人举牌，一般情况下都是找“班花”。高一开校运会的时候，曹书峻让祝星遥举的牌，这次开班会，他也提了这件事。

祝星遥犹豫了一下，黎西西趴在桌上偷偷看夏瑾，发现夏瑾的脸色果然不太好看。

曹书峻见祝星遥十分犹豫，问道：“有什么问题吗？”

祝星遥见夏瑾没主动出来揽活儿，只好点头：“没有。”

江途去年没有参加校运会，并不知道祝星遥举牌的事。丁巷拿出手机点开相册，神神秘秘地将手机放到他面前，低声说：“途哥，你去年没看到，女神穿了短裙，我拍了照片。”

江途垂眼看着屏幕上穿着白衬衫、红色短裙的少女：她双腿笔直纤细，笑容在阳光下泛着光，看上去青春漂亮。

丁巷低声说：“后面还有几张。”

江途不动声色地往后翻了翻，忽然想到他没有祝星遥的照片，一张都没有。

10月底，校运会如期而至。开幕式当天的天气不是很好，气温也比前两天低，祝星遥换上举牌那套衣服后，整个人冷得直发抖。她最近太忙了，身体的抵抗力好像变得有点差，冷风一吹，她就打了个喷嚏。

江途站在她身后，皱了皱眉，直到许向阳喊大家排队才转身走到后排。

张晟站在他前面，眼睛一直盯着祝星遥。曹铭用肩膀撞了他一下，不怀好意地说：“女神的腿好看吗？”

张晟舔了下嘴角，压低声音说：“废话，她的腿是我见过最直的，又直又白还匀称，反正……”他的脑子里开始不受控地想着黄色废料，忽然他感觉背后有股凉意传来，一转头就看见江途正微眯着眼，冷冰冰地看着自己。

他不爽地道：“你怎么用这种眼神看我？”

喜欢祝星遥的男生很多，江途最讨厌的就是张晟这种。张晟看祝星遥的眼神跟陈毅很像，虽然没那么明显，但总带着些下流的味道。江途笑了声：“我看你的时候一直是这种眼神。”

两人的新仇旧恨上又添了一笔。

开幕式结束后，祝星遥回到班级所在的位置上，飞快地套上校服外套。凉风一吹，她接连打了两个喷嚏。黎西西有些担心：“你是不是感冒了啊？”

祝星遥吸了吸鼻子，嗓音有些哑：“不知道……”

学委招呼她们：“哎，你们有空的话，过来帮忙写加油稿啊，一百米比赛就要开始了。”

祝星遥给自己倒了一杯热水，喝完后感觉舒服了不少。她从桌子里翻出背包，对学委说：“让西西先写，我去换套衣服，等会儿要跑一百米。”

运动场旁边是高一的教学楼，她抱着衣服走进去，在一楼的厕所里换好校服，一出来就跟站在走廊上的江途撞上了。她愣了一下，笑起来，说：“途哥，好巧。”

不巧，他是跟着她过来的。

江途垂眼看她，她换了校服、跑鞋，怀里还抱着个背包。

“祝星遥。”陆霁跟周原从操场那边走过来，喊了她一声。江途不动声色地抬眸看向他们。

祝星遥回头看向陆霁，看到他的脚上穿着跑鞋，笑了一下：“你等会儿要跑步吗？”不知道为什么，明明每周五都会收到陆霁的信，但她对他还是有几分陌生感和距离感，面对他时总觉得有些不好意思。

她每次看到陆霁时，好像都会露出这样的表情——害羞中带着一丝不知所措。江途看着她，将手抄在裤兜里，捏住打火机，脸上的表情十分冷淡。

陆霁说："嗯，我报了一百米和三千米。"

祝星遥下意识地说："途哥也跑三千米。"

途哥？

陆霁和周原同时愣住了，都看向江途。学校里，女生叫男生"哥哥"多少有些暧昧的意思，但是江途……就不像是会让女生叫他哥哥的人，也很难让人感觉他跟谁之间有暧昧，连跟青梅竹马的林佳语之间都没有。

但是，陆霁心底还是生起一丝怪异感。

祝星遥看他们的神色，很快意识到当着他们的面这么叫江途不太好，补充道："我是说江途，平时听丁巷和西西叫习惯了，就叫顺口了……"

殊不知，她的行为在江途的眼里就是她在向陆霁解释。

祝星遥解释完，自己都觉得氛围有些怪，但又不知道怪在哪里。

周原莫名地感觉自己有点多余，咳了声，看向江途："那个……江途，你来这儿干吗？"江途总不会是跟着祝星遥来的吧？

江途神色冷淡，从裤兜里抽出手："没什么。"

陆霁和周原看到他手里的打火机，了然地笑了一下。

祝星遥惊讶地抬头看江途。

江途的目光在她身上停留了一秒就移开了。

广播通知参加一百米跑步比赛的选手去检录——男子组和女子组的比赛时间只隔了十分钟，所以一起检录。陆霁将手抄在裤兜里，看向祝星遥："一起走吧。"

祝星遥没有拒绝的理由，点点头："好。"她看向江途："你去看比赛吗？"

江途说："等会儿过去。"

祝星遥、陆霁和周原一起走回运动场。江途站在原地深吸了口气，刚要转身就被许向阳喊住了。许向阳跑到他面前："丁巷忽然肚子疼，一百米跑不了了，你要不替他一下？"

祝星遥站在运动场边听到许向阳的话，转身看过来。江途看了她一眼，把打火机塞进裤兜里，不动声色地走向运动场，说："可以。"

最后，江途、祝星遥、陆霁三个人一起去检录。

参加男子一百米比赛的还有张晟，许向阳说要找人替丁巷，张晟没想到许向阳找的是江途。黎西西看到江途参赛，特意为他写了一篇加油稿。广播中念出江途的名字时，张晟的脸色十分难看。

男子一百米预赛中，江途跟陆霁几乎同时闯过红线。

江途落后陆霁零点零一秒，张晟第三个冲过红线，三人一起进了决赛。

黎西西陪祝星遥做赛前准备，往那边看了一眼："我怎么觉得那边的氛围怪怪的，张晟一副随时想跟江途打架的样子，陆霁也有点怪……那三个人好像在较劲，都想赢过对方。"

祝星遥正在热身，没怎么注意，转头看了一眼："想赢不是正常的吗？在比赛啊。"

黎西西嘀咕："话是这么说，但还是觉得有些怪……"

女子一百米预赛马上开始了，祝星遥走过去做准备。

她跑了第二名，进了决赛。

上午的比赛项目结束后，祝星遥就有些恹恹的了。她上午受了凉，好像真的感冒了。下午的比赛她都没去看，在教室里趴着睡，黎西西一会儿跑去运动场，一会儿又不放心地跑回来。

江途出了一趟校门，回来时手里拎着一个袋子走进教室。

祝星遥趴在桌上一动不动，闭着眼，皱着秀气的眉，白皙的脸颊上透着不太正常的红。

教室里还有两个男生，也趴在桌上睡着，一点动静都没有。江途低头看着眼前的少女，犹豫了一下，终究还是抬手将微凉的手指轻轻地贴在她的额头上，发现她的额头有点烫。

祝星遥没醒，皱着眉动了一下，像是要躲开他的触碰。

祝星遥将脸埋进臂弯里。江途将停在半空中的手收回来，从窗口看见黎西西正往教学楼这边跑来。

几分钟后，黎西西跑进教室，看到桌上多了一个袋子。黎西西打开袋子，里面有很多药，退烧的、消炎的，以及感冒冲剂。袋子被她翻得沙沙作响，祝星遥迷迷糊糊地睁开眼。

黎西西从袋子里翻出一张字条，挑眉笑笑："喏，有人给你买药了。"

祝星遥还没清醒，揉了揉眼睛，字条上面有一行字：你在发烧，吃药。

字条上没有署名，但这熟悉的字迹，是属于J同学的。

她茫然地看向空荡荡的走廊，带着鼻音问："他什么时候送来的？你看到了吗？"

黎西西摇头："没有。"她往窗外看了一眼，"啊！你看那儿，陆霁刚走。"

祝星遥转头从窗户看向楼下，陆霁穿着一身黑色运动服，背对着她们正往运动场跑去。

黎西西把药盒拆开，按说明书拿了好几颗出来塞到她的手上，催促道："你快把药吃了，别浪费了陆男神的一片心意。"

祝星遥："……"

她若有所思地回过头，抬手摸了摸额头。不知道是不是在做梦，她总觉得之前有人碰过她的额头和鼻尖，那人的手指带着些凉意。

那种感觉……祝星遥形容不来，像是被羽毛小心翼翼地刷过了一样。

黎西西给她递了一杯水，祝星遥把药吃了。

校运会期间，学校管理得比平时松，放学时间也比较早。祝星遥吃完药就在教室里背德语单词，黎西西又去了运动场。

吃完药，祝星遥一直昏昏沉沉的，想睡觉。刚到五点，她就收拾好书包，准备提早一点走。临走之前，她又决定去运动场那边看一下。

祝星遥背着装了一大摞书的书包经过篮球场，一路走过绿色的球网，站在台阶上。她垂着眼，一阶一阶地往下走。

余光里多了一双略熟悉的运动鞋，她愣了下，抬头望过去。

江途站在她的下方，正看着她。

两人还没来得及说话，忽然，一束水柱毫无预兆地从右上角直直地喷过来。祝星遥猝不及防，身上被喷洒的水浇了个遍。

冷冰冰的水浸透衣服，突如其来的凉意让她瞬间缩起肩膀，叫出了声："啊！"

一切发生得太突然了，江途甚至没弄清楚是怎么回事。旁边，曹铭大喊道："天哪！你踩歪了，水都弄到女神的身上了，你赶紧停下！"

江途看见张晟和曹铭站在球场外的水龙头边上，张晟的脚下踩着一根软水管，水柱就是从水管里喷出来的。张晟原本是想整江途的，岂料祝星遥突然经过……

张晟吓了一跳，连忙挪开脚，曹铭正好拽了他一把，他右脚刚挪开，左脚又一脚踩上了水管。

下一秒，又一束强劲的水柱喷射出去。

江途迅速往上跨了一级台阶，按住祝星遥的肩膀转身往墙边压。祝星遥脚下打滑，险些摔倒，很快又被人提着腰扣住。

两人面对面，江途用身体将她挡得严严实实的，他的头发、肩膀、后背都湿透了。

水珠顺着少年的发尖、眼镜以及轮廓清晰的下颌线，一滴一滴地往下落，砸在祝星遥的眼睫毛上、额头上、鼻尖上。

她紧紧地揪着他胸口的衣料，喘着气，长而翘的睫毛颤动着。

她眨着一双湿漉漉的眼睛，一下就撞进江途深不见底的眼眸里。他的胸膛快速地起伏，漆黑的瞳仁紧紧地盯着她。

说不清谁的身上更湿一点，或许是江途，但他完全感受不到冷意——整个身体都有些燥。

少年咽了咽口水，水珠从他的脸上滑落，有一滴落入了祝星遥的眼睛里。

下一秒，祝星遥嗯了一声，难受地眯起眼睛。江途鬼使神差地抬手在她的眼睛上抹了抹，低声说："对不起……"

明明那么冷，他的手指却是温热的，贴在她的眼皮上，轻轻地替她擦去水滴。

那一瞬，祝星遥的身心都没来由地颤了一下，她说不清是因为冷还是因为其他……

张晟和曹铭还在互相指责对方，路过的人惊呼着看过来。

凉风一吹，祝星遥立即打了个喷嚏，感觉凉意渗到了骨子里，整个人都在抖，像一只落水的小猫咪，柔软又脆弱。

江途垂下手，拽着她站起来，嗓音低哑："你……怎么样？有没有崴到脚？"

祝星遥靠着墙站好，揉了一下不太舒服的眼睛，小声说："没有，就是……"

话没说完，她又打了个喷嚏，抬手揉了揉鼻子。

她就是很冷。

江途抿紧唇，转身看向罪魁祸首，冷冰冰地说："你们玩也玩得准一点。殃及无辜。"

曹铭突然有点后悔，觉得自己玩得太过了。张晟看向湿淋淋的祝星遥，懊悔得不敢上前。

很快，运动场上跑来几个人，看到祝星遥和江途狼狈的样子，都呆住了。

祝星遥缓过神来，正想低头检查自己的书包里有没有进水，脑袋上忽然被人盖了件宽大的黑色运动服。那个人还像摸小狗似的搓了搓她的脑袋，正是陆霁。

陆霁站在一旁对她说："你擦一下？别感冒了。"

祝星遥呆住了。我别感冒了？我不是已经感冒了吗？你还给我买了感冒药和退烧药呢！

她扯下外套把脸露出来，看向陆霁小声说："谢谢……"

江途看了她一眼，又沉默地移开视线。

黎西西跑到祝星遥跟前，瞪着张晟："张晟，你是神经病还是小学生？还玩水管！"

张晟看了一眼祝星遥，辩解道："我没想到会弄到祝星遥，我……"

"那你想捉弄谁？"祝星遥抓着陆霁的衣服抬头看向张晟，这回她是真的生气了，"明明每次都是你先挑衅的，江途根本没惹到你，你怎么这么幼稚？！"

围观的人越来越多，张晟的脸色涨成猪肝色，他咬着牙没回怼她。

曹书峻和谢娅以为有人打架，拨开人群一看，才发现好像不是那么回事。曹书峻看向湿漉漉的江途和祝星遥，皱眉问："怎么回事？"

黎西西迅速把刚才的事添油加醋地说了一遍。

张晟和曹铭想辩解，又无从辩解。

"你们两个跟我去办公室。"曹书峻看了江途一眼，"你换套衣服后也过来。"

祝星遥冷得要命，又没有多余的衣服了。夏瑾从人群里走出来，从包里掏出一个袋子递给她："我这里有套校服，我们身高差不多，你先穿着吧。"

她都递过来了，祝星遥要是不接就显得矫情了。祝星遥接过袋子，带着鼻音说："谢谢。"

江途把外套脱下来，就地拧了一下水，半湿着走向办公室。祝星遥看着他，忍不住喊："你不换衣服吗？感冒了怎么办？"

刚才两人算是共患难了，他还帮她挡了水。

江途没带多余的衣服，回头看她一眼，淡淡地说："我没那么容易感冒。"

陆霁收回目光，低头看她："男生没那么容易感冒，倒是你，快去把衣服换了。"

不知道是不是因为身体不舒服，她感觉整个人头昏脑涨的，甚至有些意识不清，抬头看陆霁，眼前却闪过江途滴着水的脸。

祝星遥整理了一下湿答答的头发，把运动服递给陆霁，说："你的衣服，谢谢……"

谢娅就站在旁边，陆霁只好接过外套。

祝星遥换上夏瑾的衣服回到车上，窝在椅子上睡觉，一声不吭。回家后，她泡了半个小时的热水澡，整个人才慢慢地活过来。晚上七点多，丁瑜带着从大饭店里打包的外卖回到家，发现她躺在床上发了高烧，脸都被烧红了。

丁瑜忙活了大半个晚上后，祝星遥才退烧。

一整个晚上，祝星遥都在做梦，梦见少年白皙、湿漉漉的脸正滴着水；梦见他漆黑深沉的瞳仁像一个旋涡，沉默地看着自己；梦见他抬手在自己的眼角轻轻地抹了抹。但当祝星遥一眨眼，他就又恢复成了冷淡的样子。

第二天醒来时已经是中午了，她爬起来，只觉得又累又饿，昨晚的梦已经记不清了。

丁瑜给她请了一天的假，反正是校运会，不去也不影响。

丁瑜敲敲房门，说："起来洗个脸，下楼吃点东西，吃完就好了。"

祝星遥有气无力地爬起来，桌上的手机振动了一下。她拿起来看了一下，才发现有好多条短信。

黎西西："你好好休息，要是没好的话，明天接着休息。"

黎西西："一百米决赛不跑也没事。"

还有不少短信是班里的同学发来的，张晟和曹铭也发了短信来跟她道歉。

祝星遥没有回复。

最新一条短信是陆霁发来的，他让她好好养病。她回了一句："谢谢。"

校运会第三天上午，男子一百米决赛上，江途第一个冲过红线，比陆霁快了零点零一秒。陆霁接过周原递来的水，看向江途："下午的三千米比赛，我不会输的。"

江途转头看他，淡淡地道："不一定。"

下午两点，祝星遥在医院打完点滴，让司机送她回学校。黎西西打电话过来："你快来啊，途哥跟陆霁杠上了，两人要一决高下。现在大家在下注呢，看谁能跑赢。"

下注这件事是周原带的头，他一吆喝，两个班的人就杠上了。（1）班的人说江途能赢，（2）班的人说陆霁能赢。

祝星遥有些蒙："不就跑个三千米吗，下什么注？"

黎西西说："你别管下什么注，你就说你赌谁赢吧？"

这个问题还要问吗？

祝星遥想也不想就说："肯定是途哥啊，我是（1）班的，肯定希望他赢咯。"

黎西西的手机开了公放，祝星遥的声音通过扩音器传了出来，江途、陆霁、许向阳、林佳语和周原听到后同时沉默了。

黎西西趁机把电话挂了，笑眯眯地看向他们："星星下注了啊。"

陆霁舔了下嘴唇，无奈地笑了笑："黎西西，你这样是想刺激我？为了集体荣誉，她肯定选江途啊。"他跟祝星遥现在什么关系也不是，她怎么可能偏向他？

"这不怪我，是周原出的主意。"

周原就是一时兴起，想知道陆霁在祝星遥心里能打几分，没想到黎西西这么给面子，真的照做了，更没想到这会损了陆霁的面子。

江途面无表情地站起来，许向阳喊："你去做什么？"

“去做准备。”他说完转身走了。

既然她选了他，那他也不能让她失望。

祝星遥在来的路上遇到了一点意外，到学校的时候已经三点了。还没走到操场，她就听见砰的一声枪响，应该是三千米比赛开始了。

她连忙往田径场的方向跑，穿过小树林，跑到塑胶跑道上，果然看到一前一后奔跑着的江途跟陆霁。

两人看到了她，同时看过来，一个目光冷淡，一个冲着她笑得阳光。祝星遥发愣的时候，他们已经跑出小半圈了。

黎西西和几个女生站在终点线附近，见到祝星遥，黎西西用力地招手：“星星，这边！”

黎西西往她的手里塞了一瓶水，祝星遥问：“这是第几圈？”

黎西西说：“第三圈。”

他们还有的跑呢。

跑到最后一圈的时候，江途和陆霁追得特别紧，把其他班的选手甩开大半圈。这是最后一个比赛项目了，（1）班、（2）班的同学都围在终点线前，连曹书峻和谢娅都来了。

谢娅说：“看来我们班要赢了。”

曹书峻笑：“那可说不准。”

还剩下一百米的时候，两个班的人忽然喊起了加油。祝星遥被挤到了前面。江途跟陆霁几乎同时冲过红线，两人滴着汗，喘着气。

有人问裁判：“谁先啊？”

祝星遥忽然十分紧张。

裁判宣布1号获胜，（1）班的人都兴奋地欢呼起来。丁巷说：“我就说嘛，比长跑，没人能比得过途哥。他每节体育课都要跑几千米，耐力杠杠的！”

祝星遥笑了起来。

下一秒，江途毫无预警地朝这边走来。

此时，祝星遥身旁站着黎西西和林佳语。林佳语怕江途的人缘不好，没人给他递水，特意拿了瓶水过来。

江途站在祝星遥面前，目光落在她抓着水瓶的手上，原本白皙细嫩的手背上被针扎出了好几个针孔，青青紫紫的，看起来有些吓人。

祝星遥以为他是想喝水，连忙递过去，笑眯眯地说："途哥厉害，喝水。"

与此同时，林佳语也把水递了过来。

两人愣了一下，看向对方。

江途顿了一下，平静地从祝星遥的手里抽走那瓶水，淡淡地看向林佳语："你给你们班的人喝吧。"他一转身就对上了陆霁的目光，什么也没说，拎着水瓶走了，背影高瘦。

林佳语愣了一下，忙把水瓶递给陆霁。

陆霁看了她一眼，接过去，懒洋洋地笑道："我怎么没被分在（1）班呢？"

这话被身后一众（2）班的人听到了，他遭了一通骂，却目光含笑地看向祝星遥。祝星遥有些不好意思地偏头看黎西西，黎西西在她的腰上捏了一下，凑到她的耳边低语："他在撩你呢。"

祝星遥："……"

她知道，但她没想撩回去……

（1）班和（2）班好像从这次校运会开始就杠上了，往后不管什么，都要比一下。

校运会后，一切回归正轨。

参加物理竞赛的同学在第二天离校了，参加集训，准备决赛。

祝星遥在周五收到了来自J同学的信。

如果比赛能够赢得真正的你就好了

——2007年10月26日

落款：J。

祝星遥以为信中说的比赛是物理竞赛，觉得这是J同学写得比较放得开的一封情书了。

也不知道曹书峻是怎么跟张晟、曹铭聊的，那两人郑重地过来向祝星遥道了歉。祝星遥淡淡地说："我接受了，那江途呢？你们不跟他道歉吗？"江途也是受害者。

张晟脸色微僵，曹铭挠头说："在办公室的时候，我们握手言和了。”

张晟看上去一点也不想跟江途讲和，不过祝星遥也不在意。江途更不在意，头也没抬，说：“不需要。”

中午放学后，祝星遥在教室里等黎西西，把洗干净了的校服还给夏瑾。夏瑾接过袋子，好奇地问：“你不喜欢江途，那是跟陆霁在一起吗？最近听到了不少关于你跟他的传言。”

祝星遥眨了下眼，有点搞不懂夏瑾是什么意思。难道夏瑾觉得，借了她一次校服，两人的关系就亲密到可以随便聊这种事情了吗？

她笑了一下，说：“你也说是传言了，又不是真的。”

“大家都说陆霁在追你。”

教室里还有几个人没走，听夏瑾这么一说，都转过头来。祝星遥实在不喜欢被过分地关注，抬头看见黎西西，随口说：“我先去吃饭了。”

祝星遥走出教室，黎西西问：“怎么了？”

她摇头道：“没事。”

走出教学楼，祝星遥才说起刚才的事。黎西西哼了声：“我就说吧，一山不容二虎，夏瑾什么都想跟你比。难道她喜欢陆霁？对他这么在意。”

祝星遥沉默了一下：“不知道。”

“还是说她觉得陆霁追你不追她，让她没面子？”

祝星遥无语：“这也能跟面子挂上钩？”

“当然了，陆霁是大家眼里的男神啊，被男神追不是会显得有魅力吗？”黎西西分析得头头是道，“她要么是嫉妒你，要么就是喜欢陆霁。”

可惜，她们都猜错了。

夏瑾并不喜欢陆霁，而是十分关注江途。

中午的时候，夏瑾从以前的（15）班同学那里拿到一张照片，照片是同学在校运会时偷拍的。照片里，江途把祝星遥搂在怀里，他的头发、脸，以及整个背都湿透了，正滴着水。江途那副模样……有着这个年纪少见的清冷禁欲的感觉。

他额前的头发和眼镜虽然遮住了他的眼，但夏瑾还是觉得江途的眼神格外吸引人，跟别的男生不一样。

至少，她以前没见过像他这样的男生。

可是，他抱着祝星遥……

下午放学，祝星遥、江途、黎西西和丁巷一起值日。打扫完后，丁巷去倒垃圾，江途不知道去了哪儿，祝星遥跟黎西西则背着书包从后门出去。

夏瑾跟她的同桌周小雨还在，夏瑾背着书包站起来，在门口拦住祝星遥。夏瑾举起手机，冷笑道："祝星遥，你要不要脸啊，你说不喜欢江途，那怎么跟他抱在一起？"

祝星遥看到那张照片时愣住了，是那天江途帮她挡水的样子……她的脑子里很快又闪过江途脸上滴着水的模样。那天，事情发生得太突然了，她根本没来得及反应，是江途带着她躲过的，加上后来发了一场高烧，她只记得当时很冷。

她看着照片。他们有靠得这么近吗？好像有……

她恍惚了一下。

黎西西瞪大眼睛，道："谁拍的？"

夏瑾冷哼道："你别管是谁拍的，反正你们抱在一起就是了，一边……"

"她没抱我，你看清楚点。"

身后，江途不知道什么时候回来了，冷冰冰地插了一句话："她没抱我，是我抱的她。"

几个人愣住了。

祝星遥抬头，看到江途面无表情地走过来。他垂着眼看她，眼底似乎没什么情绪，又好像什么都有，只是她读不懂。

夏瑾不知道是不是被吓到了，之前嚣张的气焰瞬间熄灭，一声不吭地看着站在祝星遥身旁的江途。丁巷也站到祝星遥身边，四个人一起看着夏瑾跟周小雨。

江途一个人就已经让夏瑾觉得备受压迫了——他的眼神冷漠得让夏瑾难以接受。

祝星遥抿了一下唇，不知为何，心微微地提着。

黎西西刚才也被这张照片震撼到了，回过神后连忙说："对啊，星星又没抱江途，而且江途只是帮她挡水而已，你想什么呢。”那天的事情，他们其实都没看到，等他们赶到的时候，就只看到两个湿漉漉的人。

江途问：“看清楚了吗？”

夏瑾没说话。

江途眯了一下眼，直接从她的手里拿过手机。

手机一下子脱手，她愣了愣：“江途，你要做什么？”

江途垂眼，盯着那张照片沉默了一下，冷淡地道：“把照片删了。”他直接删了照片，然后把手机还给夏瑾。

夏瑾连忙把手机拿了过去，翻了翻，照片没有了。

她抬头看江途，又羞又怒：“你凭什么删我的照片？”

“照片里的人是我，没有经过我的允许，你就传播照片，还拿着威胁别人，我为什么不能删？”江途一直冷着脸，“这件事是意外，祝星遥只是被牵连到了，以后不要再在她面前提什么抱不抱的事，也不要乱传照片了。”

他说完，转身走向座位。

其他人的目光不由得跟着他转。

夏瑾长这么大以来第一次被人这么冷漠强硬地对待，脸色一阵青一阵红，难看得都快哭了。周小雨大气都不敢出，后悔之前没早点走……

几秒后，丁巷说：“我第一次听途哥一次性讲那么长一段话。”

黎西西：“谁不是呢？”

祝星遥转头看着少年的背影，心情有些复杂，但又觉得这就是江途会做的事情。江途拎起桌上的书包关上后门，穿过走廊走到前面看向她，说：“还不走？”

祝星遥拉了一下背包带，点点头说：“走吧。”

几个人走出去，夏瑾还站在原地，像是在等人来哄。

周小雨弱弱地说：“我们走吧，教室门要锁了。”

夏瑾咬了一下唇，气呼呼地走出去，站在他们面前抬头看江途，道：“江途，你太过分了！”说完，夏瑾快步离开了，看样子被气得不轻。

几个人沉默了片刻，黎西西说：“丁香花，锁门。”

祝星遥抬头看江途，小声说：“夏瑾会不会找你麻烦啊？”有个张晟就很烦了，要是再来个夏瑾，那江途在学校里都没办法平静地生活了……

江途低头看她："无所谓，先回去吧。"

祝星遥跟黎西西都有人来接。一起走向校门口，黎西西笑着说："途哥刚才可真是又冷又酷！我算是发现了，途哥是外冷内热型的人，很护着身边的人……"

祝星遥抿嘴笑了一下，往自行车棚看了一眼，有些出神。

江途跨上自行车，忽然顿在那里，盯着地面出神。

"祝星遥，你要不要脸啊，你说不喜欢江途，那怎么跟他抱在一起？"

夏瑾说的那句话，被他听到了。

"你说不喜欢江途……"

祝星遥说她不喜欢自己，却会对着陆霁害羞。

他心里一痛，垂眼绷紧了腮，捏紧自行车把手猛地骑出去，速度快得把刚推出自行车的丁巷吓了一大跳。丁巷嘀咕："跑这么快，我还想问你要不要一起去吃东西呢……"

周末，祝星遥过得很忙碌，等周一的时候已经把那件事抛到脑后了。等在校门口跟夏瑾碰上，被夏瑾瞪了一眼时，祝星遥才想起两人现在有过节了。

回到教室，黎西西正戴着耳机哼歌，丁巷在抄数学作业，头也没抬地对江途说："途哥，物理作业等会儿借我抄一下。"

江途推了一下眼镜："没写。"

"那你快写。"祝星遥站在旁边低头看他，"等会儿我要收作业了。"

他抬头看她，嗯了声。

校运会结束没多久就要进行期中考试了。早读课的时候，曹书峻走进来说："期中考试快到了，大家认真复习，别偷懒啊。"

祝星遥把德语单词压在语文课本下面，偷偷默写，小声背诵。

黎西西忽然凑过来小声说："星星，你每天教我几个德语单词吧，再教我几句口语，我以后就可以说我也是会几种语言的人。"

"哪几种？"祝星遥笑了笑。

"中文、英文、德语，还有我们老家的方言。"

“好。”

课间，祝星遥教黎西西念德语。祝星遥平时学德语很努力，已经能说一整段了。

江途抬头看祝星遥，一句德语也没听懂。

丁巷转着笔：“黎西西你学德语干吗？你又不出国。”

黎西西：“学海无涯，你懂不懂？”

祝星遥再念的时候，丁巷也跟着学了几句。祝星遥转头看着江途：“途哥，你要一起学吗？”

江途一动不动，没回答。

祝星遥眨了眨眼：“我可以一起教你们。”

他把课本放下来，看着她说：“好，从哪里开始？”

祝星遥：“……”

她没想到他会答应，他还是那副冷静淡漠的表情，让人看不出半点吊儿郎当的样子，跟黎西西和丁巷那种随便学几句，只为了向人显摆自己会了一门外语的人不一样。

他好像做什么事都很认真专注。

她突然倍感压力，自己也才学了几个月，半吊子都不算，还教别人……

她磕巴了一下：“那……先学单词？”

“都可以，你说了算。”江途平静地看着她。

祝星遥一愣，抿了抿唇小声说：“那我先准备一下，你这么认真，弄得我有点紧张……”

江途弯了下嘴角：“你可以随意一点，不用紧张。”

上一次他问她学德语难不难时，就想让她教他说德语。他也想学，后来被丁巷和黎西西打了岔，就没再提过。

丁巷哈哈大笑起来，黎西西转头笑嘻嘻地说：“小祝老师，别紧张。”

祝星遥：“……”

她无奈地看了看丁巷和黎西西，又看向江途：“我回去整理一下之前的资料，等期中考试后带来给你们，免得影响考试。”

周四下午有一节计算机课，每次都是（2）班的人先上，随后（1）班的上。计算机课的教室在实验楼里，大家一般会提早几分钟过去。江途走到教室外的走廊上，坐在后门靠窗位置的林佳语转头看他，神色有些呆滞。

江途看了她一眼，目光落在她的QQ聊天页面上，上面是那张被他删掉了的照片。照片被她放大了，看着非常显眼。

他愣了一下，很快走过去皱眉说："关掉，放这么大做什么？"

林佳语连忙把照片给关了，欲言又止。已经下课了，但每次上计算机课都有人赖着不走，想多上几分钟网。江途绕进去，站在林佳语的身后，说："我坐在你这里。"

"哦，好。"她站起来，拔掉MP3的数据线。

祝星遥跟黎西西进来找位子，林佳语走的时候，转头看了看祝星遥，想起了那张照片。照片里的祝星遥，头发湿漉漉的，看起来狼狈，但还是很漂亮。

林佳语只是太惊讶了，江途竟然抱着祝星遥……

可能再也没有人比她对江途更熟悉了，两人从小一起长大，她没见过江途跟哪个女生靠得这么近过，更别说抱了……或许可以解释为，他是男生，要保护女孩子。

可是，她还是觉得江途的眼神很陌生。

祝星遥朝林佳语笑了一下，问："怎么了？"

林佳语摇头，回了一个笑，转身走了。她忘记把QQ关了，又跑回来站在门口喊："江途，帮我关一下QQ。"

江途没回头，嗯了声。

林佳语有个习惯，她将QQ好友备注得特别仔细，还分了组。将照片发给她的是原（15）班一个叫杜妍妍的女生，两人的对话框还没关，对话也很简单。

杜妍妍："江途到底是不是你男朋友啊？"

林佳语："他不是，他不喜欢我。传言都解释清楚了，你别乱说了。"

杜妍妍："好吧，知道啦！我那天拍到他跟祝星遥的照片了，给你看。"

然后，杜妍妍就将那张照片发来了。

江途皱了一下眉。杜妍妍是想把照片传个遍吗？他低头，敲了一行字过去。

几秒后，江途盯着那张照片，将照片保存到U盘和手机里。

周六晚上十点多，江途从奶茶店下班，回到荷西巷。林佳语正在他家客厅里看江路写作业，他往房间走，她跟了过去。

江途回头看她："你跟着我做什么？"

林佳语转头看了一眼江路，小声说："没怎么，就是杜妍妍跟我说，她收到我的QQ消息，说让她别乱传照片了。我没发过这句话啊……"

"我发的。"江途说。

林佳语咬了一下唇，抬头看他："其实我这几天总是想到那张照片。我知道陆霁喜欢祝星遥，也知道陆霁在追祝星遥……我想了想，陆霁长得帅，家世好，性格阳光，对人也很好，很多女生喜欢他……"

江途有些不耐烦："你到底想说什么？"

"我……"林佳语抬头看他，小心翼翼地问，"江途，你是不是喜欢祝星遥？"

灯没开，房间里灰蒙蒙的。江途侧着身，神情半隐半显。不知道是不是林佳语的错觉，她觉得他有一瞬间的僵硬。

下一秒，他又恢复成了那个冷漠内敛的少年。

初中的时候，江途跟林佳语在同一个班，又住在同一个地方，经常一起上下学。

江途性格孤僻，很少有女生能亲近他。

林佳语算是唯一跟他关系亲近的女生了，到了初三，有很多人说她是他的女朋友。十五六岁的时候，她还不太懂什么是喜欢，可两人一起长大，关系比一般人亲近很多，她经常会依赖他。

她想象了一下，如果跟江途的关系更进一步的话，会觉得心情喜悦。她知道自己喜欢江途，可那种喜欢在还没来得及滋长到更深刻的程度时，就被江途和她妈妈联手掐灭了。

她妈妈说："我们两家都住在穷酸的荷西巷里，这倒没什么，这里以后肯定会拆迁的，拆迁后我们家就能过上好日子了。江途是个好孩子，但他爸爸这么好赌，迟早要出事的……我跟你爸爸也没指望你能嫁个多有钱的男人，但你不能跟江途在一起。他家里太糟糕了，你真嫁过去了会吃苦头的。"

林佳语红着脸说：“妈，你说什么呢……我才多大！”

林母说：“我就是提醒你，绝对不能早恋，更不能跟江途在一起！”

当时她们就坐在客厅里，门没关，林母一激动嗓门就大，江途正好在门外听到了。他走到她家门口，脸色很平静：“林姨，我不喜欢林佳语，这辈子也不会发生你担心的事情，你放心吧。”

他这么直白地说不喜欢她，让林佳语很生气。

被人当面拒绝是一件很难堪的事情，她特别难受，很气她妈妈，更气江途。

她大半个学期都没理过他，上下学时也故意避开他。

直到初三暑假，江途家出事了，她才觉得自己做错了。她跟江途从小一起长大，就算没有爱情，也有很深的情谊。

她的成绩一直还不错，只要好好学习，以后肯定能上一个好大学。

当看到他跟陈毅和那群混混打架的时候，她无法想象，如果哪天江途跟她形同陌路了，她会怎么样。

她应该会很难过。

她可以不喜欢江途，也可以不跟他在一起，但是，她不能看他过得不好。

江家出事后的第二天，林佳语跑去向江途求和。站在荷西巷的红砖墙外，她说：“江途，我不喜欢你了。我要考个好大学，以后在大学里找个男朋友，他肯定比你这种性格的人更有趣、讨喜些。”

江途靠墙笑了一下：“有这个觉悟就好。”

林佳语哼了声，过了一会儿又忍不住小声问：“那你呢？你到底喜欢什么样的女生？”

他沉默了一会儿说：“不知道。”

那时候林佳语并不知道，江途已经见过祝星遥了。她转头看他，很难想象这么孤僻的江途会喜欢什么样的人。

她觉得要江途喜欢上一个人，大概很难。

她嘀咕：“可能天仙才能让你喜欢上。”

她当初无心的一句玩笑话，好像……一语成谶了。

祝星遥可不就是女神吗？她就像天上的星星，跟天仙一样。

即使江途跟祝星遥同班，坐前后桌，林佳语之前也从来没有把他们两个人联系在一起过。因为两人除了模样都好外，其他各方面的差距太大了，简直一个在天上一个在地下。

他们这种从小生活在荷西巷里的人，往往活得很现实，她觉得，江途那么冷静克制，不可能会喜欢祝星遥。直到那张照片反复在脑海里出现，她才觉得有些不对劲。

江途可能真的喜欢上天上的星星了。

林佳语仰头看着江途想，就算他真的喜欢祝星遥，也不会承认的，她问了也是白问。

可是，她还是忍不住问了。

就在她以为江途不会回答时，江途垂下眼，一点也没有被人窥探到秘密后的慌乱，平静地开口道："有人会不喜欢她吗？"

林佳语愣住了："啊？"

江途转身走进房间，背对着她说："我说你的脑子里别总是想这些事情，陆霁喜欢谁、在追谁，我有耳朵，能听到，不用你跟我说。"他顿了一下，"很多女生喜欢他，不包括你就好，他不喜欢你。没事就多琢磨一下数学题吧，你上次月考考得不怎么样，这样是考不了好大学的。"

江途想告诉林佳语，别轻易喜欢上一个不喜欢你的人，那种滋味很难受。

林佳语："……"

话题很快被他带歪了，她生气地跺了跺脚："你说话真的特别气人！我知道他不喜欢我，我又没说喜欢他。"这个人说话时总能打击到别人的自信心。

她声音一大，江路就听见了。小鬼立即转头问："佳语姐，你喜欢谁？"

林佳语："……"

江途打开灯，当着她的面把房门关上。

林佳语郁闷地走回去，对上江路好奇的眼神，撇撇嘴："谁也不喜欢，我回去看书了。"

她气呼呼地回到自己的房间，坐在书桌前，翻开课本时才意识到，刚才江途好像没否认……

当时，他说："有人会不喜欢祝星遥吗？"

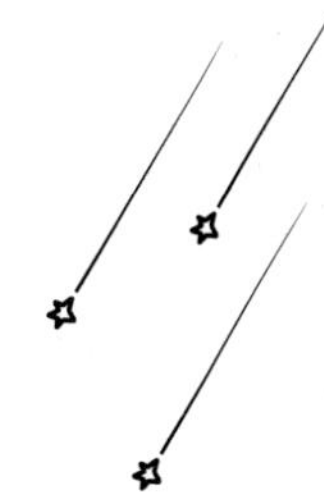

第四章

你是我最大的不舍

11月初，物理竞赛的决赛结束了。这次传回来的消息很准确：陆霁和许向阳都拿了省一等奖，陆霁的分数更是在全国排名第三，两人顺利地进入国家集训队，参加冬令营。

在陆霁回来的前一晚，祝星遥收到了他的短信。其实他很少给她发短信，两人好像不知道要聊什么。

这次，陆霁在短信里问她："这次等我回去了，可以一起吃饭吗？"

他可能是怕她不答应，又发来第二条："我过生日，大家一起。"

祝星遥当时正在听德语录音，一边听一边在电脑文档上整理德语学习文件。手机在旁边振动着，她拿起来看，犹豫了一下回复道："什么时候啊？"

陆霁立刻回复道："期中考试后的第二天，可以吗？"

祝星遥抬头看了看墙上的日历，11月23日，那天没有德语课。

祝星遥回道："好。"

她放下手机，把U盘拔下来走进书房里，看向祝云平："爸爸，我想用你的打印机打印一下东西。"

祝云平坐在书桌后面看书，抬头笑着问："打印什么啊？我帮你。"

“打印德语学习资料，西西跟另外两个同学也想学。我只有一本书，要打印三份，分给他们。”祝星遥解释着，蹲下来把U盘插进电脑里，“我自己来就好了。”

“他们也要出国？”祝云平给她让位置。

“不是，他们就是想学一下，其中一个同学挺认真的。”

祝云平忍不住笑了：“也好，免得你一个人学得太枯燥了。”

跟上次一样，陆霁回来时正好是周五，趁着开班会的时候，他懒洋洋地冲祝星遥挥手笑了笑。

班里的人躁动起来，祝星遥吓得心都快蹦出来，有点埋怨陆霁的高调。她怕被老师叫去谈话，但是一想到他早上给她写的情书，又原谅了他。

江途见她先是慌乱，最后又放松下来了，心里一阵阵地疼着。

放学的时候，有同学刚才看到陆霁的动作了，免不了要聊聊这件事，话题集中在陆霁、祝星遥的身上。

“所以，现在陆霁追到祝星遥了吗？”

“谁知道呢？反正没看到他们俩单独出去过，不过有几次看见他们一群人在食堂里一起吃饭。”

“人家单独出去你也不知道啊！”

夏瑾听着他们的对话，转头看向教室的另一头，祝星遥在跟江途说话。

祝星遥收拾好书包，转头朝江途笑了笑：“我已经打印好资料了，等下周考完试，我就带过来。”

江途低声说：“好。”

忽然，黎西西转头在祝星遥的耳边小声说：“你不是说要去给陆霁挑生日礼物吗？我们走吧。”

江途拉椅子的动作一僵，他抬头看向祝星遥，心上像是有东西沉沉地压了下来，压得他喘不过气来。

祝星遥抬头，对上他沉静的目光，心底莫名地生起一丝慌乱感。这种慌乱感跟陆霁在班主任和全班同学的背后偷偷向她挥手时不一样，那是一种让她不敢直视又想去探究的感觉。

可是，她当时年纪还小，太懵懂，而江途又太过内敛，将所有的情绪藏得又深又快，让她捕捉不到任何蛛丝马迹。

江途似乎只是好奇地看了她一眼，便很快就转身走出教室。

“途哥走这么快，估计是去打工了。”黎西西嘀咕着，又问她，“你想好买什么了吗？你要是想不到的话我就帮你想了，周杰伦这个月出了新专辑。陆霁不是喜欢周杰伦吗？他之前因为比赛估计还没买专辑呢，你就送他《我很忙》这张专辑吧！”

祝星遥转头：“啊，好。”

祝星遥不由自主地想，江途喜欢五月天，还有一个多月就是他十八岁的生日了，可惜五月天今年没有发新专辑。

期中考试的座位很快就排下来了，祝星遥、江途和林佳语被分到同一个考场。老师还没发试卷之前，林佳语就一会儿看看祝星遥，一会儿看看江途。

江途靠坐在椅子上，冷冷地看林佳语，眼神中带着警告的意味。

祝星遥觉得林佳语最近看她的眼神好像有点怪，但又觉得是自己的错觉。

她看到林佳语盯着自己的笔袋，小声问：“你要借笔吗？”

林佳语啊了声，硬着头皮说：“好啊。”

祝星遥给了她一支很漂亮的钢笔，林佳语将笔握在手里，觉得手感特别好。她看到笔帽上有白色的六角星，想起陆霁也有一支这个牌子的笔，好像是万宝龙的。

这个牌子的笔都特别贵，林佳语有点不敢用了，怕弄坏了。

她在心里叹气。她太了解江途了，如果江途真的喜欢上祝星遥，他一定不会说出口。

期中考试结束后的第二天，正好是周五。

放学后，祝星遥把今天早上收到的J同学的信夹在德语书里，等大家走得差不多了才慢吞吞地站起来。江途也还没走，在写周末的物理作业。

祝星遥转头问：“途哥，你今天不用去工作吗？”

她没说是打工。

江途抬头看她，不动声色地合起作业，起身把书塞进书包里："不用。"

教室外，陆霁和周原已经站在走廊上了。

许向阳拿上书包，转头看黎西西和祝星遥："走吧，两位大小姐。"

黎西西翻了个白眼。

许向阳："你翻白眼是什么意思？"

黎西西："就是不太想跟你一起吃饭的意思。"

许向阳："……"

许向阳有些无奈地摊摊手，苦着脸说："黎小姐，姑奶奶，我都跟你道歉好几回了，你还生气呢？"接着，他又忍不住嘀咕了一句，"又不是我让你变成'飞机场'的，你跟我生气，胸也长不大啊。"

黎西西："……"

她气得不行，撸起袖子就要揍许向阳。

许向阳脸色一变，连忙跑出教室。祝星遥拉住黎西西，黎西西愤怒地道："今天谁也别拦着我，我一定要剁了许向阳。"

许向阳连忙躲到周原的身后说："今天陆霁过生日，姑奶奶您消消气，先放过我行不行？"

陆霁笑得肩膀直颤，一回头就看见林佳语走出教室。林佳语听到了，抬头看他："你今天生日啊？"

周原笑说："不把你的同桌叫上吗？"

陆霁勾勾嘴角："同桌，一起去吃饭吗？"

林佳语指了指黎西西和祝星遥："你们……都去吗？"

祝星遥点点头。

陆霁见祝星遥跟江途已经走出教室了，而江途正面无表情地看着自己，顿了一下，还没说话就听见许向阳说："江途，一起吗？林佳语都去了。"

许向阳觉得，江途跟林佳语是青梅竹马，林佳语都去了，江途一起去也行。

祝星遥转头看江途，发现他好像又长高了一些，觉得他肯定不会去。没想到，下一秒，祝星遥的头顶就传来他一贯冷漠的声音："去吧，正好有时间。”

一行人走出校门，周原勾着许向阳的肩膀，低声说：“你叫江途做什么？他往那里一坐，气压就低了几分，你这不是找罪受吗？”

许向阳十分无语：“有那么严重吗？”

在他们身后，祝星遥跟黎西西手挽手，跟陆霁走在一排。陆霁转头问：“你想吃什么？”

祝星遥看他一眼：“今天是你的生日，应该问你想吃什么吧……”

陆霁笑了：“那就按照原计划去市区吧，我在餐厅订了个包间，吃完了楼上还有KTV（娱乐场所），我们可以去唱歌。”这样安排的话，今晚他们可以在一起待很长一段时间。

“你刚拿了奖，过生日不用跟家里人一起吗？”黎西西有点好奇。

陆霁说：“昨晚跟家里人庆祝过了，他们也不太管我，今晚随意。”

江途跟林佳语走在最后，林佳语心情复杂地转头看江途。

本来周原是想打车过去的，林佳语小声地提了一句“门口有直达的公交”，几个人便一起上了公交车，占满了后面两排位置。林佳语跟江途坐在一排，趁着大家没注意在江途的耳边小声说：“你何必呢。”江途这不是去找虐吗？

江途淡淡地说：“闭嘴。”

林佳语哼了声，转头看向窗外。从初中起他就没过过生日，更别说给别人过生日了，这次竟然要跟大家一起给陆霁过生日。

他想追祝星遥吗？不太像。他在人前对祝星遥的态度还没对她林佳语亲密呢，鬼才看得出来他喜欢祝星遥。

餐厅在商场三楼，七个人走进包间后，祝星遥发现里面还坐着两个人，一男一女。陆霁介绍说那两个人是他的发小，是外国语中学的。男生看着祝星遥笑着说：“早就听说过你了，就是一直没见过，这回陆霁总算把你给约出来了。”

女生也笑了：“就是，约了那么久才约到，陆霁你行不行啊？！”

陆霁踹了男生一脚，看向女生：“闭嘴。”

这种被对方的朋友当成女朋友调侃的事，祝星遥还是第一次经历。她有点不好意思地笑了笑，转头看向黎西西，却不小心跟坐在林佳语旁边的江途的眼神对上。

他沉默地看她一眼，不动声色地垂下眼。

“祝星遥，”陆霁喊了一声，把精致厚重的菜单放到她面前，“你们女生点菜吧。”

祝星遥回过神，转头笑了笑：“好。”

三个女生凑到一起点菜，林佳语觉得自己像个“土包子”。她从来没来过这么贵的地方吃饭，看到上面的价格，忍不住咂舌，只点了一份凉拌黄瓜。

陆霁忍不住笑着说：“林佳语，你吃素？”

林佳语：“……”

祝星遥大概猜到林佳语在顾虑什么，转头问：“你喜欢吃什么？”

“那点条鱼吧。”林佳语撇撇嘴，想让自己表现得大方一点。

陆霁笑了笑。

林佳语想了想又说：“江途也挺喜欢吃鱼的。”

祝星遥一愣，抬头看江途，江途正拎着水壶一言不发地倒水。江途放了三杯水在她们面前，靠在椅子上对祝星遥说：“不用顾虑我，你们点吧。”

陆霁看向江途，不明白江途为什么会跟过来。难道江途是因为林佳语来的？不管怎么说，包间里有个气场这么冷漠的人，气氛真的有点怪。

这种氛围等众人到了KTV后更显怪异了，黎西西跟几个男生抢麦，祝星遥被陆霁的两个发小拉着聊天、玩牌。陆霁的发小问祝星遥喝不喝啤酒，陆霁阻止道：“你干吗？她不喝酒。”

周原从点歌台上走下来，啧了几声：“这么护着啊？！”

祝星遥还是不适应这种调侃，有些尴尬。

突然，祝星遥感觉角落里有道目光看过来。江途坐在沙发角落，那边光线有些昏暗，祝星遥看不清他的神色，但知道他在看自己，愣了一下。

江途穿着一件黑色卫衣，是在场的男生里唯一戴眼镜的。他气质内敛沉静，跟其他人身上青春张扬的感觉完全不一样。

不知道为什么，祝星遥觉得他跟这里……格格不入。他好像并不开心，也融不进这里的氛围，那他为什么要来呢？她有点想不通。周原拿了一副牌过来，在旁边问：“一杯也不行啊？”

祝星遥刚要说话，就看见江途动了一下。他往前倾了倾，头顶的射灯洒在他的肩上，衬得他的神情越发冷清起来。江途淡淡地说："都是未成年人，喝酒合适吗？"

祝星遥："……"

陆霁转头看他，沉默了一下，忽然烦躁地抬脚踹向周原："都说不喝了。"

周原十分委屈，许向阳连忙打圆场："就是，女生就别碰了，等会儿回家了被父母知道不好。"

老实说，许向阳也有点后悔叫上江途了。

许向阳不是对江途有意见，但今晚的氛围确实有点怪。他怕坏了陆霁的心情，毕竟今天陆霁过生日呢。许向阳接着说："女生吃点水果和零食，然后唱唱歌就好了。"

音乐响起，是周杰伦的新专辑里的一首歌，《我不配》。

黎西西坐在高脚椅上唱了起来，众人一愣，都看向黎西西。

许向阳忍不住笑了："黎西西唱歌还怪好听的，怪不得之前要去参加选秀，可惜人家只选男的。"

祝星遥："……"

黎西西唱得很投入，完全没听见许向阳的话，要是她听见，估计又是一场血雨腥风。

过了一会儿，黎西西把祝星遥拉上去："我给你点了两首。"祝星遥是拉大提琴的，唱歌不如黎西西好听，但声音好听，气质摆在那里，在头顶那束光的笼罩下，十分耀眼。

这是江途第一次听祝星遥唱歌。他靠在沙发上，抬手推了一下眼镜，目光专注地看着她。

因为祝星遥说十二点之前要回家，所以不到十一点服务员就把生日蛋糕推了进来。他们唱了《生日快乐歌》给陆霁听，随后开始送礼物。

许向阳给陆霁送了一套物理竞赛题，陆霁笑骂道："滚。"

祝星遥本来是想送专辑的，但黎西西觉得自己没准备礼物好像不太好，祝星遥就从祝云平的收藏里拿了一支派克钢笔，她送钢笔，黎西西送周杰伦的专辑。

她把钢笔盒递给陆霁，算是还了上次那个大提琴挂件的礼，抿嘴笑道：“生日快乐，祝你在冬令营中拿全国第一。”

陆霁接过礼物，当面打开看了看，挑眉笑道：“下次考试我就用这支笔。”

“考试算什么，下次写情书用这支笔。”周原用肩膀撞了他一下，“保证字会好看一点。”

祝星遥愣了一下，低下头。

黎西西抿嘴偷笑：“就是。”

这时，江途从桌上端起两个杯子，拉开易拉罐的拉环倒了满杯可乐，不动声色地看向陆霁：“我跟林佳语没准备礼物，就用这个替代吧。”江途脖子的线条好看，喉结上下滚动，很快喝完放下杯子。

陆霁愣了一下，看看林佳语，忽然笑了：“你能代表林佳语吗？”

林佳语沉默了一下，看着陆霁小声说：“生日快乐，礼物……我下次送给你。”

陆霁笑了笑：“不用了，礼物不重要。”

他只是想知道江途喜欢的是谁。

大家蛋糕也切了，礼物也送了，江途拎着校服，看了一眼祝星遥：“我跟林佳语打车，你跟我们顺路，要不要一起回去？”

林佳语连忙说：“对啊，我们顺路。你的司机来接你吗？不来的话，你跟我们一起回去吧？”

陆霁顿了一下，看向这两个人。

祝星遥没有犹豫，点点头：“我们一起吧，我没让司机来接。”

一行人下了楼，陆霁问祝星遥：“你今年不办演奏会了吗？我还等着你的门票呢。”

祝星遥抱歉地说：“今年太忙了，没时间准备。明年等我考过TestDaF（德语语言考试）后再准备吧。”

陆霁挑眉道：“好，到时候别忘了给我票。”

楼下停着几辆空车，大家各自打车回家。祝星遥跟林佳语坐在后排，江途坐在副驾驶座上，两条长腿无处安放。他已经一米八五了，比去年长高了两厘米。江途对司机说：“去星苑别墅。”

祝星遥疑惑道：“不是先到荷西巷吗？”

江途：“先送你。”

少年的声音十分清冷，祝星遥的心里却一暖：途哥永远这样，对身边的人很好，嘴硬心软。她笑了笑："好。"

出租车在祝星遥的家门口停下，她下车冲江途和林佳语挥手："周一学校见。"

荷西巷昏暗狭窄的巷子里，江途的脚步有些快，林佳语小跑着跟在后面："江途。"

他头也没回，冷冷地说："你最好什么也别问。"

林佳语十分无奈，心想：不问就不问，反正我知道你喜欢祝星遥了。

江途一踏进家门就知道陈毅今晚来过了——客厅里一片狼藉。江锦辉坐在沙发上抽烟，抬头看了他一眼，又跟没看见似的，低下头继续抽烟。

父子俩的关系已经跌入谷底，他们连在家碰面了也不打招呼。

深夜，连荷西巷这种鱼龙混杂的地方都陷入了寂静，难得的是今晚的月色不错，天空上还零星地挂着几颗星星。江途靠在天台的护栏上，深秋的冷风吹着他额前的黑发。

偶尔，他会听到一些关于陆霁跟祝星遥的传言："他们一个人如霁月，一个是天上的星星，本来就很般配啊！"

他抬了下头，看着那几颗星，心底晃过一个荒唐的念头：如果祝星遥这颗星有一天从天上掉下来，变成像林佳语这样的女生，没有好家世、没有女神光环，变得普普通通的，他是不是就触手可及了？

江途想着想着，又忍不住唾弃自己：内心得有多阴暗，才会有这种想法？

江途，你今晚怕是疯了。

周一早读课后，祝星遥像个称职的小老师，把打印好的德语资料分发给三个"学生"。她还把一本厚厚的德语词典放在江途的桌上，一本正经地道："词典给你，我太了解西西了，三天热乎劲过了她估计就不怎么学了。丁巷连作业都不怎么写，我就更不指望他会好好学了。"

黎西西不服："小祝老师，我至少能坚持一个星期，你别打击人。"

丁巷正忙着抄作业，连忙说："西西说得对。"

江途翻了翻那厚厚一沓资料，祝星遥看着他，笑眯眯地说："我就指望途哥了，只有他最认真。”

资料上有她标注的笔记，字迹工整。江途没想到她会这么认真，抬头看她：“谢谢小祝老师。”

祝星遥愣了一下，窘道：“你别听西西瞎叫。”

江途低头笑了一下，正好许向阳经过，停下脚步看他们：“你们要学德语啊？”

黎西西抬头道：“有什么问题吗，班长大人？”

许向阳一听她喊班长大人就头皮发麻：“没有，你爱学什么学什么。”

德语入门比英语更难，祝星遥天生语感好，学得比较快，丁巷只学了一会儿就喊着要放弃了。江途学东西一向快，记忆力又好，学起来比黎西西轻松很多。

到了周五，黎西西宣布放弃：“我不学了，你平时教我几句就行，我英语才考一百二十多分……还学德语？饶了我吧，我又不出国！”

祝星遥毫不意外：“我就知道。”

她顿了一下，眼巴巴地看着江途。

江途似乎知道她要说什么，淡淡地说：“我做事很少半途而废。”

祝星遥立即笑了，转头跟黎西西和丁巷说：“你们学学途哥！”

下午，窗外淅淅沥沥地下起雨。祝星遥看向窗外，余光瞥见江途在翻德语口语书，便跟他面对面地坐下，笑眯眯地问：“有什么要请教我的吗？”

江途抬眼，用手指着课本：“这些，你没念过。”

祝星遥哦了声，声音很轻地从上往下念，念一行就翻译一句中文，江途在旁边记着。

偶尔，他也会跟着她念一次。

她念到最后一句，顿了一下，声音忽然小了：“Ich liebe dich（德语，我喜欢你）.”

江途冷不丁地抬头看她：“你说什么？我没听清。”

祝星遥将声音提高了一点：“Ich liebe dich.”她忽然有点别扭，小声翻译，“是‘我喜欢你’的意思。”

江途沉默了一秒。

耳边是同学们笑闹的声音，窗外是淅淅沥沥的雨水声，江途滚动喉结，嗓音压得很低："Ich liebe dich."他顿了一秒，又冷不丁看向她明亮茫然的眼睛，"我知道了。"

"Ich liebe dich."他在心底重复了一遍。

雨后潮湿阴冷的气息从窗户透了进来，她的脑子里还回荡着江途低沉的那句"lch liebe dich"，当时才十六七岁的她，想的只有：黎西西说得没错，江途的声音确实好听，比耳机里的录音念得好听多了。

后来，她长大了，对某些事情才后知后觉。

她总是不由自主地想起当时的场景，心里一阵悸动，又一阵潮湿，就像当时的天气一样。

期中考试的成绩下来了，祝星遥为了学德语耗掉了不少时间和精力，成绩一下子从班级第三滑到了第五。

她有心理准备，觉得没什么。

黎西西却皱眉小声说："这样的话，等会儿班会课上排座位，我们怎么办？我不想换座位。"

祝星遥忽然愣住了，她把这件事忘记了。考第二的许向阳一般不换座位，第三名是夏瑾，第四名是学委，第五个才轮到她选，万一有人选了这个位置呢？

班会课上，曹书峻一脸沉痛地说："期中考试，虽然我们班的江途考了年级第一，但班级平均分在五个班里还是排倒数第二，你们真是不给我长脸啊……"

大家沉默着低头听训。

曹书峻想起谢娅在班主任会议上春风得意的样子，再看看他班上的同学，叹了口气："我今年二十八，距离我高考也才过了十年。你们不要觉得一次考试不重要，等到了高三后才着急。每一次考试都是累积，我一直觉得道理说多了显得很唠叨，也不洒脱，我不想让自己变成……"他低咳了声，"像刘主任那样整天唠唠叨叨的中年人。有些道理一直重复也没意思，你们都十七岁了，自己想要什么、想成为什么样的人，心里肯定想过，就看你们有没有那股劲了……"

老曹难得唠叨了一次。

唠叨完了，曹书峻严肃地道：“刚才那句话不准传出去啊。”

许向阳问：“哪句啊？”

曹书峻知道这群人精着呢，笑了笑：“说刘主任的那句话，都不准乱传啊。”

大家哈哈大笑起来。

曹书峻严肃起来：“安静，还有一件事。今年的迎新晚会……夏瑾、祝星遥，你们有什么想法？”

迎新晚会高三的不参加，由高一高二的出节目。去年夏瑾和祝星遥，一个跳开场舞，一个压轴拉大提琴，都很耀眼，学校今年还想让两人登台。

夏瑾没说话，像是在等祝星遥先说。

祝星遥抬头说：“我要备考，可能没时间准备了。”

江途写着德语单词的手一顿。她不参加了吗？

丁巷也觉得可惜，叹气小声道：“女神不参加了，那晚会还有什么意思？”他转头看江途，有点痛心，“途哥，去年你都没看到，太可惜了。”

江途垂眼，半晌后低声说：“没什么。”

有些东西，他错过了就是错过了。

曹书峻：“那夏瑾呢？”

夏瑾矜持地说：“之前莫老师已经跟我提过了，让我准备今年的开场舞。”莫老师是晚会的负责人。

最后，曹书峻提到了换座位的事情。

祝星遥问黎西西：“应该没人选这里吧？”

黎西西说：“许向阳跟学委一般都懒得挪窝，夏瑾肯定不会选这里的。她上次被途哥虐过，来这里不是找虐吗？”

祝星遥觉得也是，便安了心。

岂料，轮到夏瑾选座位的时候，她站起来看了一圈，将目光定格在祝星遥那边，说：“我想坐祝星遥的位置。”

班里安静了，大家齐刷刷地看向祝星遥。

江途皱眉，丁巷直发蒙：“不是吧？”

祝星遥愣住了，黎西西瞪大眼睛转头看夏瑾：这人想干吗？黎西西心里非常不爽，迅速举手："班主任，许向阳刚刚说他不坐那里了，想坐在我们这里。"

祝星遥："……"

许向阳："……"他什么时候说过了？

黎西西转头瞪他，眼底有威胁的意思，下一秒，似乎意识到自己在求人，又迅速换上一副笑脸，笑出两颗可爱的小虎牙——变脸速度堪比川剧演员。

许向阳头疼地挠了挠下巴，沉默了一会儿，有些认命地站起来："嗯……我想了想，还是坐那边吧。江途的物理好，我想跟他交流一下物理竞赛题。"

夏瑾："……"

曹书峻看看他，又看了一眼夏瑾："你们放学后自己协调一下？"

夏瑾被气得半死。许向阳跟黎西西肯定是串通好了的，能协调才怪！她只好说："既然这样，我就不换了。"

一放学，祝星遥就高兴地转头对江途说："途哥，我可以继续教你德语了。"

江途也很高兴，但他的情绪一向不太明显，就算高兴也只是弯了弯嘴角。

他起身看着她，说："下次考试加油，拿回主动权的感觉会更好。"

途哥教训人了！

祝星遥讪笑道："我尽力……"

江途前脚刚走，夏瑾后脚就走到黎西西桌前，质问道："黎西西你什么意思？"

黎西西转头看她，理直气壮地说："那你又是什么意思？你好端端的为什么要坐这边，还指名道姓要坐星星的位置？"

大家看过来，夏瑾冷着脸说："关你什么事？我考得比祝星遥好，我爱选哪里就选哪里。"

祝星遥皱眉，她确实没考好，怨不得别人，但她真的很烦夏瑾这种处处跟她较劲的行为。祝星遥平静地看着夏瑾，说："现在座位已经定了，你怎么说我也不会换了，下次我会考上来的。"

夏瑾气呼呼地走了，黎西西转头说："你说夏瑾为什么想坐我们的座位呢？"

祝星遥背上书包："谁知道她想怎样。"

两人走出教室，黎西西忽然说："夏瑾不会是看上途哥了吧？"

祝星遥目瞪口呆："不会吧？"

"怎么不会？江途除了家里条件太差之外，别的都是男神的配置啊。他长得不比陆男神差吧？而且成绩排年级第一呢，比陆霁还厉害。就是性格又冷又孤僻，拉低了自己的存在感，总让人以为他就是个穷书呆子。"黎西西继续说，"你看言情小说里，很多富家小姐不就喜欢江途这种又冷又傲的穷学生吗？有征服欲啊。"

祝星遥说："那夏瑾也征服不了，江途不喜欢她。"

黎西西眨眨眼："那谁征服得了，你吗？"

祝星遥心里一惊，忙说："你别胡说，他又不喜欢我。"

而且，她对江途才没有那种病态的征服欲……

周三下午上完体育课，一群刚打完球的男生拥进教室。许向阳把两瓶豆奶放在祝星遥和黎西西的桌上："陆霁买的。"

有人看过来，眼神暧昧。

祝星遥小声说："谢谢。"

黎西西一言难尽地看着那瓶豆奶，许向阳又说："你这瓶，我买的。"

黎西西瞬间恼了，把豆奶塞回他的怀里："我不喝！"

许向阳有心讨好她，纳闷道："为什么？"

黎西西红着脸说："反正我不喝。"

喝豆奶会让人发育不良的。

丁巷走进来听到二人的对话，差点笑死，吊儿郎当地勾住许向阳的肩膀："班长，你可能不知道，我们原来（7）班的女生都不怎么喝豆奶，尤其是黎西西。"

黎西西怕他乱说，情急之下，随手抄起一本书就砸过去："你闭嘴！"

丁巷下意识地往许向阳的身后躲，还压着他的肩蹦了一下。

许向阳略微弯腰，下一秒——

砰！厚厚的英语词典猝不及防地砸中了许向阳的脸。许向阳立即嘶了一声，捂住鼻子，疼得眼睛一酸，很快手心一片温热。他抬头看向黎西西，低骂了一句。

黎西西看到他指缝里流出血来，整个人呆住了，脸色煞白，弱弱地问："你没事吧？"

许向阳瞪她："你说呢！"

血滑过指缝滴到地板上，黎西西回过神来，飞快地抽出几张纸，扑过去就捂住了他的鼻子。

许向阳快被她捂得窒息了，挣扎着别过脸，闷声说："我就说了你两句，都快一年了，你至于记仇到要谋杀我的地步吗？"

黎西西又将纸按了回去，小声说："我哪有，我是不小心的……"

江途看了他们一眼，小声提醒："你这样是止不住血的，让他低着头，按压住他的鼻翼。别太用力了。"

黎西西连忙松手，把许向阳按坐在椅子上，动手把他的脑袋往下压："低头。"

许向阳都懒得跟黎西西计较了，坐在椅子上歪着脑袋看向江途，嘀咕道："你经验倒是很丰富……"

江途不动声色："最好拿冷毛巾敷一下。"

两分钟后，教室里安静了，黎西西陪着许向阳去了医务室。

祝星遥在教室里等黎西西，黎西西、许向阳直到放学后才回来，跟他们一起走进教室的还有陆霁和周原。周原搭着许向阳的肩膀，不客气地笑："你这得多倒霉啊。"

许向阳拍掉他的手，看向黎西西："黎西西，以后别生气了，我都流血谢罪了。"

黎西西转头看他："那要看你下次还惹不惹我了。"

陆霁转头看向祝星遥，看到她桌上的德语书，笑问："德语难学吗？"

祝星遥一愣，江途也问过这句话。她摇摇头："还好，入门的时候有点难，后面就好了。"

陆霁说："可以借给我看看吗？"

祝星遥把那本口语书递给他，陆霁随意地翻了翻，看到上面有几处备注了翻译，字迹有些潦草，但刚劲有力，不像是女孩子的字。

他记得祝星遥的字很工整秀气，盯着那几处备注，抬头看祝星遥。

祝星遥疑惑："怎么了？"

陆霁轻轻笑了一下，合起书还给她："没事。"

那天之后，陆霁偶尔会在大课间或者体育课结束后，让许向阳给祝星遥带一瓶豆奶。关于祝星遥跟陆霁的传言好像就是从那时候开始多起来的。

"张晟买的豆奶祝星遥不喝，但陆霁买的，她就喝。"

"陆霁跟张晟能一样吗？祝星遥是不是跟陆霁早恋了啊？"

…………

"祝星遥好像还没答应……"

直到1月底，陆霁跟许向阳离开学校参加冬令营后，这种传言才消停一些。

他们走的那个周末，正好是1月19日。

傍晚，祝星遥背着大提琴从练习室出来，远远就看见林佳语跟黎西西在发传单。祝星遥快步走过去帮忙，三人很快将传单发完，祝星遥问："丁巷呢？"

黎西西说："他去取蛋糕啦。"

今天是江途十八岁的生日，意义重大，但他本人完全没有过生日的打算，今天还在烤肉店里打工。祝星遥、黎西西、丁巷还有林佳语打算给他一个惊喜。

林佳语发完短信，转头说："我跟梁哥打了声招呼，我们直接过去。"

黎西西仰头道："天气预报说今天会下雪，没看到啊。"

祝星遥说："天气预报也有不准的时候。"

而且，江城这个地方又不是北方，不是每年都会下雪的，去年就没下。

二十分钟后，烤肉店后厨内，江途被梁城赶了出去。梁城啧了几声：

“你小子今天十八岁生日，干什么活？出去。”他说着就把江途的围裙扒了，将人推了出去。

江途一出厨房，就看见祝星遥他们整整齐齐地站在桌边笑，祝星遥还背着她的宝贝大提琴。

他愣了一下，走过去：“你们怎么来了？”

祝星遥仰着脸笑：“当然是来给你过生日啊。”

“生日蛋糕都订好了。”林佳语指指桌上的蛋糕，嘀咕了句，“我记得你好几年都没吃过生日蛋糕了。”

江途看着那个八寸大小的蛋糕盒，沉默了一阵，抬头看向他们：“谢谢。”

丁巷挠挠头，憨笑道：“我们快坐下吧。”

祝星遥把大提琴卸下来提在手上，下一秒，她手上一轻，江途把她的琴接了过去：“我帮你放到梁哥的休息室里去吧，那里没人。”

“不用。”祝星遥忙拉住他，“放在这里就好。”

她等会儿还要用呢。

江途不再坚持，找了张椅子把琴包搁在上面，靠着墙放。

梁城在玻璃门旁边留了一张大桌子，各种肉、菜都备好了，他笑着说：“你们能吃多少吃多少，今天我请客。江途，你小子别跟我客气，今天是成人礼，不一样。”

江途笑了一下：“谢谢梁哥。”

话音刚落，江路跑进来兴奋地道：“哥，佳语姐叫我来这里吃烤肉。”

他抬头看见祝星遥，哇了声：“女神姐姐，你也在啊。”

祝星遥笑：“对啊。”

黎西西第一次见江路，盯着他，说：“长得跟途哥挺像的啊。”

江路说：“那肯定啊，毕竟他是我亲哥。”

几个人围着桌子坐下，江途把各种肉和菜放到烤网上，其他人闲聊着。

没多久，江途把烤好的肉分到他们的盘子里，黎西西尝了一口，立即哇了一声：“太好吃了！途哥的手艺真好，比我自己烤的好吃多了！”

祝星遥转头笑：“我上次就跟你说过了。”

黎西西："呜呜，下次我还来。"

过了一会儿，几个人站起来碰杯，丁巷说："途哥，我祝你明年考上清华北大！"

黎西西踹他一脚，生气地道："讨厌！你把我的词抢了。"

林佳语哈哈大笑，把自己挑的礼物送出去——一支英雄牌的钢笔，好几十块钱呢！

祝星遥站了起来，走向角落拿出大提琴。

江途不知道她想做什么，拉开椅子走到她旁边，低头问："你要做什么？"

祝星遥抬头，眨了眨眼睛："送你生日礼物啊！我……"她仰着白净漂亮的小脸，笑容明亮动人，"我送你一首，不，两首曲子。"

江途怔了一下，定定地望着她："你说什么？"

烤肉店内环境一般，桌椅摆放得比较密，没有合适的地方。倒是烤肉店外面的小平台不错，店门一开，正好对着他们这张桌子。

丁巷帮她把椅子搬了过去，祝星遥把大提琴拿起来，转头看江途，说："我说我给你送生日礼物。"

礼物太贵重了江途肯定不收，还会有压力。

她想起江途说过听音乐能让他高兴一些，觉得可以专门为他拉一次大提琴。他应该会喜欢这份礼物，毕竟上次晚会他都没去看呢。

梁哥烤肉店门口的小平台上，没有舞台，没有灯光。祝星遥没有穿漂亮的礼服，也没有化精致的妆容，长发散在肩头，身上穿着一件柔软的白色毛衣，抱着她的宝贝大提琴坐在一张简单的木椅上，拉了一首《生日快乐歌》。

店里坐着许多客人，兴致勃勃地看着她，甚至很多人拿出手机对着她录像、拍照。

城市灯影斑驳，在她的身后晃动。

过往的路人被琴声吸引过来，把她包围住。

突然，黎西西惊喜地喊了一声："下雪了！"

毫无预警地，白色的雪花扑簌落下，引发众人的欢呼声，大家纷纷伸手去接。

雪花落在祝星遥乌黑的头发上，她仰头看了一眼，似乎这场突如其来的雪对她毫无影响。她落落大方地抬头冲江途一笑，抬起琴弓。

就算没有灯光，没有舞台，只要有那把大提琴，她在哪里都是最耀眼的。

她为他演奏了巴赫的那首曲子。

那首他在别墅外偷听到的曲子，也是他在去年的迎新晚会上错过的。

今晚，她把他所有的遗憾和错过都弥补了。

江途靠坐在椅子上，脸色看似平静，眼底的情绪却翻涌如狂潮，目光定定地看着那个女孩。

那场雪下得很大，下了整整一夜，整个城市都变成了白茫茫的一片。第二天，报纸和新闻上说，这是江城近十年来下得最大的一场雪。

下午，祝星遥站在落地窗前，看到院子里的枯枝被雪压垮了。

老刘跟阿姨正在院子里扫雪，祝星遥转身坐到电脑桌前。

昨晚黎西西带了数码相机，拍了不少照片和视频。刚刚，黎西西把昨晚的视频和照片打包发了过来。照片有很多，祝星遥随意点开一张合影，照片里所有人都在笑，除了江途。

黎西西："照片我都发给你们啦，就是没有林佳语的QQ号。"

黎西西："我跟途哥说了，但是他好像很少上线。"

江途的QQ头像还是系统头像，长年是黑的，他确实很少上线。祝星遥刚要关掉QQ，电脑忽然传来叮咚一声响，江途的头像亮了起来，她很快点开对话框。

遥遥天上星："途哥，西西给你发照片了，你记得收，不然会过期。"

过了一会儿，江途回复道："好。"

就在那家接收小学生的网吧，江途把照片和视频存进U盘里。林佳语在他旁边开了台电脑，一边哆嗦着冲手上哈气，一边偷看他的电脑屏幕。

她看到祝星遥的QQ名字。

接着，遥遥天上星又发来一条消息："你记得把照片给林佳语一份哦。"

江途穿着一件黑色羽绒服，手指修长，手抵着键盘顿了顿，敲了一个"好"字发过去。林佳语忍不住嘀咕："你就不知道趁机多说两句话吗？"

他性格这么内敛，话还那么少，这样谁知道他喜欢祝星遥啊？

江途转头看她，脸色平静："说什么？说我很高兴很感动？"

林佳语一噎：要是他真的这么说，估计也有点吓人。她撇撇嘴："你把祝星遥和黎西西的QQ号给我，我加她们一下。"

江途没动。

林佳语说："我保证不乱说话！"

很快，江途把QQ号发给她了。

祝星遥通过了林佳语的好友申请，把照片打包发给她，打字问："你们在一起上网啊？"

林佳语回："嗯，我们在网吧。丁巷给江途发短信了，我看到他出来就一起来了。"

两人从网吧出来时天色已经暗了，江途走进荷西巷唯一一家新华书店。林佳语跟着进去选了两套数学题库，一转头看见江途的手里握着一本德语书，愣住了："你买这个做什么？"

江途言简意赅："看看。"

林佳语才不信，肯定是因为祝星遥。

走出书店，两人踩着雪一前一后地走向荷西巷。

林佳语看着少年挺拔高瘦的背影，忽然冲动地跑过去，在红砖墙外挡住他，问："你为什么不告诉她呢？或许也不是没可能的事啊，她昨晚还给你拉琴了！"

昨晚的浪漫场景历历在目，她觉得江途这辈子都忘不了。

她想，江途说得对，没有人会不喜欢祝星遥，如果她是男生，她也喜欢祝星遥。

路灯昏黄，白雪皑皑。

他们站的地方，是荷西巷的风口，一抬头就是黑得望不见尽头的窄巷，里面破败阴冷。江途的脸被路灯衬得越发冷白，轮廓却清晰好看。他望着那旋涡似的黑洞，想起昨晚的场景。

那场演奏对他来说是最珍贵的礼物，但在别人眼里，那只是一件很平常的事，或许黎西西就多次收到这样的礼物，毕竟她没有对祝星遥送他这样的礼物感到吃惊。

好像从来没有人把他跟祝星遥联系在一起，大家眼里看到的、嘴上谈论的，都是她跟陆霁。他们才是大家心中觉得般配的一对。

而他，不过是一个暗暗喜欢她的人。

祝星遥从小学大提琴，骨子里有纯粹的浪漫和天真，别说在烤肉店，就是在异国的街头，或许都能看见她拿着大提琴坐在街边表演的场景。

他低头看了林佳语一眼，语气平静："告诉她又如何？"

林佳语小声说："不是流行公平竞争吗？她没答应陆霁，你还有机会，你也追的话，说不定结果就不一样了呢？"

江途除了家世，有什么比不过陆霁呢？

长久的沉默后，江途将手揣进裤兜，垂下眼，声音低沉而压抑："舍不得。"

"嗯？"林佳语没听懂，"舍不得什么？"

"林佳语，你知道我爸妈在我小时候感情挺好的吧，但在生活的折磨下，你看他们现在还剩下什么？只剩下靠拆迁款来维系的婚姻。现在，他们两个吵架的时候都恨不得杀了对方。"

江途看着黑夜里的荷西巷，眼神平静又压抑："或许你说得对，如果我卑劣一点，努力追一次的话，或许还有机会。"

他真的很想告诉祝星遥那些情书是他写的，他可以为祝星遥做任何事情。但他不相信江锦辉，在他能掌控自己的生活之前，他根本没资格去想那些事。

江途接着说："她很善良，如果她真的喜欢上我的话，就会照顾我的情绪，会变得敏感，也可能会为了我舍弃很多东西……可能一开始只是一顿西餐，但时间越长，她因为我而放弃的东西会越来越多，也可能会因此变得不开心，丢了很多本该有的快乐。或许以后我能给她很多东西，但这不是我让她陪我吃好几年苦的理由。"

他舍不得，连想一下都不舍。

她生来是星星，就该一直挂在天上，不能因为他就掉了下来。

他想跟她在一起的话，就只能自己爬上去，跟她站在一起。

少年说完那句话，利落地往漆黑阴冷的巷子里走，留下一道苍白的背影。

林佳语愣在原地，呆呆地看着他，突然抬手用力地抹了一把眼泪。

林佳语控制不住地难过起来，就算江途十八岁了，他还是没长大。林佳语突然理解他说的“舍不得”是什么意思了。

周一中午，祝星遥跟黎西西准备去食堂吃饭，在路上碰见从图书馆出来的林佳语，祝星遥笑着说：“一起去吗？”

林佳语：“好啊。”

雪还没化，天冷得刺骨。林佳语看见祝星遥就会想起江途，便一直盯着祝星遥看。

祝星遥有些莫名其妙：“怎么了？”

林佳语摇头笑了笑，想了想又说：“我就是好奇，你喜欢什么样的男生啊？”

祝星遥一愣，有一点迷茫，脚下差点打滑。黎西西连忙拉住她，笑嘻嘻地抢答：“星星喜欢的男生啊……阳光、长情一点的。”

林佳语哦了一声，江途跟“阳光”一点也不沾边。林佳语转头看着祝星遥漂亮的侧脸，心想江途肯定是个长情的人，只是……

只是，林佳语怕祝星遥永远也没机会知道，有个人曾经这么喜欢她。

期末考试的前一天，陆霁跟许向阳回来了。陆霁发现这次回来后，他同桌看他的眼神中多了一点说不清的东西，忍不住问：“你怎么这么看我？”

林佳语就是在比较，比较陆霁跟江途，谁更喜欢祝星遥。

她摇头：“没什么，就是好奇你喜欢祝星遥什么。”

陆霁一愣，忍不住笑了一下：“喜欢需要理由吗？就是喜欢。”

“可是她要出国。”林佳语小声说，“你都准备保送清华北大了。你们离得很远的。”

陆霁不知道在想什么，沉默了一下说：“我以后也可以出国。”

林佳语转头看了他一眼，继续闷头写数学题。

她操心这些做什么？她又管不了。

期末考试，祝星遥的考场在二楼，黎西西的在三楼，每次考完两人都在教室里会合。最后一科考的是物理，交卷铃响后，黎西西一直没下楼，祝星遥只好上楼去找她。

祝星遥走到门口，就听见黎西西跟许向阳在吵架。黎西西气呼呼地对许向阳说："让你给我丢个答案你都能丢歪，差点被监考老师抓到！吓死我了，你知不知道！"

许向阳说："那不是没被抓吗？胆子这么小还作什么弊？"

黎西西："万一呢！"

许向阳看着她，无奈地说："真被抓到了，我就替你担了行吗？我负责，什么都我负责，行不行？"

黎西西："……"

她看着他，怒气莫名其妙地消了，脸还有些发热。

黎西西撇撇嘴，跑到祝星遥面前，两人手挽着手下楼。

祝星遥说："你以后多看点书，不要每次都临时抱佛脚……"

"我怎么知道理科学起来这么吃力。"黎西西咕哝，"我都后悔选理科了……"

祝星遥想了想，说："好像还可以换，如果你想换去文科班的话。"

黎西西叹气道："算了，都过了一个学期了……再回去背政史地，那会要了我的命！"

两人绕过篮球场，走到行政楼楼道口的时候，正好看见了刚监考完的曹书峻和谢娅。他们正抱着卷子，背对她们，站着说话。曹书峻说："今晚一起出去吃饭吧，我请客。"

谢娅说："我今晚有事，谢谢了。"

曹书峻："那明晚呢？"

谢娅："也有事。"

曹书峻有些失落："真的吗？"

祝星遥连忙拉着黎西西躲在楼梯下，做了个"嘘"的动作，准备弯腰溜走。

老曹邀约被拒，这件事要是让他知道被学生看到了，他估计会觉得没面子。两人非常默契地弯腰准备离开，正要出楼道口的时候，祝星遥忽然一头撞上了少年坚硬的胸膛。

冬天，大家衣服穿得多，她倒是不疼。

江途的鼻梁上架着眼镜，他垂眼看她，又抬头看向前面。

谢娅跟曹书峻的声音隐隐约约地传来，谢娅说："我最近听到一些传言，说陆霁跟你们班的祝星遥在早恋，两人怎么回事？"

曹书峻转头看她，笑了笑："传言而已，又不是真的。"

"哎，你们做什么？"祝星遥的身后突然传来周原的声音。

祝星遥还没做反应就被江途抓住手腕往外一拽，带着黎西西一起躲到墙边。谢娅跟曹书峻回头，看见陆霁、周原和许向阳正走过来，咳了一声："周原，喊什么喊？"

周原："……"

陆霁看向祝星遥和江途，见祝星遥跟江途靠得很近，皱了一下眉，没来由地紧张、急躁起来。

很快，江途松开祝星遥，往后退了一步。

周原挠头，两个班主任不会以为他在问他们吧？他瞟了两眼祝星遥，有苦难言。陆霁不动声色地收回目光，拍了拍周原的脑袋，对谢娅说："他瞎喊的。"

谢娅批评了周原几句，抱着试卷跟曹书峻回了办公室，祝星遥跟黎西西这才松了口气。

陆霁三人走到他们面前，江途冷冷地看了陆霁一眼，低头对祝星遥说："我先走了。"

他转身往另一边走了，连背影都透着几分冷漠。

祝星遥刚才被他握过的手腕还有些疼，下意识地转头看他的背影。陆霁不动声色地挡住她的视线，低声问："刚才老师说了什么？你们吓得不敢出来见人！"

黎西西快速说："刚刚老曹约谢老师，连约两次都被拒绝了。你说这么丢脸的事情，要是被学生看到了，那老曹多没面子，我们肯定要躲了，更何况……"

祝星遥忙拉了她一把，阻止她往下说。

黎西西啊了声，忙改口："反正，要是被他们知道我们听到了，肯定要骂我们了。"

刚背了黑锅，还被骂了的周原嘴角一抽。

陆霁低头问祝星遥："等下一起吃饭吗？"

许向阳这回很上道，看向黎西西："刚才差点害你被老师抓，今天我请客，怎么样？”

黎西西看向祝星遥：“去吗？”

今天考试，放学比平时早，祝星遥看看时间，问：“在学校门口吃吗？吃完我正好去上德语课。”

陆霁问：“你想吃什么？”

祝星遥想了想说：“火锅可以吗？”

五个人在校门口的一家火锅店里吃饭。许向阳把一碗猪脑丢进滚烫的汤锅里，黎西西戳着米饭说：“没想到你还喜欢吃这种东西啊。”

过了一会儿，许向阳把猪脑放进黎西西的碗里，微笑着道：“给你吃的，补补脑，争取下次不用作弊了。”

黎西西在凳子下用脚踹他，怒道：“滚！”

桌椅哐哐地响，桌面在晃，周原转头骂了句：“许向阳，你赶紧哄一下这姑奶奶！”

陆霁笑着按住晃动的桌子，抬头看祝星遥：“寒假去哪里玩？”

祝星遥忍着笑：“去北京待几天，找陈蓝老师上课。”

陆霁想了想，问道：“春节在江城过吗？”

“我每年春节都在爷爷奶奶那边过。”祝星遥又补充了一句，“他们住在隔壁市。”

吃完火锅也才六点，老刘的车已经等在门外了。祝星遥站起来背上书包，陆霁把她的围巾递过来，她抬头对陆霁笑了一下：“谢谢。”

黎西西被许向阳拖着，和周原一起走在后面。

陆霁把祝星遥送到车边，低头看她：“寒假我可以给你打电话吗？”

祝星遥觉得有点奇怪，为什么他要问她可不可以，电话不是想打就打吗？而且他之前也给她发了不少短信了啊。但她还是点点头，说：“可以啊。”

陆霁是故意问的，觉得她点头答应跟他主动打过去的意义不一样。他将手插在裤兜里，笑着扬扬下巴：“你快上车吧，不然要迟到了。”

祝星遥上车后，黎西西跟许向阳也走到车前，向祝星遥挥手道别。

两天后，正式放寒假了。

祝星遥当天就去了北京，一直到除夕那天早上才飞回江城。晚上吃过年夜饭后，一家人围坐在电视机前看春晚，祝星遥的手机振个不停，全是同学们互相发的祝福短信。丁瑜戳戳祝云平，往女儿那边看："你看看你女儿，手机响得比我的还频繁……"

祝云平笑了："没办法，闺女长得漂亮惹人爱，追的男生多呗。"

祝星遥转头，撒娇道："爸爸！"

丁瑜摸摸她的脑袋："别早恋就好，马上就出国了，你现在要是早恋就是祸害了人家男孩子，知道吗？"

这时，祝星遥的手机铃声忽然响了，是陆霁打来的电话。

祝云平朝她看了一眼，祝星遥想起那些传言，心里一慌，很快又镇定地站起来："我才不会……"手里的手机还在响，她连忙说，"我去接个电话。"

她跑到阳台上接了电话。

"我还以为你不接了呢。"陆霁似乎松了口气，低声笑道，"新年快乐，祝星遥。"

"刚才在客厅。"祝星遥说，"新年快乐。"

"在看春晚吗？"

"嗯。"

电话只打了几分钟，祝星遥怕祝云平和丁瑜多想，挂断电话就跑了回去。小城市不太限制烟花爆竹，春晚结束后，祝星遥跟几个堂哥在楼顶放烟花。在漫天烟花绽放的时候，她兜里的手机又振了一次。

她拿出手机看，是江途。

江途："新年快乐。"

江途发来的这四个字，简简单单的，一看就不像是群发的。她低头回复他："途哥，新年快乐。"

荷西巷，凌晨。

江途支着腿靠在床边，低头看着手机。客厅里的电视机修好了，江锦辉难得地跟舒娴坐在一起看了一晚上春晚。

原因无他，不知道是谁打听来的消息，说拆迁文件今年年底肯定能下来。但还是有人不信："每年都说今年一定能下来，等了多少年了！"

那人说："这回绝对是真的！不真，我给你一千块！"

除夕前一晚，陈毅还带人来了一趟，把家里搅得一团乱。但舒娴这时候却依旧平心静气地对江锦辉说："你今年千万别给我犯浑，你要是再弄出什么事，我……"

江锦辉不耐烦地说："你说了十几遍了，能不能别说了？小赌怡情懂不懂？"

舒娴冷笑："那是人家有钱人的说法，你一个欠了一身高利贷的穷鬼说什么怡情？"

江锦辉骂："你这婆娘有完没完，你不就是觉得拆迁款下来后一半要给我还债，心里不情愿吗？我告诉你，不情愿也没办法！"

果然，两人的谈话到最后总避免不了变成吵架。

江途面无表情地翻出MP3，戴上耳机，听德语录音。

难熬的春节过去了，高二新学期开学了。

3月份，江城一中在表彰栏里公布了全国物理奥赛冬令营的比赛结果：陆霁和许向阳获全国金奖，并被保送至清华大学。全校就他们俩被保送到清华，他们的照片跟其他获得银牌的学生一起被挂在表彰栏里。

照片里，陆霁穿着集训服，眉目清朗、笑容阳光，吸引了一群女生的注意力。她们站在表彰栏前议论："陆霁好帅啊，还被保送到清华了，太厉害了……"

"那他高三岂不是很轻松，玩玩就过了？"

"也不一定啊，他还可以谈恋爱啊！不是说他在追祝星遥吗？大学都考上了，剩下的时间就可以专心追女神了。"

"可祝星遥要出国啊。"

"一个出国，一个保送，不是正合适吗？这种男神女神要是不早恋一次，以后长大了肯定会后悔！"

第二天，周五早上，表彰栏里多出了一张照片。

不知道是谁把祝星遥的照片贴在了陆霁的照片旁边。

江途面无表情地站在表彰栏前，抬手把祝星遥的照片撕了下来。他回到教室时，时间还早，距离早读课还有半小时，整个教室空荡荡的，只有他一个人。

他拿出那张照片，照片里的少女穿着校服坐在桌子前，歪头不知道在看哪里，眼睛大而明亮。照片一看就是偷拍的，她的表情有些窘，但人还是好看的。江途把照片塞进书里，再把那本书放进书包。

早读课前十分钟，教室里才热闹起来。夏瑾的脸色不是很好，昨晚她偷偷贴的照片不知道被谁撕下来了，本来还以为早上来了就能看到大家在表彰栏前围观的场面的，没想到什么也没有发生。

周小雨不知道她在气什么，小心翼翼地问："夏瑾，你气什么呀？"

夏瑾不耐烦地说："没事。"

一连三天，江途都提前半小时到学校，每天都在表彰栏上撕下一张祝星遥的照片。第四天傍晚，天色已经暗了，学校里只有高三的还在上自习。

高二教学楼旁边是实验楼，边上有道拱门，江途倚在拱门旁边的树干上，目光冷淡地看向那个慢慢靠近表彰栏的身影。

在那道身影四处张望的时候，他大步走了过去。

夏瑾刚要往表彰栏上贴照片，突然听到脚步声，飞快地把手藏到身后。

下一秒，那人靠近，她甚至没看清他的脸，只闻到他身上熟悉的味道。那人将她的手按住，抽走了那张照片。她心里一慌，猛地抬头，对上江途冷冰冰的眼，心跳忽然加快。

江途拿到照片，甩开她的手，把夏瑾甩得后退了两步。

他脸上没表情，眼神很冷："下次别再做这种事情了。"

丢下这句话，他转身就要走。

"等等。"夏瑾回过神来，往前跑了两步喊他。

江途脚步不停，夏瑾咬着唇，瞪着他的背影，眼看他要走远了，终于忍不住喊："你喜欢祝星遥是不是？不然为什么要管这件事？"

脚步一顿，江途回头看她。天色已经暗下了，只有路灯亮着，他的表情被掩盖在昏暗的光线下，声音比刚才还冷："我想做什么，不关你的事。"

说完，江途转身就走了。

夏瑾僵在原地，不知怎么突然想起刚才他的头发好像擦过了她的脸，心猛地跳了起来。但一想到他一心一意只为祝星遥，夏瑾突然觉得不甘心，跑出去挡在他面前。

江途眯了一下眼，夏瑾抬头看他，很快说："江途，我知道你家里欠了很多钱，你……跟我在一起，我可以替你还钱。我有很多的零花钱，完全可以帮你，不够的话我可以再跟我爸爸、我哥哥要。"

她说着忽然有点兴奋：对啊，江途家缺钱，但她家有钱啊！这样一想，她忽然底气十足，期盼地看向江途，觉得他肯定会答应自己。

江途垂眼看她，忽然笑了，眼神比之前还冷："我长得像要饭的吗？"

他面无表情地越过她，大步走了。

夏瑾愣在原地，好半天才反应过来：她被江途拒绝了。

她第一次跟一个男生表白，却被拒绝了。

这件事祝星遥完全不知道，她心无旁骛地学德语，准备在11月参加TestDaF的四级考试。日子一天天过去，4月初，周五下午班会课前，曹铭跑进教室神秘兮兮地说："你们知道吗，我刚才撞见老曹约谢老师吃饭，老曹被拒绝了！"

曹书峻在追谢娅的事已经变成半公开的秘密了，（1）班和（2）班的学生大多知道了。

听到曹铭的话，有男生狂笑道："今天老曹追到谢老师了吗？"

大家集体抢答："没有！"

许向阳说："喊这么大声，小心老曹揍你们。"

事实上，曹书峻走到楼梯口就听到了，嘴角抽了一下，抱着教案走进教室。

大家立即安静了。

曹书峻站在讲台上，扫了一眼学生们，大大方方地说："我确实没追到你们谢老师，不过，你们谢老师说了，期中考试我们班的平均分要是超过（2）班的话，就答应跟我一起出去吃饭。"

底下一群学生兴奋地哇了一声。

有人问："真的啊？"

还有人说："班主任，这不是你为了让我们好好学习的迂回手段吧？"

曹书峻双手撑着讲台，笑着道："当然是真的，所以我能不能约上谢老师，靠你们了。还有，好好学习不是为了我，是为了你们自己。"

就算这是一种迂回手段，但也鼓舞了大家。

课间，祝星遥转身将试卷放在江途的桌上，小声说："途哥，你跟我讲一下这题，我做到这步就不会了。"

江途抬头看她："好。"

黎西西凑过去听江途讲题，还嚷嚷了句："我也要努力学习，要是老曹追不上谢老师，我都觉得是我拖了他的后腿……"

许向阳转头，懒洋洋地说："黎西西，你搬来跟我做同桌，我帮你补习，我时间多。"他已经确定要保送了，功课方面轻松了许多，很多人找他讲题。

黎西西愣了一下，脸有些红，很快说："不要，我去了，星星跟谁当同桌？"

江途画辅助线的手一用力，铅笔的笔芯就断了。

"我啊！"

"还有我啊！"

"我！黎西西这个你就不用担心了，多的是人想跟祝星遥做同桌。"

不知道是谁带的头，一群男生跟着起哄乱喊。

黎西西立马回头怒喊道："你们想都别想，有我在的一天，你们就别想玷污我们星星！"

祝星遥打了她一下："别乱用词！"

丁巷嘿嘿笑了声："那我呢？"

黎西西翻了个白眼："你也不行，我谁都不放心。"她顿了一下，看了看神情冷淡正低头削铅笔的江途，"除非途哥，只有途哥才安全。"

祝星遥愣住了，看向江途。

江途放下小刀，抬眸看祝星遥："你想跟我做同桌？"

祝星遥顿了顿，摇头小声地说："不是……"不过黎西西说得对，江途虽然性格冷淡、孤僻，但莫名地让人有一种信任感和安全感。

如果是跟他做同桌，祝星遥一点也不排斥。

江途垂眼掩住失落的情绪，没再说什么，拉过被祝星遥压住的草稿纸，继续给她讲题。

换座位的风波就这么过去了，期中考试如期而至。因为考试成绩事关班主任的终身大事，大家都有了紧张感，一听说试卷批完了就赶紧跑去办公室打听成绩。

谢娅跟曹书峻刚刚开完班主任会议回来，看见办公室门口被（1）班和（2）班的学生堵住了，她皱眉喊：“你们干吗呢？”

一群学生看见他们，一边笑一边摇头道：“没事没事……”

他们一看就不像没事的！

谢娅推推眼镜，严肃地道：“那你们堵在这里做什么？”

“想看分数……”

眉心一跳，曹书峻咳了声：“都回教室去，试卷等各科老师上课了会发下去的。”

一群凑热闹的学生被赶走了，谢娅还觉得哪里不对劲。几个老师刚坐下，周原突然在窗户外大声说：“谢老师你放心，你要是不想跟曹老师去吃饭，我们全班罩你啊！”

谢娅：“……”

曹书峻：“……”

周原喊完就跑了，许向阳在后面踹了他一脚：“你有病啊！”

周原拍拍屁股上的灰，回头说：“我们现在不在一个班，不讲兄弟情，暂时分裂了。”

祝星遥跟黎西西虽然没去办公室，但也站在旁边的树下等结果。听到周原的话，黎西西翻了个白眼：“万一谢老师想跟老曹去吃饭，只是因为拉不下脸才没答应呢？你们（2）班的人怎么这么不懂事？这事关你们班主任的终身大事！”

旁边，张晟吊儿郎当地接话：“就是。谢老师都快三十二岁了吧，也没看见她有人追啊，老曹比她小三四岁，长得也还可以，谢老师有什么不满意的？小心以后老了嫁不出去了。”

祝星遥转头看他，皱眉说：“三十二岁又怎么样？她嫁不嫁人是她自己的事情。人都会老的，你拿老师的年龄来开玩笑，是不是太过分了？”

自从校运会的意外之后，张晟一直没好意思在祝星遥面前多说话，这会儿他的脸更是涨成了猪肝色。

黎西西摇头叹气道：“算了，我们回去吧。”

有些人说话就是这样，真的别指望他能改。

祝星遥点头，跟黎西西回教室去了。

张晟站在原地，一脚踹在树干上。

曹铭拍拍他的肩，说："算了，别跟女生计较。"

办公室里，堵在门外的学生走光了，谢娅转头看曹书峻，皱眉问："怎么回事？"

其他老师捂着嘴笑，暧昧地冲他们俩眨眼："谢老师你还不知道啊？（1）班跟（2）班在打赌呢，说这次考试，（1）班的平均分要是能超过（2）班，你就答应做曹老师的女朋友。"

谢娅："……"

她目瞪口呆地看向曹书峻，简直不敢相信这人能胡来到这种程度。曹书峻的脸也有点红了，他咳了声："不是做女朋友，是跟我一起吃饭。"他顿了一下，又补充了一句，"你要是……答应做我的女朋友，那就更好了。"

谢娅："……"

她突然觉得脸上有点热。这个曹书峻可真是厚颜无耻啊。

偏偏有几个老师起哄："对啊，你就答应做他的女朋友好了。"

曹书峻："行吗？"

谢娅的耳根红了起来，明明都是三十多岁的人了，竟然还跟个小姑娘似的突然害羞起来了。她咬了咬牙："行啊！反正（1）班也考不过（2）班。"

不知道这些话又怎么被传了出去，走廊上，两个班的人又杠了起来。（2）班的学生说："谢老师说得对啊，反正你们班一直垫底，我们班每次平均分都是第一，还怕你们？"

丁巷靠着栏杆喊："为了两个班主任的幸福，你们班放放水行不行？"

陆霁歪头笑了下："怎么放？去厕所放吗？"

许向阳："……"

祝星遥跟黎西西经过，陆霁的视线对上祝星遥的，他低咳了一声。到了下午，期中考试的平均分出来了，（2）班稳居第一，（1）班倒数第二。得知成绩的那一刻，许向阳叹气，道："完了，老曹的约会和女朋友没了。"

黎西西转头说："那不是还有月考和期末考试吗？"

许向阳看着她说："我说黎西西，就是你拖了后腿，让你过来跟我做同桌你还不来，你要是物理和数学多考二十分，说不定平均分就上去了。"

丁巷转头说："班长，你怎么非要跟黎西西做同桌？"

有男生起哄："就是，为什么啊？！"

又有人笑："你是不是喜欢她啊？"

周围人都笑了，转过头来看戏。

黎西西："……"

她耳根发热，连忙澄清："你们别胡说八道！谁喜欢他啊？！"

许向阳啧了声："黎西西，话别乱说，回头别打脸了。"他说完又看看大家，笑着说："你们别胡说八道，我这是为了提升班级的平均分。"

大家哈哈大笑起来。黎西西自觉脸皮厚如城墙，这回脸也红了。她转回去，跟祝星遥嘀咕："许向阳怎么这样啊！以前怎么没发现他这么无赖……"

祝星遥看着她，眨眨眼："那你想不想跟他做同桌？"

黎西西犹豫了一下，很快说："不要。"

祝星遥戳穿她："我看你好像挺想的。你要是想去的话，那就去吧，我跟谁做同桌都可以。许向阳说得对，他时间多，能给你补习，这是件好事。"

黎西西有点别扭，跟祝星遥都快当了两年的同桌了，突然换掉的话，总觉得不太好……她哼了声："不要，你跟途哥也能帮我讲题，为什么非要他啊。"想了想，她又小声补充道，"要是我们班期末没考过（2）班，那就……再说，毕竟不能影响老曹追老婆是不是？"

祝星遥没戳穿她，配合地说："是是是。"

黎西西却红了脸，推推她："你别笑！"

班会课上，曹书峻的迂回策略又出现了，他笑着说："大家加油，期末考试的平均分要是能超过（2）班，你们谢老师就答应做我女朋友了。这事能不能成，就靠你们了。"

底下又是一阵喧哗，大家全都笑开了。

许向阳作为班长，站出来说："老曹，你放心，我帮你监督他们。"

期中考试之后，（1）班跟（2）班的对阵升级，两个班的学习干劲彻底起来了。本来刘主任还想骂曹书峻几句的，说他上梁不正，一看两个班的架势，又摇着头说："行了行了，我看大家的学习干劲挺足的，这事过了就算了，下次可别再胡来了啊！不过……小谢啊，小曹挺好的，你在犹豫什么？"

曹书峻笑了笑，谢娅瞪了他一眼。

一天早上，祝星遥看到丁巷在抄作业，忍不住嘀咕："途哥，你别给他抄作业了，让他自己写，这样考试能多考几分，不然曹老师要追不上女朋友了。"

天气已经热了起来，学生都换上了夏季的校服。祝星遥细白的手臂搭在江途的桌上，他看着她的手说："好。"接着，他伸手抽走了丁巷面前的作业本。

丁巷："……"

丁巷蒙蒙地看向江途，苦着脸说："途哥，不是吧？"

江途面无表情地说："祝星遥说得对，你是该自己努力了，就算不为了班主任，也得为自己。期末考试关系着班级重组，你要是不想被调到普通班去，就多做做题。"

他向来冷淡，还有些孤僻，不爱管别人的事，但偶尔还是会心软，比如现在。

祝星遥看着丁巷笑了笑："途哥说得对。"

她转身坐下，朝窗外看了看。江途看着她的侧脸，心想，如果只要自己考第一或者物理竞赛拿到保送名额就能赢得她就好了。

如果他们之间的关系也能这么简单就好了。

可是，现实总是残酷的。

2008年5月12日，汶川发生地震，江城人民也感受到了震感。祝星遥在上课的时候接到了祝云平的电话——他刚从办公室跑下了楼，第一时间就给女儿打了电话。

祝星遥跑到楼道里接电话，有点蒙："我没事啊。"

很快，整个学校就混乱了，因为陆续有人接到家长或者亲人的电话。有人大哭了起来，说他爸爸在那边，联系不上了……

那两天，但凡看过救灾新闻的人都沉默了。丁苍红着眼眶说："我本来没啥梦想，但现在想想，以后就去当兵吧，当兵挺帅的。"

江途看他一眼说："是挺帅的，加油。"

丁苍愣了愣："途哥，我好像是第一次听你跟人说'加油'。"

后来，学校组织捐款，江途捐了五百块。许向阳在登记的时候愣了一下，张晟看见了说："江途，你不用捐那么多，你自己都穷得快要人捐款了，别装大方……"

江途转头看他，眼神冰冷："你说的是人话吗？"

其他人也看向张晟，张晟突然觉得有点无地自容，尤其在看到祝星遥眼底那一点厌恶后。张晟推开旁边的人，快步走出教室。祝星遥跟夏瑾都捐了很多钱，夏瑾看到祝星遥的捐款数额后，较劲似的又加了一笔。

回到座位上，黎西西小声说："我有时候觉得途哥可真酷、真帅。"

祝星遥点头："是啊。"

祝星遥转头看了一眼神色冷淡的江途，他正靠在椅子上看她。祝星遥抿了一下唇，心想五百块对他来说应该是很大一笔钱了，可他一点也没有犹豫就捐出去了，真的很不错啊。

5月一过，大家的重心慢慢地转移到期末考试的较量上来。

期末考试安排在7月5日和6日。

考试前一天，祝星遥收到了一封来自J同学的情书。

他用德语写着"考试加油"。

她盯着那句德语愣了很久，忽然拉着黎西西，语气微涩地说："陆霁会德语吗？"最近跟她学德语的人只有江途和黎西西，丁苍早就不学了，黎西西偶尔才学几句，只有江途还在学。

黎西西也愣了，想了想给许向阳写了张字条询问情况。

许向阳回了句："他最近是买了本词典和几本书……"

祝星遥皱了皱眉，回头看了一眼江途，正好对上他漆黑的瞳仁。她莫名地有些不知所措。

快下课的时候，她鬼使神差地翻出江途之前在她的德语书上留下的笔迹对比了一下，江途的字刚劲利落，跟J的字迹一点都不像……应该不可能吧。

她抿唇合上书本。

江途在她身后看到少女的肩膀微微地塌了，觉得她像是松了口气。

那是祝星遥第一次怀疑J同学的身份，不过，在听到许向阳的回答后，这种疑惑慢慢消除了，她和真正的J同学也错过了。

黎西西的生日是7月5日，大家约好考试结束后一起帮她庆生。祝星遥转头看江途："途哥，你也去吧。"

江途抬头："在哪里？"

祝星遥犹豫了一下，轻声说："西西说想吃烤肉，就在梁哥烤肉店，她想让我给她拉大提琴庆生。"

7月5日那天下午，考完数学后刚好五点。祝星遥又跟江途、林佳语分到一个考场，江途做题的速度一如既往地快，提早了半小时就交卷了。

祝星遥倒是提早十几分钟做完试卷了，但林佳语的时间好像不太够用。

考试一结束，黎西西就过来把祝星遥跟林佳语拖下楼："快走吧，我们早点过去，吃完烤肉后还能唱一会儿歌。"

明天还要考试，她们最晚十一点就要回家。

林佳语问："陆霁和许向阳他们呢？"

祝星遥打开手机，看到陆霁的短信，抬头说："他们提前交卷，先过去了。"她看了一眼黎西西，想起之前许向阳说要向黎西西表白的事。

老刘已经等在门外了，三人上了车直奔烤肉店。

最早到的是江途，他刚把自行车放好后，陆霁、许向阳就到了。

江途看了他们一眼，走进烤肉店。现在才五点，店里还没什么客人。梁城今天不在，江途回头看了眼陆霁："你们先坐。"

见江途直接走进后厨，周原惊了："他怎么对这里这么熟？"

还是上次那张靠近玻璃门的桌子，几个人坐下后，丁巷解释道："哦，途哥在这里打工呢！1月份的时候，就下雪那天，我们还在这里给途哥过生日了。"他指着玻璃门外的小平台，越说越兴奋，"那天女神还给途哥拉大提琴当生日礼物了。她就坐在那里，正拉着琴呢，突然就下雪了。"

陆霁一愣，皱眉问："你说……祝星遥给江途拉琴当生日礼物？当时刚好下雪了？"

丁巷的情商不算低，他忽然反应过来，忙挠头笑道：“哎，就是生日礼物，大家都有准备的，也不是很特别。黎西西今晚还说要女神给她拉琴呢！”

陆霁没搭话，心不在焉地翻了翻面前的炭火。许向阳看了他一眼，笑了笑：“那不行，祝星遥要拉琴的话，会抢了我的风头，我等会儿得跟她商量商量。”

路上遇上堵车，祝星遥她们到的时候已经快六点了。

祝星遥是背着大提琴进来的，一进来就发现陆霁目光灼灼地看着自己，愣了一下。黎西西拽着祝星遥走过去：“走呀，愣着做什么？！”

林佳语没看见江途，问他们：“江途呢？”

丁巷说：“在后厨呢。”

过了一会儿，江途出来了，手里拎着一壶酸梅汁。他将酸梅汁放在桌上，淡淡地说：“明天还有考试，喝这个就好。”

林佳语点点头。

陆霁抬头看了看江途：“今天都喝酸梅汁。”

黎西西撇撇嘴：“我有点想喝别的，我一年就过一次生日……”

许向阳笑了：“谁不是一年过一次生日？”

黎西西在桌下踩了他一脚：“算了，就喝这个吧！毕竟明天的考试还是很重要的，事关老曹的终身大事。”

大家吃烤肉吃到一半，江途的手机铃声响了。

他看了一眼，起身走向后门。电话是舒娴打来的，江途刚接通就听到她在哭：“江锦辉这个天杀的，又欠了一笔钱，你说他怎么这么混账……”

舒娴哭着骂了十几分钟，江途沉声问：“欠了多少？”

“具体不知道，欠了几万块吧……”舒娴哭得断断续续的，“我当初怎么会嫁给他那种人！”

几万块，比江途猜测的要少。

二十分钟后，他挂断电话，目光沉沉地望着星空，胸腔压着一口浊气。肩膀忽然被人拍了一下，他回头，看到祝星遥背着大提琴站在他身后。

已经快七点了，烤肉店里客人很多，他们原本坐的桌子上也空了。

江途的神情压抑而冷漠，祝星遥莫名地觉得心慌。她其实很怕看到他这样，他那种克制到骨子里的沉郁让人束手无策。她小声问："你怎么了？是不是出事了？"

"没事。"江途敛了情绪，低声问她，"他们人呢？"

祝星遥迟疑地看他，有些无奈："许向阳让我别拉大提琴了，他要给黎西西弹吉他。他跟陆霁学了一个月，好不容易才学会一首歌，要是我拉琴会把他比得很难看……所以我得先把琴藏起来。"

得知许向阳要向黎西西表白，一群人串通好了，都去帮许向阳的忙。

祝星遥抬头问他："琴能放到哪里？"

他想帮她拿琴包，又顿住了——之前帮大家烤肉时，他的手上沾了些油。他转身走在前面："你跟我来吧。"

祝星遥哦了声，跟在他身后。服务员端着炭火过来，他们避让了一下，刚走了几步她肩上的大提琴突然被人拽住了，她连忙回头，吓了一跳。

"还真是你啊，小美人！好久不见了。"陈毅看着她轻浮地说。

江途立刻转身把祝星遥拉到身边，戒备地看向陈毅和他身后的一群小混混，冷声问："你想做什么？"

"我想做什么，你说我做什么？你爸又欠了一笔钱，他给不出钱，就从你这里收利息吧！也不多，三千块。"陈毅看了一眼祝星遥和她肩上的大提琴，"还不上也没关系，让她给我们拉一下大提琴，这钱就算了。"

"不可能。"江途冷声说，把祝星遥挡到身后，"你去后面。"

祝星遥有点慌，怕他打架，陈毅他们有七八个人，他会吃亏的。她不走，抬手抓住他的衣角。陈毅一看，挑眉笑了笑："小美人，我记得我跟你说过，他家里欠了很多钱，你跟他在一起真的划不来。他说不定这辈子都会被他爹给拖到死，你们家要帮他填这个窟窿吗？"

"你闭嘴。"祝星遥瞪他，气得忽略了他的话。

他们已经影响到店里的客人了，有人刚坐下就起身要离开。服务员过来让江途别闹事，江途沉着脸往前走一步，看着陈毅说："钱我给你，你跟我过来。"

陈毅将手抄在裤兜里，下巴一抬："行啊，加上之前的五千，一共八千。"

江途眯了眼，甚至不敢去看祝星遥的眼神。她此时的神情一定很复杂，担忧、愤怒、同情……

他沉默着，祝星遥突然不忍心，往前走了两步，挡在他面前："你别逼他。"

江途垂眼看着她的发顶和细白的脖子，艰难地咽下一口气，心里的防线又塌了一寸。

她越是那样，陈毅越来劲，伸手要去拽她的大提琴。

大提琴是祝星遥的宝贝，她无论如何都不想让这个讨厌的人碰，很快往后退了一步。江途刚过去，就被陈毅身后的两个人按住了，用力地挣扎起来。

陈毅像是在逗祝星遥玩似的，她退一步，他就进一步。

几个人按着江途，江途挣扎得额前和脖子上的青筋都隐隐地暴起了，一张白皙的脸涨得通红。

祝星遥觉得她这辈子大概是不能碰到陈毅，每次碰到陈毅都没有好事。她的脚后跟卡到一旁的餐车上，脚下一崴，陈毅下意识地去拽她肩上的大提琴包的背带。

大提琴猛地脱手，祝星遥一下子失去了平衡，摇摇欲坠地往后倒去。

她惊叫出声，脸色煞白，两只手在半空中挥舞着想抓住什么，却什么也没抓住。祝星遥的后脑勺砰地撞上玻璃桌角，她觉得自己这辈子都没这么疼过……

店里传出惊呼声，哐当哐当，桌上的锅碗瓢盆纷纷砸下。

江途嘶吼道："祝星遥！"

陆霁猛地飞扑过来，整个身体覆在祝星遥的上方，挡去了所有砸下来的东西。祝星遥头晕目眩，迷迷糊糊中看到了陆霁惊慌的脸，下一秒就失去了意识。

门外，许向阳抱着吉他，周原和丁巷抱着一大袋东西，林佳语正拉着黎西西进来，几个人都脸色发白地看着这混乱的场面。

江途挣脱束缚，冲过去对着陈毅挥了一拳，陈毅的嘴角瞬间流血了。

江途气极了，用力地拽住陈毅的衣领，看着陈毅一字一顿地说："陈毅，她要是出了什么事，我跟你拼命。"

其他人反应过来。

“快喊救护车！”

“她在流血啊！”

“可别出人命了！”

陆霁的脑袋被砂锅砸得晕乎乎的，紧接着，他被江途大力地拉开。

江途看着祝星遥苍白的脸和地上的血，觉得自己像个刽子手，在她面前蹲下，颤着手把人抱起来，快步往外面走去。

许向阳的反应很快，扔下吉他跑去叫车，周原和丁巷赶忙去把陆霁扶起来。

林佳语跟黎西西红着眼眶跟上去，一边跑一边哭着抹眼泪，都被吓坏了。

医院里，祝星遥在急救室里治疗，陆霁在做检查。

除了江途，所有人都围在门外等。丁瑜跟祝云平被吓得不轻，从家里飞快赶来。

江途独自坐在黑暗的楼梯台阶上，脑袋低低地垂着，整个人颓丧到了极点。

不知过了多久，手术室的门咔的一声开了。

江途猛地站起来，跑了过去。

医生是丁瑜的同事，正在跟她说祝星遥的伤情：祝星遥被缝了几针，有轻微脑震荡，需要住院。

江途忽然出现，丁瑜跟祝云平都愣了一下，同时看向他。来的路上，黎西西给他们打电话说明了情况，包括一些江途家里的事情。他们意识到，眼前这个男生就是黎西西口中那个家里欠了高利贷的同学。

黎西西怕他们责怪江途，还强调了江途的成绩很好，是年级第一。

少年戴着一副眼镜，面部轮廓锋利，面色却十分苍白，看起来没比祝星遥好多少。他的衣服和手还是脏的，甚至还沾着祝星遥的血，看起来有些狼狈、吓人，但他毫不在意，看着丁瑜和祝云平，嗓音干哑地说：“对不起，是我连累了祝星遥。”

丁瑜跟祝云平互相看了对方一眼，心情有些复杂，这是一场意外事故，他们要怎么怪他？

祝云平拍拍他的肩膀，叹了口气：“这次是意外，星星的伤也没多严重，你先回去换套衣服吧，身上有伤的话也去检查检查。”然后祝云平转身看着那群学生：“都回去吧，没事了。”

祝星遥已经被推进病房了，江途刚才只是匆匆地看了她一眼。他看向丁瑜，低声问：“她……祝星遥什么时候可以醒？”

“可能半夜，也可能明天早上。”丁瑜叹了口气，“回去吧，没事了。”

本来祝星遥后天就要去北京找陈蓝上课的，这下恐怕要耽误课程了。

周原留下来陪陆霁，其他人都走了。

过了一会儿，一道高瘦的身影又回来了。

江途走进厕所，脱下衣服清洗了一下血迹，衣服虽然没洗干净，但起码看起来不吓人了。他拧干水，将衣服套回身上，在医院楼下的长椅上坐了整整一夜。

天亮后，他洗了一把脸，看着镜子里的自己，眼底是深深的厌弃。

祝星遥半夜醒了一次，又睡了过去。祝云平去公司上班了，丁瑜交代护士：“多盯着点，我要去开诊了，中午再过来。”

护士查完房后，就关上了病房的门。

江途轻轻推开房门走了进去，站在床边盯着她看了一阵。祝星遥头上包着纱布，脆弱地躺在病床上，像是不舒服似的，轻轻地动了一下，睫毛微微地颤动着。

过了一会儿，他轻手轻脚地在病床前的椅子上坐下，专注地看着她。

祝星遥的手搭在被子上，她的血管很细，每次扎针时都特别难找，一扎针她的手背上就会留下好几个针孔，看上去青青紫紫的一片。

忽然，她细白的手指动了动。

江途抬手，用食指轻轻地钩住她的小拇指。

祝星遥的手又动了一下，像是回应似的钩了一下他的手指。江途看着两人的手，艰涩地咽了口口水，看向她苍白的脸。

护士刚刚拿水给她润过唇，少女的唇粉嫩柔润，江途移开了眼，内心十分挣扎。

许久后，她的手指又轻轻地引着他的食指动了一下。

他所有的挣扎、煎熬，包括理智，轰然倒塌。

江途想，他就卑鄙这一次，或许这辈子就这一次。

他起身靠近她，右手钩着她的手指，左手小心翼翼地捧着她的脸，低头碰上她柔软的唇。他的鼻尖是医院病房内特有的消毒水味道，病房外是人来人往的脚步声、交谈声，但他什么也听不见，再大的声音也掩盖不住他疯狂喜欢她的心跳声。

少女的睫毛轻颤起来，江途紧张地咽了口口水，不知道她是不是要醒了。江途几乎瞬间直起身，转身离开病房，落荒而逃。

过了一分钟，病房门再次被推开。

陆霁走进来，喊住经过的护士，低声问："她还没醒吗？"

护士知道他跟祝星遥是同学，加上陆霁长得帅又有礼貌，温和地笑了笑："估计一会儿就醒了，你可以进去看看，等她醒了就按铃。"

陆霁坐在之前江途坐过的位置上看着祝星遥，目光落在她的手背上。

他想起之前江途跟陈毅说的那句话，总觉得自己的感觉没错，江途应该喜欢祝星遥，又想起之前丁巷说的话，没来由地烦躁起来。

祝星遥从江途钩住她的手指时就有意识了，但她的头实在太疼了，眼皮如有千斤重，怎么也睁不开。

陆霁见她的睫毛一直在颤，靠近她低声喊："祝星遥，祝星遥……"

祝星遥的脑袋晃动了几下，眉头皱得很紧。

这时，她的手又被人轻轻握住了。

过了一会儿，祝星遥终于睁开了沉重的眼皮，看到了陆霁好看的轮廓。脑子里一片空白，祝星遥直勾勾地看着他，眼神从迷茫到复杂，甚至带着一丝不知所措。

脑震荡会让她短暂地忘记一些事情，陆霁以为她只是在回忆，低声问："醒了？"

她意识到自己的手还被他拉着，唇上似乎还残留着那种柔软温热的触碰感。祝星遥咬了咬唇，原本苍白的脸上忽然染上了一点绯色。她把手抽回来，将下巴埋进被子里，眼睫毛轻轻地扇动着，嗓音又低又软："你……"

她只说了一个字，又顿住了，大概是脑震荡的后遗症，她的思绪很混乱，也不知该如何开口。

陆霁想了想，轻轻搓了搓手指，低声说："对不起。"

祝星遥看着他，欲言又止。

她最终什么也没说，咬着唇，不时地看他一眼，看得陆霁的心都化了。

他看着她，低笑道："祝星遥，你怎么这么害羞？"

祝星遥不知道陆霁怎么能在夺去她的初吻后，还这样淡定地跟她说话、对她笑。她昏昏沉沉地睡了一天，只要一睁开眼，就会想起那股温热的触碰感。

她之前跟黎西西一起看言情小说的时候，从来没想过这件事会发生在自己意识模糊的时候。但唇上的触感太真实了，她知道那不是梦。

江途完全不知道已经造成了误会，从医院出来就直接去找陈毅了。被陈毅追了两年债，他大概知道陈毅的活动地点。他站在荷西巷的路牌下，一边等陈毅一边回想着那种柔软湿润、让人的理智坍塌的触感。

十点多，一辆出租车停在街口，陈毅从车上下来。

陈毅看到江途，皱了一下眉。昨晚祝云平报了警，但陈毅确实没有直接推祝星遥，只能说那是一场意外。警察建议双方私了，无非就是让陈毅赔钱。祝云平不缺那点钱，而且因为以前是大学教授，瞧不起这些混混，可也不能让这种意外发生第二次，便要陈毅承诺，以后见到祝星遥就绕道走。

陈毅刚从警局出来，累得慌，不太想跟江途这种"硬骨头"碰面，岂料江途摘掉眼镜，上来就直接开打，两人就在街口打了起来。最后，还是林佳语的爸爸经过看到了，找人拉的架。他拉住江途道："今天不是期末考试吗，你怎么没去考试？"

"不考了。"

额头上的汗一滴滴地往下掉，江途抹了一把脸，捡起眼镜戴上。

陈毅满脸伤痕，狼狈地从地上爬起来，喘着气看他："你给我等着。"

江途冷冰冰地看了一眼陈毅，转身走了。

期末考试，祝星遥、江途以及陆霁三人缺考。

祝星遥跟陆霁是因为住院了，江途跟曹书峻请假的理由是家里出事了，但没人知道江途在医院里守了祝星遥整整一晚。

下午考试结束后，曹书峻、谢娅跟一群学生来医院探望。

陆霁没什么大碍，明天就能出院了，只不过他那颗脑袋聪明金贵，家里人怕他有什么事，强行让他做了各项检查。

于是，大家便一起跑到祝星遥的病房里。曹书峻说："没事就好，好好休息养伤。"

黎西西替祝星遥削了个苹果，切成小块递给她，小声说："我们班你跟途哥都没考试，他们班就陆霁没去，这次考试的平均分又要被他们班拉开很多了，老曹跟谢老师的约会估计又得泡汤了。"

祝星遥一愣，江途也没去考试？他是因为家里的事还是因为她？

她因为陈毅而受伤住院，以江途的个性，江途现在肯定很自责……

祝星遥沉默了一下，抱歉地看向曹书峻："抱歉啊，曹老师……"

谢娅连忙说："不用抱歉，就算你跟江途都能正常考试，你们班也考不过我们班。你好好休息，不要想这些有的没的。"

曹书峻看了谢娅一眼，笑了："马上就高三了，大大小小的考试多的是，总会考过的，我不着急。"

"在学生面前，你要点脸。"谢娅忍不住翻了个白眼。

众人哈哈大笑起来。

护士推门提醒道："你们小声点，病人需要安静。"

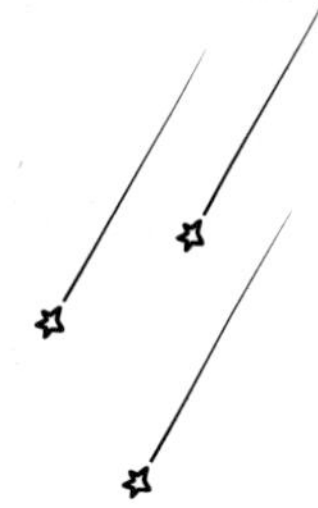

第五章

最美的梦想一定最疯狂

傍晚，林佳语从医院回来就去了江途家，舒娴给她开的门，江路还没回来，江锦辉也不在家。舒娴还不知道昨晚出了事，只是听林爸爸说江途跟陈毅打架了，还没去考试。

她担忧地问林佳语："江途怎么会主动去招惹陈毅，还在街上跟他打架呢？"

林佳语愣了一下，看着江途紧闭的房门说："舒姨，我去看看江途……"

"你去吧，帮我劝劝他。"舒娴叹气。

林佳语去敲门，过了几秒，门打开了。江途坐在椅子上，没戴眼镜，整个人看上去有些颓丧。

"我们考完试后去看过祝星遥了，她醒了，精神挺好的，说是过几天就能出院了。"林佳语站在书桌旁边喋喋不休，"你、她，还有陆霁都没去考试，你们班的平均分又比我们班低，曹老师又被谢老师拒绝了……"

江途没说话，林佳语看着他小声说："你……不去看看她吗？她肯定不会怪你的，你别把责任揽到自己身上。"

这时，江途放在桌上的手机振了一下，是祝星遥发信息来了。

祝星遥："途哥，那天的事情是个意外，你不要自责，我过几天就可以出院啦。出院后我要去北京，8月底才能回来。"

江途看着那条短信很久没动，林佳语小声问："怎么啦？"

他终于抬头看她，眼底的血丝十分明显，眼神中带着一丝自我厌弃。他一夜没睡，嗓音低哑："她不怪我，但这并不代表我没责任。"

两天后，学校正式放暑假了。放暑假前，高二全体教师开了个会，重点在讲暑期补课以及高三开始上晚自习的事。高三会提前二十天开学补课，正式开学后，晚自习会上到十点。

放假第一天，早上八点，江途刚走出荷西巷就收到了祝星遥的短信。

祝星遥："晚上西西他们说要来看我，你也来吗？"

很多时候，江途是拒绝不了她的，也不会故意远离她，起码在高中剩下这一年中不会，因为他不知道高中毕业后要隔多久才能见到她一面。

清晨的阳光映着斑驳的红砖墙，他站在墙边，低头回复她："好。"

夕阳落下，医院附近行人匆匆，周边的水果店门口站着几个学生，江途在暮色中穿过马路，走到他们面前。陆霁拎着几袋水果，正跟许向阳说8月要去北京看奥运会的事。

江途看了他们一眼："走吧。"

陆霁点了下头，一行人走进医院。许向阳低头问黎西西："你跟我们一起去吗？到时候我帮你订票。"

黎西西抬头看他。许向阳当班长当惯了，说话、做事总带点领导风范，但她知道许向阳说要帮她订票，是因为他在追她，也知道她生日那天，他抱着吉他是想给她弹周杰伦的曲子听。

她低下头小声说："我考虑一下。"

陆霁转头说："祝星遥不是在北京吗？去了你可以去找她。"

林佳语下意识地看了一眼江途，江途脸色平静。黎西西跑过来拉住林佳语的手："你要不要去？"

"我不去……"林佳语连忙摇头。她哪有钱去北京玩啊？！

几分钟后，江途在病房门口停住脚步，听见病房里传来小女孩的笑声。他从门上的小窗口往里面看：祝星遥的单人病房里加了一张床，床上躺着一个七八岁的小女孩。

小女孩的父母正在她的床前搭星星灯，灯光一闪一闪的，让苍白的病房添了几分色彩。小女孩问："姐姐，你看我的星星灯漂亮吗？"

祝星遥温柔地说："漂亮啊。"

小女孩笑呵呵地说："那你让丁医生也给你买啊。"

江途推开门，听见祝星遥说："我都这么大了……"

祝星遥听见动静，转头看向门口，看到江途时莫名地松了口气，开心地笑起来："你们来啦！"

"怎么多了个小朋友？"黎西西好奇地问。

祝星遥解释道："现在医院里的病房资源比较紧张，她是我妈妈的病人，暂时住在这里。"

小女孩特别有礼貌，乖乖地打招呼："哥哥姐姐好。"

陆霁把水果放到桌上，低头问祝星遥："要不要吃葡萄？"

祝星遥低下头小声说："好。"

这几天，陆霁每天都来看她，却从来没有提起那个吻。祝星遥觉得有点郁闷，但一想到那一抽屉的情书，又觉得陆霁可能是因为太喜欢她了，所以才不敢提那个吻。最后，她想起陆霁用身体为她挡去那些东西的场景，便原谅他未经自己同意就亲她的事情了。只是，每次看到陆霁坦然直白的目光时，她心底总是充斥着一丝难以名状的情绪。

这到底是因为什么呢？

陆霁去洗葡萄，黎西西在旁边笑："陆男神真是越来越体贴了，就差……"

周原接话："就差一个名分了！"

一直沉默的江途突然抬头看向她，祝星遥转头就对上他漆黑的瞳孔。突然，病房里的灯全灭了，小女孩不知何时翻下床，跑到门边把开关给关了。

瞬间，昏暗的病房里只剩下隔壁床那一串星星灯在一闪一闪地发着光。光线映在每个人的脸上，大家的神色都有些模糊不清，氛围却意外地好。

小女孩高兴地拍手："好漂亮啊！"

她妈妈忙过来拉住女儿，抱歉地说："不好意思啊，我马上就把灯打开。"

“不用开，就这样吧，很漂亮。”祝星遥转头看了一眼，又抬头看了看自己头顶上空荡荡的天花板，觉得她这边有点昏暗、冷清，忍不住噘了下嘴。

江途看着她，把林佳语往旁边拽。两人一离开，光线就照了过来，祝星遥的眼睛瞬间亮了。她抬头冲江途笑了笑：“这样就好多了，你们坐……”想到病房里没几张椅子，他们几个人根本坐不下，又改口说，“你们来这边，这样很有夜聊的感觉。”

江途看到她眼底的欢喜，转头看了一眼那串闪着光的星星灯。

陆霁在洗手间里听得很清楚，端着水果盘走出来时，也往那边看了一眼，又看向祝星遥。名分……他真的很想要一个名分啊。

他把果盘放到祝星遥面前，低头看她：“8月10日就开始补课了，你什么时候从北京回来？”

因为她住院的关系，北京那边的课程被耽误了，幸好陈蓝老师最近都在北京，她晚几天去也没关系。祝星遥的个人演奏会安排在10月，她去北京时还可以顺便录制一下个人的表演视频。

祝星遥怕江途会愧疚，想了想才说：“我可能要请几天假。”

“他们说要去北京看奥运！”黎西西看了一眼许向阳，“我也去，许向阳说要给我订机票。”

“真的吗？”祝星遥吃了一颗葡萄，兴奋地看过去，“那你们可以来找我玩。”

她似乎误会了，以为大家都去。

江途平静地说：“我跟林佳语不去。”

祝星遥一愣，很快笑了起来：“没关系啊，我很快就回来了。”

医院的探病时间不能超过十点。九点多的时候，他们起身准备离开，祝星遥忽然叫住走在最后的江途：“途哥。”

江途顿住，回头看她。

浅淡的光线照着她温软的笑脸，她说：“你一晚上都没怎么说话，我担心你会想太多。我真的没事了。”她从床上下来，走到他面前，“我送你们到门口。”

他静静地看着她，轻声问：“那里会留疤吗？”

祝星遥一愣，摸了摸脑袋上的纱布，那里的头发被剃了一小块，头皮上被缝了几针，好在她的头发乌黑浓密，长发放下来后就看不见伤口了。但是，这确实是她身上的第一道疤。她心想，幸亏这道疤痕藏在头发里面，别人看不见，不然她可能会哭。

她对上江途的目光，轻松地笑了一下："有也不怕，反正大家又看不见。"

谁会扒着她的头皮看啊！

江途咽了口口水，终究没问她疼不疼。

即便伤疤不会被看见，但伤口也是会疼的啊。

7月中旬左右，祝星遥去了北京，江途的心底有了一个疯狂又美好的念头。在遇上祝星遥后，他似乎总是在理智和疯狂这两个极端里反复摇摆。

2008年8月8日晚上八点，奥运会开幕仪式正式开始，林佳语挤在江途家，跟他们兄弟俩一起看开幕式。圣火点燃后，江途起身回了房间。

暑假的时候，林爸爸给林佳语买了一台台式电脑，但荷西巷的网络特别差，她每次开网页都要卡很久，不过能上QQ聊天。

最近江途非常忙碌，打了好多份工，江路说他一回家就钻进房间里，不知道在做什么。她想起下午周原他们发在空间和群里的照片，跑去敲门。

几秒后，江途打开门，有些不耐烦地看着她："怎么了？"

"你去上过网了吗？祝星遥他们在北京玩得很开心，黎西西在空间里发了很多照片……"林佳语透过门缝探头探脑地往里面看，看到他房间的地板上放着一堆电线、各种工具，还摊着一本书，嘀咕，"哇，你在做什么啊？"

"没做什么。"江途毫不客气地把人推出去。

"哎哎！"林佳语抗议，但是没用。门缝合上的那一瞬，她恍惚看到了挂在墙上的几串星星灯。她皱着眉使劲想，还是没想明白他在做什么。

两天后，准高三生正式回校补课。

第一天早上，黎西西的课桌就被许向阳搬走了。她站在原地跺脚："许向阳，我还没答应跟你做同桌呢！"

许向阳忙着搬桌子，转头看了她一眼，不客气地说："黎西西，你考得这么差，我好心帮你补习你还不要？你还想不想考去北京，想不想给班集体挣平均分了？”

前两天在北京的时候，黎西西信誓旦旦，说一定要考去北京。

其他人都转头过来看戏，有人笑着喊：“班长，我怀疑你在假公济私！”

许向阳笑了：“那你就错了，一切为了班集体。”

黎西西看了他一眼，犹犹豫豫地说：“那星星怎么办？”

许向阳说：“她不是请假了吗？等她回来了你再搬回去。”

事实证明，不管是十几岁的男生还是成熟的男人，都可能是一个感情骗子。

8月25日，祝星遥回学校上课了，许向阳却不放人了：“在班级平均分超过（2）班之前，你不能走。”

黎西西简直想一巴掌拍死他，抬脚踹他：“你说话不算话！”

祝星遥站在两张课桌之间，看了一眼不算熟悉的男同桌，又看到黎西西涨红着脸要搬桌子，忙说：“不用搬了，我就坐这里好了。”

在北京的时候，他们一起参观了清华大学，许向阳重新向黎西西表白了。黎西西这人嘴上不饶人，心里肯定是喜欢许向阳的，不然哪会跟他做同桌。

黎西西停住动作，往班级里扫了一眼，目光落在江途和丁巷的身上。她走过去拍了拍丁巷：“你坐到前面去，让星星坐这里。”

祝星遥跟江途同时愣住了，祝星遥转头去看江途。

江途握着笔，静静地看了祝星遥一眼，没发表意见。

“快点搬！”黎西西拼命地催丁巷，还振振有词，“星星跟别的男生做同桌我不放心，你快点搬，反正搬了你们还是前后桌。”

丁巷就这么被轰走了。

江途沉默地看着黎西西逼丁巷换桌子，神色有些复杂，不知道是该感叹自己藏得太好了，还是该感谢黎西西眼拙，没看出他才是那个对祝星遥有最大的企图的人。

课桌挪动的声音有些刺耳，祝星遥不用自己动手，站在旁边发愣。丁巷挪好了自己的桌子，哭丧着脸说：“黎西西简直丧心病狂，我跟途哥都同桌两年了，她凭什么拆散我们？”

祝星遥回过神，有些哭笑不得，拉了拉黎西西：“要不就别换了吧，我看丁巷都快哭了。”

黎西西：“不行，都快换好了。”

丁巷嘴上说着不换，但搬好自己的桌子后，还是转身去搬了祝星遥的。江途的力气很大，接过那张桌子，一转身就将他们俩的桌子并在一起了。冥冥之中，一股神秘的力量把江途和祝星遥的命运套牢了一分。

江途平静地看着她：“好了，这样你跟黎西西就并列着坐到一排了。”

事实上，他有多少私心只有他自己知道。

祝星遥下意识地抬头看了一眼同学们，发现夏瑾正瞪着她，而张晟则愤愤不平地瞪着江途。最后，她看了一眼江途平静的侧脸，直到上课铃响后才拉开椅子坐下。

这节课上语文，她有些拘谨地把书本整理好，翻出语文课本。

下课后，江途冷不丁地问：“你不想跟我做同桌？”

祝星遥飞快地摇头：“没有！我就是……”她嘀咕，“不太习惯跟男生做同桌。”

江途沉默。

祝星遥转了转眼珠，目光忽然一顿，落在少年修长的脖子上：他的侧颈上被划了好几道红痕，像是被什么东西刮到了，破皮了还渗出一点血，上面贴了个创可贴。她看着那个创可贴，皱眉问：“你……陈毅又找你麻烦了吗？”

之前祝云平怕她有心理阴影，特意跟她说过，陈毅不会再找她麻烦了，以后看到她会绕着走。但江途家里的情况太复杂了，根本原因就是江途的爸爸好赌。那是江途家的家事，祝云平没办法插手。

江途一愣，将手压在脖子上蹭了蹭，语气平静：“不是。”

祝星遥不信，撇撇嘴：“那你的伤是怎么来的？”

他放下手，显然不想提那件事：“不小心划到了。”

“你说实话，我也是被陈毅伤过的人，我们是患难中的同伴。”祝星遥鼓着腮，小声抱怨，“你就是这样，什么事情都自己扛……”

你也才十八九岁，还是个高三学生，要是真有什么事情，影响到高考了怎么办？

江途没办法说实话，沉默地看了她一阵，忽然笑了。祝星遥有点莫名其妙，抬头瞪他。他竟然还笑，她很严肃的好不好？她的语气急起来：“你笑什么啊？”

江途弯了一下嘴角：“没什么。”

祝星遥：“……”

世界上最难撬开的一定是江途的嘴了。她哼了声，转头继续背德语单词。

这天中午放学后，几个人一起下楼去吃饭，陆霁这才知道祝星遥跟江途做同桌了。陆霁愣住了，听完前因后果，一把拽住许向阳，皱眉问他：“你有病啊，你怎么把祝星遥弄成江途的同桌了？”

祝星遥跟黎西西回头看到陆霁不耐烦的神色，祝星遥愣了一下，问黎西西：“他们是不是在吵架？”

黎西西也有些蒙，摇头说：“不知道啊！”

许向阳被陆霁突如其来的责难惊到了，忍不住笑了下：“那也没办法啊，班里的女生不多，座位都固定了，黎西西觉得江途稍微安全一点……”

陆霁冷笑了声：“算了。”

周原跑过来：“你们怎么了？”

陆霁没说话，朝祝星遥的方向大步走过去。

晚自习的时候，林佳语听到周原跟陆霁说着生日表白的事情。陆霁踹走了周原，让他闭嘴别嚷嚷。周原走后，林佳语愣愣地转头看陆霁，小声问：“你要向祝星遥表白吗？”

陆霁看了她一眼，懒洋洋地笑了声：“对啊，保密。”

林佳语惊了，咬着唇继续写数学题，但心思已经飘走了。她在想，要是陆霁表白成功了，那、那江途该怎么办？他就眼睁睁地看着吗？

过了一会儿，陆霁看不下去了，扯过她的习题本嘲笑她：“笨死了，题这么简单，你都能做错？你前两年学什么了？”

林佳语：“……”

一般最后一节晚自习，老曹来看一下就走了，江途在老曹走后离开了教室，连书包也没带。第二天，他趴在桌上睡了一上午，老师对他这样的优等生向来是睁一只眼闭一只眼。祝星遥当他是去打工了，也没有多问。

8月29日是祝星遥十七岁的生日，那天，J同学的“周五情书”没有出现。她在座位上翻遍了书本，也没找到信。

快两年了，每周五都有的情书忽然没有了，她有点不习惯。

到了下午，她在跟黎西西去小卖部买豆奶和零食时说起了这件事。

黎西西转头看她，神秘兮兮地说："我跟你说，今晚你要做好准备，可能情书晚上就来了呢？"

心微微一跳，祝星遥有点紧张，问："什么准备？"

"我听说陆霁今晚可能要做点什么。"

"啊？什么做什么？"

"他想要个名分啊。"

"……"

因为那句话，祝星遥一整天都有些心不在焉，还很紧张担忧，因为她不知道陆霁到底要做什么。

傍晚，一群人在校门口的一家烤肉店里替她庆生。

黎西西说："要不是晚上还要上自习，我们就可以去远一点的地方了，还可以去唱个歌。"

祝星遥笑："大概只有你想唱歌吧？"

许向阳看着黎西西："你想唱歌？下晚自习了我请你去。"

"那么晚了，你想让我跟你去哪？"黎西西哼了声，"你想害我被爸妈打吗？居心不良！"

许向阳："……"

丁巷傻笑着看向祝星遥："女神生日快乐，祝你永远都是女神！"

江途的眼神比以往多了些温度，他看向祝星遥："生日快乐。"

吃完饭，陆霁坚持买了单。

一群人往学校里走，路过每天上下学时都要经过的一片树林，陆霁在树林尽头停了下来。他低头看着祝星遥，说："晚上下自习后，你在这里等我一下。"

晚自习，祝星遥的神经一直处于紧绷的状态，她不知道自己在紧张什么。祝星遥转头看看江途的侧脸，觉得他的心情好像变差了，脸上一点表情都没有，看起来非常冷漠。

那种情绪感染了祝星遥，她在笔记本上写了一句话递过去："你怎么了？是不是家里出事了？"

江途看着她娟秀工整的字迹，想着林佳语告诉他陆霁今晚要向祝星遥表白的事情。

有一瞬间，祝星遥觉得他整个人是静止的。

半晌，他提起笔，在纸上写道："没事。"

她歪头看他。过了几秒，他又写下一句："真的没事。"

他写得非常用力，笔几乎穿透了纸张。

笔记本回到她面前时，下课铃响了，江途忽然站起来，从课桌里拽出书包准备走。祝星遥坐在椅子上，仰着头看他。他已经一米八六了，她仰望他时有些费劲，她小声问："还有一节课才放学，你……又要提前走吗？"

江途看着她的眼睛，想说很多话，又没办法说，最终挤出两个字——"打工"，然后转身走了。

他孤独的身影很快消失在门口。祝星遥收回目光，那种紧绷的感觉丝毫没有减弱，她写一个单词就看一下手表上的时间，想快点下课。

自习课结束，祝星遥跟黎西西混在喧闹的人群里走到楼下。黎西西似乎能感觉到她的紧绷，安慰说："你别想太多了，陆霁都不在乎你高中毕业后会不会出国，你还怕什么呀……"

今晚没有星星、月亮，校园里比以往安静。越靠近那片树林，光线越暗，穿着校服的学生影影绰绰，祝星遥远远地往那边看，没看到陆霁。

她十分紧张，已经不太能听清黎西西在说什么了，连林佳语从身后跑过来也没在意。

接下来发生的事情，祝星遥一辈子也忘不了。她踏入那片树林，脚尖一踩上小道上的石板路，就像踩到某个开关似的，整片树林突然亮了起来。

所有人就像被按了静止键，停住脚步，齐刷刷地仰头看。原本枝叶繁茂的树枝上错落地挂满了大大小小的星星灯，就像天空忽然下了一场浩大的流星雨，所有的星星落在树上，将这个夜晚点缀得无比虚幻和浪漫。

祝星遥整个人呆愣在原地，仰头望着这片星空，心怦怦怦地跳动着。她甚至觉得自己浑身的血液都在发热。

斑驳的灯影照着她白皙漂亮的脸，一时间，震惊、喜悦、慌乱等情绪填满胸腔，不知道为什么，她忽然有点想哭。

灯影照着每一个人的脸，他们露出既震惊又羡慕的表情。

等大家回过神来，都激动地议论起来——

“我的天啊，这是谁弄的？要不是宋熠学长毕业了，我都以为是他弄的！”

“谁啊？这么酷！搞这么大动静，肯定是要表白啊！”

“谁啊？没看见是谁啊？我看见祝星遥了，难道是为她弄的？”

祝星遥从看见星星灯亮了的那一瞬间起，就隐隐感觉这一场“流星雨”跟她有关。她用力地咬了一下唇，转头看到从边上走过来的陆霁。

他手里捧着一个盒子，随后又垂下手将盒子放到身后。

他抿紧唇直直地看她，二人在被星星灯照亮的夜空下四目相对。

黎西西在旁边，震惊得嘴都合不上了，磕磕巴巴地说：“陆男神……这个动静简直震撼宇宙。别人求婚都没那么大阵仗吧？太、太、太疯狂了！”

这“太、太、太疯狂了”，也是祝星遥此时此刻唯一的想法。

突然，众人的身后传来刘主任的怒吼声：“那边在干什么呢？这是谁搞的？谁这么大胆子啊？你们跑什么？都给我停下！不准跑！！”

也不知道是谁带的头，大家突然跑了起来。黎西西反应过来，拽住祝星遥撒腿就跑。罪魁祸首留在这里，不是等死吗？

陆霁也攥住祝星遥的手，拉着她跑。黎西西识时务地松开了祝星遥，笑嘻嘻地跟在他们后面，渐渐跟他们拉开距离。

陆霁人高腿长，拉着祝星遥跑得很快。祝星遥跑得腿软了，喘着气喊：“慢点……”

陆霁像是没听见似的，拉着她继续跑。书包一下一下地砸在她的背上，像是她此刻怦怦怦的心跳声。

整片树林里兵荒马乱，尖叫和笑闹声掺杂，把刘主任气得直冒烟，恨不得把每一个人都抓起来教训一顿，可是没一会儿人就跑得差不多了。

陆霁他们跑到树林外，那片星星灯还亮着。祝星遥站在灯林外，抬头冲陆霁笑，眼睛亮得不可思议，她没想到自己十七岁的人生里也会有这么疯狂的体验。

陆霁勾了勾唇，安静了几秒后，绕到她身后拉开她的书包，把那个盒子塞了进去，然后在她的头顶低声说：“祝星遥，生日快乐，礼物……希望你喜欢。”

祝星遥有些茫然地转头看他，却看不清他的表情，很快说：“我喜欢啊，特别漂亮，特别喜欢。”

陆霁的手一顿，他帮她把书包拉好，回到她面前低头看着她。

最终，他只说了一句：“快走吧，刘主任要过来了。”

陆霁走在前面，他们的身影被路灯拉长。祝星遥回头看了一眼，那片灯光忽然全灭了。陆霁兜里的手机响个不停，是周原打来的。

电话里，周原震惊不已：“天哪，天哪，天哪，陆霁你动静这么大，还需要我跟许向阳出马吗？怪不得你这几天白天都在睡觉，原来是在搞这个！”

许向阳把手机抢过去，说：“深藏不露啊！”

连周原和许向阳都以为那片星星灯是他陆霁送的？

陆霁顿住脚步，一句话都没说就挂断了电话。

整片树林恢复了静谧和昏暗，刘主任大声道：“是哪个臭小子搞的？你别让我抓到！抓到你就完蛋了！”

江途闻言，低头笑了一下，从昏暗的树林深处走了出来。

后来的很多年里，江城一中流传着一个浪漫的故事——06级的学长陆霁在拿到了全国物理竞赛的金牌和清华的保送名额后，为了追上女神祝星遥，在树林里造了一整片的星星灯。那东西厉害得很，一按总控开关，灯就全亮了。刘主任跟几个教务处的老师找到那个开关后，愣是没舍得破坏。灯留了很久，直到下雨天被淋坏了电路，才再也亮不了了。

有人问：“那陆霁学长追到女神了吗？”

有人回答：“必须的！论坛里现在还有星星灯的照片呢。哪个女的能顶得住？！我要是女的，他向我求婚我都答应！”

深夜十一点半，祝星遥坐在书桌前，脑子里还在回想那一片星星灯。黎西西发来短信：“今晚陆男神真的太帅了！”

黎西西：“我要是你的话，我今晚肯定睡不着！你今晚要是睡不着想找我的话，我随时陪聊！”

黎西西：“对了，你今晚答应陆男神了吗？”

祝星遥看着黎西西的短信，想起陆霁拉着她跑出树林，然后往她书包里塞了东西的事。但他除了说生日快乐外，就没说别的了。

她翻开书包取出盒子，小心翼翼地放在桌上。盒子里装着一个很精致的长方形水晶玻璃，一看就是定制的。玻璃里面，雕刻少女抱着大提琴坐在树下的形象，树上挂着十七颗星星。

祝星遥屏住呼吸，按了旁边的按钮，里面的十七颗星星全亮了。

她垂下眼，深呼吸，忽然瞥见书包里还有一张卡片，是她熟悉的J同学的卡片。难道是陆霁一起放进去的？

她拿出来，轻轻翻开。

最美的愿望，一定最疯狂。

——2008年8月29日

落款：J。

清晨，高三生一到学校就跑向那片树林，大家仰着头，在繁茂的枝叶里寻找那些若隐若现的星星灯，还有一群男生四处勘察，热情高涨地议论着。

“我看见了，看见了！藏得真好啊！平时不仔细看还真的看不出来！”

“平时谁会抬头仔细看树枝啊。这里面起码藏了几千颗星星吧？也不知道放上去要花多长时间！昨晚真的震撼到我了，太浪漫了！”

“重点不是放上去花了多少时间，而是谁这么牛啊。这可是个大工程！”

“会不会是陆霁？他在物理竞赛上可是拿了全国金奖的，他要是想做的话，肯定可以做出来。而且，听说昨天是祝星遥生日，昨晚他们都在这儿，肯定是他送的！”

“那些灯应该是由开关控制的吧？走走走，找开关去！”

一群人绕着树林开始找开关，还没找到就有人喊：“刘主任来了！”

刘主任站在树林外面，挺着啤酒肚，叉着腰大声吼：“快上课了你们在干什么呢？都给我回教室去！”

学生们散去，撒腿往教学楼跑去。祝星遥跟黎西西混在人群里，跑远了才停下。黎西西一想起昨晚就兴奋，转头说：“陆男神为你都这么疯狂了，你还在犹豫什么？还有哪个男生这么浪漫，闹出这么大动静追人……”

祝星遥慌忙拉住她：“你小声点，别让人听见了，我其实……”

黎西西忙捂嘴。祝星遥的话音却顿住了，因为陆霁跟周原就在她们身后。祝星遥和陆霁的目光不期然撞上，她愣了一下，连忙回头拉住黎西西，加快脚步走了。

陆霁看着她的背影，心情苦涩复杂，偏偏周原还在旁边说个不停：“那些灯你弄了多久啊？许向阳说那东西可不容易弄，最快也得一个月，要全挂上去又是个大工程。你瞒了我们这么久都不说一声，兄弟们还可以帮忙……”

“闭嘴！”陆霁烦躁地推开他，大步走了。

早读课的时候，刘主任带着教务处几个老师找到那个开关，几个老师感叹了一番：“现在的学生真是厉害了，胆子也忒大了，竟然敢搞出这么大的动静！”

刘主任皱眉说：“这么明目张胆、肆无忌惮，真是……不把我放在眼里了！”

有老师说：“陆霁这孩子看着也没这么……疯啊，应该不是他吧？”

学生里的一些传言他们也听说了，但没证据，总不能让警察来做指纹鉴定吧？陆霁给学校争了那么多光，他们校方也不好直接找人过来谈，冤枉了陆霁就不好了。

刘主任抓了那么多年的早恋了，就没见过这么疯狂的。

一下课，学生又开始议论起昨晚的星星灯。

（1）班尤其热闹，有人直接喊话祝星遥：“祝星遥，那些星星灯都是给你的吧？”

有男生接话：“肯定是！还有谁既名字里带了‘星’又能配得起几千颗星星的表白吗？没有！”

祝星遥红了脸，抿了抿唇说：“你们别胡说，上面又没写我的名字。”虽然那确实是给她的，但她要是承认了，传言就没完没了。

黎西西忙帮腔道：“就是，昨晚你们那么多人经过，看见有人表白了吗？没有吧！”

大家嘴上不说了，但背地里还是议论得起劲，连丁巷都偷偷问黎西西：“那些星星灯是陆霁整的吧？女神是不是不属于大家了？你就跟我直说了吧！”

黎西西翻白眼：“什么叫属于大家？”

丁巷叹了口气，捂着心口说：“你不懂。”

从早读课开始，江途就异常地冷淡，祝星遥跟他说了两句话后就感觉到了。她看着他冷酷好看的侧脸，忽然有点坐立难安，小声问：“途哥，你怎么了？”

在祝星遥眼里，江途的生活跟其他人的都不一样，他家庭复杂，几乎每天都在打工，接触了各种各样的不同阶层的人。他早熟，性格沉稳可靠，不会轻易表露情绪，除非真的出事了。

他们的位置正好对着窗，一抬头就能看见那片树林。江途看着那片树林。在做那些星星灯的时候，他只想着送她一份生日礼物，想看她眼底欢喜的模样，没想让她知道那些是他做的，但更没想让大家觉得那是陆霁做的。

江途沉默了片刻，那种不甘的情绪一点点涌出来，又被他强硬地压下去。

他低声问：“昨晚的那些星星灯，很漂亮？”

祝星遥一愣，想到他可能没看到，小声说：“漂亮，很漂亮。”

那些星星灯真的非常漂亮，那是她出生十七年以来见过的最漂亮、最浪漫的场景。

她想，她应该一辈子都不会忘记那个场景。

但是，她也不知道自己为什么不敢将这份喜欢说出来。

江途看着她，问：“你很喜欢？”

祝星遥抿唇，忽然不敢跟他对视，垂下眼：“喜欢……”

江途点了下头，心想，她喜欢就够了。

过了一会儿，他丢开笔和试卷，起身离开座位。

江途一离开座位，祝星遥的视线便开阔起来，看到了一大片的树林。窗户开着，一阵风忽然吹进来把江途的试卷吹了起来，她忙伸手去按。

她看到他试卷上潦草的字迹，愣了一下，很快又拿书本压住试卷。她靠回椅子上，手下意识去拉桌子里的书包带，她的书包里塞着一封信，是她昨晚在冲动之下写好的。她扯了扯书包带，心底好像也跟着被拉扯了一下。

第二节课是数学课，江途迟到了两分钟。

祝星遥歪头看他，少年脸上的情绪比之前淡了。

祝星遥恍惚了一下。谢娅站在讲台上说："祝星遥，你上来演示一下这道题。"

她抿了下唇，走上讲台，有些艰难地做出那道题。她解题的步骤都对，但最后答案却错了。谢娅皱了一下眉，似乎不满意她竟然会做错，看向江途："江途，你说一下你的答案。"

江途站起来，声音淡漠："对不起老师，这题我还没做。"

祝星遥回到座位上，低头重新算了一次那道题，突然肩一塌，有点泄气。

整个上午，陆霁课间时总被大家围住，有男生问他怎么那么厉害，到底是怎么做到的，这让陆霁十分无奈。林佳语很少看到他露出这么不耐烦和不想搭理别人的表情。

不过，陆霁一直没否认那片星星灯是他做的，这让林佳语很生气，整个上午都没怎么跟他说话。昨晚看到那些灯的时候，她就知道江途暑假时将自己关在房间里在做什么了，那些灯是江途做的，她不知道为什么陆霁不否认。

她带着情绪，跟陆霁说话时都带着火药味，陆霁本来就烦，也没理她，两个人莫名其妙地冷战了。

陆霁直到傍晚都没去找祝星遥，连午饭和晚饭都是去校外吃的。他敷衍周原道："一双双眼睛都盯着我跟她，我去找她不是傻吗？"

周原恍然大悟："哦哦，对！你昨晚高调到外太空了，是该避避风头了。"

晚自习，祝星遥跟黎西西去厕所，祝星遥在洗手的时候，黎西西突然苦恼地探头喊："星星，我来那个了，你带卫生巾了吗？"

祝星遥忙说："你等等，我去教室给你拿。"

课间就那么点时间，两人一折腾，迟到了五分钟。

黎西西洗手的时候，靠过去小声问祝星遥："都过了一天了，你还没想好啊？我知道两年的情书可能不足够让你动心，但昨晚那么大的阵仗，你不回应一下吗？”

“我……”祝星遥还没跟黎西西说初吻的事，大概是年纪还太小，总觉得有点羞于启齿。

她看着洗手间里雾蒙蒙的镜子，说：“我昨晚其实写了一封信，但……”

“啊！你写了什么？”黎西西激动地问。

大部分班级在自习，校园里很安静。祝星遥走出洗手间，小声对黎西西说：“我说我答应他。”

黎西西愣了一下，又激动起来：“那、那信呢？”

祝星遥说：“在我的书包里。”

两人经过（2）班时，祝星遥根本不敢往里面看，但是陆霁看到她了。祝星遥刚走到教室的后门口，窗外忽然一亮，她愣了一下，发现那片星星灯又亮了起来。

静了几秒，高三的教学楼里突然沸腾起来：“哇！谁去开的啊？！”

“好漂亮啊！我昨晚回去得早，没看到！”

祝星遥被黎西西拉回到座位上。祝星遥再次看到那片灯林，从这里看，依旧漂亮、震撼。

江途收回目光转头看向祝星遥，看见她眼底的欢喜，低声道：“没想到从这里看，也很漂亮。”

祝星遥对上江途漆黑深沉的眼眸，突然有些局促和一些难以捉摸的空荡感。那种情绪太复杂了，以她这样的年纪、这样单纯的性格，她根本捉摸不透。

她低下头，低低地嗯了一声。

江途看了看祝星遥，又转头看了一眼那片星星灯。那些星星是他一个一个做出来，再一个一个亲手挂上去的。每一颗星星都知道他喜欢她，只有她不知道。

大家的心思都不在自习课上了，闹哄哄地凑到窗前。楼下忽然传来刘主任怒吼的声音：“哪个兔崽子乱开的？不想受处分就赶紧给我关掉！”

又一个课间，陆霁收到了那封信，是许向阳带来的。

他翻开看了一眼，僵住了，心情难以形容。

他高兴吗？高兴。

同时，他也很烦躁、无奈，想起祝星遥昨晚亮得过分的眼睛，觉得那份欢喜不是给他的。如果她知道那些灯不是他做的，还会回这封信吗？

他皱眉，这时林佳语转头看他，冷不丁地说："陆霁，你为什么不否认？"

他愣了一下，没反应过来："否认什么？"

林佳语看着他小声说："我知道那些灯不是你做的，但是大家都以为是你，连祝星遥都以为是那样。这样不公平……你不是这样的人……"

陆霁看向她，嘴角一扯："原来你都知道！"

林佳语不吭声，像是在赌气。

陆霁也不喜欢这种类似于偷来的感情。他喜欢祝星遥，愿意花时间去追她，也接受公平竞争，但是……

他回头冷声说："他自己愿意把功劳让给我，我难道还要帮他解释？我没那么好心，要解释他可以自己去说。"

林佳语看了他一眼，最后什么也没说，自己生起闷气来。

将那封信交出去的当晚，祝星遥收到陆霁的短信。他说："好。"

隔天高三放假，9月1日才开学。

那片星星灯刘主任没拆，但每天晚上总有一两个不怕死的跑去打开开关。高一高二的都听说了那个传闻，那片树林就像一个景点，变得热闹起来。

祝星遥不知道黎西西跟许向阳在一起时是什么样子的，但她跟陆霁在一起后，好像跟以前没多大区别，一起吃饭，晚上打电话、发短信，交流一下德语语法的问题。

周三下午，几个班一起上体育课，江途刚要去跑步，陆霁忽然叫住他："江途，一起打球。"

江途顿住，转头看了他一阵，说："好。"

（1）班和（2）班迅速组织起来，来了一场篮球赛。这是江途高中以来第一次打篮球，要打前锋。张晟不屑地对江途说："你会打吗？"

江途冷冷地看了他一眼，转身继续热身。

一群女生听说两个班要打篮球赛，赶紧跑去看。祝星遥被黎西西拉到最佳观看位置，在球场上看见江途的时候，愣了一下。黎西西说："哇，途哥竟然也打篮球了，难得啊！"

江途已经两年没打篮球了，陆霁因为参加竞赛也很少打，但两人都打前锋，抢篮板、防守、卡位，两人总撞在一起。

江途一开始有点手生，打了半场后慢慢找回了感觉。

中场罚球一次，周原悄悄跟陆霁说："我怎么觉得你跟江途像是在拼命？"

陆霁没说话，想拼命的人是江途。

江途一身的汗，校服湿了一半，贴着他精瘦的背。他走向球场边，夏瑾坐在边上，给他递了一瓶水。他瞥了一眼，没有接。丁巷跑过来，丢了一瓶水："途哥，辛苦了！"

江途摘下眼镜，低头擦了擦，几秒后，倏地抬头望向祝星遥，看见她和陆霁、许向阳在一起。

体育课的时间有限，只够打一场加时赛。

江途后半场没戴眼镜，半眯着眼，眼神又冷又厉。这场球打得……火药味十足，最后几秒钟，许向阳要投三分球，江途跟陆霁站在篮板下同时起跳，一个防守，一个拦截。两具身体狠狠地撞在一起，发出砰的一声。两人落地后，都习惯性地往后退了几步，险些摔倒。

三分球进了，（1）班胜，众人欢呼起来。

江途冷着脸看陆霁，转身走向篮球场边上的水龙头。陆霁跟在江途身后，看四周没人，冷不丁地说："江途，那片星星灯是你让给我，祝星遥也是你让给我的。"

江途猛地顿住脚步，僵硬地回头盯着他："你说什么？"

两人站在阳光下，汗水从额头滑到下颌。陆霁扯了一下嘴角："祝星遥生日后的第二天晚上给我回了一封信，说答应做我的女朋友。"

"我不会帮你解释的，是你拱手将她让给我的。"

江途感觉阳光格外地刺眼，那股不甘从心底涌出。他感觉肺部被狠狠地挤压着，呼吸停滞了似的。

他拐进旁边的公厕里，在拐角深深地吸了一口气，过去拧开水龙头，直接把脑袋放到下面冲水，想让自己冷静下来……

水哗啦啦地流，有人进来，用奇怪的眼神看着他。

过了一会儿，他猛地抬起头，看着镜子里那个眼底猩红、满眼不甘的自己，觉得十分陌生。

体育课结束后是自习课。

旷了半节课的江途回到教室，祝星遥抬头看他：“丁巷把你的眼镜放在桌上了……”

他垂眼看她，本来以为只要她高兴就足够了，但有些事情真正发生了他才发觉，还不够、不行，他没那么强悍的接受能力。

各种难以承受的情绪不断翻涌，江途变得更沉默了，这让祝星遥有些不安。

两秒后，他坐下来，嗓音干涩地说：“好。”

那个周五，祝星遥没有收到J同学的信。

下午的自习课上，曹书峻走进教室把她叫了出去。她一走出教室，就看到了陆霁和谢娅，愣了一下，忽然生起了一丝不好的预感。她下楼看到刘主任后，脑子里嗡的一声，空白了。

曹书峻叹了口气：“刘主任找你们谈话。”

刘主任的办公室在行政楼里，要穿过高二的教学楼，再绕过长廊走到尽头才能到，整个路程将近五分钟。刘主任走在前面，祝星遥和陆霁跟在后面。她低着头，脸色有些发白。

刘主任背着手，回头看了他们一眼：“你们不用太紧张，我只是找你们谈一谈。”

陆霁翘了下嘴角，自嘲地说：“好。”

祝星遥转头看他，咬了咬唇，不知道他怎么还能笑得出来。

刘主任在心里叹息：果然年少轻狂，什么也不怕。陆霁趁着刘主任转过头的时候，忽然拉住了祝星遥的手，惊得她手一抖。刘主任就在前面，他怎么敢？！

陆霁低头悄声在她的耳边说：“别怕，没事的。”

他握了一下她的手，又松开了。

此时，高三的教学楼内很吵闹，靠窗的同学看见祝星遥和陆霁一起跟着刘主任走了，立即议论起来。（1）班和（2）班尤其吵闹。黎西西从窗户边回到座位上，不安地转头看许向阳：“他们不会是被叫去挨批了吧？”

许向阳皱眉说：“一般一男一女被刘主任叫去谈话，那就是跟早恋有关了，没三小时是走不出教务处的。”

黎西西垂着脑袋小声说：“他们才开始几天啊，一直很低调，怎么一点预警也没有就被叫走了呢？之前星星灯的动静那么大都没事……”

“确实有点奇怪，按理说他们一个被保送一个要出国，就算早恋了，学校大概也会睁一只眼闭一只眼。”许向阳啧了声，“难道是有人举报了？”

班里人大多在讨论“祝星遥是不是真的跟陆霁早恋了”，各种声音像魔咒似的钻进江途的耳朵里。他低着头，眼睛盯着题库上的函数题，内心却无比煎熬。

教务处办公室里，刘主任坐在办公桌前，面前放着一杯冒着热气的茶，看着祝星遥和陆霁，叹了口气：“有人匿名举报，说你们俩在早恋。”

陆霁皱了一下眉，不知怎么突然想起高一的时候，江途冷着脸说过“你这么明目张胆，就不怕我举报”。陆霁抿紧了唇，内心却忽然变得平静了。

他默认那些星星灯是他做的，所以，江途举报了他。

行，谁也不比谁磊落，这样很公平。

那些事情祝星遥完全不知情，她从小到大就没被教导主任叫去谈话过。不得不说，刘主任的口才确实很好，先说了各种早恋的危害，再举了很多例子，还不许你反驳。你反驳一句，他就抬手打断道：“先听我说完，别打断。”

祝星遥一开始还挺镇定的，但一个小时后，她的心理防线开始崩溃；两个小时后，她腿都站麻了，开始难受委屈起来。陆霁毕竟是男生，脸皮比较厚，体力也好很多，没什么不适的。

陆霁看到祝星遥的脸色不太好，转头问刘主任：“主任，可以让我们坐坐吗？站了两小时了。”

“那不行，我训话的时候大家都是站着的，没有例外。”

“……”

陆霁十分烦躁，强忍了下来。

半个多小时后，刘主任停下给自己倒了一杯水，喝完了才缓慢开口：“你们两个人，一个被保送到清华，一个准备出国，拿‘影响学习’这个理由来说你们也没什么用。我也知道你们两个的学习成绩都很好，陆霁还拿了物理竞赛的全国金奖，非常给学校长脸，而祝星遥长得漂亮有才艺，你们俩在学校里都很有名，大家都认识你们。但是，正因为这样你们早恋的影响才更大！尤其是那片星星灯，现在每天晚上都有人跑去开那个开关，还有人借景表白被我抓到，你们看看影响有多大！”

祝星遥咬了咬唇，低头没说话。

陆霁沉默了几秒，抬头问：“那学校为什么不把灯拆掉？”

刘主任噎住了。那么大的工程量，一个学生做得漂亮得无可挑剔，学校还真的不太忍心拆了。他咳了声：“工程量比较大，开学时比较忙，先放着，以后会拆的。你们两个的年纪都还小，陆霁的档案特别完美，往后会是很多届学弟学妹的榜样，你要是早恋的话影响太大了……”他顿了一下，没再说陆霁，“祝星遥是准备要出国的。你们的年纪都还小，以后的日子还长着呢……”

“刘主任，是我追的她，”陆霁打断了他的话，“论对错的话，那应该是我的错。”

刘主任看了他一眼，摆摆手：“行了行了，你们先回去吧，我会让你们班主任多盯着点的。”

从四点半到七点半，刘主任的训话持续了整整三个小时。

窗外天色暗下来，高三开始上自习课，校园里恢复安静。

祝星遥站得两条腿都僵硬了，一挪脚腿就软了，陆霁赶忙扶住她。她很快推开他，低头小声说：“我没事。”她缓了缓，低头走出办公室。

陆霁沉默地跟在她身后，走到楼梯口，低声叫住她：“祝星遥，这件事怪我，你不要听刘主任说的那些。”

祝星遥顿住脚步，低头看着自己的脚尖，觉得很难堪。刘主任最后的话说得很清楚，她是有才艺还长得漂亮，但是学校更看重陆霁，陆霁是学校以后多年的榜样和活招牌，她跟陆霁在一起，不仅影响了他，还影响到了学校的招牌。

明明是陆霁写情书、做星星灯追的她，但受到责备的却好像只有她。

她抬头看他一眼，又说了一句："我没事，先回去吧。"

她低着头快步下楼，一到楼下就看见曹书峻正和谢娅争吵。看见她，曹书峻及时停止争论，咳了声："祝星遥，你跟我过来一下。"

谢娅也把陆霁叫走了，显然是想分开谈话。

祝星遥跟在曹书峻身后走到长廊尽头，曹书峻温和地道："站着被训了几个小时，挺累的吧？先去吃点东西再回教室。"

"谢谢曹老师……"

祝星遥没有去吃东西，绕开小卖部，漫无目的地在校园里晃荡。

嗡嗡嗡——

教室里，祝星遥放在书包里的手机振动起来。

江途僵硬地转动身体，转头看向她的书包。

半分钟后，他拿着她的手机走出教室，在楼下碰见了曹书峻。曹书峻问他要去做什么，江途平静地道："祝星遥的手机一直在响，我怕有急事找她。"

当了两年班主任，曹书峻一直觉得江途既冷静又清醒，知道自己要什么，对江途很放心。曹书峻叹了口气说："我刚刚让她去吃东西了，她现在应该在食堂或者小卖部那边，你快去找她吧。"

江途大步走了，很快又跑起来。

他在小卖部和食堂都没有找到祝星遥，又跑到了田径场和球场……他第一次如此焦急，几乎跑了半个校园都没有找到她，直到跑到学校大礼堂脚步才倏地停住。

祝星遥抱着腿坐在台阶上，下巴垫在膝盖上，缩成很小的一团。

江途走到她面前，她仰起脸看他。

他低头看到她的眼眶里隐隐有水光，心中一痛。

她的手机又嗡嗡嗡地振动起来，祝星遥看到了，飞快地眨了眨眼睛，声音很低："你来给我送手机的吗？"

江途低低地嗯了声，把手机递到她面前。

电话是祝云平打来的。祝星遥犹豫了一下后才低头接通，小声喊："爸爸……"

"星星，爸爸接到刘主任的电话了。"祝云平听完刘主任的话觉得有点难以置信，不过，听说女儿的早恋对象是陆霁后，突然又想明白了，语气温和地说，“陆霁是个很好的男孩子，我上次也见过，而且上次他为了救你还住院了。我还听说他弄了很大一片星星灯向你表白，我知道你们这个年纪的小姑娘容易冲动……但你之前说了不会早恋的。有时候一时的冲动不是真的喜欢，而且你明年就要出国了，异国恋很难维持的……”

祝云平语气温和地说了很多，祝星遥却越听越委屈，眼泪哗啦啦地往下掉。

江途在她身旁坐下，俩人的距离很近，祝云平的话他几乎都听见了。祝星遥眼眶通红地挂断电话，转头看向他，那股难堪的情绪突然倍增，不知道为什么，她这个时候特别不想看见他，也害怕看见他。

她飞快地低下头，小声祈求：“途哥……你回去吧……”

请不要理她，不要看她，让她一个人待着。

江途没动，用力地咽了一下喉咙，盯着她的侧脸，微微地动了动嘴唇。

是他向刘主任举报的。如果说之前的举报信是一时疯魔和无法抑制的不甘，那此时此刻，他彻底后悔了。

他看着她哭，看着她委屈，看着她连教室都不想回，觉得自己无比自私、丑陋。

祝星遥不是属于他的，他却妄图把她框入自己的世界中。

他这样做的意义是什么呢？星星他又摘不到，凭什么不让别人碰？他口口声声说舍不得她难受，却在做着相反的事情。他妄想她不要跟陆霁在一起，也别谈恋爱，想等他自己变得够好后再去找她。

但是，他能举报一次，能举报一辈子吗？

他像一个自私不堪的囚徒，困住的只是他自己。

江途坐在旁边，很久都没动。

他沉默得越久，祝星遥的情绪越复杂，她觉得十分难堪、不安、委屈、茫然。她低头小声问：“你怎么不走……”

月色照着她白净的脸，江途看到她的睫毛都湿了，深吸了一口气低声道：“你一个人待在这里不好。你想回教室吗？或者，你想去哪里？”

“我不想回去……班里肯定都在议论我。”祝星遥捂了捂脸，觉得自己的眼睛现在肯定很红，这个样子回去会被笑话的，“我也不知道要去哪里，还没放学，又出不去……”

“你想出去？”江途忽然站起来，低头看她，“你想出去我就带你出去。”

祝星遥呆了呆，忍不住抬头小声问：“怎、怎么出去？”

几分钟后，江途把祝星遥带到围墙边，她抬着头看那高高的围墙，有些呆滞。

江途转头看她：“我先上去，你在下面等我一下。”

他跳起来抓住围墙的边沿，一个引体向上，长腿一攀，轻轻松松地就上去了。祝星遥看得目瞪口呆，连委屈和难堪的情绪都被冲淡了。

江途坐在上面，低身朝她伸手：“来。”

祝星遥看着他宽大修长的手，犹豫了一下，慢慢伸出手。她的手一下子被他握住。

“另一边。”

“好……”

很多人说，高中的时候没喜欢过一个人或者没早恋过，长大后会后悔；没旷过一次课、没爬过一次围墙，学生时代都不算完整。祝星遥的双手被江途握住往上拽，当她跟他面对面地跨坐在围墙上时，当她的脑袋撞上他的胸膛时，当她又闻到了他领口上熟悉的味道时，她忽然心跳如擂鼓。

早恋、旷课、爬墙，她都做了。

可是，她好像并没有觉得人生因此就完整了。

夜风吹得树叶沙沙作响，月光就落在他们身上。祝星遥仰头去看江途，他正低着头看她。镜框下，他的眼珠漆黑深沉，让人看不透情绪。

那一瞬间，祝星遥的心底生出许多迷茫。当时有很多东西是她不知道的，她不知道情书是江途写的，不知道偷亲她的人是江途，不知道星星灯是江途送给她的十七岁生日礼物。

她因为这些“不知道”，差点跟陆霁早恋，还被刘主任叫去谈话。

可是，有些感觉是没办法骗人的，比如现在她感觉心跳好像更快了，还有点难过和难堪。

她不知道为什么会这样，不禁开始想，究竟什么才是喜欢，是累积到爆表的感动和冲动，还是猝不及防的心跳如擂鼓。

她以为的喜欢，是不是真正的喜欢呢？

丁零零——

下课铃声突然响了，她吓了一跳，如梦初醒。

江途已经翻身从围墙上跳下去了，站在下面朝她伸手："下来吧。"

祝星遥看着他平静的神色，抿唇扶住他的手臂跳下去。

她上学的时候一直规规矩矩的，之前不想在学校里待着，真的出来了又不知道要去哪里。

江途低头问："你饿吗？"

她摇摇头，又点头："有点。"

"那先去吃点东西。"江途转身走在前面。

祝星遥跟在他身后，忽然叫了一声："我没带钱。"

她的手里只有一部手机。

江途回头看她："我有，走吧。"

两人走进那家鸭血粉丝店，江途给祝星遥拿了一瓶豆奶。祝星遥想了想，给黎西西发了一条短信，说自己先回家了。

校园里，陆霁从办公室回来后，先去（1）班的后门口看了一眼，看到祝星遥跟江途的座位上空荡荡的，心底一沉，赶紧把许向阳叫出教室。

教室里很快窃窃私语起来。

两人走到楼梯口，陆霁皱眉问："祝星遥没回来过吗？"

许向阳说："没有，祝星遥给黎西西发短信了，说先回家了。"

陆霁沉默了一下，想起她没带手机，继续问："那江途呢？"

"他啊，不知道什么时候走了，之前补课的时候他就经常不上自习课。"许向阳不太在意江途，更关心刘主任找陆霁和祝星遥谈话的事，"现在大家都在议论你跟祝星遥，刘主任没怎么为难你们吧？"

陆霁什么也没说，转身下楼。许向阳在上面喊："喂，你去哪？"

陆霁摆摆手："出去一会儿。"

他跟许向阳是保送生，就算不来上课学校也不会说太多。他大步穿进树林里，拿出手机准备给祝星遥打电话，又忽然顿住。她接了电话又如何？祝星遥现在大概不想见他，之后很长一段时间里，估计两人都要避嫌。

陆霁站在树林里，一棵树一棵树地找，花了十几分钟才找到那个总控开关。他按开那个开关，夜空乍亮，没多久刘主任的咆哮声就传了过来。

他跟没听见似的，仰头看着那片星星灯。

那片树林里一共有二十六棵树，上面挂着几千颗星星，把他做的那十七颗星星衬得无比渺小。

吃完晚饭已经八点多了，祝星遥跟江途站在店门口。前面就是公交站，一辆通往市区的公交车缓缓停下，江途低头问她："想去玩吗？"

祝星遥惊讶地啊了声。江途再次问："去吗？"

她要去吗？旷课好像是要出去玩才够疯狂。

祝星遥下意识地点头，下一瞬，就被他拉住手往前跑。她惊慌失措地抬头看他。

两人在公交车关上门的前一秒跑上车。

一上车，江途便松开她的手，投了两块硬币进去。他面色平静地看着她说："后面有位置，我们去后面坐。"

他们坐在后排，车开动起来，街边的五彩斑斓的光掠过两人的脸。江途神色平静，祝星遥看了看他，低下头小声说："途哥，你会笑话我吗？"

江途转头看她，平静地道："不会。"

他只会成倍地难受。

祝星遥忽然不知道要说什么，抬头问："我们去哪里玩？"

"你想去哪里？"

"可以去抓娃娃吗？上次我跟西西抓了大半天都没抓到那只兔子……"祝星遥忽然顿了顿，"算了，不去抓娃娃了，我们去广场玩小游戏吧。"

抓娃娃很费钱的，上次她跟黎西西花了两百块只抓到了几只很丑的娃娃。

江途带祝星遥来了江城最大的电玩城。他今天没有带多少钱，留下两人回去的路费后，江途买了十五枚币。他站在柜台前，沉默地看着摆放在最显眼的地方的堵币机，那里聚集着几个成年玩家。

他最痛恨的东西就是赌博，他以为自己这辈子都不会碰的。

挣扎犹豫过后，他最终走了过去。

祝星遥不知道他要做什么，心想：十五枚币夹娃娃，应该几分钟就抓完了。她正往娃娃机那边走，他却拉住她。

“等等我。”他说。

祝星遥瞬间明白他要做什么，忙拉住他，慌得不行：“不要、不要玩这个。”

江途平静地看她一眼，说：“很快就好，信我。”

他就那样站在边上观摩别人玩，计算赌币机出入游戏币的比例。那几个成年人的身边都放着一大篮子的币，几千上万枚都有。对面叼着烟的男人笑着看他：“小子，想玩啊？不过你就那点币？”

江途看着他说：“我帮你赢，赢的你分我一半。”

男人挑眉，来了点兴趣：“口气还挺大的啊，你就这么确定自己能赢？要是输了呢？”

江途把装着十五枚币的封口袋丢进他的篮子里，冷静地道：“赌三次，我保证不会让你亏，亏了我会还给你的。”

男人看了看祝星遥，见小姑娘一脸担忧，笑着站起来给江途让位置，说：“行，我就看看你怎么哄女朋友的。”

祝星遥呆住了，江途平静地说：“不是女朋友。”

男人说：“妹妹？也不太像啊。”

江途扯了一下嘴角，没回答，看向对面的几个玩家，问：“谁玩？”

江途还穿着校服，其他人不太看得起他。第一局，江途输了两千枚币。有人嘲笑道：“行不行啊？要是输了你怎么还？”那人又看向江途身后的男人：“我说老兄，他没个抵押物你就随便让他乱玩啊，有钱也不是这么撒的吧？”

祝星遥摸了摸腕上的手表，这是她十七岁生日时祝云平送的礼物。

她把手表摘下来，放进篮子里：“拿这个抵押。”

男人很意外：“手表是浪琴的吧，要好几万块，拿出来抵押，亏的是你们。”

江途皱眉，祝星遥很快说：“途哥加油，我相信你。”

这个世界上，有一种人可以让人无条件地信任，无论他要做什么。江途就是这种人，祝星遥也不知道为什么，就是相信他。他说三局，就肯定能在三局内赢回来。

第二局，祝星遥看到江途绷紧了下颌线，专注地盯着赌币机里的游戏币被推动、掉落。她跟着他一起紧张了起来。这次他们很幸运，赢回了三千枚币。

第三局，江途让别人先玩，过了几局后才开始，再次赢回三千枚币。

对面那几个男人都有些目瞪口呆，让位给他的男人倒是挑挑眉笑了。

江途一言不发地起身，从篮子里拿出祝星遥的手表递给她，又拿了个篮子大概抓了几百个币。他把篮子塞到她的怀里，问：“够了吗？”

祝星遥抱着沉甸甸的篮子，高兴地点头：“够了够了，够我和西西玩好几次。”

“那哪够，说了拿一半。”那男人又抓了好几把放进去，把祝星遥的篮子塞得满满当当的，看上去有上千枚了。男人看了看一脸冷酷的江途：“还要不要来一把？”

“不了。”江途拒绝了，然后带着祝星遥去夹娃娃。

如果下次还有机会带她来，他希望不再用这种方式换游戏币了。

上千枚游戏币全是赢来的，玩起来的感觉跟花钱买币来玩不一样，更刺激。祝星遥放开了玩，把电玩城里能玩的都玩了一遍，简直玩疯了。

祝星遥发现，江途虽然话少，平时也不怎么参加娱乐活动，但他太聪明了，什么游戏几乎一看就会，什么都会玩。

祝星遥站在娃娃机旁边，看着神色冷静地控制着摇杆抓兔子的江途，忽然说：“途哥，你平时话少，人又冷淡，我以为……”她以为他肯定不会哄女孩。

那只兔子晃悠悠地掉进框里。

祝星遥抿唇，小声说：“你以后一定很会哄女朋友。”

江途弯腰拿出那只兔子递给她，低声说：“是吗？那很遥远。”

晚上十一点半，祝星遥回到家，祝云平和丁瑜还在客厅里等她。她高中第一次被教导主任叫去谈话，第一次旷课，还玩到这么晚。

她的怀里抱着一大堆娃娃，手上拎着剩下的几百枚游戏币。

祝星遥把一堆娃娃放到沙发上，站在他们面前说：“妈妈，你想骂我吗？”

丁瑜一愣，心情复杂地看了看祝云平。祝云平看着那堆娃娃："真厉害，这次夹了这么多。"

祝星遥："……"

这些不是她夹的，她只夹到了三个。

丁瑜也站了起来，看到那一袋子的游戏币，又看看女儿，问道："陆霁带你去夹的娃娃？这些游戏币是他买的？"

不是。

祝星遥垂着眼，没说话。

丁瑜以为她默认了，轻轻叹气："爸爸妈妈不是想骂你，只是你年纪还小，而且现在还是高三，10月你要办演奏会，录演奏视频寄给学校，11月要考TestDaF。对你来说，现在最重要的是准备出国，不管怎么说现在都不适合恋爱，这对你、对对方都不负责……"

祝云平打断她的话："好了，暂时别说这些了。"

他看向祝星遥，温和地道："先上楼睡觉吧。"

凌晨，祝星遥穿着粉色睡裙坐在桌前，陆霁送的十七颗星星就放在桌上。她按亮开关，十七颗星星亮了起来，她拿起手机，看到陆霁给她发了短信。

陆霁："祝星遥，别因此远离我。"

学校里的流言蜚语无法阻止，祝星遥便让自己冷静下来，假装没听见别人的议论声。至于陆霁……不知道刘主任对两个班主任说了什么，她和陆霁在学校里基本被隔离了。

他们在学校已经很少能在一起吃饭了，偶尔陆霁来找她，两人都会被围观。她总是尴尬地拉着黎西西避开他，每次陆霁都很无奈。周原自从知道他们是被举报的后，就一直在说："到底是谁举报的啊？我咒他一辈子单身！"

林佳语抬头，哼了声："本来早恋就不对。"

周原骂她："林佳语同学，陆霁天天给你补习功课，你怎么老是胳膊肘往外拐，不盼着他好呢？"

陆霁看了眼林佳语："是啊，你怎么不盼着我点好呢？我哪里比不上……我哪里不好？"我哪里配不上祝星遥？我哪里比不上江途？

林佳语问过江途是不是他举报的，江途没否认，也没承认。

她看了陆霁一眼，低头说："我没说你不好。"

J同学的"周五情书"又恢复了，祝星遥的心情有些复杂。每周五的信似乎成了她跟陆霁之间的桥梁。

难过、委屈了几天后，祝星遥就习惯了。她太忙了，时间被安排得满满当当的。她这段时间都忙着练琴，准备10月中旬的演奏会，这场演奏会的规模很小，只卖两三百张票，其他观众都是亲友。

陈蓝会来指导她，因为这场演奏的视频将会寄给柏林艺术学院。

10月的月考中，（1）班还是没考过（2）班，老曹跟谢老师的约会又泡汤了。

祝星遥的成绩跌到班级第九了，她有点愧疚。上次缺考、这次没考好，她总觉得老曹没能追上谢老师，她有很大的责任。于是，她把演奏会门票送给了两位老师。此外，与她关系好的同学、朋友，都收到了赠票。

10月19日晚，小型演奏厅里，观众慢慢入座。江途没接受祝星遥给的贵宾票，选了一个后排的位置。过了一会儿，陆霁跟江途旁边的人换了座位，坐到江途身边。江途转头看他，神情冷漠。

陆霁自嘲地笑了一下："怕被她爸妈看见，不能坐前面。"

江途还是没什么情绪，转头看向前方。

舞台上，少女穿着一身裁剪完美的定制礼服、高跟鞋，一手提着裙摆，一手握着大提琴从后台走出来。舞台的灯光笼罩在她的身上，在她周身洒下淡淡的柔光。

她朝观众席鞠躬，一颦一笑、一举一动都漂亮得不像话。

祝星遥往贵宾席的方向扫了一眼，没看到陆霁，恍惚了一下，疑惑他去哪了。灯光暗下，容不得她多想，她迅速调整好状态，转身坐下冲观众席一笑，抬起琴弓。

法国作曲家柏辽兹曾说：没有任何一件乐器比大提琴更适合表现精致与充满渴望的旋律。

这是江途第一次看到在舞台上演奏的祝星遥，她演奏的曲目他在MP3里听过无数遍，连旋律都记得一清二楚。江途专注地看着舞台，陆霁偏头看了他一眼，冷不丁地说："我知道你喜欢祝星遥，你这样暗戳戳的有什么意思？不如公平竞争。”

公平竞争？江途要不起这份公平。

他看着前方，冷淡地反问：“你觉得怎么样才算公平竞争？”

陆霁一顿，忽然说不出话来。他年少轻狂，无所畏惧，但江途不一样，江途的家庭烂事缠身，祝星遥还因此受伤住院。陆霁沉默了几秒，冷笑道：“好，我会好好替你保守秘密的，保证祝星遥这辈子都不知道你喜欢过她。”

江途咬紧牙，绷紧腮帮，隐忍到了极点：“话别说得太早了。”

两人都不再说话，盯着舞台上的少女。

整场演奏会就一个半小时，九点半就结束了，一群人上去跟祝星遥合影。高三（1）班的同学几乎都来了，有些没收到赠票的，比如张晟和曹铭，是自己买票入场的。

张晟厚着脸皮跟祝星遥拍了一张合影，说到底，对祝星遥痴心不改。

黎西西喊了声：“星星来中间，我们大家一起照一张。”

他们几个人站在钢琴架旁边，祝星遥被黎西西拉到最中间，江途站在最边上，目光冷清地看着镜头。最后，林佳语忽然过来把江途推出去，笑眯眯地说：“我们都单独合影过了，江途还没呢。”

江途皱眉，低头瞪林佳语。

祝星遥抿了下唇，笑意盈盈地看着江途：“好啊。”

她刚要走过去，也不知道是谁踩了她的裙摆。她今天穿的是抹胸款式的礼服，这一脚踩下去她铁定要走光了。她吓得飞快地捂住胸口，尖叫起来，江途迅速走过去把人揽进怀里，用身体将她遮得严严实实的。

他低头看了看她，她戴着一条星星形吊坠的项链，锁骨精致白皙，身体柔软……他很快移开目光。

周原连忙摆手道：“对不起对不起，我不是故意的啊……”

陆霁从舞台下翻上去，踹了周原一脚。祝星遥红着脸把裙子拉好。陆霁走过去，不动声色地把祝星遥拉到一边，嘴角翘了一下：“合影是吗？我也一起吧。”祝云平和丁瑜去送朋友了，陆霁是趁机跑上来的。

江途面无表情地跟陆霁对视了一眼，站到祝星遥的左边。

摄影师喊：“女主角抬头啊！”

祝星遥抬起头，画面定格。祝星遥、江途和陆霁一起拍了张合影。

演奏会结束后没多久就到了11月份，祝星遥准备去北京考TestDaF。临行前一晚的自习课上，她忽然起了兴致，跟江途说了一句德语：“同学，我要验收一下我的教学成果。”

江途正在写物理卷子，闻言转头看她，用德语轻声说：“你想怎么验收？”

祝星遥愣了愣，十分惊喜：“哇，你竟然听懂了？”

江途淡笑：“嗯，听懂了。”

祝星遥又飞快地说了几句，江途基本能与她对答。她既意外又惊喜，眼底甚至不自觉地带了一丝崇拜：“你怎么会这么多？”

“平时听到你念，我就记住了。”

其实不只这样，私底下他也很用心地学了。

祝星遥恍然大悟，小声说：“那你的记性也太好了。”

半晌，江途看着她，用德语说：“考试加油。”

祝星遥呼吸一窒，目光又落在他的卷子上，垂着眼说：“好。”

祝星遥的TestDaF四级考试很顺利，她从北京回来后正好赶上期中考试。（1）班和（2）班还在为平均分的事较劲，因为这件事事关老曹能不能追到谢老师，可惜这次期中考试中，他们班的平均分还是比隔壁班低了一分。每个班五十二个人，他们要再多考五十三分才能超过对方。

许向阳敲着桌子喊：“大家下次考试加把劲，起码得在毕业前帮老曹把终身大事给解决了，对不对？”

大家乐了，哈哈大笑起来。

有人调侃：“班长，你的终身大事倒是解决了。”

黎西西脸色微红，大声说：“你们可别胡说啊。”

也不知道是谁开了口：“就是，别乱说啊，小心被举报！”

话音一落，气氛就僵了，大家纷纷看向祝星遥。

祝星遥神色清冷：“你们看我做什么？不如多多复习。”

高三课业繁重，大家已经没有太多心思去关心那些八卦了，偶尔那片星星灯被人按亮的时候，大家才会调侃一番，说不知道今晚又是哪个狗胆包天的人在借景表白！

11月底，落叶纷飞，那片树林的叶子都快掉光了，那些密密麻麻的细线和星星灯暴露在日光下，一按开关，灯光比夏日时还明亮。

到了12月底，沉迷于学习的高三生突然发现，那片星星灯已经一个多星期没亮了。

有人说："好像是电路被烧坏了，毕竟没遮没挡又刮风下雨的，能坚持几个月已经不错了。"

黎西西十分心疼："可惜了，学校应该把那个地方当景点保护起来才是！"

大家又看向祝星遥。

祝星遥抬头望向窗外，那片树林黑漆漆的，那片星星灯也不会再亮了。

她突然有点伤感，她的几千颗星星没了……

随着那片星星的消失，好像连青春年华都变得短暂了。或许只有江途跟大家的想法不一样，他非常迫切地想要缩短这种无可奈何的少年时期。

周五，祝星遥收到J同学的信。

> 不要伤心，以后你想要多少颗星星，我都做给你。
>
> ——2009年1月1日

落款：J。

祝星遥看到这封信，并没有觉得多高兴，觉得有些东西是以后成倍的给予也比不了的。也可能是因为她跟陆霁被隔离得太久了，两人本就不稳固的感情发生了微妙的变化。

或许，有些东西一辈子拥有一次就足够了。

元旦过后，荷西巷里异常地热闹、喜悦，因为拆迁文件终于要下来了，政府准备在这里建一个体育场。因为地处市中心，地价贵，荷西巷居民争取多年，终于拿到了最高的拆迁补偿款。补偿款按人头算，每个人五十二万。

这件事上了报纸。10月底，荷西巷的住户要全部搬离。

中午，祝星遥他们一群人在外面吃饭——只有这种时候祝星遥才会跟陆霁同桌吃饭。不知道从什么时候开始，江途也出现在这种场合了。

林佳语说起这件事时，吐槽道："你们是不知道，大家一听说是按人头算的，都疯了。本来单身的，迅速领了证，恨不得马上生个孩子。最夸张的是有几个人还在念大学呢，就被父母催着把结婚证给领了……"

陆霁笑了："你爸妈催你了？"

林佳语撇嘴："我还没满十八！他们倒是后悔当初没多生一个……"

周原神经大条地问："那拆迁之后，江途是不是就可以还完债了？"

祝星遥抬头看看对面的江途，其实她偷偷问过林佳语江途家欠别人多少钱，林佳语说大概欠了一百万。

江途抬头淡淡地道："嗯。"

如果江锦辉不再欠赌债的话，他们家还了欠款后还能剩下一部分钱。

江途没有很高兴，因为赌徒是没有办法让人信任的，而且那些钱江途也不会要。

等房子拆迁后，舒娴跟江锦辉离婚了，江途就不必再背负债务了，那时候，也能自己掌控自己的人生了吧！

气氛忽然变得有点僵，许向阳连忙打圆场："我说陆霁，期末考试时你们班放放水不行吗？别等我们毕业了，老曹和谢老师还在打光棍。"

黎西西说："就是，我觉得谢老师就是死要面子，她可能就等着我们考过你们呢。"

陆霁忽然转头问祝星遥："你也这么想？"

他就坐在她旁边，祝星遥转头看着他说："嗯。谢老师很爱面子，之前都当着大家的面说要等我们班考过你们班后才答应，可能现在就想要个台阶下。"

期末考试的成绩出来了，（1）班的平均分比（2）班多了零点零五分。

黎西西从走廊外跑进来，凑到祝星遥的耳边说："陆霁的语文作文偏题偏得不行，只拿了五分的卷面分，现在（2）班的同学正在讨伐他，说他故意放水！"

祝星遥愣住了："我还以为我们班真的考过了……"

走廊上忽然吵了起来，是两个班的同学在争执——

"陆霁肯定放水了！他就是故意的，想哄祝星遥开心吧！我们（2）班不认这个成绩！”

“管他是不是放水，反正我们（1）班赢了，你们要点脸！”

“别提祝星遥，等会儿刘主任来了啊……”

“让你们谢老师单身对你们有什么好处？你们是不是觉得她平时太严厉了，故意报复啊？”

走廊上闹哄哄的。

正好（1）班是物理课，（2）班是数学课，上课铃声响了，曹书峻跟谢娅一起上楼。众人一哄而散，跑进教室。曹书峻走进教室喊上课，大家站起来。有人喊：“老曹，（2）班不认成绩怎么办？”

曹书峻咳了声：“先上课，别想这些有的没的。”

底下依旧闹哄哄的，有人说：“我们是怕毕业后您还在打光棍！”

曹书峻笑着说：“用不着你们瞎操心，好好准备高考才是正经事。”

下课铃响后，曹书峻还在讲台上为上来问问题的学生讲题，许向阳忽然站了起来：“走啊，同学们，去问谢老师答不答应做老曹的女朋友！”

大家愣了，连曹书峻都没反应过来。

黎西西忽然兴奋起来：“走走走！大家一起去啊！”

几个男生立马喊道：“走啊！”

许向阳在班里的人缘实在是好，他一带头，大部分男生就响应了。祝星遥被黎西西拉起来，跟着一大群人走出教室，她回头看了一眼江途。

江途抬头看她，站起来走向她。

教室里慢慢空了，走廊上挤满人。

（2）班的教室里，谢娅还在拖堂讲题，许向阳带着几乎整个（1）班的人把（2）班的前后门堵得严严实实的。教室里的人被这种阵仗惊住了，谢娅板着脸说：“你们在干什么呢？”

许向阳笑了：“谢老师，我们班可是考过你们班了，听说你们班和您想赖账？”

谢娅：“……”

丁巷喊：“谢老师，说好了我们班考过了你们班，你就做老曹的女朋友，不能赖账啊！”

谢娅的脸变得通红。（2）班的学生课也不上了，站起来就要跟他们理论，走廊上吵得不行。曹书峻过来骂人，却被学生们一把从后门口推进了

（2）班的教室里，想管也管不了。

“谢老师！你今天要是不答应，咱们就一直堵在这里了。”

“就是，谢老师你不能耍赖啊！”

“答应他！答应他！答应他！”

谢娅害羞得不行，脸红到了耳根处，曹书峻觉得她那副模样看起来年轻了好几岁。谢娅瞪着他，语气有些急：“曹书峻，你管管你的学生啊！这样像什么话！”

学生们哪见过谢老师这个样子，稀奇地呀了声：“谢老师害羞了。”

曹书峻笑着咳了声，豁出去了：“你答应了，他们就不闹了。”

走廊上，（1）班学生的起哄声更大了。

其他班的学生都很好奇，（1）班和（2）班是要打架吗？

不，不是的，他们是要联姻！

谢娅恼羞成怒：“行了行了，我答应你还不行吗？你真是……太胡闹了，我们都多大年纪了……”她忽然想到什么，赶紧催促道：“你们快点回你们班去，要是被……”

话还没说完，楼下就传来刘主任的怒吼：“你们在干什么呢？！”

曹书峻和谢娅僵住了，赶紧道：“快快快，赶紧回班里去。”

祝星遥一个人站在边上笑，黎西西早就去找许向阳了。

祝星遥现在对刘主任的怒吼都有点心理阴影了，一听到就惊得连忙往后跑。

江途就站在她身后，她一脚踩在他的脚上，人撞到他的身上，他低哼了一声。

心蓦地一跳，祝星遥抬头看他，江途好像又不疼了，拉住她往后退。很快，人群推推搡搡地靠过来，一边把他们往教室里推，一边催促道：“快快快，刘主任来了！”

刘主任跑上楼，气喘吁吁地骂了几句，拉着一个学生问清楚情况，气得脸都绿了。

曹书峻跟谢娅刚走出教室，就被黑着脸的刘主任骂了：“上梁不正下梁歪！你们说说你们……”

下梁……指的是陆霁和祝星遥？

曹书峻咳了声：“刘主任，我们都是成年人了。”

“你们为人师表，加起来都六十岁了，看看这闹的！怎么开始玩学生那一套了？”

“……”

“刘主任，十几岁要谈恋爱，六十岁照样要谈恋爱啊！您不能剥夺大家追求真爱的权利！”周原扒着门框喊，喊完就溜了。

一群人跟着起哄，闹得不行。起哄的人太多了，刘主任都不知道要抓谁，气得差点犯高血压：“反了反了，带了那么多届学生，就没见过你们这么大胆的！”

一场轰轰烈烈的“逼婚”行动在刘主任的骂声中落下帷幕。

晚自习前，夏瑾趁着班里没多少人、祝星遥也不在座位上，拿着一个盒子走向江途。她把盒子放在桌上，声音尽力保持平静：“江途，生日快乐。”

江途看了眼，盒子里放着一台刚上市不久的iPhone 3（苹果手机）。

他面无表情地抬头看她，声音冷淡：“谢谢，不过东西你拿回去吧。”

夏瑾咬着唇：“就是一个生日礼物。”

江途还是那句：“你拿回去。”

去吃饭的人陆续回来了，张晟走进来看见这一幕，吹了声口哨：“哟，夏瑾你竟然还给江途送礼物？你这是要做什么？想追他？”

夏瑾的脸色不太好看，她看了一眼江途，见江途完全没有帮她解围的意思，气呼呼地拿起礼物盒走了。

张晟很久没找江途的麻烦了，又开始找碴儿：“你为什么不要？夏瑾家里有钱有势，你跟她在一起就什么都不用愁了，至少能少奋斗二十年！”

江途抬头看他，目光冰冷：“滚。”

张晟冲上前，怒气冲冲地道：“你别以为我不敢打你。”

这时，祝星遥跟黎西西走进教室，正好听见这句话。祝星遥的脸色冷了下来：“张晟，你怎么三年了还是这副样子？江途跟你有什么仇？你一直这样针对他，真的特别幼稚可笑。”

祝星遥第一次把话说得这么难听，班里的人纷纷看过来。

张晟涨红了脸，咬了咬牙看着祝星遥：“你、你不就仗着我喜欢你吗？行，我不跟你计较。”

祝星遥说：“是我不跟你计较。”

张晟黑着脸回到座位上。

祝星遥皱着眉走向江途，江途看着她，突然笑了。

他真的很少笑，祝星遥觉得这种很少笑的人，一笑起来就很不一样。她转头看他，莫名地有点脸红，小声说：“你笑什么啊？我在帮你出头。”她又补充了一句，“其实你应该多笑笑。”

晚上，江途回到家，家里一片狼藉。自从他上了高三，每天在学校的时间多了很多，加上要上晚自习，压缩了打工的时间，已经很久没有跟陈毅直接碰上了。

舒娴正在跟江锦辉吵架：“你是要把这个家赌得什么都不剩了才肯罢休？陈毅想拿房子抵押，你……”她看到江途，忽然顿住，抬手擦眼泪，“你回来了啊。”

江途站在门口，冷冰冰地看着江锦辉：“房子不是你一个人的，有我妈的一份，你要是敢抵押出去，我不会放过你。”

“房子是我的！”江锦辉醉醺醺地怒吼道，“你凭什么用这种语气跟老子说话？”

“我说过，我妈有一份，你没权利动。”

“你妈嫁给了我，她的就是我的。”

江途不想费精力跟醉鬼说话，走进房间，打开窗户透气。深冬冷冽的风吹进来，潮湿又刺骨，他觉得自己清醒了不少。

他想起祝星遥让他多笑笑，嘴角扯了一下。他已经不知道要怎么笑了……

大概，只有她能让他多笑笑了。

今年1月底就是春节了，高三学生的寒假只有十天，大年初八一过，他们就得继续补课。高压的学习状态下，大家的神经都绷得很紧。时间过得飞快，黑板上开始写“倒计时”了。百日誓师大会结束没多久就是市“一模”考试，考试成绩出来了，江途考了江城市的理科第一名。曹书峻在班会课上表扬了他好一阵，就连副校长都笑眯眯地进来说了几句：“江途要是能保持下去的话，今年的省状元说不定就在我们学校了，不过压力不要太大，好好复习。”

江途谦逊地点头：“好。”

副校长乐呵呵地走了。祝星遥转头看他，笑眯眯地说：“途哥好厉害。”她想了想又说，“我爸爸知道我跟你是同桌。”

她这一句话有点没头没脑的，江途看着她笑了。

傍晚下了一场暴雨，天空中雷雨交加，看着有点吓人。雨一直到晚上九点才停，正好是课间。祝星遥站在黎西西的桌子旁边跟她说话，忽然，整个教室陷入了黑暗。

停电了！

大家安静了几秒，之后立马吵了起来：“怎么停电了啊？”

“可能是雨太大了。还能来电吗？只有学校停电还是这一片都停了啊？”

“可以提前回家吗？”

四周黑漆漆的，几乎没有一丝光亮。

祝星遥在黑暗中眨了眨眼，忽然被人从身后用力地抱住，吓得惊叫出声，抬脚就往身后一踩。那人很快就放开了她，下一刻，教室多了一道微弱的火光。

江途点燃打火机走到她身旁，问：“怎么了？”

微弱的火光映着祝星遥的脸，她的脸色特别难看，整个人又惊又怒，还有点难以启齿的样子。黎西西拽了拽她，着急地问：“你刚才像被吓得不轻，怎么了啊？”

祝星遥咬着唇，往四周看了一眼，目光落在张晟的身上。

她低下头小声说：“刚才有人抱了我一下，还……”她顿了一下，声音更小了，“还碰了我的胸。我踩了他一脚后，他就放开了。”

黎西西不敢置信地瞪大眼睛：“是哪个流氓？！”

江途的脸色十分阴沉，眼神中透着冷。许向阳皱眉看向四周，谁有那么大的胆子？

祝星遥被同班同学非礼了，感觉非常难受，觉得很憋屈。楼下传来老师的喊声：“马上就来电了，大家安静，别吵，别乱走动。”

打火机一直点着，火苗晃动。

江途看向祝星遥，沉声说：“先回座位上坐下。”

两人刚坐下，灯就亮了起来。来电了！

江途把发烫的打火机丢到桌上。祝星遥低着头，脖子细细白白的。他看了她一眼，起身走出去，经过张晟的桌子时垂眼看了看张晟的鞋子：张晟的脚上穿着一双红色球鞋，左脚的鞋面上很干净，右脚上却有一块灰白色的印子。

张晟被江途看得心虚，皱眉道："你看什么看？看了你也买不起。"

他话音刚落，脸上就被人揍了一拳，他痛呼出声，嘴角瞬间流血了。

其他同学叫了起来。张晟被打蒙了，还没反应过来就被江途拽着领子甩到墙上，后脑勺咚的一声撞到墙上。江途神色狠厉，一拳一拳地砸向张晟的腹部。许向阳第一个反应过来，连忙跑过去拉架："怎么突然动手了？"

江途甩开他，在张晟的脸上又砸了一拳，打得张晟嗷嗷直叫。

许向阳又上前，道："再打下去就要出事了，不出事也得被处分！"

祝星遥愣了好一会儿，忽然明白过来，跑到江途跟前拉住他的衣角，小声说："别打了。"

江途顿住，阴沉着脸把张晟拉到祝星遥面前，冷声道："向她道歉。"

张晟被打得鼻青脸肿，不只脸疼，整个腹部都在烧着疼。他喘着粗气，红着眼看江途："我做什么了？我什么也没做。"

江途揪着他的衣领，冷眼看他："我再说一次，向她道歉。"

祝星遥皱眉看着张晟，全班都安静下来看着他们。

张晟忽然从桌上抓起一支钢笔朝江途的脸上戳，江途向后躲开，按住张晟的手。

门口传来一声怒吼："谁让你们打架的？"

江途顿住，张晟失去了理智似的不停攻击，江途闪躲不及，钢笔笔尖从他的侧颈处刮过，一阵刺痛感传来，火辣辣的。

曹书峻怒气冲冲地走进来拉走张晟，看到张晟鼻青脸肿的模样，又看了一眼江途，皱眉问："你们怎么回事？"

"途哥，你……流血了。"

祝星遥的声音都在发颤——她看到了江途的脖子上被钢笔笔尖生生划开的口子。他的脖子修长白皙，那两道伤口处正在往下流血，血液弄脏了校服的衣领。

她连忙从桌上抽了两张纸巾，按住他的伤口。

江途自己按住纸巾，低头看她：“我没事。”

祝星遥的脸色发白。要是张晟扎的位置偏了……

曹书峻深吸了口气：“许向阳，你跟曹铭带他们俩去医务室看看。”

张晟被曹铭架着走了，许向阳则看向江途。江途取下纸巾，血已经不怎么流了，他皱了皱眉：“我不用去了。”

祝星遥不同意：“要去医院打个破伤风针，毕竟是被钢笔划伤的。”

江途垂眼看她，低声说：“我明天早上在卫生所打就好。”

江途被曹书峻叫去谈话，快下课了才回来。祝星遥跟黎西西去医务室拿了医用酒精和棉签，他一坐下，祝星遥就拿着棉签转向他：“我帮你处理一下伤口。”

那两道伤口很显眼，看起来就很疼。

江途没戴眼镜，转头看她，眼底漆黑。

祝星遥靠得很近，小心翼翼地拿上蘸了酒精的棉签清洗伤口。她看到他的喉结微动，觉得那个动作很性感，莫名地紧张起来：“很疼吗？”

“不疼。”他低低的声音中带着一丝磁性。

祝星遥突然有点慌，加快动作将伤口处理好。祝星遥刚停手下课铃就响了，大家纷纷收拾好东西回家，江途也准备走了。祝星遥叫住他：“等等。”她从书包里翻出两个创可贴，粉色的，带卡通图案。

她撕开创可贴，站起来咕哝道：“别嫌弃粉色，我知道你家里有创可贴，你回去了撕掉重新贴就好了。”

祝星遥靠过去，替他把创可贴贴上，还用手指压了一下。正贴着，祝星遥忽然被过路同学的书包撞了一下，身体往前一倾，嘴唇撞上了江途的下颌。

两人同时一僵，祝星遥心里十分慌乱，慌张地往后退，不敢看江途。

她低着头，心跳如擂鼓，小声说：“对不起……”

江途看到她慢慢变红的耳朵，脑子里有些空白，暗想：你对不起我什么呢？这是我想要却不敢求的东西。

黎西西跟许向阳说完话，转头喊祝星遥：“星星，可以走了吗？”

祝星遥咬了咬唇，低头收拾好书包：“马上就好。”

今晚下了一场暴雨，风里混合着泥土的味道。江途转头看向窗口，深深地吸了一口气，又转头看她时，整个人已经恢复冷静了，平静地说：“我先走了。”

他与她擦身而过，祝星遥忍不住说：“你明天早上记得打破伤风针。”

江途背对着她，点了点头。

第二天凌晨五点，江途喘着气从梦中醒来，睁眼盯着黑漆漆的天花板，抬手覆在脸上，深深地吸了一口气。过了一会儿，他皱眉爬起来，去了一趟浴室。

冲完澡，江途随手擦了擦正滴着水的头发，坐到桌前。

这不是他第一次梦见祝星遥了，每次醒来后，他都觉得有点罪恶。

江途抬手在脖子上摸了一下，那里好像还有她手指的温度。

江途跟张晟打架的事情被曹书峻压了下来。快高考了，而且江途还是潜在的省状元，这个时候怎么也不能被处分。但是张晟的父母不肯罢休，见儿子被打成这样，怎么也要教训一下打人的人。

政教处办公室里，校长、刘主任以及曹书峻都在，张晟和他的父母站在一边，江途独自站在另一边。

张父愤怒地说：“是你先动的手，对吧？”

江途说：“是。”

刘主任瞪了一眼江途，忙说：“您冷静一下，江途品学兼优，不会无缘无故打人的。”

“先打人的还有理了？”张母反问道。

江途盯着他们说：“那你们倒是问问张晟，听听他都做了什么事情。”

张晟脸上的伤一点也没好，脸色涨红后，整张脸就更难看了，他问：“你有什么证据吗？那么黑，你怎么知道是我？”

江途忽然笑了，笑容非常讽刺：“那你有证据证明不是你？”

张父指着江途，气急败坏地对校长说：“你看看，你看看，他这是什么态度？不记大过绝对不行！他还要赔偿我们精神损失费和医药费。”

“那张晟猥亵我，是不是要被学校开除？”祝星遥站在办公室门口冷声说。祝云平站在她身旁。

江途颇为意外，抬头看着她愣了一下。祝星遥对他噘嘴，像是在埋怨他一个人扛事，什么都不告诉她。

祝星遥和祝云平走进办公室，祝云平看向张父："我女儿在教室里被人猥亵了，这个人是你儿子，这件事不能这么算了。你们不想我报警吧？"

祝云平看向张晟，张晟毕竟才十八岁，一听说要报警，心理防线就塌了。见祝云平一直盯着自己，他连忙低下头来。

张父和张母回过神来，互相看了一眼。张父问张晟："猥亵？什么意思？"

张晟没有对家人说实话，只说跟人因为女生打了架，没说这个女生是祝星遥，更没说他趁机占了祝星遥的便宜。

张晟低着头不说话，曹书峻叹了口气："我的建议是和解，毕竟没多久他们就要高考了，别因为这件事影响了心理状态。"

张父还是想让江途受点惩罚。祝云平说："既然这样的话，那就报警吧。"江途为女儿出了头，他一定得护着这个少年。

最终，这件事以大化小，双方和解了。

走出办公室，江途对祝云平说："谢谢叔叔。"

祝云平打量着这个个子比他还高一点的少年，拍拍江途的肩膀："该我谢谢你，那小子就该被揍……"

祝星遥忙喊："爸！"江途都差点被处分了，她爸爸竟然还在开玩笑。

"好了，你们去上课吧，以后有事就叫家长来处理，知道吗？"祝云平说完后感觉有点不妥：江途一看就是个早熟的孩子，他那借高利贷、欠赌债的家长能是什么好家长？但江途好像没什么异样，跟祝星遥一起走了。

祝云平一边走一边跟丁瑜打电话："没事了，就是女儿太漂亮也麻烦，总有男生惦记，就怕遇上张晟这种……"他忽然想到江途，总觉得那小子可能喜欢自家闺女，不然怎么会为了她动手打人呢，叹了口气，"我们家养了个红颜祸水。"

一路上，江途跟祝星遥都沉默着，祝星遥一想起昨晚那个意外的吻就觉得有点尴尬。经过医务室的时候她才转头问：“你今天早上没打破伤风针吧？”

“没有。”他说，“我中午去打，放心吧。”

祝星遥哦了声：“那我跟你一起去吧。”

江途顿了一下说：“好。”

中午，祝星遥没有去成，因为张晟一大早就被人在厕所里揍了，黎西西说打张晟的人是陆霁。中午一放学，祝星遥就被黎西西拉到一个秘密基地，也就是实验楼的天台上。

这里很少有人来，以前陆霁、许向阳这些竞赛生经常会待在这里。祝星遥站在天台的入口处问黎西西：“你平时跟许向阳就是来这里约会吗？”

黎西西红着脸说：“才没有，偶尔才来一次好吗？”

祝星遥问：“那你带我来做什么？”

“是我叫她带你来的。”

一直站在墙角的陆霁走了出来，将手抄在裤兜里看着她。

祝星遥惊讶地看着他。黎西西眨了眨眼：“我去楼下等你。”

天台上的风有点大，祝星遥的校服鼓了起来。她走出去，贴着墙站着，小声说：“你为什么打张晟？要是被老师抓到了怎么办？”

陆霁站在她身旁，歪头看着她笑：“你被欺负了，我总不能无动于衷吧？”

他还想说：你是我的女朋友，我当然要护着你了。

但是，祝星遥好像以为自己跟他分手了，虽然他们连“分手”这两个字都没有提过。

祝星遥忽然不知道要说什么，陆霁拉住她的手腕，拖着她往前走了几步。她慌张地看向四周：“你做什么？要是被刘主任抓到了怎么办？”

两人绕到天台的另一侧，那里竟然放了一张小桌子，桌上放着几个一次性饭盒，是上次他过生日的那家饭店的饭盒。

陆霁松开她的手，打开饭盒，抬头看她：“好久没有一起吃饭了，吃完饭再走？”他又加了一句，“我上午没上课，专程去市区买回来的。”

祝星遥坐下给江途发短信：“途哥，你可以自己去打破伤风针吗？”

过了一会儿，江途回她：“好。”

二十分钟后，祝星遥率先下了楼，黎西西从实验室里跑出来挽住她的胳膊，两人一起朝教室走去。黎西西拿两根食指对了对，笑眯眯地问：“你们在楼上有没有kiss（接吻）？”

祝星遥愣了下，摇摇头。

她跟陆霁就只在医院里亲了一次，还是他偷亲的她。

黎西西瞪大眼：“你们还没亲过啊？”

祝星遥摇摇头，小声说：“亲过了。”

黎西西哇了声：“我就说！怎么可能没有！”

祝星遥张了张嘴，不知道该怎么说出心底那种怪异的感觉。她又想起昨晚跟江途的那个意外的吻，突然觉得自己有点坏，亲了两个男生。她知道自己不应该这样的，心底多了许多茫然和无措，这些情绪只能她自己消化。

张晟因为这件事心理状态不佳，暂时回家休息一段时间，没有人同情他，毕竟是他有错在先。

黑板角落上的倒计时日期从二十多天变成十多天。大家有时候会讨论要考哪个学校、学什么专业，陆霁和许向阳准备读清华的计算机专业；黎西西的进步很大，幻想自己能在高考时超常发挥，考个北大清华；林佳语说要考北京师范大学，以后说不准会当老师；周原没想好；丁巷想考警校。

大家好像一夕之间就长大了，以为选好了专业就能决定自己的命运了。

祝星遥问江途：“那你呢？”

江途说：“还没想好，研究方面的吧。”

祝星遥眨了眨眼：研究方面的？途哥想做科学家吗？

高考前一周，学校开始布置考场，所有考生放假。

林父林母不在家，江途帮林佳语把书搬回家。林佳语跟在他身后说：“江途，你肯定能考上清华，要是考上了，真的不打算跟祝星遥表白吗？你看，我们马上就要变成拆迁户了，我爸妈都准备买新房子了，你妈妈也说还了债还能买套小房子……”

林佳语家里没债务，到手的钱可以在环境很好的小区里买套大房子。

江途把那摞书放到茶几上，转头看她：“然后呢？”

林佳语理直气壮地说：“就算你家里的条件不太好，但没了债务，起码就没了负担。你长得帅，学历高，以后前途无量。况且，祝星遥要是喜欢你，才不会在意这些。”

江途沉默了一下，承认林佳语的话让他很心动。如果他真的可以不再有负担就好了。

“等高考后再说吧。”

江途想等拆迁款下来，一切尘埃落定了再说。

江途转身走了，林佳语回味了一下他的话，嘀咕：“他到底是打算还是不打算呢？”

晚上，两家人一起吃饭，江锦辉不在。林父感叹道：“再过一段时间，我们住了大半辈子的地方就要被拆了，想想觉得既高兴又伤感。”

江路现在已经上初一了，个子长高了些，咬着鸡腿说：“拆了好啊，我早就不想住在这里了，冬天又冷又潮湿，影响我长个子。”

“搬家了就没有黑网吧收留你了。”林佳语说出了残酷的事实。

“啊？”江路一呆，“那、那、那怎么办？”

江途冷声道：“那正好。”

江路悲伤不已，转头哼了声：“反正高考完了，你就要去北京上学了，到时候我要去哪里上网、上到几点，你也管不着了。”

话音一落，江路的后脑勺就被江途拍了一下。

高考，祝星遥、林佳语和丁巷被分到了一个考场，江途独自在另一栋教学楼里考试。

很多家长和学生把命运寄托在高考上，江途也是，高考第一天乃至第二天上午的考试结束后，他觉得自己往上走了好几步，距离星星更近了。

但是命运总是喜欢跟你开玩笑……

6月的阳光将荷西巷的红砖墙照得红艳艳的，像是要裂开了。

狭窄的巷子里冲出一个穿着校服的高瘦少年，他没戴眼镜，头、脸、脖子上都有伤，衣服上满是脏污，整个人看上去狼狈不堪。但他顾不上这些，冲到一辆警车前，用通红的双眼看着警察，嗓音嘶哑得几乎听不清：“拜托，送我去考场……”

警察被吓了一跳：“你这样要先去医院吧？”

警察看到他的手里还捏着准考证，二话不说就拽他上车。

警车在马路上疾行，不断地按喇叭，让前方的车辆让路。

车子一到校门口江途就跳下车，撒开腿跑起来，用最快的速度冲进校门。整个校园里静悄悄的，没有一个人，大家都已经在考试了。守门的老师冲他喊："跑快点！超过时间就不能进考场了！"

江途似乎总是在跟时间、跟命运赛跑。

第一次，他错过了迎新晚会上祝星遥的演奏。后来，祝星遥把那份遗憾弥补了。

这一次他不知道自己即将错过的是什么，也不敢去想。

他跑到考场，扶着门喘息，整个人汗如雨下。汗水中还混着一些血水，一滴滴地砸在地板上。

所有考生都抬起头看他，监考老师愣了一下，看到江途的模样时更是被吓了一跳。监考老师看了一下时间，赶紧走过去检查他的准考证，之后压低声音说："快快快！赶紧进来！"这个学生再晚一会儿，就进不了考场了。

江途拼命咽下所有的情绪，脚步僵硬地走向自己的座位。

江途的座位在第四组的最后一排，他坐下来，整个人如同一根绷到极致的弦，再压一下就要崩了。

他的头上还在流血，整个人的状态看起来非常差。他抬手压着试卷，手指都在抖，好像随时都可能会晕倒过去。

监考老师看他那样，怕出什么事，过来问了两次。

江途垂着眼，喉咙里干得像是被火烧过。

他说："没事。"

不知道是不是监考老师的错觉，他感觉这个考生的眼眶湿了。

脑袋里嗡嗡作响，江途抓着笔，好像什么都听不见了。

英语听力结束的音乐响了起来，所有声音停止，考场里只有考生做试卷时发出的沙沙声。

他的试卷上一片空白，脑子里也一片空白，整个人浑浑噩噩的。

江途转头看向窗外，出神地盯着某一处，脑子里还回荡着那句"只要你们签字抵押，他就可以去考试了"。

他垂下眼，深深地吸了一口气，提笔开始答题。

我尝过人间的辛酸疾苦。

这人间，你不来也好。

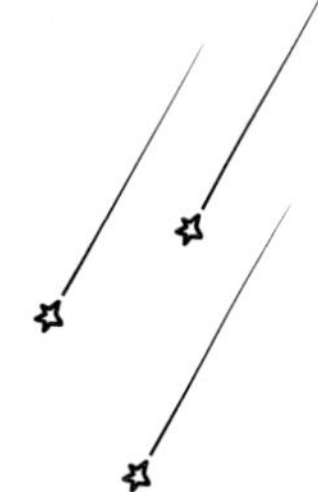

第六章

未完待续的故事

祝星遥、黎西西和林佳语一起走出考场，结束了高中阶段的最后一场考试。三人轻松地走出校门，忽然听到有人在议论江途。

“你们听说了吗？有个考生头破血流、一身伤地被警车送来考试，还差点迟到。”

“有人说那个人是一中的江途！就是上次三模考了全市第一的！据说他是在路上出了车祸……”

“天啊！那他还能考得好吗？”

“估计考砸了吧，听说他看上去状态很不好，走出考场的时候人都在晃。但是他没要人扶，自己去了医院。”

那天下午，没人能联系到江途，也没人知道他去了哪里。老刘开车带着祝星遥她们从卫生所找到医院，都没找到人，急得差点报警。

祝星遥红了眼眶，她知道高考对江途意味着什么。

傍晚七点，祝星遥的手机振了一下，江途给她回短信了。

江途：“不用找我，我没事。”

她想给他打电话，又忍住了，快速打了一行字过去：“那你现在在哪里？”

江途：“在家，不用来看我。”

祝星遥能从他的话语中感受到他的拒绝，红着眼眶，不知所措。她现在特别想看看他，想知道他伤得怎么样。可是，她是要听他的，还是遵从本意呢？

林佳语接了一个电话，立刻开始掉眼泪。

电话里，江途的声音疲倦沙哑：“林佳语，让祝星遥先回家。你回到荷西巷后听到的每一个字，都不准说出去。”

夜色沉沉，荷西巷的红砖墙也变得灰暗起来。老刘把车停在路边，林佳语从上面下来。祝星遥看着林佳语走向荷西巷，忽然也从车上跑了下来，想跟林佳语一起去看江途。

林佳语回头看她，开始犹豫起来。林佳语想让祝星遥去看一下或者安慰一下江途……可是，这不是江途想要的。

祝星遥红着眼眶对林佳语说：“如果有什么需要帮忙的，给我打电话。”

狭窄昏暗的巷子里，各家各户的声音传来，有人说江锦辉把家都赌没了，不只房子变成别人的了，还欠了许多债务；有人说江锦辉不是人，害得江途差点错过高考；有人说江途差点把江锦辉打死，这对父子上辈子肯定是仇人，这辈子是互相来找对方要债的；还有人说陈毅太坏了，专门挑高考的时候来逼人，江途这辈子算是毁了。

林佳语抹着眼泪跑进家门，问爸爸到底发生了什么。

林父深深地叹了口气：“中午陈毅带了一大群人来闹事。老江不是人啊，不知怎么欠了那么多钱，还不上就得卖房子。不签字，陈毅就压着江途，不让他参加高考。他们人多，江途拼了命也打不过……”

林佳语红着眼眶跑上天台，看见江途躺在脏兮兮的地面上。他的额头上包着纱布，脸上、脖子上、手上都是大大小小的伤；他没戴眼镜，脸上有泥和血；他眼神放空地望着星空，仿佛失去了灵魂。

那一刻，林佳语忽然有一种感觉，江途要彻底放弃祝星遥了。他现在不是舍不得祝星遥受苦，是直接不敢要她了。

高考后的毕业聚会中，江途也没有出现。很多人为他惋惜，江途本来是潜在的省状元，现在肯定不可能是了。有同学说：“要是当初江途参加物理竞赛就好了，可以直接被保送到清华，也不会发生这种事情了。”

祝星遥不想听那些议论，背着小挎包低头走出包间。

她虽然10月份才开学，但过两天就要走了，因为但凡申请了柏林艺术学院的学生，在入学前都要先进入柏林哈特纳克斯语言学院学习三个月的德语强化课程，之后才能开始上课。大家准备到时候去机场送她。

祝星遥站在洗手间发了会儿呆，随后跑出KTV。她有一种感觉，江途不会去机场送她了。

半小时后，她站在红砖墙外给江途打电话。

电话很久才接通，那头安安静静的，祝星遥连江途的呼吸声都能听见。

祝星遥低头看着自己的脚尖，小声说：“江途，我在红砖墙外面，你能出来一下吗？”

那头安静了几秒，随后说：“在外面等我。”

很快，黑漆漆的巷子里走出来一个高个子少年，他穿着黑色T恤和黑色运动裤走到她面前。他没有戴眼镜，眼珠漆黑，看着她轻声问：“聚会结束得这么早吗？”

祝星遥看到他头上还贴着纱布，脸上的伤还没好，但没有狼狈感，只是整个人看起来更冷酷了。她抿紧唇角，觉得很难受，摇头道：“那边还没结束，我就是想来看看你。”她垂下眼，“我过两天就要走了。”

江途看着面前的少女，低声说：“我知道。”

祝星遥拽着书包带，忽然不知道要说什么。她想问他是不是很难过，想问他打算怎么办……最终，她只是问：“你的眼镜坏了吗？”

江途说：“坏了，被车轮轧碎了。”

祝星遥想问他为什么会被车撞到，动了动嘴唇，最终忍住了。

她笑了笑：“我陪你去配眼镜吧。”

十分钟后，他们到了那家平价眼镜店门口。已经快十点了，老板正准备关门，看到他们进门，热情地招呼道：“配眼镜啊？进来看看。”

江途面无表情地站在柜台前，祝星遥转头看了他一眼，手肘撑在柜面上，低头挑镜框。她细细白白的手指在柜台上滑过，最后指向一副金边镜架。

这两年他的面部轮廓更深了，气质和模样也更偏向成熟男人了，戴这种镜框应该会很好看，也更显气质。

江途瞥见镜架的价格是三百三十块，看向祝星遥说："你等我一下。"他转身就走，祝星遥连一句话都没来得及说。她有些茫然地跟出去，他已经不见人影了。

江途站在自动取款机面前，看着银行卡里的余额，把六百块全部取了出来。经过广场的时候，他看到有小贩在卖棉花糖，眯了一下眼，过去买了一串粉色的棉花糖。

祝星遥站在店门口等着他，江途走过去，她瞪大了眼睛看着他手上的棉花糖。

他把棉花糖递过去，平静地道："顺手买的。"

祝星遥愣了一下，接过棉花糖，抬头看他。江途转身走进眼镜店，她忙跟进去，听到他直接报上度数，忙说："还是测一下吧，那都是高一时的度数了……"

老板笑笑说："是啊，配眼镜哪能不测一下度数呢？听你女朋友的吧。"

江途顿了一下，冷淡地道："不是女朋友，是同学。"

老板讪讪一笑，表示自己误会了。祝星遥拿着棉花糖，抿了一下唇，低头咬了一口棉花糖，小声说："好甜呀。"

江途看了她一眼，内心苦涩，转身跟着老板去测视力。

江途把眼睛保护得很好，两只眼睛都是三百五十度。眼镜很快就配好了，他戴上眼镜，祝星遥看着他笑了："你有点像电影里的斯文败类，很帅。"

江途淡淡地笑了，低头看她："走吧。"

两人走出眼镜店，四周的景象跟两年前差不多。祝星遥努力地把棉花糖吃完了，将签子折断，丢到垃圾桶里。江途回头，目光落在她鼻翼那颗小小的痣上，轻声问："你还想去哪里？"

祝星遥站在垃圾桶旁边，还没回答手机铃声就响了。

黎西西在电话里问她："你跑到哪里去啦？我跟许向阳去隔壁包间串门，回来就没看见你了。"

“我已经出来了。”祝星遥看着江途说。

“你回去了吗？”黎西西喊得很大声——那边太吵了。

祝星遥低头看自己的脚尖说：“我在荷西巷附近，等会儿就回去。”

“你说什么？”黎西西还在喊，“你回去了？我没听清楚。陆霁刚刚来找你了！”

祝星遥听到那边有人喊“黎西西，你点的歌到了”，黎西西回道“我马上过来，不准切歌”。接着，黎西西对着祝星遥说：“星星我挂了啊，明天联系。”

电话挂断，祝星遥抬头看江途，小声问：“你真的不去参加班级聚会吗？大家以后很难见面了。”

江途无动于衷：“不去，我本来跟大家就不熟。”

祝星遥无法反驳。他性格冷漠，班里除了她、黎西西、丁巷和许向阳外，就没有人跟他有来往了。她忽然难过起来，他上大学后会不会没朋友？她看着他问：“我后天走，你还会去送我吗？”

如果她今晚不来找他，江途就不会去了，但现在……

他低头望着她漂亮的眼睛，点点头：“会。”

你想让我去，我就去。

两人不再说话，都有些心不在焉。快走出荷西小广场的时候，祝星遥突然被绊了一下，人险些往前摔去。

江途手疾眼快，抓住她的手将她拽了回去。

祝星遥撞到他的身上，心跳加速起来。江途低头看向绊到她的那个东西，是一个小型的仿真机器人。

有个二十多岁的男人从旁边快步过来，抱起机器人，抬头看着他们。他身后还有两个同伴坐在花坛的台阶上，边上摆着几罐啤酒，看起来有些颓废。

男人的目光落在祝星遥的脸上：“很抱歉。你没事吧？”

这时，江途松开祝星遥的手，不动声色地与她拉开距离。

祝星遥抿唇，对男人说：“没事。”

男人抱着机器人，笑着对他们说：“我们正在创业，这是我们公司的新产品，有没有兴趣帮我做个测试？”

所以，这个男人是操控机器人来“碰瓷”的吗？只为了让他们帮忙做产品测试？祝星遥犹豫地看看江途。

江途问：“什么测试？”

男人摸了摸机器人，大概是按开了什么开关。祝星遥好奇地看着，却见男人脸色突变，随即尴尬地说：“好像没电了。”

祝星遥眨眨眼：“那我们走了。”

她跟江途刚迈出两步，就看见一个坐在台阶上的年纪稍长的男人起身。他拿着一个袋子，从同事怀里拿走机器人，塞到祝星遥的手上，笑了一下：“小姑娘，这些送给你了，回家充电后就可以玩了。”

祝星遥还没反应过来，那男人就挥挥手跟其他两人走了。

她抱着机器人看着他们的背影，有些茫然地抬头看江途。江途的脸上还是没什么情绪，他低声说：“这可能是个失败品，你不想要的话就扔了吧。”

创业失败后的失败品？

祝星遥想了想，摇头道：“我拿回去试试。”

江途点了一下头，走到路边拦下一辆出租车，转头看祝星遥：“我送你回去。”

他刚刚不是问她想去哪里吗？祝星遥看着他，觉得有些失落。她抱着莫名其妙获得的机器人钻进车里，往里面挪。江途坐进去，关上车门，对司机说：“去星苑别墅。”

车经过荷西巷的红砖墙，祝星遥望着外面问：“荷西巷快拆了，你什么时候搬家啊？”

昏暗的车厢里，江途神色不明：“找到房子了就搬。”

司机乐呵呵地说：“小伙子住在荷西巷啊，那你可要发财了。那边拆迁，每家至少能分到一两百万！你们家几口人啊？”

江途的语气很淡：“四个。”

司机羡慕地说：“那也有两百万呢。你家可以换套大房子了，真好啊。”

祝星遥看着江途，想得出神：他家没办法换大房子，那些钱大部分要用去还债。她又想，还完债就好了，那江途以后就不用再那么辛苦地打工了。

深夜十二点，江途收到祝星遥的一条短信。

祝星遥："途哥，这个机器人能听我指挥哦，好像不是失败品。"

两天后，江城国际机场。祝云平跟丁瑜去办手续，把空间留给祝星遥和她的朋友们。

江途、陆霁、黎西西、林佳语、许向阳、周原、丁巷七个人都来了。黎西西抱着祝星遥哭着说："我舍不得你。"

祝星遥拍拍她的背，安慰道："我又不是不回来了……"

江途站在最外面，脸上没表情，沉默地看着祝星遥。

许向阳把黎西西拉过来，直接用手给她擦眼泪，有点粗鲁。

离别时总是伤感的，祝星遥的眼眶也红着。陆霁从裤兜里抽出手，走到祝星遥面前，忽然俯身抱住她。他抱得有点用力，祝星遥有些蒙。陆霁很快松开她，低头笑笑："将近半年不能见了，抱一下。"

林佳语眨了一下眼睛，等陆霁退开后跑过去抱住祝星遥："对啊，要很久不能见了，我也要抱一下。"她抱完还转头问其他人，"你们不抱一个？"

丁巷挠挠头："女神，我可以和你拥抱一下吗？"

本来氛围还有点悲伤，可现在，大家都被他这句话逗笑了。

祝星遥笑了："好。"

于是，丁巷、周原、许向阳陆续上去轻轻地抱了一下祝星遥。这是很单纯的离别拥抱。

最后，大家看向站在最边上的江途。

这时祝云平和丁瑜办好手续回来了，站在祝星遥旁边。看几个女孩子都已红了眼眶，丁瑜笑着道："星遥也不是不回来了。等放假了，我们请大家去家里玩。"

祝云平揉了揉祝星遥的脑袋，低头说："好了，我们要走了。"

祝星遥长得那么漂亮，她的父母自然也好看，一家三口站在一起，无论是气质还是外表，都非常养眼。江途想起自己的赌徒父亲、懦弱的母亲、年幼调皮的弟弟以及一身的债务……他的人生一团糟，而她生在一个幸福完美的家庭里。她是被父母捧在手心里的星星，单纯善良，无忧无虑。

两人之间隔着的，是一道他跨不过去的深渊。

祝星遥咬着唇看向江途。

他还没有跟她拥抱道别。

江途望向祝星遥，大步走过去，在一步之外就伸手勾住了祝星遥的肩膀。祝星遥被他往前带了两小步，一头撞进他的怀里。他抱得非常用力，用力得让祝星遥都喘不上气了。江途将下巴埋进她的头发里，闻到了她头发和身上好闻的香味。他用力地咽了口口水，在她的耳边低语："祝星遥，再见。"

祝星遥眼眶发热，眼泪毫无预警地落下。

江途松开祝星遥，转身走远了。

一群人走出机场，江途走在最前面，走得很快。林佳语小跑着跟在他后面："江途，我们去搭巴士吧。"

陆霁和许向阳他们叫的车到了，周原拉开车门准备上车，转头看到陆霁往林佳语那边走，喊了声："你上哪去？"

陆霁没回答，大步走到江途和林佳语身后，冷声道："江途。"

江途回头，一脸冷淡地看他。

"你到底想怎么样？"陆霁皱眉说，"你要是不敢追，就别暗戳戳地招惹她。"

江途眯了一下眼睛，没说话。

陆霁看他这样，忽然恼火了，冷笑道："我跟祝星遥没提过分手，我们还在一起。"

江途转身走了，很快就上了一辆巴士。林佳语站在原地，咬着唇看陆霁，很快也转身跑了，跟着江途上了巴士。

陆霁黑着脸走回去，上了出租车。

周原问："你怎么了？"

陆霁不耐烦地说："没事。"

飞机上，祝星遥盯着窗外的停机坪，垂着湿润的睫毛，看起来很伤心。祝云平揉揉她的头发，温和地说："星星，人越长大面对的分别就越多，总有些人会跟你渐行渐远。有缘分的话，你们以后总会再相聚的。"

6月底，江途收到了H大的录取通知书。他逼着江锦辉跟舒娴离了婚，江锦辉指着舒娴和江途放话："你是我的前妻，你是我的儿子，这辈子都无法改变。你们以为离婚了，追债的人就找不到你们了吗？"

7月初，江途跟舒娴带着十三岁的江路离开了荷西巷，搬到了一个比荷西巷还破旧的地方。

8月初，林佳语跟父母搬出荷西巷，住进了他们新买的房子。林父背着林母给江途塞了十五万块，江途怎么也不肯收，林父拍着江途的肩膀叹气："叔叔只能帮你这么多了。你先把欠陈毅那边的钱还了，不然你下个月去上大学了你妈跟小路怎么办？他们禁不住打，也没人替他们扛。我是看着你长大的，这件事我不管的话，良心上过不去。钱，你毕业后赚了再还给我，现在就好好上学，知道吗？"

江途的眼眶红了，他沉默了一会儿，说："谢谢林叔。"

那几个月，是江途人生里最黑暗、最艰难的时光。

江途跟祝星遥就像两条平行线，他拼命地去交会过，却只能不甘地停下。最终，两条线渐渐地重归平行。

9月底，这天下大雨，H大门口人来人往，雨水在地上砸出一个个水花。电脑配件店门口，江途背着一个黑色的包，靠在墙边抽烟。他轻轻地吸了一口烟，望着雨幕等雨停，眼神凉薄。

电脑配件店旁边是一家快餐店，经过的女生都下意识地朝他多看几眼。

江途的手机提示音响了，他拿出来看了一眼，是寝室长袁洋发来的短信。袁洋说："江途，你回来时在校门口帮我们带点吃的行吗？带什么都成，现在不好订外卖。"

江途低头回复："好。"

他把手机塞进裤兜，有个女生撑着伞走到他面前，红着脸小心翼翼地问："同学，你没带伞吗？我们可以一起走，我送你到寝室楼下。"

江途看了她一眼，冷漠地说："不用了，谢谢。"

他无论是语气还是表情都太冷了。上来搭讪就已经花了她全部的勇气了，女生咬咬唇，失落地走了。

过了一会儿雨小了，江途走进快餐店买了三份饭，然后往学校里走。

江途推开寝室门，凑在电脑面前的三人转头看过来。袁洋站起来说："回来了啊！谢谢啊。"

"不用。"江途把饭搁在桌上。

每个饭盒上都有小票，袁洋他们把饭钱给了江途。

江途接过饭钱放到桌上，转身拿了干净的衣服走进洗手间洗澡。他一进去，室友杜云飞就压低声音对袁洋说："你说要叫人帮忙带饭，原来是叫江途啊。我跟他一起住了快一个月了，还是没太适应，他太冷漠了。"

袁洋是寝室长，也是班长。

袁洋掰开筷子笑了笑："江途就是看着冷，人还是很好相处的。只要有人开口叫他帮忙，他能帮的基本会帮。"

杜云飞叹了口气："不过，他即便是冷，喜欢他的女生还是挺多的。打到我们寝室的电话里，十个有八个是找他的。"

可惜，江途一般不接这种电话。

但他越是这样，追他的女生就越多。

大学跟高中不一样，没有老师追着抓早恋，也没有家长命令"不能早恋"，所以，很多人一上大学就跟脱了缰的野马似的，迅速谈起恋爱来。

江途给人的第一感觉就是"冷"，一看就特别不好相处。但他长得好看，气质沉静，十分吸引女生的关注。有一次，林佳语在整理照片，室友一看到江途的照片眼睛就亮了，指着江途问："哇，这个是谁？"

那张照片是江途十八岁生日时在烤肉店里拍的，是林佳语跟他的合影。照片上的江途穿着黑色的外套，神情冷淡地看着镜头。他虽然很上镜，但本人更好看一点。

林佳语本来想考北京师范大学，后来突然不想去北京了，最终决定去广东。除了开学前林佳语跟江途打了个电话外，两人已经大半个月没联系了——是江途单方面不跟她联系的。

她叹了口气，回答室友："我的青梅竹马。"

室友忙问："男朋友？"

林佳语忙摇头："不是不是，他不喜欢我，我也不喜欢他……"

"这么帅的你都不喜欢？"

林佳语笑了笑："他有喜欢的人了。"

室友问："漂亮吗？"

林佳语说："比我们学校的校花都漂亮。"

室友又问："那他们是男女朋友吗？"

林佳语说："不是……"

祝星遥都不知道江途喜欢她。

德国柏林的夜晚，祝星遥在房间里打开电脑登录了QQ。大学才开学没多久，高中的班级群里还很热闹，大家聊着各自学校里发生的趣事，聊自己加入了哪个社团，顺便吐槽哪个食堂的饭难吃，彼此十分热络。

高三（1）班的班级群里偶尔还有人议论起江途："虽然错过了清华，但H大也不错啊，就是挺可惜。"

祝星遥有时会主动找江途聊天。

遥遥天上星："途哥，你在新学校里还好吗？"

江途："很好。"

遥遥天上星："途哥，你们学校的饭菜好吃吗？"

江途："很好。"

他们的对话总是这么简单。因为隔着时差，他总是很久才回复，而且每次都只回复一两个字，这让祝星遥觉得挫败、难过及委屈。

提示音响起，祝星遥发现丁巷给她发了消息。

丁巷："女神，途哥有把电话号码给你吗？"

丁巷："我问他要电话号码，他都没回复我。"

祝星遥也找江途要过电话号码，但已经快两个星期过去了，他还没有回复她。祝星遥觉得他不会告诉她了，撇了撇嘴角，回复丁巷："没有，他也没有告诉我。"

祝星遥已经十八岁了，一直以来她过得顺风顺水，几乎没吃过什么苦没受过什么委屈，更没有被人故意冷落过。她唯一一次受伤，是因为江途；唯一冷落她的人是江途；唯一让她觉得委屈的人也是江途。

10月1日傍晚，祝星遥刚下课就收到了一个意外的惊喜：陆霁、许向阳、黎西西和其他三个人来德国旅游了，现在已经到她的学校门口了。

她惊喜不已，几乎是跑着出去的。没有比在异国他乡看到好朋友更让人开心的事了。

祝星遥穿着毛衣，背着大提琴跑到校门口，黎西西立马冲了上来。两个女孩子抱在一起，又笑又跳。祝星遥开心地问："你们怎么来了？也没跟我说一声。"

"哈哈，为了给你惊喜啊！"黎西西高兴地说，"军训的时候他们就在商量国庆假期要去哪里玩，陆霁提议要来柏林，我们都同意了，反正假期有八天呢。最主要的是，我高考发挥得好，我爸给了我一笔钱，所以我们就一起来了。"

祝星遥笑着看向陆霁他们说："你们住哪里？"

陆霁穿着黑色棒球服，将手插在裤子口袋里，笑着走到她跟前："酒店啊，已经安排好了。"他看着她的大提琴，"你住在哪里？"

"就住在学校附近。"祝星遥看看他，又转头去问黎西西："你们要去我住的地方看看吗？"

"当然！"黎西西喊道。

祝云平和丁瑜给祝星遥租了一套很大的公寓，又因为担心她一个人住不够安全，替她找了一个靠谱的女室友。室友也是中国人，学钢琴的，比祝星遥早一年来德国，叫姜觅，祝星遥平时叫姜觅学姐。

大提琴和钢琴合奏的声音是天籁之音，两人时常一起练习，关系很好。

姜觅看到祝星遥带了一大群人回来，惊讶不已。祝星遥笑着解释："这几位是我的高中同学，那边三个是他们的大学同学。他们一起来柏林旅游，顺便来看看我。"

陆霁纠正她："你说错了，我们是来看你，顺便来旅游。"

祝星遥愣了，黎西西哈哈大笑起来，姜觅则挤眉弄眼地看祝星遥。祝星遥低下头，转移话题："你们快进来。"她把大提琴放好，转身问他们，"想吃什么？"

公寓被祝星遥和姜觅布置得很漂亮，黎西西一进门就到处参观："要不我们自己做饭？吃火锅好不好？"黎西西指着宽大的白色长方形餐桌，"这里的氛围很好。"

于是，一群人去超市买了菜和火锅底料，准备回来煮火锅。

三个女孩子洗菜的时候，姜觅突然凑到祝星遥身边问："快说，陆霁是不是在追你？"

祝星遥不知道该怎么向姜觅解释她跟陆霁的关系，正愣着，黎西西便抢答道："什么啊，他们本来就是一对，高三时就在一起了。"

祝星遥连忙说："不是了……"

姜觅瞪大眼睛，有些不解："到底是还是不是啊？"

黎西西愣住了，转头看向祝星遥，问："你跟陆霁分手了？什么时候？"

"谁说我们分手了？"陆霁不知什么时候站到门口了，看着祝星遥轻声说，"祝星遥，我们没说过分手。"

祝星遥愣住了。她一直以为他俩跟刘主任谈话后就算分手了，现在回想起来，好像确实没提过分手的事。

当着那么多人的面，祝星遥看着陆霁的眼睛，突然有些茫然，不知道该说什么好。陆霁走到她身旁，低声重复道："我们没分手。"

吃火锅的时候，姜觅兴致勃勃地问祝星遥是怎么跟陆霁在一起的，黎西西爆料道："当时陆霁为星星做了一整片的星星灯向她表白，震撼全校。"

姜觅眼睛发亮："哇！那是什么样子的？"

陆霁抿紧唇角，听黎西西天花乱坠地描述，忽然觉得这顿火锅吃得索然无味。

陆霁他们在德国玩了五天，10月6日就回国了。送走他们后，祝星遥回到公寓，坐在沙发上抱着抱枕，觉得有点难过。

正在弹钢琴的姜觅停下来，走过来问："是不是舍不得你男朋友？"

祝星遥愣了一下，轻轻地摇了摇头。在机场的时候，陆霁抱住了她，在她的额头上亲了一下。

她去年8月答应过要和陆霁交往，但留学的一年间，两人都没什么特别的交集。她以为他们已经分手了，但事实是，他们连"分手"这个词都没提过。

现在她突然多了一个男朋友，不对，应该说这个男朋友其实一直存在。

可是，为什么她觉得心中这么空荡、迷茫呢？

国庆假期，江途白天黑夜都忙着打工、上课，没有任何休息。

直到10月中旬的某个夜晚，江途才打开QQ，看到丁巷发来的消息。

丁巷："途哥，也不知道你现在过得怎么样，大家都没有你的消息。女神说你没有把电话告诉她，好像挺难过的。你偶尔跟大家联系一下呗。"

江途点开祝星遥的对话框，沉默地看了一会儿，回复丁巷："我很好，不用担心。"

丁巷在线，看到他的回复，很快就回了过来："途哥，难得抓到你上线！你假期都干什么呢？我都没看到你上QQ。对了，黎西西和陆霁他们国庆时去德国看女神了，你知道吗？"

丁巷跟高中时一样话多，但凡碰上跟祝星遥有关的事情，都会拿出来说一说。

江途回复他："是吗？"

丁巷："是啊！黎西西的空间里有照片。"

黎西西专门建了一个相册，命名为"德国旅行"，里面有上百张照片。江途一张张翻过去，看到陆霁将手搭在祝星遥的肩膀上的那张照片时，呼吸都变得压抑了。江途沉默地盯着照片，想，不得不承认，陆霁的确很优秀，和祝星遥从外表到家世都很相配，确实比自己更适合祝星遥。

陆霁喜欢了祝星遥三年，从高一就开始追她。他有时间，有钱，有自由，没有任何能绊住他的东西，想见祝星遥的时候就可以去见她。

高中的时候，他们早恋，自己就卑鄙地举报了，为了让他们分开。

可现在呢？自己拿什么去阻止他们？又有什么资格去阻止？

他连生活都难以维持，欠了林叔的钱，要赚生活费，还有一个破破烂烂的家。

想到这里，江途关掉了祝星遥的对话框。

江途像是消失了，除了林佳语偶尔能跟他联系上外，其他人都联系不上他。他忙着上课，忙着打工赚钱，忙着拒绝追他的女生。

他有点不明白，为什么会有女生喜欢他，她们喜欢他什么呢？他什么也没有。

11月底，寒风簌簌。

江途走进寝室，觉得暖和些了。袁洋指着窗边的座机说："江途，咱们系花又打电话来了。”话筒放在旁边，电话还通着。江途皱了皱眉，走过去把电话挂了。袁洋和杜云飞他们看得目瞪口呆。

袁洋咳了声：“系花很漂亮啊，还这么热情，你就不考虑一下？”

江途反问：“很漂亮吗？”

杜云飞瞪眼：“这还不漂亮啊？”

江途沉默了，没再跟室友讨论这件事。

系花是个大胆热情的姑娘，对江途的冷淡毫不在意，颇有几分死缠烂打的气势。

2010年1月19日，江途二十岁生日那天，系花抱着礼物又一次把他堵在寝室楼下。江途拒绝了她的礼物，绕过她走向寝室大门，她跑到他面前拦住他，还是那句话：“你又没有女朋友，为什么就不能跟我试试呢？”

江途对这种穷追不舍的行为感到很烦躁，冷眼看着她，笑了声：“跟我在一起，基本上不会有约会。我不会陪你逛街、吃喝玩乐，估计连件像样的礼物都不会送给你，就连出去开房，大概也要你付钱。”

系花愣住了，脸色僵硬。

这段对话被路过的人听见，不知怎么就传开了，大家都知道江途是个穷得不能再穷的人了。当天晚上，袁洋满脸震惊地问江途：“你这是准备当和尚吗？我赌你大学四年都是‘光棍’。”

江途毫不在意：“嗯，我赌你赢。”

有时候谣言的传播力是很可怕的，这段对话传到江途的高中同学耳朵里时，已经从一开始的“江途穷得连跟女朋友开房的钱都没有”变成“江途穷得连跟女朋友开房都是女生付钱”了。

祝星遥是从黎西西那里听说了这个谣言的。

黎西西：“你知道吗，途哥有女朋友了。”

黎西西：“你肯定没想到，他不仅谈了恋爱，还迅速地上‘三垒’了。果然男人都是用下半身思考的动物。最重要的是，房钱还是女生付的！！！”

黎西西：“不对啊，他们家不是拿了拆迁款吗？还了高利贷后，应该还剩下一点啊。难道他是因为高考失利，打击太大，然后就堕落放纵了？”

当时祝星遥正在飞机上，准备回国过春节。

她下飞机后刚打开手机，就看见黎西西给她发了许多条消息。

最后一条是："其实，当初江途为了你打张晟的时候，我以为他喜欢你，但我怕你多想，所以一直没跟你说。反正，他现在有女朋友了，你跟陆霁也挺好的，我说说也没事。"

江途有女朋友了？

祝星遥坐在车上，看着信息发愣。

原来，那不是她的错觉吗？或许是因为长大了一些，也或许是因为脱离了那个环境，祝星遥的回忆忽然变得清晰起来。她回想起来，也觉得江途好像是喜欢她的，那种喜欢若即若离，很难捕捉。

车子经过熟悉的街景时，她回过神，坐直了看向窗外。

老刘说："这里是荷西巷，都被铲平了，你还认得不？"

祝星遥看着那一大片废墟，上面停着推土机，建了安全网。她忽然很难过，还没有好好地去里面看过一次，荷西巷就消失了。如今大家天南地北，各奔东西，联系慢慢变少了，就连熟悉的城市也因为时代的变迁变得陌生起来。

但是，对她来说，最大的变迁就是她跟江途再也联系不上了。

晚上，还在北京的陆霁打电话给祝星遥。祝星遥正在整理旧物，蹲坐在衣柜前，翻到了藏在柜子里的那八十多封情书。她坐在地毯上，小声说："陆霁，我翻到了你以前写给我的信，我刚刚数了一下，有八十七封呢！其实毕业后收不到你的信了，我还有点不习惯呢。"

陆霁沉默了数秒后，笑了笑。

祝星遥撇嘴，问："你笑什么啊？"

陆霁声音有些飘："没什么，你回来了我高兴啊。"

他其实是在想，江途到底有多喜欢祝星遥，又做了多少让祝星遥误会的事情才会把她一步一步地推到自己的身边。他还在想，祝星遥喜欢的人，是不是一直是江途……

陆霁挂断电话，从阳台走进客厅，在桌上拿了许向阳的烟，说："我抽一根。"

许向阳正在跟黎西西玩游戏，抬头问："你不是不抽吗？"

"突然想抽了。"陆霁把烟塞进嘴里，低头点燃——男生抽烟几乎不用学。他用力地吸了一口，心里的烦闷和无奈却半点也没有消失。

在祝星遥的认知里，感情是简单纯粹的，可她正经历的感情既不简单也不纯粹。她不知道要怎么形容跟陆霁在一起的感觉，两人之间似乎总隔着一层纱。她有时候能感觉到陆霁不高兴，但他的情绪调整得很快，似乎一切只是她的错觉。

2010年国庆节，祝星遥从德国飞回北京，跟陈蓝乐团在北京大剧院参与音乐会演奏，那是她第一次在北京大剧院登台演奏。音乐会结束的第二天晚上，陆霁带她跟同学吃饭，许向阳和黎西西也在。黎西西也在北京上学，早就跟陆霁和许向阳的同学熟络了，一早就把陆霁的老底掀了，大家都知道陆霁跟祝星遥高中时就在一起了。当然，他们也知道陆霁做了一大片星星灯向祝星遥表白的壮举。

KTV包厢里，祝星遥被拉着一起玩“真心话大冒险”的游戏。她输了，选了“真心话”，觉得大家对她挺友好的，应该不会问过分的问题。

陆霁的室友不怀好意地问：“你跟陆男神的初吻，是在哪里发生的？”

这题的答案连黎西西都不知道。

祝星遥很不好意思，看了一眼陆霁，低下头小声说：“医院。”

陆霁的脑子嗡的一下变得空白，他转头看向祝星遥，他们的初吻并不是在医院。陆霁垂下眼，拿起啤酒灌下去，突然觉得自己很可悲。江途就算从祝星遥的生活里消失了，可江途留下的痕迹却一点点地展露出来——情书、初吻、星星灯，还有什么呢？

陆霁一遍遍地回想，突然觉得这段恋爱他是在替江途谈，憋屈到了极点。

12月初的某个夜晚，陆霁喝多后给祝星遥打了个电话，低声问：“祝星遥，如果我说那片星星灯不是我送的，你当初还会不会答应跟我在一起？”

祝星遥愣愣地问：“不是你送的吗？”

他自嘲地笑了声：“告诉你一个小秘密，我有点恐高。”

那片树林高大繁茂，如果陆霁恐高的话，怎么可能把几千盏星星灯挂上去？他是在告诉她，那片星星灯不是他做的。祝星遥忽然心乱如麻，磕磕巴巴地问：“那、那是谁做的？”

陆霁沉默了很久，轻声问："你觉得是谁呢？"

"我……"

祝星遥脑子里晃过的，是江途沉静的脸庞。距离她十七岁生日已经过去两年多了，她不知道该如何形容这一刻的心情，只是控制不住地颤抖着说："那你为什么以前不说？"

"你就当我有私心吧。"陆霁追了祝星遥三年，虽然喜欢她，但也有自己的傲气。江途留下的破事，别指望自己一桩桩地替他解释清楚。

陆霁低声说："祝星遥，你好好想一想，你真的喜欢我吗？"

第二天晚上，祝星遥陪姜觅练习的时候，姜觅过来捏她的脸："我的小星星，你今天怎么心不在焉的，在想什么呢？"

祝星遥不知道该怎么说，觉得自己像个坏女孩。她不知道为什么每次想起江途的时候，心底总是难受得想哭。她想象不出江途做那片星星灯时的心情和表情，一想到就觉得难过，他明明知道全校都误会了，却从来不解释。就算她因此跟陆霁在一起了，他也不解释，他当时到底是什么心情呢？

姜觅想了想说："我觉得女人可能会永远记得让她哭过的男人，却不一定记得让她笑过的男人，因为你的一生中，快乐肯定比痛苦多。能给你快乐的人很多，但能让你心疼到想哭的男人，可能只有一个。"

2010年12月11日晚上，江途回到寝室，打开电脑，登录了很久没用的旧QQ，看到十几天前祝星遥发来的消息。

遥遥天上星："途哥，那片星星灯是你送给我的吗？"

江途愣住了，定定地盯着电脑屏幕，不知道她为什么突然这么问。手指在键盘上输入又删减，几次后，他关掉对话框，退出了QQ。

就算他承认了，又能怎么样呢？他依旧什么也不能做，何必让她徒生烦恼。

2011年春节前，祝星遥跟陆霁分手了，结束了这场朦胧被动的初恋。

那年春节，祝星遥、黎西西跟林佳语见过一面。江途没有回江城，黎西西问："他不是去女朋友家了吧？"

林佳语愣住，然后疯狂地摇头："什么女朋友啊，那些传言是假的！江途绝对不可能有女朋友。他、他要是有女朋友，那我都有十个男朋友了！”

祝星遥捧着手里的热饮，低头不语。

2011年春，黎西西在室友的怂恿下报名参加了“××女声”的比赛，意外地一路杀进决赛。

祝星遥去年参加在慕尼黑举办的ARD国际音乐大赛（慕尼黑国际音乐比赛），获得了大提琴组的一等奖。同时，她因为和陈蓝乐团一起巡演，长得又漂亮，每次亮相都给媒体留下了深刻的印象，慢慢地打开了知名度。

黎西西参加决赛的时候，祝星遥上台为她助阵。

2011年6月11日，江途收到了祝星遥的QQ消息。

遥遥天上星：“途哥，西西参加了‘××女声’的比赛，你有时间的话就帮她投个票，可以吗？”

H大男寝，江途坐在电脑前，盯着对话框，想起高一暑假她跟黎西西误入“××男声”比赛现场的事，嘴角弯了一下。他没有回复祝星遥，而是在网上查了投票方式，转头跟袁洋说：“给你发了个链接，你们帮忙投个票吧。”

袁洋打开链接，觉得稀奇，江途还会帮人拉票？

袁洋问：“这是谁啊？”

江途顿了一下说：“朋友的朋友。”

老袁跟杜云飞只知道江途有个青梅竹马，偶尔会打电话来关心江途，江途没接的话，就会打到宿舍来。老袁问：“是你那个小青梅的朋友？”

江途说：“算吧。”

林佳语跟祝星遥、黎西西的关系挺好的，只是因为他，她们间的联系也少了。

第二天，江途又说：“以后继续帮忙投票吧，晚上请你们吃夜宵。”

袁洋问：“需要帮忙拉票吗？”

江途顿了一下说：“麻烦了。”

这两年江途帮了大家不少忙，他的专业课成绩好，别人请教他的时候他都会耐心讲解，在外面打工时会顺便帮大家带东西回来。难得江途请人帮忙，袁洋他们都利用了自己全部的人脉帮黎西西拉票。

黎西西冲进了全国总决赛。

9月份，总决赛那晚，袁洋他们凑在电脑前看直播，面前放着烧烤和啤酒，边吃边看。

江途拎着一罐啤酒靠在阳台上，望着窗外的星空，有些出神，不知道祝星遥现在在做什么。忽然，他身后传来老袁的叫声："这个拉大提琴的姑娘长得真漂亮啊！"

他蓦地转头，看向电脑屏幕。直播镜头已经过去了，他没看到。

江途走到老袁身后，紧盯着电脑屏幕。黎西西唱的是今年4月份逃跑计划乐队刚发行的歌曲《夜空中最亮的星》。镜头一晃，大提琴手又出现了。

祝星遥已经二十岁了，比高中时高了一些。她穿着黑色定制礼服，戴着星星吊坠的项链，锁骨平直漂亮，气质突出，比十几岁的时候更闪耀漂亮。

黎西西还是一头短发，瘦瘦的。她走到祝星遥身旁，唱得动情：

夜空中最亮的星能否记起
曾与我同行
消失在风里的身影
我祈祷拥有一颗透明的心灵
和会流泪的眼睛
给我再去相信的勇气
Oh，越过谎言去拥抱你

江途盯着电脑屏幕，喉结用力地滚了一下，直到烟烫了手才蓦地回过神来。

杜云飞指着电脑上的祝星遥，问："这姑娘是谁啊？感觉比很多明星漂亮。我去网上查查有没有她的名字，从今天起，她就是我的女神了。"

老袁哈哈大笑，转头问江途："这算漂亮了吧？"

系花不够漂亮，那这个够漂亮了吧？

老袁本来只是在开玩笑，没指望江途回答，江途却低声说："漂亮。"

当时，林佳语也在看直播，听到黎西西唱的那首歌，看到在电视直播中出现的祝星遥，忽然就红了眼眶。

她不知道江途有没有看到，也不知道他看到后会是什么心情。

江途为祝星遥做了那么多事情，那么喜欢她……

江途站在阳台上，仰头灌了一口冰凉的啤酒。他已经二十一岁了，蜕去了少年模样，彻底成了男人，轮廓线条变得清晰起来。他的手机铃声响了，林佳语打电话来了。林佳语说："刚刚我在电视上看到祝星遥了。"

他笑了笑："嗯，我也看到了。"

林佳语忽然不知道要说什么，叹了口气。

几天后，林佳语在晋江文学城注册了一个账号，开始断断续续地在网站上连载一个真实的暗恋故事，书名叫《等星星》。这本书不火，可也陆续有了一些读者。

2012年，祝星遥不再给江途发消息。那一年，她举办了两次个人演奏会，受邀参与了各国知名交响乐团的合作演出，有人说她是大提琴界一颗冉冉升起的新星。

江途在搜索框里搜"祝星遥"时，会出来一大串关于她的消息。

2013年1月1日，荷西体育馆对外开放了。拆了整个荷西巷建成的体育馆，是全省城面积最大的体育馆。2月初，祝星遥回国过春节，某天下午整理旧物的时候翻到了那个已经坏掉的机器人，还有一袋游戏币。她看着这两样东西就想起江途，想到江途，心情就变得低落了。最后，她围上厚厚的围巾，将半张脸埋在围巾里，让老刘把她送到荷西体育馆。

祝星遥站在外面张望那座崭新的体育馆，这里已经找不到任何荷西巷的影子了。她根本不记得路，只能漫无目的地往前走。她站在一排商铺附近，远远地看见一个有些眼熟的男人，他面前站着一个女人，两人不知道在争吵什么，女人忽然哭了起来。

男人竟然是陈毅，他正粗暴地拽着女人往前走。

祝星遥松了口气，并不想跟陈毅碰面。她往前走，看见了一家鸭血粉丝店。店铺的招牌很眼熟，正是以前开在荷西巷里的那家店，她惊喜地走进去。

"陈毅这几年真是越来越浑蛋了，对女朋友都这么粗暴，也不知道女孩子跟他是图什么。"

"他什么时候不浑蛋？说起来最气人的还是江途高考那件事，我现在想起来都觉得江途那孩子太可怜了，被陈毅按着不让走，还被打了一身伤，误了高考。要不是那场意外，说不定那年的高考省状元就是他了，结果最后去了个H大。”

“这件事我也记得，我还看见警车一路把那孩子送往考场。赌博害一生，可千万别碰。你看看我们荷西巷的那些住户，除了江家，谁家没住上新房？谁家不是拿着钱过上了好日子？”

祝星遥僵在门口，脑子里嗡嗡作响，像是突然耳鸣了，只隐约听到几条关键信息：江途在高考时迟到不是因为车祸，是因为陈毅；他身上的伤是被打出来的；江家的房子被抵押出去了，江途不但没拿到拆迁款，还背了一身的债务……

坐在门口的大叔被祝星遥吓到了，连忙问：“小姑娘，你怎么哭了啊？”

祝星遥走出店铺的时候将下巴埋在围巾里，一双大眼睛湿润通红，看起来楚楚可怜。她走到路边拦了一辆出租车，想了想，最后决定去人民医院找丁瑜。

她低头坐在后排，回忆起关于江途的事，想起他家里的债务，想起他总是打很多份工，想起他被全校误会后却一声不吭……

她笃定，江途是喜欢她的。

他应该很喜欢、很喜欢她，才能如此隐忍、克制、理智、清醒。

祝星遥想到他旷课去挂那些星星灯；想到他打张晟的凶狠模样；想到他被陈毅那群人压着拼命地挣扎的样子；想到他骗了所有人，让人以为他只是出了一场车祸；想到他在机场用力地拥抱她，向她告别。她不知道他说那么多谎话的时候，心里到底有多难受。她很想知道他的心理承受能力到底有多强大，想知道他到底是怎么将那颗千疮百孔的心藏在冷漠的表情下的。

她看着窗外，咬着颤抖的唇，眼眶又湿了。

学姐说得对，疼痛永远比快乐难忘。

祝星遥现在只要一想起江途，就心疼得不行。她从出租车里下来，走进医院，低着头一个人往安全通道的方向走去。

安全通道里，祝星遥走到三楼，一抬眼就愣住了。

陈毅正靠在安全通道口的门上抽烟，有个小女孩对他说：“叔叔，医院里不能抽烟哦。”随后，小女孩被家长带走了。

陈毅不耐烦地转头，瞥见祝星遥，吓了一跳。

祝星遥一直觉得自己是个有涵养的人，没想过自己有一天会恨一个人，恨到一看见他心底的怒气就往上涌，也从来没想过自己也会有冲动得几乎失去理智的一天。

此时，她看到的是陈毅的脸，想到的是他将江途的脸和自尊按在地上摩擦的场景。

她无法想象江途当时有多绝望。

陈毅盯着祝星遥看，最近三四年他只在网上见过她。他一直知道她漂亮得像个仙女，十几岁的时候漂亮，现在更漂亮……他神情恍惚，祝星遥却突然红着眼眶朝他走过来，模样楚楚可怜，让人有些移不开视线。

祝星遥走到他面前，不由分说地拿起包就往他的脑袋上砸，发了狠似的，一下比一下用力。她包里装的东西多，有些沉，还有棱角，砸人还挺疼的。

陈毅被她砸蒙了，挨了好几下后才反应过来，抓住她的包，皱眉看她：“你发什么疯？有……”祝星遥哭得泪流满面，陈毅愣住了。

祝星遥趁机抢回包，用尽所有力气打他，打得她发丝凌乱。

陈毅又不能还手，只能往旁边躲，抬手护住脑袋：“我说你这个小姑娘是怎么回事，突然就打人……”他忽然想起什么，抓住她的包，“你不会是在替江途那小子打人吧？”

他冷笑了声：“那也是他活该，欠了钱骨头还那么硬，敢在大街上打我。我不教训他一下……”

祝星遥红着眼眶瞪他。他这样的无赖永远不会知道高考对江途有多重要，更不会知道他让江途错失的，或者，让她也错失了的……到底是什么。

她只知道自己气疯了，也心疼疯了，一下又一下地打陈毅。

忽然，她被人从身后拽住，拽住她的女人气势汹汹地骂：“你怎么回事？你凭什么打我男朋友？”祝星遥正沉浸在自己的情绪里，整个人处于极度紧绷的状态。

慢慢地，有人围在安全楼梯口处议论起来。

祝星遥稍稍恢复了理智，用力地咽了口口水，冷眼看着陈毅，把围巾拉起来遮住脸，转身就要走。陈毅的女朋友揪着祝星遥不放，伸手去扯祝星遥的围巾和头发。祝星遥被她抓得很疼，急得用力一扯，把围巾扯了回来。此时，陈毅的女朋友忽然失去平衡，一脚踩空了，人摔下楼梯。

陈毅没抓住她，眼睁睁地看着女人往下摔去，发出惨叫声。

围观的人群倒吸了一口凉气。

祝星遥僵硬地回头。陈毅已经到了女人身边，女人捂住腹部一脸痛苦地说："我、我的肚子疼……孩子……"

祝星遥的脸上瞬间失去血色，变得煞白，模样看起来极为脆弱。

陈毅抱起女人，抬头看了一眼祝星遥，皱着眉没说什么，跑向妇产科。有人帮忙喊："医生，有孕妇摔倒了！"

护士很快推着车赶到，将女人运进了急救室。

祝星遥像是被抽空了力气，在原地瘫了很久后才迈着千斤重的步子一步一步地往手术室的方向走。

脑子里一片空白，她不知道自己该想什么、该怎么办，只能惶恐地在内心祈祷。

陈毅站在手术室门口，转头去看祝星遥。

祝星遥低着头倚着墙壁，过了一会儿，冰凉的手被人握住。她茫然地抬起头，丁瑜心疼地看着她，搓着她发凉发麻的指尖，搂住她柔声安慰道："没事的，星星，别慌啊……"

祝星遥张张嘴，一句话都说不出来，不知道事情怎么突然就变成这样了。

很快，祝云平也赶过来了。

没多久，女人做完手术出来，被推进了病房。

祝星遥被丁瑜带进办公室，丁瑜把热水袋放到她的怀里让她暖着，又去了解了一下陈毅的女朋友的情况。

祝云平跟陈毅找了个地方谈话。

几年前，祝云平底气十足地报警把陈毅送去警局，要求他以后见到祝星遥就绕道而行。时到今日，祝云平没想到自己会有向一个小混混低头的时候。

陈毅直白地说："不用多说了，我只要钱！只要给我钱，这件事我就不再追究。"

祝云平点了点头。

祝星遥一整天都待在丁瑜的办公室里，几乎没吃东西，安安静静地坐在帘子后面，脸色惨白。丁瑜走进办公室，把热粥搁在桌上，摸摸女儿的头发，柔声道："先吃点东西好不好？你都一天没吃了。"

"妈妈……"祝星遥忽然抬起头，眼眶里满是泪，整个人都在抖，"我这样算不算杀人了？"

丁瑜的眼眶也红了，她抱住女儿："你不要这样想，这是一个意外。"

祝星遥哽咽道："那可是一条小生命啊……"

她浑身发冷，如坠冰窟。

丁瑜不知道该怎么安慰她，女儿从小善良单纯，这件事对她的打击无疑是巨大的。丁瑜生怕自己一句话说错，就让她走进死胡同里。

丁瑜只能摸摸女儿的头，低声说："你在这里坐着，妈妈出去一下。"她得去找丈夫商量一下要怎么办，在安抚女儿这方面，丈夫比她做得好。

祝星遥呆呆地坐了一会儿，站起来走出办公室，往病房走去。

陈毅的女朋友叫江月，二十七岁，被安排在单人病房里。祝星遥进去时，江月已经醒了，正靠在床上发呆。她一看见祝星遥，情绪就崩溃了："你还有脸来？"

祝星遥站在床边，艰难地说道："对不起……"

"对不起有用吗？你能还我孩子吗？"江月忽然抄起柜子上的手机朝她砸过去，祝星遥没躲，手机砰地砸到她的额头，额头上立即红肿了一块。

祝星遥觉得自己像个罪人，继续道歉："对不起……"

江月疯了似的，把桌上能扔的东西全部扔向祝星遥。

陈毅推门进来，按住江月沉声道："你在发什么疯？"

江月红着眼眶瞪他，指着祝星遥道："你是不是看她漂亮，打算这件事就这么算了？我跟你说，没完！我……"

"想不想要钱？"

"我……"

江月吸着鼻子，愣了一下，抬头看陈毅。

陈毅有些不耐烦，转头看到祝星遥额头上的伤以及大衣上的汤水，皱了皱眉说："你出去吧，不用再来了，你爸给我钱了。"

江月回过神来，哭着说："钱？钱能买回我的孩子吗？"

陈毅厉声道："闭嘴！"

冬夜的街头，行人急匆匆地赶路。祝星遥将大半张脸埋在围巾里，拖着两条僵硬的腿，迎着寒风向前走。她眯着红肿的眼睛，看了一下路标。她没想到江城还有比荷西巷更破旧的地方，路那么难认。她茫然无助地绕了半小时，还是找不到那个大叔告诉她的地址——江途现在住的地方。她没有高一时那么好运，能遇上江途。

寒风中，祝星遥站在老旧的街口，茫然地四处张望着。

她吸了吸鼻子，拿出手机想给林佳语打电话，找到号码后又突然顿住了。她打开QQ，发现网络信号很弱，往前走了很远信号才好起来。

祝星遥点开江途的对话框，虽然有千言万语，却忽然一句话也说不出来。

最后，她只发了两个字。

遥遥天上星："途哥……"

两个中年妇女从祝星遥身旁经过，正聊着天。

"你家江途今年又不回来过年吗？"

"唉，不回了。"

"去年也没回，他这么忙吗？"

"嗯……"

心猛地一跳，祝星遥倏地抬起头。

两个中年女人转过头来看她。舒娴看她长得漂亮，穿着打扮一看就是有钱人家的小姐，但模样十分狼狈，还受伤了，愣了一下，轻声问："小姑娘，你怎么了？来这里是要找人吗？"

祝星遥看着眼前的中年妇女，隐约能看出江途跟她长得有几分像。祝星遥垂下头，把脸埋进围巾里，小声说："不是……"

她说完，转身就走了。

江途都不回家过年的吗？

那他在哪里过年？

他春节时吃什么啊？

祝星遥今天哭了太多次了，一双眼睛红肿得厉害。她钻进一辆出租车里，给妈妈发短信：“妈妈，我现在回家，你不用担心我。”

深夜十点，祝星遥狼狈地走进家门，丁瑜跟祝云平都急疯了。丁瑜一看到她这副模样，心疼得眼泪都掉下来了。

丁瑜把祝星遥带进浴室，帮她擦脸擦头发，又把她的脏外套脱了。

祝星遥抬头看她，小声说：“妈妈，我自己来吧。”

丁瑜不放心。

祝星遥坚持，说自己没事。

祝星遥在浴室洗了将近一个小时才出来，丁瑜一直在外面守着。丁瑜把祝星遥带到客厅去擦药，祝星遥整个人都是僵硬的，任由妈妈摆布。

凌晨十二点，祝星遥躺在床上。

她拿出手机看QQ，江途依旧没有回复她，她抓着手机瞪着眼等，慢慢地睡着了。半夜，丁瑜走进房间，发现女儿抓着手机睡着了，小心翼翼地从她的手里拿出手机。

丁瑜刚拿走手机，祝星遥突然从梦中惊醒。

她大口地喘着气，像是要哭出来了。

丁瑜连忙打开床头的灯，柔和的灯光照着女儿红肿的额头，她心疼地把人抱过来，轻轻在祝星遥的背上拍，轻声说：“做噩梦了吗？”

“嗯……”

丁瑜轻轻按着女儿的头皮，柔声安慰道：“没事的，过几天就好了，不用怕。你要是害怕，妈妈今晚陪你睡。”

“不用了。”祝星遥喘着气，声音哑了，“我马上就二十二岁了。”

丁瑜看向她额头上的伤口，心疼地说：“是不是很疼？”

祝星遥红着眼眶摇头，想起梦中江月的腿上沾的血，想起江途一直走在前面不理她，无论她在他身后怎么喊，他都不愿意回头看她一眼。

她追，他跑得更快。

她永远也追不上他。

祝星遥屈起双腿，忽然把脸埋到膝盖上，哭着喊道：“疼，妈妈……我好疼啊！”

不管是江途这个人，还是这场意外，都让后知后觉的她觉得疼，前者是心疼，后者是难以忍受的心理创伤。

但不管是哪种疼，都是因为江途。

江途这个名字，会深深地烙印在她的记忆深处。

这两年，江途寒暑假时一直申请住校，今年也一样。春节前两天，他去了一趟银行，分别往林叔、舒娴的卡里汇了些钱。他走出银行没多久，手机铃声就响了。

林佳语在电话里说："我爸爸叫你不用急着还钱，你怎么还每个月往里面汇钱啊？都过年了，你得给自己留一点，不然你打算喝西北风去啊？"

江途走进新华书店，说："我心里有数。"

林佳语叹了口气，小声说："你7月份就要出国了，过年也不回来，我看舒姨好像很难过。"

"我先挂了。"

江途走到音像货架附近，在上面找到了祝星遥的第一张个人大提琴专辑，是三个月前发行的。他拿了十张，走到柜台付钱。收银员一看，笑道："前些天有个男生买了三十张这个专辑呢。"

"我知道。"江途淡淡地说。专辑是杜云飞买的，他还送了江途两张。

江途提着东西回到学校。整栋宿舍楼里就他一个人，安静得过分，不过他也不在意这些。

晚上，他打开许久没登录的QQ，看到电脑右下角处祝星遥的头像突然跳动起来，忽然觉得十分紧张。

2013年2月6日，遥遥天上星："途哥……"

宿舍里只有音响里传出来的大提琴演奏的声音。江途盯着屏幕有些出神，低头点了根烟，轻轻地吸了一口，想起当年他写情书的时候遇上无法说出口的事时，也只写了她的名字。

祝星遥想跟他说什么呢？他猜不出来。

班级群里，同学们正在聊组织同学聚会的事情，他点开看了一眼，有人在问："这几年有人见过江途吗？"

“照片算吗？他不是参加比赛拿奖了吗？有照片啊！挺厉害的，好像能公费出国留学。”

“所以说，厉害的人，在哪个大学里都一样。”

“话也不能这么说，H大跟清华不能比，你看陆霁跟我们班长都开始创业了。创业不是更厉害吗？陆霁和许向阳才是真正的赢家，祝星遥就不用说了，依旧是女神，黎西西也成当红歌手了。他们俩现在是事业爱情双丰收，还有比他们更幸福的人吗？”

江途面无表情地把群聊页面关了。

过了一会儿，他把祝星遥的对话框也关掉了。

祝星遥等了两天都没等到江途的回复。江月那件事对她的影响很大，她总是做噩梦，睡眠质量变得很差。春节那几天，祝星遥不时拿出手机看一眼，怕漏掉江途的信息。大年初三，父女俩坐在沙发上看电视的时候，祝云平突然笑着问：“星星，你在等别人的信息吗？”

祝星遥摇摇头：“不是，我看看时间。”

祝云平笑着没有戳穿她。关于她为什么突然打陈毅这件事，他问了两次，她不肯说，他也就不问了。祝云平问了陈毅才知道她打人是因为江途。他揉了揉她的脑袋，温和地道：“以前爸爸就跟你说过，有些人有缘的话总会相见的。在这之前，你要做好你自己，不要想太多。”

祝星遥垂下头，小声说：“我知道。”

她只是最近噩梦做得多了，希望江途能回复她一下。

高中同学聚会年年有，祝星遥以往都会参加，但今年她推掉了。黎西西难得有时间，打电话过来问：“你最近不是有时间吗，为什么不来啊？”

祝星遥抱着大提琴，把琴弓放到一边：“不想去了。”

黎西西说：“那我等会儿去看看你。我明天就得走了，经纪人天天催我！我少赚几个钱就会饿死吗？少露一次面就能过气吗？”

祝星遥笑了：“说得对，你不会过气的。”

黎西西不到一个小时就到了，还带了不少礼品。丁瑜拉着她，说：“你跟星星多聊聊。”

“好啊。”黎西西忽然感觉有点不对劲，小心翼翼地问，“星星怎么了？还是家里出什么事了？”

丁瑜有些无奈：“你跟她做了这么多年的好朋友，她应该会跟你说的。不过，如果她不说的话就算了。”

黎西西被弄得很紧张，然后熟门熟路地上楼。祝星遥的房间门半敞着，黎西西推门进来。祝星遥把大提琴放到宽大的窗台上，转头看她：“我妈妈是不是跟你说什么了？”

“到底……怎么了？”黎西西更紧张了。

房间里开了地暖，祝星遥穿着薄薄的白色毛衣坐在地毯上，黎西西跟着坐下，两个小姑娘挨着说话。黎西西听完愣了好久，之后才叹了口气说：“谁能想到你还有这么冲动的时候呢！我有时候觉得你们一点也不合适，但你们之间的关联却跟斩不断似的……这件事要是被江途知道了，他心里该是什么滋味啊！”

祝星途说：“他不会知道的。”

黎西西抱住她说：“你别多想，这是一场意外，都过去了。你忘了吧！”

祝星遥也希望能忘记这件事，但她总是想起江月撕心裂肺地朝她身上扔东西的画面。她最近经常做噩梦，神经衰弱，这已经慢慢影响到了她的学习和生活。

大四下学期，大家读研的读研，实习的实习，创业的创业，出国的出国。从3月到6月，杜云飞一直在宿舍里念叨：“女神最近都不出来参加活动了，真的是潜心修炼艺术去了？”

江途在搜索框里搜索“祝星遥”，几乎搜不到她的近况，只能看到一则新闻：“祝星遥透露，最近一两年将潜心修炼技艺，暂时不会参加比赛。如果有合适的演出机会，会考虑参与。”

老袁突然想起大一那年他下了个赌注，笑着拍手道：“来来来，当初我赌江途大学四年里都是光棍，我记得杜云飞下了另一个注。现在，咱们都毕业了，你看看江途，果然还是光棍一条，我真是服气了。”他指了指杜云飞，“给钱。”

杜云飞：“……”

四年前的赌约，竟然还有兑现的一天。

老袁从杜云飞的手中拿了四百块，将两百块放到江途的桌上。

江途看向他，淡淡地问："给我做什么？"

老袁笑："你当初也赌你自己赢，忘了啊？"

江途笑了一下，把钱还给老袁："那你晚上请大家吃夜宵吧。"

晚上，老袁点了一大堆烧烤，又买了一整箱啤酒，大有不醉不休的架势。老袁有过女朋友，大二时谈的，前段时间刚分手。杜云飞和另一个男生也谈过。

老袁看向江途，摇摇头："白长了那么一副皮囊，却连恋爱都没谈过。"

杜云飞吃了几串烧烤，拉开一听啤酒，看向江途，好奇地问："老实说，虽然我们在一间宿舍里住了四年，但你一直早出晚归，成绩又是系里第一，每次都拿奖学金，所以我总觉得你神神秘秘的。平时没见你跟哪个女生走得近一点，你不会是性冷淡或者喜欢男人吧？"

"性冷淡？那肯定不是，我都见过……"老袁咳了声，"不过，我也确实挺好奇的。"

江途穿着黑色的T恤，衬得皮肤冷白、轮廓冷硬。他面无表情地把喝空的易拉罐抛进垃圾桶里，抬头看他们，平静地说："不冷淡，不喜欢男人。"

老袁还是很为江途错过那几个追求过他的系花可惜，好奇地问："那你喜欢什么类型的啊？"

"没什么类型。"

江途抬眸，瞥向杜云飞书架上放着的专辑。专辑上，祝星遥将脸颊贴在大提琴上，目光清亮地望着前方。

他没有喜欢的类型，他喜欢的人只有祝星遥。

7月初，江途回了一趟江城。

晚上吃过饭，江途站在门外打了个电话，江路看江途挂断电话才走过去。江路今年十七岁了，身高也超过了一米八，他转头说："哥，我不想念书了，我想去打电竞比赛。"

江途皱眉问："你说什么？"

江路梗着脖子说："我说我不念书了，要去打比赛。"

江途沉下脸，冷声道："你想赚钱可以做兼职。不想念书？你知道自己在说什么吗？"

"我知道啊。"江路无所谓地说，"反正我不爱念书。"

兄弟俩都是倔脾气，江路虽怕江途，但这件事他怎么都不肯妥协。江路哼了声："反正你去美国了也管不着我，你一走我就去俱乐部。"

江途为此揍了江路一顿，但江路还是要去打电竞比赛。揍完了，江途沉默了一阵，轻声说："这是你自己的选择，你别后悔就行。"

江路吊儿郎当地说："我肯定不会后悔。"

7月底，江途去了美国，没让任何人送，一个人提着行李去机场。到了国外，他还是跟以前一样忙碌，跟着导师做项目。有时候他觉得自己就跟手里的机器人一样，没温度没感情，只是为了活着而活。

8月的某个深夜，身在德国柏林的祝星遥又一次从噩梦中醒来。她又梦到自己追着江途跑，江途却怎么也不回头，最后她摔了一跤，膝盖上全是血。

祝星遥打开灯，爬起来倒了一杯水喝。她拿出手机看了一下，天快亮了，美国那边现在是上午。

她眼眶红红地坐在床边，打开QQ，点开跟江途的对话框，想了很久还是发了一句话过去。

遥遥天上星："途哥，你理我一下好不好？"字里行间，全是委屈。

2014年春节，祝星遥回国，约了黎西西、林佳语一起逛街。黎西西全副武装，祝星遥用一条宽大的围巾遮着半张脸，只露出一双明亮漂亮的眼睛。

林佳语看到她们，忍不住笑了，撇撇嘴："你们这样显得我很普通啊。"

黎西西叹气道："没办法，谁让我红呢。"

林佳语忍不住乐了，三人走进一家下午茶餐厅。黎西西跟许向阳打了一个电话，也不知道两人怎么吵起来了，黎西西喊道："分手，这次绝对分手。许向阳我跟你说，你求我我都不吃回头草了。"说完，黎西西就把电话挂了。

“真分了啊？”林佳语小心翼翼地问。

祝星遥忍不住笑了：“假的，她跟许向阳每个月都要分一次手，跟来‘大姨妈’似的。”

林佳语：“……”

她看向祝星遥，冷不丁地问：“你跟陆霁还好吧？”

祝星遥愣了。

黎西西看向林佳语：“她跟陆霁分手了，你不知道吗？大二时就分了。这种事情也没什么好宣扬的，我们没说他们也没说，就一直没人知道。”

他们竟然大二时就分了？

林佳语瞪大了眼睛。

当天晚上林佳语就兴奋地给江途发消息：“祝星遥跟陆霁分手了，大二时就已经分了！”

许久后，江途回复：“嗯。”

这是什么意思？林佳语非常苦恼。

过了一会儿，江途回复：“我在这边签了一份三年的合约。”

三年前，林佳语在晋江文学城连载《等星星》，其间又陆续写了几本书，因成绩都不错，以至于那本写了一半的《等星星》都有了不少读者。她很担心这本书会被同学看到，毕竟主人公的特征很明显，一看到星星灯就能对号入座了。

最后，她在故事里写道——

这个故事到这里就暂时结束了。

我知道你们肯定要问，江行跟他的星星后来怎么样了。

但这本书看的人越来越多了，我怕万一“江行”看到会骂我。

几天后，我会把文锁了。

至于故事的后续……

如果有后续的话，我会回来告诉你们的。

希望这是一个未完待续的故事。

陌言川 著

青岛出版社
QINGDAO PUBLISHING HOUSE

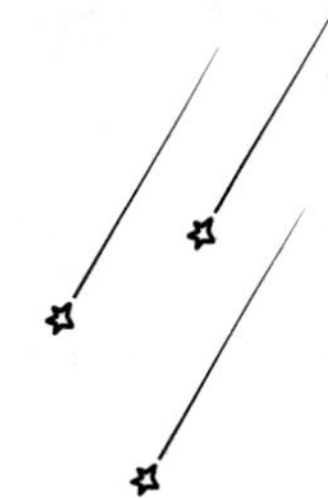

第七章

江途是最长情的人

2017年8月12日晚上八点，江城国际机场。

林佳语跟江路站在外面等候，林佳语仔细盯着人来人往的出口，江路戴着口罩和鸭舌帽，吊儿郎当地站着，胳膊杵在林佳语的肩膀上低头看比赛直播。他随口问："我哥还没出来吗？"

"没有。"

"真慢。"

林佳语不满意他在外面都盯着手机，往旁边挪步："别搭着我，我又不是手机支架。"

江路失去了"手机支架"，叹了口气："你的身高正合适啊。"

林佳语身高一米六二，也不算矮了，但江家两兄弟个子都在一米八五以上。她瞪了他一眼，一转头就看到人群里异常醒目的男人。

她连忙踮起脚，用力挥手："这里！"

江路这才抬头看过去，啧了声："我都差点认不出我哥来了，你说他这人平时也不拍个照片、发个朋友圈。"

江途拎着行李箱往出口走。他穿着灰色衬衫、黑色长裤，鼻梁上架着一副金边眼镜，往他们这边看了一眼，走了过来。他个子高腿长，走得很快，身上已经退去了学生时期那种生人勿近的孤僻感，但气质这种东西很难改变，他轮廓冷硬、目光沉静，看起来依旧不是个好相处的人。

即便如此，也不影响路人回头多看他一眼。

林佳语忽然吸了一下鼻子，有点感慨——她都两三年没见过江途了。

江路转头看她，有些无语："是不是写小说的都这么多愁善感？你别哭啊。"

林佳语前两年辞去在深圳稳定的工作，跑回江城来，窝在家里开始专职写小说。她没搭理江路，这小子整天就知道训练、打比赛、看直播，他懂什么？

她红着眼眶。江途走到他们面前，低头看林佳语："我不是说了不用来接我？"

他的声音一贯这么低沉清冷，带一点磁性。林佳语听得出来，他今天心情还可以，起码语气很温和。林佳语红着眼眶笑了："当然要来了，我们不来还有谁来啊？！"

江路收起手机，张开双臂想要来个兄弟间的拥抱。

江途瞥了他一眼，在他的肩膀上拍了一下，绕过他，冷淡地道："那就走吧。你们打车过来的？"江途记得江路一直没时间去考驾照，林佳语也不会开车。

江路："……"

江路转头跟林佳语说："真无情。"

林佳语咧开嘴笑，跑上去追江途："我开车来的，刚买的新车。"

江途脚步微顿，转头看她："你会开车了？"

林佳语撇撇嘴："我上个月在朋友圈里晒过驾照的，你也不关注一下。"

"科目三挂了三次才考过的人，就别炫耀了。"跟上来的江路无情地拆穿林佳语，就跟当年林佳语无情地告诉他，离开荷西巷，就没有黑网吧收他了一样。

"你闭嘴。"林佳语叹了口气，小声嘀咕，"小时候那么会说好听的话，长大怎么变毒舌了呢。"

2011年微信上线后，使用的人越来越多，朋友圈变成一个隐性社交平台，有些人吃个饭散个步都喜欢拍个照分享一下。但江途每天除了工作就是工作，朋友圈里空荡荡的，什么也没有。

他除了用微信跟同事和工作伙伴交流，平时不怎么用，林佳语的朋友圈倒是更新得很频繁，她一天至少发一条。他上个月月初翻了一次，翻到她在2017年春节前夕发的那条，看到了她跟祝星遥的合影。

林佳语车开得很慢，很谨慎。

江路坐在副驾驶座上催促道："能不能开快点？我饿死了。"

林佳语不搭理他，问江途："江途，你想吃什么？"

江途靠在后座上，漫不经心地看着窗外，想着连林佳语都会开车了，不知道祝星遥有没有拿到驾照呢。或许她不用，她有司机。他说："我在飞机上吃过了。"

林佳语："……"

江路面无表情地说："真无情。"

这些年他们都长大了，性情多少有些变化。江路变化挺大的，好在没有变坏，加上长相优越，现在是最热门的电竞选手之一。这两年他靠比赛拿奖金，还拿下几个商业代言，赚了不少钱。

他十七岁时去打比赛，赚了一点钱，但整日待在队里训练，没处花钱，也不知道怎么让钱生钱，后来一拿到奖金，就把钱都交给江途。

自从荷西巷拆迁后，江城的房价一涨再涨，前两年，江途把投资赚来的钱除了还江路，还让他去看了套房子。江路在林佳语住的小区买了套一百五十多平方米的房子，跟舒娴搬进去，他们重新有了一个家。

路上，林佳语把车停在荷西体育馆旁的曹记鸭血粉丝店前，这家店他们从小吃到大。林佳语和江路点了鸭血粉丝和锅贴，两人饿坏了，埋头苦吃。

江途靠在椅子上，看着对面的林佳语和江路，自然就想起很多年前，祝星遥跟江路坐在他对面的画面。他想起祝星遥问他，她是不是最漂亮的；想起她被鸭血粉丝汤泼了一身，脱下三千多块钱的外套塞进垃圾桶里；想起她穿着他的外套跑到他面前……

林佳语和江路吃完，三人走出店门口。站在车子旁边，江途转头对江路说："你自己回去吧，跟妈说，我明天晚上再回去吃饭。"

当年出事的时候，江路年纪还小，还不太懂高考对江途的影响有多大。虽然后来他去打比赛，没参加高考，也不依赖高考改变命运，但他永远记得那一天，舒娴签字时犹豫的那一刻，江途看她的眼神既绝望又痛苦。

这么多年，江途跟舒娴的关系一直淡淡的，他不愿意回去住，也正常。

江路挠挠头："那行吧。"

林佳语转头看江途："那你住哪里？我送你。"

新公司给江途安排了公寓，但江途提早了些时日回来，家具还没搬进去。他看她一眼，拉开车门，说："找一家酒店吧。"

舒娴早就在家里等了，等到十点，家门才被打开。

她忙站起来，手在裤腿上搓了搓，结果，只看到江路一个人。

江路在玄关处换鞋，抬头说："别看了，我哥不回这里住。"

舒娴看着江路，叹了口气。

江路过去搂住她的肩膀，笑了："行了，我哥明晚回来吃饭。"

舒娴这才松了口气，抬头说："你哥瘦了吗？样子变化大不大？"

江路不要脸地说："就那样呗，跟我差不多，没我帅。"

这话要是让林佳语听到，她肯定要说他自恋，没一点自知之明。

林佳语把车停在酒店门口，下车张望了一下。江途从后备厢取出行李，提着行李走到她面前。他肩膀挺拔，站在林佳语身旁挡住了光，整张脸陷在阴影里，轻声说："把她的微信号和手机号码发给我吧。"

之前在车上，林佳语就一直在等江途挑起话题。他们间的联系一直不算多，每次联系的时候，她都不会主动在他面前说起祝星遥，因为祝星遥在国外待的时间比较多，跟她的联系其实也不多。

或者说，她不敢跟祝星遥多联系，总怕自己一下没忍住就把江途的事说出去。

祝星遥也不问。

江途同样不问。

她一个人守着秘密，快憋死了。

不对，知道秘密的还有陆霁，她设身处地地想了想，觉得陆霁应该比她更难受。

江途对祝星遥的感情就像是蒙着灰的灯，只有他们两个人能碰那层灰，旁人不好插手。而且，她想为那本《等星星》设计一个好结局，私心里把他们认定为一对了。

林佳语忽然笑了，明知故问："谁的啊？"

江途低头看了她一眼，没有解释，丢下一句："回到家再给我发吧。"说完，他提着行李走向酒店。

林佳语无奈地瞪他的背影，回到车上，却高兴地把祝星遥的所有联系方式都给他发了过去。

办理好入住手续后，江途下楼买了一包烟，站在酒店大堂的玻璃窗前撕开那层薄膜，倒出一根烟，低头点燃。

他轻轻吸了一口，抬眸看了一眼今夜的星空，才低头打开林佳语的微信。她十几分钟前把祝星遥的手机号和微信号发过来了。

手机屏幕上显示着林佳语几天前发来的一条信息："祝星遥还没有男朋友，你快回来，再不回来老婆就跑了！"

这句话林佳语每隔一段时间就发一次，加上他们联系得少，聊天记录往上一滑，这句话出现了十来次，看起来就像是复制粘贴过来的。

修长的手指往上滑，江途的嘴角弯了一下。

一分钟后，他摁灭烟头，深吸了口气，低头打开微信，搜索微信号。

他在朋友认证的界面上顿了一下，输入自己的名字。

几秒后，他又删除了，然后将"好友申请"发了出去。

他垂下眼，看看时间，快十二点了。

他想：她应该睡了吧？

祝星遥十一点多的时候还处于失眠状态，最后实在睡不着，爬起来去厨房倒了一杯水，回到房间，从柜子上拿了药瓶倒出一粒。

吃完药，她把水杯放床头柜上，旁边的手机屏幕忽然亮了一下。

有人申请加她为微信好友。

她的私人微信号很少有人添加，她疑惑地拿起手机，点开查看对方的信息。

对方的头像是一张星空图，灰蓝色调，干干净净的，连名字都是一个简单的符号。

心跳蓦地停了一秒，她愣愣地盯着那张头像，忽然嘴角向下一撇，有点委屈。没有任何征兆，她的眼眶突然就红了。

2009年——遥遥天上星："途哥，你的手机号还没有告诉我哦。"

2010年——遥遥天上星："途哥，那片星星灯是你送给我的吗？"

2011年——遥遥天上星："途哥，西西参加××女声比赛，你有时间的话帮她投个票吧。"

2013年2月——遥遥天上星："途哥……"

最后一条，2013年8月——遥遥天上星："途哥，你理我一下好不好？"

祝星遥发的那些消息全都石沉大海了。她盯着那张头像，眼泪忽然砸在手机屏幕上。她不用去猜，觉得这个人就是江途。

半晌，她退出微信，放下手机，关了灯钻进被窝里。

她也不要理他。

第二天晚上，江家饭桌上，林佳语一家过来吃饭，舒娴和林母做了一大桌子菜，给江途接风洗尘。林父看看江途，感慨万分："几年前我们还在荷西巷，过得那么穷，你们家比我们家要难得多，现在一切都过去了。他们两兄弟现在都出息了，以后再不用过苦日子了，不容易啊。"

舒娴这几年看着老了不少，但从轮廓上看还是能看出年轻时的风姿。她一看到江途就想哭，一直忍着眼泪，这会儿忍不住抬手抹抹眼角："是啊，都过去了。"

那不只是简单的苦日子，现在她回想起来，觉得那段日子简直是灾难。

谈起过去，江途脸上情绪还是淡淡的，江路却不满地道："都过去那么久了，求你们别再提我黑暗的童年了行不行？也不怕我心理有问题。"

林佳语翻了个白眼："你那时候吃饭睡觉上黑网吧，什么也没耽误，你能有什么问题？"

最大的受害者江途都没有心理问题。

江路："那说明我顽强。"

林佳语："你是小强吗？"

几个长辈都忍不住笑了。舒娴把江途喜欢吃的几个菜都放在他面前，江途没说什么，一直安静地吃着。林父看着，转头问江途："江途，你什么时候开始上班？"

江途说："过几天吧。"

他刚刚回来，公司那边给他放了一段时间假，让他休整。这些年他拼命地学习、工作，没有一刻松懈，几乎不知道什么是假期。

"人工智能都是研究些什么啊？我听佳语说你现在做这个。"林父很好奇。

江途也不在意林父能不能听懂，尽可能简单地解释，举了扫地机器人做例子——他知道林佳语给他们买过一个。

饭后，江路被打发去洗碗，三个长辈坐在沙发上聊天，江途的电话铃声响了，他走到阳台接了二十分钟的电话。林母不住地往那边看，打探道："江途没女朋友吧？"

舒娴无奈地道："我也不好问，不过看样子是没有的，你看看他接了好几个电话，都是工作上的。"

林母看向正在吃葡萄的林佳语，叹息道："我们佳语也没有男朋友，都二十六岁了，愁死我了。"

林佳语："……"

她用脚指头想都能知道她妈在打什么主意，笑眯眯地抬头说："妈，我跟你说，你就别打江途的主意了，我跟他这辈子也不可能，你死心吧！"

林母真后悔啊，当初要知道江途以后会这么有出息，就算他有个不成器的爹，那也可以！毕竟像江途这样长得好看又有前途的女婿真不好找。她小声说："如果当初让你们早恋了……"

林佳语："没有如果！"

江途就算早恋，那也不会跟她啊！

舒娴看看林佳语，这姑娘这几年出落得漂亮许多，一副眉清目秀、小家碧玉的模样。舒娴忍不住笑了："怎么就不可能了啊？要是嫁到我们家，不是很好吗？"

林佳语往阳台上看了一眼，笑了笑："江途不喜欢我，我也不喜欢他了，你们就别想了，没可能。"

阳台上，江途挂断电话，点开微信看了一眼，除了被他屏蔽的工作消息，微信页面上空荡荡的。他轻轻滚动喉结，咽下那点难言的情绪，把手机塞回裤兜里。

江途刚回国，说是休假，其实事情还是很多，尤其是公司应酬。周五下午，江途去奔驰店提了一辆车，把车开到星苑别墅，停在一个能看到祝星遥家院子的树荫下。

等到天色彻底黑下来，一辆奔驰车停在院子前，背着大提琴包的祝星遥从车上下来。她身形窈窕纤瘦，脚步轻盈地往家门口走，很快就不见了。

夜里，回到酒店，他打开电脑上了QQ。他的QQ上除了一些群，几乎不会再有其他消息。邮箱倒是绑定了几个论坛，但他毕业后就用工作邮箱，QQ邮箱已经很少用了，所以也很少去查看。

此时，电脑右下角跳出一条邮件提醒。

江途点开邮箱想清理一下，目光从上而下扫过，忽然顿住。丁巷两个月前发来一封邮件，是电子请柬，他要结婚了，婚礼时间在8月20日晚上七点。

正好是周日，两天后。

江途回复丁巷："恭喜，我会准时参加。"

很快，QQ就闪了起来。

丁巷特别激动。

丁巷："途哥？"

丁巷："你活过来了？！"

丁巷："不是不是，我想说你的QQ活过来了？没被盗号？是本人吗？"

江途看着对话框笑了。

他回复道："是本人。"

丁巷激动哭了，直接发了语音过来："我不是在做梦吧！我听说你出国了，你什么时候回来的啊？你的电话和微信能不能给我？真的好久没见你了。"

江途把电话和微信发过去，顿了一下，问："要不要出来坐坐？"

丁巷求之不得！

他们约在附近美食街的一家烧烤店，江途比丁巷早一点到，在店里最边上的桌前坐下，那里灯光有些暗。

夏夜的美食街热闹喧哗，烧烤店里几乎坐满了，丁巷穿着警服，走进来的时候大家还以为出了什么事，纷纷看过来。丁巷笑着摆摆手："大家别紧张，我也是来吃烧烤的。"

江途还是白天那身衣服——白衬衫黑长裤——靠在椅子上看过来，跟烧烤店竟然有点格格不入。想当年他可是在烤肉店打工的穷小子。丁巷看到他，恍惚了一下，挠挠头，才大步走过去。

江途站了起来。

高中三年，丁巷是跟江途关系最近的男生。江途看丁巷一身制服，脸上的青春痘早就没了，笑了一下："制服挺适合你的。"

丁巷咧嘴笑了笑，突然不知道说什么，顿了一下，说："途哥，你变化很大。"

江途坐下，问："很大吗？"

丁巷在他对面坐下，看看他又说："其实长相没变什么，就是……感觉不一样了。可能是太久没见了，印象还停留在高中那会儿，咱都要奔三了，男人样了。"

"吃什么？"江途把菜单递过去，"我随便点了一些，你看看要加什么。"

"那来点啤酒吧。"

啤酒和烧烤上桌了，丁巷喝了一口啤酒才缓下情绪，随后开始说话："你这次回来，算定下来了吗？"

关于江途的事情，真实的大家都知道得不多，但传言多多少少能听到一些，比如大学那会儿听说他很快就有女朋友了，跟女朋友开房都是女朋友付钱；他参加科技比赛获奖了；他出国了……

但没人听说他最近回来了。

"嗯。"江途说。

"那你现在做哪方面的工作啊？"

"人工智能。"

"那挺好的，现在这方面的发展好，做这个赚钱。"丁巷一边吃一边说。上学那会儿，他就知道江途肯定有出息，如果不是高考时出了事，江途说不定比现在更好。他上学的时候也没多认真，考了个二本警校，现在这样挺满足的。

丁巷说起自己的婚礼："黎西西和祝星遥都来，你跟她们也很久没见了吧？"

江途半垂着眼，嗓音微沉："嗯，毕业后就没见过了。"

丁巷没察觉异样，继续说："那正好这回见见，黎西西现在是大明星了，想见一面都难呢！女神，不，我老婆不准我叫女神。祝星遥前两年都没开演奏会，只跟着乐团在国外巡演，这两年才在国内活跃。你看到了吧？网上也有她的新闻。"

2013年，祝星遥宣布潜心修炼技艺，暂时不再登台表演。那时候媒体都不知道，她说的"暂时"是将近两年。一开始还有一些"狗仔"能拍到她的照片，后来她在国外有过几场演出，再后来她几乎只出现在黎西西的微博和朋友圈的动态里。直到2016年年初，祝星遥才出现在黎西西的表演现场，抱着她的宝贝大提琴给黎西西助阵；她还开通了微博，偶尔会发几条动态，非常随性。

江途不怎么吃烧烤，喝了半听啤酒，点了根烟，神情淡漠地靠在椅子上抽着。跟上学那会儿一样，他听丁巷说着祝星遥，看似漫不经心，实则很认真。

过了一会儿，丁巷忽然说："对了，她跟陆霁分手了，好像老早就分了。"

江途沉默片刻，很淡地笑了笑："我听说了。"

丁巷叹气："果然异国恋很难维持，可惜了，高中那会儿一直觉得他们很般配，陆霁追祝星遥也花了很多心思。两人当年那一出的影响太大了，现在一中的学生还在讨论那片星星灯呢，照片还挂在论坛上，他俩简直是早恋典范啊！现在，这招时常有人效仿，但没人成功过。"他说着，想起什么，忍不住笑了笑，"上次同学聚会，还听说去年有个男生为了追校花，学了那一手，没想到从树上掉下来摔骨折了，刘主任被气了个半死，时不时就拿陆霁和祝星遥当反面例子教育他们。你知道的，刘主任有点偏向男生，一直对祝星遥很有意见，祝星遥这些年都不好意思回母校……"

江途垂着眼抽了一口烟，垂下手指弹弹烟灰，没说什么。

十二点多，丁巷的老婆打电话来催他回家，二人才离开。街边，丁巷翻翻微信，转头问："我可以发个朋友圈吗？提前告诉大家你回来了，免得后天婚礼上大家见到你后太惊讶。"

"你想发就发吧。"江途看着前方说。

他并不知道丁巷还发了张照片。

第二天早上，高三（1）班的微信群内蹦出上百条消息，大家一大早就在议论江途。祝星遥没有去看，黎西西的消息却发了过来。

黎西西："天啊！我竟然在丁香花的朋友圈里看到了江途！"

黎西西："你看见了吗？他回来了，我差点没认出来！看样子，他现在混得很好。以前就知道他长得不错，没想到蜕去高中时那层皮后，他竟然这么极品。"

黎西西："图片这么模糊、拍照角度这么糟，他竟然还能这么帅……"

祝星遥提着大提琴，正准备上车。她站在院子里的樟树下，清晨的阳光从树枝中漏下一片片光。

她迟疑了一下，才点开那张照片。

照片拍得很随便，光线昏暗，男人皮肤白皙，轮廓冷硬，戴着一副金边眼镜，微垂着眼，气质还是很冷，模样却成熟英俊，跟记忆里的样子不太一样。她低头凝视片刻，抬头看了一眼车窗玻璃上映出的自己，跟高中相比，他们都长大了。

她回复黎西西："我知道他回来了。"

黎西西大概是忙去了，很久没回复。

婚礼那天，祝星遥怕路上堵车，五点半就让老刘送她出门。老刘把车停在酒店地库的电梯口，祝星遥背着大提琴下车，还提着一大袋东西。她跟黎西西答应丁巷，在他的婚礼上给宾客表演两个节目，替他撑场子。黎西西、许向阳和陆霁大部分时间在北京，陆霁没回来，黎西西跟许向阳刚下飞机，正赶过来。

老刘说："我停好车后给你提上去啊。"

祝星遥："不用了，也没多重啊。你先回去吃饭吧，我今晚可能很晚才结束，你不用来接我啦。"

老刘倒车的时候，旁边一辆黑色奔驰刚刚停好车，这辆车是跟着他们的车一起开进停车库的。

她转身走向电梯口，听见咔的一声，是那辆奔驰车门打开的声音。她站在电梯门前等电梯，旁边还站着几个人。电梯门打开，她让别人先进，脚步刚要迈开，左手上忽然一轻，袋子被人从身后拎走了。

祝星遥愣了，很快转过头去。

她动作太快，长长的发尾飞起来，扫过男人的手臂，完了还有一缕发丝挂在上面，带着一丝勾缠的意味。她仰着白净漂亮的脸蛋，呆呆地看着站在她身后的男人。

江途垂着眼，看到她清澈的眼底映着他的脸。他们距离很近——这么多年，第一次靠得这么近。

“你们要进来吗？”电梯里，有人忐忑地问了一句。他们好像没听见似的，电梯门开始缓缓地闭合。

祝星遥猛地回过神，低头眨了眨眼，看到电梯门要关了，又急急忙忙伸手去按电梯。江途从后面把她的手捉了回去，在她的头顶低语：“很危险，我们等下一趟。”

祝星遥嘴角向下抿，低着头，一声不吭。

江途喜欢她那么多年，跟她做前后桌一年，做同桌一年，很熟悉她这个表情——她在委屈。他很快想起那些没回复的信息，手下意识地收紧。他年少时做过各种各样的兼职，掌心一直有茧，那是被生活磨砺后留下的痕迹，触感粗糙干燥。

祝星遥的手被他抓得有点疼，但那点疼比不上她心底的委屈和慌乱，她知道他会来参加婚礼，只是没想到重逢得这么猝不及防。

她挣扎了一下。

江途顿了顿，松开她，抬手按了电梯。

身后陆陆续续又来了一群人，电梯门一打开，祝星遥便走了进去，江途跟着进去按了一楼，就站在她身旁。

跟着进了电梯的人一看见他们，惊讶得瞪大眼睛，目光在他们的身上来回转，最后落在祝星遥身上。有个十七八岁的男生盯着她，问：“你是祝星遥吗？”

江途垂眼看祝星遥，她穿了条烟粉色长裙，右边编了一根辫子，露出右耳。她的右耳上戴着一只星星形状的耳坠，她低头时耳坠跟着轻轻晃动，很好看。她算半个公众人物，长得又漂亮，很容易让人记住，在外面被人认出来，一点也不奇怪。

祝星遥努力忽视江途的目光，冲男生一笑："对。"

江途抬眼看向男生，目光是一贯的冷淡。

男生本来想问祝星遥要个合影和签名的，一对上他的目光，突然有点怵，正犹豫着，电梯门就开了。

一楼到了，江途低头看祝星遥："先去门口打声招呼。"

祝星遥抬头看他一眼，终究什么也没说，只轻轻点了点头，先他一步走出电梯。

酒店大门，丁巷穿着白色衬衫，胸口别着红花，正满面春风地跟他的新娘迎接宾客。丁巷看见他们，忙笑着招手："途哥、祝星遥，你们怎么一起来了？"

祝星遥只是笑了一下，没说话。

江途说："在地下停车场碰见了。"

两人长得实在养眼，站在一起吸引了不少目光。丁巷的新娘长得很可爱，眼睛直勾勾地看着江途，小声问："这个就是你那个很酷的高中同桌途哥？感觉比高中时帅好多。"

丁巷一本正经地说："我也比高中的时候帅很多啊。"

新娘子笑了，小声说他不要脸，又转过去跟江途和祝星遥打招呼，给他们送了几颗喜糖。江途和祝星遥是同时把准备好的红包递过去的，两人的红包都很厚。

丁巷倒了一根烟出来，凑过去要给江途点烟，笑着说："沾沾喜气，希望能早点吃到你的喜酒。"

江途本不想在祝星遥面前抽烟的，闻言接过烟含在嘴里，丁巷赶紧点燃打火机。江途抬头，轻轻吸了一口烟，笑着说："但愿如此。"转头看着祝星遥说："我们先上去吧。"

她背着大提琴，俏生生地站在门口，太招人了。

祝星遥的情绪平复了些，但她依旧没有开口，点了一下头。两人走到电梯口，江途把烟灭了，将烟头丢进旁边的垃圾桶里。等电梯的时候，他抬手想要帮她拿琴包，抬到半空，又顿住了，她现在大概不想让他碰她的宝贝。

婚宴厅在三楼，祝星遥跟江途走到门口，突然被跳出来的人熊抱住。黎西西笑嘻嘻地仰脸："你不是早到了吗，怎么比我还慢？我……"她话音倏地止住，看到祝星遥身后的江途，很快站好，笑意淡了不少："江途，好久不见。"

江途看向黎西西，笑了笑："我经常在电视上看见你。"

黎西西在娱乐圈混迹多年，出了专辑，拿了奖，参加了各种活动和综艺节目，江途走在路上都能看到她的照片。黎西西看了眼祝星遥，忽然问："那你也经常看到星星吧？"

祝星遥拉了她一下，让她别乱说。

江途看着祝星遥，很轻地嗯了声。

许向阳站在黎西西身后，看向江途，笑道："好久不见，前几天听说唯创科技重金从国外聘了CTO（首席技术官），是你吧？"其实许向阳是听说江途回来了，稍微打听了一下，才知道了这个消息。

祝星遥听见了，转身拿走江途手里那袋东西，交给旁边的工作人员。

江途动了动手指，看向许向阳，淡声说："是我。"

"丁巷安排我们坐一桌，我们过去坐下聊吧。"许向阳说。

江途点头："走吧。"

两人往席位那边走。

祝星遥跟黎西西走在后面，黎西西压低声音："我现在信了，江途的外表是可以让女人前仆后继的。要是当年他家里的情况没那么糟糕，他直接追你，不一定会输给陆霁。"

如果江途当年追祝星遥……他和祝星遥就不会是现在这样了。

祝星遥也这么想过，每次想起来都觉得造化弄人，不知道该怪谁。她看着江途挺拔的背影，忽然转头叮嘱道："西西，陈毅那件事，你别告诉江途。"

黎西西认真地看她几秒，实在没忍住，小声吐槽："我就知道你会这样。放心吧，我连许向阳也没说。我有时候想不明白，就算那片星星灯真是他送给你的，可他当年连追都没追过你，连一句喜欢都没有说过，甚至在你误会、心动、跟陆霁在一起时，他也没有解释。要不是那一大片星星灯，你会答应陆霁吗？不会！他完全就是把你推给陆霁了啊。就算他喜欢你，你们也八年没联系了，前几年你还因为他……”她顿了一下，“做了两年的心理治疗，熬了一年多才能登台表演，现在睡眠质量还差，偶尔还做噩梦……你为他受了那么多苦，值得吗？”

2013年下半年到2015年，祝星遥都在德国接受心理治疗——陈毅那件事对她的影响比想象中的大——PTSD（创伤应激障碍），直到现在，她还不敢走安全通道，也害怕直面孕妇，睡眠也不太好。

所幸，现在的情况已经比当初好了很多，起码她的正常工作、生活不会受影响了。

值不值得，她不知道，但事情都已经发生了，后果她也只能承担。

祝星遥避开这个问题，低下头说：“他说过的。”

黎西西没反应过来：“说过什么？”

“说过喜欢我。”

他用德语说过，如果那也算的话。

黎西西一愣：“什么时候？”

祝星遥说起他们高中那会儿，江途用德语向她表白的事。黎西西听完沉默了一下，语气微缓：“我也知道他不容易，有时候想起高中的事，你、江途和陆霁三个，我都不知道该同情谁。”

那简直是一笔烂账，所以说，女神也不好当。

祝星遥有点难过，不想继续这个话题，拉着她说：“快走吧，快七点了。”

宾客陆陆续续到了，高中同学如今天南地北的，能来参加的有一大半。大家看到江途跟许向阳聊天，凑了过来。其实当年跟江途熟的只有那几个，甚至有同学连话都没跟江途说过，他们纯粹就是对江途好奇。

曹书峻和谢娅带着他俩六岁的女儿来了，丁巷把他们安排在江途这一桌。曹书峻看到江途很激动，很快过来拍江途的肩：“你小子，这么多年也没消息。”他想到当年高考江途出的意外，心底还是觉得惋惜，不过看江途现在事业有成，总算欣慰了，“一切都过去了，现在过得好就好。”

江途淡笑道：“现在挺好的，谢谢。”

祝星遥跟黎西西走过来，曹书峻看到祝星遥，又摇摇头：“祝星遥也是的，许向阳和黎西西他们都回去看过，就你一次也没回。”他招手，“来来来，坐这里，聊一聊。”

祝星遥就这样被推到了江途的身旁坐下，曹书峻正在问他去美国留学的事情。江途的目光转向她，又不动声色地转回去。祝星遥从盘子里拿了块饼干吃，过了一会儿，江途在她面前放了一杯水。

七点整，婚礼正式开始，气氛特别温馨。

丁巷跟新娘子下来敬酒的时候，丁巷笑问："班长，什么时候轮到你跟黎西西啊？"

许向阳看了一眼黎西西，这几年两人吵吵闹闹，闹分手是家常便饭，床头吵床尾和。他无奈地道："没那么早，黎小姐说她要先搞事业。"

大家哈哈大笑，催他们赶紧办。黎西西在桌下踩了许向阳一脚，笑眯眯地说："娱乐圈竞争压力太大，我现在都快过气了，再不努力就要退圈了。"

"哪有，你现在红着呢！"

"我车上放的都是你的歌。"

"就是，让祝星遥给你助阵，你们俩还能再红三十年！"

大家说着便笑了起来，祝星遥也在笑，她一转头就再次对上了江途垂下的目光，他眸色漆黑、目光深邃，看得她的心更乱了。

祝星遥很快转身去拉黎西西，该她们上场了。

丁巷过来跟江途敬酒，江途拿了杯饮料替代。

祝星遥提着大提琴从侧面走上婚宴厅的玻璃舞台，高跟鞋踩在上面发出清亮的声响，有人带头鼓掌。江途抬眼，看她抱着琴坐下。她调整好了之后，冲宾客们笑了笑，抬起琴弓。

大家安静了一会儿，很快就兴奋地拿出手机拍照、录像。要知道，祝星遥这两年开的演奏会少而精，门票难抢，黎西西的演唱会门票也一样。现在两人同台，大家都觉得，来参加婚礼就赚到了！

江途专注地盯着台上的姑娘，心口发热。此时此刻不是梦境，一切都是真实的，她距离他不到五十米。他不再是那个穷困潦倒，背了一身债务，有一个随时惹麻烦的父亲，连希望都看不到，连一句喜欢都不敢说的少年了。

现在，他有能力给她买一把意大利定制的大提琴，有能力给她一个像样的家，不会让她迁就他，跟他一起吃苦，能够让她一直做一颗闪耀的星星——前提是她愿意。

婚礼九点多才散场，一群老同学又在酒店的休闲包间内玩了两个小时。黎西西是赶了通告直接飞回来的，现在累得靠在许向阳的肩膀上睡着了。许向阳把人抱回房间后，祝星遥也背着琴包站了起来。

江途在门外接电话，一回头就看到她走了出来。他对电话里的人说："先这样，明天去公司再谈吧。"

他挂断电话走到她前面，低声问："要回去了吗？我送你。"

男人的语气中带着试探，祝星遥抬头看他，像是要努力适应他现在的模样，努力把现在的他跟高中时候的他重合起来。她眨了眨眼睛，点头。

到了地下停车场，江途从她的肩上把琴包卸下来，放进后座。

祝星遥站在他身后，看着他的动作，等他放好准备要关车门的时候，忽然抬手按住车门。他愣了一下，手还搭在车门上。祝星遥咬了一下唇，从他的手臂下方钻过去了，坐进后座里。

江途："……"

他看着她端坐在座位上，忽然觉得她好像也不是不想搭理他，而是陷入了一种迷茫的状态，但他不知道她在纠结什么。他关上车门，低头笑了。

车平稳地开着，车厢内光线昏暗，祝星遥靠在后排望着江途熟练地操控方向盘。江途戴着一只男士手表，手指修长，青筋恰到好处地突显，看起来很性感。

她不知道江途此时是什么心情。高中的时候，她教他德语，在下雪天为他拉琴，因为他受伤，在他的下颌上亲了一下，为他冲动到失去理智打了人；他为她挡过水柱，为她打过架、受过伤，带她逃过课，为她赌过游戏币，还在她十七岁生日时送了她一整片的星星灯，也把她推给了陆霁……

他们之间有许多说不清道不明的情愫，可他们不是情侣，还八年没见过面。

半小时后，江途把车停在别墅区，下车帮她把琴包拿出来，放到她的肩上，低声说："回去吧，早点睡。"

皓月星空下，夜风吹得树叶沙沙作响，祝星遥忽然抬起头来，小声喊他："江途。"

江途一愣，还以为今晚她都不会开口跟他说话了。他看着她，她细白的脖颈上戴着项链，锁骨平直漂亮，肩上背着她的大提琴，耳坠轻轻晃动着。

他笑了，轻声问："你一晚上没有跟我说话，只是在犹豫该叫我江途还是途哥吗？"

祝星遥看着他，点了一下头："嗯。"

树影在摇曳，夜风吹着祝星遥的裙子，江途在空气里闻到她身上淡淡的香味，跟高中时有点不一样了。他低头看着她，沉默片刻，低声说："对不起。"

祝星遥以前想过很多次，如果江途回来后，两人见面了，她一定要控诉他，但仔细想想，他到底对不起她什么呢？

两人为对方所做的一切仿佛都是秘密，只怪那些事太深刻，她想忘也忘不掉。

江途看着她说："我习惯听你叫我途哥。"

祝星遥的睫毛颤了颤，她拽着琴包带说："以前年纪小那么叫就算了，现在长大了……"突然，前方有一束光照过来，照得她将眼睛眯了起来。

有车过来了，两人站的地方有点挡道。

江途把她拉到旁边，车从两人身旁经过。祝星遥回过神，又往外走了一步："很晚了，我先回去了。"

"等一下。"

江途低头看着她："什么时候一起吃个饭吧？叫上林佳语和丁巷，我回来应该请你们吃顿饭的。"

祝星遥沉默了一下，低下头说："好。"

江途说："我给你打电话。"

祝星遥还没开口，手机铃声就响了。她从包里拿出手机，是祝云平打来的，时间已经到了零点。她抬头看江途，说："我先回去了。"

祝星遥换鞋走进客厅，祝云平从沙发上站起来，转头看她："你怎么回来的？"

“同学送我。”她说。

祝云平笑：“男同学？”

祝星遥顿了一下，点点头。她没告诉爸爸，那是江途。

祝云平打着哈欠，叮嘱她几句：“等会儿洗完澡就早点睡觉，睡前喝一杯热牛奶会睡得好一点，别总吃药。你妈妈晚上去数了你药瓶里剩下的药，怎么这几天又吃药了？有时间跟朋友逛逛，别总闷着练琴。”

祝星遥都不知道说什么好了，乖巧地点头：“知道啦。”

祝云平笑了笑：“最好是能交个男朋友。”

祝星遥嘟囔：“爸爸……”

“好了好了，不说你，我上楼睡觉了。”祝云平揉揉她的脑袋，上楼去了。

深夜，祝星遥习惯性地倒了一杯水，拧开药瓶，忽然又顿住，垂下眼，把药瓶放下。她坐在床上，打开微信找到那条“添加好友”的申请信息，想了想又把手机丢到柜子上，钻进被窝里。

她想，江途也没说那是他的微信。

星星灯的教训就在前方，她不乱加别人的微信。

楼下，江途的车还停在原地。他靠在椅子上，仰着头抽了一口烟，望着窗外昏黄的路灯。这么多年，江城的变化很大，这里倒是几乎保持了原样。

他看到二楼东面的那扇窗户，灯忽然灭了。

他到了这一刻，才有了归属感。

过了一会儿，江途开车离开。

第二天早上，祝星遥在安稳中醒来，黎西西很早就发来微信，说她坐早班机飞回北京了。

黎西西：“昨晚很多人拍照发了朋友圈，还有人发了微博，我的经纪人说可以顺便炒炒热度，我提前跟你说一声啊。”

祝星遥笑了笑，回复道：“好。”

祝星遥这两年除了音乐会很少参与其他活动，黎西西的经纪人给黎西西立的人设里，把祝星遥也归进去了。按照经纪人的说法：“有个有才有貌的闺密，可以帮助黎西西吸粉。”

祝星遥打开微博，果然看到黎西西上了热搜。黎西西发了她们两人的照片和视频。

北京时间九点半。

许向阳走进陆霁的办公室，陆霁从办公桌前抬头，淡淡地说："你们去参加个婚礼都能上个热搜？"

许向阳打了个哈欠："黎西西的经纪人不放过任何炒作的机会，没办法。"

陆霁瞥向电脑屏幕，看到祝星遥的照片，网友们在夸她漂亮、有才气。还有一些自以为知道很多的网友评论：

"那肯定漂亮啊，是我们江城一中多年的女神，就没人能超越！而且她男朋友当年也是我们一中的男神。"

"祝星遥早就跟男朋友分手了，男神已经变成前男友了，想想还觉得可惜。当初男神追女神超级猛的，用了几千颗星星表白……谁说工科男不浪漫我跟谁急！"

"我见过男神的照片，他是几年前全国物理竞赛的金奖得主！"

陆霁面无表情地关掉网页，把桌上的咖啡递给许向阳，不经意地问："江途也参加婚礼了？"

许向阳接过咖啡喝了一口，在他对面坐下："参加了，他变化挺大的，现在混得很好。当年他高考要是没出事，就跟咱们是同学了，说不定我们还能组个队，三剑客。"

陆霁轻笑："三剑客？这辈子都不可能。"

许向阳转头看他，十分疑惑："你怎么这么不待见他？他比我还强。"许向阳顿了一下，"对了，婚礼上我看江途对祝星遥很照顾，以我多年的经验，我觉得江途好像对祝星遥有意思。"

陆霁嗤笑："你终于看出来了？还多年经验，你真是太高看自己了。"

"什么叫终于？你很早就看出来了？"许向阳仔细想了想，"他八年没回来，你又没见过他。"

陆霁倚着椅背，冷淡地说："也没多早，比你早一点。"

他要是能早一点知道，至于被江途扣了那么多顶帽子吗？

唯创科技的总部在江城科技园，江途新上任，第一天上班就忙个不停。不过他从高中开始一直处于这种状态中，也没什么不适应的。

晚上，大家都下班后，江途才走出办公室。

一开门，江途就看见了个熟悉的面孔。袁洋穿着格子衬衫，拎着行李袋风尘仆仆地站在门口，正准备敲门。袁洋身高一米七八，江途高了他差不多十厘米，他抬头盯着江途看一会儿，朗声笑道："我就知道你肯定没走，专门回来看看。"

江途笑了笑："老袁，好久不见。"

值得一提的是，袁洋这两年也在唯创，现在刚出差回来。

江途一直觉得自己这性格能有人亲近他，跟他做朋友真的很不容易。林佳语是从小一起长大的，类似于亲人，高中的时候有祝星遥、黎西西和丁巷，大学有袁洋和杜云飞。

老袁啧了声："哎！这几年没见，你的变化还挺大的啊，这要是被系花们看见了，肯定后悔当年没多努力努力，死缠烂打地也要追上你。"

"你倒是跟以前差不多。"江途关上办公室的门。

老袁挑眉："我可专门来找你的，不一起吃顿饭叙叙旧说不过去吧？"

"确实说不过去。"江途拿着车钥匙，看向老袁，"走吧。"

两人毕业后就没见过面，但联系是有的，关系也没显得生疏，毕竟大学在一个宿舍待了四年，加上是同行、同公司，老袁又是个话痨，俩人从楼上下来一路都在说话。

老袁说："杜云飞前段时间来这边出差，我们一起吃了顿饭。他说等你回来了，得专门飞过来一趟。"

江途想起杜云飞大学买的那一堆祝星遥的个人专辑，笑了一下："等他有时间吧。"

这些年江城变化很大，江途刚回来没多久，很多地方都不熟了，但他对吃的向来没要求，能吃饱就行。

除了工作应酬，他基本是吃盒饭对付一下，所以餐厅还是老袁订的。

这会儿已经八点了，餐厅人少，两人在一个小包间坐下，老袁点完菜就给杜云飞打了个电话，开着免提。

杜云飞在电话里问："你怎么不开个视频？"

老袁乐了，说："三个大男人，开什么视频啊？又不是小女生。"

"就你规矩多，男人怎么就不能开视频了？"杜云飞也笑了，语气忽然严肃起来："江途，我现在就想问你一个问题。"

江途把菜单交给服务员，说："你问。"

杜云飞严肃地问："你有女朋友了吗？"

江途："没有。"

杜云飞咳了声："就……还没谈过啊？"

老袁的目光也迅速看向江途。江途的脸上没什么表情，他靠在椅子上，语气冷淡："没有。"

杜云飞沉默了。

老袁忽然冲江途竖了个大拇指。

江途："你就问这个？"

江途都二十七八岁了，还没谈过恋爱，在杜云飞和老袁眼里跟怪物差不多，还是个长得很帅的怪物。杜云飞叹了口气："老实说，我跟老袁讨论过好多次，要是你这几年还没交过一个女朋友，我们就要怀疑你是不是那方面有问题了。"

江途看了一眼老袁："讨论我？你们挺无聊的。"

杜云飞："……"

老袁："……"

电话打了十来分钟，基本是老袁跟杜云飞在贫嘴。最后，杜云飞忽然喊了声："哎，不行，我得挂了。女神演奏会的门票今晚开售，我得弄个抢票程序，今晚抢个贵宾席票，我要跟女神近距离会面。"

祝星遥今年有一场全国巡演，这件事江途知道。她前两年没开过个人演奏会，这两年才慢慢恢复活跃度。在江城的这场演奏会是今年全国巡演的最后一站，时间是11月8日，提前一个半月售票。

老袁笑道："听说是在江城，你不顺便给我抢一张？"

杜云飞："微信转账，亲兄弟明算账，贵宾席的票价还挺贵的。"

老袁笑着挂断电话，抬头对江途说："人家都追星，你看看杜云飞，迷个大提琴手也能迷这么多年。"

江途冷不丁地问："杜云飞有女朋友吗？"

"他啊，这几年谈过两个，都分手了。"老袁叹了口气，"我也谈了一个，也分了。咱们这个年纪谈恋爱都是奔着结婚去的，找个合适的对象挺难的。”

江途不知道怎么样才叫合适的对象，在他的内心深处，喜欢的人、想谈恋爱的对象、想要的未来，都只有祝星遥。

即使他曾经断过念想，但心底还是不受控地想她，想到绝望，比高考出事的时候还要绝望。他不知道如果祝星遥跟陆霁没有分手，或者祝星遥跟别人在一起了，他那种状态会持续多少年，也不知道自己以后还能喜欢上谁。他想象不到，满脑子里全是她。

夜里十点半，江途把车开进小区，把行李箱从后备厢里提出来，上楼。公寓是三房两厅的，江途把行李箱放下，不知道祝星遥现在睡了没有。他站在卧室的窗前，犹豫了一下，还是把电话拨了过去。

祝星遥还没睡，床头开着阅读灯，手里拿着书在看。这些年她试过各种助眠的方式，睡前看一点书对她的睡眠有帮助。她刚放下书，桌上的手机铃声便响了。

是一串陌生号码，她低头看着屏幕，咬了下唇，觉得电话是江途打来的。

她曲起双腿，拿起手机，抱着自己的膝盖，接通了电话。

电话那头安静了一秒，江途低沉磁性的声音传来：“有没有打扰你睡觉？”

祝星遥将下巴搁在膝盖上，小声说：“我还没睡。”

“那就好。”江途说。

祝星遥听到他松了一口气，原本紧绷的情绪忽然也放松了一些，垂着眼道：“你打电话给我，有什么事吗？”

江途顿了一下，低声问：“演奏会门票，能给我留一张吗？”

他听林佳语说过，祝星遥给林佳语一家留了门票，现在他回来了，不知道祝星遥会不会也给他留一张票。

祝星遥嘴角抿紧，有些不高兴：“你想去看的话，可以自己买票啊。”

江途听到她这样说，低声笑了：“好。”

祝星遥的心情很复杂，她在生他的气，气他好多年没有理她。但是她一想起他年少时吃的苦，想起他隐忍、克制的感情，就忍不住心软。

她不知道自己能气多久，要怎么发泄，她也不确定，他现在是不是还喜欢她，像以前一样。

祝星遥深吸了口气，哼了声："我跟你很多年没见了，也没有联系，关系……也没以前那么好了，你一回来就想让我送你贵宾票吗？我不送给你。"

江途沉默了两秒，轻声说："你演奏会的贵宾票很难买。"

祝星遥不吭声。

过了一会儿，江途低声说："早点睡觉，晚安。"

两人挂了电话，祝星遥拿着手机，辗转难眠。

第二天早上，老袁在公司楼下碰见江途。老袁指着杜云飞的朋友圈无情地嘲笑："你看这家伙，白忙活一晚上，不知道谁把贵宾票都买光了，他只抢到一张后排的。"

江途瞥了一眼，不动声色地收回目光。

中午，林佳语发来一条微信："我可以关心一下进展吗？你跟祝星遥怎么样了？"她的小说还没写完，但是江途那性格，她就不指望他能跟她多说了，就想等他们进展得顺利了，她去问祝星遥。

江途问："江城哪家餐厅好一点？你选一家，周末我请你们吃饭。"

林佳语问："我们？谁？"

江途回："祝星遥、你、丁巷以及他妻子。"

林佳语有点蒙：他不单独约祝星遥吗？为什么要带几个电灯泡？但林佳语想想，可能是因为江途如果单独约的话，祝星遥会拒绝，毕竟江途跟大家失联很多年了。

8月25日，周五。

江途那天晚上加班，回到家已经快十二点了。他洗完澡，躺下没多久就听到手机铃声响了起来。他的手机铃声很少会在半夜响，他在黑暗里睁开了眼，从柜子上拿过手机。

看见上面的号码，他愣住了，飞快地接通了。

电话那头很安静，安静得他能听见她轻轻的喘息声。江途很快坐起来，低声说："祝星遥？"他拿开手机看了一眼时间，凌晨两点半。他语气急了，又问："怎么了？"

祝星遥叹了一口气，握着手机，声音很小：“嗯……”

她侧躺在床上，额头上有些汗，又小声说了一句：“我没事，就是做了一个不太好的梦。”

江途低声问：“跟我有关？”

祝星遥说：“嗯。”

“梦见什么了？”

“不太好的梦，还是不告诉你了，就是……”祝星遥又梦见自己追着江途跑，无止境地奔跑，望不到尽头，醒来时整个人茫然无措。她想起江途之前给她打过的电话，几乎没有犹豫，也没看时间，就把电话打了过去。现在脑子恢复清醒，她有点不知所措，大半夜给人家打电话，似乎很不好。

她抿了抿唇：“你别问了，我就是做噩梦了，打电话找你验证一下，看是不是真的。”

深夜，两人身边都安安静静的。

江途沉默了一下，不再追问，低声安抚道：“梦是反的，不要多想。”

祝星遥想说，以前的四年，她做的梦都是真实的，不是反的。

她坐在床边穿上拖鞋，还是很懊恼，嗯了一声，小声说：“那我挂了。”

“等等。”江途叫她，声音有些低沉，“我不知道你梦见了什么，但以后再做噩梦，就给我打电话，我的手机一直开着，任何时候我都在。”

这几年，祝星遥半夜做噩梦醒来后，都很难入眠，但今晚是个例外。

她挂断电话后，再躺回床上，没多久就睡着了。

第二天早上醒来，她坐在床上发了一下呆，还是有点后悔半夜打了那个电话，不知道江途会怎么想……

祝星遥坐在床边叹了口气，起身洗漱，换衣服下楼。

今天周六，祝云平和丁瑜都在家，两人坐在餐桌前吃着早餐。丁瑜抬头看祝星遥：“今天怎么起这么早？”

现在才七点半，祝星遥夜里睡眠不好的时候，有时候会起得比较迟，而且今天乐团休息，她一般会睡到九点。祝星遥走过去：“睡醒了就起来了。”

祝云平站起来，笑着说："我给你煎一个鸡蛋，你先坐着。"

祝星遥说："谢谢爸爸。"

过了一会儿，一家三口坐在餐桌上一起享用早餐。祝云平吃完就靠在椅背上看新闻，又转头看女儿："过几天你生日，想要怎么庆祝？爸爸下周可能要出差。"

这几年祝星遥的生日都过得简单，因为她那时要么人在国外，要么跟着乐团在各地表演，能跟黎西西和父母聚在一起的机会比较少。而且，她现在长大了，对生日也不像小时候那样期待了。

但今年似乎有点不一样。

她在江城，江途回来了，林佳语、丁巷也在，黎西西前两天也说过刚好有时间，可以飞回来陪她过个生日。

她好像突然回到了高中时期，大家都在她的身边。

祝星遥不可避免地想起了江途送她的那片星星，想了想，说："西西说有时间回来，你们忙你们的吧，我到时候跟朋友们一起过。"

丁瑜过来揉揉她的头发，看向祝云平，叹了口气："你看看我们女儿，长得那么漂亮，都要过二十六岁的生日了，连个男朋友都没有……"丁瑜一直觉得，女儿这几年没谈恋爱是被几年前陈毅那件事影响了，一想到这个就心疼。

祝星遥抬头看丁瑜，不满地道："二十六岁又不老，我三十岁之前嫁出去就行了。"

祝云平收拾碗筷，笑着摇摇头。

祝星遥说："我今晚跟朋友出去吃饭。"

上午，祝星遥练了两个小时琴，午睡起来后就开始挑衣服了。

手机里跳出好几条微信消息。

林佳语："江途刚刚回国没多久，江城的变化很大，他这人也不懂哪家餐厅好，就让我帮忙选。我悄悄问你哦，你是想在外面吃，还是在家里呢？我们可以去江途的新家！"

林佳语："他刚搬的新家，冷冷清清的，我们就当是去给他暖居。"

林佳语："你觉得怎么样？"

祝星遥拿着手机犹豫了一下：林佳语应该不知道江途高中时喜欢她的事，也不知道星星灯的事吧？

她想起荷西巷和郊区的破房子，忽然想看看江途现在住的地方，便回复林佳语：“好啊，去他家吧。”

江途算好时间，准备五点出门去接祝星遥，三点多时就收到林佳语的微信：“我跟祝星遥说好了，今晚我们不出去吃了，就去你家里吃，给你暖居，怎么样？”

她们要来他家里？

林佳语真是……自作主张。

江途有些无奈，很快又觉得这个决定很好。以前他总是想让祝星遥远离他身边糟糕的一切，但现在不一样了，让她接近他的生活、靠近他，本来就是他的目的。

他回复林佳语：“好。”

江途提早半小时出门，在别墅区外停好车，给祝星遥打电话：“我到了。”

不一会儿，祝星遥穿着一条白色长裙走出来。她走过去的时候就在想，到底是要坐前面还是坐后面，坐后面好像把他当司机似的……

江途拉开副驾驶座的车门，替她做了决定：“坐前面。”

祝星遥抬头看他一眼，提着裙摆钻进副驾驶，把包放在膝盖上，拉过安全带系上。江途把车开出去，看着前方，问她：“要听音乐吗？”

“好，我来开吧。”祝星遥抬头，自己按开了音乐。

大提琴悠扬沉郁的声音传出来，祝星遥一愣，几秒后，觉得有点熟悉——每一个大提琴手都有自己的风格，同样的曲子不同的人演奏就会有不一样的感觉。

祝星遥对自己的风格再熟悉不过，但是又有点怀疑，直到曲子结束后，传出女孩儿软软的谢幕声“谢谢大家”，她才彻底确定下来。

这是……她的声音，她十五六岁时的声音。

祝星遥的心就像一根琴弦，被人轻轻拨了一下，她惊讶地转头看他。夕阳的余晖透过茶色的玻璃照进来，映着男人的白衬衫和冷硬的轮廓，像在他身上洒了一层淡淡的金光。

他们早就长大了，祝星遥自己都不记得多久没听过自己小时候演奏的曲子了，他却在车上放着她十年前演奏过的曲子。

江途在红灯前停下，转头看她：“这是你以前放在我MP3里的曲子，不记得了？”

祝星遥执着地看着他：“记得，只是没想到你还留着。”

江途：“一直留着。”

祝星遥垂下眼，沉默了半分钟，才轻声问：“听着不难受吗？”

绿灯亮了，后面的车按了几下喇叭，江途把车开出去，低声道：“不听更难受。”

祝星遥抓着包带，抿唇看向窗外。大提琴曲一曲曲地播放着，全是她的曲子。她的心情有些复杂，他们有八年没见面，就算以前有千丝万缕的联系，但八年不是说跨就能跨过去的，距离感摆在面前。她胡思乱想了一路，车开进小区时，才突然想起什么，转头问：“我们不用买菜吗？”

江途打转方向盘，说：“林佳语说她负责买，现在应该已经在楼上了。”他继续解释道，“林叔以前帮过我，我们两家的关系一直挺好，她对我来说，跟亲人差不多。”

他是怕她误会吗？

祝星遥哦了声，没再吭声。

公寓在十五楼，两人走出电梯，江途输入密码开了门，祝星遥跟在他身后走进去。坐在沙发上玩游戏的江路和丁巷转头看过来，江路看见祝星遥，吊儿郎当地笑道：“女神姐姐，好久不见！”

祝星遥愣了一下，站在玄关看向已经长大的江路，听到这熟悉的称呼，有点不好意思：“好久不见，我印象里你才这么高。”她用手比画了一个高度，那是江路十二岁时的身高。

祝星遥知道江路现在是个热门的电竞选手，还看过一些他的比赛视频。江路长大后跟江途还是有几分相像的，但气质却完全不同。

江路啧了声：“那都快十年前了，我现在跟我哥差不多高。”

江途把一双粉色拖鞋放到她的脚边，祝星遥脱掉平底鞋露出白皙细长的脚，脚趾粉嫩圆润。她用余光看了江途一眼，迅速把脚套进去。

林佳语高兴地从厨房出来，看向他们：“很快就可以吃饭了。”

现在已经六点了。

祝星遥很快走过去，看到桌上摆了好几道菜，色香味俱全，惊讶地道：“你这么厉害啊？”

林佳语笑了：“不是我，这些是舒姨……就是江途他妈妈做好了让我们带过来的，猪蹄、排骨、蒸肉还有酥鱼都是她做的，两个凉菜是买的现成的，我们就炖了汤。等会儿再炒个豆角和青菜就可以开饭了。”

舒娴听说他们要来给江途暖居，一下午都在忙活，还交代江途记得买家居鞋，不然人多了没鞋子穿。

祝星遥想起那个有过一面之缘的舒姨，觉得她应该不记得自己了吧。

丁巷的妻子从厨房里出来，笑着跟他们打招呼。

江途是主人，没道理让客人动手。他走向厨房，轻声说：“我来吧。”

林佳语忙说：“你去跟他们聊天吧，我来就好了。”

“我来。”

江途语气强硬，不容人拒绝，大步走进厨房。

林佳语撇撇嘴，拉着丁巷的妻子离开厨房。祝星遥的目光追着江途挺拔的背影，又张望了一下他的公寓，公寓的装修风格简约、大气，很适合他。

电视柜上放着几个机器人，祝星遥的目光定格在它们身上。她想起当年那个坏掉的机器人，走了过去。林佳语弯腰把其中一个机器人的开关打开：“嘿。”

机器人：“……”

林佳语：“怎么没声音？”

江路和丁巷玩《王者荣耀》的声音传来，江路抬头道：“我哥说那是个空壳，程序还没输入呢。”

林佳语悻悻地放下，转头问祝星遥：“你会玩《王者荣耀》吗？”

祝星遥摇摇头：“西西拉着我玩了几次，不太会，也没什么时间，就没玩过了。”

“我带你玩啊！”江路的操作和走位都很强，他头也没抬，说，“反正带林佳语也是带，多带你一个也没事。”

祝星遥抱着一个机器人说：“好啊，下次有机会再试试。”

江途从厨房出来，把青菜放在桌上。祝星遥转头，正好对上他的目光。江途穿着白色衬衫，肩膀宽阔，戴着金边眼镜，皮肤冷白，整张脸英俊好看。但是他的气质并没有多斯文，他年少时吃的苦太多，岁月在他的身上沉淀下来的感觉是深沉的、禁欲的，还透着一点冷漠。

祝星遥觉得黎西西说得很对，现在的江途有种致命的吸引力。

她把机器人放下，慌乱地站起来。

偏偏林佳语问了句："是不是觉得江途的变化很大？"

祝星遥想了想，说："是有点大，毕竟我们都长大了，模样都会有些变化，他变成熟了。但是，感觉……性格应该没怎么变。"

林佳语意味深长地道："除了外表更帅了，他什么都没变。"又靠过去，小声问，"你知道最长情的星座是什么吗？"

——摩羯座。

江途是摩羯座的。

林佳语还知道，摩羯座跟处女座的匹配值是100%。

祝星遥转头看林佳语，林佳语眨了眨眼："江途一直是个念旧、长情的人，谁对他好他都记着的，所以，他要是真喜欢谁……"

江路刚结束一盘游戏，转头问："我哥喜欢谁？"

林佳语翻了个白眼："我打个比方而已。"

江路看了看祝星遥，想起小时候他哥对她的特殊照顾，眯了下眼："那可不一定，我哥那种人，外表冷静，内心狂热。"

"绝对的。"林佳语赞同。

祝星遥："……"

她总觉得林佳语知道江途喜欢她。

丁巷带了两瓶啤酒过来，开饭后，给大家每个人倒了一杯，高兴地说："我还是第一次来途哥家，今天高兴，必须喝一杯，来来来。"

林佳语上次没去参加他的婚礼，毕竟两人不是同班同学，联系也不多，她举杯说："祝你们早生贵子。"

"谢谢啊。"丁巷笑道。

江途也站了起来，跟他们碰杯："谢谢大家。"

虽然江途碰杯了，但祝星遥的余光瞥见，他一点没喝，碰杯后就把杯子放在手边。

聚到十点，大家一块儿下楼，各回各家，丁巷跟妻子叫的专车停在楼下，二人一下楼就走了。林佳语叫了代驾，江路跟她一起回去，几个人站在楼下等代驾。

江途转头看身旁的祝星遥，低声说：“走吧，我送你回去。”

他刚才没喝酒就是为了送她回家？祝星遥恍然大悟，转头看林佳语和江路，说：“那我先走了，你们慢慢等啊。”

林佳语笑着挥手，江路将手抄在裤兜里，忽然掏出手机来：“等一下，女神姐姐，咱们加个微信。”

祝星遥拿出手机，加了他为好友。

江途就站在旁边看着，眯了一下眼睛。

祝星遥感觉头顶有道强烈的视线正盯着她，强装镇定地把手机塞回包里，转头看江途：“好了，我们走吧。”

车子停在地下车库，祝星遥跟江途往楼里面走了。等他们的身影不见了，江路便迫不及待地问林佳语：“我哥是不是喜欢女神姐姐？”

林佳语十分意外，没想到这小子竟然看出来了。

她装模作样地说：“我怎么知道，你问他去啊。”

“问啥啊，我哥会跟我说？”江路翻了个白眼，慢悠悠地说，“你不说也行，反正我哥那人能去接送一个女人，肯定不简单。而且我想起小时候发生的事，我哥那时候就喜欢她了吧？”

林佳语小声嘀咕：“你也不笨嘛。”

他们果然是亲兄弟，哥哥那么聪明，弟弟能笨到哪里去？

祝星遥跟江途走进电梯，江途按了负一层，低头望她的脸，目光落在她鼻翼的那颗小痣上。走出电梯，祝星遥实在忍不住了，转头看他：“你怎么总盯着我？”

江途平静地道：“没什么。”

半个多小时后，车停在别墅外，祝星遥低头解开安全带，江途微微侧身，看向她：“可以加我微信了吗？”

啪嗒——

祝星遥解开安全带，抬头看他：“你加我了吗？”

江途定定地盯着她，不知道她是真的没有猜到那个人是他，还是故意的。他从中控台拿起手机，打开微信，转头看她：“那现在加。”

祝星遥攥着包带，垂下眼睛。

她的睫毛很长，落下一片阴影，让她看起来有些落寞。她又抬起头，眼睛直勾勾地看他："加微信，你会给我发信息吗？或者，我给你发信息，你会回吗？"

其实，她还想问，为什么他以前不理她。但她有时候又好像能理解他那种藏在骨子里的自尊和骄傲，理解他的隐忍和克制，理解他的清醒和理智。

只是，她一想起来，依旧会觉得委屈。

江途咽了咽口水，用力平复上涌的情绪，低声说："会。"

祝星遥刚踏进家门，黎西西的电话就打来了。

此时，黎西西正坐在保姆车上："啧，我刚刚收工，刷到丁巷的朋友圈。你们今晚去江途家吃饭了？"

"他刚回来，搬了新家，我们去给他暖居。"祝星遥弯腰换了拖鞋，走上楼。

黎西西不太相信："真暖居还是找借口啊？"

祝星遥走上楼梯，想起刚才在车上，江途半哄半强势地让她加了微信，好像她不加微信，就下不了那辆车。

她觉得自己太过心软，应该再拒绝他一次。

毕竟，他失联了八年。

八年啊。人生有几个八年？

她回到房间，趴在床上，声音有些闷："是佳语提议的，不是他。"

"说不定是他让林佳语那么说的，我总觉得他这次回来，是带有目的性的。"黎西西接过助理递过来的水果，边吃边说，"他的目的就是你！"

祝星遥："你也觉得他在追我吗？"

黎西西一连三个反问："不然你真以为江途是在跟你叙旧啊？谈谈高中同桌情？他是那种性格的人吗？"

江途不是。

祝星遥沉默了。

黎西西警告她："我跟你说，就算他追你，你也要稳住！喜欢有什么用？想想他高中一声不吭地把你推给陆霁，还失联了八年，还有……算了算了，反正他就活该被虐，你可别没出息地一下子就心软了啊。"

祝星遥想说，她已经心软了。

挂断电话，祝星遥看到微信上蒋奕发来的消息：“七夕，我想请你吃饭，提前预约可以吗？”

祝星遥长得漂亮，又是单身，就算祝云平和丁瑜没催她，但生意场上的朋友和家里的亲戚总想给她介绍男朋友。

她相过两次亲，蒋奕是其中之一。

祝星遥不喜欢蒋奕，直接拒绝了。蒋奕沉默了一下，回了句：“那下次约。”

七夕那天下午，祝星遥在练琴室等老刘来接，登录了下微博，发现多了很多粉丝，评论和私信也不少——

“Karl为什么突然关注大提琴女神？他很少关注别人的！”

“他们到底是什么关系？难道karl迷上祝星遥了？我不允许！”

“祝星遥没有回关他，难道是他单方面迷恋她？毕竟祝星遥长得那么漂亮……”

Karl是谁？

祝星遥茫然地翻了翻，找到karl的主页，看到他的认证信息是电子竞技俱乐部成员，这才反应过来，karl是江路的英文名。现在网友都在猜两人的关系，祝星遥要是回关的话那就更乱了。

她想了想，给江路发了条微信，江路说：“没事，你不回关我也行。你现在有时间吗？”

祝星遥回：“有，怎么了？”

然后她就稀里糊涂地被江路拉去组队玩游戏了，一起组队的还有林佳语。

祝星遥以前被黎西西拉着玩过几次，不喜欢，便丢开了，现在都快忘记自己的手机里还有这么一个APP（应用程序）了。她说：“我只会一点点……”

林佳语笑了：“没事，我也不是很会啊。”

江路表示：“女神姐姐，有我在呢。”

俱乐部有几个队员凑过来看江路，有人好奇地问：“前辈，你叫谁女神姐姐呢？祝星遥吗？”

江路漫不经心地说：“是啊。”

“哇！你真的勾搭上她了？祝星遥，大美人，女神啊！”有人激动地在江路的肩膀上用力地拍了一下，连忙拿出手机，“我现在去关注她，来得及吧？”

江路赶紧关了声音，瞪了一眼过去：“什么叫勾搭？说得这么难听。她是我哥、我姐的同学……”说不定她以后还是他嫂子呢。

祝星遥正玩得起劲，江途的电话打了进来。她看见号码犹豫了一下，选择挂断，游戏人物已经被杀死了。

她看了看时间，发觉已经六点多了。她竟然玩了一个多小时游戏？

她无奈地撇嘴，给江途回拨过去。

江途把车停在路边，祝星遥在电话里说：“刚才你弟弟和林佳语拉我打游戏。”

“你也玩这个？”江途有些惊讶。

祝星遥：“以前跟西西玩过几次，刚刚被他们拉去玩，我不是很会。”

江途看着前方停着的奔驰，那是老刘的车。江途漫不经心地收回目光：“你要是想玩，下次我教你。”

祝星遥十分意外：“你会？”

江途说：“不会，玩几次应该就会了，教你没问题。”

祝星遥：“……”

她想起高三那年，两人在游乐城玩，他连赌币都能玩明白，别的游戏就更不用说了。

祝星遥站起来把琴包的拉链拉好，小声说：“不用了，我也不是很喜欢玩，刚才是他们拉我玩的。”

她挂断电话，等电梯的时候遇上一个还算熟悉的钢琴手，两人一起下楼。钢琴手姑娘转头问她：“你今天没去约会啊？”

“没有。”祝星遥想起江途，他刚才也没说要约她。

“连你都没人约，那我就平衡了。”

祝星遥低下头笑笑，走出大楼的时候戴上一副口罩，跟钢琴手一起走到路边。

她一抬头就看见两辆几乎一模一样的车停在前方。

后面那辆车降下车窗，男人仰着头靠在座椅上，祝星遥看到他绷紧的下颌线和性感的喉结，脚步顿住。钢琴手问：“怎么了？”

祝星遥回过神，摇头说："没什么，看到司机来接我了。"

她看了看两辆车，犹豫了一下，最后往后面那辆车走去，钢琴手跟着她走过去。江途侧头看过来，钢琴手一看到他的正脸就愣住了，震惊地转头问祝星遥："你家司机这么帅的吗？"

江途确实很帅，祝星遥对钢琴手笑了一下："我先走啦，拜拜。"

钢琴手眨眨眼：这是她男朋友吧？

老刘眼睁睁地看着自家小姐上了后面那辆车，心急地拉开车门。

小姐啊！你上错车了！

老刘急匆匆地下车，一转身就看到那辆车上下来一个英俊挺拔的男人，高挺的鼻梁上架着一副眼镜，怎么看都觉得有几分熟悉……

江途朝老刘点了一下头，祝星遥已经自发地拉开了后排的车门，把大提琴放了进去。

"你、你、你是那个……"老刘努力地回想着，忽然一拍脑袋，想起来了，非常震惊，"你是以前住在荷西巷的那个，经常跟我们家小姐在一起的男生？"

老刘是祝家的老司机了，从祝星遥初中起就开始接送她上下学，几年前祝星遥出了事，他也知道一些，好像就跟这小子有关系。后来他家小姐在德国接受心理治疗的时候，祝云平想要联系这小子，小姐还不让。

老刘又低头看了看江途的车，可不就同一款吗？只不过江途开的是新款，他开的是几年前的旧款，但外形上差别不大。

江途有些惊讶："你还记得我？"

"记得啊，怎么不记得？"老刘的心情复杂，他一直以为当年跟祝星遥早恋的人是江途，毕竟他好几次看见他们在一起，还发现江途在别墅外偷看祝星遥。

听说江途出国好几年了，谁知道一回来就又跟小姐联系上了。

江途看着老刘："我叫江途。"

老刘叹了口气，看向祝星遥："小姐，你没上错车吧？"

此时正是高峰期，车来车往，行人匆匆，祝星遥站在车前，有点不好意思地冲老刘笑："刘叔，你先回去吧，今天就不用接我了。"

老刘又看了一眼江途，心情复杂地走了。

祝星遥戴着口罩，露出一双清澈明亮的眼睛，她跟江途对视一眼，低头拉开车门坐进去，江途也回到车里。两人在车上安静了几秒，江途转头看她，询问："我们先去吃饭？"

"你怎么没说你要来接我？"祝星遥看着他。

江途说："我在附近谈事情，比想象中顺利，提早结束了。知道你在这里，就过来了。"

所以……

他不算是专门来接她的？

祝星遥又问："那你怎么知道，我没有约会呢？"

江途顿了一下："那你有吗？"

祝星遥觉得自己在打自己的脸，都坐在他的车上了，安全带绑得紧紧的，她的宝贝大提琴也在车上……

她深吸了口气："万一呢？"

"赌一下。"江途把车开出去，"吃西餐，可以吗？"

祝星遥低头嗯了声。

车子在高峰期的车流里一点点地挪动，祝星遥想去开音乐，手伸到一半，又收了回去。他的车上放的都是她十几岁时的演奏曲，她听着感觉很怪。

她转头问："有纸巾吗？"

"你前面的抽屉里有。"

祝星遥拉开前面的抽屉，一下就愣住了，纸巾盒上压着一封红色的邀请函，同样的邀请函她昨天也收到了。江城一中举办一百周年校庆，时间在10月5日。校长专门打电话给她，想请她在晚会上演奏。

她拿起邀请函，转头问："你会去吗？"

"老曹今天中午亲自送到公司给我的，不好拒绝他。"江途将车停在红灯线前，转头看她，"你也收到了吧？"

祝星遥点点头："嗯。"

江途低声问："你不想去？"

当初那片星星灯和早恋的事迹留下的后患太多了，祝星遥在一中的学弟学妹们眼里，不是什么世界知名的青年大提琴手，她跟陆霁……是典型的反面教材。小女生羡慕她少女时代被人这样轰轰烈烈地追求和表白过，男生想效仿陆霁，用那片星星灯向女生表白。他们都想在自己的青春里留下一些轰轰烈烈的记忆。

这么多年过去了，祝星遥跟陆霁在校领导那里依然是令人头疼的存在，但陆霁起码也还是正面教材，她却不是。毕竟，在家长和老师的眼里，陆霁那种拿了清华保送资格且独立创业成功的毕业生，比她这个大提琴手更能激励学生努力学习。

学艺术能出头的太少了，而且很费钱，也不是谁家都能有这个条件，更别提出国深造了。陆霁才是一中和家长认可的榜样，是大部分学生向往成为的那种人。

刘主任很喜欢陆霁，却不太喜欢她，她有时候甚至怀疑，刘主任对女生有点偏见。

祝星遥转头看了一眼江途，如果当初他告诉她，那片星星是他送给她的，就不会酿成这种后果了。她抿起嘴角，把邀请函塞进去，抽了一张纸低头擦手机屏幕，语气硬邦邦地对罪魁祸首说："不想。"

七点半，两人坐在西餐厅最角落靠窗的位置，只要别人不走到尽头，就看不到坐在角落的祝星遥。餐厅的地理位置和室内环境都很好，今天餐厅几乎爆满，来吃饭的全是情侣。祝星遥看着城市亮起的霓虹灯，觉得江途肯定是预订了位置，不然不可能在七夕订到这种位置。

江途把菜单放到她面前："先点餐。"

这家餐厅祝星遥以前经常来，她都不用翻菜单就跟服务员确认好了。随后，她抬眸看江途："你要吃什么？"

江途看向服务员："跟她一样。"

祝星遥记得江途的食量挺大，按照她的那份肯定吃不饱，又转头跟服务员加了一份意面。

服务员看看她，又看向江途，眼睛微微发亮地转身走了。

江途皱眉："她可能认出你了，有关系吗？"

一般的大提琴手别人不一定认识，但祝星遥因为助阵过黎西西和其他歌手的舞台，再加上长得漂亮、气质好，放在美女如云的娱乐圈里也一样显眼，轻易地就红出圈了。

不过，祝星遥平时很低调，身上也没什么绯闻，一般不会有狗仔来拍她。祝星遥不太在意，摇头说："没事，今天七夕，狗仔都忙着跟拍流量明星去了，不会来拍我的。"

餐点上桌后，祝星遥吃着甜点，面前的牛排还没动，望向对面举手投足都变得成熟稳重的男人，忽然开口叫他："江途。"

江途抬头："嗯？"

他放下刀叉，把切好的那份牛排跟她的对调了。

祝星遥低头，呆呆地看着面前被切成一块块的牛排，又抬头望他，眼睛里似乎有光在闪。她拿起叉子，叉了一块牛排放嘴里，小声说："谢谢。"

江途看着她："你刚才想跟我说什么？"

祝星遥摇头，忽然不想说了。

两人走出餐厅的时候，祝星遥接到黎西西的电话："星星，我大概十点半到江城，今晚陪你过生日吧！七夕加生日一起过，正好。"

祝星遥疑惑地道："今天这种日子你不陪许向阳？"

黎西西冷笑道："他已经是我前男友了，今晚不要说他。"

祝星遥无奈地道："你们又分手了？"

黎西西压着声音，愤愤地说："七夕晚会上，我跟黎炀同台唱歌跳舞，怕他吃醋，没提前告诉他。结果我刚结束采访，他就打电话过来冲我发火，活像我给他戴了绿帽子似的！粉丝乱组的CP（配对，组合），我能怎么样？他一点都不信任我……"

她一边走一边骂，祝星遥听见电话那头传来空姐的声音，知道她都登机了，只好问："那你今晚想怎么过？"

"我已经订了包间，回去后把他们都叫出来。"黎西西忽然叹了一口气，"唉，今天运气真不好。"

祝星遥问："怎么了？"

黎西西压低声音："我看到夏瑾了，我们的座位还挨着，你说倒不倒霉？"

夏瑾跟祝星遥、黎西西高中时就不对付，黎西西还跟夏瑾吵过架。高中毕业后的同学聚会上，夏瑾跟祝星遥提起过江途，一次是2010年，一次是2011年。

第一次，祝星遥说联系不上江途，夏瑾以为祝星遥在骗她。

第二次，夏瑾轻笑："原来他连你都不联系了，怪不得，我还以为……"

她以为的是什么，祝星遥没问，大概是“我还以为江途喜欢你呢”。后来，祝星遥才明白，夏瑾高中时可能喜欢过江途。

黎西西在夏瑾旁边坐下，夏瑾看见她，笑道：“巧啊。”

“是啊，十年才在飞机上遇见一次，你说巧不巧？”黎西西不太想搭理夏瑾，戴上帽子，低头把预订的包间号发给祝星遥，还发了一条语音：“就是没订蛋糕，不知道现在预订还来不来得及？”

夏瑾却不放过她：“你们今晚要给祝星遥过生日？”

不怪夏瑾记得祝星遥的生日，毕竟祝星遥的十七岁生日可是轰动了全校，见过那片星星灯的人都忘不了。

黎西西转头瞥她：“是啊，怎么？”

夏瑾笑笑：“江途会去吧？”

街角华灯溢彩，祝星遥点开黎西西发来的语音，江途也听见了。他低头看她：“你喜欢吃哪家的蛋糕，现在订应该还来得及。”

祝星遥抬头，坦白道：“刚才我们吃饭的西餐厅里的蛋糕很好吃，我以前过生日时，我爸妈都是在这家订的。”她无奈地鼓了下脸，“一般得至少提前三天预订，现在肯定订不了了，我们去别家看看吧。”

“你在这里等我一下。”

江途丢下一句话，重新走向西餐厅。

祝星遥站在原地，回头眨了眨眼睛。

十几分钟后，江途回来了，大步走到她面前：“蛋糕预订好了，做好后会送到会所，我们走吧。”

祝星遥愣了愣：“快九点了，还可以订吗？”

江途垂着眼看她，低声说：“可以，我多给了一些钱。”三倍的价钱，做一个生日蛋糕，甜点师很乐意。江途看着祝星遥呆愣的表情，无奈地笑了笑：“是不是觉得这样很不像我？如果是几年前，你想要吃一个这样的蛋糕，我很难办到，但现在可以了。”

他紧紧地盯着她：“星星，我一直是这样的。”

我一直在努力，想给你最好的，想满足你所有的愿望，不愿意你受一丝委屈。

祝星遥的心跳加快了，她仰着脸看他，嘴唇张了张，却什么也说不出口。

江途往四周看了一眼，侧身挡住了打量祝星遥的目光，低声说："我们先过去，这里人多。"

"嗯……"她心绪杂乱地点头。

这里距离会所很近，开车十分钟就到了。林佳语和丁巷提前到了，正站在门口。丁巷看见祝星遥跟江途远远地一起走过来，忍不住嘀咕："我怎么突然觉得途哥跟祝星遥看起来很配呢？"

林佳语装模作样："是吗？"

丁巷越看越觉得养眼，挠了挠头说："以前上学的时候没觉得，现在不一样了……"

哎，这个社会是现实的！以前的江途是个穷小子，他要是说自己喜欢祝星遥，别人不得说他癞蛤蟆想吃天鹅肉？

几个人上楼进了包间，黎西西还没到，没人抢麦克风，丁巷就跟妻子对唱情歌。

祝星遥坐在林佳语身旁，祝星遥从坐下就没怎么说话，江途话更少。林佳语转头问祝星遥："你跟江途怎么了？"

祝星遥看向林佳语，认真地问："佳语，你觉得江途喜欢我吗？"

林佳语瞪大眼睛，没想到祝星遥这么直白，她还以为祝星遥什么都不知道呢！她打量着祝星遥的表情，余光瞥了眼江途，微微挑眉："你觉得呢？"

"你什么时候看出来的？"祝星遥轻声问。

林佳语看着她，叹了口气："高中。"

祝星遥垂下眼，睫毛颤了颤，没想到林佳语知道得那么早："江途知道你知道吗？"

"知道。"

"他……还说过什么？"

林佳语默了默，笑了："你想知道的话可以问他啊。"

祝星遥沉默，林佳语又说："我说了，江途是个长情的人……他肯定、绝对、百分之百还喜欢你，不然怎么可能一回来就接送你、靠近你，你……"林佳语话说到这里，就不说了。有些事，还是需要他们自己去体会，自己跟对方说清楚。

江途也不是以前的江途了，不需要旁人多说，他肯定有自己的计划。

丁巷喊：“《告白气球》是谁点的？”

《告白气球》是周杰伦1月份发的新歌，是林佳语点的，她跑过去拿话筒。

祝星遥能感觉到江途或许还喜欢她，但亲耳听见林佳语这么说，心还是乱了。

临近十二点，黎西西面无表情地推开包间门，身后还跟着一个身材高挑、打扮精致的女人。

祝星遥抬头，忍不住皱眉：夏瑾来做什么？

夏瑾一进门，目光就落在江途的身上。江途穿着灰衬衫、黑色长裤，安静地靠在沙发上，格外地英俊，气质跟高中时一样冷，那股劲比学生时期还吸引人。

江途抬了一下眼，短暂地看了她一眼，又毫无情绪地收回目光。

“夏瑾听说江途在这里，说好久没见了，一定要来打声招呼。”黎西西背对着夏瑾翻了个白眼。

“啊，对……我跟黎西西在飞机上碰见了。”夏瑾回过神来，抬手撩了一下头发，笑意盈盈地走向江途：“江途，好久不见。”

江途点了一下头，声音冷淡：“嗯。”

夏瑾既尴尬又难过，努力保持微笑，看向祝星遥：“祝星遥，我跟你也很久没见了。”

祝星遥想起她刚刚盯着江途的眼神，心里有些郁闷，语气也很冷淡：“是啊，一年了吧。”

说到这里，忽然冷场了。

毕竟高中的时候，在座的人跟夏瑾的关系都不好，毕业后互相也没联系过，只在同学聚会上见过。祝星遥想：要不是江途在这里，她怎么可能来？

夏瑾一直是个好面子的人，给自己找了个台阶：“我朋友在会所开了包间，我就是过来打声招呼的，你们慢慢玩，我先走了……”她转身走了一步，像是想起什么似的，又转过头来笑着问江途：“江途，能加个微信吗？”

黎西西在祝星遥耳边低语：“心机，做作。”

祝星遥转头看向江途。

江途的脸上没什么情绪："没必要，我们也不会联系。"

夏瑾脸上的笑容一僵，生气地走了，高跟鞋踩得噔噔作响。

等人一走，黎西西就忍不住乐了，转头看江途："你可真直接，看把夏瑾气得。"

江途跟祝星遥的目光相接，他不动声色地道："我说的是实话。"

夏瑾在走廊上碰见推着蛋糕车的服务员，回头看了一眼，想起江途刚才冷淡的态度，禁不住气恼地骂了一句。

2017年8月29日零点整，祝星遥闭上眼睛认认真真地许愿，吹灭了二十六根蜡烛。

大家分别送来礼物，只有江途没动。

江途低头看她："礼物我忘在车上了。"

祝星遥眨眼：他是真忘了还是故意的？

黎西西的电话从进包间就没断过，但是她就是不接，许向阳的电话就打到了祝星遥的手机上。黎西西不准祝星遥接："就晾着他！不准接！让这狗男人不信任我！"

"哪天我真给他戴顶绿帽子，看他怎么办！"黎西西灌了一杯酒，心情很差。

祝星遥拍拍她的背："好了，你们两个都改改脾气，有什么事情好好沟通。"

黎西西太忙了，平时两人聚在一起的时间确实很少，她也知道自己有问题，但感情是两个人的事情，她一个人也没办法。

祝星遥和黎西西的手机都摆在桌上，黎西西的手机屏幕亮了又黑，消停了一会儿后，祝星遥的手机屏幕又亮了，大家看到"陆霁"这两个字。

祝星遥愣了，她跟陆霁已经很久没联系了。她看向黎西西，黎西西说："可能还是许向阳打的。"

林佳语下意识地转头去看江途。

江途目光沉静，看着祝星遥。

祝星遥的手机铃声又响了一次，电话还是陆霁打的。

气氛尴尬起来，黎西西悄悄看了一眼神色不明的江途，推推祝星遥，小声说："接一下吧。"

祝星遥莫名地有点紧张，不敢回头看江途，低头接通电话。陆霁在电话里沉默了一下，轻声说："生日快乐。"

丁苍按了暂定，包间里安安静静的，所有人都看着祝星遥。

祝星遥微垂着脑袋，轻声说："谢谢。"

陆霁又沉默了一下，才说："把电话给黎西西吧，许向阳找她找疯了。"

凌晨一点多，几个人才离开包间。祝星遥喝了几杯酒，头有些晕，跟着江途上车。

祝星遥歪着头，晕乎乎地睡着了。

江途把车缓缓停在树下，夜风吹得树叶沙沙作响，月光从摇曳的枝叶缝隙漏下斑驳的光点。他转头看向睡得不太安稳的祝星遥，她皱着眉，似乎很不舒服。

江途伸手，手指轻轻按在她眉心上，下一秒，一只柔软的小手受惊似的抓住他的手。祝星遥转头看他，眼底尽是茫然。

他低头看了眼被她紧紧抓住的两根手指，皱眉问："吓到你了？"

祝星遥抬头看了一眼车顶，又看看窗外，深吸了口气，低头看到两人的手，忙松开。沉默了几秒，她忽然朝他伸手："礼物呢？"

江途低头笑了，伸手拉开她前面的抽屉，从纸巾盒下拿出一个精致的丝绒锦盒递给她，轻声说："生日快乐。"

祝星遥看了他一眼，低头打开，里面是一条项链，吊坠是星星形状的，上面镶嵌着一颗颗小巧精致的钻石，闪着细碎的光芒。她愣了一下，转头看向江途："为什么是钻石项链？"

她还以为他会送她一个机器人。

江途盯着她，低声问："还是，你喜欢那几千颗星星灯？"

祝星遥心弦一震，惊愕地看着他，没想到他会主动提起来。沉默片刻，她小声问："那片星星灯，是你送给我的吗？"

江途说："是。"

祝星遥亲耳听到他承认，眼眶瞬间红了一圈，控诉道："那你当时为什么不说？你让我误会……让所有人误会，却连一句解释也没有。"

"我当时只是想送你一件礼物，没想到会引起这么大误会。"江途深吸了一口气，嗓音压抑而低沉，"但是我当时没办法解释。我也不知道那片灯的作用这么大，会直接把你推给陆霁。如果我知道结果，就不会去弄那些灯了。”

祝星遥低下头，有点难受，伸手去开车门。

江途抓住了她的手腕，她立刻顿住了。他靠过来，另一只手温柔又坚定地按住她的肩膀，将她转过来。

祝星遥抬头，眼眶湿润，眼睛里闪闪发亮。

江途看着她，低声说：“那几千颗星星是十八岁的我能给你的最好的礼物，但这份礼物也带来了最糟糕的结果。到现在我都不知道那份礼物到底算好，还是不好。十年过去了，我已经不再是当年那个负债累累、面对现实束手无策只能妥协的江途了，我可以支配自己的人生，可以不再受束缚了。

“当年我不敢说喜欢你，我怕你跟我在一起受苦，连追都不敢。

“但从现在开始，我可以喜欢你，追你，和你在一起吗？”

年少的江途内心孤僻冷漠，祝星遥是他心底最美好的秘密。同时他又是自私丑陋的，他举报她跟陆霁早恋，在国外听说她跟陆霁分手后，又妄想她不要再谈恋爱。这十二年，不管是年少时的那几年，还是后来的那几年，他都想象过无数次，如果有机会，他要怎么跟祝星遥说，说他喜欢她很多年了。

祝星遥手里捏着那条项链，嘴角微微发颤，那种委屈的情绪瞬间涌上来。江途没回来之前，她有想过两人以后可能就这样了，没有人会回来给她少女时期迷茫朦胧的感情作答。

江途看着她的眼睛，低声说：“我知道我们中间很多年没见面了，你也不用现在就回答我。”

“很晚了，早点回去睡觉吧。”他松开她的肩膀。

反正，这么多年他都等了。

他可以继续等。

祝星遥用力地咽了咽口水，才忍下眼泪，拉开车门下车。

这次，江途不再阻止她，深深地吐出一口气，跟着迅速下车，从后座拿出她的大提琴和大家送给她的礼物。夜风吹着祝星遥的裙摆，他把大提琴放到她的肩上，将礼物递给她，低声说：“回去吧。”

祝星遥到底是个心软的人，就算这样，都没甩脸色给他看，也没看他，很轻地嗯了声，转身走了。

别墅内，客厅里的灯是亮的，祝星遥打开门走进去，看到丁瑜从楼上下来。

她抬头问："妈妈，我吵醒你了？"

"我半夜醒来，起来看看你有没有回来。"丁瑜笑了笑，走到她身旁，帮她把琴卸下来，闻到她身上有淡淡的酒气，"喝酒了啊？快去洗个澡，等会儿我热杯牛奶给你。"

"你先睡吧，不用管我。"祝星遥的酒已经醒得差不多了。

丁瑜把她赶上楼了，祝星遥没办法，她出事以后他们对她的关心和保护比小时候更甚，简直拿她当小孩子一样对待。她洗完澡出来，丁瑜正好端着牛奶进来，手里还拿着一个精致的锦盒。丁瑜把盒子放桌上："你爸爸给你选的生日礼物。"

祝星遥打开盒子，看到里面的东西，愣了一下。

丁瑜问："不喜欢吗？"

祝星遥摇摇头："喜欢啊，很喜欢。"只是，她刚刚才收到一条差不多的，同样是星形吊坠，这个大一些，江途送的那条小巧一点。

"项链明天试，喝完牛奶就早点睡觉，都凌晨两点半了。"丁瑜摸摸她的脑袋，出去了。

祝星遥把两条项链放进首饰盒里。她的项链非常多，星形吊坠的占了一大半。她放下牛奶杯的时候，瞥向首饰盒，突然想起来，她去年一场演奏会结束后接受的采访。

记者："有粉丝发现，你每次登台时戴的项链几乎都是星形的，这个有什么特殊意义吗？"

祝星遥摸着吊坠，微笑道："这是一种习惯吧，我比较紧张的时候就会戴星形的项链，觉得那是幸运星。这次隔了两年才重新办个人演奏会，我准备了很久，有点紧张，就戴上了。"

江途送她项链，是看了她的采访吗？

第八章

原来，J同学是江途

深夜，马路上车很少，江途将车开到半路，手机里跳出来一条微信。

林佳语："你好歹告诉我结果啊，我给你守了这么多年的秘密，都快憋出病来了，我容易吗？"

她的上一条消息是："《告白气球》是给你跟祝星遥点的！"

上上一条："祝星遥问我，知不知道你喜欢她！我震惊了！"

江途把车停到地下车库，拿起手机，看了林佳语的微信，低头回复："你不用守了。"

江途又补充了一条："谢谢。"

无论是林叔还是林佳语都帮了他很多，江途放下手机，背靠在座椅上，摘下眼镜，抬手揉了揉眼镜架留下的印子。

林佳语看到他的消息，愣住了："不用守了"是什么意思？意思是她可以随便说了吗，还是说她的小说可以继续往后写了？

林佳语激动地从床上翻下来，跑去开电脑。

第二天早上，祝星遥收到黎西西的消息，她说她回去工作了。黎西西最近在准备新专辑，一直很忙，祝星遥问："你跟许向阳和好了吗？"

黎西西回了一个大哭的表情："没有。"

过了一会儿，黎西西又说：“我有时候想想，我跟许向阳可能上辈子互相挖了对方的祖坟，这辈子互相还债来了。上次是他哄我，这次我得回去哄哄他。”

祝星遥不禁想：她跟江途，到底是谁要还谁的债？

下午，江途临时接到出差的通知，拿着办公室里备有的行李，直接跟老袁和两个研发部的同事去了机场。

他登机前给祝星遥发了一条微信。

老袁一瞥，就看到他在向人报备行程，震惊地道：“遥遥……什么的，是谁啊？你还跟人报备行程？是女孩子吧？”

老袁只看清前面两个字。祝星遥的微信名跟QQ名一样，一直是遥遥天上星，这么多年都没变过。江途也没想改备注，觉得这个就挺好。

江途放下手机，他要是说是祝星遥，老袁估计要追问个不停，还要跟杜云飞讨论一晚上，回头都不用工作了。他不动声色地道：“以后介绍给你和杜云飞。”

老袁品了品他的话，震惊地看他：“天哪！你不会是有女朋友了吧？”

江途垂眼：“没有。”

他还没有追到。

傍晚，江途下了飞机，对方派了司机过来接，众人先去吃饭。

这个世界有时候真的很小，江途跟老袁他们在对方负责人的接待下，走进餐厅。

餐厅在五楼，几个人正等电梯，身后又来了一拨人。

为首的男人高大挺拔，很年轻，长得很帅，正跟旁边的人说着话。负责人转头，笑着打了声招呼：“陆霁，好巧啊，你们今晚也在这里组局？”

江途回头看了一眼，目光跟走过来的陆霁对上。陆霁愣了一下，江途眯了一下眼。

总之，两人的脸色都不是很好看。

但是，江途一向是个很能收敛神色的人，惊讶了两秒，目光就平静了。

电梯门打开，一伙人走进去。

负责人热情地跟江途介绍："这是我的大学校友陆霁，没想到这么巧遇到了，他们做软件开发这块，跟我们算半个同行吧。"

老袁这人好交朋友，自来熟，很快笑着伸手："你好你好。"

陆霁跟老袁握了一下手，目光又看向江途，感慨江途的变化是挺大的。

负责人又说："哦，这是江途，是我们公司请来……"

陆霁打断他："不用介绍了，我们认识。"

老袁和负责人同时一愣。老袁笑了，奇怪地道："你们认识啊？这世界可真小。你们怎么认识的啊？"

江途收回目光，淡淡地说："高中同学。"

电梯里很安静，两个高中同学完全没有要叙旧聊天的意思，都冷淡地看着前方。连老袁这种粗神经的人都能感觉出来，两人的关系不好，很不好。

到达五楼，大家走出电梯，各自往不同的包间走去。

老袁和负责人面面相觑。负责人的级别低于江途，哪里敢问？直到饭局散场，回酒店的路上，憋了一晚上的老袁终于忍不住问："你跟那个陆霁是怎么回事啊？"

江途靠在椅背上，神色平静地看着窗外，语气冷淡："没什么。"

老袁哼了声："我不信，我看你们两个一见面就不对劲，就像……怎么说呢，要不是我知道你一直单身，我都以为你挖了他的墙脚呢。"

江途沉默了一下，语气更冷淡了："没有。"

后来，老袁捧着林佳语写的《等星星》熬夜看完了，了解完所有的故事后，他感动得直抹眼泪，心想：这……比直接挖墙脚还让人憋屈啊！怪不得两人一见面就恨不得打一架。

晚上九点，祝星遥跟丁瑜吃饭逛街回到家，张姨指着一个快递盒子说："下午派送员送来的，好像是保价了的贵重物品，给小姐的。"

盒子不大，拿在手上还挺有分量的。

祝星遥拆开包装盒，看到里面的东西，顿时愣住了。机器人周身光滑泛着白光，脑袋前顶着一个液晶屏幕，屏幕的尺寸跟iPad mini（小尺寸平板电脑）差不多大。

丁瑜从盒子里拿出一张卡片。

——手写说明书。

丁瑜看着卡片："这个机器人跟你以前坏掉的那个有点像。说明书还是手写的，但没署名，字写得不错。"她看向女儿，笑了起来，"谁送的啊？"

祝星遥抱着机器人低下头。卡片上的字迹刚劲有力，有点潦草，她一下就认出来了，是江途的字——上面简单地写了使用方法。

她不敢说是江途送的，支支吾吾："嗯……不知道谁送的……我回房间研究一下。"

她抱着机器人进了房间，拿出卡片，上面有写机器人的启动密码，密码是她的生日。机器人性能强大，可以用语音控制，有智能录制、智能人脸识别、关键事件记录与通知等功能。

这个也是生日礼物吗？

祝星遥按照指示把各项功能都试了一遍，玩到十点。丁瑜把在阳台上收下来的衣服放在她床上，祝星遥转头说："妈妈，等会儿我再收拾，你先去睡觉吧。"

丁瑜叮嘱道："别太晚了，早点睡。"

祝星遥说："好。"

"这个是什么？"

祝星遥看着屏幕上名为"随叫随到"的小图标，伸手点开。

屏幕先是一黑，她茫然地等着，过了几秒，屏幕忽然亮了起来，入眼的画面晃动着，从天花板的吊灯晃到酒店雪白的大床，然后定格在男人英俊的侧脸上。

祝星遥瞬间瞪大了眼睛。她吃惊的模样有点好笑，江途转头看见后，忍不住就笑了。

他还是跟以前一样，一笑起来整个人气质就很不一样。祝星遥高中的时候就很喜欢看他笑，现在被他一笑，脸颊有点发热，她小声问："这个是视频吗？"

"嗯，差不多。"江途放下手头的工作，转向她。

江途穿着衬衫，看样子还在工作，祝星遥眨了眨眼："那这个'随叫随到’……是我一点，你就会出现吗？”

“也不一定，如果我正在开会，或者在忙其他的事没有注意到的话，会有自动回复。”江途给她解释，“你下次可以试试跟它聊天。”

祝星遥之前在网上搜索过唯创科技，他们公司研发的智能机器人好像没有这款，她问：“这是你们公司的新产品吗？”

江途点头：“你手上这台是我的私人物品，只有一台。正式产品的内核和语言模块跟这个的区别挺大的，在11月底的发布会后正式发售。”

这台机器人的语言模块非常强大，而且模拟对象是江途，它的回答几乎等同于江途的回答。

祝星遥问：“那……每个机器人都有这个‘随叫随到’的功能吗？”

“目前只有你这个有，你点开软件或者叫我名字就可以找到我，但目前还不太稳定，回头我再帮你调整。”江途顿了一下，看着她说，“因为你那晚做噩梦后打电话给我，所以我才临时加了这个功能进去，等测试稳定后，正式产品中也会加入这个功能。”

祝星遥一愣，没想到还有这个原因，抿唇问：“那这个也是生日礼物？”

“项链是七夕礼物，机器人是生日礼物。”

祝星遥心头微动，低头哦了声，手指在屏幕上滑动，想看看还有没有什么她没发现的隐藏功能……也不知道她点到了什么地方，屏幕忽然转动了起来。

祝星遥：“……”

画面捕捉到的是少女温馨的房间，从阳台的大提琴包，到白色书架，再到米色的布艺沙发……然后到粉色的公主床。祝星遥的脑袋跟着屏幕转，她注意到江途的神色似乎顿了一下，顺着他的目光转头，看到床上堆着她的衣服，一件黑色蕾丝内衣……明晃晃地落在镜头里。

祝星遥飞速起身，冲过去抱起那些衣服，转身一股脑地全塞进衣柜里。她红着脸站在床边看着那个像总统巡视般的摄像头，摄像头把她房间的每一个角落都扫了一遍……

她忙跑过去，手忙脚乱地戳屏幕：“这个怎、怎么关……”

江途还是第一次见她这样，轻笑出声：“语音操控就可以，叫停。”

“停！别转了！”祝星遥忙喊，摄像头秒速停止巡视，正对着她的胸口。她又烫手似的，将机器人放回桌上去，连耳朵都红了。

祝星遥瞪着屏幕，嘟囔：“你这个机器人有点流氓。”

江途一愣，笑了。

他说：“毕竟是测试机，你可以给它起个名字，这样它会更听话。”

这个测试机的性能确实有些不稳定，它偶尔会“发疯”，有时候祝星遥打开之后，它会自动骚扰江途。有时候江途忙，没顾上，屏幕上会出现自动回复。

祝星遥说话，它也会回复。

至于给机器人起个名字，起什么名字呢？祝星遥想了几天都没想好，让黎西西帮忙，黎西西说：“你让林佳语帮你，她不是写小说的吗？起名字厉害。”

祝星遥拍了照片，在微信上发给林佳语。

林佳语：“哇！我也想要这个！！！”

祝星遥：“……”

重点是让你起名字啊，林佳语同学。

林佳语恶意满满地回复：“江江、途途、图图、土土、兔兔……怎么样？”

祝星遥：“……”

祝星遥想，还不如叫小江呢。

小江……

小江同学。

这个名字好像挺亲切的，也很适合机器人，别家的机器人不是还有叫小艾、小蛋的吗？

晚上，祝星遥发微信给江途，告诉他名字起好了，叫小江。

江途：“……”

过了几秒，他回复：“你喜欢就好。”

祝星遥觉得这个回答有点勉强，问他：“你觉得不好听吗？”

江途最近一直很忙，分公司有一款机器人的测试出了问题，研发部搞不定，请他来帮忙。他人在北京，每天晚上都要加班。这会儿他刚回到酒店，抬手解开衬衫的两颗扣子，低头回复：“你的机器人，你喜欢叫什么都可以，不过，叫小江跟我有关系吗？”

祝星遥坐在梳妆桌前，仔细地涂抹护肤品，看见消息后，放下眼霜，回复："你送的啊，它也是你研发的。"

自从家里多了小江，祝星遥便经常会喊小江，这时小江就会问她："主人，有什么需要？"丁瑜有时候会过来看一眼，祝星遥说："妈妈，等上市了我买一个送给你。"

丁瑜问："这个贵吗？"

祝星遥问过江途，说："还没定价，大概一万元，不贵。"

它功能强大，她觉得值这个价钱，一点都不贵。

"那到底是谁送的？他在追你吗？"丁瑜最关心这个，笑了笑，"挺有心的，要是觉得合适，可以试试谈一下恋爱。"

如果她知道这个人是江途，可能就不会这么说了。

祝星遥含糊地说："就一个同学……"

班级的微信群里这几天很热闹，在众人的要求下，丁巷把江途拉进群里，当时江途正在忙，没有看到。群里很热闹，都在讨论10月5日一中校庆的事情。

学习委员问："你们谁收到邀请函了啊？"

有人说："学委（学习委员）你收到了吗？"

学习委员说："收到了，江途、祝星遥和夏瑾也有，这个我知道。应该还有别人吧？"

接着，群里出现一排的"我没有……"

丁巷说："没有也可以去凑热闹啊，校庆应该挺热闹的，正好是国庆，大家应该都回来吧？"

有人问许向阳，让班长出来说话。

许向阳："你们想怎么样？搞聚会？"

江城一中的百年校庆是大事，不只他们班在讨论，别的班也在议论，收到邀请函的无非是每一届的风云人物或者如今各行各业突出的优秀毕业生。

江途、陆霁、祝星遥、许向阳、黎西西以及林佳语都收到了。林佳语有些意外，她没份正经工作，就出了几本书，加入了省作协而已。黎西西说："这就够了啊，毕竟学校也没几个出了几本书的小说作者，而且你当年念的大学也是名校。"

各班班级群里都在提议，可以趁机办场同学聚会。

9月中旬，祝星遥正在收拾行李的时候，又接到了一中校长的电话，还是为了在校庆晚会上登台表演的事情。他想请她跟黎西西一起登台，再来一曲独奏。

这已经是这个月的第五通电话了。

祝星遥坐在地毯上，没办法拒绝了，想了想，说："好吧，不过能不能把节目排在前面？"

校长喜笑颜开："可以，当然没问题了。"

挂断电话，祝星遥一边收拾，一边跟小江聊天。

小江的声线也很像江途，每次她跟它聊天的时候都有点恍惚。正胡思乱想时，不知道是她又说了什么错误指示，还是小江又"发疯"了，机器人冷不丁地传出江途低沉的声音："你收拾行李准备去哪？"

祝星遥吓了一跳，手里捧着首饰盒转头看向机器人，江途出现在了屏幕里，他没戴眼镜，大概刚洗完澡，头发还是湿的，沉静的眼眸正望着镜头。

祝星遥还是觉得他不戴眼镜时好看些，盯着屏幕看他，过了一会儿，才说："我好像没叫你啊，小江怎么这么不稳定啊……"

江途打开电脑，无奈地说："等我回去再帮你弄好。"

他问："你要去哪？"

"去拉斯维加斯。"祝星遥继续收拾行李，主动说，"X乐队有一场演出……我的大提琴老师陈蓝，你应该还记得他吧？他在演出中负责弦乐，但昨天出了点意外，手受伤了，暂时没办法，让我去救个急。"

她的行李箱很大，里面装了很多东西，几乎塞满了，但好像还不够，她又从阳台推来一个中号的银色行李箱。江途默默地看着，不知道是不是女孩子出门都要带这么多东西，关心道："你一个人吗？"

祝星遥把几双高跟鞋放进去，说："不是啊，带我助理去。"祝星遥有两个助理，一男一女，一般出国或者离开江城去演出的时候祝星遥才会叫上他们。

"星星，收拾好了吗？需要妈妈帮忙吗？"丁瑜突然推门走进来。

祝星遥蒙了一下，站起来迅速把小江转了过去，让它面向墙壁。

她看向丁瑜，小声说："妈妈，你怎么不敲门……"

丁瑜啊了声。以前祝星遥睡眠不好的时候，她经常半夜过来看她，已经习惯了，有时候就直接推门进来了。她看了一眼那台机器人，忍不住笑了：“好好好，那你自己慢慢收拾。”

她摇头，走出去了。

过了一会儿，祝星遥把小江转过来，忽然想起一个很严重的问题。

她看着屏幕里的江途，小声问：“江途，小江这么不稳定，还会像今晚这样突然接通……要是当时我正在换衣服……怎么办？”

江途：“……”

祝星遥看到江途微僵的表情，感觉有点好笑，眨眨眼：“我就说这个小江有点流氓……”

江途沉默了一下，低声说：“我觉得你像是在说我。”

毕竟，机器人是他研发的，也是他送的，这个罪名怎么绕都会落在他身上。

祝星遥：“……”

屏幕里的男人轮廓分明，气质中透着冷和禁欲。她看着他漆黑的眼睛，想到他们都已经是成年男女了，男人表面上再冷也会有热烈的一面，尤其是他喜欢了她那么久，应该会对她有点幻想吧？

祝星遥难以想象江途耍流氓是什么样子，可越是难以想象，越觉得勾人……

她打住自己的胡思乱想，转身去翻箱倒柜。

小江跟着她转动，捕捉她的身影，江途目不转睛地看着她，想知道她要做什么。过了一会儿，她从柜子里翻出一块英格伦手帕，转身对江途说：“我平时就把小江盖起来吧。”

江途想象到机器人被盖上盖头的样子，表情有点一言难尽，无奈地笑：“去拉斯维加斯时把它带上吧。”

第二天，祝星遥离开房间的时候，把小江塞进背包里带走了。

她带着两个助理一起离开了江城。

江城没有直达拉斯维加斯的航班，她得先飞到洛杉矶，再转机飞过去。十五六个小时后，祝星遥才落地。陈蓝和团队还在拉斯维加斯，带着司机来机场接人。师徒俩很久没见面了，祝星遥走过去的时候，陈蓝下车笑着拥抱了她一下：“看起来精神还不错啊。”

祝星遥高兴地笑了笑，低头看他垂着的右手："老师，你的手怎么样了？"

陈蓝弦乐乐团在国际上很有名气，X乐队花重金聘请他，没想到他健身的时候不小心拉伤了手，倒是不严重，但带乐团上台肯定是不行的。X乐团演出在即，耽误不得。祝星遥师从陈蓝，很清楚他的风格，以前也跟陈蓝乐团一起演出过，彼此都很熟悉，陈蓝找她来救急是最合适不过的。

"没事，休养十几天应该就差不多了。"

陈蓝叹了口气，拉开车门上了车，祝星遥跟着上去。等助理把行李放好后，车就开走了。现在国内是凌晨一点左右，祝星遥给父母发了条信息报平安，收到回复后，正犹豫要不要给江途也发一条时，他的电话就打来了。

江途那边很安静，他的声音很清晰："到了吗？"

祝星遥有点累了，靠在椅背上半眯着眼睛，嗓音很软："到了，现在准备跟老师去吃饭。"她顿了一下，问他，"这么晚了你还没睡吗？"

"等你。"江途的电脑还开着，鼠标已经丢在一边。

她轻轻地哦了声，嘴角弯了起来："我到了，那你早点睡觉吧。"

陈蓝今年四十五岁，正处于艺术家的黄金年纪，家庭和睦，睿智从容，他笑着看祝星遥："男朋友啊？"

祝星遥把手机放下，不好意思地说："还不是……"

"那就是准男友了？"陈蓝挑眉。

祝星遥跟江途好像已经默认了这种相处模式，他在给她时间慢慢适应两个人的关系，适应二十八岁的他。

她转头看老师，不好意思地笑了。

晚上，祝星遥陈蓝跟X乐队一起吃饭，X乐队是国内很有名的乐队，乐队成员的年龄在三十至三十五岁之间，主唱萧鹤最年轻，三十岁。餐厅里，祝星遥第一次见他们，萧鹤冲她笑："早听说陈蓝老师的女徒弟漂亮，本人比照片和视频里更好看。"

陈蓝哈哈大笑："那当然了，不然怎么是大提琴女神？"

祝星遥从小到大听多了别人夸她漂亮，从容大方地微笑道："谢谢。"

祝星遥花了一天时间倒时差，然后才开始跟乐队一起练习，有一晚江途问她："能不能看看你练习？"第二天早上出门时，祝星遥就把小江带上了。

她征得乐队成员的同意，把小江塞给助理小葵，说了句："叫江途。"

小葵有点茫然："江途是谁？要打电话吗？"

祝星遥笑："不用，你抱着就好。"

江途那边已经是晚上，他还在公司，手机就架在桌面上，他从电脑前抬头看着镜头。小葵看到屏幕里突然出现的江途，震惊地问："星星，这是什么黑科技啊？"叫一声就出现一个大帅哥，这是什么宝贝？

"没看出来吗？机器人啊。"

"那、那、那……"小葵有点结巴。那是机器人的名字叫江途，还是屏幕里的大帅哥叫江途？

祝星遥感觉江途太惹人注目了，把视频窗口最小化，小声说："你慢慢看吧，不看了就直接退出。"

江途笑笑："好。"

小江尽职尽责地追踪着祝星遥的身影，小葵抱着机器人坐在边上，都不用动，镜头会自动转。她好奇地看来看去，犹犹豫豫地问："你是……星星的男朋友吗？"

江途说："还不是。"

那他就是在追星星？

小葵兴奋了，鼓励道："你加油哦，追星星的人可多了。"

江途知道追她的人多，沉默了一下，问："还有谁？"

小葵低声说："那个主唱看到了吗？他好像很喜欢星星，不过我觉得你比他帅，我投你一票。"

江途看向那群人里个子最高正在唱歌的男人，皱了一下眉。

9月底，江途从北京回到江城，江路打来电话："哥，晚上回来吃顿饭吧，妈老念叨你。"

晚上七点，江途把车停在楼下，正准备上楼，抬眼就看见江路站在前面的花坛前跟一个五十多岁的男人说话，那人老了不少，鬓发泛白，是江锦辉。

江锦辉似乎察觉到他的目光，转头看过来。

江途跟江锦辉已经好几年没见过了，江途冷冷地看过去，江锦辉愣了一下，露出尴尬之色，转头对江路说："我先走了。"

江锦辉走后，江路走过来，江途看向江路，冷声问："他来找你要钱？"

江路跟江途差不多高，他手抄在裤兜里，站在台阶下，抬头叹了口气："他当年被砍了两根手指，估计也是怕了，现在已经不怎么赌了，偶尔手痒了就跟老头老太太打打麻将，不敢来真的。他这些年一直没个正经工作，我每个月给他点生活费，也没多少，够他吃穿用，毕竟小时候他也给了我不少零花钱……"

江路跟江途不一样，江路那时候年纪还小，家里就算出了天大的事情，欠了上百万的债务都落不到他的肩上，就像林佳语说的，江路吃喝玩乐一样也没耽误——江锦辉带来的伤害和灾难全部落在了江途身上。

江途从十三四岁开始，就不拿江锦辉的钱了，还要打工还债。追债的人来闹事，他还得护着江路跟舒娴。江途把江锦辉该扛的责任全都扛下来，把不该他受的苦都咽下去了。

江路小时候皮，还总爱跑去黑网吧上网，从小就精明，零花钱能从江锦辉那里抠多少就抠多少，反正不抠江锦辉也拿去赌了。江锦辉赌赢了心情好时，还会塞给江路一百块，江路要是再撒娇说几句好话，江锦辉还会多给他一点。总之，他跟江锦辉多多少少有点父子情，看不下去父亲穷困潦倒的模样，每个月定额给父亲生活费，父子俩偶尔一起吃顿饭。

"最好是这样。"江途面无表情，转身走进楼道。

江路叹了口气，跟上去："哥，你放心，我不是小孩了，有分寸。"

家里很热闹，舒娴又把林佳语一家请过来了。林佳语跟江路打游戏，声音很大，江路说："我昨晚还拉了女神姐姐一起玩。"

林佳语啊了声："她在国外呢，有时间玩？"

江途靠在沙发上，抬头看向江路，江路一边操控一边说："正好在休息吧，我运气好呗。"

几秒后，他拿出手机安装了《王者荣耀》，看向江路："下局拉我进去。"

江路抬头："啊？？？"

他没听错吧，他哥要玩游戏？

江途没搭理江路，搜索了一下玩法，熟悉了一下游戏界面。祝星遥想玩的话，江途也可以教她。

江路很快反应过来，压低了声音说："行，没问题。哥，加油啊，女神姐姐变成女神嫂子，挺好的。"

江途抬头，林佳语连忙说："不是我说的，他自己看出来的。"

江途皱眉："我说你了？"

林佳语："……"

林佳语撇撇嘴，想起祝星遥的那个机器人，笑眯眯地对江途说："那个机器人你也送我一个呗，祝星遥说很好玩，但是又没的买……就算有，我也买不起，好贵呢。"

"她那个只有一个，别想了。"江途放松地靠在沙发上，"你想要的话，过段时间我给你带一个正式产品回来。"

"啊？有什么不一样？"林佳语问。

当然不一样，祝星遥的小江是江途的私心，语言模块跟正式产品完全不一样。她想找他的时候，就可以随时找到。

最重要的是，这个世界上只有一台。

10月1号下午，江途跟老袁去健身房。五点，江途从跑步机上下来，黑色运动服被汗水浸湿了，贴着他精瘦的身体。老袁凑过来看了一眼，佩服道："你还跟大学一样能跑啊，一万米！"

江途跟少年那会儿一样，平日的健身主要是长跑。他往浴室的方向走："我先走了。"

老袁啊了声，跟在他身后："不一起吃饭了？"

"不了，晚点我要去机场接人。"

"接谁啊？"老袁追问。

两人绕过器械区，经过私教室的时候，被人拦住了。

江途面无表情地看向面前的女人，夏瑾笑盈盈地抬头："江途好巧啊，我刚才还以为看错了呢。"

江途点了一下头，淡淡地道："我还有事，先走了。"

他也不管夏瑾僵掉的笑容，绕过她，大步走了。老袁看着面前的美女，又看看江途冷漠的背影，最近公司里也有几个女孩子想向江途示好，但江途理都没理。不过，夏瑾长得很漂亮，老袁觉得江途太冷漠了，想帮他留点余地，忙解释道："江途急着去机场接人呢，他就是这样，比较冷淡。"

夏瑾的脸色不太好看，她看向老袁："你是？"

老袁说："我啊，他的大学同学兼同事。"

所以，他们关系还不错？夏瑾想起前两天在微博上看到的X乐队在拉斯维加斯的演出视频，祝星遥出现在里面。江途是去接祝星遥吗？她沉默了一下，对老袁笑笑："我请你喝点东西？"

老袁笑了："请我喝东西可以啊，但是我先说啊，公司想追江途的女孩子也不少，但他那人冷得要命，谁也撩不动，我可能也帮不了你什么忙。"

夏瑾："我其实是他的高中同学，你就没听他说过哪个女孩子？"

"高中同学啊？"老袁打量着夏瑾，总觉得这姑娘跟江途的关系不简单，该不会是他高中时的前女友吧？

他笑了笑："我没听说过，你跟他关系很好？"

"还好……"夏瑾含糊地道，"我们去那边喝点东西再聊？"

晚上八点半，祝星遥戴着口罩和渔夫帽，帽檐压得很低，肩上背着一个黑色的大提琴包，带着两个助理从机场出来了。走到停车场，她一眼就看见站在车边的江途，小葵眼睛发亮，兴奋地问："星星，他是来接你的吗？"

祝星遥笑了一下，看向小葵："你们放完行李就回去吧，辛苦啦。"

江途隔着十来米看向祝星遥，她的模样太招人了，过往的行人都在看她，还有人拿手机拍照。他没走过去，只是打开后备厢，然后坐回驾驶座。助理反应迅速，很快走过去把行李箱放进去。

过了一会儿，祝星遥抱着背包坐进副驾驶座，把帽子摘下，细白的手指抓了抓头发，长发蓬松起来。她转头，对上江途深深的目光，静默了三秒，说："我还没吃饭。"

江途低笑："你想吃什么？"

祝星遥想了想，说："我好久没吃鸭血粉丝了，去吃这个吧。"

车开下高架桥，祝星遥从包里把小江拿了出来，看向江途：“你要拿回去帮我修吗？它还是会发疯。”

江途不动声色地看着前方：“不用，等我程序写好了再跟你拿。”

祝星遥哦了声，看向窗外，不知道为什么，觉得这是他的借口。

江途果然变了，都知道用借口了……不对，他一直很知道怎么骗人。只要他不想说，别人就很难洞察他真正的心思，只能靠猜。

江途把车停在荷西体育馆附近的停车场，他们下车往曹记鸭血粉丝店走。前方几个少年正踩着滑板往这边冲，祝星遥忽然脚步一顿，转头看江途：“不去曹记了，我们换一家吧。我刚才看见前面新开了一家，去那家尝尝。”

“好。”江途随她。

祝星遥刚转身，就被人搂着腰往前带，整个人撞进江途的怀里，鼻尖是他领口干净好闻的味道。踩着滑板的少年们从她身后飞速滑过，滚轮摩擦在路面上的噪声盖过了此时的心跳声。江途低头，帽檐下是她白皙的半张脸，他看到她秀气的鼻尖、小巧的下巴以及微张的嘴唇。

祝星遥的腰很细很软，江途就这么抱着她，有点不想放手了。

这条街已经不复当年的老旧，人来人往，很是热闹，路面干净整洁，滚轮摩擦的声音渐渐远去。

江途不放手，祝星遥也不动，两人的影子被路灯拉长，暧昧而温柔。

滑板摩擦地面的噪声再次靠近，也不知道是哪个坏小子带的头，他们踩着滑板围住江途和祝星遥开始转圈，甚至起哄、吹口哨。

路人停下脚步看向他们，议论纷纷，有女孩子兴奋地说：“那男的好帅，女的身材真好，就是看不见脸……”

“这几个滑滑板的是被请来的吗？新型浪漫？”

“我知道了！难道是求婚？”

“我总觉得那女孩很眼熟……”

祝星遥：“……”

不到一分钟，他们就被团团围住了……

怎么办？

祝星遥不知所措地仰头看江途，江途正垂眼看她，镜片后的眼珠漆黑深邃。他将手从她的腰上挪到她的肩膀上，半搂着她，低声叮嘱：“低头，跟我走。”

祝星遥一愣，把帽子往下拽了拽，低头嗯了声，几乎整个人都被他拢在怀里，别人看不见她的脸。

江途转身看向那几个少年，目光中透着冷：“让开。”

人群静默了几秒，那几个少年一看形势不对，立即掉头，滑着滑板从人群缝隙里冲出去，开辟了一条路。

江途搂着祝星遥快步走出去，身后的人群又议论了几句才散开。他带她过马路，走到人少的地方，祝星遥的脚步慢下，她回头看了看：“应该没人看我们了……”

江途顿了一下，手自她的肩上松开，继而又握住她的手。

抛开了少女时期的迷茫懵懂，祝星遥很清楚自己现在跟江途的感情，但不知为何，心底还是有些说不清的情绪，让她没办法毫无芥蒂地靠近江途。

她动了一下，指尖滑过他的掌心。

江途不确定她是想抽手还是想给他回应，但他没有犹豫，更用力地握紧她的手，牵着她往前走。

一直走到店门口，江途才松开她的手，低头看她：“进去吧。”

这是家新店，又是这个时间点，店里客人很少。江途让祝星遥坐在角落的桌子旁等他，他去点餐。江途要了两份鸭血粉丝汤、几份小吃，又拿了一瓶常温的豆奶。

豆奶不是他们上学时她喜欢的那个牌子，这家店没有。

祝星遥尝了一口粉丝，抬头说：“不如曹记的好吃。”

“所以人少。”江途漫不经心地说，“曹记已经开了很多年了，味道一直是最好的，这家店敢开在曹记附近也是有勇气，我们下次还是去曹记吧。”

祝星遥嗯了声，有些心不在焉，不知道曹记的老板还记不记得她，当年她在他的店里哭，又追着问了江途家里的事和地址。她就算再低调，也是个公众人物，而且老板明显认识江途，她要是跟江途一起出现，老板记起来了怎么办？

她不想让江途知道那件事，所以刚才不敢去曹记。

祝星遥有点饿过头了，胃口不是很好，咬着吸管喝豆奶。江途把剩下的食物解决了，看到她眼里明显有倦意，觉得她坐了十几个小时的飞机肯定累坏了。

他快速起身，低声说："走吧，我送你回家。"

祝星遥在车上昏昏欲睡了十多分钟，车就停下了，江途转头看她："这几天有什么安排吗？"

"明天我妈妈过生日。"祝星遥看向他，"我答应校长在校庆晚会上表演了，西西明天晚上回来，3号、4号跟她一起彩排。"

江途想到10月4号是舒娴五十岁生日，点了一下头："好，我帮你拿行李进去。"

祝星遥忙说："不用了，我爸妈都在呢……我叫刘叔出来帮我拿。"

老刘很快走出来，江途把行李箱给老刘："刘叔，麻烦了。"

"应该的……"老刘看看他，又看看祝星遥，提着行李走了。祝星遥走在后面，老刘回头看了一眼站在原地的江途，忍不住低声问："小姐，你现在是跟那小子谈恋爱吗？还不让家里知道……"

祝星遥纠正老刘："刘叔，他叫江途。"

老刘："好好好，江途，我记得。"

祝星遥想了想，又说："现在没有谈，刘叔，你先别跟我爸妈说。"

"我知道，你让我不说的事，我什么时候说过？"老刘笑了笑，又叹了口气，"快进去吧，刚才祝总和夫人还念叨你怎么这么晚呢。"

"嘘……"到了家门口，祝星遥制止老刘。

回到家，祝星遥先去洗了个澡，丁瑜趁着她洗澡帮她整理行李。过了半小时，祝星遥穿着睡裙走出浴室，发现丁瑜正在数她的药，瞪了丁瑜一眼："妈妈，你怎么又数我的药啊？！"

丁瑜把药瓶放下，欣慰地看她："只吃了三颗，比以前好多了。"

祝星遥在梳妆桌前坐下，开始晚上的护肤流程，若有所思地道："是好多了，不怎么做噩梦了。"她的噩梦少了，现在几乎没有再梦见自己追着江途跑，却怎么也追不上他还摔了一腿血的场景了。

丁瑜瞥了眼桌上的小机器人，揉揉她的脑袋，叮嘱她早点睡觉，然后关上门出去了。

客厅里，祝云平还在看晚间新闻，丁瑜在他身边坐下，叹了口气。祝云平低头问妻子："怎么了？女儿又多吃药了？"

“不是，她就吃了三次。”丁瑜笑了笑，“那个机器人你也看到了吧？我看她很宝贝，也不知道是谁送的……我记得陆霁当年好像是学计算机的，你说有没有可能是他送的？”

祝云平失笑：“他们大学的时候就分了，都多少年了。”

丁瑜想了想：“我在想他们是不是旧情复燃了。”

“应该不是，要是能复合早复合了。”祝云平换了个台，“你还记得高三的时候星星被猥亵的事吧？当时是江途帮她打人出了气，要是普通男同学，哪会这样？当年星星是因为江途才打陈毅的，当时心理医生不是让我们找江途吗？我找了，他在美国学的就是人工智能。”

丁瑜愣住：“所以，你是说那机器人是江途送的？”

祝云平叹了口气：“应该没别人了。”

冥冥之中，命运早就把那两人缠绕在一起了，迟早有一天他们会再见面的。

第二天晚上，祝星遥和祝云平陪丁瑜切生日蛋糕，班级微信群里消息一条接一条，她吃完蛋糕看了一眼，是许向阳在说聚会的事，时间在5日晚上。

几乎所有人都报名了。

许向阳：“以前过年聚会人都没这么齐。”

学委：“江途和祝星遥还没说话呢，他们参加的吧？”

黎西西：“我去了星星肯定去啊，八点多表演完我们就去。”

有人斗胆问江途，却没有得到回应。

群里安静了一下。

祝星遥想了想，发了一条消息：“参加的。”

下一秒，江途：“嗯。”

黎西西：“……”

很快，祝星遥收到黎西西单独发给她的语音：“你们俩这是在一起吗？还同时发消息……你那句话发出去，他再嗯一声，简直像是你代表了两个人。”

祝星遥一看，好像还真是……

她一不小心，勺子上的奶油掉在了屏幕上，丁瑜忙抽了张纸巾给她：“擦擦。看什么呢，等吃完蛋糕再看。”

“嗯……群里说校庆和聚会的事。”祝星遥把蛋糕放下，接过纸巾擦手机。

祝云平试探地问：“校庆啊，你们班去的人多吗？”

祝星遥：“挺多的，正好是国庆，大家都有时间。”

“以前跟你关系好的，都去？”

“去啊。”

“那挺好，好好玩，玩得开心点。”祝云平吃了口蛋糕，看着闺女，又试探了一句，“那个机器人是同学送的吗？”

祝星遥动作一顿，抬头看了他一眼，这才察觉……爸爸好像是在套话。

她抿唇笑了笑：“你想要啊？”

祝云平笑：“我不需要，倒是可以给你奶奶带一个。”

祝星遥想了想，觉得确实可以送奶奶和小侄子一个：等上市后再去买吧。

练习室里，祝星遥跟黎西西正在排练，她们的节目就两个：一个是黎西西唱歌、她拉大提琴；一个是她的独奏。

下午，林佳语发来一串大哭的表情，问祝星遥：“你们在哪？我想去找你们玩，我写稿子写得快变秃头了！”

祝星遥把地址发给她，黎西西：“佳语，下午茶时间快到了，你顺便给我们带吃的上来哦。”

没多久，林佳语就带着一大袋下午茶风风火火地推门进来。黎西西立马罢工，跑出来迎接她：“星星，暂停一下，我饿死了。”

三人坐在桌前吃下午茶，黎西西忽然想起什么，转头问：“星星，你的机器人呢？不是说拿给我看看吗？”

祝星遥从包里把小江拿出来放桌上，黎西西看到机器人的头上闪着光，高兴地说：“你好，小江同学。”

小江：“你好。”

黎西西：“……”

她吓了一跳，震惊地指着机器人：“声音怎么那么像江途的？”

林佳语哈哈大笑：“模拟音啊，其实仔细听听也不是特别像，江途的声音更……”她最近熬夜太多，脑子短路，竟找不到形容词。

“江途的声音更低沉有磁性一点，机器人毕竟是机器人，音质带点机械化的冷感。”祝星遥说。她一开始也觉得像，后来听多了就觉得不怎么像了。

黎西西好奇心爆棚，抱着机器人小江东摸摸西看看：“那个‘随叫随到’的功能是一叫就应吗？直接视频？”

“看江途有没有空了，要是他没时间，系统会出现自动回复。”

“我来试试啊。”黎西西兴奋地道。

黎西西：“小江，江途是不是特别能忍？”

小江：“是的。”

祝星遥：“你问这个干吗？”

林佳语哈哈大笑：“小江，江途喜欢谁？”

小江：“喜欢祝星遥。”

祝星遥愣住了，林佳语跟黎西西也没想到会有这种答案。黎西西眨眨眼：“那你喜欢我吗？”

小江：“你是谁？”

黎西西：“黎西西。”

小江：“不喜欢。”

黎西西觉得有点不可思议，林佳语看祝星遥都是一脸蒙的样子，便问：“星星，你不知道还有这种功能？”

祝星遥轻轻摇头，她并没有试过问小江这种问题……

林佳语眼珠子一转，笑道：“我试试那个‘随叫随到’的功能哦。是直接呼叫‘江途’，还是‘连接江途’？”

下一秒，屏幕黑了一下，显示着：正在连接……

祝星遥：“……”

当时江途正在开车，接通后就把手机放回去，练习室只能听到他的声音：“这次是你找我还是小江发疯？”

林佳语：“……”

黎西西：“……”

两人同时看向祝星遥。

祝星遥忙说：“是我。西西想试试这个机器人，佳语也在这里。”

林佳语提出疑问："小江发疯是什么？"

"发疯"这个词是祝星遥说的，江途看着前方，觉得这么形容有点可爱，无声地笑了笑："机器人是测试机，功能不是很稳定。"

祝星遥把服务切断后，黎西西盯着机器人若有所思地道："小江，这名字叫起来怎么那么像你们的儿子？"

祝星遥："……"

林佳语哈哈大笑："这么说还真像。"

祝星遥瞪她："还不是你给我的启发，小江总比你说的那些名字好吧？"她转移话题，"你写的什么稿子，写到变秃头？"

"这个啊……"林佳语看着她，不好意思说自己在写她跟江途的故事。当然，这个故事中包括了他们这一群人。

林佳语没办法切身体验到每一个人的经历，只能写自己知道的、了解的，情节一半源于现实一半靠编吧。林佳语犹豫了一下，小声说："如果我说，我在写一个关于我们这群人的故事，你们能接受吗？"

两人同时一愣，祝星遥问："我们？"

林佳语想了想，直接说："对啊。你想啊，我们这一群人中，陆霁、许向阳当年拿了物理竞赛金奖，是清华保送生；星星是校园女神，十几岁时就开了个人演奏会；西西是选秀歌手出身，全国扬名；丁巷是警察；周原跑去玩摄影，也玩出了点名气。你们不觉得这是很好的素材吗？"

尤其是祝星遥，妥妥的女主角。

黎西西忽然来了兴致："写吧！把我跟许向阳也写进去，你想知道什么，我来说。之前我对家还出了本书，我经纪人也想让我出，我哪写得出来啊。"

她们也不练歌练琴了，开始畅聊高中时光。

到了最后，林佳语趁祝星遥去洗手间，拉着黎西西小声问："有些事我不好问星星，问你可以吧？"

黎西西挑眉："你是想问她跟陆霁的事？"

林佳语拼命点头，黎西西把自己知道的都说了出来。

林佳语愣住，问："你说陆霁给祝星遥写了八十七封情书？从高一的迎新晚会开始，每周五都有？"

黎西西："对啊，差不多三年，其间只缺了一封，好像就是星星跟陆霁早恋被举报的那一周，那周没有。其他时候，风雨无阻，落款都是J。你跟陆霁同桌了那么久，肯定知道他字写得不好看，还喜欢用字母替代自己的签名吧？”

祝星遥推门进来，林佳语转头，呆呆地看她。

祝星遥疑惑：“怎么了？”

林佳语用力地咽了一下口水，挤出一个笑：“没什么。”

她跟陆霁同桌一年，从没见过陆霁写情书。陆霁的字很不好看，他懒得写字，懒到能不写就不写的地步，有时候她让他帮忙写数学题解题步骤，他都不情不愿的。

她知道他有用字母J代表自己的习惯，可是，“J”也可以是“江”啊。

八十七封情书，落款都是J，字不好看……可是，江途的字写得很好看。

林佳语努力回忆当年的陆霁，还是觉得陆霁不像是一个能隐忍地写八十七封情书的人，那更像是江途会做的事。

10月4号，舒娴的生日，江路在外面订了餐厅，把舒娴的几个好朋友和林佳语一家都请了过去。点蜡烛的时候，江路搂着舒娴的肩膀说：“妈，你就许愿今年来场桃花运吧。”

舒娴在他的手上拍了一下，嗔道：“你胡说八道什么啊。”

江路啦了声：“我没胡说啊，你才五十，还年轻呢，总得找个人过日子。你再婚我跟我哥又不反对，对吧，哥？”他冲江途抬抬下巴。

江途站在另一侧，脸上没什么表情，看了舒娴一眼：“这是妈的事。”

舒娴没想到江途也这么想，忍不住红了眼眶，抹着眼泪笑：“哎呀，说这个干吗，我没想那么多，现在就盼着你们早点找女朋友、早点结婚，以后要是生孩子了，我给你们带。”

江路拍着胸保证：“这个你就放心吧。”

舒娴瞪他：“没说你。”

江路说：“我知道，我帮我哥保证呢。”

江途看了他一眼，没再说什么了。

过了一会儿，江途拿着账单出去买单。

一群人走出餐厅，江途把江路和舒娴送回小区后，正准备开车离开，车窗被人敲了敲，是林佳语。

江途跟林佳语站在车前，他低头看她："怎么了？"

林佳语直接问："江途，你高中的时候给星星写过情书对不对？八十七封情书，是你写的，是吗？"

江途皱眉，沉默了一下，问："你怎么知道？"

林佳语叹了口气："果然是你写的啊。"她很不解，"可是，你的字很好看啊！你故意写丑的吗？"

江途不耐烦了："你想说什么？"

林佳语扔下一枚地雷："星星以为那八十七封情书是陆霁写给她的。"

"你说什么？"江途整个人僵住了。

林佳语从来没见过江途这么震惊的样子，想想都觉得一阵窒息："星星以为八十七封情书是陆霁写的。情书、星星灯，还有什么呢？肯定还有吧！这一桩桩的事情，你不是把她往陆霁的身边送吗？

"江途……我如果是星星，肯定会被你气死。"

林佳语走后，江途站在原地很久没有动，低着头，像是在忏悔。可是，他该忏悔什么呢？对他自己，还是对祝星遥？江途不知道那八十七封情书对祝星遥意味着什么，但对他来说，是情难自已，是一种无望的发泄。

许久后，江途转身回到车上，从中控箱里拿出烟盒，取出一根放到嘴里，低头点燃了。他深深地吸了一口，胸腔里依旧堵得慌，不知道要怎么跟祝星遥解释，才能让她好受一点。

那些情书啊……

他连一句"我喜欢你"都没敢写上去，最后，还成了祝星遥答应陆霁的助推器。

手机屏幕亮了起来，响起了小江的专属铃声。

江途垂眼看了几秒，把烟掐灭了，才拿起手机接通。屏幕里，祝星遥穿了条宽松的家居棉裙，戴着粉色发套，歪头看向屏幕："你在车里啊？那边好黑。"

江途看着她，嗓音有点哑："嗯，等会儿回去。"

祝星遥笑起来："你明天几点去？"

江途低声问："我答应了参加下午的座谈会，你呢？"

"我跟西西下午四点左右过去，先彩排，然后化妆、换衣服……"祝星遥看着昏暗的屏幕，江途的神色也变得晦暗不明，她不确定地问，"你心情不好吗？"

江途暗暗地深吸了一口气，抬手把灯开了，笑了一下："没有。"他安静地望着她，低声说，"等校庆结束，我有话想跟你说。"

夜里，祝星遥在床上翻来覆去，胡乱猜想他是不是要正式表白了。她转头看向柜子上的机器人，问小江："小江，你说江途想跟我说什么？"

小江："对不起主人，这个我无法猜测。"

祝星遥嘀咕："我还以为你什么都知道呢。"

小江："抱歉。"

她伸手，摸摸小江的脑袋，轻声说："晚安。"

江城一中百年校庆举办得很盛大，陆霁、许向阳和周原一早就到了。陆霁是校友代表，到时候要上台致辞，必须早到。

周原脖子上挂着相机，等历届校友来得差不多了，才转头问："不是说江途也来？"

许向阳说："估计下午座谈会时才来。"

陆霁脸上没有什么表情，往里面走。周原凑到许向阳边上，悄声问："你说江途在追祝星遥，是真的假的？"

"真的。"许向阳刚开始只是猜测，后来从黎西西那边得到了确认。

周原啧了声："那小子是不是惦记了很多年了？这惦记兄弟的女朋友……不对，陆霁跟江途关系也不好。但高中那会儿咱们也一起吃了好多顿饭，怪别扭的。"

不过，陆霁跟祝星遥都分手那么多年了，江途想追，那也是他的自由。

下午一点五十分，江途走进座谈教室，他们那一级的人被安排坐在一排。他往那边看了一眼，几个熟面孔也看了过来。夏瑾专门早到了，身旁留了一个座位，高兴地挥手："江途，坐这边吧。"

所有人都看向江途，江途面无表情地看了夏瑾一眼。

当年夏瑾比不上祝星遥，但也是出了名的白富美，更何况夏瑾这次校庆给学校捐了一栋楼，校领导都感激不已。刘主任对江途也有印象，很快过来拍拍江途的肩膀，笑道："江途啊，我对你印象深刻，先过去坐吧。"

那个空位右边是夏瑾，左边是周原，周原身旁是陆霁和许向阳。江途走过去拍了下周原的肩膀，淡淡地道："跟你换个位置，我跟陆霁有事说。"

周原很蒙："啊？你们俩……"

你们俩能有什么事啊？

他看着江途冷冰冰的脸，犹豫了一下，站起来了。

夏瑾脸色尴尬，周原看了她一眼，坐下低声说："哎，别板着脸啊，大家都是同学，区别对待不太好。不然我给你说个相声？"

"好啊。"夏瑾皮笑肉不笑。

周原拿出手机，百度，笑了笑："你等等啊。"

夏瑾："……"

江途在陆霁旁边坐下，脸上没表情，靠着椅子看前方。同样，陆霁的表情也淡淡的，他偶尔跟许向阳或者其他老同学调侃几句。两人全程零交流，旁边的人看着都尴尬。

他们不是说好了有事要谈？难道那只是江途拒绝夏瑾的借口？

夏瑾家有钱有势，夏瑾长得又漂亮，标准的白富美，别人都争着跟她搭讪……现在，她都主动找江途了，江途竟然理都没理，眼光够高啊。

许向阳压低声音问陆霁："不然我跟你换个位置？"

陆霁："不用。"

许向阳没办法：那就让他们俩继续尴尬吧。

座谈教室外的走廊上围着一大群十几岁的高中生，多数是女生，她们踮着脚尖看里面的成功人士，小声议论谁长得最帅。小女生兴奋地说："我喜欢那个穿灰色衬衫戴眼镜的，又冷又酷。"

又一个短发小女生说："我喜欢旁边那个穿着白衬衫的学长。"

"白衬衫帅！"

"灰衬衫帅！"

“我不喜欢戴眼镜的男人，还是白衬衫帅！”

“戴眼镜的多高冷禁欲啊，明明灰衬衫更帅！”

两个小女生为了江途和陆霁谁更帅这个话题吵了起来。

旁边的几个男生正在翻白眼，说她们无聊，刘主任就过来骂人了：“你们几个，不准在这里吵闹。”

一辆保姆车在艺术楼前停下，祝星遥跟黎西西从车上下来，两人各自带了助理和造型师，黎西西还带了保镖，主要怕乱了现场秩序。祝星遥背着红色的大提琴包跟黎西西走在前面，助理们提着东西走在后面。

她们刚走几步就听到一阵惊呼：“啊啊啊啊，是祝星遥跟黎西西！！！”

很快，一群学生兴奋地冲过来。

小葵赶紧挡在祝星遥旁边，以免她被撞到，祝星遥笑笑：“没事，都是学生，不用拦着。”

黎西西的助理就非常有经验了，高声喊：“大家不要挤过来，要注意安全，你们的学姐要去彩排和化妆啦，准备今晚的晚会，大家不要挤好吗？”

学生们停住脚步，还算听话。有学妹拿出手机拍照，期待地问：“可以合影吗？”

黎西西笑：“当然可以，但是不能太久哦。”

合影占了半个多小时，祝星遥和黎西西才脱身去彩排。彩排结束后，黎西西从助理那里拿过手机，登录校园论坛，一边刷一边感叹：“现在的学生真幸福，都用苹果手机，以前我们只有按键和翻盖手机。”她把手机举起来给祝星遥看，“现在网络发达了，一下子论坛上都是我们的照片了，估计已经在一中各班的班级群里传遍了。”

祝星遥笑：“十年前跟十年后，差别肯定大啊。”

她皮肤底子好，白皙清透，毫无瑕疵，化妆师忍不住夸了句：“你这皮肤跟十几岁的学生妹比，也毫不逊色。”

“我们星星是出了名的皮肤好。”小葵笑眯眯地把插了吸管的水杯递给祝星遥：“星星，你们校园网怎么上啊，我也想看看。”

祝星遥教她登录上去，顺便翻了一下，忽然看到一个很老的帖子又被顶到了第一位，那是一个2008年夏天的帖子，关于那片星星灯的，回帖数已经差不多十万了。

小葵震惊地哇了一声：“这什么神帖啊？竟然建了这么高的楼！”

祝星遥有些意外：这个帖子竟然还没被删？

黎西西挑眉：“这个啊，是我们江城一中的传说。”

一个很浪漫的传说。

一个不为人知的秘密。

祝星遥跟黎西西化妆的时候，那边座谈会也结束了。许向阳给黎西西打来电话：“要我给你们带吃的吗？”

化妆师正在给黎西西上底妆，她说：“不用，我们刚刚吃了点东西垫肚子了，化妆后就不吃了。”

同时，祝星遥也收到江途的信息，回复：“不用，我已经吃过了。”

她想了想，对着镜子拍了一张照片，给他发过去：“我在化妆。”

这是祝星遥第一次给江途发照片，照片里，她被手机挡住了半张脸，眼角含笑，长发松散，白皙漂亮。江途站在教学楼下，夕阳的余晖照在他的身上，他出神地看着那张照片。如果她知道真相，会不会后悔给他发照片，后悔这么对他笑？

许向阳挂断电话，转头看看旁边几个人：“咱们先去吃饭？”

刘主任吆喝：“先别走，大家来张大合影！”

于是，一群人站在教学楼下合影。江途跟陆霁个子都很高，不意外地站在后排。摄影师喊了声：“灰衬衫的帅哥，往里面靠一点，不然拍不到你了。”

江途皱眉，往里面站了站，肩膀跟陆霁的肩膀挨着，两人都面无表情。

几米之外围着一群学生，那几个小女生还在争论两人谁更帅的事。之前那个短发女生一脸花痴：“反正我喜欢白衬衫，那是陆霁学长，做星星灯跟祝星遥表白的那个，我们一中传说中的男神，又帅又浪漫还有钱，不比灰衬衫那个好吗？”

“好可惜……好像是被人举报了，所以刘主任拆散了他们。”

“也不知道谁这么贱，还去举报……”

旁边的男生终于忍不住了，无语地道：“你们女生能不能安静点，今天一整天了，去哪里都听到女生说陆霁。你们别羡慕，不是谁都能被这么追的，祝星遥是女神，你们照照镜子。我要是跟她同一届，我也愿意这么追她。”

男生嘴欠，被几个熟悉的女生追着打。

摄影师喊了声：“后排两个帅哥，表情不要这么严肃啊。”他等了几秒，江途跟陆霁还是面无表情，他无奈，只能这么拍了几张。

“拍好了！”

人一散开，刘主任就走向刚才那几个学生，大喊：“站住！”

几个学生被原地逮住，想逃又逃不掉，只能低头小声喊：“刘主任……”

“你们几个从之前的座谈会上就在走廊上吵，吵什么呢？”刘主任指着两个小女生，黑着脸教训道，“尤其是你们这些女同学啊，脑子里都装些什么啊？！别想学着人家早恋，人家家里有钱，自己有才有艺，做什么都会过得很好，你们不好好学习，以后喝西北风啊？你们女生就是虚荣心太重！学别人有什么……”

人家……指的是祝星遥吗？

果然传言不假，刘主任就是不喜欢长得漂亮还早恋的女生。

“刘主任。”

“刘主任。”

两道冷冰冰的声音同时打断了刘主任的话，刘主任一惊，转头看去。江途跟陆霁沉默地对视一眼，江途面无表情地走过去，冷声道：“刘主任，我知道你的出发点是教导学生，但是你的教导方式明显有问题。校长亲自打了好几次电话竭力邀请她来参加校庆，上台表演，这表明她很优秀、很有才华。而且她当年成绩并不差，她的高考成绩是可以上重点大学的，这些你都不能否认。每个人心底都有自己期望成为的样子，不管别人对她是羡慕还是仰望，那都是别人的事情，她的才华和成绩也确实值得人羡慕和仰望。你不能因为自己不喜欢她，就否定她的所有。”

他停了一下，一字一顿地道：“她不是你拿来教育学生的反面教材。”

周围的人都惊讶地看着江途，那几个学生听呆了。刘主任被这么一教训，脸色难免尴尬。他看着江途：“我记得你，你跟她是同桌，关系好是吧？但是……”

“刘主任。”陆霁打断刘主任的话，看了江途一眼，这么多年陆霁还是第一次听江途一口气说那么多话。

他深吸了口气，看向刘主任："刘主任，我说过了，那件事是我的错，不怪她。"

从头到尾，没人提过祝星遥的名字，只说"她"，但大家都知道他们在谈祝星遥。

刘主任一时间说不出话——毕竟江途跟陆霁都毕业了，他不可能像十年前那样骂他们了——围观群众也没反应过来。

一时间，场面十分尴尬。

许向阳先反应过来，忙走过去拉住刘主任："刘主任，来来来，我还没跟您合影呢。"

夏瑾的脸色也不太好看，不过她还是拽了周原一下："你过来帮忙拍。"

周原拿起相机，看向江途跟陆霁，使了个眼色："你俩快走。"

其他人围着刘主任和学校领导，江途跟陆霁前后脚离开。陆霁走在江途身后，冷冷地嘲讽道："祝星遥还不知道，是你举报的吧？"

江途顿住脚步，没回头："我会跟她说，不劳你操心了。"

陆霁抿紧唇，年少的那种憋屈感又压了下来，他差点忍不住挥拳上去。

最终，两人沉默片刻，各自往不同的方向离去。

晚上，学校的大礼堂里。

主持人激动地喊："大家知道开场嘉宾是谁和谁吗？"

底下一群学生激动地呐喊："知道知道知道！祝星遥和黎西西！啊啊啊啊啊！"

"黎西西！我超爱听她的歌！！！"

"祝星遥，是我们一中的女神啊，谁不知道她？！"

"啊啊啊啊啊，快来！！！"

甚至还有学生做了应援牌和手幅，祝星遥和黎西西站在看台上一看，便忍不住笑了。黎西西吸吸鼻子："突然有点想哭怎么办？想起我们的少女时期了！十几岁真好，可惜回不去了。"

祝星遥年少时迷茫懵懂，不能简简单单地用美好一词来形容，那段时光应该是完整与缺憾并存的，但确实回不去了。

观众席的前面两排，每个位置前都放着名牌。

祝星遥在那两排看见了江途，他一脸冷漠，旁边坐着夏瑾。

黎西西在她的耳边说："夏瑾给学校捐了一栋楼，我估计位置就是她滥用私权特意安排的。"

两人登台后，底下的尖叫声堪比黎西西开演唱会。祝星遥一身裁剪完美的红色礼服，肌肤雪白，锁骨平直漂亮，一颗星星吊坠闪着光芒。

江途认出来了，那是他送的项链。

他咽了咽口水，情绪翻涌。今晚祝星遥的一切言行都表示她要给他一个答案，如果她知道真相了，还会给他想要的答案吗？

四分钟后，黎西西还在唱歌，江途忽然起身离开座位。

夏瑾一愣，转头喊："你去哪？"

江途像是没有听见，趁着舞台灯暗下的时候，大步走了。

夏瑾想了想，没有犹豫地追了出去。

舞台上，黎西西唱完后跟大家互动了几句，观众席那边的灯光亮了一下，祝星遥发现江途跟夏瑾的位子上已经空了，目光下意识地搜寻，却见江途已经走到了门口，夏瑾追在他身后。她愣愣地看着那个方向，台下的观众也顺着她的目光看过去。

直到黎西西下场，祝星遥才回过神，冲台下的观众笑了笑，深吸了口气，摒弃杂念，抬起琴弓。

夜风吹拂，树影摇曳，江途站在他十七岁那年迎新晚会时所站的位置，远远地看着舞台上耀眼的祝星遥，她已经从十六岁的少女，变成二十六岁的年轻女人了。

当年他站在这里，情难自已，冲动地写了第一封情书。

他一个错，犯了十年。

江途不知道要怎么才能让祝星遥原谅他，他自己都不能原谅自己。

夏瑾穿着细高跟，差点摔了一跤，好不容易才跑到他面前。

江途面无表情地看她："夏瑾，你到底想做什么？"

夏瑾这些年也不是没谈过恋爱，但江途不一样，她这么多年就没见过像他这样的男人。她抿抿唇，觉得有点委屈："我今天一整天都表示得这么明显了，我喜欢你，你不知道吗？"

江途皱眉，冷漠地说："我以为我表现得更明显。我不喜欢你，你一直知道的。"

夏瑾表情一僵，像是要哭了。

舞台上，最后一个音符结束了，祝星遥提着裙摆向观众鞠躬。

江途抬眼，看着她走向后台，也转身离开了。

离开后台之前，祝星遥跟黎西西去了一趟洗手间，两人走到门口，就听到里面有几个小女生在议论她们。

"祝星遥本人好漂亮啊，真的是女神，怪不得当年的男神愿意花那么多心思追她。"

"如果我也长得那么漂亮就好了，我愿意拿十年寿命换！"

"想想我们，每天除了作业就是刷题，那些男生也特别烦。只有美女才有青春，长得不好看的，那青春都不叫青春……"

祝星遥跟黎西西对视一眼，无奈地笑笑，正要走进去，厕所隔间的门咔的一声开了。夏瑾从里面走出来，看向几个小女生，笑了声："羡慕祝星遥干吗，你们不知道她在一中的校领导心里是什么形象吗？刘主任年年把她当成反面例子，之前还当着参加座谈会的优秀毕业生的面批评她，让你们别学她，你们怎么不听话呢？"

几个小女生脸色微僵，有人小声喊："夏瑾学姐。"

祝星遥跟黎西西站在门外，皱眉听着。

夏瑾温柔地笑笑："你们真的以为她跟陆霁是什么浪漫的传说吗？她当年跟陆霁在一起，又跟别的男生暧昧，抢别人的男朋友，别人看不过去了，才举报她的。陆霁跟她大学的时候复合了又分手，只能说，祝星遥并不如你们表面上看到的那么好。好好学习吧，小学妹们。"

黎西西冷笑一声，走到门口就骂："夏瑾，你胡说八道什么呢？谁贱啊？你才贱……"

助理飞快捂住她的嘴巴，小声哀求道："西西姐，求求你别乱说话，注意场合。要是被拍到了，杨姐又要花钱公关了，回头还得骂我没看好你……"

祝星遥站在黎西西身后，冷冷地看着夏瑾："夏瑾，这样编造有意思吗？"

夏瑾没想到会被她们撞见，一开始被吓到了，很快回过神，撩了撩长发，毫不在意地笑了笑："你不是都听见了吗？"

"你道歉！"黎西西扯下助理的手。

夏瑾想起江途，不管是高中还是现在，江途都一如既往地护着祝星遥。高中的时候祝星遥就压她一头，这次她都给学校捐了一栋楼，却还是要活在祝星遥的阴影下。

几个小女生一看这修罗场，都吓坏了，连忙溜走了。

夏瑾走到祝星遥身旁，转头跟她对视："我说错了？"

祝星遥皱眉，刚要开口，小葵急忙喊："有人来了……"

这场闹剧在夏瑾离开厕所后结束。

校门口到处是记者、狗仔，他们都知道黎西西和祝星遥回母校参加校庆，两人的保姆车被狗仔追了一路，现在已经上微博热搜了。

到处都是摄像头，黎西西跟祝星遥憋着一口气上车，开车赶去会所。

一上车，脾气火暴的黎西西就忍不住了，破口大骂："夏瑾有病吧？说谁贱呢？别以为她家里有钱捐了一栋楼，整个一中就是她的了，想骂谁就骂谁吗？"

"在背后骂人，还以为自己多清高，要不是怕上新闻，我非骂死她不可！"黎西西气呼呼地骂了一通。

许向阳又打电话来了："校门口很多狗仔和粉丝，你们出来得顺利吗？"

"出来了。"黎西西深吸了口气，"对了，你们座谈会结束后，刘主任是不是又拿星星当反面教材说事了？"

许向阳跟陆霁他们已经到会所楼下了，他看了眼陆霁，低声说："嗯。这件事晚点再跟你说。"

挂断电话，黎西西转头看祝星遥："说不定你跟陆霁早恋的事就是夏瑾举报的。"

祝星遥也被气得不轻，但还有点理智："她不是喜欢江途吗？那……"那夏瑾为什么还要举报她？

"因为刘主任啊！你想想看，我们上高中的时候，你跟夏瑾本来就一山不容二虎，你是班花、女神，比她漂亮，比她受欢迎，江途又喜欢你，在大家眼里你没什么缺点，什么都好……那些被举报早恋了的哪个不惨？

被请家长，被叫去谈话，还被刘主任重点盯着，你的女神形象在大家眼里不就毁了吗？女神落下神坛，有污点有缺点了，别人都在背后议论你，夏瑾就能看你的笑话了。况且，你就算跟陆霁分手了，那时候也不可能再跟江途谈吧？”黎西西越说越有条理，“绝对是这样！她还有脸说你？”

祝星遥皱眉，深吸了口气，用尽力气才忍住没骂人。

十点，祝星遥跟黎西西走进包间，包间里已经坐满了人。大家齐刷刷地抬头，丁巷喊了声：“你们俩可算来了。”

当年的青葱面孔如今都变了模样，有的成熟了，有的漂亮了，还有的发福了，比如张晟。张晟还不到三十岁，就挺着啤酒肚了。张晟身边围着几个人，他往这边看了一眼，看到江途时轻嗤了声。

黎西西骂了夏瑾一路，径直走到许向阳面前，拿起他面前的啤酒，仰头就灌。许向阳吓了一跳，忙把人拉住：“你咋了啊？”

“口渴。”黎西西推开他的手。

许向阳无奈地看着女朋友豪饮。

黎西西转身就塞给祝星遥一听啤酒：“来，喝一杯，别为那个女人生气了。”

“你骂了一路，还没消气啊？”祝星遥都要被洗脑了，现在一想到夏瑾就生气。

黎西西：“没有。”

角落里，江途抬头看过来，祝星遥想起他之前中途离场的事有点不高兴，便在黎西西旁边坐下，喝了几口啤酒。

“来来来，大家喝一杯。”同学们围过来。

有人问：“夏瑾呢？她捐了一栋楼呢，怎么不露个面？”

黎西西翻了个白眼：“夏瑾大小姐忙着呢，当然是跟领导们组局啊，哪里有空来我们这种小聚会？”

江途走过来，站在祝星遥身边，低声说：“别喝多了。”

祝星遥没理他，笑盈盈地跟同学碰杯。几年前丁瑜强行让她戒过酒，她后来便很少喝，酒量已经不如以前了，才喝了几杯，就有点犯晕了。

江途看到她的脸开始泛红了，沉默了一下，抬手拿过她的杯子：“再喝就醉了。”

这时，门被人推开，夏瑾走了进来。

黎西西一看见夏瑾就来气。助理没跟进来，这里既没狗仔也没摄像头，黎西西肆无忌惮地看着夏瑾，提高音量：“大家别录像、别录音啊，我有个事情想说。”

“什么？”

“当年星星被人举报的事大家都知道吧？有人说是我们班同学举报的。”

大家蒙了，说：“咱们班的人没那么贱吧？”早恋的人多了，被举报的少之又少，祝星遥跟陆霁确实倒霉。

黎西西冷笑道：“就有人这么贱啊。”

丁巷怒道：“谁啊？谁举报女神？”

“不知道啊……”众人面面相觑，“是谁？自己站出来！”

祝星遥有点醉了，抬头看向夏瑾，夏瑾看她的眼神带着明显的轻视和怨愤。祝星遥就算家教和脾气再好，也不能任人这么欺负，她脑子一热，愤愤地道：“都快十年了……我到现在都不知道到底是谁举报的，让我知道了，我一定打死他。”

一瞬间，大家都齐刷刷地看向夏瑾，眼中含义不明。

江途浑身一僵，低头看向祝星遥，祝星遥说完那句话后就低头捂住嘴，打了个酒嗝。夏瑾不悦地道：“祝星遥，你什么意思？”

黎西西哼了声：“我们没说什么啊，你对号入座干吗？”

江途猜测祝星遥她们大概是误会夏瑾了，深吸了口气，抬头看夏瑾：“她没说你。”

“她刚刚明明就是看着我说的。”夏瑾指着祝星遥说，“她们就是在说我，你就偏……”

“不是你，不关你的事。”江途平静地打断她的话，目光看向她。

夏瑾愣了愣，看着江途，心底涌起一个荒谬的猜测。不会是江途接受不了祝星遥跟陆霁谈恋爱，故意举报的吧？

那个猜测，似乎在江途沉静复杂的眼神里得到了确认。

这段插曲以夏瑾的愤然离开宣告结束。包间里光线昏暗，大家分成几拨，组团玩游戏。黎西西刚唱完一首歌，底下就有人喊：“黎西西再来一首！我要听《月亮代表我的心》。”

黎西西瞪眼：“我都唱两个多小时了，你们当我开演唱会呢？”

丁巷乐了："可不就是免费听你的演唱会吗？"

许向阳拿走黎西西手里的话筒，丢给丁巷："要唱你们自己唱，她嗓子哑了。"

已经快一点了，陆续有人离开，祝星遥头有点晕，坐在沙发上昏昏欲睡。空调温度开得有点低，她在手臂上搓了搓。

江途拿着一条薄毛毯走进来，把毛毯拢在她的身上。她裹着毯子抱住自己，转头背对他，看起来还是不太想搭理他。

包间门被推开，周原走进来："你们这还有十几个人啊，我们班的人都走得差不多了，还剩几个。"

（2）班的人在隔壁包间聚会，包间是许向阳和陆霁一起订的。

许向阳说："这说明你们班人情浅淡，没话可聊。"

高中时代过去快十年了，大家的联系本来就不多，圈子也越来越不一样，同学聚会不如小群体聚会。角落里，几个一起打《王者荣耀》的，结束游戏站了起来，有人说："班长，我走了啊。"

"我也走了。"

"走了。"

"一点多了啊，我们也走了啊。"

不到十分钟，包间里只剩下祝星遥、江途、黎西西、许向阳、周原和丁巷六个人。祝星遥忽然站起来，江途抓住她的手腕，低声问："去哪？"

祝星遥挣开他，小声说："洗手间。"

会所的环境很好，包间里就有洗手间，祝星遥走出隔间，站在洗手台前洗手。她走下台阶，一转身就在拐角撞上男人硬邦邦的身体，撞得她头晕眼花。

江途将手扶在她的腰上，低头看她。祝星遥皱眉，不高兴地推他："你让开。"他既不出声，也不放手。祝星遥今晚心情本来就不好，后悔参加校庆了，不但被刘主任当作反面教材教育学生，还被夏瑾当着学妹的面诋毁。江途呢？江途在她演奏的时候跟夏瑾一起出去了，刚才还帮夏瑾说话，还笃定举报她的人不是夏瑾……

他为什么这么维护夏瑾？他不是喜欢她吗？祝星遥头晕，怎么也想不明白，情绪低落，心里泛着酸，这是从未有过的感觉。

她这是吃醋了吗？应该是了。

从他跟夏瑾离开礼堂开始，她的心情就不受控地变得低落，她第一次尝到这种滋味，忍不住仰头瞪他：“你想干吗？你知道夏瑾在背后当着学妹的面骂我什么吗？她说我是……”她忽然说不出那两个字，咬了咬唇，别过脸，声音很小，“你就那么确定，不是她举报的吗？”

“确定。”他咽了咽口水。

“……”

“因为……”江途深吸了口气，语气近乎平静，“那个人是我。”

祝星遥脑袋很晕，没反应过来：“嗯？”

他在说什么？她抬头，眼神迷茫。

他在说他的罪名，在向她认罪。

江途低头看她，嗓音微哑：“你和陆霁早恋的事是我举报的，你要打死我吗？”

他在心里补充：那八十七封情书也是我写的。

隔壁包间里只剩下两个人了，陆霁坐在角落喝酒，林佳语坐在他旁边。他转头看她，嘴角弯了一下：“林佳语，你想跟我说什么？”

林佳语拿了个杯子，给自己倒了一杯酒。

她自顾自举杯主动跟他碰了下杯，喝完那杯酒，转头问：“陆霁，你这些年是不是也挺憋屈的？”

陆霁自嘲地笑笑：“你觉得呢？”

林佳语掰着手指头数：“星星灯、情书……我有点好奇，还有什么是被星星误会了的？”

陆霁一愣，皱眉问：“你怎么知道情书的事？”

林佳语沉默了，定定地看他：“我就是想不明白，你为什么不说呢？为什么让星星一直被蒙在鼓里？她要是知道了……”

砰——

陆霁突然把杯子用力地放回玻璃桌面上，林佳语吓了一跳，陆霁冷笑道：“我为什么要说？他江途没有嘴吗？他不会自己跟祝星遥说？”

林佳语有些怵，小声说：“江途高中那时候那么苦，他怎么说？”

所以，江途可以被理解，但他陆霁不能，是吗？

陆霁整个人往沙发上一瘫，手覆在脸上，看起来很颓废。他像是在极力控制着情绪，喉结随着呼吸轻轻地动了动，像是自言自语般地低喃：“你知道吗？今天很多小女生跑到我面前夸我帅，说我很浪漫，希望我能继续跟祝星遥在一起……林佳语，你是写小说的，大概知道她们或许在期待什么破镜重圆的浪漫故事。高中的时候，祝星遥跟江途从前后桌变成同桌，朝夕相处，他们之间暧昧吗？好像并没有，毕竟几乎没人把他们往那方面想，因为江途表面装得冷冰冰的，做什么都是暗戳戳的，没人看出他才是心思最深的那个人，连祝星遥都被蒙在鼓里，懵懵懂懂的。她的感动、她眼里的光彩，都不是因为我，全是因为江途。她对江途说的话、做的事，都展现出自然而然的信任感，比对我这个男朋友要自然得多。”

林佳语第一次听到陆霁说这么多，忽然有点难过，不知道说什么。隔了一会儿，她低头说了句：“可能这就是命运吧，江途也不知道情书的事也落在了你头上。”

包间里安静了几秒。

陆霁站了起来，走向门口。

林佳语一愣，忙跟过去。

洗手间外的廊道上，灯光昏暗，祝星遥整个人都傻了，愣愣地看着江途：“你、你刚才说什么？”

包间门被推开。

江途深深地吸了一口气，低声重复：“我说，你跟陆霁早恋的事，是我举报的，不是夏瑾。”他握住她的手，又艰难地揭露一个秘密，“那八十七封情书，也是我写的，不是陆霁。”

江途话音刚落，就被人抓着领口拽了出去。陆霁一拳头挥过来，江途反应迅速地往后一躲，眼镜被打掉了。

“陆霁你怎么打人啊？”林佳语吓得惊叫起来。

陆霁一声不吭，冷着脸又是一拳，江途眯了一下眼，冷着脸打回去。

多年的隐忍和积怨，让他们像是不共戴天的仇人，瞬间扭打在一起，拳拳到肉，一下比一下重，动静大得吓人。

许向阳和周原赶忙跑过来。许向阳震惊：“怎么突然打起来了？！”

两人正要上前拉架，却被黎西西一把拉住了。

黎西西面无表情地看着他们：“都往后退，把地方腾出来给他们，让他们打！这一架，今天不打，以后也会打。”

许向阳跟林佳语愣了愣，很快反应过来，往后退了一步，当真给他们腾了地方。周原和丁巷像两个傻子，满脸震惊和茫然。

周原指着地板上打得不可开交的两人："你们确定不用拉架？看他们这不要命的样子，我怕他们把对方打死。"

林佳语皱眉："不用，给他们腾地方。"

周原："……"

丁巷："……"

这两个女人今天怎么这么残暴？

周原用看红颜祸水的目光看向祝星遥。

祝星遥站在原地，脑袋嗡嗡作响，里面一片空白。她呆滞地看向扭打在一起的两个男人，一时间竟分不清自己是在做噩梦还是处于现实中。

黎西西走到她旁边，担忧地握住她的手。她的手冰冰的。

黎西西担心地道："星星，你没事吧？"

祝星遥在唇上用力地咬了一下，留下一个牙印，疼得眼眶盈了泪。

这不是噩梦。

所以，举报她跟陆霁早恋的人是江途，那八十七封情书也是江途写的。那些看似不可能却又真实发生了的事情，颠覆了祝星遥十年来的认知。

半晌，她木然地对黎西西说："西西，让许向阳拉架吧，让他们别再打了。"

许向阳跟周原费了九牛二虎之力都没能把那两人拉开，丁巷刚要撸袖子上去帮忙，听见祝星遥冷冷清清的一声："江途，别打了。"

江途顿住，被陆霁掀开摁在地板上。

陆霁一拳打在他嘴角上，这次江途没躲开，两人气喘吁吁地停下，瘫倒在地板上。江途艰难地撑着地板爬起来，陆霁再次抓住他的衬衫领口，靠到他的耳边，语气充满自嘲，声音低得只有两人能听见："祝星遥说我们的初吻是在医院里，江途，你究竟给我扣了多少顶帽子？"

他说完，摇晃着站起来，转身走向门口。

江途整个人僵在原地，抬头看向祝星遥的方向。他没戴眼镜，祝星遥的轮廓模糊不清，但他知道，她的眼眶一定红了。

陆霁在祝星遥身边停下脚步，低声说："对不起。"

祝星遥鼻子一酸，眼泪滑了下来。

陆霁低下头。无论错误是不是由他开启的，但他确实自私过。从头到尾，只有祝星遥是被蒙在鼓里的。他深吸了一口气，拉开门走了出去。

周原愣了一下，忙追出去。

陆霁刚走了几步就靠在包间墙外，仰着头喘气，周原紧张地舔了下嘴角："你……没事吧？"

陆霁扯了下嘴角，从裤兜里摸出被压扁的烟盒，翻到两根还完好的，塞进嘴里，低头点燃，另一根丢给周原。

周原："……"

他在用一根烟祭奠逝去的初恋吗？

"都走吧。"黎西西看了一眼江途和祝星遥，觉得这时候谁在这里都多余。

不到半分钟，偌大的包间内只剩下祝星遥跟江途两个人。包间外，墙边站着一排人，把路过的服务员吓了一跳。

祝星遥看向江途，他的衬衫皱皱巴巴的，眉骨和眼角都青了，嘴角也流着血，跟之前站在她面前说"你和陆霁早恋的事，是我举报的"时的冷静英俊的形象完全不一样了。恍惚间，她仿佛看到了年少时倔强克制的江途，忽然觉得无比委屈和难过。

高中的江途对她多好呢？

这是一道无法回答的题。她一直觉得江途稳定可靠，她可以无条件地相信他，相信他永远不会伤害她。

原来，每周五的情书是江途写的，可那晚他说他没来看迎新晚会啊。

原来，J同学就是江途。

可字迹呢？难道是他为了隐瞒故意用左手写的吗？

祝星遥悲哀地想：原来江途这么会骗人。

十七岁的星星灯，是她这辈子收到过最好的生日礼物，那是哪个女孩子都忘不掉的场景，祝星遥也忘不掉。

当天，她收到的那封信中写着"最美的愿望，一定最疯狂"。

那封信和那晚的每一颗星星都冲击着她的心，让她震撼和感动，加上日积月累的情书，她所有的少女心和感动都一点点被挖掘了出来。但是，原来那一切都错乱颠倒了。

江途就算知道她误会了，知道全校都误会了，也没给她一句解释。如果没有他做的那些事，她跟陆霁也不会在一起。

可是，当她答应跟陆霁在一起后，他又……写举报信举报她跟陆霁早恋？

他到底想怎么样？仗着没人知道，他想怎么做就怎么做，完全不顾她的感受吗？她被刘主任骂，被爸爸妈妈教育，被全校的人议论，被刘主任当成多年的反面教材，甚至被夏瑾骂……

可是，他举报她的那一晚，又带她爬墙出去玩。他没钱，还不惜跟人赌游戏币，就为了让她高兴。

好的，坏的，都是他做的。

“江途，你真的……太过分了……”祝星遥泪眼蒙眬，整个人无力地靠着墙蹲下。他到底有没有想过她的感受？

江途慌乱地大步走过来，在她面前蹲下，右边膝盖抵在地板上，做出半跪的姿势。

“星星。”他嗓音干哑。

祝星遥像是没听见他的话，抱着膝盖，把脸埋进去，细白的肩头颤抖着，情绪完全崩溃了，控制不住地哭出来。她不知道要拿江途怎么办，不知道他的坏和好到底哪个更占上风。

江途拉开她的手臂，把她的脸抬了起来。她脸色苍白，嘴唇微颤，下嘴唇上还有她咬出来的牙印。她湿漉漉的睫毛始终垂着，不肯看他，哪怕他用粗粝的指腹抹掉她的眼泪。

直到他的气息落在她的脸上，直到他吻住她的唇，她才受惊似的睁大眼睛。江途半跪着，捧着她的脸含住她的唇，低声叹息：“情书是我写的，我用左手写的；星星灯是我送给你的生日礼物；你跟陆霁早恋也是我举报的……”

祝星遥的心尖都在发颤。

他闭上眼，嗓音嘶哑：“在医院里偷亲你的人，也是我。星星，我以为自己克制隐忍，其实我却自私、丑陋、疯狂……”

可是，我喜欢你，这是没办法的事情。

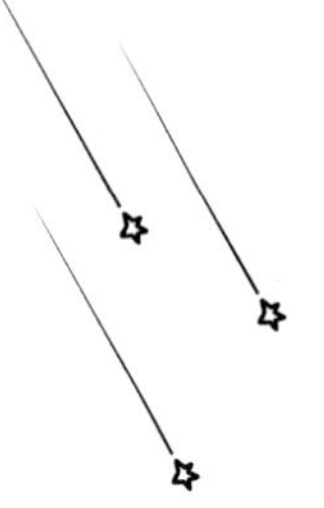

第九章

独一无二的喜欢

包间外，黎西西、许向阳几个靠着墙站成一排，陆霁站在最边上抽着烟，他脸上的伤不轻。林佳语抬头看他，担心地问：“你的脸……没事吧？”

陆霁低头看了她一眼，嘴角扯了扯：“能有什么事？顶多破相。”

林佳语不吭声了。周原抽完一根烟，终于憋不住了：“我觉得我跟你们格格不入，到底怎么回事啊，来个人跟我说说？”

丁巷无奈地道：“其实我跟你一样。”

依旧没人开口！这件事说起来太复杂，黎西西都不知道要怎么说。

咔——

门忽然开了。

祝星遥从里面冲出来，看到门外站着的一排人，愣在门口。黎西西好奇地往里面看了一眼，看见江途瘫坐在地板上，正撑着站起来，转身看向祝星遥。

黎西西小心翼翼地问：“你们……”

祝星遥脑子里乱糟糟的，她现在无法思考，红着眼眶说：“我们先回去吧，已经很晚了。”

这么多年的误会，几乎颠覆了祝星遥对整个少女时期的认知，就算江途解释清楚了，祝星遥一时也消化不了。黎西西想想都为祝星遥心疼，挽住她的手："我让司机送你回去。"

许向阳说："都散了吧。"

一群人走向电梯口，林佳语拉住江途走在最后，低声说："你别急，好歹让她消化一下……"

江途脸上的伤不比陆霁好多少，但情绪显然更糟糕，他垂下眼："我知道。"

在地下车库，江途看着祝星遥跟黎西西一起上了保姆车，沉默许久后，才转身离开。

情书、初吻、星星灯、举报信……

凌晨三点，祝星遥头疼欲裂地躺在床上，明明难受得要命，还是睡不着。她想起多年前医院里那个浅尝辄止的吻。江途偷偷进了病房，握住她的手，偷亲她以后就出去了吗？而之后，陆霁正好进来了，也握住了她的手？

怎么会这么巧？！

祝星遥翻身紧紧地抱住抱枕，想起在包间里她推开他时他沉默隐忍的表情，又有点想哭了。

他怎么可以这么过分？连初吻都让她误会了，让她像个傻瓜一样。

手机屏幕亮了亮。

江途问："星星，要怎么做你才能原谅我？"

祝星遥看着手机发呆了好久，随后放下手机，从床上爬起来。

夜里有点凉，她披了条围巾走出房间。

阁楼上的房间是他们家存放旧物的地方，祝星遥拧开阁楼门，一股陈旧的味道扑面而来。多年的旧物都堆积在这里，东西很多，很杂乱。她一头扎进那堆旧物里，半跪着开始翻找，东西实在太多了，她甚至翻出她幼儿园时期的玩具和作业，以及小时候穿的小鞋子等等。

半小时后，她手上都是灰，还是没找到。

"星星？是你在楼上吗？"丁瑜的声音从楼下传来。

祝星遥忙应道："是我，我马上下去了。"

她手忙脚乱地拍拍手上的灰，赶紧关上门下楼。

丁瑜站在楼梯口下面抬头看她，关切地问："这么晚了不睡觉，上阁楼做什么？"

"我找点东西……"祝星遥快步走下台阶。当初跟陆霁分手后，那八十七封情书和他送的礼物她全部整理出来，让丁瑜帮她处理掉了。两人都分手了，留着那些东西不好。

丁瑜问："找什么呢？明天我帮你一起找。"

祝星遥不好意思说自己凌晨三点多爬起来，是为了找情书，便说："也没什么，找不到就算了。"

"是不是睡不着啊？"丁瑜叹了口气，"就知道你跟西西参加校庆会上热搜，你的经纪人，我跟你爸爸帮你参考过，还是觉得以前的华玲靠谱。"

祝星遥沉寂了两年，跟以前的经纪公司解约了，签了一家新的经纪公司，今年成立了自己的工作室，但一直没找到合适的经纪人。当年黎西西参加选秀的时候，网络还不太发达，连微博都没有，关于她们高中的事，媒体报道得不多，就算有，版面也小，加上祝星遥2013年后一直很低调，关于她感情生活的报道更少。但是，如今网络发达，她跟黎西西参加母校校庆的事当天就上了微博热搜和娱乐头条，热搜出来后，校友们和学妹学弟们的爆料随之而来。

"祝星遥高中的时候早恋过，对方是学校的学霸、男神，男神的表白方式非常硬核，一大片星星灯，简直太酷了！"

"有照片，你们可以去江城一中的论坛围观。我就是江城一中的，今天还跟祝星遥和黎西西合影了！女神本人超级漂亮，既漂亮又有气质。"

"不过很可惜，女神和男神分手了，再浪漫再甜的初恋都熬不过异国恋。"

"谁说早恋就一定有结果？黎西西跟她男朋友还经常被爆出分手了呢。"

之前祝星遥的工作事宜一直暂时由祝云平公司的公关经理代为处理，华玲是她以前的经纪人。祝星遥说："她一直在跟我联系，过两天我去北京了，再跟她见一面吧。"

丁瑜想起这些新闻，本来想说点什么，最后还是忍住了，只催促道：

“快去睡觉，再不睡天就要亮了。”

第二天早上，几乎一夜没睡的江途照常七点起床，在餐桌前翻看昨晚老袁发来的一堆截图和疑问。

老袁：“祝星遥跟陆霁是初恋，你跟陆霁是同学，所以你也是江城一中的？”

老袁：“你跟祝星遥是校友吗？你们还是同学？”

老袁：“祝星遥可是你们学校的女神啊，怎么你从来没有提过……”

大学四年，江途确实从来没有提过高中的事，因为是真的没有什么好提的。祝星遥，是他心底的秘密，他更不可能提。他沉默了一下，回复老袁：“我跟祝星遥是同班同学。”

老袁很快发来一个震惊的表情，回复：“天啊！！！”

老袁：“江途你太可怕了，杜云飞天天在宿舍里说祝星遥，你也没提过你认识她。”

老袁手速飞快，又发来一条：“不过这也不奇怪，你谁也没提过。”

江途向来孤僻冷漠，同时又很傲气，老袁跟杜云飞一直觉得他高中时没朋友，只有一个青梅竹马偶尔会打电话来关心他。

10月6日，漫长的一天过去了。

江途不喜欢假期，以前每次放假他都在加班，但今天他什么也做不了。

一直等到晚上十点，他才终于等到祝星遥的回复：“你让我静一静吧。”

祝星遥把手机放床上，坐在地毯上，旁边放着打开的行李箱，她正在收拾行李。

祝星遥收拾到一半，黎西西的电话打了过来，她关心地问：“你跟江途怎么样了？”

祝星遥实话实说：“我不知道要怎么办。”

这些年，祝星遥每次想起江途年少时吃的苦和高考时出的事，就止不住地心疼和难受。她能理解他的隐忍和克制，甚至连他八年不联系自己，她都准备原谅了。她打算跟他重新开始。但如果他从一开始就一点点地将自己推给了别人，不管是因为他的隐忍还是误会，都让她很难过。

可是，所有真相揭开，江途比祝星遥以为的还要喜欢她。

既然他这么喜欢自己，为什么不说呢？

他宁愿写举报信，都不愿意跟她坦白，说他喜欢她。

她现在的心情非常复杂，一边生气，一边心疼，不知道是心疼自己，还是心疼他。

黎西西听完祝星遥的话，忍不住挠头："那他活该被虐，你也别太快就原谅他，等自己舒坦了再说。你不要想太多，免得又影响心情和睡眠。"

"已经影响了。"祝星遥低声说，又问，"西西，我今天一直在想，如果当初我没有在曹记听到那些话，没有在医院楼道里碰见陈毅和江月，没有一时冲动……不管他送了多少颗星星给我，也不管他多少年没联系我，我是不是早就释怀，把江途忘记了？或许，以后我再想起他，就是一个喜欢过我却没开过口的男生？那样，我会有点伤感和难过，但也不会像现在这样，对不对？"

虽然黎西西平时大大咧咧的，但毕竟在娱乐圈混迹多年，情商不低，何况她跟祝星遥认识这么多年，还是很了解祝星遥的。

她说："你当年的一时冲动，或许正好证明了，当时的江途在你心底比你自己想象中的要重要得多。"

有时候，不受控的情绪和感情才最深刻。

祝星遥抿唇："或许你说的是对的，何况，这世上根本没有如果。"

每个人都想拥有一台时光机，可以回到过去，或者去到将来，可现实是，我们既回不到过去，也看不到将来，只能看到眼前。

国庆假期结束，江途脸上的伤还没好，他走进公司的时候，所有人都盯着他的脸看愣了。江途脸上没什么情绪，走进办公室，老袁震惊过后，飞快跟在他身后走进去："你的脸怎么了，跟人打架了啊？"

江途从小到大很少在意外貌，毕竟脸既不能当饭吃也不能还债。从高中开始，他就习惯了脸上有大大小小的伤，直到刚才被大家盯着看，才意识到影响不太好。他顿了一下，说："没事，出了点意外。"

老袁看着他："你今天没戴眼镜？"

那晚陆霁把他的眼镜打坏了，他还没去配。

江途说："戴了隐形。"

他高中的两副眼镜都是祝星遥陪他配的，高考完后配的那副眼镜他一直用到大学毕业。他在美国只配了一副，其间换过一次镜片。

晚上，祝星遥接受完节目采访，回到酒店里。

小葵正在帮她整理衣服，转头问："星星，你这次没有把小江带来吗？"

祝星遥正在卸妆，喉咙很不舒服，咳了好几声才回答："没有。"

小葵失落地哦了声，又笑起来："下次还是带着它吧，它好可爱。下次你练琴或者做什么的时候，我还能跟它聊天、开视频，或者把你录下来给江先生看啊。"

江先生？

祝星遥一愣：这还是第一次听到有人这么叫江途。

她卸完妆走出洗手间，江先生就给她发了一条微信。

江途："星星，下次陪我去配眼镜吧。"

祝星遥没回，又咳了两声，小葵给她倒了杯水，担忧地道："你是不是感冒了？今天咳了好几次了，脸色也不好。"小葵还伸手摸了摸她的额头，又碰了碰自己的，随后皱眉，"好像有点发烧。"

这场病来得快而猛。

半夜，祝星遥去医院挂急诊的时候，觉得自己是被江途气病的。

两天后，祝星遥从飞机上下来，整个人都是蔫的。老刘看到她这样，忙问："小姐这是发烧了？"

小葵说："已经生病两天了，一直不见好。上飞机之前刚打过吊瓶，现在退烧了，就怕夜里再烧起来。"

祝星遥窝在座椅里，声音虚弱："没事，快点回家吧。"

"可是祝总和夫人都不在家，张姨今天也请假。小葵你今晚在家里住下照看一下吧，要是夜里烧起来就不好了。"老刘担忧地说。他也不方便照顾祝星遥。

家里冷冷清清的，祝云平出差，丁瑜去别的城市参加专家会诊，祝星遥洗完澡吃了点东西就钻进被窝里。

外面天刚刚黑，卧室里开着一盏台灯，小葵安静地整理行李，转头看到桌上被手帕盖着的小江。

她拿起来爱不释手地看了又看，摸了又摸，手指不小心碰到了开关。

屏幕亮了！

她吓到了，手忙脚乱地想要关掉，却关不掉！

小葵急忙说：“小江，你别闹啊……”

小江又发疯了。

小葵有点急了，手指在屏幕上划拉，屏幕忽然黑了一下，她愣了愣。三秒后，屏幕里出现江途那张好看的脸，江途看到放大的小葵的脸也愣了一下。

他看向屏幕：“你在星星房里？”

小葵并不知道小江是测试机，会间歇性发疯，哭丧着脸说：“对不起……我不小心按到的，就是关不掉，不是故意召唤你的。”她又解释，“星星生病了，我留下来照顾她。”

星苑别墅的门禁比较严格，老刘跟门卫打了招呼，江途的车直接开进院子里。江途从车上下来，看向门口站着的老刘：“刘叔。”

半个多小时前，小葵跑下楼说有人要过来探病，老刘还以为是黎西西要来。

老刘不知道江途现在跟祝星遥是不是在谈恋爱，神色有点复杂：“你进来吧，祝总和夫人都不在。”

江途点了下头，没再说什么，跟在他后面走进去。

小葵跑到门口，有点不好意思地笑了：“江先生，你来啦。”小葵觉得“随叫随到”这个功能只有祝星遥能用，她不小心戳到了，感觉像是冒犯了冷酷的江途。

但江途没有怪她，还跟她说了谢谢。

这是江途第一次来祝星遥家，他在门口换了拖鞋，跟小葵一起上楼。房间门半掩着，小葵小声说：“星星还在睡觉，要多注意一点，晚上可能还会烧起来。”

“我去看看她。”江途低头看小葵，“你去休息一会儿。”

小葵想了想，说：“好。”

江途推开虚掩的门。祝星遥的房间他在视频里看过好几次，他对这里有种莫名的熟悉感。江途的目光落在那张粉色的公主床上，他走过去，看到床边铺着白色的长毛地毯，把鞋子脱了才走到她身旁。

祝星遥睡得并不安稳，双眼紧闭，额头上还贴着退热贴，脸色苍白。不过几天没见，祝星遥就变瘦了些。江途站在床边，俯身帮她掖了掖被子，在地毯上坐下。

江途总觉得，祝星遥突然生病是因为他。

他自责地低下头，轻轻地叹了口气。

小葵跟老刘在客厅看电视，老刘担忧地往楼上看，转头问："小姐现在是在跟江途谈恋爱吗？"

"啊？"小葵想了想，不确定地说，"不知道现在有没有谈，但星星对江先生很特别，她之前在拉斯维加斯的时候，几乎每天晚上都会跟江先生视频。跟乐队一起练习的时候，她还给他开了视频。我们回来的时候，也是江先生去接的。以前从来没有哪个男的能这样，所以，我觉得他们应该是在谈恋爱。"

而且听说他们是高中同学，还是同桌，高中的时候关系就很好。小葵想起微博网友爆料的祝星遥初恋和校园论坛的那些事，猜测两人可能是因为这个闹矛盾了……

老刘不怎么上网，不知道网上那些事，兀自嘀咕："还真的又在一起了啊？！"

十点不到，老刘就熬不住了，跟小葵说："我先去睡了，有事情叫我啊。"

十点多，祝星遥皱眉翻了个身，手伸出来，把额头上的退热贴给抓掉了——退热贴时效过了。江途将它扔进垃圾桶，拿杯子下楼接了一杯水。

小葵坐在沙发上昏昏欲睡，江途下楼了她都没注意到。

江途走到她面前，小葵惊醒，忙抬头道歉："对不起对不起，我累得睡着了……"

"你去睡吧，我照顾她就好。"江途对她说。

江途回到房间，把祝星遥轻轻抱了起来，让她靠着他的手臂，给她喝水。江途其实没有照顾人的经验，他跟江路从小身体就健康得不得了，几乎不生病，偶尔得了小感冒也很快就好了，即使挨打了，也是疼几天便好。舒娴生病了也不怎么需要他照顾。

他小心翼翼地给她喝了水，还担心她突然醒来，看到他会生气。

幸好她没醒。江途把祝星遥放下，靠着床头坐在她旁边。床头柜上的手机亮了一下，他垂眼看了看。

蒋奕："今晚你爸爸到我家里吃了顿饭，说起了你。"

这一看就是男人的名字，而且这个人看起来跟祝云平关系不错，至于跟祝星遥怎么样……江途抿紧唇，那人的消息又发了过来。

蒋奕："过几天我要去一趟江城的分公司，一起吃顿饭吧。"

几分钟后，蒋奕："是不是睡了？晚安。"

手机不再有动静，江途收回目光，看向祝星遥伸到被子外的手。她的手背被针扎得青青紫紫的。江途握住她的手，在她手背上摩挲了几下，小手指钩住了她的，闭上了眼睛。

许久，祝星遥细白的手指动了动，江途一秒睁开眼，低头看她。

过了一会儿，祝星遥歪了歪头，迷迷糊糊中感觉到有人钩着她的手指，仿佛又回到当年在医院病房里的时光。她细白的手指钩着他的手指，又动了一下。

江途坐直了身体，手指回应般地一动。

祝星遥以为自己在做梦，梦见当年的医院病房里，十八岁的少年钩着她的手，捧住她的脸，在她的唇上落下一个吻。

她等了很久，都没有感受到那股温热的触感，一下睁开了眼睛，看到了正低头看她的江途。

二十八岁的江途。

有那么一会儿，祝星遥以为自己是在做梦，茫然地看看四周，确认这是她的房间。可是，江途怎么会在她的房间呢？

她又转回来，对上他漆黑的瞳仁。

江途咽了咽口水，低声问："是哪里不舒服，还是你饿了？"小葵说她没怎么吃东西。

祝星遥的脑袋昏昏沉沉的，她呆呆地看着江途，不太确定地问："江途？"

江途点头："嗯，是我。"

祝星遥皱眉，声音虚软，带着点不悦："你怎么在这里？"

江途："小葵说你生病了。"

祝星遥沉默了一下，挣扎着坐起来，江途扶住她的背，把枕头放在她身后让她靠着。祝星遥转头看他，脑子里都是疑问：“可是小葵怎么告诉你的？她没有你的联系方式啊。”

“她开了小江，不小心点了‘随叫随到’，然后我就过来了。”江途解释着，站起来低头看她，“你饿不饿？我给你做点吃的。”

祝星遥沉默地摇头，掀开被子要下来，说：“我想去厕所。”

江途把拖鞋放到床边，祝星遥看着男人弯下的背脊，抿紧了唇。她把脚放进拖鞋里，站起来的那一刻忽然腿软了下去，江途一把将她抱住了，低头问：“星星？”

祝星遥这两天反反复复地发烧，又没吃什么东西，整个人脱力了。她靠在江途温暖宽阔的怀里，深深地吸了口气，小声说：“有点没力气。”

江途沉默了一下，忽然把她整个人抱了起来，祝星遥晕乎乎地抬头看他。江途垂着眼，低声说：“我抱你过去。”他往浴室走过去，祝星遥感觉他抱她抱得很轻松，又想起他的力气一直很大。

江途把祝星遥放在马桶上，怕她在里面晕过去，低头看她：“我在外面等你。”

祝星遥叫住他，小声说：“我等下想吃点东西。”

江途松了口气，问：“你想吃什么？”

祝星遥不知道家里有什么，便说都可以。

凌晨十二点半，江途走进厨房，打开冰箱。

冰箱里面有菜、肉、鸡蛋，什么都不缺。

祝星遥出了一身汗，不能洗澡只能擦擦身体。她洗了脸，又换了一身干净的衣服才下楼。江途正在厨房煮粥，锅里冒着热气，他把切碎的肉放进去，用筷子搅拌着。

香味散发出来，祝星遥真的有点饿了，连忙走到他身后。

江途回头看她：“很快就好了。”

祝星遥：“好香，没想到你还会煮粥。”

“穷人家的孩子早当家，基本的家务活我都会。”江途垂着眼说，“在国外很多时候会自己做饭，味道挺好的，下次做给你吃。”

祝星遥抬头看了他一眼，转身从消毒柜里拿出两只碗。

两人面对面地坐在餐桌上吃东西——江途连晚饭都没来得及吃就过来

了。祝星遥喝了一碗粥，把碗放下，看了一下时间，已经凌晨一点多了。

她想了想，说："你先回去吧，我已经好了。"

江途起身，拿了体温枪过来，将东西放进她的耳朵里面。

嘀——

祝星遥忽然觉得耳朵痒得不行，脸有点红。江途低头看了一眼，轻声说："三十七点八摄氏度，还在发烧。"

半小时后，祝星遥重新躺在床上，额头上贴了一张新的退热贴。她转头看向坐在地毯上的男人，小声抗议道："你这样看着我，我睡不着，你也回去睡觉吧。"

"那我出去一会儿。"江途很快站了起来。

祝星遥忙说："你明天要上班，还是回去吧。"

江途低头看她："我出去抽根烟。"

她没来得及说什么，他已经转身走出去了。

江途来到一楼客厅外的阳台，阳台上养了很多盆栽，他这几天没怎么休息好，有点犯烟瘾了。江途忍着没抽，回到客厅，靠着沙发休息。

凌晨三点，他回去查看祝星遥的情况。

凌晨五点多，祝星遥又烧起来了，折腾了两个小时，温度才慢慢退下去。

江途靠着她的床边睡了一会儿，八点多时跟公司请了假，这是他第一次在工作中请假。他从楼上下来，老刘看到他，眼睛瞪大了，结巴地道："你、你没走啊？"

江途面对老刘总是震惊复杂的眼神，有点不自在地点了点头："等星星醒了，我再走。"

老刘思想传统，想阻止，可又没这个权力，毕竟小姐都没说什么……小葵从门外进来，笑眯眯地看向老刘："刘叔，我要出去给星星买点东西，你把车钥匙给我一下。"

"我送你去吧。"老刘看了江途一眼。眼不见为净。

祝星遥一直在睡，她的手机调成静音模式放在地毯上，十点的时候响了一次，是林佳语打来的。

江途拿着她的手机挂断了，走到她房间的阳台上，用自己的手机给林佳语打电话，问："你打祝星遥的电话做什么？她发烧了，还在睡觉。"

林佳语啊了声，兴奋地道："你们现在好了？"

江途沉默了一下，说："没有，她可能还在生气。"

"哦……"林佳语失望地道，"那你现在在哪里？不上班吗？"

江途说："她家里。"

林佳语："……"

他都跑到人家家里去了，还没哄好啊？林佳语有点恨铁不成钢。有时候人是偏心的，林佳语虽心疼祝星遥被蒙在鼓里很多年，恨不得自己骂江途一顿，但她从小跟江途一起长大，深知他这些年过得有多难，她的心更偏向江途。

反正，陆霁跟祝星遥是不可能了。

私心上来说，林佳语当然希望祝星遥跟江途在一起了。

十点半，祝星遥的手机又来电话了，屏幕上显示着"爸爸"两个字。

江途看着手机屏幕，犹豫了一下，没叫醒祝星遥。

他拿着手机走出房间，轻轻带上门，站在走廊上接通了。

"星星啊，老刘说你生病了。"祝云平的声音很温和，"爸爸明天晚上就回去了，你要是不舒服，要及时说，别扛着。"

江途沉默了一下，低声说："叔叔。"

这下轮到那边沉默了。

"不知道您还记不记得我，我是江途，以前……跟星星同桌的男生。"江途觉得有点羞愧，他没经过同意就来他们家里了，低下头解释，"她已经退烧了，现在还在睡觉，应该没事了。要是再烧起来，我下午就带她去医院。"

祝云平沉默了一下，平静地道："记得，印象很深。"

江途想起当年祝星遥受伤住院的事，有点无地自容。他在祝星遥父母那边的印象应该很不好，但他想跟祝星遥在一起，这些事情他都不能逃避。祝云平问："你们现在是在家里吗？"

江途有点难以启齿地说："是。"

祝云平似乎叹了一口气："星星发烧的时候容易做噩梦，你既然在家里照顾她，那就多看看，要是她做噩梦了，就慢慢叫醒她。"

江途："叔叔放心，我会照顾好她的。"

江途挂断电话，想起昨晚给祝星遥发消息的蒋奕，沉默了几秒，才拿着手机回房，却见祝星遥已经坐了起来。祝星遥昨晚发烧闷出不少汗，发丝黏在脸颊上，脸色苍白。

她往窗外看了一眼，今天是阴天，窗外灰蒙蒙的，她有些分不清是早上还是下午。

“你今天没有去上班吗？”祝星遥开口道，嗓子是哑的。

“我请假了。”江途很快走过去，把手机递给她，“刚才你爸打电话过来，我帮你接了。”

“啊？你帮我接了？”祝星遥手一僵，有些慌乱，“那我爸爸有没有跟你说什么？”

高中的时候，祝星遥第一次因为陈毅受伤，祝云平和丁瑜没责怪江途，还因为江途打了张晟给她出气，而挺喜欢他的。2013年，她再一次因为陈毅出事，那件事差点把祝星遥毁了，归根结底，原因在于江途，但江途连人影都没见，祝云平和丁瑜一直对江途心存埋怨。

江途把祝云平的话重复了一遍，低头看她：“你经常做噩梦吗？是一直这样，还是这几年？”

祝星遥松了口气，摇头：“只是偶尔。”

她从床上爬起来，江途扶住她。祝星遥刚穿好拖鞋，又猝不及防被他抱了起来，她心跳加速，慌乱地看他：“你……干吗？我可以自己走。”

“我怕你摔倒。”江途不动声色地道。

祝星遥陷在他的臂弯里，抬头看他紧绷的下颌线。

她突然问：“你今晚回去吗？”

江途停下脚步，垂眼看她：“你不赶我走，我就不走。”

祝星遥脸颊贴着他的肩膀，哼了声：“我昨晚赶你走了，你也没走。”

江途一愣，笑了：“那我今晚也不走。”

祝星遥：“……”

江途的脸皮还挺厚的。

她忍不住瞪他一眼。

汽车开进院子的声音传来，老刘跟小葵回来了，也带回了午饭。

饭吃到一半，江途去阳台接了个电话，这个电话打了半小时。他似乎挺忙的，请假一天应该耽误了不少工作。

祝星遥吃了饭才有精神看手机，看见蒋奕昨晚发来的消息。蒋奕家在C市，祝云平出差正好在C市。蒋家的生意做得越来越大，听说蒋家有意把公司的重点项目放到江城，毕竟江城比起C市发展得要好一些，以后蒋奕也常住在江城了。

这也是之前祝云平和丁瑜安排她跟蒋奕相亲的原因。

祝星遥回绝了蒋奕，放下手机，走到阳台上。江途回头看她，他下巴上冒出了一点青黑，眼底泛着血丝，一看就知道昨晚没睡好。祝星遥忽然想起他前几天说要配眼镜的事，仔细地盯着他的眼睛看。

江途电话打完，低头问："怎么了？"

"你昨晚一直没戴眼镜吗？"她问。

江途说："戴了隐形，时间太长，眼睛不舒服，我拿掉了。"

怪不得他的眼睛红了。

祝星遥："你好像有事，先去忙吧。"

公司里确实有点事情，但也不是非要他去处理不可。江途不是很想走，也怕现在走了，清醒后的祝星遥就不再让他进门了。祝星遥突然踮起脚尖靠近他，江途浑身一僵，她在他的领口上闻了闻，皱着脸说："你的衣服很臭，你回去换身衣服吧。"

江途坐在车上，松开了两颗衬衫扣子，拉起领口闻了一下，是有点烟味，但也不至于臭……

祝星遥那么说，只是想赶他走。

江途从箱子里拿出那副坏了的眼镜戴上，把车开出去。

夜里九点多，祝星遥跟小葵一起坐在地毯上打游戏，伴随游戏的音效传出来的，还有江路的声音："我听佳语姐说，我哥昨晚在你家，是吗？"

小葵低头专注于游戏，努力憋住不吭声。

祝星遥愣了一下，小声说："嗯。"

叩叩叩——

半掩的房门被人敲了敲，祝星遥睫毛微动，低头说："进来吧。"

江途在家里洗过澡换了一身干净的衣服才过来的。他没穿衬衫，穿的是一身黑色的休闲服。小葵一看见他，登时站起来，非常识趣地说："我去上个厕所。”小葵欢快地跑出去，还非常乖巧地把门带上。

“谁来了啊？”江路又问，“我哥？”

江途站在祝星遥面前，居高临下地看着她的手机屏幕。祝星遥抬头，看他没打算说话，把头一撇：“没有谁。”她一分神，差点被对方打死。

江路忙说：“女神姐姐，专心点！”

祝星遥本来就不太会玩，刚刚还是江路非把她拉进去组队的。那小子从一开始就有意无意地打探她跟江途的关系，玩游戏只是借口。她有些无奈地说：“我可能要完了。”

下一秒，手机被江途抽走了。

祝星遥愣住，江途已经在她身旁坐下，接手她的游戏。祝星遥选的是貂蝉，手速要上去才能秀起来。江途表情沉静，手速确实比她快不少，对面的江路忍不住称赞：“咦？竟然没死。”他完全不知道，游戏玩家已经换人了。

祝星遥回过神，啊了声：“对……”

过了一会儿，江路又说：“女神姐姐，我哥是在追你吧？”

祝星遥转头看了一眼江途，江途垂着眼，顿了一下，似乎还不打算说话。

江路的声音配着游戏的音效不断起伏：“我哥这人挺好的，就是脾气不太好，对人太冷淡了，不会讲笑话，也不会哄女孩子……”祝星遥看见江途皱着眉，操作却冷静果断。江路很快又说：“不错啊，女神姐姐！你怎么突然这么厉害了？”

祝星遥忽然想听江路说下去，含糊地道：“嗯，还好……”

还好？

江途看了她一眼。

江路称赞了她两句，继续说：“不过，还是有女孩子喜欢我哥的，毕竟他跟我是亲兄弟，长相没的挑。我小时候以为林佳语会做我嫂子，因为就林佳语一个女生跟我哥哥关系亲近一点，不过他们俩一直不来电。你考虑考虑我哥呗，我哥要是真喜欢一个人，那肯定能喜欢一辈子，还会把你捧成星星。要是没能跟你在一起，他估计也喜欢不上别人了，得打一辈子光棍。”

祝星遥穿着白袜子，脚踝纤细，脚指头有些紧张地往里缩，下巴搁在膝盖上，忍着没去看江途。

“我哥以前很苦的，高考的时候……”

江途突然冷声打断江路：“你话怎么这么多？”

江路：“……”

那边静了几秒，江路震惊地丢下一句：“见鬼了。”接着，他退出游戏，直接跑了。

江途把祝星遥的手机递给她，低声说：“江路有一句话说得不对，你本来就是星星，不需要我捧。”

祝星遥接过手机，抬起头看他。

如果刚刚江途没阻止，江路大概会把他高考时出的事说出来。

祝星遥的手机铃声响了，她看了一眼，很快起身：“我接个电话。”

电话是丁瑜打来的。

祝星遥站在走廊尽头听电话，丁瑜说：“你爸爸说昨天江途在我们家？”

“嗯。”祝星遥低头看自己的脚尖，她知道父母一直想问，只是担心她的心理问题忍着没问，“他刚回来就跟我联系了，机器人也是他送的。”

丁瑜沉默了一下，说：“那……”

祝星遥转头看自己的房间门口，打断丁瑜：“妈妈，我知道你跟爸爸在想什么，这件事你们让我自己处理，好吗？”

挂断电话，祝星遥在楼下热了一杯牛奶，捧着上楼。

祝星遥推开房门，看到江途坐在地毯上，他低垂着头，支起的一条长腿倚在床头柜上，靠着她的床一动不动，好像睡着了。祝星遥愣在门口，犹豫了一下，终究没有叫醒他。她自己把牛奶喝了，小心翼翼地从床尾爬上床，坐在床上打量江途：他垂着头，脖子修长，皮肤冷白，耳朵附近有一道颜色稍深的疤痕，那道疤应该是高考出事时留下的。

祝星遥看着他出了神，鬼使神差地伸出手，微凉的指尖在那道疤上轻轻碰了碰。下一秒，一只灼热有力的手抓住了她的手腕，往前一带。祝星遥一个重心不稳，整个人从床上翻了下去，几乎砸进他的怀里。

江途惊醒，一秒睁开眼，本能地把人搂进怀里。他低下头，对上祝星遥慌张的目光，沉默地思索几秒，低声道：“你刚才是碰我的脖子了吗？”

祝星遥僵硬地坐在他的腿上，不知道怎么辩解……

这简直是抓包现场。她确实碰了。

祝星遥艰难地解释道：“你那里有道疤……我好奇……”

脖子上似乎还残存着凉丝丝的痒意，他抬手在那道疤上蹭了蹭，垂眼看她。

祝星遥招架不住他的目光，慌忙地从他身上爬下来，江途却抓着她手腕不放，甚至握得更紧了。她心慌意乱地抬头，望向他漆黑的瞳仁，脑子里忽然响起江路之前说的话：

——我哥要是真喜欢一个人，那肯定能喜欢一辈子，还会把你捧成星星。要是没能跟你在一起，他估计也喜欢不上别人了，得打一辈子光棍。

江途说，她本来就是星星，不需要他捧。

除了这一句，他默认了江路所有的话。

夜风把窗帘吹得飘了起来，满屋子的空气都充斥着祝星遥身上那股淡淡的香味。江途突然身体前倾，不自然地咽了咽口水。祝星遥听见了，不自觉地跟着咽了一下。江途却很快松开她，起身低声说：“我去客厅待一会儿，夜里再来检查你有没有发烧。”

江途出去了，祝星遥还坐在地毯上发愣：刚才他似乎是想亲她？

她转头看床头柜上的小江，按开开关，小声问了一句：“小江，刚刚江途是不是想亲我？”时间长了，祝星遥有时候觉得小江就是另一个江途。

小江：“他不但想亲你，还……”

祝星遥：“什么？”

他还想做什么？小江同学你说清楚，别卡壳啊！

卡壳了几秒的小江接着回答：“他喜欢你。”

那几秒的卡顿让人忍不住想歪了，祝星遥感觉自己无形中被撩了一下。小江作为一个机器人，语言模块也太智能了吧？

她摸了摸发烫的脸颊，又说：“但是他做的事情还是很过分。”

小江：“你说得对，他想对你做很过分的事。”

祝星遥：“……”

她把小江关掉，有点崩溃，爬回床上。

连机器人都欺负她!

半夜两点多，江途回到祝星遥的房间，她已经睡着了，正皱着眉。

他垂着眼，默默地看着她，抬手试了试她额头的温度。

许久，江途在她床边坐下，靠着床深深地吸了口气，闭上眼睛。

第二天早上，窗帘缝隙中透出一点光亮，江途睁开了眼，打开手机看时间，还不到七点。他脖子发麻，抬头活动了一下，脖子咯咯响了两声。他皱眉缓了缓，才站起来。

祝星遥的桌上有便笺纸和笔筒。

江途从笔筒里抽出一支钢笔，左手撑着桌角，弯着腰，刚要落笔，又顿住了。然后，他换了一只手。

祝星遥八点多醒来，伸手去摸手机，指尖先碰到的是纸张。

她睁开眼，转头看，发现手机上贴着一张便笺纸。

> 我去公司了，昨晚你没有再发烧，不过还是要注意一下。
>
> 晚上我给你打电话。
>
> ——2017年10月13日

落款：J。

祝星遥出神地看着上面的字迹，跟当年那八十七封情书上的几乎一模一样。

下午，祝星遥把小葵带上阁楼，翻找那八十七封情书。小葵只知道要找八十七封卡片式情书，茫然地问：“是什么样子的？”

祝星遥说：“每一张卡片上画的都是大提琴少女，落款是字母J。”

小葵眨眨眼：“J？是江先生吗？”

祝星遥直起腰，看向小葵：“是J同学，年轻时的江先生吧。”

年轻时的……

“江先生现在才二十八吧？”小葵下意识地反驳，很快哇了声，相当兴奋，“你是说江先生给你写了八十七封情书吗？”

可是，她们找了两个小时，还是没找到。祝星遥特别沮丧。大概只有丁瑜才知道放哪里了。

晚上十点，祝云平回到家，祝星遥从房间里出来，走下楼梯：“爸爸。”

祝云平把行李箱放下，抬头温和地笑笑：“还没睡呢？”

祝星遥过去挽住他的手臂，撒娇道：“等你呀。”

祝云平关心她的身体，祝星遥说她已经好得差不多了。祝云平拉着她坐到沙发上，看向她，先叹了口气：“你是怕我找江途吗？”

祝星遥摇摇头：“你要是找的话，早就找了。”

祝云平想起妻子说的话，无奈地揉揉她的脑袋：“你也真是……趁着我们不在家，就让人来家里了。你先跟我说说，你们现在是什么情况？”

“现在啊……”

那些事祝星遥不想告诉他们了，她靠在爸爸的肩膀上，轻声说：“江途在追我。”

祝星遥病了几天，耽误了不少工作，尤其是演奏会在即，等病一好，她马上恢复了跟乐团的排演。上次在北京，她因为生病也没能跟华玲见面，华玲打电话来说：“等我交接完工作，就去江城跟你细谈。”

周末中午，江途在公司加班，舒娴打来一个电话，说林姨有事情想请他帮忙。江途挂断电话，老袁提着饭盒走进来，这饭盒一看就不是他们平时订的那种，要精致得多，当然也贵得多。

江途瞥了眼：“今天有什么喜事？”

老袁顿了一下，把饭盒全部打开摆在桌上：“也没啥，就是想吃点好的。”这饭是夏瑾送来的——自从在健身房加了夏瑾的微信后，老袁跟夏瑾就有了联系，两人联系的话题基本离不开江途——但老袁决定还是吃完再跟他说。

他转移话题：“你前两天干啥去了？我都没来得及问你。”

“没什么。”江途接过他递来的筷子开始吃饭。饭后，江途去倒了杯水，回来瞥见老袁在回信息。

老袁起身收拾饭盒，试探地问：“上次你们办同学聚会，就没啥后续？”

江途：“你想说什么？”

老袁这段时间跟夏瑾聊得挺累的，索性直接问：“你对夏瑾就没点感觉吗？她长得漂亮，家世又好，标准的白富美。”他调侃了一句，“她说高中时就喜欢你了，你要是跟她在一起，就不用这么辛苦了，至少少奋斗二十年！”

“这饭是她送来的？”江途抬头。

老袁硬着头皮道：“我也没办法，都送到楼下了，不好拒绝。”

“我不喜欢她，你要是想少奋斗二十年，可以试试。”江途皱眉看着老袁，终于松了口，“我有喜欢的人，以后别做这种事了。”

“算了，我跟那大小姐不是一路人，她那性格跟我也合不来，我就想找个条件相当的姑娘好好过……”老袁飞快地摇头，摇到一半，突然瞪大眼睛，“你说什么？！”

江途面无表情：“没什么。”

“你刚才说你有喜欢的人了？谁？我怎么不知道？是不是在国外勾搭上的？”

面对老袁的一连串追问，江途放下水杯，语气平静：“高中同学，追到了你会见到的。”

老袁震惊得说不出话，好半天才感叹道：“天啊……”

这简直是惊天大秘密！

傍晚六点多，江途从公司直接去林佳语家，到那边时正好开饭。

林佳语不知道她爸妈把江途叫来帮什么忙，给江途拿了副碗筷，看向林母：“我们家出什么事了吗？要江途帮忙？”她心里生起一丝不好的预感，靠近江途，悄声说：“我爸妈可能又起了撮合我跟你的心思，等会儿他们要是再说，我就说你有女朋友了啊。”

江途面无表情地看了她一眼。

林母笑了笑：“江途啊，你现在工作这么好，应该也认识很多优秀的年轻人吧？你们公司有没有条件好一些的单身男啊？”

林父咳了声，不好意思地说：“我们以前住在荷西巷，虽然搬迁了多年，但圈子也就比以前大一些，认识不了几个家里条件好的人家。佳语这两年总是宅在家里，也认识不了几个……”

林佳语蒙了，总算明白她爸妈要做什么了。

她飞速打断她爸：“爸，你们疯了吧？竟然让江途给我找男朋友！”

让江途给她找男朋友，他们怎么想得出来？

江途也愣了几秒，沉默了一下，说："好，我试试。"

林佳语猛地转头看他："你疯了吧？"

江途淡淡地道："没疯。"

三天后，林佳语给祝星遥发微信："江途疯了！"

祝星遥茫然："啊？"

林佳语："我爸妈让江途帮我物色优质男青年，江途竟然答应了，还真的给我安排了一场相亲会。"

林佳语："你敢相信吗？江途帮我找男朋友……就因为我爸爸当初帮了他，他对我们家几乎有求必应，连这种事情都答应，他真的疯了。"

祝星遥问："你爸爸帮了他什么？"

林佳语隔了很久，才回复："我爸爸当年借钱给他，帮衬了他一下。"

祝星遥猜到林佳语的爸爸应该是在江途高考出事后帮了他。江途似乎一直这样，别人对他好一点，他都会记在心里，找机会回报。

连帮林佳语介绍男朋友这种事情，他都答应了……

这真的很不像江途，怪不得林佳语说他疯了。

祝星遥想起高中时江途为她做的那些事，那也很不像江途，所以才一直没有人看出来他喜欢她。祝星遥叹了口气，问林佳语："他介绍谁给你了啊？"

林佳语："他大学室友，正好跟他一个公司。"

林佳语："你能跟我一起去吗？我怕尴尬。"

屏幕上方跳出一条信息——

江途："星星，明天晚上一起吃饭吧，林佳语和我大学同学也在。"

祝星遥想了想，回复："佳语刚刚跟我说了，让我陪她一起去。"

周六下午六点，祝星遥背着大提琴从练习室出来，看见江途的车就停在路边。她放好琴包，坐进副驾驶座，转头看他："没想到你会给林佳语介绍男朋友，你问过佳语她喜欢什么类型的了吗？"

江途无奈地道："江路问了，她说她看脸。"

江路还问林佳语："那标准是谁？像我这样帅的吗？"

林佳语骂他自恋，说："你想多了，我喜欢彭洲。"

彭洲是正当红的男演员，长得很帅，可塑性很强。

“很真实。”祝星遥点头表示赞同。

谁不喜欢长得好看的啊？

江途问：“你也这样吗？”

“什么？”她一时没反应过来。

“看脸。”

祝星遥愣了愣，微微一笑：“是啊。谁不喜欢长得好看的？”

江途转头看她。他知道从初中开始就有女生说他长得好看，但也知道好看分很多种类型。他不知道在祝星遥眼里，他算不算好看。祝星遥看着他，突然猜到他在想什么，正犹豫要怎么回答时，林佳语的电话打来了。

林佳语的语气充满怨念：“你们快到了吗？”

江途把车开出去，祝星遥说：“我刚上车，从这里过去很近，十分钟这样就到了，你呢？”

林佳语：“我五点就被我爸妈赶出门，早就到了，在一楼的奶茶店里坐着。我准备现在上楼，待会儿在门口等你们。”

十五分钟后，祝星遥跟江途抵达餐厅楼下，林佳语就站在门口。她跑过来挽住祝星遥，不满地看了江途一眼：“自己连女朋友都还没追到呢，还给我找男朋友……”

祝星遥：“……”

餐厅在六楼，江途走在前面按了电梯，回头看了一眼祝星遥，语气平静：“我追她跟帮你找男朋友不冲突。”

祝星遥：“……”

她努力忽略他的目光。

林佳语冲她眨眨眼，又抱怨道：“可是我才二十六岁，又不是三十岁，有必要相亲吗？”

祝星遥安慰林佳语：“我也相过亲，父母有时候就是这样爱操心。”

林佳语震惊地啊了声：“你也会去相亲？”

江途的脚步突然顿住，他回头看她，祝星遥这才意识到自己说的话有多刺激。她低下头小声说：“年初的事了，是我爸爸朋友的儿子。”

她的相亲对象就是那个蒋奕吧？

江途抿紧唇，低声说：“先进去吧。”

老袁半小时前就到了，他跟林佳语前几天就加了微信，两人聊过，不算尴尬。他站起来，笑着看林佳语："以前接过你好几次电话，这回总算见到人了。"

其实林佳语跟老袁也算认识，大学那会儿林佳语一找不到江途，就打他宿舍打电话，基本都是老袁接的。老袁的人品、脾气都不错，长相也挺端正的，还正好单身，江途能想到的第一人选就是老袁了。

林佳语不好意思地笑笑："都在江城，迟早会见的。"

祝星遥穿着白色毛衣，在脖子上围了条围巾，遮住半张脸。老袁乍看一眼，只觉得她漂亮、有气质。当祝星遥把围巾拿掉，老袁的眼睛都瞪圆了，他指着祝星遥："祝、祝星遥？"

江途跟祝星遥说："我室友袁洋，大家都叫他老袁。"

"你好。"祝星遥笑了起来。

老袁看看江途，又看看林佳语："所以，你们都是同班同学？"

林佳语："我是隔壁班的，他们俩是同桌。"

江途拉开椅子，对祝星遥说："先坐下吧。"

老袁想起之前江途说的话，狐疑地看着他跟祝星遥：江途喜欢的人不会是祝星遥吧？他追的人也是祝星遥？江途问："点菜了吗？"

"还没，肯定要等你们来了才点啊。"老袁回过神来，把菜单放到林佳语跟祝星遥面前："你们女孩子来点。"

老袁看向祝星遥："你知道吗，江途这人的心思藏得太深了，我们大学一个宿舍四年，他从来没有提过任何高中同学。我们只知道他有个青梅竹马，就是小林妹妹。而且，我们宿舍有个叫杜云飞的，他特别喜欢你，把你当女神，几乎天天在宿舍里提起你，你出专辑的时候，他一口气买了三十张。江途跟你是同桌，竟然提都没提你……你看这人可不可怕？"

祝星遥一怔，抬头看江途。

江途语气很轻："我不知道要怎么说。"

林佳语靠过来，在祝星遥的耳边说："他在美国的时候，才知道你跟陆霁分手了。"

祝星遥心里有些不是滋味，没想到他还有这么一个室友。那他天天听室友说起她，心里在想什么呢？

气氛忽然冷了。

“要是杜云飞知道了，估计要气个半死。”老袁挑衅地冲江途挑眉，缓和气氛，“我这就给他发信息。”

老袁低头飞快地发了条信息。

江途的手机振了一下，老袁给他发了条信息：“你那天说的人是不是祝星遥？”

江途瞥了一眼，没回复。

老袁眼睁睁地看着他把手机放下去，没办法，只能给杜云飞发微信：“你猜猜我现在跟谁一起吃饭？猜对了有赏。”他抬头看祝星遥：“等会儿可以合影一张吗？我发给杜云飞看，让他嫉妒一下。”

祝星遥抿嘴笑了，点点头：“可以啊。”

杜云飞估计在忙，没回复。

饭菜上桌后，老袁看向林佳语，笑道：“我听江途说，你现在是专职作者，方便告诉我笔名吗？我去看看。”

林佳语的笔名之前一直是个秘密，年初的时候不小心被江路知道了，这才公开的。后来，她进入省作协，别人再问起来，她也就没再瞒着了。黎西西和祝星遥上半年都忙，她也不知道她们有没有看过她的书。

“林醒，清醒的醒。”她看着老袁说。

“记住了，回去就去看看。”老袁余光瞥见江途剥了虾，放进祝星遥面前的碗里。他什么时候见过江途这样啊。这就是铁证！他再也装不下去了，直接问：“我、我能问一下，你们俩是什么关系吗？”

林佳语眨眨眼：“就是你看到的这种关系啊。”

江途跟祝星遥顿了一下，两人都没说话。

老袁在心里狂叫了几声：果然是这样！杜云飞正好回了信息，老袁忙看了一眼，抬头说：“不能让我一个人蒙，我要守着这个秘密，不告诉杜云飞了。下个月祝星遥的演奏会，他过来的时候，让他亲眼看看，我要看他心碎的样子。”

林佳语哈哈大笑，祝星遥抿了抿唇，低声说：“其实也不是你看到的这样。”她跟江途还不是男女朋友呢，她还没答应他。

林佳语同情地看了眼江途，江途神色平静地道：“嗯，还没追到。”

老袁愣了愣，看看祝星遥，又看看江途，突然想起网上说的祝星遥初恋的事。所以江途是从高中开始就喜欢祝星遥了？但祝星遥是陆霁的女朋友？所以，说不定陆霁和江途还抢过女朋友呢……如果真是这样，也怪不得他们当时在北京见面时，气氛那么尴尬……

老袁自己脑补了各种狗血虐心的剧情，看着江途感叹道："怪不得我们几个系花怎么追都追不到你，原来你一直喜欢女神呢……"系花再漂亮，能有祝星遥漂亮吗？更别提气质和才艺了。

祝星遥有些不自在，江途竟然也没阻止老袁。

老袁又提起他们在宿舍下赌注的事："那时候整个系都在传他穷得连跟系花开房都是系花出钱，传他就是个小白脸。我就说他大学四年都得打光棍，你猜猜他说了什么？"

林佳语好奇地道："什么？"

"他说'我赌你赢'。"

祝星遥刚从碗里夹起一个剥好了的虾，动作顿了顿。老袁摇头笑了几声，继续说："毕业的时候，我跟江途一人赢了杜云飞两百块，后来几个人买了烧烤和啤酒。那晚我们喝了不少，杜云飞还怀疑江途要么是性冷淡，要么喜欢男人。"

林佳语看了一眼祝星遥，又问："然后呢？"

老袁看了眼江途："那是江途第一次跟我们聊这些。以前我们在宿舍聊妹子，他……不是，我们也不是经常聊……"他总算想起林佳语是他今天的相亲对象了，发现话题好像全偏了。

"没事，正常的，我们女生也聊男生。"林佳语善解人意地笑笑，"然后呢？"

"江途说他不是性冷淡，也不喜欢男人。"

"哈哈哈，他肯定不会喜欢男人啊！"

江途脸上没情绪，打断他们："够了啊，你们。"

"他就喜欢你。"林佳语在祝星遥的耳边小声地补了一句。祝星遥的心底十分酸胀，带着一点压抑和心酸的情绪。她抬头望向江途的侧脸，他今天戴的隐形眼镜，她清楚地看到他眼底沉默而无奈的情绪，突然有点心疼。

饭局结束后老袁才发觉，这场相亲，话题大多围绕着祝星遥跟江途了，不好意思地看向林佳语："小林妹妹，我请你看电影？"

林佳语笑笑："今晚就算了，我还有事，回头微信联系。"

她还愿意聊微信？老袁松了口气，连忙点头："那我送你回去？"

林佳语："我开了车，不用啦。"

几个人在停车场分别，祝星遥跟江途走到车前，停住脚步，转头看他："我陪你去配眼镜吧。"

江途等了很多天，终于等到了她的回应。

他低头看她，声音有些低沉："好。"

餐厅楼下的那一条街上就有一家眼镜店，祝星遥跟江途又绕了回去。眼镜店里人不多。她将脸埋在围巾里，店员过来招呼他们，多看了她几眼，礼貌地问："是要配眼镜吗？"

江途："嗯。"

"要我帮你挑镜框吗？"祝星遥的目光落在柜台上。

江途定定地看着她："不是一直是这样的吗？"

祝星遥一愣，江途已经转身去验光了。她从他的背影上抽回目光，沿着柜台慢慢地走着，手指在玻璃柜台上滑过，下意识地挑价格实惠一点的款式。店员将镜框拿出来的时候，她突然反应过来，江途已经不是当年的穷学生了。

她忙说："不要这个，我去那边看看。"

江途验完光出来，祝星遥已经挑好镜框了，跟他之前戴的那副差不多，也是金丝边的。

江途刷卡付款的时候，祝星遥抬头看他："你现在视力多少度？"

"四百二十五。"

"比高三时多了七十五度。"她小声说。

江途垂眼看她，低声说："你还记得？"

"记得啊……"

祝星遥点点头。毕竟她这辈子也就陪他一个人配过眼镜，还配了三次。

眼镜很快就配好了，江途戴上眼镜，气质瞬间冷了几分。

祝星遥转头看他，高中的时候她觉得他不戴眼镜的样子要好看一些，现在觉得他戴眼镜和不戴眼镜是两种味道，说不上来哪个模样更好看了。

江途看到她整张脸都露了出来，瞥见有人盯着她看。

他眯了一下眼，抬手帮她整理围巾，神色沉静而温柔。他温热的手指擦过她的脸颊，祝星遥咬着唇看他，心念微动。

“啊！你是不是祝星遥啊？”突然有个女孩子跑到她跟前，高兴地喊道。

江途神情冷淡：“你认错人了。”

他抓住祝星遥的手腕，拉着她走出眼镜店，祝星遥被他拉回一楼的电梯门外。但这个点等电梯的人实在是多，众人的目光齐刷刷看过来。

江途直接牵着她往安全通道走，祝星遥还没到门口就抗拒地扒住门板，不肯往前。两人被迫停在门口，江途疑惑地回头看她，低声问：“怎么了？”

祝星遥往黑漆漆的安全通道瞥了一眼，紧张地咽了咽口水，小声说：“我不要走这里，我们坐电梯。”

“电梯那边人很多……”江途突然顿住，感觉她的手指抓紧了他的手，她似乎真的很抗拒走楼梯。

祝星遥紧张地道：“我穿了高跟鞋……不想走楼梯。”

江途本来觉得走两个楼层的楼梯，比跟一群人等电梯要好很多，但现在也只好听她的。他抬手把她的围巾整理了一下，等人走了一批，才拉着她走进电梯。

上车后，祝星遥拉下围巾，轻轻地吐了口气。

江途开了音乐，在大提琴沉缓的曲调中把车开出去。几分钟后，祝星遥抿唇说：“你的歌单……能不能换一换？”

她不要听自己十几岁时拉的曲子了！

江途笑了笑，目视前方：“你不想听的话可以往后调，或者开电台。”

到底是他的车，祝星遥也不好管太多，随便调了一个电台频道，里面正播着一档搞笑节目。一男一女两个主持人在互动搞笑，但她莫名地觉得气氛有些尴尬。自从校庆之后，两人就没有好好地说过话，祝星遥想起江途做了那么多隐秘的事，还是觉得郁闷，但完全不理他，她又做不到。

“程序我写得差不多了，过几天我去把小江拿回来调整一下。”江途先开口。

“好……”

“你还想要什么功能？”

“这样就好。”

祝星遥心想：小江都这么流氓了，还要加什么功能？

车开进别墅路段，祝星遥想起老袁，笑了一下：“老袁挺有趣的，以前我还担心你上大学后没朋友……但听老袁这么说，你的大学室友应该都挺好的。”

“老袁和杜云飞都是自来熟，跟丁巷有点像。”江途顿了一下，低声说，“对不起。”

这句对不起有点莫名其妙，但祝星遥听懂了。

他在为大学时没回复她的信息道歉。她低下头，不知该作何回应。

毕竟，在校庆之前她都已经原谅他的不联系了。而且，比起那些得不到回复的消息，初吻和情书以及举报事件对她的冲击更大。

车停在别墅外，祝星遥解开安全带推门下车，江途帮她把大提琴拿下来，放到她肩上。她抬头看他：“都那么多年了，我已经不在意那些了。”

江途看着她走进院子的背影：她是不在意陈年旧事，还是不在意他了？

周日上午，黎西西在三人组建的小群里问林佳语：“昨天的相亲会怎么样啊？那男的帅吗？”

林佳语：“一般帅，经济适用型男人！是我爸妈眼里很适合结婚的那种类型，而且是江途介绍的，靠谱程度高很多，我……努力试试吧。”

黎西西发了个抱抱的表情。

林佳语突然在群里一连发了几个红包：“姐妹们，我有个好消息要跟你们说！”

林佳语：“我要暴富了！”

祝星遥跟黎西西抢了几个红包，同时发了几个问号过去。

林佳语：“《拥抱月亮》的影视版权卖出去了，我过几天去北京一趟。”

这是林佳语第一本售出影视版权的书，祝星遥能感受到她的喜悦，跟着兴奋了一下，回复：“哇，恭喜！”

过了一会儿，黎西西：“就是你今天预售的那本？刚刚我给你转发了。”

十分钟前，林佳语发了条新书预售的微博。刚才只有上百条转发量，被黎西西一转，瞬间上千了，而且还在不断地飞速增加。林佳语惊到了，连忙发了个“谢谢老板”的表情包：“我有点害怕等会儿书不够卖。”

祝星遥笑了笑：“我也去转一下，毕竟收红包了。”

中午，老刘去机场把华玲接到家里，丁瑜正好在休息，在家做了一桌菜招待华玲。饭后祝星遥便跟华玲正式谈起合约的事，祝云平跟丁瑜旁听补充意见。

华玲问：“你的微博，需要我帮你打理吗？”

祝星遥有时候一个月也发不了几条微博，笑笑：“不用了吧，我不怎么发微博，也没什么绯闻，不需要控评。你可以建立一个工作室的官方微博。”

“说得也是。”华玲笑道，“那我们再具体谈谈合约的事吧。”

合同其实已经拟好了，双方改动了几个小地方，就直接签订了。

下午三点，祝星遥送走华玲，收到林佳语发的大哭的表情包：“星星……我闯祸了，完了，你快去看看微博，把这几条评论删了吧！”

遥遥天上星：“怎么了？”

林佳语很快发来一张截图：“你先删了，我再跟你解释……”

祝星遥疑惑不已，点开截图，那是一张她微博下的评论截图。

“我的天啊！祝星遥就是《等星星》那本书的女主角原型对吧？我都去看了，星星灯表白，不就是前段时间她跟黎西西参加校庆时爆出来的吗？绝对没有错！”

底下还有几条回复——

“是她，绝对是她啊！一中拉大提琴的女神，除了她没有别人了！”

“对上号了！是她是她就是她！”

“这本书停更好几年了，我现在特别好奇江行的原型是谁，长什么样子。原型是真女神啊，那男主角是谁？”

“林醒大大出来填坑！找到你的女主角原型了。”

祝星遥看得有些蒙。前段时间林佳语说过想写一个跟他们青春相关的故事，她以为林佳语说的是新书构思，但看评论又不是。《等星星》是林佳语停更多年的一本书，还锁了起来。

她记得林佳语的作者专栏，专栏最下方有一本书被锁了起来好几年，因为锁定的原因，书名的显示是《等**》。

原来那两个星号是“星星”？

当年林佳语连载这本书的时候，甚至没跟网站签约，只是想记录这个故事。这几年她的人气渐渐高了起来，微博粉丝有好几万，还有两个书友群，其中一个群里大部分是老粉。老粉又大部分是《等星星》的书迷，一直在等这本书的结局。上次黎西西跟祝星遥上热搜后，群里的老粉就问过林佳语，原型是不是祝星遥。那时候闹得那么大，林佳语哪里敢说是。

她当即否认：“不是，我跟她不认识。”

老粉们虽然疑惑，但也勉强信了。

这次黎西西跟祝星遥都转发了她的新书预售广告，这间接表明了她们关系很好，紧接着有人发现林佳语参加了江城一中的百年校庆，这下几乎坐实了人物原型。

本来林佳语当时否认得就很没有底气。

这个世界上除了江途，没有人会给一个女生做几千颗星星灯，也没有第二个江城一中。

当年所有的一切，现实里连个相似的故事都没有。

不管是江途、祝星遥，还是陆霁、林佳语、黎西西、许向阳……那些年、那些事、那些人，都是这个世界上的唯一。

老书粉兴奋难耐，直接去林佳语跟祝星遥的微博下评论，还给林佳语发了许多信息，迫切地想要把书里的童话代入现实，也更迫切地想知道，这个现实中的童话故事，完结了吗。

林佳语崩溃不已，也被吓得不轻，先恳求书粉不要宣扬，再给祝星遥发微信，让她删除评论，免得到时候没法收场。

祝星遥潜意识里觉得这件事没那么简单，上微博翻了一下私信。林佳语等了几分钟没等到回复，直接打了电话过来：“星星，你快先把那几条评论删了吧，或者直接把那条微博转发删了。”她语气急切，带着哀求，“你先把《等星星》相关的评论都删了，要是传开了，我怕我要被江途骂死。”

祝星遥站在门口，往院子里走，小声问：“江行（小说《等星星》的男主角）是江途吗？”

林佳语欲哭无泪："是……《等星星》是我几年前写的，主角的原型是你跟江途，还有陆霁……当然还有我们这一群人。我只写了几万字，2013年江途出国没多久，我就锁起来了，只有部分粉丝看过。校庆之后大家对你关注度比较高，你一转发，就有书粉猜到女主角的原型是你了。"

祝星遥沉默了一下，轻声说："我想看看，可以吗？"

几分钟后，林佳语把一份文档发了过来。

林佳语："这个版本是我最近修改过的，有十万多字，情节更饱满，但基本都是真实的。"

祝星遥不知道该如何形容看这本书的心情。林佳语跟江途从小一起长大，对江途很熟悉，她以江途的视角写的故事，祝星遥知道了许多她以前不知道的事。比如，江途强硬地把夏瑾手机的照片删了，自己却保存下来；他没有在林佳语面前否认他喜欢祝星遥；他在她住院后曾深深地自我责备和厌弃；他把自己关在房间里，忙了一个多月做星星灯……

那些被掩藏在十年时光里的秘密，被林佳语写进了书里。祝星遥从《等星星》这本书中，看到了另一个鲜活真实的江途。

林佳语对祝星遥的描写确实是模糊的，或许是因为她那时候不了解事情的真相，也不够了解祝星遥，也可能是当年埋藏的秘密太多，她作为旁观者，看到的祝星遥就是一个蒙在鼓里的被两个少年喜欢的懵懂少女。

祝星遥用二十六岁的阅历去看自己十六七岁时的故事，发现当年那些未知的、茫然的、懵懂的情愫，一点点地从模糊变得清晰无比。

"星星，六点了，我们该出门了。"丁瑜敲门喊她。他们说好了，今晚全家一起出去吃饭。

祝星遥连忙抹抹眼睛，冲门口喊："你们先下楼，我马上。"她很快站起来，随意拿了身衣服换上，围上围巾，连妆都没来得及化，补了个口红就走了。

路上，丁瑜跟她说什么，她都心不在焉。

丁瑜有点疑惑，回头看后座，看到她抱着手机，忍不住问："看什么呀，看这么入迷？"

祝星遥低头轻轻吸了吸鼻子，小声说："看一本小说。"

下车的时候，祝星遥的眼眶是红的，丁瑜头疼地摸摸她的脸，无奈笑道："怎么看本小说也能哭？等会儿先去补个妆，还有别的客人在，这样去见人，不太好。”

祝星遥也没问还有什么客人，只是点点头。

这是一家高档的私房菜馆，中式装修，既有格调，又够安静，很多公司高层招待外国客户时喜欢来这里。江途、老袁，以及两个助理，带着两个德国客户走进来。德国客户的妻子英文不好，用德语跟丈夫交流。

江途看到客户的脸上有些茫然，用德语说：“洗手间在左手边，从这里走进去就是了。”

客户一脸惊喜，用德语问：“你会说德语啊？”

江途笑了笑：“基本的交流没问题。”

老袁也惊讶不已，压低声音问：“大学四年同寝室，我怎么不知道你会德语？什么时候偷学的？”

“高中开始学的，大学的时候我桌上也有几本德语书。”江途看他一眼，“你跟杜云飞回到宿舍不是看电影就是玩游戏，大概没注意到。”

老袁嘀咕：“你桌上书那么多，我是没注意……”大学的时候江途忙得要死，在宿舍的时间本来就少，桌上一堆书，英文中文的都有，他跟杜云飞确实没怎么注意，哪知道江途还看德语书。

祝星遥从洗手间出来，一眼就看见站在前方的江途，他穿着一身正式的黑西装，身形挺拔，英俊，他低沉带点磁性的嗓音正说着流利的德语。她在原地愣住，鼻子发酸，眼泪几乎落下。

林佳语在《等星星》里面写到，江行十八岁生日后的第二天，他们从网吧里出来后，去了书店。

江行买了两本德语书。这只是开始。

后来，在他老旧的房间里，堆着一摞德语书。

在林佳语描述的画面里——

林佳佳（林佳语）问他：“既然喜欢她，为什么不告诉她，不去追她呢？”

少年站在白茫茫的雪地里，垂着眼，声音低沉而压抑：“舍不得。

“她很善良，如果她真的喜欢上我，我们在一起的时候她会照顾我的情绪，会变得敏感，处处顾虑，也可能会为了我舍弃很多东西……可能一开始只是一顿西餐，但时间越长，她因为我而放弃的东西会越来越多，她可能会因此不开心，丢了很多本该有的快乐。

“或许以后我能给她很多东西，但这不是我让她陪我吃好几年苦的理由。”

他舍不得，就可以骗她吗？

他舍不得就可以帮她做选择吗？

为什么江途总是让她一边心疼又一边心存怨念呢？

江途像是感应到了什么，转头看过去，祝星遥穿着一身米色长裙，站在洗手间门口望着他。她的眼眶有些红，眼底情绪复杂，似埋怨、似难过、似心疼……

他很意外：“星星？”

客户突然惊喜地说德语：“我的天，这是祝星遥吗？我没认错吧？我跟妻子在慕尼黑看过你的两场演奏会，非常精彩，我跟妻子都非常喜欢你，对你印象很深刻。”

没想到还有这么巧的事。

老袁看见祝星遥，突然想起她大学是在德国柏林艺术学院念的，会德语自然不用说了，那……江途的德语大概率也是为祝星遥学的。

客户看向江途，又说回英文：“你们认识吗？”

老袁嘀咕：“何止是认识……”

客户听不懂中文，老袁看了江途一眼，又低声说了句：“你还真是深藏不露，不对，应该是深情不露。”

“你闭嘴。”江途说。

祝星遥深吸了口气，压下泪意，走向江途。

她站在他面前，却没看他，抬头冲他的客户微笑，用德语说：“谢谢你们的喜欢。”

江途低头看着她，祝星遥抢在他之前开口：“我们是高中同学。”

老袁这就懂了：江途还没追上……

正好客户的妻子从洗手间回来了，看见祝星遥同样很惊喜，提出合影留念。祝星遥点头说可以，老袁积极地说：“我来帮你们拍，这边光线好，也不会挡道。”

餐厅装修得很有格调，墙壁上每隔一段距离就有一幅中式壁画。他们站在墙边，祝星遥左边是那对德国夫妻，右边是江途。

两个月前，丁巷结婚的时候他们也拍过合影，不过当时两人距离很远。老袁用手机拍了几张照片，江途在她的头顶低声问：“你一个人来的吗？”

这时祝星遥的电话铃声响了，丁瑜打来的，估计是来催她的。

她撒了个小谎：“我刚刚走错包间了，现在马上过去。”挂断电话，她终于抬头看江途：“我跟我爸妈来的，先进包间了。”

他们的包间在同一个方向，几个人走在铺着地毯的走廊上，服务员对祝星遥道：“您的包间就是前面这间。”

祝星遥说了声谢谢。那间包间的门开了，一个成熟英俊的男人走出来，微笑着看向她：“阿姨说你走错包间了，我怕你找不到，正想去找你呢。”

祝星遥一愣，看着面前的人：“蒋奕？”

蒋奕挑眉：“这么惊讶？前段时间不是跟你说了这几天会过来吗？我爸妈也在。”

他比祝星遥大两岁，两人在父母安排下相过亲，见过几次面。不知道是不是祝云平跟他说过什么，蒋奕是在追她，但追得并不紧，加上两人暂时不在一个城市，他有点温水煮青蛙的感觉。

祝云平和丁瑜没提前跟她说，显然是想撮合他们。她沉默了一下，感觉到背后那道强烈的目光，忍不住回头看了一眼，又匆匆回头：“我忘记了。”

江途僵硬地站在原地，看着她的背影。

蒋奕刚要转身，忽然对上江途的目光。祝星遥将手按上门板，小声说：“先进去吧，让叔叔阿姨等久了不好。”她怕站在外面太久，等下她爸妈出来了，正面对上江途不太好。

“嗯。”蒋奕感觉有些怪异，但没说什么，转身跟祝星遥一起进去了。

江途还僵立在门外，一言不发。

老袁指指门口，小心翼翼地说：“不是……这、这怎么像在相亲呢？”他之前还以为两人肯定有戏呢。江途喜欢了祝星遥那么多年，要是追不上……那也太虐了吧？

气氛像是结了冰，江途还记得自己是跟客户一起来的，深吸了一口气，跟客户说：“我们先进去吧。”

客户像是察觉到什么，爽朗地笑道："你喜欢她啊？她那么漂亮、有才，追她的人肯定很多，不要泄气，加油。"

江途勉强笑了一下："谢谢。"

他推开包间门，请客户一起进去。

祝星遥在丁瑜身旁坐下，微笑着看向对面："叔叔阿姨，好久不见。"

蒋父、蒋母很喜欢祝星遥，一直希望儿子能跟她有结果。但蒋奕大部分时间在C市，两人只见过几次面，好像一点进展都没有，他们做父母的干着急。

蒋父笑道："好长时间没见，星星又漂亮了。"

"谢谢蒋叔叔。"祝星遥笑笑，没再说什么。

蒋奕把菜单给她："你看看喜欢吃什么。"

祝星遥心不在焉地翻菜单，想起江途深沉而压抑的目光，突然觉得这顿饭吃得很煎熬。她转头埋怨地看了一眼祝云平，怪他没提前说一声。

祝云平却笑了笑："这家的椒盐排骨味道不错，你应该会喜欢。"

丁瑜捏捏她的手，小声说："蒋奕的父母难得来一趟，想跟你吃顿饭、见个面，而且……蒋奕真的挺不错，你们多接触接触，说不定你能喜欢他呢？"

其实，丁瑜跟祝云平很少为祝星遥安排相亲，但祝星遥都二十六岁了，跟陆霁分手后就没再谈过男朋友。不知道是因为陈毅那件事还是因为江途……但他们确实对江途有点偏见，觉得要不是因为江途，女儿也不会出事。而且江途之前这么多年没联系，怎么想都觉得心里有疙瘩，他们还是希望女儿可以考虑一下别人。

江途对待工作从来一丝不苟，今晚第一次有些心不在焉，只有聊到合作的时候话才比较多。老袁的英语不太好，他为了活跃气氛已经搜肠刮肚了。

将近九点，江途从包间出来，对面的门敞着，服务员正在收拾。祝星遥、蒋奕和双方父母已经到了走廊拐角。两家门当户对，关系和谐，祝云平笑着的声音传来："星星啊，我跟你蒋叔叔他们去逛逛。刚才蒋奕不是邀请你一起去看电影吗？你很久没去电影院了，去看一场电影也好。"

他垂着眼站在原地：看起来祝云平跟丁瑜很喜欢蒋奕。他沉默了一下，快步追了过去。

江途追出餐厅，电梯门正好关上。

他在电梯上按了几下，电梯已经飞快地下降，停在了负一楼。

江途转身，走向安全通道，飞快地冲下去，急切地想要去追逐什么，那是十年前的他舍不得去追的。

他冲出安全通道口，看见祝星遥站在那个男人面前，仰着脸说话。

地下车库空气阴冷，祝星遥半张脸埋在围巾里，抬头看着蒋奕："有些话我还是先跟你说一下吧，我爸爸妈妈……"

手突然被人拽住。

祝星遥吓了一跳，转头就看见江途。江途微微喘着气，冷静地看向蒋奕："对不起，她不能跟你去看电影了。"

他脚步很快，祝星遥被他拽着走，几乎跟不上他。她匆匆回头看了一眼，蒋奕惊讶地站在原地，像是没反应过来。

下一秒，她被江途带进了安全通道。他把半掩着的门合上，她瞬间有了窒息感。自从出事后，她就对安全通道有了心理阴影，已经好几年没走过安全通道了。

她急切地推开挡在面前的江途："江途，你让我出去……"

江途以为她要跟那个人去看电影，紧紧地抓着她不放："不行。"

蒋奕追到门外，听到祝星遥挣扎的声音，用力拍门："你是谁啊？你没听到她拒绝你了吗？给我开门！"

咔的一声，门被人从里面上了锁。

这个环境让祝星遥窒息，她不管不顾地挣扎，情绪逐渐崩溃："江途，你放手，我想出去……"。

江途按住想要逃开的祝星遥，把她紧紧抱住："不行，我不能让你走。"他低着头，将下巴埋在她的发丝里，压抑地恳求，"星星，不要跟他去看电影，不要去……"

砰——

安全门被蒋奕从外面狠狠地踹了一脚，他怒道："再不开门我就报警了！"

祝星遥被那一声巨响吓得身体一抖，感觉身后的铁门都在震荡，江途下意识地把她抱得更紧。

"开门！再不开门我报警了！"蒋奕又踹了一脚。

大概是动静太大，保安连忙跑过来："干吗呢？"

保安问明情况，跟着踹门，从电梯里出来的人停下脚步围观议论。嘈杂混乱的环境让祝星遥非常难受。这样下去，门不被撞坏事情也要闹大，江途稍微恢复理智，抱着她往旁边退开，拉开门闩。

砰——

门被蒋奕踹开，祝星遥立刻推开江途，飞快跑出去。那一瞬，江途感觉有什么东西被从身体里生生地剥离了，疼得厉害。

蒋奕把祝星遥拉到身边，看她脸色苍白，以为江途欺负了她，低骂一声就要上前揍人。

祝星遥抓住蒋奕的衣服，急忙道："你误会了，不是你想的这样。"她脸色苍白，呼吸急促，但似乎只要脱离了密闭的楼道，她就好多了。

她看向保安："麻烦你了，真的是误会。我跟他认识，他绝对不会伤害我的。"

江途连追她都舍不得，哪里会伤她？

众人面面相觑，江途的手机铃声突然响了。他低头看了一眼，不得不接。

老袁语气很急："大哥你干吗去了啊？你丢我跟助理在这里……我们哪里搞得定啊？！赶紧回来！"

江途抿唇看着祝星遥，低声说："我有点事，你先顶着，或者跟客户说一声，我明天再请客赔罪。"

话音落下，他直接把电话挂断。

祝星遥咬了咬唇，看向他："你先去处理工作吧，我们……晚点再联系吧。"那几个德国人应该是重要客户，要是真耽误了不好，而且她是真的不想再跟江途在安全通道里待着了。

江途看着她发白的脸色，再看一眼护在她跟前皱眉的蒋奕。他垂了垂眼，脸色看起来比她还差，压抑地出声："好。"

人群里不知是谁说了句："那个女孩好像祝星遥啊。"

蒋奕一看这情况，皱眉道："先上车再说。"

祝星遥跟蒋奕上了车，蒋奕转头看她："刚才那个男的……是你的前男友？"他说的是陆霁。关于她的那段初恋的八卦，他是知道的，所以才会在追她这事上有些犹豫。初恋太过轰轰烈烈的话，后来的那个人是很难取代的。

“不是。”祝星遥摇摇头，“我爸妈没跟我说今晚是跟你和叔叔阿姨一起吃饭，我、我有喜欢的人了。因为当初出了点事，他们不太喜欢他，所以才想撮合我们。”

他不是前男友？蒋奕沉默了一下，问：“你喜欢的人，是刚刚那个人？”

“嗯。”祝星遥捏着的手机振了几下，她低头看了眼，林佳语的信息正一条条地在屏幕上蹦。

林佳语：“给你发了个视频。”

林佳语：“你看一下。”

那段视频拍的是校庆那天江途跟陆霁怼刘主任的事，当时被人拍下了。有个同学在一个小学妹的朋友圈里看见了，转发到了群里，林佳语又单独发给了祝星遥。

视频是从背后偷拍的，拍到的都是背影，江途的声音平静冷淡。

“刘主任，我知道你的出发点是教导学生，但是你的教导方式明显有问题。校长亲自打了好几次电话竭力邀请她来参加校庆，上台表演，这表明她很优秀、很有才华。而且她当年成绩并不差，她的高考成绩是可以上重点大学的，这些你都不能否认。每个人心底都有自己期望成为的样子，不管别人对她是羡慕还是仰望，那都是别人的事情，她的才华和成绩也确实值得人羡慕和仰望。你不能因为自己不喜欢她，就否定她的所有。

“她不是你拿来教育学生的反面教材。”

刘主任：“我记得你，你跟她同桌，关系好是吧？但是……”

陆霁打断他：“刘主任，我说过了，那件事是我的错，不怪她。”

三分钟后，祝星遥从蒋奕的车上下来。

地下车库阴冷，她走向电梯口，低头给江途打电话。

手机铃声从安全通道的方向隐隐传来，她脚步一顿，回头看向那道黑漆漆的门。

江途落寞的身影隐在昏暗的光线里，指尖夹着抽了一半的烟，手机屏幕上跳动的名字让他猛地一愣，眼睛跟着亮了。

他咽了咽口水，接通电话。

祝星遥的声音很轻很软："我有话要跟你说，你能不能出来……"

江途猛地站直了，走到门口，看见站在门边几步之外的祝星遥。两人四目相对，祝星遥看着他，眼眶微红。

"你不跟他去看电影了吗？"江途将手机贴在耳边，漆黑的瞳仁看着她，嗓音低哑。

祝星遥摇摇头："你怎么没上楼？"

"有点难受，抽根烟。"江途忽然把烟掐了，将烟头丢进垃圾桶里。

"只有一点吗？"她往前走了一步，仰起脸。

江途突然伸手把她拽了过来，祝星遥又一次被带到安全通道里，她下意识地挣扎起来。砰一声，门被关上了，声控灯瞬间亮起。江途将她抵在门背上，紧紧抱住她，哑声道："很难受。"

祝星遥忽然就不动了。他的怀抱给了她安全感，她的身体渐渐放松。她想起他对刘主任说的那些话……这么多年，第一次有人对刘主任说，她不是反面教材。

她想起那本书，心酸、委屈、感动和生气等情绪一齐涌上来。她闷闷的："你是什么时候开始喜欢我的？"

江途沉默了一秒，直起身，低头看她："你回来只是想问这个吗？"

"嗯。"

"初三暑假，我家里出事的那天晚上，我不小心跑到星苑别墅外，看到你坐在院子里给客人拉大提琴。"

所以，他是对她一见钟情了吗？

这是《等星星》里都没有写到的情节。

祝星遥既难过又生气，仰着脸看他，红着眼控诉他："你知道我最气你的地方是什么吗？是你不敢追我，不敢说喜欢我！你明明知道自己骗了我，却没告诉我，让我像个傻瓜！你这样跟把我推给别人有什么区别？你还让我误会那么多年……你说你舍不得，舍不得去追我，怕我喜欢上你会跟着你吃苦……"

江途睁大眼睛，惊愕地看着她。

祝星遥望着他，眼圈又红了一分，控诉他："你舍不得、舍不得的话，那就别偷偷写情书，别送我星星灯，也别带我逃课，别为我打架……”最后，她狠心地说，“也别喜欢我啊！”

江途无法辩驳，看着她：“我……做不到。”

祝星遥背贴着门，眼泪不受控地落下，哽咽道：“你觉得你喜欢我是你自己的事情，你想为我做什么就做什么，也不管我喜欢还是不喜欢，也不需要我知道，就算我误会了也没关系……哪怕我跟别人在一起了，你也可以在旁边看着。你觉得那是你一个人的事情，以为自己很伟大是吗？你说自己自私，我怎么没看出来你自私在哪里？你要是真的自私，就不应该瞒着我这么多年。”

感应灯忽然暗下，祝星遥几乎是立即抓紧江途的外套。

江途以为她怕黑，沉默地拉了一下锁，门咔的一声锁上，感应灯再次亮起来。她揪着他的西装下摆，抬起湿漉漉的眼睛：“你这样对我太不公平了，那是我的初恋，你至少让我清楚，让我自己做选择。”她心里难受，便在他的心上插刀子，“就算我知道了又怎么样？我也不一定喜欢你，不一定会选择你呢！”

江途僵住，垂下眼看她。

是，就算他当时告诉她，她也不一定会选择他。

他抬手抹掉她脸颊上的眼泪，声音低低地说：“对不起……”

祝星遥别过脸，不让他碰，继续说：“还有你高考出事了，你也不说实话。我在QQ上给你发了很多信息，你也不回，如果你、如果你告诉我了，我们就不会像现在这样了。”

他的手僵在半空。

祝星遥压抑了这么久的情绪，在今天一次性地全部爆发了。江途把手放在她的肩膀上，低头看她：“那现在呢？”

楼上突然传来脚步声，一男一女愉快地说着话，正往下走。

江途侧身，他个子高出祝星遥二十厘米，肩膀宽阔，把她完全挡在阴影里。祝星遥听到女人娇羞的声音“你干吗啊”，那两个人似乎站在台阶上接吻了，祝星遥觉得有点尴尬。

江途抬手，把门闩打开，台阶上正接吻的情侣被惊到了，两人很快下楼，目光在江途身上打量了几下，走出去了。

半密闭的空间内，又只剩下他们。

祝星遥拽着他的西装下摆动了动，小声问：“什么现在？”

江途的声音很低：“你现在喜欢我了吗？”

祝星遥心尖一颤，低头咬着唇不说话。

江途深深地吸了口气，轻声说：“没关系，你可以再……”

“喜欢。”

她仰起脸看他，眼泪顺着脸颊滑落。如果她不喜欢，就不会这么心疼了，也不会耿耿于怀到今天。

下一秒，灯又暗了。

江途紧紧地抱住她，用力地把她按向自己，低头吻住她，不是浅尝辄止，而是非常渴切和热烈的吻。祝星遥抱着他的背，他的舌尖挑开她的唇挤进来，黑暗中，她听到两人亲吻时的喘息声。他的嘴唇很热，呼吸也是热的，祝星遥禁不住地颤抖，感觉自己几乎要融化在他的吻里了。

江途跟她分开时，她忽然很想叫他，声音微颤：“途哥……”

江途声音很低地嗯了声，很快又吻在她的嘴角上。她抱住他的脖子，仰着脸回应，呼吸很快被他吞掉了。这一次，他比刚才还要热烈，似乎把这些年的隐忍全部放开，把对她所有的喜欢全放在这个吻里了。

他等这一刻，仿佛等了一个世纪之久。

楼道里的灯一会儿明，一会儿暗，祝星遥被江途紧紧地抱了很久，直到他的手机铃声响了。江途单手抱着她，拿出手机接通，老袁崩溃地道：“我的大哥，你是不是追祝星遥去了？你还回不回来啊？这合同还签吗？我要撑不住了！”

江途低头看祝星遥，低声说：“我现在得上楼一趟。”

他挂断电话，祝星遥仰起脸，她的嘴唇很红。江途把她的围巾拉起来，拢了拢，遮住她的半张脸：“你跟我上楼吗？等会儿我送你回家。”

祝星遥的眼圈还是红的，她不好意思这样去见人，摇摇头，小声说：“我在车上等你。”

江途牵着她，从B区走到E区，找到他的车。

他拉开车门，把车钥匙给她，低头说：“等我。”祝星遥轻轻点头，江途转身上楼，步伐很快。

江途回到餐厅，老袁跟客户正从包间里出来，江途赶忙走过去道歉：“很抱歉，刚才有很重要的事情不得不去做，下次我再请你们到别的餐厅，郑重地表示歉意。”他说的是德语。

这位德国男人并不是很介意，反倒有些好奇："江先生是去追祝小姐了吗？"

这话是老袁为了圆场，对客户说的。

江途歉意地笑笑："是，这次……"

"没关系。"德国男人爽朗地摆摆手，"袁先生说你从来没有交过女朋友，追了祝小姐很多年。她对你来说肯定很特别，而且她真的很漂亮。"他像是意识到妻子还在旁边，又笑着补了一句，"当然，我太太更漂亮。"

老袁憋着笑了一下，暗自松了口气：合同应该是保住了。

江途跟老袁送走客户，老袁立即转头问："哎，你刚才真的去追祝星遥了？追到了吗？"

江途沉默了一下，说："应该是追到了。"

他刚才忘记问她能不能做他的女朋友了。

"啊？什么叫应该？差点丢了那么大一个合同，要是没追到岂不是……"老袁话没说完，就见江途转身走了，"喂，你去哪？"

"我先走了，她在车上等我。"江途丢下一句话，很快走远。

老袁愣在原地：人都在车上等了，那江途应该追上了吧？

祝星遥坐在副驾驶座上，按开音乐，翻了很久终于在大提琴曲之后找到了十几首五月天的歌。高中的时候，很多人喜欢周杰伦，江途是少部分喜欢五月天的。

江途拉开车门，车上正放着五月天的《倔强》，阿信唱到那句"最美的愿望，一定最疯狂"时，他正好坐进驾驶座。祝星遥转头看他。

"这句歌词，是J同学写给我的。"她有点好奇，"你都是什么时候放的情书？竟然一次都没露馅……"

江途说："我跟你是同桌。"

也对，当年他跟她是同桌，想要在她的书包里塞一封情书，太简单了。

祝星遥把林佳语发来的视频给江途看，江途皱眉："谁拍的？"

"可能是哪个学弟学妹拍的吧。你没告诉我还有这个事情……"祝星遥小声嘀咕，"你打开班级群看看，大家还在议论呢。"

江途没去看手机，转头看她："你回来找我，是因为看到视频了吗？”

“也不是……我本来就没打算跟蒋奕去看电影，也是真的有话想跟你说，只是提前了。”祝星遥老实交代。

此时已经九点半了，江途握住她放在膝盖上的手，转头看她：“那现在呢，想看电影吗？”

祝星遥一愣，笑了：“好啊。”

电影院里人不多，最近也没有什么好看的电影，加上已经快十点了，选择很少。祝星遥选了一部纪录片《时间去哪了》，江途付完钱，看见别的女孩子抱着爆米花，又买了爆米花和果汁。

祝星遥抱着爆米花，抬头看他：“途哥，你是不是第一次跟女孩子来看电影？”

“嗯，我很少来电影院。”可以检票入场了，江途牵着她往入口走，“有时候公司组织或者同事聚餐时，我拒绝不了才会来。”

祝星遥看着他把票给检票员，总觉得他这些年过得很孤独。

检票员说：“八号厅，直走后左拐。”

两人走进八号厅，距离电影开场只有三分钟了，整个放映厅里空荡荡的。祝星遥嘀咕：“我们不会包场了吧？”

江途抬头看了一眼四周空荡荡的座位，笑了：“这样挺好的。”

他们坐在后排的位置，随后陆续走进来两对情侣，直到电影开场，也没有人再走进来。

祝星遥跟江途坐在倒数第二排，他们前面坐着两对情侣。她虽然吃不胖，但平时也很少吃油炸的东西，吃了几颗爆米花后，转头问江途：“你要吃吗？”

江途看她不想吃了，把爆米花拿过来吃掉——不想浪费食物。电影似乎不太好看，她看得不专心，总是转头看他。

江途把她的手握在手里，转头问她：“是不是林佳语告诉你的？”

“算是吧。”祝星遥没提《等星星》那本书，撇撇嘴，“你本来就应该告诉我。”

江途借着放映机投出的光，看到她噘起的嘴，低声说：“都过去了。”

八号厅里，似乎没人在认真地看电影。

祝星遥看见前面一对情侣在接吻，有些窘，悄悄看了一眼江途。

江途把她的手握紧了，低头看她。

还有一对看到一大半时，牵着手离开了。

最后二十分钟，那对接吻的情侣也走了，厅里只剩下他们。

这下他们真的包场了！电影快结束的时候，江途往她这边靠，问："你爸妈让你跟蒋奕一起看电影，但你却跟我在一起了。"他顿了一下，"回去你要怎么跟他们说？"

祝星遥笑了笑，几乎贴着他的耳朵，小声说："我上次告诉爸爸，说你在追我。他可能、可能是不太喜欢你，但是没关系，他要是问我的话，我就说我被你追到了。"

江途心口发烫，把祝星遥拉过来。

祝星遥坐在他的腿上，抱住他的脖子，在昏暗的放映厅里，低头跟他接吻。

江途觉得，那些话或许已经不用问出口了。

他在十六岁那年开始喜欢她，那段漫长的暗恋、说不出口的苦涩、生活的压迫、熬过去的苦难以及放弃过的信念……

那些压得他几乎喘不过气的东西，都已经成为过去。

从他十六岁到二十八岁，十二年了，与其说他追到了，不如说他等到了。

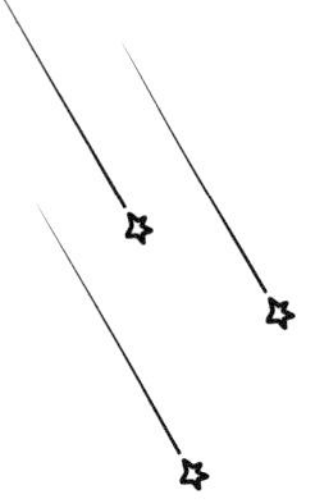

第十章

等了一个世纪之久

凌晨一点左右，祝星遥回到家。

她没有睡意，窝在被子里继续把《等星星》没看完的部分看了，越看越觉得有些不对：高三的林佳语……暗恋陆霁？

作者林醒的成名作是《拥抱月亮》，那是一部暗恋题材的作品，影视版权已经售出。《等星星》则是从少年的视角写的暗恋故事。林佳语被出版编辑纠缠不断，只好把暂时修改后的前半部分文稿发给编辑。编辑熬夜看完后，第二天就开始骚扰林佳语：“我想签这本书，我要，我要，我要！！！”

林佳语为难地回复道：“可能不行。你应该都知道了，女主角原型是祝星遥，男主角原型是我的青梅竹马。你不知道他的性格有多冷淡，要是他知道我拿他当主角写小说，他估计打死我的心都有……”

编辑不死心：“你去问问！求你了，醒醒大大！”

林佳语：“……”

她是真的不敢跟江途说。

祝星遥熬夜了，第二天十点才起床，中午才去练习室。

路上，黎西西给她打了个电话：“昨天林佳语给我发了一个文档，我今天上午才有时间看，刚刚看到一半……”她叹了口气，“想想江途也很不容易。你们现在怎么样了？”

祝星遥看着窗外，忍不住笑了：“他现在是我男朋友。”

黎西西愣了愣，也笑了：“是不是那段视频帮到你们了？我说啊，这么多年第一次有人怼刘主任，真解气！”

“不光是视频，就算没有这件事，我跟他……也断不了。”她跟江途之间丝丝缕缕的联系，这辈子也斩不断。

黎西西：“也是。”

老刘开着车，默默地看了后视镜一眼。

两人没聊几分钟，黎西西就被助理提醒要进录音棚了。她不高兴地说：“新专辑还差一首歌，一直没有好的，我头都大了。星星，晚上我再给你打电话，你等我啊……”

下午三点，林佳语来练习室找祝星遥。

祝星遥正跟乐手练习，林佳语坐在旁边看得很认真。两个小时后，祝星遥放下大提琴，走向她。两人坐在沙发上吃下午茶，祝星遥抬头看她：“我跟江途在一起了。”

她很感激林佳语写的故事，要是没有林佳语，她跟江途可能也没那么容易在一起，而且林佳语一家都帮了江途很多。

林佳语不管是对她，还是对江途，都很重要。

林佳语愣了愣，笑着叹息：“我这颗老母亲的心啊，可算是落地了。”

祝星遥忍不住笑了，想了想，还是转头问：“佳语，你、你喜欢陆霁？”

“这个啊……”林佳语有些尴尬。高三和大一这两年，不管祝星遥是不是因为误会跟陆霁在一起的，但祝星遥终究是陆霁的女朋友，林佳语控制不住地喜欢上陆霁，说起来不太好。

林佳语不知道怎么说，哎呀了一声，摆摆手：“那时候我跟陆霁是同桌，你知道的，陆霁是学校里的男神，长得好看，也很优秀，虽然他有时候喜欢笑话我，还骂我笨，但他还总帮我补习。江途暗恋星星，我也忍不住喜欢上月亮了……”

祝星遥看着她，轻声问：“现在呢？”

《等星星》像一本揭露时光秘密的书，祝星遥在书里看到了另一个江途，也看到了林佳语深藏于心的暗恋情愫。

林佳语似乎是这群人里面最清醒的一个，她最早看出江途喜欢祝星遥，也最早知道陆霁隐瞒不说的秘密……但那些秘密啊，她就算全都看透了，也不能说。

即便如此，她还是喜欢上陆霁了。

祝星遥看着她："你没去北京，选择去广州，也是因为陆霁？"

可能那时候，连林佳语都觉得她跟陆霁应该可以走下去，所以林佳语才选择远离……

林佳语看着祝星遥，笑了一下："你知道吗？我刚开始在网上连载《等星星》的时候，有很多读者骂陆霁，但现实中，他在父母、学校领导、同学眼里是阳光优秀的。本质上来说，我跟江途是同类人，我们从小在荷西巷长大，对我们来说，你跟陆霁是另一个世界的人。我这些年过得比江途开心很多，因为我比他看得开，也放得下。你问我现在还喜不喜欢陆霁，其实我也不知道，但陆霁对我来说肯定是特别的。只不过，我没有江途偏执，他是非你不可，而我不是非陆霁不可。"

祝星遥沉默了一会儿，说："对不起，如果不是我……"

"啊啊啊，打住！"林佳语有些崩溃，捂住脸尴尬地嘀咕，"又不是你的错，都是陆霁跟江途这俩浑蛋的错。而且在言情小说作者的眼里，喜欢这种事情是没有对和错的。"

她放下手，认真地看祝星遥："别忘了这本书的主角是你跟江途，我、陆霁和西西他们都只是配角。我都写出来了，也敢给你们看，就没什么好介意的了。"

这时候祝星遥再说什么，就真的尴尬了。

唯创科技研发部今晚加班，江途跟老袁十点多才下班，两人去取车的时候，江途看向老袁："你跟林佳语怎么样了？"

老袁叹了口气："我觉得小林妹妹可能不喜欢我，我约了她好几次，她都说忙……"

江途沉默了一下，神色冷静，老袁觉得他大概在思考还有没有别的合适人选。果然，江途语气淡淡地道："如果她不喜欢的话，那也没办法。”

老袁翻了个白眼：“大哥，你可真无情啊！感情是可以培养的，你不知道吗？我跟她都没机会相处，怎么能处出感情啊？”他无奈地摊手，“这种时候就需要助攻了，助攻你懂不懂？你就是最好的助攻，多给我们安排点接触的机会啊！”

江途把车熄火，坐在车里点燃一根烟，低头慢慢地抽了一口，给祝星遥打电话。

十点多，祝星遥刚跟林佳语逛完街回到家，手里提着两个购物袋，背着大提琴走进家门。她在门口换鞋，将手机贴在耳边：“给他们安排接触机会啊？可以请老袁和佳语到你家里吃饭啊，像上次一样。”

丁瑜和祝云平在客厅看电视，她冲他们笑了一下，很快跑上楼，关上房间门。

江途低声说：“我过两天要出差，可能要11月初才回来。”

那就是一个多星期了？祝星遥把购物袋丢在床上，担心地问：“那能赶上我的演奏会吗？”

“能。”他低笑了声。

祝星遥放心了，走到桌前，把小江脑袋上的手帕拿开：“途哥，我们视频可以吗？”

她想跟他视频，这似乎已经是一种习惯了。江途求之不得。

视频连接成功，祝星遥看见屏幕里光线昏暗、空间狭窄，她站在摄像头前：“你还在车里啊，刚下班吗？”

江途把手机转了一下，祝星遥看到了熟悉的门卫亭。

“星星，我在这里。”他说。

祝星遥刚上楼几分钟，又跑下楼，客厅里只剩下祝云平了，她冲他说了一句：“爸爸，我出去几分钟。”

她换上鞋子，一出家门就跑了起来。

夜里凉风沁人，祝星遥的头发被风吹到耳后。她跑出门卫亭，看到一辆黑色奔驰停在十几米外的树影下。江途拉开车门下车，她跑到他面前，脚踩在几片落叶上，发出嘎吱嘎吱的声响。

她喘着气抬头看他，惊喜地道：“你怎么来了？”

江途抬手碰碰她被风吹得很凉的脸颊，拉着她绕过车头：“后天走得比较早，明天估计也没时间，所以趁今晚来看看你。”他把她塞进车里，自己绕回驾驶座。

车里很暖和，祝星遥的心跳很快。明明昨晚十二点多才分开，但她刚才看见他，却发现自己很想他。她转头对他笑：“你后天几点走？我可以去送你呀。”

“八点半。”江途说，“太早了，你不用送我。”

窗外忽然亮了，祝星遥转头看，对岸有人在放烟花，远处的天空烟火绚烂。

她回头：“途哥，我们下去走走吗？”

两人下车，江途看她只穿了件宽松的毛衣，低声问：“冷吗？”

祝星遥摇头：“不冷。”

别墅外有一条路很清静，环境也很好，适合夜跑和散步。江途牵着祝星遥走了一段，祝星遥的手机铃声响了，是黎西西打来的。

黎西西刚刚收工，瘫在许向阳的副驾驶座上，懒洋洋地说：“星星，我们继续聊上午的话题啊。”

许向阳无奈地靠过去，给她系上安全带，顺便在她的唇上亲了一下，黎西西斜眼看他。许向阳挑眉，低声说：“怎么，亲一下还有意见？”

祝星遥听见了，尴尬地道：“你打电话来是让我听你们调情的吗？”

黎西西拍开许向阳：“才没有。”

一阵冷风刮来，枯黄的树叶飘落，祝星遥抖了一下。江途的脚步顿住，他转身将祝星遥抱进怀里。祝星遥身上一暖，仰起脸，又低下头说：“我明天再给你打电话吧。”

许向阳抓着黎西西的手，黎西西拿着手机，不是他的对手，瞪着许向阳，正经地说：“对了，丁巷的老婆怀孕了，丁巷刚刚在朋友圈里炫耀。我怕你没看见，下次见面时没准备。”

这两年祝星遥的心理状况好了很多，但她一看见孕妇还是会下意识地避开，碰见路人还好，碰见熟人时就不好办了，黎西西所以才提醒她。

祝星遥沉默了一下，低着头把头埋在江途的肩上，声音有些闷：“好，我知道了。”

江途隐约听见黎西西的话，以为她说的是要给孩子准备礼物。

祝星遥挂断电话，把江途肩上的落叶拿开，没头没脑地说：“途哥，你写给我的八十七封情书，我可能找不到了。”

江途低头看她，有些意外：“你还留着？”

祝星遥摇摇头：“找不到了。”

一道亮光照射到他们身上，有车开过去。江途带着祝星遥往回走，语气平静：“找不到就算了，你想要的话，以后我再写就好了，内容我都记得。”

祝星遥的心一软，她突然有一股冲动，那股冲动在昨晚看完《等星星》时就有了。

她转身踮起脚尖，双手捧住他的脸，亲上了他的唇。

江途愣了一下，没想到她会主动亲他，唇上柔软湿润的触感在告诉他，这是真的。他用力地咽了咽口水，抬手按住她的后脑勺，更用力地吻她。

祝星遥回到家，祝云平还在看晚间新闻，回头看她，温和地笑笑：“谁来找你了？”

祝星遥在他旁边坐下，实话实说：“江途。”

祝云平叹了口气：“蒋奕不好吗？追你的人那么多，你偏偏选他！”

“爸爸……”祝星遥抱住他的手臂撒娇，“你别因为那些事对他有偏见了，他很好，跟别人不一样。”

“哪里不一样？”祝云平反问。他确实对江途有偏见，但那不应该吗？

祝星遥转头，眨了眨眼：“因为他是我的男朋友了啊。”

祝云平倒抽了一口气，呲了声，想骂人的样子。

祝星遥认真地说：“爸爸，我觉得他是最好的那个。就算当初因为他，我发生了很严重的事，但我还是觉得他是最好的那一个，我喜欢他。”

祝云平皱眉，不悦地在她脑袋上揉了揉，转移话题，说：“上楼去吧，早点睡觉。”

江途去北京出差，林佳语也去北京办事，两人回程的日期相同，都在11月6号。老袁知道后，非常积极地把林佳语的机票也订了。

飞机上，老袁跟林佳语坐一起，他热情地说：“《拥抱月亮》我看了，写得特别好。”

林佳语很意外：“你还真看了啊？我以为你们这种工科男不看言情小说呢。”

老袁笑了：“别的不看，你的书不能不看，我回头都要看一遍，就是有一本被锁了，叫等什么。两个星号，是什么字啊？”

林佳语连忙看向坐在对面的江途，江途戴上眼罩在休息。她松了口气，低声说：“这本啊，有机会的话我再给你看看。”

“好啊。”老袁高兴地道。

祝星遥五点半就到机场了，等了十分钟，江途挺拔的身影走进她的视线中，林佳语跟老袁走在他身后。祝星遥对老刘说：“刘叔，你先回去吧，晚上不用来接我。”

今天气温低，祝星遥围了条厚围巾，遮住半张脸，露出一双漂亮的眼睛。她身材高挑，穿着打扮和气质本就很招人，途经的行人都忍不住回头看她。她把脸埋进围巾中，走向江途。

江途低头看她：“不是说了不用来接我吗？”

祝星遥眼含笑意：“不是要一起吃饭吗？我来机场等你比到餐厅等你要好。”

老袁看向祝星遥，高兴地道：“杜云飞两天前就已经到江城了，要是看见你，还知道你是江途女朋友，肯定既惊喜又崩溃。”

杜云飞在深圳工作，专门提前两天过来，一是想跟江途聚聚，毕竟几年没见了，二是来看祝星遥的演奏会。他还妄想找个黄牛买张贵宾席的票。

老袁这人挺坏的，故意瞒着杜云飞，挖了坑在这里等着他。

江途说：“先上车吧。”

老袁走向林佳语，一脸理所当然：“我就不当电灯泡了，我坐小林妹妹的车。”

林佳语笑：“没问题。”

祝星遥跟江途上车，拉下安全带系上，评价道：“老袁好像很会追女孩子。”

“是吗？”江途抬手推了推眼镜，把车开出去。

祝星遥嗯了声，转头看他，小声说：“其实你也会，你就是……没用在正道上。”他默默地做很多事情，也不告诉别人。

她突然想起一件事，目光落在中控箱上的手机上：“之前你让夏瑾删掉的照片，是不是偷偷保存啦？”

江途一顿，无奈地说：“又是林佳语说的？”

他还不知道，林佳语把她知道的所有秘密全都写在书里了，祝星遥当然知道了。

她又看向他的手机：“我想看看，可以吗？”

“在相册里。”江途说。

祝星遥高兴地拿起他的手机，有密码。

江途低声：“密码是你的生日。”

祝星遥转头看江途，他脸色平静，好像所有关于她的事，他做起来都是那么理所当然。祝星遥咬着唇，低头输入自己的生日，屏幕解锁了。她打开相册，相册里有几个文件夹，她一眼就看见名字是两颗金色星星符号的文件夹。

文件夹里有三百八十七张照片，全是祝星遥不同时期的照片，有舞台照、生活照等等。

祝星遥把进度条滑到最后，找到她高中的照片，最后一张就是江途当初逼夏瑾删掉的照片。祝星遥现在再看这张照片，内心的触动比当年更强烈。她翻了一下，发现有两张照片她都没见过，像素很差。

“途哥，这两张是你偷拍的吗？”她问。

江途说：“有一张是我拍的，另一张是在论坛上看见的。”

祝星遥沉默了，又往上翻了翻，很多照片一看就知道是偷拍的。好在她长得好看，角度多怪也拍不丑。

她垂着睫毛，小声说：“你收集了不少啊。”

江途把车停在红灯前，转头看她一眼，笑了。

之前他们计划在外面吃，老袁把包间都订好了，但突然老袁打电话来找江途。祝星遥接通了，靠过去把手机贴到他的耳边。老袁说：“我们别去外面吃了，自己买食材去你家里煮火锅吧，杜云飞也乐意。再买点酒，咱们吃完了慢慢聊天，比在外面有气氛。”

江途觉得老袁是想找借口多跟林佳语接触，无所谓地道：“随你们吧。”

半小时后，江途把车停在一家超市前，跟老袁进去买东西，一群人回到公寓已经快七点了。江路的俱乐部就在附近，知道他们在家煮火锅，从俱乐部跑过来蹭饭，还带了两个队员，人已经在楼下了，反而杜云飞没到。老袁说："你们先上去，我在楼下等他。"

江路看见祝星遥，笑得吊儿郎当："女神嫂子。"两个队员都才十七八岁，也跟着叫女神嫂子。

祝星遥微窘：这个称呼是不是不太好？她看看江途，想让他纠正一下江路。江途神色平静，一只手提了很多东西，另一只手牵住她往电梯里走，似乎并不打算纠正江路。

林佳语对祝星遥挤挤眼："提早叫罢了，反正是迟早的事。"林佳语不觉得他们两个还会分手。对的时间，对的人，蹉跎了那么长的岁月……江途等了那么多年，不就为了跟祝星遥结婚吗？

祝星遥感觉自己的手被握紧了一些，下意识地抬头，江途正垂眼看她，镜片后的目光深邃，却很温柔。祝星遥心尖微颤：江途不解释，是因为他一开始就想跟她结婚。

江路将手搭在林佳语的肩膀上，往这边看了眼，调侃道："就是啊。"

林佳语不耐烦地拍掉他的手："别把我当支架，男女授受不亲懂不懂？"

江路哼了声："还男女授受不亲，小时候你还扒过我裤子呢。"

林佳语翻了个白眼："那是你尿裤子，我好心帮你换……"

"行行行，求你别说这个了行吗？"江路想起老袁，哎了声，"那个老袁就是我哥给你介绍的对象吧？长得还行，但达不到你这个颜控的标准吧？我哥可能不太了解你……"

"闭嘴。"江途冷声说。

江路望着天花板，无声地说："真冷漠。"

回到公寓，江途把食材放进厨房，祝星遥把外套脱了，跟在江途身后："我来帮忙。"

江途平时很忙，不忙也不怎么做饭，但厨房里的厨具配置得很齐全。他拿出电饭锅，转头看她："不用，你去客厅里玩一会儿。"

客厅里，江路正在看直播，林佳语在他的脑袋上一拍："不吃了吗？

去帮忙！”

江路被轰进厨房帮忙，而祝星遥被江途赶了出来。

门铃响了，她过去开门，在监控屏幕里看见老袁跟一个高瘦的年轻男人勾肩搭背。老袁跟杜云飞从电梯出来，杜云飞说：“你说江途给你介绍的小林妹妹是一中的，那她认识祝星遥吗？”

老袁老神在在地说：“认识啊，关系还挺好。”

杜云飞激动地道：“真的啊？那你介绍给我认识认识，我后天看完演奏会，让她带我见一下祝星遥，签名、合影……”他话音一顿，目瞪口呆地看向门口。

祝星遥正俏生生地站在那里，比视频里看到的还漂亮。

杜云飞感觉有点受不了，拉住老袁，结结巴巴地问：“老、老、老袁，那是江途家？你确定？这是幻觉还是我的眼睛出问题了，我怎么看到祝星遥站在门口？”

“我是有多老啊，你喊了三个老……”老袁叹了口气，拽着他走过去。

祝星遥被逗笑了，看向杜云飞：“你好，我是祝星遥。”

林佳语过来，看向杜云飞，笑了：“你就是杜云飞啊，我早就听说了，你是祝星遥的狂热粉丝！”

杜云飞猛地在自己的大腿上掐了一把，疼得龇牙咧嘴。确认自己不是在做梦后，他整个人都是蒙的，面红耳赤地说：“我太激动了！”

林佳语哈哈大笑：“你怎么这么逗啊。”

杜云飞不太好意思跟祝星遥对视，那模样真就是个小粉丝——还是男粉丝。他红着脸挠头：“这不是……太激动了嘛。我没想到在这里能见到你。”

祝星遥长得漂亮，是那种没什么攻击性但又令人印象深刻的漂亮，属于很多男人喜欢的类型。她的男粉丝很多，但这是她第一次这么近距离地接触到男粉丝，她忍不住笑了：“我也没想到……没想到江途的室友是我的粉丝。”看样子老袁还没告诉杜云飞她是江途女朋友的事。

林佳语看杜云飞耳朵都红了，啧啧了几声：“怪不得有人说男粉丝是一种可爱的生物……”

几个人走进屋子，杜云飞把老袁拉到一边，捂着怦怦乱跳的心脏，咬牙切齿地道："你怎么不提前告诉我一声？害得我差点出丑。"

老袁坦坦荡荡："提前告诉你还有什么意思？"

江途从厨房出来，看向杜云飞："好久不见。"

杜云飞又激动起来，过去一把抱住他："哥们，都四年没见了，你果然不太一样了。"他转头看向祝星遥，压低声音说，"我说江途你也太不够意思了，小林妹妹跟祝星遥是好朋友这种事情你怎么都没说过？你说，你是不是很早就认识祝星遥了？"

江途沉默了一下，看向老袁："是。老袁没有跟你说？"

老袁咳了声。

杜云飞骂道："没有，那家伙就想看我的笑话呢！"

"这个生牛肉要怎么切？"江路在厨房喊了声。

江途说："你们去客厅里坐着吧，等等就可以吃了。"

十几分钟后，大家齐齐围在餐桌前，火锅热气腾腾地冒着气。老袁开了几听啤酒，给大家分了。杜云飞跟江途碰杯："还挺怀念当年在宿舍里撸串喝啤酒的日子，来来来，这么久不见了，咱怎么也得喝几杯。"

江途刚拿起水杯，袖子就被人轻轻拉了拉，他低头看祝星遥。

祝星遥把啤酒递给他，小声说："你喝吧，等会儿叫刘叔来接我就好。"杜云飞和老袁兴致这么高，杜云飞跟江途又这么久没见面，江途要是为了送她回家拒绝喝酒，会扫了他们的兴致。

江途顿了一下，接过她的啤酒："好。"

杜云飞看着他们，愣了一下，江途举着啤酒跟他碰了一下，他才回过神来。江途跟祝星遥这么熟吗？不仅是熟，还透着自然而然的亲密感。

江路开了直播，把镜头对着自己和身旁两个队员："看到了吗？我们真的在吃火锅，在我哥家呢，等会儿就回去了，真没偷懒。"

老袁凑过去看了一眼，看到满屏幕的弹幕，都写着"老公"。老袁一露脸，立即有人发弹幕："旁边的那个人是谁？"

江路说："我哥的大学同学。"

又有粉丝刷屏："你哥哥肯定也很帅！"

江路笑了："帅是挺帅的，但没我帅。"

林佳语转头跟祝星遥吐槽："没见过这么自恋的人。"

江路站了起来，转动手机屏幕："那不行，我要是把镜头对准他，他会揍我的……对，他残暴又无情，我小时候没少被打。我不是跟你们说过了吗？这就忘记了？还说什么亲妈粉，你们全是假粉丝吧？”

老袁瞥了眼屏幕：“她们说是你的女友粉、颜值粉，不是亲妈粉。”

江路笑了笑，把镜头对着大家扫了一遍，没对着脸：“虽然他很无情，但他有女朋友……当然漂亮，女神级别的。”

“江路，去加点水过来。”林佳语使唤他。

“不是嫂子，是我姐，她是写小说的，喜欢看言情小说的人也许认识……”江路左手捧着一个大碗，右手举着手机，没看地上，忽然一脚绊到地板上的插头线，整个人往前扑，慌乱之中连忙扶住旁边的江途的肩膀。水从碗里飞溅而出，祝星遥很不幸地遭了殃，脸上、头发上、脖子上冰凉一片。她惊叫起来，水顺着脖子流进领口，冷得打了个战。

她仿佛重温了当年运动会上被泼一身水的感觉。

江途的肩膀上也湿了一片，他沉着脸推开江路，很快抽了纸巾给祝星遥擦脸，皱眉看着她湿了一大片的毛衣，连裙子上都是水。

江路手上还举着碗和手机，连忙道：“哥，我不是故意的！女神嫂子，你没事吧？”

祝星遥还有点蒙，任由江途在她的脸上擦。她转头看了江路一眼：“没事……”

林佳语瞪了江路一眼：“吃饭你开什么直播啊，真是的……”她摸了摸祝星遥的毛衣：“都湿了，要不你去换一套江途的衣服吧？”

江途拉着祝星遥站起来，皱眉道：“你们先吃，我带她去处理一下。”

杜云飞表情呆滞，直到江途跟祝星遥的身影看不见，才转头问老袁：“他们、他们什么关系？”

老袁一脸奸计得逞了的表情：“你说呢？”

江路都叫祝星遥嫂子了，江途那种冰块性格的人竟然小心翼翼地给祝星遥擦脸，还带她进卧室换衣服……这还能是什么关系？

杜云飞觉得自己的心跳可能要停了。女神成了室友的女朋友，他竟然一无所知。几秒后，他一巴掌拍在老袁的背上：“你存心的对不对？你早就知道了对不对？”

林佳语眨眨眼：“老袁不厚道啊。”

老袁被杜云飞拍得差点吐血，举手投降："我这不是想给你个惊喜吗？你想想我当初知道的时候有多震惊，不跟你一样吗？他们俩以前是高中的同班同学，还是同桌……"

杜云飞感觉又受到一记重击，呆滞地问："同桌？"

"是啊，同桌。"老袁说。

江路捡起手机，屏幕上的评论刷爆了，他强装镇定地看向自己的两个队员："周岩你们吃饱了吗？我们准备走了。"

周岩今年才十八岁，还在长身体，正闷头吃肉，舍不得走，抬头弱弱地道："我们不是才刚吃到一半吗？我还在长身体……"

江路："不吃了，赶紧走吧。"

"为什么这么急？"老袁也问。

江路一脸平静地说："我怕我哥等会儿出来打人。我没那么无情，打不过他。"他一招手，"不想受牵连的，现在就跟我走。"

主卧里，祝星遥坐在江途深灰色的床上，看着江途打开衣柜。他的衣服不多，只占了半边衣柜，颜色也很单调，几乎都是黑白灰色系的。

江途眉头微皱，拿出一套黑色的运动服，回头看她，低声问："穿这个，可以吗？"

祝星遥换上江途的运动服。他的衣服对她来说太大了，裤脚和袖子长出一大截，她有些犯愁。可她的衣服实在不能穿了，毛衣的领口都能拧出水来。

她把裤子的抽绳扎紧，又把裤脚挽了挽，看了看镜子，郁闷地去开门。

江途站在门外，低头定定地看她，以前从来没有哪个女生穿过他的衣服，只有祝星遥。江途看着她身上宽大的衣服，心底满足到酸胀，似乎这样他们就更亲密了一点。

祝星遥仰着脸，被他看得忐忑："是不是很丑？"

江途走进来，把门掩好，俯身抱住她，下巴在她头顶上亲昵地蹭了蹭，又克制地亲了亲，低声说："不丑，很好看，而且……"

"而且什么？"祝星遥小声问。

江途心口发热，轻声说："你穿我的衣服，我很满足。"

那种满足感是男人的占有欲作祟，让他觉得她是属于他的。

祝星遥一愣，脑袋在他的身上蹭蹭，伸手抱住他。

“先出去吃饭吧。”江途深吸了口气，松开她。

两人回到餐桌上，江路和那两个队员已经不见了，林佳语解释：“他说怕你揍人，先逃命去了。”

江路走的时候评论都刷爆了——

“哥哥的声音好好听啊！”

“我听见了！哥哥叫江途，是这个‘途’吧？”

“江途？是我认识的那个江途吗？我高中有个学长也叫江途。”

“刚才那个姐妹，你认识江途？长得帅不帅？做什么的啊？”

江路走出家门后，看到大家开始聊他哥，吓得赶紧让粉丝们手下留情，不要乱说。

但已经晚了，那个一中的学妹爆料：“我高一的时候，有个高三的学长也叫江途，听说他家里很穷，欠了很多债，还有个小他五六岁的弟弟。他戴眼镜，帅是很帅，但看起来特别冷漠，成绩一直是年级的理科第一名，据说还很有希望成为当年的省理科状元，学校很看重他。可惜他高考的时候出了车祸，头破血流的，差点没赶上考试，英语好像没考好，没考上北大清华，最后去了H大。这件事我们学校的学生都知道，那时候还有记者想采访他，但他都拒绝了。”

一中的学妹补充道：“上个月我们学校校庆，江途学长也参加了，据说他刚从美国回来没多久，我们班的班级群里有人发过他的照片，真的很帅！我刚刚去翻了照片，发现K神跟他长得还挺像的……”

江路的个人信息被粉丝公布出来，他在直播里也说过，小时候家里很穷，他还有个哥哥，出国留学了。

全都对上号了。

江途还不知道这些事，面无表情地坐下。祝星遥看杜云飞一副备受打击的模样，迟疑地问：“怎么了？”

“没事，他只是一下子接受不了现实，觉得自己被室友……”老袁咳了声，没把“被绿了”这三个字说出来。

杜云飞回过神，想起前段时间看到的关于祝星遥初恋的新闻，情绪复杂地看向江途，跟老袁说了一样的话：“怪不得大学时几个系花都追不上你，原来你喜欢祝星遥啊……”

林佳语还添油加醋地道：“他喜欢了很多年呢。”

“多少年啊？”杜云飞酸溜溜地看向江途，“你大学的时候可一个字都没透露，是不是怕我跟你抢啊？”

老袁吐槽：“你这长相跟江途一比，基本没竞争力好吗？”

杜云飞：“滚！”他看了一眼祝星遥，祝星遥忍不住笑了声，江途的眼里也藏着笑意，跟大学时高冷的模样相差很大。杜云飞瞅着他们，认命又痛心地举起酒杯：“我祝你们……百年好合！”

江途笑笑，跟他碰杯：“谢谢。”

祝星遥脸色微红，埋下头继续吃。

结果就是，祝星遥吃撑了，在客厅里来回走了几圈，突然想起什么，从包里把小江拿出来给江途：“差点忘记了，小江我带来了。”

老袁一看：“小林妹妹跟我说过这个，说这个机器人是撩妹神器。我还问过江途，他什么都不肯透露……”林佳语跟他聊起过小江，他好奇地问过江途，江途只说那是送给祝星遥的礼物，“外形倒是跟新产品差不多，内核就不一样了。我可以看看吗？”

他们公司的新产品的主要受众是儿童和老人，特别是独居和行动不便的老人，反正不是年轻女性。

看看也不是不行……

祝星遥把小江给老袁，老袁打开开关，杜云飞凑过来：“这叫小江？”

小江：“是的。”

老袁看了江途一眼，笑问：“你是江途的儿子吗？”

小江：“理论上是。”

祝星遥：“……”

她转头看江途：小江还能回答这种问题吗？

老袁又抓紧问：“江途喜欢什么类型的女孩？”

小江：“没有什么类型，他只喜欢祝星遥。”

祝星遥：“……”

“这个有点厉害了！”老袁跟杜云飞面面相觑，又啧了声，“毕业的时候我们不是问过他喜欢什么类型的吗，江途说没什么类型，但没说后面那句，够闷骚！”

江途面无表情地把小江拿过来，关掉了。

林佳语眨眨眼："小江比我想象中的还智能，我怀疑跟小江聊天比跟江途聊天有趣几百倍。从江途的嘴巴里撬不出来的话都可以交给小江回答了吧？"

祝星遥忍不住反驳："他也没那么无趣……"

是吗？江途转头看她一眼。

夜里十一点，老袁和杜云飞一起离开，留下满桌子的残羹。江途按住想帮忙的祝星遥："不用动，等会儿我再收拾。我先帮你把衣服弄干，刘叔应该快到了。"

江途在浴室里翻出一个崭新的吹风机，祝星遥抱着衣服站在门口，小声说："不用麻烦了，我穿你的衣服回去就好。"

江途转头看她："你确定？我怕你回去不好跟你爸妈解释。"

"我又不是小孩子，穿男朋友的衣服怎么了？"祝星遥看着他。

江途深深地看她，把吹风机放下："外面冷，再套一件外套吧。"

江途打开衣柜，拿出一件黑色外套给她披上，替她把头发拿出来，祝星遥喊了声："疼……"

"怎么了？"他忙问。

"头发卡在项链里了……"

祝星遥伸手去摸，她平时的处理方式是直接把卡住的头发扯断。江途按住她的手，低声说："我来。"

她的长发被撩到一边，江途站在她身后，小心地把那两根头发解救出来。她穿着他的衣服，身上混着他的气息。江途看着她细白的脖子，想起她高中时穿着夏天的校服，扎着马尾，露出细白的脖子的模样。

那时候他坐在她后面，都不敢多看她一眼。现在，他一低头就能吻到她。

祝星遥感觉身后没动静了，莫名地有点紧张："好了吗？"温热的气息忽然靠近，贴近她脖子上脆弱的皮肤。他在她的脖子上落下一个情难自抑的吻，她身体一颤。

江途从身后抱住她，低头吻她的脖子，他的呼吸声在她耳边加重了。

祝星遥紧张得脚趾蜷缩，软软地靠在他的怀里，肩膀不受控地往上缩。

江途吻她的耳朵，把她转过来，吻住她的唇。祝星遥仰着脸，搂住他的脖子，没站稳，脚步往后一退，撞到衣柜门上。江途抬手护住她的后脑勺，低头看着她颤动的睫毛，又慢慢地吻下去。

几分钟后，老刘的电话打过来了。

江途沉默地帮她把衣服的拉链拉好，祝星遥红着脸，抬起头看他。

“别看了……”他嗓音低哑，低头在她的眼睛上亲了一下，亲得她把眼睛闭上。

祝星遥红着脸坐在车上，她身上穿着江途的衣服，老刘假装看不见，把车开回去。她上楼的时候，丁瑜从房间里出来看了一眼，一看她身上穿着一整套宽大的男装，愣住了。

丁瑜看着她：“星星，你……怎么穿这身衣服？”

后天晚上的演奏会，江途跟她爸妈碰面是必不可免的，祝星遥解释：“晚上在江途家跟他大学同学吃火锅，不小心把衣服弄湿了。”

丁瑜沉默了一下，叹了口气：“早点睡觉，调整好状态。”

祝星遥想了想，小声说：“妈妈，你们在演奏会上见到江途的话，不要告诉他那件事。都过去了，我现在挺好的，跟他在一起也很好。”

第二天下午，江途把几十张贵宾席的票交给老袁，说：“送给研发部的同事吧，他们这段时间辛苦了，有家属的可以多拿一张。给杜云飞留一张，让他别再找黄牛了。”

老袁目瞪口呆：“你这是包场了？”

江途神色平静：“不是，只是买了一部分。”

老袁挑眉：“可研发部也没这么多人啊。”

江途抬眼：“多的你送给林佳语。”

老袁一愣，喜滋滋地拿了票去分，研发部的同事问起来，他笑着解释：“公司福利。”

晚上，江路也收到了几张票，拿到票，不确定地问林佳语：“我哥真的说要给我？”

林佳语斜眼看他：“你干吗一副心虚的样子，你做什么了？”

江路忙摆手：“没有，绝对没有。”

他只是在直播时给他哥惹麻烦了而已……

舒娴拿着票看了看，她平时很少上网，也不认识祝星遥，觉得奇怪："真是你哥哥送的票啊？他什么时候喜欢看大提琴演奏会了？还让你带我去看。"

"妈。"江路钩住她的肩膀，下巴指指门票上的照片，"你觉得祝星遥漂亮吗？"

"当然漂亮了。"舒娴说。

江路不轻不重地扔下一枚重型炸弹："这是我哥女朋友。"

舒娴愣了一下，满脸不相信："你可别哄我高兴，这姑娘是明星吧？怎么可能啊！"

"真的，不信你问林佳语。"

"你知道黎西西吧？"林佳语笑着从桌上拿了一盒饼干，饼干的代言人是黎西西，上面印着她的照片。林佳语指着照片说："这个是黎西西，是歌手，祝星遥是大提琴演奏家，她们俩是好朋友，都是江途的高中同学。祝星遥跟江途是同桌，认识很多年了，现在两人在一起了。"

舒娴仍不敢相信："真、真的？"

林佳语笑着说："当然，骗你做什么啊。"

演奏会门票上印有祝星遥的照片，舒娴捧着票看来看去，眼圈红了，抹抹眼泪："你看看他那副性子，我还总担心他在这方面太冷淡了，只知道工作，都不找女朋友……"

林佳语小声嘀咕："怎么可能，他估计心里急得要命呢……"

至于他冷不冷淡，这事得问祝星遥了，只有她知道。

11月8日晚上七点二十分，江城大剧院，距离演奏会正式开始还有四十分钟。观众拿着票陆续入场，场内几乎坐满了。小葵领着江途去后台，神秘兮兮地说："星星叫我来的，祝总和夫人都没在后台。"

江途走进化妆间，祝星遥穿着红色礼服坐在化妆镜前，妆容精致。她抬头看他，把手心摊开，眨了眨眼："途哥，帮我戴项链吧。"

项链是他送给她的那一条。

江途垂下眼，走到她身后。

他从镜子里看她，拿起她手心里的项链。

小葵站在旁边，忍不住盯着他看，她从来没见过哪个男人可以脸色这么平静，而眼睛里又有浓烈得化不开的情绪。

祝星遥问："西西和许向阳来了吗？"

江途撩开她脖子上的发丝，专注地把项链扣上，低声说："我过来的时候没看见。"

祝星遥从镜子里看向小葵："小葵，你给西西打个电话。"

十几分钟后，江途回到贵宾席，看见坐在最中间的祝云平和丁瑜，暗暗地深吸了一口气，朝他们走过去："叔叔，阿姨。"

祝云平和丁瑜好几年没见过江途了，在祝云平印象里，江途还是穿着校服冷着脸站在校长办公室的样子。丁瑜只在医院里见过他一次，当时他的衣服上都是祝星遥的血，整个人一副狼狈又难以相处的模样。

两人愣了下，一下子很难把当初那个少年跟眼前穿着西装的年轻男人联系起来。

祝云平回过神，抬头看他："先回去座位上坐着吧，有什么话到时候再说。"

江途僵硬地点了点头："好。"

黎西西和许向阳也到了，跟林佳语、丁巷他们坐在一起。

江途走过去，坐在老袁旁边。

演奏会正式开始。

江途抬头，看向舞台上提着裙摆慢慢入场的女人，舞台打下一束圆形的灯光，她周身被笼罩在那束柔光里，美得不可方物。

祝星遥接过递上来的大提琴，抬头往贵宾席望过去。时隔几年，她再次在江城开演奏会，她的家人朋友都在台下。最重要的是，江途也在。当年所有的误会都解开了，他现在是她的男朋友，似乎一切都完整了。

她的目光定格在他身上，两人隔着璀璨的舞台相望。她眼眶有些发热，却扬起了嘴角。

江途的胸腔内，情绪满涨，他甚至有些怀疑，这可能是他许多年来一场场梦境中的其中一场。

舞台的灯光又暗了一分，祝星遥收回目光，垂下睫毛，抬起琴弓。

江途上一次在现场看祝星遥的演奏会是2008年10月，那年祝星遥十七岁，她的琴技稍显稚嫩。现在的祝星遥二十六岁，无论是琴技还是她的气质，都比当年更吸引人。

观众席里很安静，大家沉浸在大提琴沉郁神秘、委婉延绵的琴声里，有许多人拿出手机拍照录像，发朋友圈、发微博。黎西西、林佳语和丁巷他们在台下合影，几乎同时发了朋友圈。

一曲终，江途听见身后有个男粉丝说："不知道祝星遥这种仙女会找什么样的男朋友。"

老袁转头看江途，江途动了一下，脸色平静。

杜云飞拿着单反，突然不录了，在老袁耳边叹气："我决定以后要换个女神，不然挺别扭的，跟我惦记兄弟女朋友似的！你看看，刚才江途看我拿单反的时候，眼神有多冷漠！"

十一点，演奏会结束了。

祝星遥却没有起身谢幕，对着观众席笑笑："还有一曲巴赫，想送给一个人。"

底下安静一秒，很快喧闹起来，有人问："送给谁啊，谁啊？！"

大家好奇地四处张望，想要找到那个人，可惜观众席里人那么多，灯光又那么暗，根本看不出来。江途怔了怔，抬眼看向舞台中央，她已经换了一身白色的礼服，目光正对着他。

江途专注地看着她，心底的情绪如浪潮般翻涌。

老袁听见杜云飞嫉妒得发狂的声音："我这辈子谁也不羡慕，除了江途！"

老袁知道杜云飞喜欢会乐器的女孩子，尤其是大提琴、小提琴之类的，要不然也不会把祝星遥当女神。老袁十分理解他的心情，拍拍他的肩："节哀！"

演奏会结束后，江路负责送舒娴和林佳语的父母回家，一路上，舒娴抓着江路问个不停："祝星遥真的是你哥哥的女朋友吗？我怎么觉得跟做梦似的呢？"

江路无奈地说："那您就当是做梦吧。"

舒娴当即给他的背上来了一巴掌："那怎么行？！"

江路："……"

林母感叹道："江途都有女朋友了，还是这么漂亮的姑娘，我们佳语还没男朋友，那可怎么办啊？"

江路口无遮拦："你们放心，要是真嫁不出去，我娶了。"

话音刚落，他的背上又挨了一巴掌，舒娴骂：“胡说八道什么？那是你姐，你们差五岁！”

林父笑道：“刚刚我看见江途给佳语介绍的对象了，长得挺端正的，人看起来也靠谱。”

观众离场后，祝星遥有一个专访，记者问：“可以问一下，巴赫的那首曲子是送给谁的吗？”

祝星遥坐在化妆间的沙发上，笑了笑：“以前有个同学说，听了这首巴赫的曲子会高兴。我们很多年没见了，我想用这首曲子，把过去的苦涩画掉，将幸福和快乐留给以后。”

化妆间对面的门开着，江途跟林佳语他们坐在里面。他听见祝星遥的话，眼眶微热，低下头，起身走出去。

林佳语看着他的背影，心想：现在的江途应该很幸福。

许向阳看到朋友圈里都是晒演奏会照片的，叹了口气：“你们也不知道分个组，把陆霁屏蔽了，他看到了估计不好受。”

黎西西看向林佳语，想到今天下午在飞机上看完的《等星星》的上半部分内容，心情有些复杂，转头问许向阳：“我还以为他们打了一架就算彻底了结了，他还没放下吗？”

许向阳想了想，说：“或许吧。”

林佳语沉默地用手指在手机屏幕上乱滑。她也以为陆霁跟江途打完那一架，就会放下了。

但，陆霁直到现在还没有放下吗？

深夜的北京，陆霁靠在公寓的沙发上翻看朋友圈，凝神片刻，起身从冰箱里拿了罐啤酒。

陆霁倚着冰箱门，喝完一罐冰凉的啤酒，哐当一声，把罐子扔进垃圾桶。

林佳语几次想给他发信息，最后都忍住了。

江途在门外碰见了祝云平，祝云平看着他，语气平和：“我们谈谈吧。”

走廊尽头很安静，江途站在祝云平身后，等他先开口。祝云平从兜里摸出烟盒，给他递了一根，江途有些意外，接过烟："谢谢叔叔。"

祝云平低头点燃烟，转头看江途："从高中的时候就喜欢星星了？"

江途没点那根烟，拿在手上，声音低沉："是。"

祝云平眯了一下眼睛："星星知道吗？"

江途深吸了口气："她高中的时候不知道，后来才知道的。"

"你跟她是同桌，明明有更多机会，当时为什么不告诉她？"祝云平不知道江途跟祝星遥、陆霁的那些事，只是觉得，女儿为了江途打人，总归是有原因的。

后来，祝星遥刚开始接受心理治疗的时候，不太配合，他才从黎西西那里听说了一些关于江途的事。

"我不能……"江途叹了一口气，惭愧地说，"我什么也没有，还会给她带来灾难和伤害。就算我能让她喜欢我，你们也不会同意她跟我这样的人在一起。"

祝云平抽了一口烟，审视着他："你回国，是为了她？"

江途看着他，坚定地道："是。"

"那你现在就能了吗？"祝云平问。

"现在的我不会让她跟着我吃苦，能保证她不会因为跟我在一起生活品质下降。或许跟您相比，这些都是不够的，"江途向来是个能扛事的人，说的每一句话都是承诺，"但我保证，我会用尽全力去对她好，她在我这里不会受一分委屈。"

祝云平看着眼前挺拔英俊的男人，想到刚才女儿专门为他拉了一首曲子，心情复杂。那丫头精得很，怕他跟丁瑜为难这小子，特意来了这么一出，真当他们看不出啊？

他叹了口气，最后问了一句："无论她有什么要求，你都能答应？无论她有什么缺点，你都能包容？"

江途说："能。"

他想：祝星遥能有什么缺点？或许她有，但那又如何？

专访结束，已经是深夜十二点半了。

微博上，关于祝星遥演奏会的新闻和小视频有不少，主要原因是来观看演奏会的有黎西西、X乐团、江路等，都被蹲守在外面的记者拍到了。

"黎西西和X乐队去看演奏会，这我能理解，但江路一个电竞选手什么时候喜欢上听大提琴演奏了？”

“江路之前就关注祝星遥了，可能只是觉得人家漂亮呢？”

“电竞选手不能欣赏音乐吗？”

“江路是我老公，你们别胡说八道，祝星遥可能是他的嫂子。”

江路晚上刷微博，看到一些评论，差点惊掉手机，赶紧发了条微博：“票是别人送的，不去浪费！演奏会很精彩。”

黎西西在微博上晒了跟祝星遥的合影，祝星遥给她点了个赞，转头问：“江途呢？”

黎西西茫然：“不知道。”

小葵凑过来，小声说：“我看到祝总跟江先生一起出去了，估计是有话要谈。”

祝星遥撇撇嘴：果然！

黎西西趁着林佳语去厕所，凑到祝星遥的耳边悄声问：“佳语高中的时候喜欢陆霁，你知道了吧？”

祝星遥抬头看她：“她都写出来了，说明已经放下一大半，我们就不要再多说什么了。”

化妆间的门被推开，江途走进来，祝星遥抬头看他。

江途走到她面前：“可以走了吗？”

“走吧。”黎西西拉着许向阳站起来，打了个哈欠，泪眼蒙眬，“都散了吧。”

最后，祝星遥才慢吞吞地套上羽绒服，戴上帽子和口罩，对着镜子照了照，过去挽住江途的手臂，小声问：“我爸爸跟你说什么了？”

江途垂眼看她，低声说：“你说呢？”

祝星遥有些忐忑：“他骂你了吗？”

江途嘴角弯了一下：“没有，他问我……”

“什么？”

“问我是不是高中的时候就喜欢你了。”江途垂眼看她，“你跟你爸爸说过？”

“说过一点。”祝星遥含糊地带过，仰头看他，“还有呢？”

“没有了。”江途搂着她的腰，带她出去。

小葵和男助理小天提着东西走在前面，祝星遥在门口把江途拉住了。

江途停下脚步，垂眼看她。

祝星遥拽着他的领口，踮起脚尖，去亲他。

她还戴着口罩呢。江途把门重新关上，把她的口罩拉下，低头吻她，嗓音很低：“你明天几点的飞机？”

祝星遥应国外一个交响乐乐团的邀请，参加一场颁奖典礼的开场表演，明天就要走。她张开唇，嗓音被他吞掉。

江途今晚有些失控，他的吻一向热烈。就在祝星遥感觉自己胸腔的气息快用尽的时候，他才放过她。她趴在他的胸口上，微微喘息：“下午的飞机。”

“去几天？”

江途听见门外有脚步声，手一抬，把门锁了。

“一个多星期吧。”祝星遥把脸埋进他的怀里，突然有些不舍。她抬起脸，几乎是脱口而出：“我今晚去你家好不好？”

江途呼吸一窒，不确定地低头看她，眼底的情绪十分浓稠：“你说什么？”

他听清楚了，只是今晚她已经给了他很多感动和意外，他不敢确定。

祝星遥贴着他的胸膛，不知道是不是错觉，觉得那一瞬间他的心跳好像突然快了。她红着脸抬头，小声说：“我就是想陪你啊，我一个多星期后才回来。华姐最近收到很多合作邀请，都在接洽中，我接下来可能会很忙……”

而且，忙的也不是她一个，他也忙。

江途已经明白她的意思了，她只是单纯地想陪他，不是他想的那个意思。

他垂下眼，掩住那些渴望。想来也是他想太多了，他们才在一起多久？刚刚祝云平才找他谈过话，他们还不一定同意他跟她在一起，他真有什么想法，也不能做。

江途想起高中的时候，她也是经常这样出其不意，夺人心也要人命。他帮她把口罩戴好，无奈地说：“星星，有些话要想好了再说。”他顿了一下，难得将话说得这么直白，“我会误会的。”

祝星遥一愣，瞬间有些迷茫。

江途修长的手指在她的耳垂上轻轻捏着，眼底的情绪未散：“我喜欢你这么久了，对你不仅仅是心理上的企图，明白吗？”

耳朵被他捏得有些痒，祝星遥蓦地反应过来，脸瞬间红了：“我、我刚才没想那么多……”

两人刚确定关系没多久，江途除了吻她的时候，平时总是一副冷静禁欲的模样，她真的没有往那方面想。

二人沉默了几秒。

江途在她的脑袋上揉了揉，转身拉开门锁，低声说：“你爸爸应该还在外面，我就算想带你回家，可能也不行。”他回头看她，“我得让你爸妈先接受我。”

祝星遥被他带出化妆间，脸红透了。

小葵跟小天走到外面，发现他们没跟上来，又跑回来。

祝星遥问：“我爸爸呢？”

小葵说：“在外面呢。他说让我跟小天先回家，他开车带你一起回去。”

祝星遥抬眼看江途，江途松开她的手，低头看她：“到家给我发条信息。今晚早点睡觉，睡不着可以给我打电话。”

二人担心附近有记者，决定分开走。

祝星遥是公众人物，不怕被偷拍，只是觉得江途这种性格的人应该不喜欢两人的关系被曝光，被网友们议论、评价。她坐在祝云平的车上，往前扒着座椅：“爸爸，你真的不喜欢江途吗？”

祝云平开着车，笑了笑：“星星啊，爸爸不是不喜欢他，只是觉得他不是最适合你的人。你跟他在一起，难免会想到一些不高兴的回忆。”

“可是我现在很高兴。”祝星遥反驳道。

祝云平沉默了一下，无奈地说：“你都二十六了，我跟你妈妈也不能强迫你，而且我们现在说不让你跟他在一起，你也不肯吧。”

祝星遥愣了愣，很快笑起来：“那你是同意了？”

祝云平轻哼：“我有说吗？我只说不会强烈地干涉你的选择。还要看他的表现。”

当年那件事对祝星遥的影响很大，虽然现在她的状态好多了，但心结还在。这件事的起因是江途，江途要是能解开她的心结，他跟丁瑜才能真正放心。

第二天下午，祝星遥跟华玲带着团队飞去纽约，她的专访也在当天被放上网络。网友们都在猜测祝星遥说的那个人到底是谁，祝星遥对此闭口不谈。

11月中旬，祝星遥结束工作，准备回程。她坐在床上，打开小江，按了“随叫随到”服务。

因为产品要进行最后的测试，还要筹备新品发布会，所以江途最近经常加班到深夜。二人有时差，有时候连电话都没接通——不是他忙，就是她在睡觉。难得今天空闲下来，江途那边又是晚上，祝星遥便抓住机会联系他。但祝星遥等了很久，只等到一条自动回复。

小江说：“可能在忙，稍等一下。”

她皱眉：他不是说今晚会早回家？

她说：“再叫一次。”

半分钟后，视频终于接通了！对面的光线有些暗，摄像头正对着那张深灰色的大床，上面丢着一件黑色的毛衣，江途却没出现。

下一秒，男人高瘦的背影落入镜头，他只穿了条黑色的裤子，背部肌肉紧实，肩宽腰窄。他从床上拿起那件黑色毛衣，快速套上。整个过程就四五秒。

江途这些年一直保持着长跑的习惯，可以一口气跑一万米，身材向来很好。祝星遥看得呆了呆。江途转身走近屏幕，解释道：“我刚刚在洗澡，叫我几次了？”

祝星遥满脑子都是他刚才套衣服的画面，看着他平静的脸，捧着发烫的脸揉了揉，小声说：“就……两次。”

小江纠正她：“三次。”

祝星遥：“……”

江途笑了声，拿着手机去书房。他没戴眼镜，头发还有点湿，皮肤冷白，看起来冷冷清清的，祝星遥却觉得这样的江途有说不出的性感。

“明天做最后的测试，后天去北京准备发布会。”他在椅子上坐下，看向屏幕，问她，“你回来能飞北京吗？我帮你改签。”

祝星遥直勾勾地看他：“过两天我奶奶过八十岁生日，我得回去。”

江途想了想，说：“那算了。”

“过几天你们公司的产品发布会上，你要露面？”祝星遥突然想到这个问题。

江途打开电脑，点了下头。祝星遥又问："那你会紧张吗？"

江途靠在椅子上，笑了："不会紧张，只是不太喜欢镜头。但这个产品我最了解，这也是我的工作，以后这种事情还会有的。"他顿了一下，抬眸看她，"而且我是你的男朋友，以后、以后……你的演出我都会尽力参加，我没打算一直躲着镜头。"

我是你男朋友，以后还会是你丈夫。

祝星遥觉得他想说的可能是这句，抿嘴笑了一下，有点羞涩。

两天后，祝星遥回到家，正在收拾行李的时候，张嫂给她送来一个箱子："小姐，这是昨天收到的快递，给你的。"

祝星遥拆开盒子，看到里面躺着一个机器人，上面还有一张字条。

这款机器人很适合陪伴老年人

送给奶奶当生日礼物

祝她长命百岁

——2017年11月20日

落款：江途。

祝星遥拍照给他，好奇地问："我收到礼物了，但是卡片为什么不是用左手写的呢？"

江途说："这不是情书。"

祝星遥："哦。"

她想了想，丢下手上的行李，跑去厨房找丁瑜。丁瑜正在厨房炒菜，看到她走进来，笑了一下："饿了？马上就可以吃了。"

"不是。"祝星遥的语速很快，"妈妈，我以前让你帮我扔掉的情书，你真的都扔了吗？"

丁瑜放下锅铲，疑惑地道："怎么了？你想拿回去？"

祝星遥不好意思说自己已经上阁楼找好多次了："那些情书是江途写的，我想找回来。"她有些心疼地补了一句，"如果真的扔掉了，那就算了……"

“江途写的啊？不是陆霁吗？”丁瑜愣了愣。

祝星遥摇头：“不是……当时有些误会，情书是江途写的。”

怪不得她要找……

丁瑜有点明白了，交代张姨看着火，转头看祝星遥：“没扔。你从小到大的东西，连一个坏了的小玩具我都留着，那八十七封情书我也放在阁楼了。”

祝星遥期盼地看着她。

丁瑜无奈地道：“我带你上去找找。”

两人上了阁楼，祝星遥看到丁瑜从她的小学课本堆的夹层里翻出那一沓情书卡片，有些郁闷：“你藏得也太好了吧，怪不得我都找不到……”

丁瑜没好气地看她：“你还来翻过啊？”

祝星遥鼓了一下脸：“就翻过两次。”

“你小时候说谎都不敢看我的眼睛的。”丁瑜把卡片上的灰拍掉，看到那张2008年8月29日的卡片，沉默了一下，抬头看女儿，“这真的是江途写的？”

祝星遥珍惜地把那些情书抱在怀里，高兴地笑起来：“他用左手写的。”

江途的产品发布会在11月26日，祝星遥买了25日晚上的机票飞去北京。

临行前一晚，林佳语打来电话：“星星，如果《等星星》这本书公开的话，你介意吗？我最近天天被编辑追着要稿子，她想出版这本书，我说要征求主角原型的同意，我怕她忍不住联系你。”她叹了口气，很无奈，“而且老书粉其实都猜到原型是你了，我感觉瞒不住了。”

祝星遥想了想，轻声说：“其实我介不介意已经不重要了。一中的帖子、江途和陆霁怼刘主任的视频都被曝光了，而我身边的人不是公众人物，就是在圈子里有点名气的。那件事就算现在不曝光，等你再红一点或者等《拥抱月亮》的影视剧拍摄了，也会被扒出来的，公开是迟早的事。”

“你说得对……”林佳语叹了口气。

“我觉得这件事，最介意的人应该是陆霁吧。”

江途被误会了那么多年从来没解释过，现在他都跟祝星遥在一起了，那些东西对他来说也不重要了。他从来都不在意别人的目光。

林佳语沉默了一下，笑了笑："你说得对，要是真的曝光了，一中最浪漫的传言就破灭了，陆霁可能要被骂死。"

祝星遥抿唇："你跟他说过吗？"

"我哪敢说啊？！而且我也不知道要怎么说……"林佳语郁闷不已，有些后悔，"早知道我就不写我高中时暗恋他的事了。江途知道了，肯定会骂我……我感觉自己捅了两个马蜂窝，要死了。"

祝星遥笑了笑："没关系，江途要是骂你，我拦着。"

至于陆霁，只能靠林佳语自己去解决了。

25号晚上十点半，祝星遥拖着一个小行李箱，一个人走出机场。

北京比江城要冷，她把脸埋进围巾里，低头走向停车场。隔着很远的距离，她就看见站在一辆黑色商务车旁边的江途。他穿着一件黑色大衣，皮肤冷白。高中的时候，江途走在路上没这么显眼，但现在的他，无论是气质还是英俊的外形，都非常引人注目。

她走到他面前，眼睛笑弯了。江途一把将她抱进怀里，低声问："怎么是一个人？小葵呢？"

祝星遥嘀咕："我来找男朋友的，又不是来工作，为什么要带小葵？"

夜晚的北京很冷，过往的行人看向这对相拥的情侣，目光中带着艳羡。江途听着她的话，低头在她的头发上亲了亲，笑了。他把她带上车，低声说："我怕我太忙，可能会顾不上你。"

祝星遥拉上安全带，很自然地转头看他："你去哪里，我就去哪里。你忙，我就在旁边待着就行。"

江途看着她："你不怕被别人看见？"

"怕什么啊？！"祝星遥眨了眨眼睛，"你长得这么好看。"

江途一愣，眯着眼看她。

祝星遥："没人夸你长得好看吗？"

江途一直不太在意外貌，毕竟对他来说，长得好看不能当饭吃。他突然想起林佳语对男朋友的要求是长得好看：是不是女孩子都这样？

他伸手钩住她的脖子，把她搂向自己，倾身过去，低头吻她。

祝星遥毫无防备，嗯了声，睫毛轻颤。她仰着脸承受他迫切的吻，感觉心脏都快要跳出来了。她伸手去抱他，微凉的指尖碰到他的脖子，江途身体一僵，侧了一下脸继续吻她。

长久的吻结束，江途的呼吸也沉了。他抵着她的额头，声音低低地说："有，但你是第一次这么说。"

"是吗？"祝星遥有点想不起来了，她好像夸过他不戴眼镜时比较好看，"那我以后多夸夸你？"

江途笑了："不用，这样就够了。"

二人回到酒店已经十一点多了，唯创科技明天的发布会就在这家酒店的三楼举办。江途的房间是顶楼的大套房，他刷卡带她进去："套房已经满了，我不知道你要来，你今晚将就一下。明天发布会结束，有人退房了，我再给你换。"

祝星遥是上飞机后才告诉他航班信息的，她伸手抱住他，小声说："不用换了，你之前都在我的房间里睡过两个晚上了。"

江途垂眼看她："那不一样。"

祝星遥："哪里不一样？"

江途就那么看着她，突然笑了一下，没有回答。

祝星遥还没反应过来，门外传来老袁的声音，喊江途去开个会。

江途揉揉她的脑袋："我过去一下，你先睡。"

他走后，祝星遥整理了一下行李就去洗澡了。她站在蓬蓬头下淋浴，思考江途说的"不一样"到底指什么。

深夜十二点半，祝星遥吹干头发，仔细地擦了脸和身体乳，坐在床上昏昏欲睡。她给江途发了条微信，问他什么时候回来。

江途拒绝老袁递过来的烟，低头回复："你先睡，不用等我，我有备用的房卡。"

老袁笑眯眯地凑过来，压低声音问："祝星遥真的来了啊？"

江途平静地嗯了声，抬头问："还有什么？继续说，说完早点休息。"

一个小时后，江途打开房门，房间里只有走廊上的灯是亮的，像是专门为他留的，越往里面走灯光越暗。江途走向里间，房间里暖气很足，两米宽的大床上，祝星遥只占了很小的一个位置，盖着薄被子，睡着了。

适应昏暗的光线后，视线变得清晰，江途在床边坐下，目光落在她白色的细肩带和细瘦的肩上。他轻轻抚摸她的脸蛋，低喃道："你对我还真是一点防备心都没有……"她就这样睡在他的床上，还睡得这么安稳，是不是太信任他了？

祝星遥一向浅眠，他一碰她的脸，她就惊醒了。

她一睁开眼睛，眼前便落下一片阴影，熟悉的味道靠近，她喊了声"途哥"。江途摘下眼镜，俯身吻住她。

祝星遥肩一缩。她每次跟江途接吻，都有不一样的感受，激烈的、克制的、温柔的……

现在这个吻强势迫切，吻得她几乎喘不过气。她白色的肩带滑到了手臂上，整个人都热了起来，房间的空气也变得闷热和黏稠起来。等他的吻顺着她的脖子往下，落在她的胸口上时，她才突然明白他说的"不一样"是什么意思。

上次她还不是他的女朋友，现在，他们是情侣。

情侣间的任何亲密行为都是理所应当的，毕竟情难自禁。

即使是江途这样冷漠禁欲的人，也会有因欲望而失控的时候。

江途从她身上抬起头，扯过毯子重新盖住她，克制地闭了闭眼，眷恋地在她头发上揉了揉，声音紧绷而沙哑："我去洗个澡，你继续睡，我等会儿睡外面的沙发。"

他撑着手起身，祝星遥却突然拽住他的手，小声说："床这么大，你睡沙发干吗？"

江途低头看她，艰难地拿开她的手："我先去洗澡。"

他转身走向浴室，关上门。

祝星遥脸颊发烫，感觉胸口还隐隐发疼。他刚才太用力了，她不仅胸痛，小腹也有点疼……这种感觉不太对……

她揉了揉脸，爬起来打开壁灯，下床把行李箱打开，翻出卫生巾和干净的内裤，站在浴室门口有些焦急地等待着。

江途不是在洗澡吗？她怎么没有听见水声？

许久，她听见了一阵极压抑的闷哼，整个人愣在门外。

浴室里，江途的眼圈微红，他垂下睫毛，深深地呼吸着，打开冷水。

十分钟后，浴室的门打开了，江途穿着黑色T恤和运动裤走出来，看到她站在门口，愣了一下。祝星遥抱着东西，低头跑进厕所："我上厕所。"

江途看到打开的行李箱和里面的东西，明白过来。

祝星遥站在镜子前，看到自己脖子往下都是他留下的暧昧痕迹，摸了一下，有点疼。她想到刚刚那压抑的闷哼，脸又是一红，感觉什么都不一样了。

她从洗手间出来，江途神色冷淡地站在桌边，低头等水烧开。他那副冷清的模样，跟刚才的他反差太大了……

江途倒了一杯开水，兑了点矿泉水进去，递给她，低声问："难受吗？"

他记得高中那会儿，她每次来那个都会难受得趴在桌上，脸色苍白。

祝星遥捧着水杯，喝了一口，抬头看他："有一点……"

已经深夜两点多了，江途没去沙发上睡，把壁灯关掉，抱着祝星遥躺到床上。祝星遥好像没了睡意，靠在他怀里，语气中满是好奇："途哥，我听说大学宿舍里的男生都会聚在一起看那种片子，你也会吗？"

江途顿了一下，垂眼看她："听谁说的？"

祝星遥小声说："西西说的。小说和电影里也有啊。"

她只是很难把这些事情跟他联系在一起。江途少年时期是不合群的，他不打篮球，不玩游戏，不去网吧，别的男生会做的事情，他似乎都不会去碰。

江途沉默了几秒，无奈地笑了声："不要把我想得这么不食人间烟火。"老袁他们当然在宿舍里看过，他们从来不避讳，而他肯定也看过。

祝星遥想到刚才的亲密和偷听到的声音，有些羞涩地说："我才没有。"

江途闭上眼睛，低声说："我也是普通人，以前不去想、不去做是因为不能，现在不一样。"这几天太忙了，他几乎没好好休息过，将手覆在她的眼睛上，"好了，睡觉。"

再聊这个话题，他们今晚就不用睡了。

第二天早上七点，江途就醒了。他低头看看怀里的祝星遥，在她的额头上亲了亲，轻手轻脚地起床。

祝星遥早上九点才醒来，正在化妆的时候，房间里的电话铃声响了。她接听后就跑去开门，门外站着一个机器人，是来给她送早餐的。

“谢谢……”祝星遥接过早餐，忍不住笑了。

机器人送来的袋子里，除了早餐还有一张字条。

她将字条拿出来，上面的文字是江途用左手写的。

他是不是打算以后都用左手给她写字条？

九点五十分，祝星遥走到三楼会展厅。会展厅里人很多，有客户、合作方以及媒体记者，陈列着各式各样的机器人。摆放在大屏幕前的机器人就是“小江”，是今天要发布的新品。

祝星遥戴着一顶渔夫帽，低头给江途发微信：“里面人好多啊，我不进去了。”

过了一会儿，老袁急忙跑出来，找到她：“江途叫我来带你进去。给你留了个很隐蔽的位置，你稍微注意点，应该没人会关注到你。”

那个位置处于一个展示柜和墙壁之间，是一个比较独立的空间，确实很隐蔽。

祝星遥望着台上一身黑西装、目光沉静的江途，他抬手推了推眼镜，嗓音低沉：“‘随叫随到’服务是最新测试成功的功能，客户可以自行设置呼叫对象，支持语音和手动两种模式，但目前只能设置为一种模式，后续会继续升级。”

祝星遥看着那个外形跟小江很像的机器人，知道这个“小江”跟江途送她的那个完全不一样，它的功能主要是针对儿童和老人的。当家里有突发状况，儿童或老人来不及或者没办法拨打电话时，可以通过机器人自动拨号。

她的那个机器人是这个世界上独一无二的，是江途特别制造的。

身后，有个女孩子感叹：“这个CTO真帅啊，不知道他有没有女朋友。”

她旁边的人说：“长得这么帅，怎么可能单身？”

台上，主持人问：“怎么会想到要开发这个功能呢？”

江途说：“私人原因。”

主持人笑着打趣：“因为女朋友？”

江途沉默了一秒，嘴角似有笑意：“嗯。”

底下一片哗然。主持人兴奋地道："这么浪漫啊！谁说工科男不浪漫，我跟谁急啊！"

祝星遥看着台上的男人，心想：江途是个能每周五写一封情书，能花一个多月做一片星星灯的人，谁能说他不浪漫？

身后那个女孩哼了声："我就说嘛，长得这么帅，怎么可能没女朋友！不知道他女朋友漂不漂亮……"

祝星遥心说：当然漂亮了。

发布会耗时很长，祝星遥的肚子有点不舒服，她也怕被人认出来，等江途从台上下来，就先回房了。

祝星遥躺在床上，给黎西西打了个电话，告诉她自己在北京。黎西西兴奋地问："所以，你们昨晚睡在一张床上？别跟我说你们只盖被子纯聊天啊。"

祝星遥脸色微红："也可以这么说……"

黎西西一下蔫了："不是吧……他等了这么多年，不应该干柴烈火吗？"

祝星遥不好意思地说："我的生理期到了。"

这场发布会的视频和新闻稿在下午发布、推送出去，当晚江路的直播间又爆了，满屏幕上都是"K神，我看到你哥了""大家快去搜唯创科技发布会，有惊喜""老实说，我觉得哥哥比较帅"。

江路看见后，吓得差点摔键盘，突然想起他哥今天在北京开什么新品发布会。

他强装镇定，道："你们说什么？我不清楚，也不知道什么唯创科技。"

旁边的周岩挠挠头："那个……哥，你可能装不下去了，上次直播间里都有人爆你哥的名字了，这会儿发布会上，你哥的名字、照片都有。网友们一搜资料，全都对上了。"

江路："……"

他嘴角抽搐：天要亡我！

几分钟后，林佳语的电话打了过来，她气急败坏地道："我就知道你肯定做什么亏心事了，怪不得那天跑得那么快，还发什么乱七八糟的微博……"

江路莫名其妙："你怎么比我还急？"

林佳语欲哭无泪："因为我可能比你还惨。"

林佳语看到粉丝群里的正在热议的话题，江途的照片被发到群里，有人问她：江行的原型是江途吗？

所以，《等星星》的故事写的是江途和祝星遥的故事？

发布会结束后，江途跟祝星遥一起吃饭。江途有个庆功宴，人太多了，祝星遥不好跟过去，她就在他们吃饭的地方开了一个小包间，江途两头跑。

江途前脚刚走出包间，林佳语的电话就打了过来，祝星遥低头接通了电话。

"星星，救命！"林佳语崩溃地求助。

祝星遥忙问："怎么了？"

林佳语飞快地把江路的事情说了一下：江途是江路哥哥的事被粉丝知道了，粉丝顺便把江途高中的事都扒了出来，江路的那些粉丝里又正好有林佳语的读者。林佳语哭了两声："呜呜，主要还是江途长得好看，新品发布会一出，就有人注意到他的名字和介绍，确定他就是江路的哥哥。《等星星》里面，江行有个弟弟，家里穷，欠债，等等，这些信息都对上号了，所以……现在我的书粉群里都炸锅了，粉丝们都知道人物原型是你跟江途了。"

江途向来低调冷淡，不近人情，要是知道自己被迫成为小说男主角，暗恋别人多年的秘密全部被公开了，肯定会被气死。

林佳语不敢想象那画面，哭号道："星星，你不是在北京吗？只有你能救我了！"

祝星遥："……"

她本来以为事情曝光了，最多是自己被网友们拉出来说一说，没想到江途也被网友们找了出来。她想了想，安慰林佳语："你别急，晚上我问问江途吧。"

林佳语积极地建议道："只能麻烦你牺牲点色相了。"

祝星遥脸一热，嘀咕道："你怎么也这么不正经啊……"

"色令智昏！"林佳语的QQ上一堆消息跳出来，编辑又来找她要《等星星》的稿子了，她的太阳穴突突突地跳。她突然看到群里有人在聊江城当地的新闻：有个刑警在抓捕罪犯的时候，不慎摔下楼受了重伤，已经就近送去人民医院抢救了。

“听说是隔壁（1）班的丁巷。”

“就是他啊！我当时看到他被抬上担架，上了救护车，他一身是血，吓死人了。”

…………

“从三楼掉下来的，希望他没事……”

林佳语脸色一变，道：“星星，我看到有人说有个刑警受伤了，在医院抢救，好像很严重……他们说，那人是丁巷……”

“你说什么？”祝星遥愣了愣，急忙问，“你确定吗？”

林佳语迅速刷了下新闻，但没看见图片：“我不确定……你打电话问问？”

祝星遥匆忙挂断，给丁巷打了个电话，没打通。她打开班级群看了看，有个跟丁巷关系不错的同学在群里说：“是丁巷，人在人民医院抢救，我这会儿过去看看。”

祝星遥跑去隔壁大包间找江途，猛地推开包间门，里面正在庆祝的一群唯创科技的工作人员齐刷刷地看过来，然后，集体愣住了。

有人惊道：“祝星遥？”

“我眼花了吗？你、你找谁啊？”

江途看她眼圈微红、脸色惊慌，快步走过去：“怎么了？”

“途哥……”祝星遥经历过身边的亲人、朋友重伤重病或生离死别，心里很慌，手指微颤地抓住他的衣服，“丁巷受伤了，正在医院里抢救，不知道怎么样了……”

江途脸色一变，安抚地搂住她：“别着急，我们这就回去看看。”他快速拿起外套，看向呆住的那一群人，匆忙地跟老板说：“刘总抱歉，我有点事要先走了。”

刘总也听见了，看向祝星遥：“没事，后续也没什么事情了，让老袁盯着就行，你们回去吧。”

祝星遥匆匆看了刘总一眼，觉得有点眼熟，可她没心思多想，就跟江途一起出了包间。江途给丁巷打了个电话，依旧没人接，他也不知道丁巷家里的号码。

现在晚上九点多，回江城的最后一班飞机是九点半，他们赶不上了，只能先回酒店。

祝星遥联系上了丁巷的妻子，他妻子怀着孕，情绪很崩溃，哭得很厉害，说丁巷现在还在抢救，不知道怎么样……

江途一晚上没睡着，祝星遥也绷着一根弦。她身体不舒服，迷迷糊糊地睡过去两次，每次醒来都问："有消息了吗？"

"还没有。"江途的脸色很难看。丁巷是他高中唯一一个有深交的朋友。他心里很不好受。

祝星遥默默地抱紧他，小声说："丁巷一定会没事的。"

凌晨六点，丁巷从手术室里出来，被送进ICU病房（重症加强护理病房）。

祝星遥、江途、黎西西和许向阳一行人坐早上七点的飞机回到江城，林佳语和老刘开车去机场接到人后，一行人直奔人民医院。

一群人赶到医院，丁巷还没醒过来，在ICU加护病房里，他父母和妻子都在。

丁巷的妻子肚子微微隆起，她一个孕妇熬了整晚，精神疲倦。她站起来的时候身体摇晃了一下，下意识地去抓最近的祝星遥。

祝星遥突然浑身僵硬，脸色微白，一动也不敢动。

黎西西连忙过来扶住丁巷的妻子，问她："你没事吧？"黎西西说完，转头担忧地看看祝星遥。这话是问两个人的。

丁巷的妻子眼眶通红、眼圈浮肿，勉强地笑了一下："没事，医生说丁巷今晚应该就能醒过来了，醒过来就没事了，再过两天就能转到普通病房。谢谢你们都赶回来看他。"

祝星遥暗自松了口气，低头往后退了一步，紧紧拽住江途的外套。

江途低头看她，握住她细白的手指，低声说："没事了，不用紧张。"

祝星遥没办法告诉他，她刚才的紧张不仅是因为丁巷。脑袋挨着他的肩膀，她小声说："嗯。"

丁巷父亲说："你们都累了吧？快回去休息吧，等他出来了我们再告诉你们。"

折腾了一晚上，江途他们都没怎么睡觉，确定丁巷已经安全后，几个人才安心离开。下楼时，许向阳跟黎西西说："陆霁的爷爷这几天生病，也在这里住院，他几天前就回来了。"

黎西西啊了声："那我跟你去看看？"

许向阳点头，给陆霁打了个电话："你现在在不在医院？我跟西西去看看你爷爷。"他顿了一下，"到楼下了？"

话音刚落，江途就看见陆霁从对面走过来。

江途眯了一下眼。

黎西西下意识地看了看祝星遥和江途。江途揽着祝星遥的肩，神色冷淡。

江途收回目光，转头对他们说："我跟星星先走了。"

祝星遥不自在地看了一眼陆霁，江途按在她肩上的手用力，他低头看她："走吧。"

江途带着祝星遥转身。

林佳语看向面无表情的陆霁，站在原地不动。

陆霁走到黎西西他们面前，平静地道："你们要跟我去看我爷爷？走吧。"他看了一眼林佳语："你要去吗？"

林佳语愣了一下，点头说："好。"

陆爷爷是因为心脏的原因住的院，已经一个多星期了，老人家病情不太稳定，又不愿意去北京治疗，陆霁这几天一有时间就赶回来看他。

他们走进病房的时候，陆爷爷正在看电视，看见陆霁领着几个朋友进来，很高兴。他第一次看见林佳语，眼睛还亮了一下："这个是？"

"同学。"陆霁笑着解释，给老爷子倒了杯水。

林佳语抿了一下唇，冲陆爷爷笑笑："是高中同桌。"

陆霁转头看了她一眼。同桌确实比同学要亲近许多。

从病房出来，几个病人认出了黎西西，缠着她要签名。

林佳语转头看陆霁，小声说："陆霁，我有点事想跟你说。"

江城昨天下过雨，医院楼下的花园还是湿的，冷空气里混着泥土的气息。陆霁低头看冷得一哆嗦的林佳语，皱眉说："有什么话不能在上面说，非要下楼吹冷风？"

林佳语看着陆霁，他年少时光风霁月，长大了依旧引人瞩目。但林佳语还是觉得他没有年少时那样意气风发了，眉宇间多了一丝阴沉。

年少的陆霁跟江途是完全相反的性格，唯一相同的是两人都有自己的傲气。当所有人都误会那些星星灯是陆霁做的时，他没有第一时间否认；祝星遥写信答应他，他不知道是鬼迷心窍，还是因为私心，没有说明真相；等星星灯和自己成为校园传说后，那个陈年秘密，早就压在陆霁的心底，他更难说出口了。

有时候林佳语会想：如果当初陆霁早早地跟祝星遥坦白，他们没有在一起，那些秘密没有压在他的心里多年，他是不是能过得轻松潇洒很多？

“陆霁，你还没放下吗？”林佳语突然问。

陆霁愣了一下，看着前方，笑了：“没什么放不放得下的了。”

林佳语不是很懂他的意思，想了想，又问：“如果，我是说如果，一中那个留存了十年的帖子、校园最浪漫的传闻，这些曾经属于你的传言的真相被揭开，你……会不会很生气或者接受不了？”

陆霁转头看她：“你想说什么？”

“我、我大学的时候，写了一本叫《等星星》的书，原型是祝星遥、江途，还有你，或者说是我们这一群人吧。后来江途出国了，我就把小说锁了起来。校庆之后发生了一些事情，现在粉丝发现了人物原型，可能很快大家就都知道了。”林佳语越说语速越快，怕被打断，也怕失去勇气，说到最后，又欲言又止，“你……”

陆霁沉默了一阵，嘴角勾了下：“我怎么？你这么紧张，是怕我打你还是骂你？”

林佳语：“……”

沉默良久，陆霁才淡淡地开口：“你的书，你想怎么写就怎么写，那些事……本来也不是我做的。永远活在别人的故事里，永远做配角，也不是滋味。”他低头看她，“很多人都在看这本书吗？”

林佳语一愣，点点头。

陆霁垂下眼，想起刚才看到江途搂着祝星遥的样子，有一瞬间失神，很快又恢复了平静：“那你加油，新书热卖，让误会的人都知道真相。”

陆霁转身上楼，林佳语愣愣地回头看着他的背影，不确定他是在开玩笑，还是真的想把那一切归于原位，从此让陆霁是陆霁，江途是江途。

陆霁回到病房，收到林佳语的微信："你真的不怕吗？可能会有很多人骂你。"

"刚才那个姑娘真的只是你的同桌？"陆爷爷靠在病床上，乐呵呵地看孙子，"我看她长得眉清目秀的，顺眼得很，如果她没男朋友，你可以试着追追看啊。"

"爷爷，你想什么呢。"陆霁笑了。

陆爷爷叹了口气："你是不是还想着祝星遥那姑娘啊？以前追得那么用力，分手了难忘……"

"爷爷。"陆霁打断他，无奈地说，"当年的事有点误会，我也没追得多用力。"

"什么误会啊？"陆爷爷追问。

陆霁低头给林佳语回复："没什么可怕的。"

信息发出去，陆霁突然有些释怀了，给爷爷倒了杯水，在病床边坐下，笑了笑："爷爷，我给您讲讲故事。"

从医院出来，江途跟祝星遥一起上了老刘的车，两人几乎一晚上没睡，江途让祝星遥靠在他的身上，低声说："睡一会儿，到了我叫你。"

祝星遥抬头看他："让老刘先送你吧。"

江途垂眼看她："不用。"

"那我跟你一起回去，晚上你再送我回去。"祝星遥抱住他的腰，转头看前面："刘叔，去江途家。"

老刘咳了一声："好的。"

江途顿了一下，祝星遥已经闭上眼睛了。车开了出去，他听到她小声问："途哥，你高中的时候看我跟陆霁在一起，很难受吧？"

江途愣了愣，下巴抵在她的头顶上，声音低低地嗯了声，又说："所以，我举报了。"

祝星遥沉默，又问："现在呢？"

你还会难受吗？

"现在？"江途在她的头发上亲了一下，低声说，"现在我有你了。"

祝星遥的手贴在他的心口上，仰头在他的下巴上亲了一口。

江途握住她的手，捏在手里。

家里头几天没人住了，有些阴冷。

江途把主卧的空调打开，祝星遥躺进去，说了一句："好冷。"

他掀开被子，从身后抱住她。男人体温高，祝星遥被他抱着，很快就暖和了，舒服得叹了口气，睡着前迷迷糊糊地说了句："你比热水袋还暖和。"

江途失笑。昨晚精神绷紧了一晚，现在丁巷脱离危险，他身心放松，抱着她一起睡过去。

傍晚六点多，窗外天色昏暗，祝星遥醒来的时候身边已经没人了。

她套上拖鞋，走出房间。

香味从厨房飘出来，她走到餐厅，看到桌上已经放了两盘菜了。江途穿着黑色毛衣，身形挺拔，正背对着她炒菜。祝星遥走过去，从身后抱住他："哇，好香！"

江途捏了捏紧搂着他的腰的细白手腕，回头看她："饿了吗？"

祝星遥说："饿死了。"

最后一个菜做好了，他关掉火。

两人面对面坐下，祝星遥迫不及待地尝了一口排骨，高兴地看他："很好吃，比我妈妈做的还好吃。"

江途看着她，冷不丁地说："你妈妈刚才给你打过电话，我接了。"

祝星遥眨了眨眼睛："途哥，我发现你胆子很大啊，上次在我家敢接我爸爸的电话，现在带我回家，又敢接我妈妈的电话。"她看江途神色一僵，忍不住笑了，"我妈妈说什么呀？"

江途也笑了下："你妈妈叫我下次去你家里吃饭。"

祝星遥一愣："真的？"

江途含笑点头，祝星遥有一瞬间觉得他眉眼间多了几分意气风发，那是他年少时没有的东西。祝星遥觉得可能是因为她。至于丁瑜叫江途回家吃饭，她觉得可能是那些情书起的作用，她爸爸妈妈在试着了解和接受她的男朋友。

饭后，江途给丁巷的妻子打了个电话。

丁巷的妻子感动地说："现在没有什么特殊情况，他应该明天就醒了。你们来了也进不了病房，等他转到普通病房后我再告诉你们，你们再来看他。”

江途挂断电话，正准备送祝星遥回家，班里的微信群突然爆了。

有人发了一张微博截图，上面显示话题“《等星星》原型是祝星遥”上了热搜榜第三。

“你们快看热搜！太太太令人震惊了！隔壁（2）班的林佳语写的那本《等星星》，现在原型被扒出来是祝星遥、江途，以及（2）班的男神陆霁。当年那片星星灯不是陆霁做的，是江途做的，还有很多令你们意想不到的事！”

“晋江锁了，我特意去盗文网上看的，江途从高一起就暗恋祝星遥了！震惊！”

“好像……他们现在在一起了，我翻江路之前的直播，他说过哥哥和嫂子。”

“还有，上次被小学妹还是小学弟偷拍的那个视频，就是刘主任被江途和陆霁怼的视频，也被人发到微博上了。”

不只群里热闹，江途跟祝星遥的微信也炸了，消息不停地跳出来。

祝星遥看了林佳语发来的一长串消息，才弄明白《等星星》突然上热搜的原因：这几年刘主任对女生越发苛刻，有时候骂人骂得很难听。昨天有个小学妹被骂得受不了，集合了被他骂过的一群女生，直接举报了刘主任对女生不公平，还把视频发到网上，发了各大营销号。为了热度，那个女生在微博中带了祝星遥和黎西西的名字，营销号转发那个女生的微博后，话题很快就上了热搜。

不过，网友们的重点偏了，压根没几个人关注刘主任苛待女生的事，注意力全放在了《等星星》这本书和祝星遥身上。

群聊消息刷得太快了，江途瞥了下眼。他知道林佳语写小说，但从来没看过。

《等星星》是什么？

两分钟后，江途沉着脸放下手机，已经知道是怎么回事了。

祝星遥拿着手机，林佳语正在微信上向她求救，她坐在沙发上抬头看他。江途看她神色还算平静，眯了一下眼：“你都知道了？”

“嗯……”祝星遥放下手机，拉住他的手靠过去，“你的事我都是从佳语的书上知道的，你别骂佳语，她当时只是想记录故事，而且那本书你出国后她就锁起来了，她也没想到这些事现在会被爆出来。不过，这也是迟早的事情吧，之前一中那个帖子盖得那么高，我、西西、江路又是公众人物，名气比较大，受关注也是正常的……她很怕你骂她。”

江途下颌绷紧，看得出来他是真的不高兴了。

祝星遥抱住他的脖子，撒娇道：“你骂她也没用。”

江途深吸了一口气，忍耐地说：“她都写了什么？”

祝星遥沉默了一下，小声说：“基本上都写了……”

江途冷着脸，不吭声。

祝星遥踮起脚尖，在他的唇上亲了亲。

江途垂眸，深深地望着她。

祝星遥又凑上去亲他的下颌，讨好地说：“途哥，我有没有说过，你的下颌线很性感？”她高中的时候就这么觉得了。

她第一次这么主动，红着脸又在他的下巴上亲了一下：“还有这里，这里最性感……”她声若蚊蚋，唇落在他的喉结上。

江途咽了咽口水，所有的情绪都化为无奈。他扣着她的腰，低头热烈地回吻她。

两人倒在沙发上，江途的眼镜被丢在一边，他用手支着身体垂眼看她，眼底的情绪深沉而浓烈。祝星遥被他看得不好意思了，羞涩地捂了捂他的眼睛。江途笑了一下，再次低头吻她。祝星遥紧紧地抱着他，感觉他浑身都在发烫。她的主动无疑是在引火烧身，可是她没办法给他灭火。

班级群里依旧热闹，一张接一张的照片被发进群里。有人说：“怪不得江途那天上阵怼刘主任，原来是这样……”

连班主任曹书峻都跳出来发了条消息：“刘主任这件事学校已经在处理了，大家就少讨论了啊。”他还忍不住八卦了句，“江途跟祝星遥真成一对啦？”

有人带头问江途和祝星遥：“老曹问你们呢……是真的吗？出来官宣一下！”

一个小时后，江途在群里发了一条消息：“结婚时会请大家喝喜酒的，谢谢。”

江途那条信息让群里安静了几秒，很快消息又飞快地刷了起来。江途回国后大家只见了他两次，对江途的印象大多还停留在高中时期，只记得他是个家里欠了高利贷、性格冷淡的穷小子，还记得他高考时出事了。

即使当年他跟祝星遥做同桌，也没人把他们两个联系在一起，陆霁跟祝星遥才是他们眼里的男神女神，天造地设的一对。

可谁能想到，当年惊艳的星星灯不是陆霁做的，是江途。

江途高考时也不是出车祸，而是被放高利贷的人打了。

现在，大家才知道江途暗恋祝星遥十二年了，而且两人快要结婚了！

过了一会儿，祝星遥从洗手间里出来，还没看到群里的消息。江途穿戴整齐，拿起围巾帮她系上，祝星遥一直低着头不好意思看他。刚才明明是她自己主动提出要帮忙的，做到一半就没力气了，江途带着她的手继续。她现在都觉得自己的手心在发烫，满脑子都是江途眼圈微红喘息着的样子。

这个男人总是一点点打破她对他的认知。

江途看到她的耳朵还是红的，垂着眼笑了。

这时，祝星遥掉在地毯上的手机振动起来，江途俯身将手机捡起来，递给她。电话是华玲打来的，华玲打电话来主要是因为微博上的事情。

江途拿上车钥匙，带她出门。

祝星遥跟他一起走进电梯，轻声说："微博上的事，就随网友去吧。"

她挂断电话，转头去看江途："就这样可以吗？让佳语自己处理吧，而且……"她顿了顿，才小声说，"佳语高中的时候喜欢陆霁，你可能不知道。这件事现在受影响最大的是陆霁，佳语应该跟他说过，就让他们自己处理，好吗？"

江途沉默了一下。当年他把祝星遥推到了陆霁身边，说心里一点都不在意那是不可能的。

可他从始至终想要的只有祝星遥，只要是她就可以了。

电梯门打开，他低头看她，想起刚才她羞涩又好奇的反应，伸手把她抱进怀里，低声说："好。"

半个多小时后，祝星遥回到家，客厅里的电视还开着，祝云平和丁瑜并没有看屏幕，而是在看手机，连她回来了都没注意到。不用猜就知道，他们在看小说或者微博。她喊了声："爸爸、妈妈，我回来了。"

祝云平回头看她，挑眉道："舍得回来了？"

祝星遥走到他们面前，丁瑜抬眼看她：“《等星星》这本书里写的都是真的？”

祝星遥微窘，点了点头：“是。你们就别看啦……”

“都上热搜了，而且事关你，我们能不看看？”丁瑜神色淡淡地看她，“而且，你跑去北京找江途也没说实话，我以为你是去工作。回来了也不回家，跑到人家家里去了。”

“妈妈……”

祝星遥在她身旁坐下，抱住她的手臂，求饶、撒娇。

丁瑜叹了口气：“周末有时间的话，你带他回家吃顿饭吧。你不知道我跟你爸爸今晚接了多少个电话，都是打电话来问你跟江途的事的。”

丁瑜跟祝云平之前确实不太喜欢江途，可现在女儿都跟他在一起了，他又喜欢了女儿这么多年，说不感动是假的。再找一个这么喜欢女儿，女儿又愿意跟他在一起的男人，估计很难，也许没有。

这种感情终身难遇。

祝星遥高兴地回到房间，给林佳语打了个电话。

林佳语紧张地问：“江途现在都没回我信息，也没打电话来骂我，他是不是气死了？”

“没有。”祝星遥趴在床上，“我已经跟他说好了，一切由你自己处理，你想怎么做就怎么做吧。”

林佳语完全没想到，她都已经做好被骂的准备了……

她不怀好意地笑了两声：“星星，你的牺牲很大吧？”

祝星遥：“……”

“别跟我说没有啊，江途暗恋了你这么多年，好不容易追到手，我就不信他没有点歪心思。他要是开荤，应该……”

“没有没有。”祝星遥连忙打断她的话。或许是真的长大了，林佳语跟黎西西现在开起玩笑越来越荤素不忌了。

祝星遥红着脸说：“你别乱猜，我们还没有呢。”

林佳语哈哈大笑：“我猜江途应该能忍到结婚，他是我这辈子见过的最隐忍的人。”

祝星遥：“……”

她有点舍不得让他再忍了。

当晚，林佳语把专栏里锁了好几年的《等星星》重新公开了，最新修订后的稿子也放了上去，比原版多了几万字。

一瞬间，成千上万名读者拥了进来。

那天深夜，陆霁、许向阳和周原坐在包间里喝酒，陆霁将手机放在桌上，消息爆炸似的跳出来。陆霁看了几眼，面无表情地低头倒酒，脚边是丢得乱七八糟的空易拉罐。

周原跟陆霁是多年的兄弟，无论发生了什么事，周原几乎无条件地站在陆霁这边。他随便看了几行《等星星》，气得丢开手机，黑着脸骂林佳语："我看不下去了。林佳语真是个白眼狼！你高中的时候给她补习，费了那么多心思，她不但不领情，还跟你冷战，一直都站在江途那边……现在还搞了本《等星星》出来，弄得腥风血雨的，我都不忍心看了。网上都是骂你的，这是网络暴力啊！"

"别骂了。"陆霁给周原倒了一杯酒，"是我同意让她放出来的。"

许向阳和周原同时愣住，许向阳看向陆霁："是你让林佳语放出来的？你怎么想的？"

陆霁点了一根烟，低头深深地吸了一口烟。烟雾弥漫，他神色不明："这么多年了，那个帖子还高高地挂在一中论坛上，江途没有能力删掉吗？他有，我也有。但是我们都没有去做。那些事情传了那么多年，在大家心里已经是历史了，就算删了也改变不了什么。删了一个帖子，又会有另一个帖子。我跟祝星遥确实谈过恋爱，可扪心自问，如果没有江途，祝星遥会跟我在一起吗？不会。

"我跟祝星遥高中早恋的时候，他举报了我们！我觉得我们俩谁都不比谁磊落。你们跟我关系好，都偏心地站在我这边，觉得我没犯什么错。可这么多年过去了，我心里清楚，不磊落的人是我，我有无数次跟祝星遥坦白的机会，但是我没有抓住。

"把真相公布出来，对我来说或许是一种解脱。"

许向阳跟周原互相看看对方，同时沉默了。

陆霁的手机里又跳进来一堆消息，他垂下眼，看见是林佳语发来的。林佳语给他发了红包，一个又一个，没完没了。

他皱着眉，拿起手机点开。

林佳语也不知道自己发了多少个红包，随后给陆霁发了一条消息：

“精神损失费，不够的话，我之后卖血补给你。”

最后，她又发来一个跪地大哭求饶的表情包。

陆霁嘴角一扯，回她：“平身吧。”

一夜之间，《等星星》的收藏数从五百多涨到了六万，还在持续涨。

第二天，江途一到公司，就发现公司里的人看他的眼神充满了好奇和羡慕——一是因为那天晚上祝星遥跑进包间里找他，公司里的人都知道祝星遥是他的女朋友了；二是大家都看了热搜和《等星星》这本书。一向高冷禁欲的上司暗恋一个女孩子十二年，这种事情说出去就像童话一样，简直不可思议。

“怪不得老大不接受任何女人的示好，原来早就有喜欢的人了。”

“一个男人能暗恋一个女人十二年，那得多爱啊！我这辈子谁也不羡慕，我只羡慕祝星遥了，呜呜呜呜……”

“莫欺少年穷啊。你们都看了书吧？没想到当年老大这么惨，我想想都觉得心疼。”

江途站在走道的拐角处，听着下属聚在一起亢奋地聊八卦，皱了皱眉。

他从学生时代起就习惯了别人在背后议论他，大多是鄙夷和嘲讽，现在因为感情的事成为下属八卦和羡慕的对象，突然很不适应。

“你们心疼一下自己吧。大家以前的家庭条件都比老大好吧？瞧瞧人家现在混得多好！我们都得喊他老大，他还有祝星遥这么漂亮的女朋友。”

老袁顶着黑眼圈出现在江途身后，打断了大家的议论。

有人正在喝豆浆，一回头看见江途，瞬间咳得惊天动地。

江途面无表情地回了办公室，老袁忙跟在他后面钻进去。

昨晚，老袁一看到热搜就给林佳语发了微信，让林佳语把小说全文发给他。他熬了一整夜，看完了《等星星》，像是完整地参与了江途、祝星遥以及那一群人的青春。他为江途的克制和隐忍而动容，也为自己感到悲哀。

老袁叹气：“我跟小林妹妹没戏了……”

江途坐在办公桌后面，抬头看他：“你怎么知道的？”

老袁在他面前坐下，无奈地说：“我昨晚给她发微信了，她跟我说清楚了。”

江途想起祝星遥的话，沉默了。

老袁跟江途同岁，这个年纪谈恋爱都是奔着结婚去的，觉得感情没有可以培养，时间长了总会爱上。但林佳语觉得爱情不应该为了年龄和婚姻妥协，哪怕最后生活终究归于平静和柴米油盐，至少惊艳过，譬如祝星遥和江途，再如黎西西跟许向阳。

夜里，丁巷转醒的消息传来。

隔天晚上正好是周五，江途、祝星遥和黎西西等人一起去看丁巷。

丁巷的妻子这几天几乎都守在医院，神色很疲倦，却不肯回家，说什么都要陪着丁巷。她高兴地把他们几个迎进门，对丁巷说：“他们来看你了。”

丁巷伤得比较重，身上好几处骨折，又刚从ICU出来，精神不是很好，躺在病床上不能动弹，但人已经清醒了。

他看见江途他们，很高兴，虚弱地笑笑：“听我老婆说你们前两天晚上就来看我了，可把我感动坏了。”

江途和许向阳把买的水果和补品放在桌上，江途看向丁巷：“感觉怎么样了？”

丁巷咧嘴：“还行。我命还挺大的，从三楼掉下来，没死，没残废。”

丁巷的妻子立即瞪眼：“说什么呢。”

黎西西翻白眼：“你嘴巴怎么还这么臭啊，说点吉利的行不行？”

丁巷有点委屈，弱弱地说：“我夸自己命大……不吉利吗？”

“你别说话了。”丁巷妻子的眼泪又要落下来了，她委屈地说，“我差点成寡妇，你孩子差点没爸了，你还笑得出来……”

丁巷连忙哄老婆：“对不起对不起，我不说了……”

黎西西过来搂住她：“没事了，大难不死，必有后福！”

丁巷的妻子哭着点点头，转身从篮子里拿出一些水果，抱去洗手间。

普通病房不大，祝星遥从进门开始，就特意站得远一些，戳在洗手间门边。丁巷的妻子走到她旁边，脚步突然一顿，整个人软软地往祝星遥边上倒。祝星遥脸色苍白地尖叫出声，惊吓地往后退步。

江途侧头，反应迅速地往前，隔着祝星遥，把丁巷的妻子给架住了。

丁巷的妻子晕倒在祝星遥的身上，祝星遥感觉到她隆起的肚子顶着自己。祝星遥大口大口地呼吸，僵硬地伸手扶住她。

黎西西见状，飞速跑过来把丁巷的妻子扶到自己身上。

“许向阳，来帮忙！”黎西西喊。

许向阳很快过来，把孕妇抱到旁边的陪床上。

林佳语则跑去叫医生。

江途感觉祝星遥在自己的怀里微微颤抖着，以为她是被吓到了，抱紧她低声哄道：“没事了，她应该是这几天太累了。”

祝星遥细白的手指紧紧地揪着他的衣服，脸埋在他的胸膛上，努力调整呼吸。

黎西西转头，担忧地看她。

很快，医生过来替丁巷的妻子检查身体。她这几天几乎没怎么休息，又担惊受怕的，一个孕妇哪里受得住这折腾，动了胎气，转去妇产科了，把丁巷吓得差点又晕死过去。

夜里十点，丁巷的家人赶到医院，一切稳定后，他们才离开医院。

祝星遥从丁巷的妻子晕倒后，就变得有点沉默。

江途带她走到车边，祝星遥突然想起昨晚黎西西发给她的截图中，江途在群里说的那句“结婚时会请大家喝喜酒”。

他是真的想跟她结婚。

江途把车门拉开，祝星遥突然拉住他，叫他：“途哥？”

“嗯？”江途转身，“上车再说，外面冷。”

祝星遥没动，她的手穿过他敞开的大衣，抱紧他的腰，抬头看他，艰难地开口：“途哥，如果我不想生小孩，或者不想结婚想分手，你会介意吗？”

冬夜寒风凛冽，江途的心口像是灌入一股冷风，他按住她的肩膀，僵硬地问：“你说什么？”

他怀疑自己听错了。

祝星遥看着他，声音变弱：“我说如果我们结婚，我不想……”

“不是这句，最后那句。”江途猛地打断她的话，手指在她肩上用力，眼睛紧紧盯着她，“后面那句，你说你想做什么？”

祝星遥的肩膀被他抓疼了，她看着他冷冰冰的脸，意识到自己说错了话："我……"

"先上车。"

江途打断她的话，别过头深吸了一口气，强迫自己冷静下来。过了几秒，他抱着她转身，拉开车门把人塞进去，启动车子，开了空调，回到后座把她抱起来，让她面对面地坐在他的腿上，看着她："为什么突然这么说？被刚才的事情吓到了？"

祝星遥垂下眼睛，点了一下头。

他们高中的时候，语文老师偶尔会把女儿带到学校，祝星遥跟黎西西还专门跑去逗过，江途以为她会很喜欢小孩子。

车厢内光线昏暗，他的眼睛却很亮，嗓音低柔："以后你想要什么、不想要什么，都可以跟我说，我不能保证百分之百都能满足你，但会尽全力。不过，你也得答应我，以后不能再提分手。不想生孩子不是什么大事，我从头到尾想要的是你，我以为你知道的。"

"分手"这两个字，简直要了他的命。

祝星遥心尖微颤，眼眶瞬间红了。

这些年祝云平和丁瑜都知道她的心结，所以很少给她安排相亲，毕竟真正愿意接受丁克的男人不多。祝星遥把自己埋进他怀里，抱紧他，闷闷地说："我怕你会遗憾。"

江途这辈子尝到过的遗憾是什么呢？最开始是他高一时没能赶上迎新晚会，是情书不能署名和说不出口的喜欢，后来是高考愿望落空，是高考后距离她越来越远……

他原本以为，这辈子跟祝星遥再也没有可能了，但现在她就在他怀里，他不知道还有什么可遗憾的。

江途抬起她的下巴，吻她的嘴角："不会。"

没有你，那才是此生遗憾。

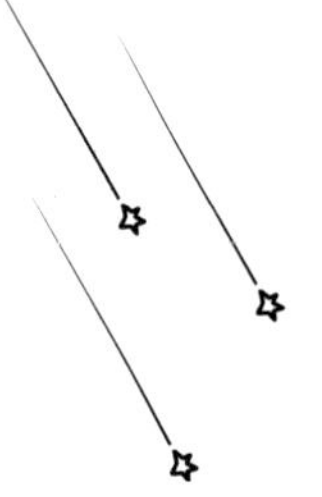

第十一章

我们的时光

凌晨三点，祝星遥喘着气从噩梦中醒来，她又梦到陈毅跟江月了，已经两个多月没做过这种噩梦了。

今晚被刺激了一下，她又做起了噩梦。

她按开床边的台灯，缓了好一会儿，才下床去倒了一杯水。

一般做了噩梦，她很难再睡着。

第二天周六，祝星遥十点多才爬起来，丁瑜帮她把早餐热了一下，看她脸色不是很好，心疼地问："是不是昨晚做噩梦了？"

祝星遥捧着牛奶杯，小声说："嗯。"

丁瑜揉了揉她的脑袋，叹了口气："江途下午几点过来？"

祝星遥说："我跟他说五点。"

丁瑜点头，又问："他喜欢吃什么？我等会儿跟张姨交代一下。"

祝星遥想了想，笑起来："他不挑食的，比较喜欢吃鱼和牛肉。"

过了一会儿，祝星遥在客厅的沙发上坐下，看向祝云平和丁瑜："爸爸妈妈，我跟江途说好了，我们结婚的话，不生小孩，他答应我了。"

祝云平和丁瑜对视一眼，祝云平叹了口气："星星，我觉得有些事情你应该告诉他。"

祝星遥看着他：“爸爸，你不了解江途，如果他知道了，会特别愧疚自责的。我不想让他难受，而且我现在好很多了。”她撇撇嘴，“反正下午他来的时候，你们别为难他。”

祝云平没好气地说：“我说什么了吗？你还给我打起预防针来了。”

丁瑜反倒笑了：“你们这才谈多久，就说到结婚了？”

“我是怕他不能接受，所以提前告诉他。”祝星遥认真地说，“反正我们也不会分手，结婚不是迟早的事情吗？”

以前她没想过结婚这件事，但对象是江途的话，她觉得早一点晚一点，都没关系。

她愿意。

下午五点，江途的车开进祝家院子里，祝星遥站在旁边等他。江途下车，看到她眼底的疲倦，皱眉问：“昨晚没睡好吗？”

祝星遥眨眨眼：“你来见我爸妈，我紧张啊！”

江途笑了：“要紧张也是我紧张，你紧张什么？”

“你不懂。”祝星遥哼了声。

江途从后备厢里拿出准备好的礼物，祝星遥看了一眼，忍不住笑他：“途哥，你怎么买了这么多东西？”

“应该的。”江途关上后备厢，低头看她。

祝星遥上前挽住他的手臂，小声说：“你不用紧张，我妈妈今天早上还问我你喜欢吃什么呢，他们不会为难你的。”

这不是江途第一次来祝星遥家，但这次意义不一样，他的确有些紧张。进门的时候，丁瑜笑着接过他手里的东西：“先去客厅坐一会儿，你叔叔有点工作要处理，在书房里呢。”

江途笑了一下：“好，谢谢阿姨。”

丁瑜看向祝星遥：“要是无聊的话，你带他去你的房间看看也可以。”

“好啊。”祝星遥高兴地说，拖着江途上楼：“那我们上楼吧，我给你看我小时候的照片。”

时隔两个月，江途又一次来到祝星遥的房间，她房间的床单和地毯都换了，还开了地暖，温度适宜。江途把外套脱了挂在手臂上，低头看她：“不是要给我看你小时候的照片吗？”

“我房间里没有相册，相册被我妈妈放在客厅的柜子里，我是故意骗你上楼的。”祝星遥帮他把外套放到沙发上，忽然想起什么，打开抽屉，把那一沓情书拿出来，冲他笑，“看，我把情书找回来了。”

江途一愣：“哪里找的？”

“在阁楼，我让我妈妈帮忙找出来的。”祝星遥突然好奇，“你在哪里收罗了这么多大提琴图案的卡片？”

江途把她拉到身边，低头笑笑：“慢慢收的，看到有就先买下来了。”

祝星遥想象年少时的江途收罗卡片的样子，有点心疼，刚要伸手抱他，楼下就传来祝云平的声音：“江途还没来？”

“来了，在星星的房间呢。”丁瑜喊。

祝云平哼了一声：这小子胆子可真够大的。

江途垂眼看她：“我们先下楼？”

祝星遥把情书塞回抽屉里，跟江途一起下楼。祝云平靠在沙发上，抬头看他：“坐吧，不用拘谨。”

江途跟祝星遥在沙发上坐下，祝云平看了他们一眼，对江途说：“你跟星星的事都被写进书里了，闹得轰轰烈烈的，我们也没什么好反对的了。”

江途没想到林佳语那本书还有这个作用，语气诚恳地说：“谢谢。”

祝云平突然问：“你爸……现在怎么样了？”

当初江家是因为江锦辉才出事的，虽然江途现在早就可以掌控自己的生活了，但有些事祝云平还是要了解一下，毕竟江锦辉是江途的父亲。

祝星遥急急地叫了句“爸爸”，江途按住她的手，看向祝云平：“当年的事情对我和他的影响都很大，虽然他这些年很少赌博了，但我跟他的关系已经不可能再修复了，只剩下没办法撇开的血缘。叔叔请放心，我已经不是十几岁了，不会让这些事情再影响到我，更不会影响到星星。”

祝星遥抬头看他，又看向祝云平：“爸爸……”

祝云平沉默了一下，没再继续这个话题，说：“那就好。”

这顿饭比江途预期中的要轻松很多，江途从祝家出来的时候，还有点不敢相信：自己就这样过关了？祝星遥站在他的车旁，仰头看他：“你在想什么？”

江途低头盯着她的脸，眼底有笑意：“没什么，只是突然想起十年前我过生日的时候，你在烤肉店给我拉大提琴。其实那晚，我许了一个愿。”

“什么啊？是不是跟我有关？”祝星遥问。

江途嗯了声，搂住她的腰：“我许愿，二十八岁的时候还能收到你的礼物。”

一晃眼已经到了12月，还有一个多月就是1月19日，也就是江途的生日了。祝星遥知道当年那份生日礼物对他来说有多珍贵，笑着看他：“那你二十八岁想要什么呀？”

江途看着她，低声说：“想要你。”

祝星遥一愣，脸突然红了，她怎么也没想到江途会这么直接。

她低下头，语气羞愤：“你……途哥，你越来越不正经了。”这种事情怎么还说出来啊！他提前告诉她，是让她做好准备吗？

江途顿了顿，意识到刚才的话有歧义。他的意思是他想求婚，说他急切也好，卑鄙也好，他就是想在生日那天向她求婚。

他想，那样的话祝星遥拒绝他的概率很低。

江途抬手捧住她发烫的脸颊，低笑出声，没有解释。

他还笑！

祝星遥的脸更红了，她拉下他的手，把他往前推，瞪他：“你快走吧！”

她转身就跑，又在家门口停下，回头去看他，直到他的车开出院子看不见了为止。

《等星星》这本书开放阅读后，祝星遥的受关注度突然又高了起来，工作邀请多了很多，广告代言、影视剧，甚至综艺都有。影视剧和综艺节目祝星遥不可能接，华玲精挑细选了几个代言，其中一个是跟黎西西绑定的，两人一起代言。

华玲在电话里说：“合同等你从迪拜回来后再签。”

12月中旬，祝星遥应以前合作的乐团的邀请，在迪拜有一场演出，过两天就得出发。

祝星遥每次出去演出都要带很多东西，她面前摆着两个箱子，里面塞得满满当当的。挂断电话，她想了想，从抽屉里翻出两个药瓶，塞进箱子里。

那天在医院，丁巷的妻子晕倒在她身上，这对她刺激太大，最近几天她的睡眠状态又不好了，几乎每天晚上都会被噩梦惊醒。她怕影响演出，决定把药带上，以防万一。

两天后，祝星遥在起飞前，给江途发微信。

江途回复："到酒店后跟我视频。"

傍晚六点多，祝星遥一行人抵达酒店，小葵和小天把行李推进房间。小天出去买吃的，小葵蹲下开始整理行李。

祝星遥从包里拿出小江，跟江途视频。小江已经被修好了，不会再出现故障。

迪拜和国内的时差有四个小时，江途晚上正好在加班，十点多了还在办公室。

这是祝星遥第一次看到他的办公室，她有些兴奋："途哥，你转一圈给我看一下你办公的地方。"

江途笑了一下，刚拿起手机，就听见蹲在床边收拾行李的小葵喊："星星，你怎么……又带这个药了啊，不是很久不用吃了吗？"

祝星遥脸色微变，慌乱地把视频扭向一边。

江途顿住，皱眉问："什么药？"

祝星遥的脑袋空白了一下，她很快说："没什么……就是一些补身体的。"

江途盯着她的脸，追问："补什么身体？"

小葵突然意识到自己可能说错话，忙把药瓶放下，有点不知所措。

祝星遥本来就不擅长撒谎，尤其是在被江途这么追问时，她垂了一下眼："真的没有什么，就是一些维生素。"

江途目不转睛地盯着视频里明显在撒谎的人，沉默了一下，拿起手机，不动声色地道："不是要看我的办公室吗？"

"啊，要看。"祝星遥飞快地说，暗暗松了口气。

挂断视频，江途站在落地窗前反思，突然发觉自己好像忽略了一些问题。祝云平对他说过，无论她有任何要求或者缺点，他是不是都能答应和包容她。当时他想：祝星遥能有什么要求和缺点呢？

那晚，她在医院的过激反应以及她对他说的话，他现在回想起来，都觉得不对劲。

江途抿紧唇，拿出手机给祝云平打电话，低声问："叔叔，星星的身体是不是有什么问题？"

祝云平顿了一下："为什么这么说？"

江途声音紧绷："她那天跟我说，结婚后不想生孩子，问我介不介意。

我不介意，但是我想知道，她是不是出了什么事，身体有什么问题。”

那头安静了几秒，祝云平叹了口气：“她的身体没有问题，但她的心理有问题。我本来觉得这件事瞒着你不好，但星星怕你愧疚、自责，坚持不让我们告诉你。你过来吧，我跟你谈谈。”

祝星遥坐在床上沉思，觉得江途好像并没有被她骗到。小葵不安地走过来：“星星，我是不是说错话了？”

“你没说错话。我只是不想让途哥知道我吃药的事，你不用自责。”祝星遥站起来，在小葵的脑袋上摸了一下，“先收拾东西准备吃饭吧，坐飞机都累了，等会儿早点休息，明天早上要跟乐团会合。”

小葵忍不住问：“为什么不能让江先生知道啊？”

祝星遥说：“因为江先生知道了会很难过，我不想让他难过。”

晚饭后，祝星遥给江途发了一条微信，等了很久，都没有等到回复。她坐了十几个小时的飞机，又吃了药，抵抗不了倦意，昏昏沉沉地睡过去了。

睡了几个小时，她又在噩梦中醒来。

窗外，天还是暗的，她拿起手机，依旧没有看到江途的回复。

国内凌晨四点，江途从祝家走出来，刺骨的寒风，吹得他眼睛刺疼，那种疼渗透到身体里的每一寸骨肉，动一下都疼得窒息。

他拉开车门，坐进去，一动不动。

祝云平站在窗前深深地叹了口气，等了很久，才看到车灯亮起，汽车掉头开出院子。

凌晨六点，天色依旧暗如深夜，停机坪上的路灯高高地洒下昏黄的光。江途坐在经济舱的座位里，蜷缩着长腿，一身空荡，麻木地听空乘说着什么，脑子里回荡的全是祝云平的话：

“星星在2014年和2015年对外宣称钻研琴技，其实大部分时间是在接受心理治疗。心理医生的诊断结果为：创伤后应激障碍（PTSD）。陈毅的女朋友江月流产那件事对她影响很大，她总是梦见同样的场景，甚至后来梦见自己怀孕流产，就算接受治疗后好了很多，她还是害怕走安全通道，怕跟孕妇接触，更害怕自己怀孕和生孩子。”

江途拿下眼镜，望向窗外，幽暗的夜空上有光在闪，忽明忽暗，是机翼上的灯。飞机降落，那些光像是直坠到了地面上。江途想起当年祝星遥受伤住院的样子，想起自己曾经阴暗地幻想过星星从天上坠落，最好落在他身边、他的手掌心上，这样他就能离她近一点。

最终，他克制住了所有的渴求，不敢触碰她，连她的信息都不敢回，慢慢远离她。

但他不知道，他放在心尖上的女孩，在他不知道的曾经，在他看不见的地方，因为他而坠落过了。

江途看向玻璃窗，上面映着他此时的脸，男人面色苍白，眼睛猩红。

他仿佛又回到了年少时期，那种自厌自弃的状态。

许久后，飞机起飞，江途慢慢收回目光。

他到底不是十八岁了，即使再恨自己，也不会再往后退一步。

迪拜的气温到了傍晚还是很暖和，祝星遥背着大提琴跟乐团的成员一起回酒店，低头看着手机，昨晚给江途发的微信还没有回复。

中午她试图用小江呼叫他，得到的也是机器人的自动回复。

比如：

“乖，已经十二点了，要好好吃饭。”

“我现在可能在开会，等忙完会给你打电话的。”

“你再等等我，很快。”

“可能真的很忙，星星再等等我，对不起。”

等……

她要等到什么时候呢？

祝星遥心里有些微妙的预感，觉得江途可能知道了。这个猜测让她焦虑不安，她飞快地给祝云平打电话，害怕江途像当年高考那样，知道真相后，又断了联系，不再理她。

电话接通，祝星遥急忙问：“爸爸……江途有没有找过你？”

“啊啊啊啊啊啊！星星你看那边！”

小葵突然尖叫起来，兴奋地拽住她的手，指向酒店大门。

小葵激动得语无伦次：“我、我、我是不是看错了？江先生！”

祝星遥蓦地抬头，隔着十几米的距离，透过人来人往的异国行人，看到了夜幕下江途高瘦挺拔的身影。他孑然一身，风尘仆仆，身上穿着一件皱巴巴的黑色毛衣，外套搭在手臂上，鼻梁上架着一副金丝边眼镜，下巴上冒着一圈青黑。

祝星遥不可思议地看着他，以为自己在做梦。

电话里，祝云平显然听见小葵的声音了，诧异地道："他去找你了？"

祝星遥看着江途，眼睛发酸，吸了吸鼻子："嗯，江途来找我了。"

他一定是什么都知道了。

祝星遥挂断电话，背着大提琴包横冲直撞地跑过去。江途往前走了几步，张开双臂，把撞上来的星星紧紧抱住。

祝星遥仰起小脸，红着眼睛看他，他整个人看起来很疲倦，眼底布满血丝。

她抱紧他，声音微颤："你怎么来了啊？都不告诉我……"

江途将头埋在她的头发里，深深地呼吸了一下，嗓音低哑："我不知道要回什么，就想快点看见你。"

祝星遥从来没想过，会在异国他乡突然看见他。

她心底的感动和激动早就打败了慌乱与不安。

行人纷纷驻足，看向他们。

乐队成员更是好奇，有人起哄，用英文问小葵："那是星星的男朋友？"

小葵的英文不太好，但是她很兴奋："Yes（是的）!Yes!Yes!Yes!Yes!"

她一口气喊了五个yes!

江途昨晚刚知道星星不对劲，今天就直接飞过来找她了，真是绝世好男友!

大家大声哄笑起来。

祝星遥听到身后的声音，才想起来还有乐团成员在，从他怀里抬头，抓住他的手，转头看向大家，笑了起来："这是我的男朋友，晚上不能跟大家一起吃饭了，我要陪他。"

她的英文很流利，声音雀跃动听。

江途压下胸腔里滚烫的情绪，抬眼看过去："谢谢你们对她的照顾。"

房门一打开，祝星遥就转身抱住江途，踮起脚尖要亲他，江途克制地按住她的腰，抬了一下下巴，祝星遥的唇落在他的下颌上。江途咽了咽口水，垂眼看她，嗓音沙哑："星星，我……身上都是烟味，又坐了十几个小时的经济舱，有点臭，胡子也没刮。"他不想这样吻她。

“不臭。”祝星遥紧紧抱着他的脖子，头埋在他的脖子里嗅了嗅，烟味是挺重的，闻起来好像还抽了不少。她从来没在他的身上闻到过那么重的烟味，江途抽烟后也很少吻她，他很注意这些。

祝星遥在他的领口上蹭了蹭，小声说：“我不嫌你。”

江途把头埋在她的颈窝里，温热的呼吸贴着她细白的脖子，克制地在上面轻吻。祝星遥被他冒出胡楂的下巴蹭到，觉得很痒，那种痒意细细密密地酥麻在皮肤上，很刺激，她忍不住颤抖，小声喊：“途哥……”

“嗯？”江途抬起头，垂眼看她。

祝星遥拿掉他的眼镜，仰头看他的眼睛：“你是不是都知道了？”

江途抿紧唇，眼底情绪翻涌，半晌，才声音低低地嗯了声。

祝星遥突然不知道要说什么，咬了咬唇，转头看旁边的浴室，小声咕哝：“我、我先给你拿洗漱用品，你真的很臭。等会儿让小天去给你买身衣服，你怎么可以什么都没带……”

她把他推进浴室，有点凶悍，不容拒绝。

江途难得见她这样，低下头笑了。

祝星遥让小天按照江途的身高尺寸买些衣服回来，时间紧急，小天买回来两套黑色运动服，还很懂事地买了剃须刀。

半小时后，江途剃了胡子，换上干净清爽的衣服，从身后圈住站在窗边低头看手机的祝星遥。

这半小时内，祝星遥已经调整好自己的情绪，但还是不知道从哪里开口，要怎么说……江途把她腾空抱起，让她坐在他的腿上，将下巴搁在她的肩膀上，低声问：“2014年和2015年，没有再给我的QQ发过信息是吗？”

那时候江途以为她还跟陆霁在一起，出国后，很久没登录QQ。等林佳语告诉他，祝星遥跟陆霁分手了后，他才登录上去。但那时候他什么也没收到，已经不会有人给他发消息了。

江途不确定自己是不是错过了什么。

祝星遥委屈极了，摇摇头：“没有，你都不理我，我发什么啊……”

江途沉默，深吸一口气，又问：“最后一条是什么？”

最后一条啊……

2013年8月，她在柏林，半夜从噩梦中惊醒，给他发了最后一条消息：“途哥，你理我一下好不好？”

消息石沉大海，从此，单方面的联系也断了。

江途的呼吸在她耳边加重，祝星遥知道他在努力克制情绪。

他轻声道："你去我妈租在郊区的房子附近找过我？"

"找过，那天……"祝星遥觉得祝云平应该把知道的都告诉他了，细白的手指紧张地纠缠在一起，回头去看他，眼底全是埋怨，"那天天都黑了，那边比以前的荷西巷还乱，我又不太认识路，转了半天都没有找到你家……你又不回我信息。后来，我听见一个阿姨跟你妈妈说起你的名字，问你怎么又不回来过年……"

"还看到我妈了？"江途看着她。

"看到了，她还跟我说了一句话。"祝星遥看着他的脸，突然觉得没那么难受了，"那天我太丑了，你妈妈都没认出来我，也不记得我了。"

"不丑，你一直很漂亮。"江途把她按向自己，几乎是凶狠地吻住她。

在这漫长的二十个小时里，他的心疼、愧疚、自责、自厌的情绪堆积，到了最高点，在这一刻爆发。他啃咬着她的唇，像是要把所有的情绪都放在这个吻里，让她清清楚楚地感受到他。

祝星遥感觉自己快融化在这个热吻里了，呜咽了几声，全部被他含在嘴里，吞了下去。

这好像还不够，江途闭上眼睛，将唇挪到她的耳边，情难自抑："星星，我爱你。"

高中时，祝星遥一直觉得江途很冷酷，很难想象他谈恋爱后会是什么样子，但觉得他应该不会说甜言蜜语，是个行动派。

在祝星遥心中，他可能不会说"我喜欢你"，更不会说"我爱你"。

他说出口，一定是压抑不住了。

祝星遥能感觉到江途沉沉的爱，他的气息喷在耳边，她感觉心都麻了。

"途哥……"

祝星途突然涌起一股冲动，黎西西说过"我爱你"是男人在床上最喜欢说的一句话。一直以来，她不只能感受到江途对她心理上的爱，还知道他对她有欲望、有冲动。

她转身抱住他，直勾勾地问："你想不想提前把生日礼物收了？"

江途低头看她，眼神克制，没有解释他之前想要的生日礼物是结婚。

他抱着她起身，把人放在沙发上，笑得有些无奈："星星，我千里迢迢跑来找你不是为了这个。"他修长的手指插入她的发间，声音低低地说，"你明天要跟乐团练习，还要准备演出，真做点什么会影响你。而且我什么都没交代就跑来了，不能待太久，明天就要走了。我不想你以后回想起来我们的第一次是这样的，你睡醒了，做噩梦了，转个身找不到我，给我打电话我也不能马上赶到你身边。"

祝星遥仰着脸，眼睛亮如星光。

她从小到大没吃过苦受过累，在哪里都是一颗闪亮的星星，江途或许是她的劫，她因为他受过伤，也尝过苦。

但是，她依旧觉得自己这辈子最幸运的事，就是遇见江途。

两人走在异国的街头，祝星遥拉着江途的手，带他去附近的餐厅吃饭。

夜里，江途从她的行李箱里拿出药瓶，仔细看了看。他没接触过这种病和药，正要拿手机查这个药，祝星遥把药瓶和他的手机一并拿走，盘腿坐在床上，主动跟他解释。

江途起身，低头看她："不要再吃这个了，以后做噩梦了就给我打电话。"

祝星遥抬头看他："然后呢？"

江途："我哄你睡觉。"

祝星遥乐了，笑容灿烂："你怎么哄啊？给我唱歌吗？"

她从来没有听过他唱歌。

"你会唱歌吗？"她认真地问。

"幼儿园的时候唱过。"江途低声笑了笑，把她按在怀里，两人一起躺在床上，他侧身抱她，"我试试，太难听的话，你就叫停。"

祝星遥笑个不停，她很久没有这么轻松开心过了。

事实证明，声音这么好听的一个人，唱歌怎么会难听呢？

江途回国后，祝星遥还记得他在她耳边唱五月天的《温柔》，声音低沉动听。

明明是想靠近却孤单到黎明
不知道不明了不想要
为什么我的心
那爱情的绮丽总是在孤单里

又一个周末，江途回舒娴那边吃饭，好久不见的江路终于敢露面了。兄弟俩坐在沙发上，江路不正经地笑道："哥，你最近在我的直播间特别火你知道吗？我每次开直播都有人叫我让你露个脸。"

江途冷眼看他："你还敢说？"

江路咳了声，挠挠头："这有什么……你们都被写成一本书了，我身边的人还有我直播间的粉丝基本都看过，我还听说有人想要买影视版权呢，林佳语一直没答应。我估计她就是不敢卖，怕被你骂。"

《等星星》这本书大热，很多影视公司找到林佳语，想要购买版权。

虽然祝星遥已经说过，这本书随林佳语处置，但林佳语还是有所顾虑，只答应了出版编辑的合作。影视公司开的价格很诱人，但她拒绝了。

江途皱眉："你也看了？"

"看了。"江路哼了声，"林佳语真没眼光，陆霁有什么好暗恋的。"

江途不置可否："这是她的事情。"

林佳语没答应卖影视版权，不仅是顾虑他，还顾虑陆霁。

炖排骨的香味从厨房散开，江路想了想，说："女神嫂子最近在国外演出吧？妈一直不好意思说，她想让你有时间带嫂子回来吃顿饭。上次演奏会妈就在观众席上看了看，都没跟嫂子说上话。"

舒娴惦记这件事很久了，她跟江途关系不亲，不敢直说。

江途沉默了一下，想起祝星遥说的话："过段时间吧。"

晚上八点，江途起身离开，开车去了一趟人民医院。

江途去迪拜的前一天，来医院看过丁巷。他一个星期来一次，现在医院的护士好像都认识他了。他这次一来，就有小护士跑过来围观。

病房里，丁巷还在跟妻子耍贫嘴，有护士推开门，笑着说了声："哎，你朋友又来看你了。"

丁巷问："谁啊？"

小护士说："长得最帅的那个，《等星星》的男主角啊！"这可是从小说里走出来的男主角，长得帅、身材好，还特别深情专一。

江途走到门口，听见这句话，皱了一下眉。丁巷一看，感动坏了："途哥！你怎么又来看我了啊！"

江途手上空空，没带什么东西，说：“顺路，来看看。”

丁巷的妻子赶紧给他拉了一张椅子，笑着问：“星星呢？”

“还在迪拜，明天晚上回来。”江途对她点了一下头。

丁巷想起上一次江途说的话，笑道：“我最近恢复得特别好，途哥你就放心吧，下个月你生日要求婚的事，我肯定能好好帮忙。”

江途坐下，看向手臂上还绑着夹板的丁巷：“求婚的事先不着急，再等等吧。”

丁巷啊了声：“为什么？”

“再等一等，不着急。”江途说。

祝星遥害怕怀孕，害怕生孩子，江途觉得她可能没做好结婚的准备，不确定现在求婚会不会让她有心理压力。

反正他已经等这么多年了，再等一等，也没关系。

两个人在一起，结婚还是恋爱，都一样。

晚上十点，江途走进超市，买了点日用品和几瓶祝星遥喜欢喝的豆奶，站在收银台旁边的货架前，面无表情地拿起一盒避孕套看了一下，又放下，换了个型号。

他提着东西上楼，按了密码打开门。

客厅窗帘敞开着，城市的霓虹灯光微弱地透进来，江途感觉家里有些异样。

他按开灯，低头看见一双棕色的短靴，鞋子三十六码，是前些天祝星遥在迪拜时穿过的那双。

江途愣了一下，抬头扫了一眼空荡荡的客厅，餐桌上放着一个粉色的保温瓶，也是祝星遥的。

江途把东西放在玄关柜上，走向主卧。

卧室门虚掩着，门缝里透出一丝昏暗的光，他轻轻推开门，房间里开了空调，空气温热。床上鼓起的那一块动了动，她发丝凌乱地爬起来，身上穿的是他的睡衣，领口有些大，白皙精致的锁骨露在空气里。

江途站在门口，定定地望着她。

祝星遥睡眼惺忪，抱着被子，嘟囔：“你怎么现在才回来？”

“应该是我问你，你怎么提前回来了？”江途走到床边，嗓音有些哑，抬手把她嘴边的发丝撩到她的耳后，“怎么不告诉我？”

祝星遥跪坐在床上，钩住他的脖子，江途配合地弯腰。

她仰着脸，答非所问：“途哥，家门的密码改一下吧，我一试就成功了。现在《等星星》这么火，书里把我的生日和你的生日都写得清清楚楚的，要是有人知道你家里的地址，跑来一试就打开了怎么办？会进贼的。最好连手机密码也改一下。”她看着他深沉漆黑的眼眸，突然有点紧张，声音也弱了，“我没有参加乐团的庆功宴，改了机票，想提前回来给你个惊喜，就没告诉你。”

她在飞机上很难睡着，没想到在他的被窝里却一下睡着了，从七点睡到十点。

“还有呢？”他低声问，修长的手指穿过她的发丝，按着她的后脑勺。

祝星遥垂下睫毛，不敢再看他的眼睛，闭上眼睛：“没有了……”

下一秒，他低头吻上来，有些急躁。

祝星遥重心不稳，身体向后倒。床头是实木的，他的手护着她，她没撞疼，只发出砰的一声响。江途呼吸一顿，低头看她，祝星遥红着脸睁开眼睛，抬手把他的眼镜拿下来。

江途重新吻上她，在她的耳边低声问：“今晚不回去了？”

祝星遥心跳如擂鼓，把脸埋在他的肩上，小声说：“我爸妈还不知道我回来。”

“那你想回吗？”江途在她的耳朵上轻吻。

祝星遥轻颤，知道他是明知故问。她要是想回家，会偷偷跑回来给他惊喜，还睡在他的床上等他回来吗？她抱紧他的脖子，抬头吻他的喉结：“不想，你……”

江途再次用力地吻上来，把她的话堵住了，祝星遥一开始还能回吻他，但很快就招架不住了。两人的喘息和接吻声在寂静的夜里听起来格外清晰撩人。

“害怕吗？”江途将手伸进她的衣服里，他手心发烫，动作也不轻，祝星遥的胸口又麻又疼，那一丝疼却刺激得她浑身发软。

“不怕……”她声音发颤。

她当然是害怕的，怕疼，上次她用手帮他的时候，就觉得这人……尺寸犯规了。但她能感觉到他的急切和渴望，这种亲密感也让她沉迷，让她有了一丝期待。

江途没戳穿她，没一会儿，她身上那身睡衣就掉到了床底，浑身上下只剩脖子上的那条钻石项链。江途目光灼热，吻在那颗星星吊坠上，低声问："演出的时候戴的吗？"

"嗯……"祝星遥轻颤。

江途松开她，手撑起身体："等我一下。"

他衣衫凌乱地走出房间，祝星遥蒙了一下，突然想起来他们没有买必需品。她抱着被子坐起来，肩头被深色的被子衬得冷白。

她本来以为他要出趟门，没想到他很快就进来了，手里拿着一个小盒子。

江途重新覆在她身上，两人之间再无阻隔，亲密无间地厮磨，像是要融化彼此。尽管祝星遥做过心理准备，但还是疼哭了。

空调换气，嗡嗡嗡地响了一阵。

祝星遥很怕冷，江途家里没地暖，她就开了空调，现在，她有点后悔了。空气变得湿热，她几乎喘不过气来。

她之前哭过，睫毛还是湿的。她睁开眼看江途，他眼睛猩红，脖子上的青筋绷紧，连着紧咬的下颌线，喉结随着喘息上下滚动。

祝星遥从来没见过他这样，觉得特别性感，忍不住伸手去摸，指尖全是汗水。

江途捧着她的脸，目光滚烫得几乎将她融化，声音压抑："星星，还疼吗？"

她还是疼的，但不想让他忍。

于是，她摇摇头。

故作坚强的后果很严重。祝星遥的脑袋第一次撞上实木床头的时候，她头昏目眩地看江途，有一瞬间觉得，床可能要塌了。

江途用手护着她的头，哑声问："疼不疼？"

她还是摇头，嗓音里带了点哭腔："不疼……"

今晚她是打算故作坚强到底吗？汗水顺着江途的下颌滑下，他的脖子上全是汗水，青筋凸起。他低头轻轻地吻她的唇："下次换张床，撞了也不疼的那种。"

祝星遥浑身泛红，这种时候讨论换床……实在是羞耻。她不安分地动了一下，江途再也控制不住地用力冲撞起来。

祝星遥觉得自己像一条搁浅的小白鱼，被翻来覆去地折腾，死去活来。

待一切平息，江途抱她去洗澡，看着空荡荡的浴室，又说："下次装一个浴缸吧。"

他记得她卧室的浴室里有个很大的浴缸。

祝星遥累得不想说话，脸贴着他的胸膛，小声说："不用……"

夜色已经陷入深深的沉静。

再回到房间，祝星遥几乎是沾床就睡。

江途在她睡着后，低头看了她很久，起身走出卧室。他身上穿着一件单薄的衣服，站在客厅的阳台上抽烟，压抑了许多年的情愫随着身体得到发泄而发泄，他整个人都放空了一般。

等了那么多年，祝星遥终于是他的了。

过了一会儿，他掐灭烟头，去洗漱。

他刚刚掀开被子，祝星遥不知危险地往他身上靠，细腻的肌肤贴上他。江途闭上眼睛克制了一下，低头在她的头发上轻吻，又挪到她的脖子上。

最后，他还是没克制住，索性便放纵自己。

祝星遥半梦半醒，又被他带入那种难以控制的浪潮里，忍不住哭出来，很快又被他安抚。

真是奇怪，她明明很难受，但看到他沉迷的样子，却又跟着一起沉沦。

一直到第二天中午，祝星遥才睁开眼睛，发现床单被套换过了，还是深色的。江途坐在窗边的单人沙发上，听到动静，起身走过来。

她撑着身体准备坐起来，刚一动，又皱眉躺了回去，一脸难受地看天花板。

怪不得上次江途说会影响她演出！

她全身酸疼不已，腰和腿完全不像自己的了。

江途穿着一身黑色运动服，神清气爽，弯腰撑在床边，低声问："还难受？"

这还用问吗？

祝星遥挣扎了一下，抱着被子坐起来，皱眉看他："途哥，你昨晚……有点过分了。"

不是有点，是很过分。

江途沉默了一下，靠过去吻她的嘴角："对不起，想你很多年了。"

所以，我有点失控。

昨晚的江途不仅仅是失控了，他似乎陷入了某种疯狂和痴迷中，沉醉不醒。祝星遥不知道男人在床上是不是都这样，在她的记忆里，江途一直是冷淡克制的。一个能暗恋她十二年的人，一个这么隐忍内敛的人……她怎么也没想到，这人上了床几乎像变了一个人，她一点心理准备都没有。

他真的是因为想了太多年，所以一下子全部爆发了？

"你、你……"祝星遥红着脸推他，不断催促，"你先出去！出去出去……"

虽然昨晚折腾到大半夜，但江途还是早早地醒来了。他情绪亢奋，不知疲倦也毫无困意。他笑了一下，看起来心情很好："有事叫我，洗漱完出来吃饭。"

他起身走出去了。

祝星遥感觉浑身难受，有种难言的疼，身体僵硬地挪到浴室门口，看着空荡荡的浴室，真的很想要一个浴缸来泡澡。

江途下次还会这么失控吗？她腿打了个战，有些怕了。

祝星遥冲了个热水澡，才觉得舒服一些，从行李箱中取了套干净衣服，换上后才走出去。

江途坐在餐桌前抬头看她，两人目光相触，空气仿佛都泛起了涟漪。桌上放着几道精致的饭菜，是上次林佳语跟老袁相亲的那家餐厅的外卖。他站起来："先吃饭吧，上次你说这家的虾球和蒸鱼好吃。"

祝星遥是真的饿了，她喝完一碗鸡汤，抬头看他："等下你送我回家吧，我行李箱里都没厚衣服，我得回去换行李，明天要去北京。"

江途顿了一下，问："去北京做什么？"

"华姐谈了几个代言，有一个是跟西西一起的，我去签合同。"祝星遥吃了一个虾球，虾球一共就六个，她给他夹了一个，"西西2月12日在荷西体育馆开演唱会，你知道吧？"

江途点头："嗯，听丁巷说过。"

黎西西这两年人气很高，2018年发新专辑和全国巡回演唱会同时进行，演唱会的第一站是2月12日，在江城荷西体育馆。这是黎西西第一次在江城办演唱会，近期江城的街上有很多关于演唱会的宣传海报。

祝星遥接着说："西西要我给她当演唱会的特别嘉宾。"

江途："好，我买几张票。"

祝星遥把虾球全吃完了，恢复了元气，对他笑笑："不用，西西有赠贵宾票呢。"

下午，江途送祝星遥回家，祝云平出去了，家里就丁瑜在。江途提着祝星遥的行李箱走进祝家，丁瑜看了他一眼，问祝星遥："不是晚上才到吗？"

祝星遥低头说："我昨晚提前回来了。"

江途一顿，丁瑜沉默了几秒，才说："先把行李放回房间吧。江途晚上留下来吃饭吗？"

"谢谢阿姨，不过我晚上约了客户。"江途平静地说。

祝星遥拉着他上楼，江途把她的行李箱放下，打量她的房间，觉得自己现在住的公寓有点小，主卧的面积比她的房间小不少。

他现在住的房子是公司安排的，是时候买一套房子了。

祝星遥有点犯困，靠在床上不想动弹。

江途走过来，抬起她的脸，低声说："累了就再睡会儿，我先回去了，明天早上我来送你去机场。"

"不用啦，我跟华姐和小葵一起去，你不用专门来送我。"祝星遥笑了一下，站起来挽住他，"我送你到门口。"

晚上十点，祝云平回来了，祝星遥陪他在客厅看新闻，突然转头问："爸爸，你现在觉得江途够好了吗？"

祝云平想起那晚江途拼命压抑着痛苦，在他面前低下头，沉默地一根接一根地抽烟。江途只问了几句话，其他时候都在听他说。

最后，江途红着眼，眼底全是愧疚和自责，跟他说了一声对不起。

祝云平当时没想到他会直接跑去找祝星遥，搂住女儿的肩膀，笑了笑："不要怪爸爸以前对他有偏见，现在偏见消除了。他对你确实没的说，他一直很好。"

第二天中午，祝星遥在北京跟黎西西会合，合同签得很快，结束后才三点。祝星遥没什么事情，就跟着黎西西一起上车，去练习室看她排练。

晚上，两人在附近的餐厅吃饭，总算有时间聊天了。

祝星遥说："江途知道当年的事了。"她把江途去迪拜找她的事情，也告诉黎西西了。

黎西西听完，愣了一下："所以，他大老远跑去找你，你们什么也没干？他可真能忍啊！"她凑过去，眯着眼睛说，"我跟你说，男人忍太久是会憋坏的，江途不会是忍太久，不行了吧？"

祝星遥看向黎西西："他很行。"

黎西西啊了声，很快瞪大眼睛："你们……做了？"

祝星遥红着脸小声说："嗯，我前天提前回来，没回家，去了他家里。"她靠过去，小声告诉黎西西，江途真的没有不行，相反，他可能是憋太久，爆发起来很可怕。

黎西西暧昧地看她："可不是吗？想了这么多年了。"

祝星遥的脸更红了。

这时，林佳语给祝星遥发来信息："星星，你什么时候回来？"

祝星遥拨了视频电话过去，林佳语接通，一看祝星遥跟黎西西在一起，哇了声："你们这是在哪？星星，你的脸怎么这么红？"

黎西西凑过来："因为我和她在聊她跟江途，他们在床上貌似不和谐。"

祝星遥："……"

她哪有这么说？！

林佳语愣了一下，反应过来，很快问："是不是江途憋太久，把你折腾惨了？"

黎西西乐了："你真聪明！不愧是言情作家。"

林佳语哈哈大笑："星星你体谅他一下吧，他从十六岁就喜欢你了，十二年啊……黄河水都差点等干了。"

"你们俩别说了！"祝星遥捂住耳朵，脸颊发烫。

黎西西笑得很放肆，林佳语憋笑，问："你们不是在江城吧？"

"在北京呢，我们要是在江城肯定会叫你的。"黎西西乐了，想起一件事，忙说，"对了，有个事情我正要跟你说，《等星星》这本书的影视版权，你没卖吧？"

林佳语看了一眼祝星遥，不好意思地说："没有。毕竟是真实故事，就算星星说随我处置，但我还是觉得要是真卖出去了，就跟拿你们去换钱似的……”

“我们不介意！”黎西西从祝星遥手里拿过手机，兴致勃勃地说，“我认识一个大编剧，你应该知道，时光影业的老板娘唐馨，她非常喜欢暗恋题材的故事。她联系过你，但被拒绝了，知道我们认识，所以来找过我。她想买下版权跟你一起合作。我也是《等星星》里的小配角，倒是希望这个故事能拍出来。你想想，这世上有几个人的故事是能被改编成电影的？”

黎西西看向祝星遥：“星星，你介意吗？”

祝星遥想了想，说：“我在校园论坛上被挂了十多年，要曝光的基本都曝光了。”

《等星星》把暗处的江途放到了光亮里，把埋藏多年的秘密曝光，让所有人都回到了最清晰最正确的位置上。如果没有这本书，大家聊起一中的传说，提起的总是祝星遥跟陆霁的名字和那片星星灯，他们或许要被捆绑一辈子。江途那么冷淡的一个人，肯定不会跟别人解释什么，可江城就那么大，总会遇见校友，他听到那些话心里多少会有些不舒服。祝星遥不想他心里不舒服，哪怕是一点。

黎西西看向手机：“你看，星星都没说什么。你主要是怕陆霁介意吧？”

毕竟，陆霁拿的是卑鄙不磊落的男二号剧本。

祝星遥笑了笑：“其实不管我们怎么样，书是你写出来的，没有你也就没有《等星星》这本书了。佳语，这是你的东西。”

林佳语看着她，也笑了：“谢谢你，星星。”

《等星星》曝光后，很多人一开始将注意力放在男女主角身上，看完了才回味过来，男二号的同桌暗恋他。

林佳语最近收到很多信息：“原来你以前暗恋陆男神啊！”

甚至还有人在群里开陆霁和林佳语的玩笑。

陆霁不可能不知道，可是，他没说过一句话。

陆霁知道这件事，最开始是许向阳跟他说的，后来是班里有人私下告诉他的。刚开始陆霁确实很惊讶，周原却说：“高中时喜欢你的女生那么多，也不缺林佳语一个，你总帮她补习，人长得帅，又是学霸，她喜欢你太正常了。”

林佳语跟江途不一样，都这么多年过去了，就算暗恋过，那也是曾经。

他去医院陪爷爷聊天，陆爷爷摇头说："你啊，说故事的能力都不如你同桌。"

陆霁苦笑："我又不是写小说的。"

陆爷爷问："她叫什么名字啊？"

陆霁说："林佳语。"

还有一天就是圣诞节了，街上节日的氛围很浓，就连机场的航站楼里都摆放着圣诞树。晚上八点，祝星遥戴着厚厚的围巾，小脸埋在里面，低头走向停车场，小葵跟小天推着行李跟在后面。

夜色下，江途站在车边，看着她走近。

祝星遥一双大眼睛里满含笑意，她冲他眨眨眼，主动坐进副驾驶座。

跟往常一样，小葵和小天把行李箱放下后就走了。

江途坐进驾驶座，转头看她："饿吗？"

祝星遥看着他："饿，我想吃鸭血粉丝了，曹记那家的。"上次怕被老板认出来，她不敢去，现在江途都知道了，她还怕什么？她皱了皱鼻子："我都两个多月没吃过了。"

江途笑了一下，把车开向荷西体育馆。

城市的霓虹灯光洒进车内，祝星遥手肘杵在车窗上，支着下巴看江途的手：他的手指干净修长，袖口往后拉扯，露出手腕上黑色的表带。

他好像就两块手表，还有一块是深棕色的表带。

她给他订了一块手表。

九点多，曹记鸭血粉丝店的客人寥寥无几。江途让祝星遥在窗边坐下，自己去点餐。

老板看见江途，一下子没认出来，直到江途说："再给我拿一瓶温的豆奶。"

老板才反应过来，激动地道："你是江途，对吧？"

江途嘴角弯了一下："嗯。"

老板哎呀了一声，高兴地笑道："好多年没看见你了，差点没认出来。你回来好几个月了吧？都没看见你来这吃过东西。"江途刚回国的时候，陪林佳语和江路来过一次，当时老板不在，也就不知道。老板看到窗边坐着个漂亮的女人，笑着压低声音问："那是祝星遥吧？之前我闺女跟我说起过你们，还有那个什么书，我都知道啦。"

老板闺女正上研一，当初也是江城一中的学生，那个浪漫的传说、网上那些事，以及那本《等星星》，她都知道。当年住在荷西巷附近的居民大多知道江途，老板在这里开了好些年的店，荷西巷拆迁重建了，他的店还是开在荷西体育馆附近，以前的居民朋友常来店里吃东西，他想不知道都难。

江途平静地点头："嗯。"

他准备付钱，老板忙推开他的手，怎么也不肯收钱："不用不用，这么多年没见，这顿算是我请你们吃的。"

祝星遥听见了，看到江途面露无奈地走回来，忍不住笑起来："老板真热情。"

江途拧开瓶盖，把豆奶放到她面前："还是有点凉，你喝两口就好了。"

"好吧……"祝星遥喝了两口，抿了抿唇，"我听说本来豆奶厂家都快倒闭了，《等星星》火了之后，销量又好起来了。佳语应该跟厂家拿广告费的。我们也有功劳，让佳语拿了广告费，给我们发红包。"

老板亲自把他们点的东西送过来，正好听见这话，笑着接话："可不是吗？我店里这种豆奶最近卖得挺好的。"

祝星遥咕哝："不过，还是没有我们上学的时候味道好了。"

江途拿过来喝了一口："淡了一点。"

"你尝得出来？"祝星遥奇怪。

江途上高中时从来没喝过豆奶，上大学后，想祝星遥了就会买一瓶。

他看着她笑了笑，没回答。

老板笑眯眯地看着他们，转身走了。

半小时后，江途把一张五十块留在桌上，牵着祝星遥走出店门。

车停在荷西体育馆的停车场内，江途配合祝星遥放慢了脚步，两人走过斑马线，一转身，看见一个很眼熟的男人迎面而来。

祝星遥僵了一下，江途握紧她的手。

多年未见，陈毅已经将近四十岁了，眼尾和额头有了皱纹，看起来老了不少，身边倒是还跟以前一样跟着几个小混混。他看着对面的江途，愣了一下，好一会儿才认出来，再看向江途牵着的女人，虽然只看见半张脸，但立刻认出了祝星遥的眼睛——那双眼睛依旧明亮漂亮，让人一眼难忘。

江途站在原地，目光冷冰冰地看陈毅。

陈毅笑了声："这不是江途吗？没想到还真给你追上女神了。"

江途往前一步，祝星遥很快把他拉住，他低头看她。

祝星遥拉着他往前走，小声说："我们走。"她不想跟陈毅再起什么冲突，连一句话都不想多说，只想快点离开。

她每次碰见他都没有好事，希望这辈子再也不要跟这个人碰面了。

江途恨陈毅的理由很多：他害自己高考失利，让祝星遥身心受创。江途恨不得打死他。江途拼命压下想冲上前揍人的冲动，仿佛又陷入了年少时期那绝望愤怒的情绪。

祝星遥抓紧他的手，安抚似的用拇指摩挲他的虎口，拖着他往前走。他们走到体育馆门口，祝星遥停下脚步，转身抱住他，脑袋在他的胸膛上蹭，撒娇道："途哥……算了，恨他也没用，那些不开心的事情就让它们过去吧，我不想你不开心。"

江途深深吸了一口气，低头看她："好。"

回到车上，江途没问祝星遥的意见，直接把车开回公寓。

车停在地下车库，两人下车。江途拉着祝星遥走向电梯口，祝星遥急忙回头看一眼："不拿行李吗？我的行李都在车上呢。"

"先带你上去，等会儿我再下来拿。"江途把她带往安全通道。

祝星遥的脚步瞬间顿住，她站在门口不肯进去，小声说："干吗……"

江途按住她的腰，低头在她的头发上亲了一下，轻声说："我们走安全通道上去。"

"为什么？有电梯啊……"祝星遥皱眉，很抗拒。

江途垂眼看她，耐心地问："安全通道是用来做什么的？"

祝星遥用沉默表示抗拒，根本没去细想。

江途说："用来逃生的。"

祝星遥一愣，抬头看他。

他捧起她的脸，眼睛盯着她："星星，天灾人祸有时候不可避免，我们不知道什么时候会发生意外。如果真的遇上了火灾，我在你身边的时候，可以带你走，但是万一呢？我不在你身边，你怎么办？逃生的时候别人都跑了，没人顾得上你，你又不敢走……"他咽了一下口水，低声重复，"嗯？你怎么办？"

他在心里问：我怎么办？

这个问题，连祝云平都没有问过她。

祝星遥呆呆地望着他。

江途望着她，突然心软了，俯身将她打横抱起："这次先抱你上去，下次要自己走，直到你习惯了，不再害怕为止。"

祝星遥突然失衡，连忙抱住他的脖子，看着他："你住在十五楼……"

江途垂眼："二十五楼也没问题，你很轻。"

楼道里很安静，只有江途沉稳的脚步声。祝星遥搂住他的脖子，眼睛直勾勾地看他。走到五楼，祝星遥抬手抚过他下颌的汗，小小地挣扎了一下，心疼地说："放我下来吧，你牵着我上去就好。"她虽然瘦，但冬天的衣服厚重，加上她的包里东西很多，加起来怎么也有一百斤。抱着一百多斤的东西上十五楼，太累人了。

江途把她往上提了提，低头微微喘着气："说了这次抱你上去。"

他抬脚，继续往上走。

祝星遥咬了一下唇，过了一会儿，凑上去，在他的唇上亲了一下。

江途脚步一顿，低头看她，祝星遥冲他笑："奖励你的。"

一路上，祝星遥奖励了他三次，每五层楼一次。

江途抱着她走到家门口，喘着气低头看她："开门。"

祝星遥按了密码开门，江途抱着她走进去，二人一同倒在沙发上。他靠着沙发，背不动，手臂有些僵硬。祝星遥很快从他身上爬下，在茶几上抽了几张纸巾，踢掉鞋子跪坐在他腿上给他擦汗。

江途略仰头靠在沙发上，闭上眼睛调整呼吸，胸膛上下起伏。祝星遥细心地给他擦汗，看着他随着喘息不断滑动的喉结，突然想起那天夜里的事，手上的动作慢下来，莫名地觉得有些口干舌燥。

她凑到他的耳边，小声问："途哥，还有力气吗？"

江途睁开眼睛，转头看她，突然笑了。

那个笑有点坏，祝星遥从来没见过他这样笑。她红着脸低下头，一骨碌从他腿上爬下去，欲盖弥彰地说："我去给你倒杯水……"她撩了他一下，又飞快地逃走。

江途的目光追着她的背影，等气息平顺后，他起身把外套脱了。祝星遥站在厨房里，捂了捂发烫的脸，从玻璃柜里拿出他的水杯，回到客厅，把水杯递给他。

江途喝完水，放下水杯："我下去帮你拿行李。"

祝星遥抱着他的外套回卧室，看到卧室里的床真的换成了带软垫的，不由得愣在门口，脸忽地红了。过了一会儿，她拿了他的睡衣去浴室洗澡。

江途提着行李箱回来，听到浴室里传来的水声，走到门口，问："你需要什么东西，我拿给你。"

祝星遥今天没化妆，不需要卸妆，听到他的声音，立即紧张地盯着门口："不用……"她想起在林佳语的小说里，男主角是会在女主角洗澡的时候闯进浴室的。

江途应该不会吧？

她咬了咬唇，打着泡沫过去把门反锁了。

咔——

江途刚转身，脚步一顿，回头看了眼紧闭的门。

她这是在防他？

江途神色有些复杂，转身去另一个浴室洗澡，出来后接了个电话，去书房回了两封邮件。

半小时后，他回到卧室，祝星遥正坐在床上跟林佳语发微信。前两天黎西西说的那个大编剧唐馨来江城了，约林佳语吃饭。唐馨对林佳语说："我暗恋了我老公四年，真的很明白暗恋的心情，《等星星》这本书我真的很喜欢。"

她想要买这本书的版权，诚意十足，费尽口舌，林佳语几乎被她说服了，唯一担心的就是江途不同意。林佳语发来消息："星星，你能不能帮我问问江途的意思？探个口风……"

祝星遥抬头看江途，他把眼镜放在桌上，走过来。

她望着他漆黑的瞳仁，匆匆给林佳语回复：“好。”

江途把灯都关了，只留下一盏暖色的小台灯。

他在祝星遥旁边坐下，把她抱到腿上，将头埋在她的颈窝里，低声问：“很喜欢穿我的衣服？”

祝星遥坐在他腿上，靠在他怀里，小声说：“你喜欢我穿。”衣服扣得松，江途用手轻轻一拨，领口的扣子就散开了。江途的吻落在她的心口上，她瞬间心脏狂跳，呼吸急促起来。她怕等会儿说不出话来，连忙开口：“途哥，佳语那本书……是不是随她处置了？”

“嗯？”

江途抬头看她，头发微乱，手上的动作一刻不停，将她剥得一干二净，嗓音干哑地说：“她想做什么？”

祝星遥被他撩拨得意乱情迷，虽然已经做过了，但她对这件事的记忆大多是疼，紧张得身体紧绷。奇怪的是，他的手指碰到哪里，她哪里就开始酥软。

她被他抱了起来，睡衣掉在床边，二人亲密无间地贴在一起。她跪在两侧，双手扶着他的肩膀，声音跟着双腿一起颤抖：“她……有人想买影视版权……我跟西西都觉得，随她处理。她怕你生气……”她猛地咬住嘴唇，红着脸把脸埋在他的肩膀上。

江途不知道是不想再管，还是在那瞬间陷入了另一个世界，没有听到她的话，也就没有回答她的问题，只是低头看了她一眼，在她的耳边说：“自己试试？”

祝星遥呼吸急促，咬紧嘴唇，红着脸看他。

她怎么试啊？

祝星遥被江途按着腰慢慢坐下去，皱眉，红着眼眶去看他。江途倚在床头看她，修长的脖子上青筋攀附。

她觉得被他多看一眼就要化掉了，但又实在喜欢这样的江途，性感，不再冷漠。

仿佛只有这一刻，他才会抛开往日的冷淡，陷入沉迷，而且只为她沉迷。

第二天，平安夜。

祝星遥给林佳语发信息："江途沉默了，应该是默认让你处置了。"

林佳语收到信息后，给陆霁发了一条信息。两人的上一条信息还是他发的"平身吧"。

她问："陆霁，你介意将这个故事拍成电影吗？"

半个多小时后，陆霁："我说过，这是你的书。"

林佳语沉默了一下，回复："我拿到钱会给你发红包的，毕竟你挨了不少骂。"

过了很久，陆霁才回了一个字："好。"

下午，江途带祝星遥出门，把她拉到安全通道口。祝星遥抬头，求助地看他。江途握紧她的手："我牵着你，不用怕。"

祝星遥双腿发软，紧紧抓住江途的手，一步一步地，像只蜗牛似的慢慢往下爬。

几分钟后，她抬头看他，小声说："途哥……"

江途说："不行，自己走。"

走到十楼，江途站在台阶下，捧住她的脸在她的唇上落下一吻，低声说："奖励。"祝星遥愣了愣，脸一红："你学我……"

江途笑了一下："嗯。你不喜欢的话可以换种方式。"

祝星遥："没有不喜欢……"

从十五楼走到停车场，祝星遥花了将近二十分钟，拿了三个奖励。如果她每次走安全通道时都有江途陪，安全通道好像也没那么可怕了。

车开出小区，祝星遥才想起来问："我们去哪？这种节日路上很拥堵，人也多……"他们最近还挺红的，说不定还会被围观。

江途将手搭在方向盘上，冷不丁地说："去买房子。"

祝星遥惊讶地啊了声，立马转头看他，不确定地问："去哪？"

车在红灯线前停下，江途转头看她："现在的房子是公司的，我之前没买过房子，我们去买房子。以后换个地方住，主卧的浴室有点小，装不下像你房间里的那种大浴缸。"

祝星遥心头微热，感动得想哭："途哥，你不用这么迁就我的，现在这样就很好。"

江途看着她："结婚了也要买的。"

祝星遥一愣，江途平静地回头，目视前方，把车开出去。

祝星遥觉得心底又塌了一寸地方，彻底变得柔软起来。她突然想通了，江途想要做什么，想给她什么，她都接受就好，拒绝了反而让他难受。

江途看好的房子在荷西体育馆附近，面积达二百五十平方米的大平层。

江途已经交过定金了，带祝星遥过去是办手续和签字，走个流程。

巧的是，帮他们办手续的是他们的同班同学周小雨。周小雨羡慕地问："你们是真的准备结婚了吗？这房子是婚房吧？"当时江途在班里说过，结婚时会请大家喝喜酒。

祝星遥转头看江途，江途神色平静地说："嗯。"

祝星遥低头笑了一下，周小雨羡慕地看着她："真好啊。"

手续办得很快，一个多小时后，祝星遥的名下就多了一处房产。

他们一离开，周小雨就拿出手机，飞快地在班级群里发了条消息："江途跟祝星遥买婚房了，大家准备准备红包，差不多可以喝喜酒了！"

班里的同学震惊了。

学委问："真的啊？这么迅速？"

周小雨："当然是真的了，他们刚走。"

周小雨把一张偷拍的照片发到群里。

"所以，你们连婚房都买了？"晚上，黎西西收工后看到群里的消息，第一时间打来电话。

祝星遥笑了一下："是啊。"

黎西西说："那他求婚了吗？"

祝星遥一愣："没有……我觉得求婚什么的，也不是很重要吧。"她想了想，又说，"不过，江途应该会求婚的吧？毕竟……"

"毕竟他这么爱你！高中的时候都可以为你整一片星星灯，还不是为了表白，就为了给你看看，过个眼瘾。"黎西西好像比她还兴奋，"求婚肯定少不了的啦，要是少了你就别嫁了。我想想，他说不定是在等情人节呢。"

祝星遥觉得黎西西说得有道理，突然有点期待起来。

2018年1月1日零点，许向阳在班里发了条信息："新年快乐，祝大家新的一年越过越好。"

大家在群里互相发祝福，热闹了一阵。

祝星遥“大姨妈”来访，肚子不太舒服，趴在枕头上昏昏欲睡。江途放在枕头边的手机闪了几下，她抬头看一眼，看见屏幕上丁巷发来的祝福：“途哥，祝你跟女神幸福，早日结婚。”

两秒后，丁巷又发了一句：“周小雨说你们买婚房了，那你生日时还求婚吗？”

祝星遥愣住：江途要在生日那天求婚吗？

房门被推开，江途端着一杯姜茶进来，祝星遥忙转头，假装什么都没看到。

几天后，祝星遥去北京拍摄广告，同行的还有林佳语。《等星星》的剧本改编已经开始了，林佳语是去开剧本会的。唐馨雷厉风行，又有时光影业撑腰，项目组说成立就成立，速度快得令人震惊。

两人位置挨着，祝星遥转头看她：“那你这段时间都在北京？”

林佳语点头，笑眯眯地凑过来：“可以说说你跟江途的恋爱细节吗？给我们剧组一点灵感。”

祝星遥眨眨眼：“你想听什么细节？”

林佳语意味深长地说：“你要是愿意说，我什么都可以听。”

“江途可能想在生日时跟我求婚。”祝星遥觉得自己似乎弄错了什么，低头在林佳语的耳边小声说，“之前他去我家吃饭，我问他想要什么生日礼物，他说想要我，我以为……他指的是想跟我上床。现在想想，江途应该不会在那天说那种话，他的意思应该是想结婚……”

林佳语憋着笑看她，几秒后，终于忍不住哈哈大笑起来。

祝星遥窘得脸红，捧住脸叹气：“你别笑，我想想都觉得窘。”

“那他赚到了。人都到手了，求婚只是个仪式。”林佳语还是笑，“本来他生日时我可能回不来了，你这么一说，我肯定要回来见证一下。”

1月19日那天，黎西西带团队回江城准备演唱会，一起回来的还有林佳语。一群人约在餐厅的包间里见面。丁巷被妻子扶着，拄着根拐杖一深一浅地走进来，看了一眼大家，笑道：“你们这么早啊！现在好像回到十年前了，哦，不对，江路不在。”

话音刚落，江路推门进来，身后跟着老袁，两人是在门外碰见的。

江路在林佳语旁边坐下，低声问：“你说我哥今晚要求婚，这是真的？”他本来有事不能来的，林佳语说他哥要求婚，他怎么也要来凑个热闹。

林佳语点头：“是啊。”又说，“肯定不会在这里，晚上咱们不是还要去会所吗？惊喜肯定留到最后啊！”

祝星遥一晚上都有些紧张，尤其是过了十点后。她一直在等江途向她求婚，但左等右等，等到快十二点了，江途都没动静，她渐渐坐立难安起来。

江途低头说：“怎么了？心不在焉的。”

祝星遥忙笑：“没什么……我在听西西唱歌呢。”

她总不能说她在等他求婚吧。

黎西西也觉得奇怪：都快过十二点了，怎么还不求婚啊？！

她过去问丁巷，丁巷蒙了：“没有啊，途哥没说今晚要求婚啊，你从哪里听说的？”

黎西西总不能说是祝星遥偷看了他跟江途的信息吧？黎西西只好问：“我猜的……他要求婚，肯定要请大家帮忙啊，你跟他关系好，我就问问呗。”

“途哥之前确实想让我帮忙，但后来又说要等一等，不着急了。我元旦时还问过他，他说不急，还没准备好，过段时间再说。”

黎西西问完话，又把祝星遥拉到洗手间将这些话复述了一遍。祝星遥听完也蒙了，讷讷地说：“我弄错了？”

黎西西捏她的脸，不太理解：“你好像很失落？你们俩才在一起多久啊？谈恋爱不好吗？为什么要结婚？！”

祝星遥摇头：“我也不是失落……”

她只是觉得，江途可能又是为了迁就她，才改了计划。

夜里，江途把她当成生日礼物，拆了一遍又一遍。

第二天中午，祝星遥醒来，江途已经去公司了。送洗的衣服送到楼下，她开门禁让人上楼。这段时间她跟江途几乎处于半同居状态，她每次外出演出回来都先回这边，现在他家里零零散散地多了很多她的东西，其中衣服最多。

祝星遥打算把衣柜整理一下。她把江途的西装一套一套拿出来，平整地放在床上，指尖不经意地滑过西装口袋，突然顿住。她低头，看见西装的右边口袋凸了一块，明显藏了东西。她疑惑地伸手一掏，掏出一个精致的黑色锦盒。

她抿唇，轻轻打开，里面是一枚亮晶晶的钻戒。

祝星遥坐在床上看着那枚戒指，她不知道江途是什么时候买的，但他之前肯定有过求婚计划。她盯着戒指想了想，给丁巷打了个电话："丁巷，我想问你，途哥是什么时候请你帮忙求婚的？"

丁巷回忆了一下："12月8日，怎么了？"

"没事，就是想问问。"

12月9日，祝星遥刚出发去迪拜。

她又问："那他什么时候跟你说要等一等再求婚的呢？"

丁巷觉得有点奇怪，不知道祝星遥问这个干吗，又怕说错什么坏了江途的计划，犹犹豫豫地问："你问这个做什么啊？途哥……"

"你快告诉我，对我很重要。"祝星遥急了。

丁巷这才说："12月16号。"

祝星遥挂断电话，把那段时间发生的事回忆了一遍，猜测：江途是不是觉得她既然害怕生孩子，对婚姻也有点排斥？她垂下眼睛，把戒指套到自己的无名指上。

尺寸不大不小，正好合适。

她的眼眶突然红了，她小声说："途哥，这个笨蛋……"

他以前不论为她做了什么都不说，现在又什么事都迁就她，也不让她知道。

好像一直以来都是他在努力，是他在拼命地往她身边走。

她不知道，如果江途没有回来追她，他们现在会是什么样子。她更不敢想象，如果她的生命里没有江途，她会跟什么人在一起，未来的生活是什么样子。

没有江途的未来，是她现在连想都不敢想的问题。

祝星遥觉得自己何其幸运，能被他放在心尖上这么多年。

下午，祝星遥背上大提琴去跟黎西西彩排。两人会在黎西西的演唱会上合作三首歌曲，她负责弦乐，黎西西演唱。其中有一首歌是黎西西新专辑里的，两人需要磨合。

练习室里，祝星遥抱着大提琴弹了几下前奏，等黎西西开始唱的时候，突然停下来。

黎西西转头看她："怎么了？"

祝星遥抬头，眼睛发亮："西西，我想跟江途求婚。"

黎西西惊愕："啊？"

祝星遥压着冲动，飞快起身走向黎西西，语气兴奋："我说我想跟江途求婚，我需要你的帮忙。可以吗？我问问程姐。"

程姐是黎西西的经纪人。

黎西西第一次看见祝星遥这么兴奋，完全跟不上她的思路，有些惊讶："你受什么刺激啦？突然要跟江途求婚。因为他那天生日没求婚，你失落了，所以决定自己上？"

在她看来，求婚还是男人来才好。

祝星遥跟她说了戒指的事，接着说："我不是失落，我就是想跟他求婚，不能都是他迁就我。而且，我也想跟他结婚。"

黎西西有些不明白："那你要求婚，我怎么帮啊？"

祝星遥靠到她的耳边，语速飞快地说了一段话。

黎西西睁大眼睛，难以置信地看她："你确定？我肯定没问题，程姐那边也不会说什么的，毕竟你跟我不是一个路线的，不会出现什么抢资源的问题。你如果真的在我的演唱会上跟江途求婚，还能给我带热度和话题，程姐高兴还来不及呢。"

"确定。"祝星遥认真地说。

祝星遥想写一首歌，这件事说起来容易，做起来难。

距离黎西西的演唱会还剩下二十一天，其间，黎西西有别的活动，祝星遥也有一场国外的演出，时间其实非常紧迫。祝星遥平时会作一些原创曲，黎西西这两年也在学创作，写一首歌对她们来说不是很难，就怕写出来不好。

晚上，江途来接祝星遥，看着她："是不是有什么高兴的事？"

祝星遥暗叹他心思细腻，无辜地看他："我最近一直很高兴啊。"

这倒是。

江途低头笑了一下。

从这天之后，祝星遥就变得非常忙碌，有好几次在录音室里熬到半夜。江途有时候要过来接她，被她用各种各样的理由拒绝了。祝星遥还担心他多想，有时候就不回他公寓那边，直接回星苑别墅。江途有些不满：黎西西开个演唱会，怎么把祝星遥弄得家都快回不来了？

一晃到了2月份，祝星遥昨晚又忙到半夜才回星苑别墅。快中午的时候，她迷迷糊糊间听到张姨在门外跟人说话，那人的声音低沉中带点磁性："不用招呼我，我在这里等她醒就好。"

她一个激灵爬起来，揉了揉乱蓬蓬的长发。

江途来找她了？

祝星遥赶紧跳下床，跑到桌前，把昨晚写歌词废掉的那堆纸揉成团，一股脑塞进垃圾桶里。接着，她急忙跑去洗手间，镜子里的自己眼睛有点肿，因为昨晚写歌词时太动情哭过了。

她忙洗了个脸，手指飞快地理顺头发，才走去开门。

江途倚着护栏，转头看过来，站直了朝她走来："醒了？"

"你怎么来了？"祝星遥小声咕哝，撒娇似的抱住他的脖子。

江途垂眼看她："你两天没回去了，我不应该来看看你？"

祝星遥有点心虚，不过还是很高兴，故意说："我们又没结婚，也没同居，顶多……半同居。我回家里住两天也是应该的啊，不然我爸妈多伤心呀。"

这些江途都知道，但是他已经习惯晚上抱着她睡觉了。她不在身边，他有点失眠。

结婚……

江途想：她还是很想结婚。

"今晚回去？"他抱着她进去，把她抵在门边。

祝星遥连忙低下头："别亲，我没刷牙呢……"

江途低笑，在她嘴角亲了亲："2月5日晚上我们公司办年会，你陪我一起去吗？"全公司的人都知道他女朋友是祝星遥了，不少人问他，年会带不带女朋友。

"啊，不行……"祝星遥抱歉地抬头看他，"明天我要去北京，有个演出录制。最近太忙了，我都没来得及告诉你。"临近年底，江途很忙，她也忙着写歌的事，两人最近连好好说话都没时间，她差点忘了这事。

江途说："没关系。"

祝星遥想起上次老袁说的，江途现在在公司里很受女孩子欢迎。以前，大家觉得他太冷淡、不近人情，不敢接近，现在，公司的人都知道他是个痴情种。这么深情的男人，谁不爱啊？

"年会大家都打扮得很漂亮，你不要跟别的女人靠得太近。"她皱着眉说。

江途低头看她，笑了："好。"

祝星遥又想起一件事："对了，我觉得你们公司的刘总有点眼熟，好像以前在哪里见过似的。"

"你是见过。"

"什么时候？"

江途垂眼道："还记得我们之前在荷西广场上看见的那三个男人吗？其中一个送了你一个失败品，一个机器人。"

"啊，是他啊！"祝星遥瞪大眼睛，怎么也没想到是那个人，"我说怎么好像在哪里见过……那你去这家公司是因为他？"

江途揉揉她的脸，低声道："算是吧。他还记得你，说要请你吃饭。"

祝星遥说了句好，伸手抱住他的腰，脑袋在他的胸膛上蹭了蹭，"途哥，我这两天好想你。"

晚上，两人结束了一场酣畅淋漓的情事，江途抱着累得虚脱的祝星遥，在她的耳边低语："星星，我妈想见你，过年跟我回家吃饭吧。"

祝星遥困得眼睛都睁不开了，往他怀里蹭了蹭，含糊地说："好……"

2月12日下午五点，荷西体育馆门口人山人海，挤满了来观看演唱会的歌迷，大多是年轻男女，有情侣、闺密团、公司组团等等。很多粉丝手里拿着应援灯牌和手幅，还有人背着相机，脸上洋溢着兴奋和期待。

黎西西请了不少嘉宾助阵，除了祝星遥还有X乐团等几个圈内好友。票早就在一个半月前被抢空了，有黄牛混在歌迷中间卖高价票，有歌迷跟他讨价还价，不一会儿票也被抢光了。

有人急了："什么时候才能入场啊？"

"快了吧，六点就可以检票了，再等等。"

"我的位置不太好，怕拍不好。"

"没关系，到时候可以上微博和B站（Bilibili，视频网站），肯定有位置靠前的粉丝拍照片和视频。"

后台，黎西西正在跟工作人员讨论细节，做最后的调整，祝星遥已经换上跟她相配的礼服。江途和林佳语他们在工作人员的带领下，提前入场进后台。

祝星遥看向江途，突然有点紧张，叫了他一声："途哥。"

江途抬眼："嗯？冷吗？"

祝星遥摇摇头，冲他笑了一下，有点兴奋。

下午六点，观众检票入场。

晚上八点，演唱会正式开始。

黎西西第一次在江城开演唱会，许向阳作为黎西西的男朋友和（1）班的班长，买了上百张票送给（1）班的同学和亲朋好友，请大家来看演唱会。位置都比较靠前，大家都很兴奋。

江途、林佳语、陆霁、许向阳、周原、丁巷等几个关系好的，都坐在前排的贵宾席，那是距离舞台很近的最佳观看区。林佳语面前放着应援牌，她笑着举起牌子晃了晃，然后给江途递了一个："你也拿一个吧。"

江途瞥了眼上面写着"西西最棒"的牌子，没接。

林佳语反应过来："哦哦，我拿错了。"她低头翻了翻，找到一个"星星最闪亮"的灯牌，递给他，"这个总行了吧？"

江途一顿，接到手上。

林佳语撇撇嘴，转头看旁边的陆霁，把那个"西西最棒"的灯牌递给他，喊了声："你也拿一个？"

陆霁瞥她一眼，接过了。

荷西体育馆那么大，座无虚席。同学们一转头就看到黎西西的粉丝做的应援灯牌，非常兴奋，这种另类的同学聚会此生难忘。黎西西站在台上唱歌，看着台下那么多熟悉的面孔，突然有点想哭。她想：等会儿祝星遥上台唱歌，看到江途和这么多同学，怕是更忍不住要哭。

祝星遥作为助阵嘉宾，一个小时后才登台。

三首歌结束后，她跟黎西西一起从升降台上下来。

最后的十分钟，馆内人声鼎沸，上万名观众挥舞着荧光棒。祝星遥换了一身抹胸白色礼服，抱着大提琴，缓缓升上舞台。她面前放着一个话筒，黎西西却不见踪影。

林佳语咦了声："星星要单独唱歌？"

许向阳也很疑惑："我记得彩排的时候，没有这个节目。"

为了保密，给江途一个绝对的惊喜，祝星遥要求婚的事情，黎西西连许向阳都没透露。

江途定定地盯着舞台，隐隐预感有什么事要发生。

观众也很奇怪："怎么回事，西西呢？马上就结束了，她去哪了啊？"

祝星遥给黎西西助阵的时候，一般只拉大提琴，顶多跟唱几句。这是她第一次在台上单独唱歌，也是她所有演出中，最紧张的一次，甚至比她第一次登台时还要紧张。

舞台上打下一束光，灯光笼罩在她的身上，她漂亮得让人移不开目光。她抬眼，看向江途的位置，看到他身旁许多熟悉的面孔，眼眶微微发热。

大屏幕上突然出现一幅画面：男人轮廓冷硬，鼻梁上架着一副金丝边眼镜，气质冷淡禁欲，目光专注。

原本正窃窃私语、不太安分的观众席忽然安静下来了，大家都愣愣地看着突然出现的禁欲系帅哥。

下一秒，全场沸腾——

"哇，好帅！这个男人是谁啊？好帅啊！"

"我知道，这是江途！就是那个……祝星遥的男朋友！"

"《等星星》的男主角啊！西西在微博上转发过，作者是林醒，你们没去看过吗？故事原型是江途和祝星遥，里面还有我们西西跟她男朋友，不了解的人可以去看看啊！！"

"那……这是要做什么呀？总感觉有什么重要的事情要发生。"

这是黎西西特意跟摄像师交代的，要给江途镜头。

这几分钟，是属于祝星遥跟江途的。

江途愣了一下，很快恢复平静，目光越发深沉。

祝星遥深吸了一口气，抬手在琴弦上拨弄，过了几秒，钢琴伴奏响起。

祝星遥闭上眼睛，抬起琴弓。在二十多秒的前奏后，她放下琴弓，抬眸看向贵宾席，开始唱《等星星》。

我收到一封情书
得到世间最美好的祝福
可我从未听你说过喜欢
你踏碎了黑暗，手捧星光来到我面前
可我年少懵懂，看不懂你的沉默
你拉过我的手，我靠近过你的心跳
可我不懂爱情，不知道你会疼
离别了才后知后觉
我开始回忆，却没人能像你这样深刻
抬头仰望，星星划破夜空坠落
人生是不是注定要失去什么才能得到完整
现实和梦境，好的坏的全是你
可我依然觉得，这是我的幸运

你让我懂得
若年少没喜欢过一个人
长大会后悔
如果觉得不完整
一定是没遇到对的人
我们已经走过迷茫和时光
不要担忧，不用再犹豫
我想说，我也在等
等一个完整的结局

如果说祝星遥这辈子最难忘的场景是十七岁生日的那一片星星灯，那江途最难忘的，就是二十八岁这一年的演唱会。

他听到第一句歌词，就知道祝星遥这首歌是写给他的。

歌里写的是他和祝星遥的故事。

那些她年少时不懂的情和爱，全部被她写进了歌词。

她把漫长的十二年，变成一首歌，送给他。

江途眼眶发热，心口滚烫，用力地吸了一口气，拼命压抑着翻涌的情绪。

他什么都愿意给她，有的、没有的，全部都想给她，包括他的心和命。

容纳万人的场馆内突然安静下来，只有音乐和祝星遥的歌声。

这首歌明明不是悲伤的情歌，但歌词却能把人带进独属于自己的青春回忆里，引人共情，听得人想哭。

两分钟后，林佳语突然泪流满面。《等星星》这个故事是她写的，她太明白这些歌词的含义了。她哭得一抽一抽的，陆霁本来面无表情，心情也有点复杂——他跟林佳语高中同桌了两年，还是第一次看到她哭——但看到她哭，那些复杂的情绪转变成了无奈。

许向阳给陆霁递了包纸，往林佳语那边抬抬下巴。

陆霁皱眉，有点烦躁地抽了张纸出来，递到林佳语面前。

林佳语哭得一噎，泪眼蒙眬地转头看他，接过纸巾，默默地擦眼泪和鼻涕。

“啊，西西在伴唱呢！”有粉丝喊了声。

黎西西从后面出来了，在歌曲收尾处，给祝星遥和声了。

四分二十三秒后，音乐声停止。

祝星遥唱到最后，声音都发颤了。她红着眼眶站起来，深呼吸了一下，望向观众席，声音中带着一点鼻音：“这首歌，送给我男朋友。同时，祝福今天到场的所有人，都能收获一份完整的爱情。”

观众席上又沸腾起来：“哇！！！”

大屏幕上再次出现江途的脸，男人垂下眼，用修长的手指推了推眼镜，遮住自己的表情。

祝星遥站在舞台上望着他。

黎西西从后面走出来，站在她身边，看向观众席，泪汪汪地吸吸鼻子，说：“演唱会到这里就要结束了，这首歌叫《等星星》，不但是星星送给男朋友的礼物，也是我们的青春。”她含泪而笑，给这场演唱会画上完美的句号，“荷西体育馆是荷西巷拆迁后建成的，星星的男朋友和我的朋友林醒当年都住在这里。我们有一本书、一首歌，以后还会有一部电影。一切都很美好，希望这份美好大家都有。希望你们跟我们一样，有精彩的人生，有完整的爱情。”

林佳语转头看陆霁，见他神色平静，小声问：“陆霁，你看到这个场景、听到这首歌，难受吗？”

陆霁转头看她一眼，平静地道：“还好。”

他没什么可难受的了，全都释怀了。

祝星遥跟他在一起从来就不是完整的答案。

她的完整答案，是江途。

深夜十一点多，荷西体育馆内慢慢空了。时间逝去，青春不老，记忆永存。

祝星遥相信，看过这场演唱会的人都不会忘记今夜。

她身上还是那身礼服，脸上带妆，只换了双平底鞋，礼服外披着一件宽大的羽绒服。江途的脸上很平静——他一向最会隐藏情绪——只紧紧地搂着她往停车场走。

一路上都有粉丝拿着手机对他们拍照，有人喊：“你们要长长久久，永远幸福啊！”

保安努力维护秩序，他们走得还算顺利。

上车后，众人在荷西路上堵了半小时，之后道路才开始畅通。

路上，两人默契地不说话，仿佛一开口，情绪就如山洪暴发，绷不住了。

回到小区，车在地下车库停下。

江途拉开车门下车，绕去副驾驶座，一把将祝星遥从车上抱下来。祝星遥抱紧他的脖子，直勾勾地望着他。

之前他为了让她接受心理治疗，每次两人上下楼都走安全通道，现在，他似乎等不及了。

深夜的停车场里很安静，他按开电梯，抱着她走进去。

“途哥……”她轻声叫他。

江途垂眼看她，藏在镜片下的眼眸漆黑幽深。

她用手隔着衣服摸他的胸膛，说：“你的心跳得很快，像你把我拉上围墙，我靠近你时一样。”

叮，电梯门打开。

江途的喉结动了几下，他抱着她走出去。

“开门。”他一开口，嗓音都是哑的。

祝星遥的手微微发颤，她咬着唇按开密码。

进门刚按开灯，她就被他按在玄关上。江途像是怕满溢的情潮吓到她，又或者是最后给自己的情绪留一个缓冲，不至于失控，弄伤她，他缓缓地低下头，吻住她的唇，气息一下子重了。

祝星遥睫毛颤动，抱紧他的脖子，仰起脸回吻他。

江途含着她的唇，声音发颤：“完整答案，是什么？”

“途哥……”她捧住他的脸，目光盈盈地看着他，“我们结婚吧，我想嫁给你。”

江途闭上眼睛，将头埋在她的颈窝里。祝星遥感觉到自己的脖子上一阵温热，听见他哑声道：“好。”

下一秒，他的吻落在她的唇上。祝星遥嘴唇微张，承受着他急切又热烈的吻，舌尖被他咬住、舔舐到发麻。

两人气息缠绕。她的手摸到他的腰，啪嗒一声，解开他的皮带。

江途摸到她腰侧的礼服拉链，动作急切，两人从门口纠缠到了卧室，衣服落了一地。祝星遥觉得自己掌控了江途的所有情绪，似乎她做的每一件事，说的每一句话，都能轻易地让他失控疯狂。

那种疯狂而直接的索取让人难以招架。

今晚注定无眠。

窗外寒风凛冽，屋子里的温度却在攀升。祝星遥白皙的皮肤跟深色的床单对比，形成一幅美艳的画面。江途强势地按着她的膝盖，垂眼看去，不容她拒绝地低头亲吻。这不是她第一次被他这么对待了，祝星遥仰着细白的脖子，膝盖颤抖，忍不住呜咽，不多时便脑子一片空白，目光涣散起来。

江途起身抱住她，气息不稳地吻她的嘴角，把戒指套到她的无名指上，哑声问：“喜欢吗？”

“嗯……”祝星遥眼圈微红，无力地抱住他，摸到他脖子后的汗，睁开眼看他近在咫尺的脸。

四目相对，她羞涩地闭上眼。

那晚她眼里最后的残影，是失焦的灯影下，江途紧紧地抱住她的样子。

第二天中午，祝星遥睁开眼睛，有一瞬间觉得自己失忆了。窗帘没拉开，屋子里很昏暗，她分不出是上午还是傍晚。房间里空荡荡的，她转头，看到自己的手机放在床头柜上，屏幕上贴着一张便利贴。

她撑着爬起来拿过手机，上面是江途用左手写下的字：

我去公司一趟，中午十二点半回来，会给你带午饭

——2018年2月13日

落款：江途。

已经十二点半了，祝星遥累得爬不起来，又趴了回去。她点开微信，微信收到很多条消息，她一一回复。

班级群里早就被刷了上千条消息，朋友圈也被昨晚的演唱会照片、视频刷屏了。此外，他们昨晚还上了热搜，她点开微博，发现直到现在还有人在议论他们。

他们好像……有点高调过头了。

但是，这辈子就这一次，高调一点也没关系。

门口传来一声响动，过了一会儿，卧室门被推开，江途走进来。

祝星遥裹着被子坐起来，细白的脖子上全是他昨晚留下的痕迹，她仰着脸蹙了一下眉。

江途站在床边，垂眼看着她："饿了吗？"

她皱着眉控诉他："途哥，你昨晚……"

屋子里还开着空调，江途脱掉外套，动作一顿，轻轻挑眉："又过分了？"

祝星遥："……"

你也知道自己过分啊！

祝星遥哼了声，把脸扭过一旁。江途俯身，双手撑在床上，在她鼓起的脸颊上亲了一口，低声说："那你今天就在家休息，我们明天再

出门。”

祝星遥脸转回来，哦了声：“去哪里啊？”

江途说：“我们去领证。”

傍晚，祝星遥跟江途还是出了一趟门。领结婚证不是小事，他们至少要得到祝云平跟丁瑜的同意，拿到户口本后才能去登记。祝星遥坐在副驾驶座上，转头看江途：“我爸妈肯定会同意的，你不用紧张。”

江途笑了下：“我知道。”

祝云平、丁瑜对祝星遥跟他半同居的状态都没说什么，肯定会同意他们结婚的，江途只是想到两人要结婚的话，双方父母肯定要见面吃饭。他自己都不想见江锦辉，怎么能让祝星遥跟她爸妈见呢？

车停在院子里，两人走进家门。祝云平坐在沙发上看电视，转头看看他们：“回来了啊，先坐一会儿，快开饭了。”

丁瑜打着电话从楼上下来，看向祝星遥，无奈地笑笑：“我也不知道她什么时候还学会写歌了，不过她从小对音乐就敏感，还有西西帮忙……”

祝星遥听到她在说自己，有点不好意思，小声问：“妈妈，谁呀？”

丁瑜跟那边说了几句就挂了，在祝云平旁边坐下，看向祝星遥，揶揄道：“你小姨，说你歌写得不错，唱得也好听，可以试试往歌手的方向发展，以后说不定能跟西西抢饭碗。”

“不要……”祝星遥脸一红。她才不要。

江途拉着她在沙发上坐下，看向祝云平和丁瑜：“叔叔、阿姨，我跟星星打算明天先去领证，婚礼接下来准备，想征求你们的同意。”

祝云平愣了愣，看了女儿一眼：“确定了？”

祝星遥有点骄傲：“确定啊，我求的婚。”

祝云平：“……”

丁瑜这才注意到祝星遥的手上多了一枚钻戒，不确定地问：“那歌是你写来求婚的？”

祝星遥点头。江途握住她的手，无奈地说：“被她抢先了，但是我们已经想好了。”

话都说到这份上了，祝云平和丁瑜猜到两人今晚是回来拿户口本的。

祝云平搂着丁瑜的肩膀，叹了口气："年中的时候还怕你找不到男朋友，没想到这么快就要嫁女儿了。"

丁瑜笑了笑，看向江途："那什么时候我们两家父母吃个饭？"

江途沉默了一下，说："春节期间都可以。我妈一个人就行了，至于……江锦辉，就算了吧。我妈已经跟他离婚，我跟他的关系也不可能好了，以后星星也不用跟他多接触。"

祝星遥转头看他。

祝云平和丁瑜互相看看，祝云平叹了口气："你觉得这样是最好的，那就这样吧。不过，办婚礼时，还是请他来参加吧，不然说出去不好听，也不好看。"正好张姨喊开饭了，他站起来，"先吃饭吧，吃完饭给你们拿户口本。"

饭后，祝星遥拉着江途回房间，她坐在他的腿上，抱着他小声问："途哥，你回来后，没见过你爸吗？"

江途抬眼，平静地道："见过两次。"

一次是刚回国不久，看到江锦辉来找江路要钱，还有一次是在小区附近的快餐店里，还是江路跟江锦辉一起。

江路从小就精，已经二十三岁了，有些事不用江途说，自己也有分寸。

祝星遥捧着他的脸，看着他说："我也不是想让你跟他和解，他让你过去这么多年都过得很不好，我也很不喜欢他。但就像我爸爸说的那样，以后办婚礼了，你把他也请过来，这样就好了。你不要再想以前的事情了，好不好？"

或许，江锦辉根本不算父亲。一个好赌还打老婆、孩子的男人，一个让儿子刚上初中就开始打工赚钱还债的人，一个让儿子因应付追债的人差点毁了人生中最重要的高考的人，算什么父亲？又如何能让江途不恨呢？

祝星遥不想江途再恨下去了，想让他放下过去，开心地生活。

江途沉默了一下，看着她："我很少想以前的事了，现在就很好。"

以前的伤痛，他都已经慢慢放下了。

他现在有祝星遥，此生都会幸福。

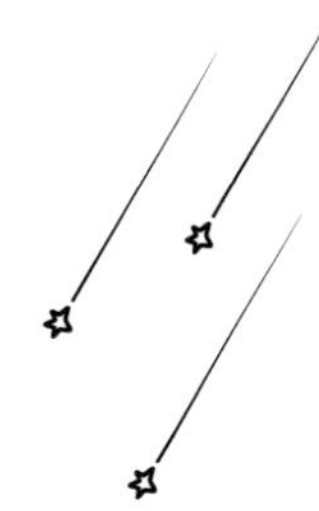

第十二章

一个完整的结局

2018年2月14日是一个特别的日子，因为2月15日是除夕，所以2月14日不仅是情人节，还是民政局在春节假期前最后一天上班的日子，想在今天领证的情侣很多。

祝星遥跟江途早上八点出门，到时民政局还没开始上班，但门口已经有人在等了。

江途停好车，牵着她走过去。

祝星遥把脸埋在围巾里，几对情侣转头盯着他们看，目光狐疑。她听见有个女孩兴奋地说："你看那个是不是江途？我们前天晚上在演唱会的大屏幕上看见过的！"

女孩的男朋友说："好像是，眼镜都一样。"

女孩又说："他跟祝星遥今天来领证？你看看人家男朋友多帅啊。"

女孩的男朋友哼笑道："你看看人家的女朋友多女神啊，会拉大提琴，还会写歌、唱歌。"

那对小情侣小声拌起嘴来。

祝星遥听得想笑，抬头看江途。

江途脸色平静，低头看她："很好笑？"

"途哥，你出名了。"祝星遥眼含笑意地说。

"拜你所赐。"他有点无奈。

求婚这件事本来该男人来的，江途怎么也没想到祝星遥会给他这么大一个惊喜。但不可否认，他非常高兴，也不想再等了。

"还有佳语和西西的功劳。"祝星遥哼了声，这件事不能让她一个人背锅。

民政局开门了，江途低头笑了声，第一个牵着她走进去。

他领了票，带着祝星遥先去拍照。

两人的长相都极出挑，摄影师一大早就看到这么一对俊男美女，还是江城的名人，兴奋坏了。他把照片递给江途，笑着说："这是我这些年拍的最好看的照片，恭喜你们啊。"

江途说："谢谢。"

他拿着照片，跟祝星遥走到结婚登记处。

两人填写资料，祝星遥歪头看他，男人的侧脸轮廓冷硬，神色极为认真。

江途头都没抬，低声说："快点写。"

祝星遥忍不住笑了："好。"

江途把两人的资料交给工作人员，过了一会儿，工作人员在两本红本上盖上钢印。

工作人员笑着把结婚证递给他们："恭喜你们啊，长长久久。"

江途双手接过。结婚证在他的手上沉甸甸地压着，他压抑多年的心却轻飘飘地落在乌托邦里。

他飘荡多年，终于在这一刻，得到了安定。

祝星遥接过结婚证，感觉很奇妙：两人这就成为法律上的夫妻了？她笑着说："谢谢。"

"我们去拍照吧。"她高兴地看向江途。

江途眼底的笑意很浓，点了一下头："好。"

祝星遥不满地说："你的照片太少了，大学时要不是有老袁和杜云飞给你拍，你都没有照片。"她想到他在美国的那四年，几乎没有拍照片，忍不住皱眉，"以后你要多拍点照片，长得这么帅不多拍点照片，太可惜了。"

江途无法反驳，他的照片确实少，他也确实不爱拍照。他笑了笑："好，你给我拍吧。"

民政局里，人渐渐多了起来，两人长相出挑，加上最近确实有点高调，不少人认出他们，还有人喊他们的名字。

祝星遥跟对方一笑，拉着江途去拍照，不出意外，被围观了一下。

她索性找了个女孩子帮忙拍照，还跟江途说："女孩子比较会拍照。"

两人从民政局出来，回到车上。

祝星遥把两本结婚证放在膝盖上，拍了几张照片，发到她、黎西西和林佳语的小群里。

遥遥天上星："我跟江途领证了！"

黎西西："这么快？！"

林佳语："这是不是江途的要求？"

遥遥天上星："还是你了解他。今天正好是情人节，以后结婚纪念日和情人节可以一起过，很好啊。"

黎西西发了一个"你还太嫩"的表情包："你不懂，这样你以后就少过一个节日，少收一份礼物了，不划算！"

遥遥天上星："没关系，我跟江途在一起，天天都是情人节。"

林佳语："你叫江途'老公'了吗？"

遥遥天上星："……"

祝星遥转头看江途。她叫途哥叫习惯了，有点改不了口……

林佳语："我觉得老公这个词对江途的冲击可能有点大，你最好斟酌后再叫。江途从小到大吃苦耐劳，身体倍儿棒，我几乎没见过他生病。他十几岁开始打工，什么活都干，力气大得很。而且，他大学时是跑长跑的，老袁说他每次去健身房都一口气跑一万米，耐力很足哦！"

祝星遥觉得林佳语自从公开了《等星星》后，越来越放飞自我了，发了一个"你涉黄了"的表情包。

祝星遥看到朋友圈中最新显示的那张蓝色的星空图，愣了一下，点进去一看，发现江途刚刚发了一条朋友圈。他晒出了两人的结婚证。这是江途第一次发朋友圈。

他放下手机，看着祝星遥笑了一下："算是跟大家说一声吧。"

评论里已经有十几条留言了——

老袁："你速度可真快啊！！！"

林佳语："得偿所愿了！"

黎西西："呜呜呜呜呜……嫁闺密了。"

杜云飞："我自闭了。"

丁巷："哇！恭喜途哥跟女神，祝你们百年好合！"

江路："哥，记得带嫂子回家吃饭。"

班级群里也炸锅了，大家都让江途别忘了请大家喝喜酒。

晚上，两人去吃了西餐，看了一场电影，回到家已经快十二点了。

祝星遥先洗完澡，坐在床上看林佳语的更新。江途从浴室出来，没穿上衣，只套了一条黑色运动裤，肌肉线条干净流畅，腹肌线条隐藏在裤腰里，也没戴眼镜，这模样看起来很有性格。

她抬头看了一眼，忙低下头。

江途的头发还有点湿，他站在床边，低头看她："在看什么？"

"在看……佳语刚刚更新的小说。"祝星遥下巴搁在膝盖上，努力专注在小说上，又翻开评论区，"她写到我们结婚了。"

江途："……"

他的神情有些复杂：林佳语怎么什么都写？

祝星遥手突然一顿，抬头看江途："途哥，我问你一个问题。"

"嗯？"江途掀开被子，把她抱过来。

祝星遥靠在他的肩上，指着手机屏幕说："我看评论里说的，我也想知道……万一你回来晚了，或者你回来的时候，我有男朋友了，你怎么办？你想过这个问题吗？"

江途沉默了一下，垂眼看她："想过。"

"然后呢？"她有点好奇。

江途顿了一下，皱了皱眉，似乎这个问题让他很不舒服，但不可否认，他想过这个问题。他沉默几秒，低声说："可能要看你过得好不好、开不开心，以及那个人对你够不够好……"

祝星遥跪坐起来，跟他面对面，笑着看他："如果不够好呢？"这个世界上，肯定没有人比他更爱她了，也不会有人比他对她更好了，她很确定。

江途抿了一下唇，抬眼看她："那要看我理不理智了。"

祝星遥太好奇了，问："那不理智呢？"

江途平静地道："把你抢过来。"

祝星遥一愣，睁大眼睛看他。

她仔细想了想，这些事江途可能真的做得出来，毕竟他举报过她跟陆霁。

他是好的，也是坏的。

江途叹了一口气，翻身把她压在身下，目光沉沉地盯着她，嘴角弯了一下："所以，我很庆幸你没交男朋友，避免了一场横刀夺爱的戏码的上演。"

在祝星遥的事情上，他从来都不够理智。

新婚夜做这种假设真的不太好，祝星遥明显感觉自己招惹了江途，后果当然很惨。

她一直睡到第二天中午，直到脸颊被人捏了捏又揉了揉，才困倦地睁开眼睛。江途正撑在床边低头看她："星星，该起来了。"

"去哪啊？我好困，你……"她没睡醒，说话时迷迷糊糊的。

"我知道，我又过分了。"江途声音低低地笑，提醒她，"今天是除夕，等会儿要回妈那里。"

祝星遥哦了声，突然清醒过来，意识到她结婚了，晚上要去江途家里吃饭，要见婆婆了……从此以后，她跟江途有属于自己的小家庭了，跟以前彻底不一样了。

江途把她拉起来，笑了笑："还不习惯自己的新身份？"

祝星遥跪坐在床上，抬头看他："也不是不习惯，就是没反应过来。"她顿了顿，突然啊了声，"途哥，我们好像没买年货！"

一点都没买，他们连超市都没去过！

江途一愣。他这几年几乎一直是一个人，在美国更没有春节一说，他已经很多年没有感受过过年的氛围了；祝星遥前些天忙着写歌、作曲、求婚，也没想到江途那么快就带她去领证了。江途年末忙，也忽略了这一点："对不起，我也忘记了，很久没过年了……"

祝星遥反应过来，搂住他的脖子，目光柔软："途哥，以后我每年都陪你一起过年。”

江途低头看她，眯了一下眼，似乎想提醒她什么。

最终，他什么也没说，揉了揉她的脑袋：“好。”

中午，两人吃了点东西，祝星遥就说要去超市。她把围巾戴上：“还是要买一点东西，仪式感不能少。而且大年初一要回我爷爷奶奶那边，应该要带点东西。我们好像什么都没准备……”

这个婚，他们结得没有一丝丝防备。

江途抓起车钥匙，无奈地说：“走吧，是我的疏忽。”

祝星遥眨眨眼：“没有啊，算起来是我的错，我突然求婚……”

“这不是错，是惊喜，”他纠正她，看着她慢慢地说，“是我这辈子得到的最好的礼物。”

祝星遥笑：“你也是我这辈子得到的最好的礼物。”

两人走到门口，祝星遥又叫了一声，愁眉苦脸地说：“途哥，我是不是要给你妈妈准备礼物啊？”

“你说谁？”江途垂眼看她。

祝星遥：“……”

她有点不好意思，小声说：“妈妈……我婆婆。”

江途嘴角弯了弯，带她出门：“不用，你第一次回家，她会给你包红包的。”

是这样吗？祝星遥一点经验都没有。

安全通道内的灯光应声而亮，祝星遥的脚步虽慢，但很轻快。她已经快习惯了，不会再呼吸困难加腿软了。

附近就有一家大超市，除夕当天，超市里人还是很多。江途推了一辆手推车，回头看祝星遥，皱了皱眉。她就算挡住了半张脸，看起来还是很招人注目。祝星遥挽住他的手臂，小声说：“途哥，我觉得不少人在看你……”

江途看着她：“他们在看你。”

祝星遥跟着他走进超市，嘀咕：“明明是看你。”

演唱会的余热还没过，就算是在超市，还是会有人认出他们。但江途全程面无表情，大家看到了也只是多看他们几眼，在背后议论几句，或者偷偷拍两张照片。

祝星遥发现有人偷拍，回头看了一眼，又看向江途，小声嘀咕："应该给你准备一个口罩的。"

江途皱眉，低头看她："还要买什么吗？"

他们两个对过年都没概念，凭记忆买了些东西，也堆满了推车。

祝星遥拿了一盒果冻，说："好了，我们走吧。"

车开进小区的时候，祝星遥这个新婚妻子突然又想起了什么，转头看江途："途哥，我不会做饭……"

江途不知道她到底在紧张什么。

祝星遥又说："我也不太会做家务。"

江途目视前方，漫不经心地说："所以呢？"

所以，这有什么关系？

他把车停下。祝星遥似乎才刚刚开始反思，自己可能不是一个很好的妻子，她不想生孩子，不会做饭，不会做家务……

江途把东西从后备厢里拿出来，看到她似乎还在乱想，伸手把人拉到跟前，低头看她："我喜欢你的时候，你也不会做饭，不会做家务。我跟你结婚，不是为了让你给我做什么，而是我喜欢你，想要你这个人，想给你我所有的东西。"

祝星遥感动地看他，无论他说什么话，她都相信。

可是，她忍不住嘀咕："你这么说，我好像跟个花瓶似的，在你身边什么用也没有……"

江途低头看她，笑了："你可以暖床。"

祝星遥："……"

她愣了愣，不敢置信地看他："我真的就、就这点用？"

当然不是。

江途笑了笑，抬手关上后备厢，回头看她："走了，别胡思乱想。"

舒娴从中午吃完饭就开始准备晚饭了，江路看她紧张的样子，忍不住说："你这个样子，不知道的还以为你才是媳妇呢！"

舒娴瞪他："你胡说八道什么啊！你哥这么多年很不容易，他跟你嫂子能这么快结婚，我真的完全没想到，一点准备都没有。两家连见面商量婚事的流程都略过了，这说明你嫂子跟你哥哥感情好，她父母人也好说话，不然哪能让他们直接领证？而且你嫂子家的条件比我们家好。但这些都不是最主要的……”她这些年活得通透许多，一边剁肉末一边说，“最主要的是，你哥那么喜欢她，对她那么好，我也得对她好一点，不然影响到他们的关系就不好了……”

江路耸肩：“行吧。要我帮忙吗？”

舒娴十分嫌弃：“不用，你帮忙就是添乱。给你哥打个电话，问问他们什么时候到。”

这会儿才四点半，江路估计他们没那么快到，刚摸出手机准备拨号，门就开了。

江途跟祝星遥走进来，江路歪头看去，笑容灿烂：“哥、嫂子，回来了啊。”

舒娴赶紧在围裙上擦了擦手，走出厨房，满脸笑意地看向祝星遥：“来啦。”

祝星遥有些不好意思。她对舒娴还有点印象，看得出舒娴这几年过得很好。她抿了抿唇，努力叫了声：“妈妈……”

“哎！”舒娴激动地应了声，看江途把手上的东西放下，又说，“怎么回自己家里还带这么多东西？下次不要带了，家里什么都有。”

祝星遥笑了笑：“没买什么，就一点吃的。”

舒娴说：“你们坐会儿，看会儿电视，我去把汤炖上，晚点就可以吃饭了。”

祝星遥正犹豫要不要上去帮忙，江路就走过来，说：“我们打游戏吧，你不用去帮忙了，就是我去也会被轰出来。妈就喜欢自个儿待在厨房里捣鼓。”

“这样会不会不太好？”祝星遥抬头问江途。

江途拉着她在沙发上坐下，低声说：“不会，你进去她反而不自在。”

祝星遥听江途的。她很久没玩游戏了，江路把林佳语拉进来，加上江途，四个人开了一局。语音开着，林佳语笑眯眯地说：“星星，你这么早就结婚，小心被催生。”

她还不知道祝星遥当年发生的事。

江途冷淡地说：“我们不要孩子。”

林佳语啊了声，惊讶地道：“什么？为什么？”

就连江路也愣了一下，抬头看他们。

祝星遥咬了一下唇，一没注意，她的小乔就差点被打死了，还是江途过来救的她。江途的声音低沉而冷淡："我不喜欢孩子，麻烦。"

林佳语又啊了一声，嘀咕："可是，我记得星星很喜欢啊……"

"我不喜欢。"江途打断她，不动声色地说，"林佳语，你昨天又在小说里乱写我什么了？"

林佳语："……"

她噎了一下，知道江途不想继续聊这个话题，连忙闭嘴。

厨房里的舒娴也听到了，愣了愣，神色有点复杂。她还想着，两人结婚结得早，说不定能早点生个孩子，她能快点当上奶奶，帮忙带带孩子……

饭桌上，舒娴没提这件事，也不多问祝星遥什么，只是叫她多吃菜："你太瘦了，多吃点。"

祝星遥抬头笑笑："好。"

饭后，江途低声问祝星遥："想回家了吗？"

祝星遥想到江途几年没在家里过年了，摇摇头："我们陪妈看看春晚吧。"

班级群里很热闹，有人喊许向阳组织班级聚会——以往都在大年初六晚上。

祝星遥私下跟黎西西说："大年初六我们两家父母见面，没时间。"

黎西西今年大年初六有活动，许向阳陪着她。几个主角都不去，那还聚什么聚？

十一点多，春晚还没结束，江途就带着祝星遥回家了，舒娴果然给祝星遥包了一个很厚的红包。

回到家，十二点多，他们站在十五楼的落地窗前，在那里可以看见天空中绚烂的烟花。

祝星遥靠在他怀里，抬头说："途哥，新年快乐。"

江途低头，看着她。

祝星遥被他看得心里有点发毛，小声说："怎么了？"

"星星……"江途顿了一下，笑了。

祝星遥被远方的烟花吸引了视线，没接收到他的讯号，兴奋地说：

“江城禁烟花禁得太厉害了。奶奶那边可以放，明天晚上我们去放烟花吧。”

江途低头在她鼻翼的那枚小痣上亲了一下：“好。”

第二天中午，江途开了三个小时的车到隔壁的小城市。祝星遥的几个堂哥都已经结婚生子了，有个堂嫂正怀二胎，已经五个多月了。祝星遥的病不是每个人都知道。她高中、大学的时候特别喜欢逗家里的小侄子、小侄女，现在都不太靠近了，成了侄子、侄女眼里高冷的仙女。

院子外，江途面前站着一个小男孩，这是大堂哥的儿子，今年五岁。面前的小家伙说：“小姑姑给我们买玩具，给我们讲故事唱歌，还陪我们玩游戏，但是很少抱我们。她说她抱不动……她的力气好小啊！我妹妹才一岁，那么小，她都抱不动！”

江途意识到事情似乎比他想的要严重。

祝星遥对安全通道的阴影几乎治愈，但孕妇给她的阴影才是最大的。

大堂哥抱着一岁的小女儿走到江途旁边，摸摸儿子的脑袋，皱眉说：“你一个小孩子，懂什么？”

小家伙哼了声：“我懂啊，小姑姑就是仙女，有点高冷。”

江途低头看他，问：“那你觉得她喜欢你吗？”

小家伙歪头想了想，点头说：“喜欢的，她在国外演出时经常给我寄礼物回来。”

大堂哥靠得挺近，一岁的女儿突然扭身往前扑，大堂哥忙喊：“哎哎哎，我的小宝贝儿，你干吗呢？”他吓得赶紧抱紧女儿，小丫头咿咿呀呀地喊了几声“要”。

大家也不懂她想要什么。

大堂哥看向江途，试探地问：“你要不要抱抱她？这小丫头就喜欢长得好看的，可能是想要你抱。”

江途一愣。他没抱过小孩。

过了一会儿，祝星遥走出家门口，看见江途抱着大堂哥的宝贝女儿，小丫头兴奋得直笑，两只小手晃动着，突然一把抓下他的眼镜。

江途回头，看见祝星遥站在不远处，眯了一下眼：“星星，过来帮忙？”

关于祝星遥的病，江途从祝云平那里了解了很多，也看过很多这方面的书，咨询过祝星遥当年的心理医生，听了很多对方的建议。PTSD从创伤到发病的潜伏期有长有短，有的几周，有的好几个月。

祝星遥最开始是做噩梦和失眠，后来情况慢慢恶化，直到有一天，她拉琴的时候，手开始抖，没办法拿稳琴弓。最后，她已经没办法正常上课，参加演出活动了。

所以，2013至2015年这两年，她基本没有出现在公众眼前。

PTSD患者多数是可恢复的，少数可转为慢性。

祝星遥经过两年的心理治疗，那件事对她的心理创伤已经变成慢性，不会影响她的基本生活和工作。但她太善良了，把自己禁锢在过往中，一直忘不掉江月歇斯底里地让她赔孩子的样子。

她不走安全通道，不靠近孕妇，甚至连小孩子都不多接触，这样让她觉得自己处于一个安全的环境之中。

其实这是一种逃避，她并没有完全恢复。

祝星遥从来没想象过江途抱小孩的样子，现在他怀里抱着一岁的小侄女，画面意外地温暖。小侄女正在掰他的眼镜腿，她回过神来，连忙跑过去。

她抓住小侄女的小手，柔声道："意意，乖啊，不要搞破坏……"

意意小脑瓜一扭，生气地哼了几声，小手抓得更紧，摆明了不肯归还她的"新玩具"。

大堂哥正要上手，江途转头看他："我跟星星帮你带一会儿，等下抱回去，可以吗？"

大堂哥愣了愣，很快笑起来："这有什么不可以的？巴不得你们多带带呢。"他带着儿子先回去了。

"小意意，听话好不好？还给姑姑。"祝星遥伸出手，耐心地哄意意。小意意对江途的眼镜很好奇，扭着身子护住"新玩具"，理都没理她。

祝星遥泄气地抬头看江途。

江途一直在看她，轻声问："要不要抱一下？"

祝星遥愣了愣，犹豫了一下，小心翼翼地把小侄女抱到怀里。小孩子身体软软的、小小的，抱在怀里很舒服。祝星遥很久没抱过这么小的孩子了，有点紧张："途哥，你不要松手……"

江途把她和小侄女圈在怀里，低头问："这样害怕吗？"

祝星遥蹭了蹭小侄女软绵绵的脸蛋，小声说："不怕的，我只是不敢靠近那种刚出生、还不会爬不会坐的小婴儿，有时候会想起……"她会想起那个还没出生的孩子。

江途听懂了，捧住她的脸，低声说："以后想起什么不好的，都要告诉我。"

晚上，江途往后备厢里装了不少烟花，带祝星遥和小侄子去了江边。江途把带来的烟花摆放好，全部点燃。

他转身走向祝星遥，烟花在他身后绚丽地绽放，照亮了半边天，那一幕浪漫至极。

祝星遥看着他走近，微微失神，等他走到她跟前，才笑着晃晃手里的两根仙女棒："途哥，帮我点。"

小侄子喊："我也要！"

啪嗒一声，江途打开打火机，帮她跟小侄子点燃仙女棒。他站在车边点了根烟，漫不经心地抽了一口，抬头望向嬉闹的一大一小。

江途抽了几口，拿出手机，摄像头对准祝星遥拍了几张照片。距离有点远，他喊了声："星星。"

祝星遥转身，看到他拿着手机，眼睛一弯，绽开一个笑容。

正月初六，江途安排舒娴跟祝云平、丁瑜一起吃了顿饭。两家父母见面，只是走个形式，因为两人结婚证都领了，舒娴也干涉不了江途的事情。

婚礼日期、地点、宾客等，基本都是江途自己决定的。

饭桌上，丁瑜看了看舒娴，又看了看江途和祝星遥，微笑道："星星今年还挺忙的，演出有不少，10月和11月比较有空，正好可以把婚礼办了。我让人算了你们的八字，10月6日和11月18日这两个日子都不错，你们觉得哪天好一点？"

祝星遥看向江途，江途说："10月6日。"

祝星遥小声问："为什么啊？"

江途低头看她："因为早一点。"

祝星遥："……"

这个答案简单粗暴。

祝云平笑道："既然婚礼定在10月6日，那还有大半年，现在准备完全来得及。我们先定下婚礼地址。你们是想出国办还是在国内？"

"国内就好了，为什么要出国？"祝星遥冲他笑了笑，"我没有出国办婚礼的想法，国内就很好。就在江城办吧，这是我们最熟悉的地方，还有哪里比得上这里吗？"

江途心头一软，把她的手握住放在腿上，笑笑："没有。"

祝星遥又说："婚礼不用弄得那么复杂，我喜欢简单一点。"

丁瑜说："也不能太简单。既然你们想在江城办，那就按照我们这里的流程和习俗来办吧。前些天我跟你爸爸参加了一场婚礼，那现场布置得很不错，回头联系一下那家婚庆公司，请设计师按照你们的喜好设计几个方案。"

江途点头："婚礼的事就交给我吧，你们放心。"

最后，江途给了祝云平和丁瑜一张卡，里面是礼金。回去之前，丁瑜又把卡给了祝星遥。两人走进家门，祝星遥忍不住问江途："途哥，你给的那张卡里有多少钱啊？"

"没多少。"江途牵着她走进书房。

祝星遥撇撇嘴：不说就不说。

江途从抽屉里拿出两张卡，递给她："我的工资卡和目前的存款卡都在这里。"

祝星遥惊讶地啊了声，犹豫几秒，才把卡接过来，抬头看他："我自己很有钱的，你其实不用给我的……"

江途倚着办公桌，笑了一下："一般男人结婚后，工资卡不都交给老婆吗？"

祝星遥愣住，脸突然红了，头埋进他的怀里，小声说："其实不用，你又不是一般男人……但是你给我，我就拿着，你要是需要用了就跟我说……"她又抬头看他，"我还是习惯叫你途哥，男人不是喜欢女人叫哥哥吗？"

江途搂着她的腰，低头看她："别人我不知道，但是我想听你叫老公，偶尔叫一下就可以。"

"有点别扭……"祝星遥还是有点不好意思，踮起脚讨好地亲他，

“你让我酝酿一下。”

江途觉得好笑：“酝酿多久？”

祝星遥特别不负责任地说：“不知道。”

江途轻轻捏了一下她的脸，低头看她：“星星，婚礼的事大概不能完全顺你的意了。”

这场婚礼他等待了多少年？他是不可能简单办的。

第二天，春节假期结束，江途开始上班了。

春节过后，江途经常把丁巷请到家里吃饭，还特意交代他把老婆带上。他们身边没几个孕妇，唯一熟悉的就是丁巷的妻子。祝星遥跟丁巷很熟悉，他妻子也很好相处，江途有意让祝星遥多跟孕妇接触，慢慢解开她的心结。

又一次，丁巷带妻子离开，祝星遥暗暗松了一口气。

江途把她拉到跟前，看着她：“我们可以不要孩子，这些都没关系，但是我不想你每次看见孕妇就躲远，总怕自己一不小心就伤到谁。星星，不要害怕，我们已经补偿过了，都过去了，你也试着彻底放下好不好？”

祝星遥抬头看他：“好……”

3月初，她去了一趟北京，跟黎西西一起录制《等星星》这首歌，黎西西要把这首歌录入新专辑。另外，X乐团购买了这首歌的版权，录制男声版。

晚上录歌结束，祝星遥、黎西西跟林佳语相约一起吃饭。

林佳语点了一瓶红酒，高兴地倒了三杯：“有了这首歌，我们电影的主题曲就有了。”

“你们什么时候开机啊？”祝星遥抿了一口红酒。

“最快9月吧，因为故事是现成的，加上唐馨的团队比较厉害，剧本改编得很顺利。”林佳语跟祝星遥碰了一下杯，突然想到什么，有点苦恼，“我之前问过陆霁，要不要把他的形象美化一下，他说不用。他现在说不用，回头电影上映了，看到的人更多了，小心被人指着骂……”

黎西西很忙，低头回复微信，头也没抬：“你跟陆霁怎么样了？”

林佳语低头笑笑：“我跟他本来就没什么，这么多年过去了，我们能怎么样啊？”现在两人都在北京，偶尔她会给他发几条微信。改编剧本的时候，她觉得哪里对他太不友好了，就会给他发两个红包。陆霁有时候收，有时候没收。

林佳语也不知道两人这样算什么，好像连暧昧都谈不上。

只是，这本书写出来后，两人的关系还是变化了一些，她不单单是他的高中同桌那么简单了，还变成了一个暗恋过他，又暗暗记录了他最坏最阴暗的一面，并且把那些东西全部公布于众的人。

她似乎成了另一个江途，做了自己觉得正确的事情，又不可避免地犯了一些错。

但她又跟江途不太一样，她对陆霁没有江途对祝星遥那么纯粹。

祝星遥似乎看出她的心思，虽然觉得自己开口多少有些别扭，但还是轻声道：“你们都在北京，其实你要是想……可以多多联系的。”

黎西西放下手机，说：“你要是还喜欢他，就主动一点啊。”她想想又觉得不对，忙摆手，“算了、算了，天涯何处无芳草啊！为什么非要找陆霁？”

林佳语笑了笑，转移话题：“星星，你们是不是快搬家了？”

他们去年买的那套房子是精装修的现房，已经拿到钥匙了。祝星遥点头：“过两个月再搬，有些地方的装修风格我不喜欢，江途说要改一下。”

林佳语：“搬家后记得请我们去暖居啊！”

祝星遥笑：“那一定啊。”

“电影的男女主角选的谁啊？”黎西西问。

网友们对这部电影的男女主选角的议论声很大，因为祝星遥和江途长相出众。原型摆在那里，对选角造成很大的压力，甚至有网友说：“我实在想不出谁适合，就让祝星遥自己演吧，江途那种冷淡又禁欲的气质，娱乐圈里有男演员能演出来吗？就让他们那群人本色出演吧！”

林佳语看向祝星遥：“星星，你要不要来演女主角啊？”

祝星遥眨眨眼：“有吻戏吗？”

林佳语：“肯定有啊！没有吻戏和床戏的电影，是没有灵魂的！”

祝星遥笑眯眯地说：“那男主角能让途哥来演吗？”

林佳语一噎，灰溜溜地低头：“当我没说。”

关于电影的选角，网友们热议了很久。

3月底，时光影业终于发布官方微博：“由林醒的原著作品《等星星》改编的电影《我们的时光》的女主角为唐叮叮，男主角为钟屹。”

“唐叮叮可以啊！时光影业的大小姐，本身也多才多艺！”

“差点忘记了，还有唐叮叮啊！”

“这个选角我很满意，但是男主角……我不看好。”

公布男女主演后，大家对这部电影的期待值又高了几分。

4月的最后一个周五，祝星遥结束了国外的演出，提前一天回江城。这次，她没告诉江途。两人每个月都至少要分别一次，她每次都尽量把行程缩短，提早回来，给他惊喜。

祝星遥回到家先睡了一觉倒时差，傍晚六点，闹铃一响，她就爬起来给江途发微信。

遥遥天上星：“途哥，今晚我给你做饭！”

江途那会儿还在办公室里跟老袁商量工作上的事，十分钟后才看见信息。老袁收拾好东西，转头问：“你老婆还没回来吧，要不一起吃个饭？”

“回来了。”江途把手机塞进裤兜，拿起桌上的快递和车钥匙，“我先走了，记得关门。”

老袁啊了声，江途已经大步走远了。

老袁走出办公室带上门，门外宣传部的两个小姑娘还盯着江途的背影，他摇摇头：“你们别老盯着有妇之夫了，公司里这么多单身帅哥不够看吗？”

“哪里还有帅哥？”宣传部的小杨眨眨眼。

老袁挺起胸膛：“我不帅吗？”

小杨实话说：“单看挺帅的，就是不能跟老大站在一起。没有对比就没有伤害。”

老袁：“……”

他一副吃瘪的模样，惹得两个小姑娘哈哈大笑。

祝星遥扎起马尾，穿上围裙，将iPad（平板电脑）放在流理台上，里面正播放着番茄炒蛋的制作视频。她从小娇生惯养，几乎没做过饭，听说番茄炒鸡蛋这道菜比较适合新手。

看视频……这菜做起来好像也不是很难啊！

祝星遥突然信心满满！

江途一走进家门就闻到一股焦味，祝星遥低咳的声音传来，他连忙走进去，看见她正急急忙忙地往锅里倒水。江途把快递和车钥匙放到桌上，从身后接过她手里的锅铲，低头看她一眼："我来！不是让你等我回来再弄吗？"

祝星遥被烟熏红了眼圈，不服气地抬头："我看视频，觉得做起来很简单啊，谁知道……"

谁知道操作起来这么难！

江途扫了一眼锅里煮得一团黑的东西，语气无奈："你想学的话，我教你。"

祝星遥立马笑了："好。"

"帮我挽袖子。"

"好！"

"围裙给我。"

"哦……"

家里只有一条深色的男士围裙，祝星遥穿在身上很大。她忙解开，踮起脚把围裙挂到江途的脖子上。两人靠得很近，他的呼吸喷洒在她的侧脸上，她动作忽然一顿，仰起脸看他。

江途垂眼看她，目光滚烫："提前回来怎么又不告诉我？"

祝星遥莫名地觉得有些口干舌燥，刚要开口，他就吻了下来。

江途把她按到身上，含着她的唇，吻得她喘息不已。他声音低低地问："饿不饿？"

如果她说不饿，那他们是不是就先不吃饭了？

婚后两个多月，祝星遥已经深刻地体会过什么叫小别胜新婚了，觉得自己饿着肚子禁不住他的过分举动，老老实实地说："饿……"

江途笑了一声，松开她："那先吃饭。"

祝星遥红着脸绕到他身后，把围裙系好。

江途拿了三个鸡蛋打到碗里，祝星遥站在他旁边看。手机铃声响了，她跑出去接。丁瑜打来电话："你们过几天搬家，家里你的东西要我帮忙收拾吗？”

“我已经回来啦，明天我跟江途过去收拾。”祝星遥看到桌上的快递，拿起来看了看，里面是江途新换的护照。挂断电话后，她转头看江途挺拔的背影：“途哥，我帮你拆快递了哦。”

江途嗯了声。

祝星遥翻开江途的护照，看到里面的证件照，男人面容冷峻，目光沉静。她把护照拿回书房，拉开抽屉，看见里面有一本剪了角的旧护照。

祝星遥拿起旧护照。她以前从来没翻过他的护照，现在突然想看看，他以前去过哪些地方。翻到2016年，手突然顿住，她拿着护照跑到厨房。

“怎么了？”江途看她急匆匆的样子，眼睛向下一瞥，看见她手里的旧护照，顿时了然。

“途哥，你……2016年去过德国？”祝星遥仰头，直直地看着他。

西红柿炒蛋做好了，江途把火关掉，似乎不知道要如何说起。他看了她几秒，很轻地点了下头：“那年5月份，我拿了很大一笔奖金，正好你要在慕尼黑开演奏会，我就买了一张票。”

祝星遥突然想起来，当初小葵跟她提了一句：“票全部卖光了，就是后排有个座位不知道怎么空了，有个人没来。”

那个空着的座位，是属于江途的。

她眼圈蓦地红了，咬住嘴唇，有点委屈：“那你怎么没来？”

江途把她拉进怀里，抱歉地解释：“那天去机场的路上出了车祸，没赶上飞机。我改了航班，但到那边时，演奏会已经结束好几个小时了。”

“车祸？那你受伤了吗？”她着急地问。

“一点小伤，比我高考出事那天好一点，不严重，不用担心。”他带伤上了飞机，把乘务员吓到了，拿出药箱非要给他处理伤口。

江途自嘲地笑了笑：“在追你这件事上，我的运气总是不太好。我想，可能是因为我还不够好，所以上天总给我使绊子，我只能拼命变得更好一点，才能安然地站在你面前……”

祝星遥猛地踮起脚尖，抱紧他的脖子，堵住了他的唇，毫无章法地吻他，颤声道：“你是全世界最好的。”

你是全世界最好的。

你是唯一的江途。

这世界再也没有谁能比得上他了。

江途闭了闭眼，张开唇放她进来，下一秒，更用力更深入地回吻她。祝星遥胸腔里的气息很快耗尽，她抱紧他的脖子，往上一跳，缠上他的腰。

江途托住她，贴着她的唇，嗓音低哑地道："不吃饭了？"

祝星遥不说话，手绕到前面去解他的衬衫扣子，一颗两颗三颗……

她捧着他的脸，低头吻上去，小声说："我改主意了，等下再吃……"

厨房的灯暗下，夜幕已至，最后一丝光亮消失在高楼顶端。他摘下眼镜放在流理台上，漆黑的瞳仁望着她。呼吸纠缠错乱间，江途想起厨房里没有避孕套，恢复部分理智，把衬衫罩在她身上，将她打横抱起，穿过昏暗的客厅回了卧室。

"途哥。"她抱着他的脖子。

"嗯。"他低声应道，脚步很快。

很快，她被放在床上。

祝星遥勾着他的脖子，目光柔软："老公。"

江途一顿，垂眼定定地看她，嘴角一弯："肯叫了？"

关于称呼，后来他也没再提过，觉得她叫途哥也很好。祝星遥似乎也把这件事忘记了，结婚两个多月，终于叫了一声老公。

祝星遥的工作需要她飞往世界各地，除了演出，还有一些广告和活动等等。他们这次分别了大半个月，彼此想念。她一直知道江途受不了她的主动，每次她主动一步，他回馈给她的永远是更猛烈的浪潮。江途松开她绷紧颤抖的双腿，抬起头，起身覆在她身上，捧住她的脸，低头吻她的唇。

祝星遥在他嘴里尝到自己的味道，睫毛湿润颤抖，嗓音虚脱了一般："途哥，你很坏……"

江途感觉自己在往下沉，克制地问："又过分了吗？"

她张开嘴，有一瞬间失神，眼里又被逼出了泪。

夜风吹拂着窗帘，月光透过缝隙洒入，映着不知疲倦、缠绵不休的影子。

许久，祝星遥紧紧抱着江途汗湿的背，他背上的肌肉还绷紧着。江途侧身抱住她，闭上眼睛，下巴抵着她汗湿的发丝，轻轻地蹭了蹭。空气沉静了一会儿，她从高潮的余韵里回过神来，抬头在他的喉结上亲了一下，声音很小："途哥，我有没有说过，你最后的声音很性感？"

江途闭着眼睛，笑了："星星，你要是还想吃饭，就别惹我。"

祝星遥："……"

她识相地闭嘴。

过了一会儿，江途起身套上衣服，回厨房接着做饭。

5月1日，祝星遥跟江途搬了新家，在祝家整理东西的时候，祝星遥翻出了一袋游戏币。两人看着那袋游戏币，江途问："不会是当年我给你赢回来的那些吧？"

祝星遥点头："你赢回来的太多了，这东西又沉，我跟西西去电玩城玩过几次，但是那时候联系不上你了，我就把这袋游戏币收起来了，免得看见了不舒服。后来西西参加选秀成名了，我也有名气了，我们就再也没去过电玩城了。"

祝星遥跟黎西西都是名人了，现在就连江途在外面都可能被人认出来。电玩城那种地方一向人多，确实不适合他们去玩。

祝星遥掂掂那袋沉甸甸的游戏币，若有所思："不知道电玩城的游戏币变了没有，这些还能用吗？"

江途接过那袋游戏币："应该不会换，我问问江路。你要是想去玩，之后找个人少的日子，我带你去。"后来，他真的找了个雨夜，带她去电玩城玩了一趟，直到零点才回家。

搬家不是小事，江路带了自己的队员过来帮忙，一群小孩帮着整理了半天。祝星遥跟江途忙到晚上，才把新家安置好。

两人靠在沙发上休息，江途突然转头，在她的头顶上亲了亲："星星，谢谢你。"

这是他们两个人的家了，祝星遥突然意识到，这不仅仅是搬家，而是这么多年，江途终于有了一个属于他的家。

第二天晚上，江途开车带祝星遥出了一趟门，上车后，祝星遥问："我们去哪儿？"

"马上就到了。"江途说。

十分钟后，江途把祝星遥牵进一家高端宠物店门前。

祝星遥愣了愣，抬头看他。

江途低头看她："现在房子挺大的，我们养一只猫，两只也可以。你要是喜欢狗的话，养狗也可以。"

祝星遥小声说："是不是因为我们不要孩子，所以……"

"乱想什么呢？我看黎西西养了两只猫，你好像很喜欢，每次都给她的朋友圈点赞。"江途牵着她走进去，"妈前段时间跟我说过，你一直很喜欢宠物，小时候还闹着要养，因为妈对动物的毛发有点过敏才一直没养。"

他们站在猫笼前，江途低头看她："挑一只？"

黎西西养的是布偶猫和折耳猫，都很可爱。

一个多小时后，祝星遥高兴地抱着一只布偶猫走出店门。他们还买了不少东西，至于猫窝，祝星遥想要的颜色店里没备货，店员说明天送货上门。

走到车前，江途把东西放进后备厢，祝星遥抬头看他："途哥，你说起什么名字好？"

话音刚落，她脸色突然一变，愣愣地看着前方。

很快，她像是急于寻求安全庇护，快步走到他面前，脑袋抵着他的肩。

"怎么了？"江途皱眉，回头看。

对面，女人挺着七八个月的孕肚，牵着一个三四岁的小女孩从马路对面走过来。

如果只是普通孕妇，祝星遥的反应不会这么大，除非……那个人是江月。江途抿紧唇，搂住她，低声说："没事的。"

祝星遥已经很多年没见过江月了，咽了咽口水："我看见江月了……"

江月牵着女儿经过他们身旁，小女孩抬头，看见藏在祝星遥怀里的小猫咪，惊喜地说："妈妈，猫猫好可爱！"

江月转头看了一眼，突然对上江途冷淡的眼神，愣了愣，目光转向低头抱着小猫的女人。

那年春节后，祝星遥跟江月就没再见过，没想到会在这里以这样的方式碰见。

江途面无表情地看了江月几秒，带着祝星遥转身离开，拉开副驾驶座那边的车门。

“等等——”江月突然喊了一声。

《等星星》小说、黎西西的演唱会，以及电影的预告片，江月都看过，内心触动很大。

“有事吗？”江途转头，目光依旧冷淡。

江月突然有些局促，看向祝星遥，语气犹豫：“祝星遥，我……有几句话想跟你说。”

祝星遥身体微僵，不太想跟江月说话，但心底的愧疚让她抱着小布偶转身。江途皱眉：“你有什么话跟我说就行。”他低头看祝星遥，语气温柔：“你到车上等我。”

“我就几句话！”江月的语气急切起来，她看着江途，又转向祝星遥，“我想说……当年我怀孕，陈毅并不想要那个孩子，也不想跟我结婚。那天他本来就是逼着我去打胎的，就算你没推我，那个孩子也不会生下来。如果当时没出事，我可能会继续缠着陈毅。不知道你听说了没有，前段时间陈毅跟一桩毒品案扯上关系，被抓了。如果没发生当年的事，我估计还缠着陈毅要名分，也不会有现在的生活。当年，你的心理压力很大吧？我那时候说了很多不好的话，还有……算了，我就是想跟你说，我现在过得很幸福，早就放下那些事了，希望你也放下吧。”

江月牵着女儿，慢慢走远。

昏黄的路灯下，祝星遥将头埋在江途的怀里，委屈地哭了出来，小布偶不安分地乱动。那件事压在她心里太久了，沉重得如同一座山，压得她噩梦连连，喘不过气来。

过往的行人停住脚步，看向他们。

江途拉开后座，带着她坐进去，把她抱到腿上，低声哄：“别哭了，嗯？”当年祝云平给了陈毅五百万，为的就是让祝星遥的心理压力小一点。

这么多年过去了，祝星遥突然得知，那条没来得及出生的小生命，只是陈毅顺势用来换取金钱的筹码罢了。

江途后悔当初没在体育馆门口打陈毅一顿。

祝星遥慢慢停止哭泣，摸着小布偶，靠在江途怀里，小声说：“途哥，我们回家吧。”

回去后，祝星遥想了一晚上，给他们家的新成员小布偶起了个名字，叫“糖豆”。

时间流逝，婚礼按部就班地进行。

8月底时，祝星遥定制的婚纱送到婚纱店了，店里打电话让她过去试婚纱，那天正好是她的生日。

下午，祝星遥跟江途一起去试婚纱。

江途坐在婚纱店的沙发上，店员给他倒了一杯咖啡放在茶几上，他眼睛动了动，又看向帷幕后的更衣室。他一直知道祝星遥长得漂亮，高中时，她穿着宽大的蓝白色校服也比一般人漂亮许多，她永远是女生里最引人注目的那一个。

他看她穿过很多演出服，红色的，白色的，蓝色的……以前他也想象过她穿婚纱的样子，但现在，他突然有点不冷静。

江途站了起来，面对窗外，看到对面繁荣的街景。

“途哥……”

祝星遥一身裁剪贴身的拖尾婚纱，肩线完美，锁骨白皙平直，胸前轮廓曼妙。她手里捏着一条星星吊坠的项链，站在他身后，轻轻叫他。

江途回过头，站在窗边，静静地望着她。

他朝她走过来，祝星遥把项链给他，笑道：“帮我戴。”

江途站在她身后帮她戴上项链，抬头看向宽大的镜子。祝星遥被他的目光看得有些不好意思，在他怀里转身，笑着问：“好看吗？”

江途低头在她的额头上亲了一下，低声说：“当然，你什么时候不好看？”

晚上十一点，祝星遥跟江途看完电影回来。她刚洗完澡就接到黎西西的电话，黎西西先祝她生日快乐，憋了一会儿，还是没忍住骂人：“本来你生日我不想跟你说这些，但是许向阳气死我了！我要跟他分手！！！”

昨天晚上，黎西西在北京办了演唱会，演唱会结束后，周漾上台给她送了一束花，台下有粉丝起哄“在一起、在一起”。两人传绯闻已经不是一天两天了，黎西西辟谣都没用。

许向阳又是个醋缸，两人晚上回到家就开始吵架，正好黎西西第二天一早有行程，她丢下一句“这次真的分手，我回来了收拾行李”后就走了，留下一脸蒙、还没睡醒的许向阳。

祝星遥笑了笑：“月底了，是该分手了。”

黎西西：“……”

她坚定地道：“我不是开玩笑，这次一定分手！许向阳就算给我跪下，我都不和好了！”

黎西西跟许向阳这种分手，每个月一次，祝星遥已经习惯了。她不走心地安慰黎西西，还难得地损了几句：“先别分手，我婚礼上还要你们当伴娘伴郎呢。你不是想要我的捧花吗？分手了，你们还怎么给我当伴娘伴郎？多尴尬啊！你们怎么也要撑到我婚礼结束啊！”

婚礼的伴郎团和伴娘团各五个人，伴郎有许向阳、江路、丁巷、老袁、杜云飞；伴娘就是黎西西、林佳语、姜觅，以及祝星遥的两个圈内好友。几个伴娘都说要抢捧花，其中黎西西跟林佳语最积极，私底下明示暗示了好几遍，让祝星遥放水。

黎西西犹豫了一下，痛下决心：“捧花我不要了，你给林佳语吧，让她攒点桃花运。”

“真的？那你别后悔啊。”祝星遥还是不信，“对了，伴娘服到了。丁巷的女儿快满月了吧，办满月酒吗？到时候你应该回来的吧，我把衣服拿给你试试？”

黎西西：“不办，他们办百日酒。礼服肯定合适，我有空回去了再试吧。”

丁巷前段时间当了爸，他老婆给他生了个闺女，现在丁巷一天发八条朋友圈晒娃，彻彻底底地沦为女儿奴了。

祝星遥正在刷朋友圈，看到丁巷发的小视频，小宝宝是真的很可爱。听见浴室门开的声音，祝星遥忙把手机放下。江途走到床边，低头看她：“星星，想去哪里度蜜月？”

祝星遥一愣，抬头看他：“去柏林？”

柏林是她留学的地方，她很熟悉，他应该也会想去看看。

江途在她旁边坐下：“去意大利可以吗？柏林下次再去。”

“好啊。”祝星遥没有意见，不过有点好奇，“为什么想去意大利？”

江途把她抱到怀里，他一直有个执念："我高中的时候一直想送你一件礼物，一把意大利琴师为你定制的大提琴。我们去意大利买大提琴。"

祝星遥怔怔地看着他，眼圈又红了："好……"

她深刻地怀疑，她以后会不会经常被他感动哭。

黎西西这次不是跟许向阳闹着玩的，她演出结束后，回家收拾了一些行李，抱着两只猫，直接走了。许向阳下班回到家，发现黎西西的两个大行李箱和她最喜欢的那些裙子都不见了，最重要的是，猫也不见了。

他真的慌了，给黎西西、助理甚至经纪人打电话，都被拒接了。

黎西西这些年赚了不少，自己在北京买了套房子，那套房子一直空着。

许向阳开车过去找，但灯是暗的。

他给黎西西发了很多条信息，黎西西过了很久，终于大发慈悲地给他发了一条："许向阳，这次我们真的完了。你这么爱吃醋，这么不信任我，你就抱着醋缸过下半辈子吧！"

许向阳："……"

两人分分合合上百次，哪次不是床头吵床尾和？

这次，黎西西连上床的机会都不给他了。

两人这么闹了一阵，许向阳实在没办法，只能给祝星遥打电话求助。

祝星遥想起前几天黎西西跟她说："要是许向阳给你打电话让你劝我，你千万别劝！我就是要给他一个教训！他以后再这样乱吃醋，我就不回去了。"

她沉默了一下，对许向阳说："西西跟我说，这次你就算给她跪下，她都不跟你和好了。"

许向阳："……"

他挂断电话，沉默地抽了半盒烟后，拿出手机把黎西西从群里踢了出去。

黎西西："什么？"

许向阳，你完了！

第二天，许向阳又把她加回群里。

黎西西："……"

许向阳，神经病！！！别想用这样的操作来吸引我的注意，我这次绝对、绝对、绝对不理你！

她直接把许向阳拉黑了。

许向阳：“……”

他烦躁地抓头，过了会儿又叹了口气。他上辈子真是欠了她的，这辈子就是来给她还债的。

9月1日，林佳语的新书《等星星》在全国预售，黎西西和祝星遥以及剧组的男女主角等转发后，预售期销量就爆了。

两个星期后，祝星遥收到林佳语寄来的《等星星》实体书。林佳语一共寄了十本过来，沉甸甸的一箱，还是江途搬上楼的。

他对于这本书的感情很复杂，性格使然，他怎么也没想到自己年少时拼命藏着的秘密，有一天会变成一本书、一部电影。

祝星遥坐在地板上兴致勃勃地拆开箱子，拿了一本出来，夸了句：“封面真好看。”封面设计是一张星空图，意境自带忧郁感，但星星又是如此美好的象征。她很喜欢这个设计。

江途没说话，祝星遥抬头看他，小心翼翼地问：“途哥，你要不要看看？”

“不看。”他皱眉拒绝，“我去做饭，等会儿叫你。”

祝星遥看他走进厨房，忍不住偷乐，觉得他肯定害羞了。她撕开书本的外薄膜，摩挲着封面，珍而重之地打开这本书。

“糖豆”在她旁边绕了几圈，想求关注，求抚摸，祝星遥撸了撸它的脑袋。虽然她已经看过电子版了，但纸质书给人的感觉完全不一样。正当她看得入迷时，江途站在餐桌前，叫了她一声：“星星，过来吃饭。”

“好，就来。”祝星遥抬头，笑容在灯光下温柔动人。

晚一些的时候，祝星遥去洗澡，江途先后接到老袁和杜云飞的电话，杜云飞收到伴郎礼服了，说很合适。

杜云飞跟老袁话多能扯，半小时后才挂断。江途把那十本书搬进书房，一本一本地放到书架上。祝星遥拆开的那本书里的书签掉落，他弯腰捡起来，也不知道是从哪一页掉出来的。他抿唇翻了翻手上的书，手忽然顿住，抬头看向门口。

祝星遥顶着一头湿答答的头发站在门口，一脸“还说不看，被我抓包了吧”的表情。她收敛表情，咳了声：“途哥，帮我吹头发。”

江途也没解释，低头把书签插回去，目光瞥见那页最后的几行字，手上的动作微顿。他合上书本，放回书架，走出去。

> 少年的目光所及之处，永远只有那一个女孩。他并非不浪漫，只是这样一个无法选择命运的少年，他的浪漫、他的温柔、他的愿望，全部献给了唯一的那颗星星。
>
> 那些柔软、热烈又深沉的爱意，旁人连窥见一眼都是奢侈。
>
> 可惜，那女孩看不见，也看不懂。
>
> 但愿有一天，她能看得见。
>
> ——《等星星》

两天后，祝星遥在北京有一场演出，到北京的当晚，跟乐团一起吃了顿饭。饭局上，她喝了点酒，回到酒店跟江途视频的时候，他一眼就看出来了：“喝酒了？”

她今晚喝的不是红酒，后劲有点大。祝星遥的脑袋有些晕乎，她摸摸发烫的脸：“很明显吗？”

江途看着她：“脸有点红，难受吗？”

祝星遥摇头：“还好啊，又没醉。”

过了一会儿，小葵泡了一杯柠檬水进来，正好听见两人的对话，小声叨念：“虽然没有喝醉，但也差不多了……”她把柠檬水放在桌上，对祝星遥说：“喝点柠檬水吧，会舒服一点。”

小葵冲屏幕挥挥手，笑眯眯地说：“江先生，晚上好。”

江途对她点点头，声线低沉带点磁性：“麻烦你了。”

“不麻烦不麻烦。”小葵盯着屏幕看了几秒，才转身去收拾行李。她一边收拾行李，一边竖起耳朵听两人说话。这可是小说和电影的原型人物啊！就是听他们随便说几句话，她都觉得甜，堪称头号CP粉了。

小葵美滋滋地想：只要跟在星星身边，我就能每天有糖吃！

祝星遥完全不知道小葵在想什么，喝了两口柠檬水，看向屏幕：“老公，你喝醉过吗？”他们在一起有一年，领证也有几个月了，江途的应酬不少，他到家时身上常有酒味，但他好像从来没醉过，她突然好奇他的酒量。

“醉过几次。”

江途坐在沙发上，“糖豆”在阳台上玩了一会儿玩具，跑进来跳到他的腿上。他低头看了一眼，抬手在它的背脊上挠了挠，“糖豆”被他挠舒服了，懒洋洋地伸了个懒腰。

祝星遥很难想象江途喝醉的模样，忍不住问：“那你喝醉了会做什么？”

江途似乎想到了一些不好的事情，皱了下眉：“睡觉。”

“就这样？”

“嗯。”

“喝醉了就一点感觉都没有吗？”

江途手一顿，抬眼看她：“喝醉了，会比较想你。”

他是一个很清醒克制的人，只有喝醉的时候，神经被麻痹了，他才会放纵自己。但那种感觉并不好受，因为他跟她连回忆都很少，他总是来来回回地想那三年间的往事，或者整夜地看她的演奏会、翻她的照片，然后梦到她。

那样其实有点病态。

祝星遥心疼了，眼巴巴地看着他。江途笑了，低声说：“我没事。”

小葵又捡到糖了！她兴奋地动了动耳朵。

回到房间后，她就打开微博，登录账号“葵花天天捧脸笑”。

祝星遥的粉丝都知道这个账号。

有时候小葵会忍不住在微博上发一点祝星遥的日常，就比如这一段——

“你喝醉了会做什么？”

“睡觉。”

“就这样？”

“喝醉了，会比较想你。”

关注她的粉丝飞速赶来，一下子就发了几十条评论。

“葵花你又发糖啦！什么时候发点照片啊？”

“没有照片，差评！每次都暗戳戳地发，什么也不说，你是被江途附体了吗？”

“我想知道江途是怎么想的。现在晋江审核得这么严格，林醒大大都不敢写的东西，我想详细了解一下。”

他是怎么想的……底下有一堆回复。小葵觉得他们在“开车”，但她没有证据，还担心被祝星遥看见，只能咬牙，删了。

几天后，祝星遥又改了航班，连夜赶回去。那晚江途有应酬，她没告诉他。老刘把她送到楼下，已经是深夜十一点半了，她抬头看了一眼，家里的灯光是暗的。

她回到家，“糖豆”已经窝在猫窝里睡觉了，听到动静，又爬出来，屁股撅起来，整个背脊压弯，伸了个长长的懒腰，才慢悠悠地走过来。

“糖豆，妈妈回来啦！”她高兴地抱起“糖豆”，“你想不想我啊？”

“糖豆”懒洋洋地蹭蹭她，祝星遥笑了笑，把行李箱推进去，给江途发了一条信息：“途哥，应酬快结束了吗？”

过了一会儿，江途：“结束了，快到家了。”

他快到了？祝星遥放下“糖豆”，先去洗澡。

江途叫了代驾，车已经开进小区了。他今晚喝多了，有点醉意，但看到老刘的车从旁边经过，眼底瞬间清明了一些。

十分钟后，江途打开家门，听见浴室的方向传来水声。他把西装外套脱下，放在沙发上，抬手解开衬衫扣子，往主卧走。他站在浴室门口，看到雾蒙蒙的玻璃门上滑下一道道水迹，喉咙忽然一紧，抬手按在门把上。

他突然想起，今天是她的生理期，又顿住了。

十几分钟后，祝星遥打开门，一下愣住了。她的眼睛被水汽蒸得亮晶晶的：“途哥，你什么时候回来的？”

“刚刚。”嗓子有点哑，他低咳了一声，“怎么回来也不告诉我？”

“告诉你就没惊喜了。”祝星遥穿着睡裙，抱住他的脖子，闻到他身上浓浓的酒气，比以往每一次都浓。她抬头看他：“你喝酒了？”

江途低头吻她：“嗯……”

祝星遥感觉他的唇舌都是烫的。他的手贴着她的小腹，头埋在她的颈脖里轻轻地蹭了蹭。江途顿了顿，又问她的肚子疼不疼。祝星遥感觉他的掌心都在发烫，跟平时有点不一样，她忙躲开他的吻，摸摸他的额头："老公，你发烧了吗？"

"没有，喝多了就会这样。"

江途的语速有些慢，整个人有些迟钝，跟平时不太一样。祝星遥新奇地看他，摘掉他的眼镜，捧住他的脸认真地盯着他的眼睛，忽然笑了笑："你喝醉了吗？"

"有一点吧。"江途皱了皱眉，似乎有点不舒服。

祝星遥觉得平时都是他在照顾她，现在他喝醉了，她照顾他的机会来了！

她踮起脚尖，像哄小朋友似的在他的唇上亲了一下："那你等等我，我去给你煮醒酒汤。"

平时她喝了酒，小葵都会给她泡点柠檬水。

她拉开冰箱，发现冰箱里没有柠檬了。

祝星遥拿出手机低头搜索，在众多醒酒汤的煮法里面挑了一个：鸡蛋清配牛奶，煮汤一起喝。

度娘（百度）说这个煮法可以保护胃黏膜。江途什么都好，就是胃不太好，偶尔会胃疼。他那几年太拼命了，有时候加起班来没个度，很少按时吃饭。

江途站在门边，看着她手忙脚乱地找蛋清分离器，走过去，从消毒柜里拿出那个东西，递给她。

她冲他笑了笑："我很快的！"

过了几秒，她嘀咕："怎么我打鸡蛋时，蛋壳总是碎呢？"

"我教你。"他从身后抱住她，握住她的手，温热的呼吸洒在她耳边，"轻一点，不用这么用力。"

"哦……"

从打鸡蛋到分离鸡蛋清，他全程抱着她，手把手地教。祝星遥眨了眨眼睛。她是个厨房小白，他平时教她的东西很多，但很少这样紧贴着她……即使两人在家休息，他也不会像现在这样抱着她不放啊。

她能感受到他对她强烈的喜欢，但从来没有觉得他黏人。

她去冰箱拿牛奶，他也跟着。

她把牛奶和蛋清倒进小锅里，开了小火煮，又被人从身后抱住了。

祝星遥眨眨眼，感觉……今晚的江途有些黏人，不，不是有点，是特别黏人。

因为他喝醉了？

她心里一软，回头亲了他一下。

几分钟后，醒酒汤煮好了。

她自己尝了一口，感觉味道有点怪，她把碗推到他面前："喝吧。"江途一口气喝完了，她好奇："途哥，你以前喝多了真的会很想我？"

江途放下碗，抬眼看她："嗯。"

"糖豆"突然跳上来，坐到他腿上，他顺手撸了撸它的毛。一人一猫，看起来很亲近。祝星遥在家的时间比他少，"糖豆"跟他的关系比较亲近，她突然有点嫉妒，起身走过去把"糖豆"抱起来，自己坐到他的腿上。

"那你都做什么？"想她又不敢给她发信息……

江途没戴眼镜，漆黑的瞳仁注视着她："看你的演奏会，听你的曲子，翻你的照片。"

"听起来像个狂热粉丝。"她搂着他的脖子笑了笑，"还有呢？"

江途将下巴抵在她肩上，声音低低的："然后梦见你。"

"梦见我什么？"

他眯了一下眼："你确定要听？"

祝星遥茫然地啊了声，很快反应过来，脸一红，小声说："我还以为你……没想到你也会做这种梦。"

江途沉默了一下，似笑非笑地看着她："结婚半年多了，是不是我平时对你太温柔了，你才觉得我克制到连做梦都不会？老婆，这是男人正常的反应。"

她小声反驳："你那什么的时候……哪里温柔了？"江途的温柔一般只在前戏部分。他对前戏异常地执着，也很能忍，每次都耐心十足，确保她不会疼后，才会进去。但是，他真的跟温柔无关，大多时候带点痴迷和疯狂。

"嗯？"他皱眉。

"我老撞到床头。"她小声说。

"……"

“虽然床头是软的，不疼，”她小声补充，“但你真的不算温柔，起码在这件事上不算温柔。”

江途抿唇，闭上眼睛，无声地笑了笑。

“十二点半了，你去洗澡吧，我们该睡觉了。”祝星遥怕他太累，忙站起来，“我去给你找睡衣。”

十多分钟后，江途从浴室出来，似乎清醒了一些，关掉灯，上床把祝星遥抱到怀里。祝星遥抬头，在黑暗中看他，轻声说：“途哥，我以前经常梦到你，频率是每个星期至少两次。”

“噩梦？”江途有些困倦，又睁开了眼。她从来不说她的噩梦，但他从心理医生那里了解到一些，能猜到她反复经历过的噩梦是什么。

祝星遥窝在他的怀里，小声说：“其实有时候开始是好梦……我梦到我怀孕了，你的。”

那时候祝星遥的梦无论开头多美，最后都会变成噩梦，结局都是她跑着追江途，江途却不回头，她追着追着，就摔倒流产了。

她说起来的时候，还有点难受。

江途抬起她的下巴，皱眉说：“所以，我在你的梦里一直是负心汉？”

祝星遥：“……”

好像可以这么说？她看着他不悦的神色，突然有点想笑。她笑着跨坐到他身上，趴在他的胸膛上小声说：“所以，梦都是反的。你没有不回头，你一直朝我走来，我也没有怀孕……”

江途揉了揉她的头发，低声说：“当然是反的，我怎么可能让你来追我？”

已经凌晨一点了，祝星遥似乎还很精神，往旁边爬了一下，伸手把台灯打开了。她看着他：“以前我每次做噩梦了，醒来后都特别难受，连想一下都觉得压抑。我之前不想告诉你，怕你听了也会难受。”

毕竟，他们是不准备要孩子的。但她在梦里都不知道怀孕多少次了。

虽然，最后她都流产了。

江途听懂了她的意思，沉默了一下，翻身把她反压在身下，垂着眼笑：“怀孕的过程有没有梦到过？”

祝星遥：“……”

脸突然红了，她不太敢看他："没有……"

"真的没有？"江途将头埋在她的颈窝里，细密地轻轻地吻。大概是喝多了的缘故，他的身体和呼吸比以往热几分，祝星遥开始喘。他在她耳边又问了一句："那怎么怀的？"

祝星遥："……"

耳朵被他亲得很痒，他手上有茧，手贴在她的腰上，也很痒。她捂住自己耳朵扭了几下，咕哝了句："你好热啊。"话题成功被引开，江途支起身体，低头看她。祝星遥红着脸，小声说："真的没梦到过就直接跳到怀孕的环节了，毕竟是噩梦……肯定没你过分，你那纯粹就是春梦，能比吗？"

江途笑了下，反手把灯给关了，侧身抱住她："睡不着？"

"有一点。"她在他怀里，手脚并用地抱紧他。

江途感觉她今晚特别磨人，闭上眼睛忍了又忍，又覆了过来吻住她的唇："是不是不做点什么，你就睡不着？"

祝星遥一愣，才想到两人分别一周多了，可她又来月经，什么也做不了，顿时心虚地哼了声："才没有，我现在就睡……"

她拉上被子盖住脑袋，又将头露出来，转头看他，眨眨眼睛："你要是想，我可以试试别的方式……"

江途把她的脑袋按到怀里，低声叹了口气："睡觉。"

除了刚在一起那次，他再也没让她用别的方式帮他。祝星遥被他按住了，动也动不了，有点不舒服，在黑暗里挣扎了几下。

她试着闭上眼睛，迷迷糊糊地竟然也睡过去了。

9月20日，林佳语在北京某个书店开签售会，排队的读者特别多，签售会持续了几个小时，直到傍晚活动才结束。

陆霁的公司就在附近，他前两天收到林佳语寄来的同城快递，一本特签书——《等星星》。对他来说，那本书的书名带着讽意，也不知道林佳语安的什么心，还特意寄给他。

书被他丢在办公桌上，被一堆文件压了两天。中午许向阳来他办公室找东西，翻出了那本书，挑眉道："林佳语在我们公司附近的那家书店开签售会，现场人很多。她的人气还真不错。"

陆霁顿了顿："是吗？"

许向阳："你不看看？"

"不了。"

陆霁不想看，许向阳找到东西就出去了。

办公室里很安静，他看着那本书，犹豫了几秒，拿起来翻开第一页。

在此之前，许向阳、周原乃至他的家人都在他面前提起过这本书的内容。本身这就是他们的故事，陆霁就算没看，也能猜到内容。

陆霁花了一个下午，翻完那本书，看到校园部分时，皱了几次眉。

傍晚，他离开公司，带走了那本书。

签售结束后，有些读者不太舍得走，还在附近逗留。看见一个穿着白衬衫、黑西裤的男人走进书店，一个小姑娘拉扯旁边的小伙伴："快看！那个男的好帅！"

小伙伴说："比江途还帅吗？"

小姑娘说："都帅，类型不同！"

旁边的读者们听到声音，顺着小姑娘的视线往前看，只看到一道挺拔修长的背影。男人顺着指路牌走向阁楼，大家虽然没看见脸，但觉得男人的背影都透着帅和气质。

林佳语还有个小采访，坐在书店的阁楼里回答采访人的问题。

采访人："听说你之前一直不同意出版这本书，编辑磨了很久，你才同意。是因为男女主角的原型不同意，还是因为我们的男二号呢？"

毕竟，作者跟男二号在书里也有故事。如今，在常人眼里，男女主角已经成为令人艳羡的一对，而男二号的处境却很尴尬。

林佳语穿着长裙，化着精致的妆，笑容恬淡："都有吧，毕竟他们都是活生生的人，两个男主角的原型都很低调。我们都有自己的生活，就算轰轰烈烈过，终究会慢慢归于平淡，毕竟这个世界上的新鲜事情那么多，对吧？"

采访人笑了笑："那你跟男二号关系怎么样？"

林佳语眨眨眼："男主角是女主角的，男二号……男二号是大家的啊。他其实是个很好的人，大家……喏，别嫌弃啊。"

她的这番话惹得在场的人忍俊不禁。

陆霁站在高高的书架旁，低头看过去。他不知道是不是每个女孩都会经过一场蜕变，变得越来越吸引旁人的目光。

在陆霁的印象中，林佳语是个清秀平凡的高中生，有时候还莫名其妙地生闷气。那时候他不知道她到底在气什么，心想她可能是在为江途打抱不平。

现在，他知道了，那些闷气不仅是为江途，也为他自己。

林佳语结束采访，刚松了口气，转头跟他的目光撞上，那口气憋在胸口，不上不下的，让她硬生生地咳了一声。

采访人小声说："哇，那帅哥谁呀？"

林佳语咳得脸有些红。陆霁漫不经心地走下台阶，从旁边的立体书架上抽出一本《等星星》，抬头看她："林佳语，你在书里没少黑我啊！我什么时候说过学习委员长得丑？什么时候说你笨得没药可救？"

林佳语瞪大眼睛，难以置信地看他：原来他看过了啊……

她哼了声："我明明就是写实！你就是说过这么损的话，别装失忆不承认。"

采访人蒙了一下，突然兴奋："这位是？"

"哦，就是被读者们嫌弃的那个杀千刀的男二号……"林佳语一顿，补充了三个字，"的原型。"

陆霁："……"

采访人双眼发亮地看向陆霁：男二号的原型竟然也这么帅！祝星遥也太幸福了吧！初恋对象长这样……她也不亏了！林佳语一看就知道采访人在想什么，撇撇嘴，走向陆霁："请你吃饭，补偿你的精神损失。"

陆霁看向她，挑眉道："好啊。"

9月25日，由《等星星》改编的电影《我们的时光》在江城一中开机，电影的大部分取景都在江城一中。

剧组知道祝星遥和江途马上要办婚礼了，导演调侃道："可以去吃喜酒吗？"

林佳语跟江途说了，之后江途送来二十张请柬，邀请剧组的主创和主演一起参加婚礼。对此，祝星遥还很惊讶："我还以为你不会同意呢。"

"为什么？"江途笑得有几分无奈，"你都在万人的演唱会上跟我求婚了，电影也要拍了，还有比这些更高调的事情吗？"

祝星遥："那求婚还是我的错吗？"

"当然不是。"江途忙否认，"我只是想说，请剧组的人来参加婚礼，只是让我们多了一些见证人而已，为什么不同意？"

这场婚礼的宾客很多，不在乎再多二十个人。

婚礼的前一天，祝星遥早上醒来，看到桌子上放着一张卡片，卡片上印刷的还是大提琴少女，跟当年的卡片很像。

祝星遥爬起来，拿起卡片。

从电影开机那天开始，江途每天早上都给祝星遥写一封情书。

这样的话，加上当年的八十七封，到明天的婚礼，正好九十九封。

星星，今天是婚礼前一天

不要忘记，明天你就要嫁给我了

——2018年10月5日

落款：江途。

10月6日一早，江城最好的酒店门外，一群工作人员忙忙碌碌地往外搬东西。从国外空运回来的鲜花娇艳欲滴，空气里花香弥漫。

蓝白色花篮旁立着一张婚纱照，照片里的祝星遥搂着江途的脖子，仰起一张精致的脸冲他笑；江途垂着眼，眼底的温柔掩不住。

这照片，任谁看了都要说他们是天造地设的一对。

下午五点，陆续有宾客提前入场了。祝云平商场上的朋友多，他跟丁瑜两人今天特意打扮过。两人年轻时颜值高，到了这个年纪，虽容颜衰老，但气质上却更胜一筹，任谁见了他们都要说一句："怪不得能生出祝星遥那么漂亮的女儿。"

江路出来时，看见舒娴正站在门口左顾右盼，神情有些焦虑。他走过去拍拍她的肩："妈，你别看了，我爸不会来那么早。"

"那他什么时候来？你跟他说了没？"舒娴着急地道。

"我不说他也不好意思上主桌啊，我要是把他安排在主桌，那我哥不得打死我？"江路穿着一身黑西装，是统一的伴郎服，他搂着舒娴的肩，"放心吧，我爸来了就直接坐在靠门口的位置，跟几个荷西巷的老邻居坐一起。"

舒娴这辈子活得软弱，前些年依靠年少的江途，后来依靠长大了的江路。别人都说她生了两个好儿子，但只有她知道，自己不是个好母亲，尤其是对江途而言。江锦辉就更不是个好父亲了，这场婚礼江途等了这么多年，筹备了八个月，她不能让差错出在江锦辉的身上……

那个人，差点毁了江途一辈子。

化妆间里，祝星遥已经戴上了头纱，项链戴的是江途送的星星吊坠款的。林佳语摸了摸她的头纱，微笑道："星星，高中的时候我在校门口第一次近距离看见你，就觉得你特别漂亮。今天的你，是我见过的最漂亮的你。"

"那时候啊……"祝星遥看着镜子里的自己，嘴角含笑，"我把他的眼镜踩坏了，要给他赔，他不要。"

两个小花童是祝星遥五岁的小侄子跟一个亲戚的女儿，小侄子穿着白色小西装，小女孩穿着小白裙，二人一起托着婚纱的长裙摆。

"小姑姑，我以后娶老婆，也要娶像你这么漂亮的。"

"那我长大了，要嫁给江途那样帅的。"

众人被两个小孩逗乐了，黎西西拿着捧花走进来，递给祝星遥，又抱了她一下："唉，今天嫁闺密了。"

林佳语笑出了声，又拿出手机翻看流程，对黎西西说："等会儿我得先过去。我好紧张……等会儿要是说错了，你记得提醒我啊。我从小到大就没上台演讲过，居然让我当婚礼司仪，你们也真是放心……"

"谁让你是他们的红娘呢。"黎西西笑嘻嘻地说，"二十多万字的小说和电影剧本都能写出来，你怕什么啊？而且大多数是熟人，你稳住。"

姜觅忍不住笑了："我们先拍几张照吧。"

婚礼正厅隐隐约约传来大提琴演奏曲的声音，是祝星遥的演出视频——她从六岁开始学琴，上台表演的次数都快数不清了，但祝云平和丁瑜把她从小到大的演出视频和照片都保存得特别好。

有人说了句："怎么全是新娘子的照片和视频啊，新郎的没有吗？"

舒娴刚好路过听见了，有些不好意思地停下解释："江途小时候的照片不多，我们以前没怎么给他拍，初中和高中时大多是合照。"

江途初中的照片真的少，高中的倒是挺多的，多亏了祝星遥跟丁巷他们。

江途一身黑色西装，格外英俊挺拔，在宾客当中穿梭着打招呼。他性子冷淡内敛，平时脸上看不出情绪，今天明显看得出，他心情很好。

“啧啧啧，江途啊，这婚礼现场是我这辈子见过最美的了。”杜云飞跟在他身后唠叨，“你不是为了这场婚礼把身家都砸进去了吧？”

老袁嗞了声：“你可闭嘴吧！谈钱多俗气，怪不得娶不上女神。”

杜云飞：“……”

“还好，养家养老婆的钱还是有的。”江途丢下一句，看见曹书峻坐在专门给当年高三（1）班的人坐的座位上冲他招手，便走了过去。

之前他在班级群里说请大家吃喜酒，如今兑现了。除了江途和祝星遥，高三（1）班总共有四十五个人，来了四十三个，就连夏瑾都厚着脸皮来了。缺的那两个一个是张晟，江途没给他发请柬，另一个是因为有事。

曹书峻拍拍他的肩膀，笑道：“恭喜啊，我们班目前就成了你们这一对。”

许向阳听见了，回头喊：“老曹，我跟黎西西不是人吗？”

“我听说你们分……”

“没分！”许向阳打断他的话，“我跟黎西西要是能分，我就剃光头当和尚得了。”

明明是一件挺悲伤的事，大家却听得哈哈大笑。

大屏幕上开始播放江途跟祝星遥的婚纱照，全场的灯开始暗下。就在此时，一个中年男人低头走进来，坐在靠门的那桌，十分不起眼。邻座的人转头看：“老江，你这会儿才来？之前江路说让你坐这桌，看时间都要到了，你还没来。我们还以为……你不来了。”

江锦辉鬓发斑白，看起来老了不少，他的右手有两根手指没了，戴着黑色手套遮掩。他尴尬地笑了笑：“来看一看。”

正厅后门打开，祝星遥穿着婚纱出现在那里。她抱着捧花，身后有两个小花童托着她的裙摆。

她紧张地深呼吸，抬头看向长廊另一头的江途。

林佳语这个临时司仪正紧张地跟婚礼的设计总监对流程，然后看向江途，小声说：“你确定那段话你自己说啊，别紧张得忘记了。”

江途目不斜视，看着前方的祝星遥，说：“不会忘。”

祝星遥挽着祝云平的手走过那条浪漫唯美的长廊。祝云平把女儿的手交到江途的手上，眼圈蓦地红了，看着江途说：“我把女儿交给你了，很放心。”

江途握紧祝星遥的手，认真地道：“谢谢爸。”

交换戒指前，林佳语这个司仪却没按照一般流程走，反而冲旁边的工作人员点了一下头：“现在，请大家观看一段微电影，是我们新郎参与策划、制作的，送给我们的新娘子。”

宾客喧哗起来。

“哇！微电影？”

“什么时候拍的，怎么没听说？是不是那个电影？”

就连祝星遥都愣了，显然也不知情，抬头看江途。江途嘴角勾了勾，低头在她的耳边说：“看屏幕。”

这个微电影只有十五分钟，由《我们的时光》的导演拍摄并剪辑，江途也参与了策划。参与拍摄的都是电影的主演们，但巧的是，高中部分只拍了演员的背影或剪影，搭配上当年祝星遥和江途高中时的照片和视频，简直以假乱真，仿佛电影里的画面就是江途跟祝星遥本人出演的。

这部微电影的制作花了三天时间，加上配音，完全就是青春电影的效果，看着很有感觉。

微电影最后两分钟是祝星遥在演唱会上唱歌跟江途求婚的画面。祝星遥忍了很久，终于忍不住掉下眼泪，感动得不知说什么好，只是仰头看江途。

最后十秒，画面一转，大屏幕上，二十九岁的江途坐在书桌前，低头认真地写第九十九封情书。他的字迹落在大屏幕上，声音从音响里传出来，跟现实中他的声音同步了。

双重音效，震颤心弦，台词是J先生写的第九十九封情书。

江途看着她，一字一顿：“祝星遥同学，你是否愿意嫁给江途为妻，这辈子彼此相伴不离，永远忠诚，让他此生伴你到老，永远尊重你、呵护你？”

祝星遥完全不知道江途还准备了这样一份礼物，肩膀一颤，泪汪汪地看着他，郑重而坚定地答道：“我愿意！”

婚礼结束的第二天，祝星遥跟江途本来应该去度蜜月的，但他们还有一件重要的事情要参与和帮忙——今晚许向阳要跟黎西西求婚——所以决定推迟一天出发。

昨天太累了，祝星遥睡到中午才爬起来，“糖豆”趁着江途不在，偷偷跳到床上撒欢。

养了五个多月，“糖豆”已经从一只小奶猫变成一只毛发漂亮的大猫了。祝星遥抱住它，脸埋在它的肚皮上吸了一口，小声说：“糖豆，我特别爱途哥，爱到似乎能战胜恐惧，想、想给他生孩子。”

婚礼上，她说“我愿意”的时候，心里就冒出了这个想法。

她爱江途，爱到什么都愿意为他做。

昨晚剧组主创跟主演参加了婚礼，第二天一大早就开工了。导演因为担心秋天一到，那片树林的树叶落光，所以打算在10月中旬之前把有关星星灯的戏份先拍了。

道具组得准备几千颗星星，再挂上去。他们拿着从论坛里下载来的照片，服气地道：“当年这男主角是怎么凭借一己之力把几千颗星星挂上去的？”

编剧唐馨经过，笑眯眯地说：“凭爱啊！”

林佳语笑：“他一个人花了一个多月吧。你们这么多人，几天就能弄好啦！”

女主角唐叮叮站在旁边，笑了：“你们加油啊，我的星星灯，星星一颗也不能少哦！”

众人哄笑。道具组干劲十足。

至于许向阳所说的求婚，不如说是逼婚。

因为昨晚刚参加完婚礼，高三（1）班的同学都还在江城，正好满足了许向阳的心愿，下午就有人过去了。平时学生要上课，剧组的拍摄进程有点慢，所以碰上周末和假期，剧组都要加班加点地赶进度。

祝星遥上次来一中还是去年校庆时，这次，她跟小葵下午五点就到了。

剧组为了活跃气氛，跟学校沟通，周末和假期可以让门卫放一部分学生进来，但那些学生必须穿校服。所以，校园里很热闹，穿着校服的学生和剧组工作人员随处可见。

祝星遥给黎西西打电话："你们在哪？"

"在小树林这里。道具组在弄星星灯，马上就好了！你快来！"黎西西很兴奋。

祝星遥来到小树林这边，仰头看道具组的工作人员爬上树，腰上还挂着安全绳，看起来有些危险。

祝星遥不知道江途当年到底是怎么做到的。

小葵兴奋地说："哇，那我今晚岂不是可以见证星星灯了？"

祝星遥很心疼那年的江途，如果可以穿越时空，她一定要抱抱当年的他。不对，如果她可以穿越，那她希望自己变得聪明一点，不让那些误会发生。

黎西西友情客串了一下电影里的英语老师。导演本来想请她本色出演的，黎西西拒绝道："我不要，我都二十七岁了，过了年就二十八岁了，现在还去演十六七岁的女生？会被人笑话的！"

其实完全不用担心，她本身是短头发，长得显小，穿上校服说是高中生也有人信。如果一定要说有什么不一样，那大概是眼神吧。二十七和十七毕竟跨越了十年，她又在娱乐圈混了这么多年，眼神确实不一样了。

祝星遥穿过小树林，远远看见穿着职业套装的黎西西跟林佳语，还有一大群熟悉的面孔——他们都是被许向阳请过来帮忙求婚的。

"星星，这里！"黎西西挥手。

祝星遥走到跟前，听见许向阳说："剧组准备的校服有很多，要不我们也换上校服，再体验一下当学生的感觉？"

黎西西立马哼了声："都快三十了，当什么学生？你要不要脸！"

许向阳："……"

他向祝星遥投去一个求助的眼神。

祝星遥想了想，说："西西我们也换吧，跟佳语一起，就当拍写真？"

黎西西啊了声，愉快地站起来："好呀！"

这区别待遇……许向阳叹了口气。

在场的高三（1）班的同学全部换上了校服，一起在学校食堂蹭剧组的盒饭。

晚上八点，陆霁和周原也来了，周原扛着摄像机，兴冲冲地拿了套校服递给陆霁："走走走，咱也换去。"

陆霁没参加昨天的婚礼，但让许向阳带了一个红包，那红包很厚。陆霁瞥了一眼："不要。"

周原也不在意："那我自己去换了啊。"

祝星遥、黎西西和林佳语换上校服，趁着夜色在校园里散步，林佳语有点兴奋："等会儿就要试开星星灯了，突然很怀念当年的场景。"

正好，今晚月亮藏在了云里，天气跟当年很像。

祝星遥笑了笑，她也怀念。

哪个女人不怀念十七岁呢？

黎西西则往那一群老同学中看了一眼，忍不住翻白眼："你说我们班男生的颜值也不算太差，怎么那几个就发福了呢？发福了还穿校服，顶着一张快三十岁的脸，真的不一样！"她转头看祝星遥，笑嘻嘻地说，"看看我们星星，还是跟当年一样，都没怎么变，还是女神。"

祝星遥揉揉她的短发，笑道："你也没变啊！"

"你家江途呢？"林佳语问。

祝星遥拿出手机："他送人去机场，应该快回来了。"

"你们为什么要推迟一天去度蜜月啊？"黎西西疑惑。

祝星遥不能说是要帮许向阳跟她求婚，只好说："昨天太累了，推迟一天比较好。"

黎西西："啧啧啧，洞房了，当然累。"

"我给江途打个电话。"祝星遥摸出手机。

江途的车已经到了门口，他正跟门卫沟通放行，接通电话："我到门口了，你在哪？"

"我们在高三教学楼旁边，小树林附近。"她忍不住告诉他，"途哥，今晚剧组的星星灯就要做好了，晚上会开起来看效果。"

江途之前对拍电影这件事一直心情复杂，经过拍微电影那件事后，对这事已经平静了："好，你等我几分钟，我过去找你。"

祝星遥挂断电话，看到许向阳发来的微信。

许向阳："带她过来吧。"

她回复许向阳："好。"

她又给江途发了条信息："老公，我现在跟西西去礼堂，你到礼堂找我啊。”

祝星遥冲林佳语眨眨眼，两人默契地连哄带骗，把黎西西带往礼堂。礼堂里只开了舞台灯，黎西西一进去就看见许向阳坐在舞台中央，他穿着一中的夏季校服，怀里抱着一把吉他。这么多年过去了，许向阳没发福，跟年少时一样高瘦挺拔，远远地看去，依旧带点少年气。

黎西西恍惚了一下，撇撇嘴，小声嘀咕：“唱歌还没我好听呢，别以为像上学那样给我唱个歌我就跟他和好。”

突然，一大群穿着校服的人从后面拥进来，上百个学弟学妹进来坐在大礼堂的空位上。他们的老同学也混在其中，但是他们真的已经距离十七岁十年了，一眼就能看出，跟十六七岁的青葱少年实在不同。

时光的流逝，有时让人伤感。

但更多的是，让大家成长了。

许向阳靠近话筒：“西西，你十七岁生日的时候，我本来想弹吉他向你告白的，但后来祝星遥受伤，我没成功。现在，我再给你弹一次好不好？”

黎西西眼圈微红，哼了声，没说话。

上百个学弟学妹开始鼓掌起哄：“哇！当然好啊！”

许向阳笑了一下，他弹的是周杰伦的《告白气球》。

过了这些年，许向阳弹吉他的技巧比当年好多了，他唱歌一直都很好听。黎西西被祝星遥、林佳语往前推。

许向阳弹唱完《告白气球》，从舞台上跳下来，站在黎西西面前。

许向阳低头看着黎西西，突然在座的学弟学妹们从椅子下方抽出一束玫瑰。一群人聚拢过来，把黎西西包围住了。祝星遥跟林佳语微笑着往后退，把空间留给他们。

周原和另外一个摄影师扛着相机拍摄，陆霁靠在舞台边上闲闲地看着。

江途从礼堂后门走进来。

黎西西慌慌张张地看向四周，突然意识到有些东西不对，看向许向阳：“你、你要干吗？”

“你不是说了吗，这次我就算跪下，你都不跟我和好了。”许向阳从兜里摸出一个精致的锦盒，他打开盒子，在她面前单膝跪下，抬头看她，

"我们不和好也可以，我们结婚。"

黎西西目瞪口呆地低头看他，惊讶极了。

许向阳说："我爱你，黎西西，我不能没有你，你嫁给我吧。"

黎西西红了眼眶，想想又觉得不对，哼了声："你别以为真给我跪下，我就答应你……"

亏他想得出这一招……

下一秒，他们的老同学带头起哄："嫁给他！嫁给他！嫁给他！"

"黎西西，我跟你说啊，你今天要是不答应班长，就走不出这个门了！"

"想要出这个门，就答应他啊！"

上百个学弟学妹也跟着起哄，黎西西愣了愣，突然想起当年许向阳带头去（2）班"逼婚"谢老师的场景。她怎么也没想到，十年过去了，许向阳把这一招用在自己身上。

她气得跺脚，转头看祝星遥跟林佳语："星星，你们要帮我！"

礼堂里安静了两秒，大家看向祝星遥。

祝星遥笑："你自己决定，我帮不了你。"

江途听见她的声音，看到身边的老同学都穿着校服，愣了一下。祝星遥没告诉他，许向阳求婚时大家都要穿校服。有人转头看他："哎呀，江途，你来啦！"

"嗯。"江途点了一下头，往人群里挤，终于看到站在前面，穿着校服扎起马尾的祝星遥。祝星遥仿佛感应到他的目光，突然转过头来，冲他笑了笑。

昨晚她还穿着洁白的婚纱当他的新娘，今晚就换上了一身校服，恍惚间，江途以为自己看到了十七岁的祝星遥。

有个小学妹惊喜地喊："江途学长。"

江途点了下头，朝祝星遥走过去，牵住她的手。

他往许向阳和黎西西那边看了一眼，又有人起哄："黎西西，答应他！"

许向阳说："西西，你要让我跪多久？"

黎西西抹了抹眼睛，转头看向四周："我要是不答应，你们真的不让我走啊？"

“不让！”

“坚决不让！”

黎西西吸了吸鼻子，把手伸向许向阳，骄傲得像一只孔雀：“看在你没我就活不下去的分上，那我勉为其难，嫁给你吧。”

十年后，一场真正的逼婚，轰轰烈烈地结束了。

江途牵着祝星遥走出礼堂，往教学楼的方向走，身后跟着一群穿校服的人。江途穿着衬衫和西裤，个子高，身材挺拔，实在有些格格不入。

他不时低头看祝星遥，祝星遥被他看得脸红，正要说什么，天空突然亮了。

林佳语啊了一声，兴奋地道：“是道具组的星星灯弄好了，我们快去看看！”

二人身后，一群学弟学妹欢呼起来，飞快地往那边跑。

祝星遥高兴地抬头：“途哥，我们也去吧。”

她今天的妆很淡，又过了这么久，口红也快掉了。她穿着校服的模样，总让江途误以为自己穿越了十年的时空，让江途以为自己牵着的是十七岁的祝星遥。

他抿了下唇：“好。”

走在人群最后的是周原和陆霁，陆霁今天穿了一件深蓝色衬衫，同样与众人格格不入。

林佳语回头看了一眼。

周原笑了声：“林佳语，你比高中时漂亮多了。”

林佳语皮笑肉不笑：“谢谢你啊！”

陆霁将手抄在裤兜里，抬头看向林佳语，漫不经心地笑了笑。

等大家走到树林边，才发现剧组只是在测试，星星灯没有完全弄好，有两棵树上的灯亮不起来。道具组又弄了半个多小时，到十点了还没弄好。

场务和学校保安开始清场了，让来学校玩的学生们先回家。

林佳语看向江途：“要不你去帮忙？”

江途一顿。唐馨也看了他一眼，笑道：“可以吗？我们急着拍这些戏呢。”

“嗯，我去看看。”江途低头看了祝星遥一眼，松开她的手，走向道具组的工作人员。

又半小时过去了，星星灯重新测试。江途按开关，天空乍亮，枝叶繁茂的大树树枝上错落的几千颗星星全部亮了起来，静谧的校园被点缀成虚幻和浪漫的空间。

江途走出去，看向站在石板路路口还穿着一身校服的祝星遥：“我们该回去了，明天要坐飞机，回去早点休息。”

祝星遥想起自己还穿着校服，忙说：“那我去换衣服！”

“回家再换吧。”

“啊？”她低头看看自己，抬头笑，“那就回家换吧。”

祝星遥跑回去拿上自己的衣服和包，转身走向江途。

江途接过她手上的东西，牵着她走向那片星星灯。

月亮悄悄从云层里跑出来，林佳语坐在场务放在路边的椅子上，托着下巴看那两人被月光拉长的身影，转头看向坐在旁边的陆霁：“陆霁，昨晚我抢到捧花了。”

陆霁哦了声：“我看见你发的朋友圈了。”

林佳语挑眉：“那我采访一下，你现在看着他们走进星星灯林里，有什么感触吗？”

陆霁半垂着眼，淡淡地说：“没什么，把欠江途和祝星遥的，还给他们了而已。”

林佳语：“就这样？”

陆霁转头：“不然呢？你希望我怎么样？”

林佳语沉默，突然不吭声了。

她现在又有点像高中那会儿跟他生闷气的样子了。

几秒后，陆霁往她这边靠近一点，轻声问：“林佳语，我们试试吧。”她十七岁时，见过他最不堪的一面，却依然在那时候喜欢上他。如今她悄悄蜕变，从一个平凡的女孩变得自带光芒，走到哪里都能吸引人。

他也放下所有，如同获得一场重生。

或许冥冥之中，他们才是最适合彼此的人。

林佳语愣了愣，转头看他，哼了声：“什么叫试试？你想让我做你女朋友？”

陆霁顿了顿，点头：“嗯。”

林佳语瞪了瞪眼，不高兴地说：“陆霁，没人教你，想要女孩子做你女朋友，你得先追人家吗？你高中的时候……虽然比不上江途那么努力，但也挺会追的啊。”

陆霁：“……”

过了几秒，他低笑：“好。”

又过了一会儿，他说：“林佳语，你跟以前不一样了。”

林佳语说：“我们长大了。”

成长需要代价和付出，所幸，她变成了更好的自己。

她是这样，江途也是这样。

祝星遥、黎西西、许向阳、周原、丁巷……每个人都付出过，也都在成长、蜕变，成了更好的自己。

她看向陆霁：“你也是啊。”

祝星遥被江途牵着，嘴里轻轻哼着《等星星》——

我收到一封情书
得到世间最美好的祝福
可我从未听你说过喜欢
你踏碎了黑暗，手捧星光来到我面前
可我年少懵懂，看不懂你的沉默
你拉过我的手，我靠近过你的心跳
可我不懂爱情，不知道你会疼
离别了才后知后觉
我开始回忆，却没人能像你这样深刻

江途在一棵树下停住脚步，低头看她，祝星遥停止哼歌，小声说：“途哥，你今晚总这样看我……是因为我已经二十七岁了，再穿十七岁的校服很奇怪吗？”

“不是。”江途低头看看自己的穿着，轻轻笑了声，“你昨晚还穿着婚纱，今天就一身校服，我总有种错觉，以为自己牵着的是十七岁的你。”

女人过了二十五岁，就会开始介意自己的年龄，祝星遥也一样。她闷闷地说：“男人永远喜欢二十岁的女人，女人永远希望自己十七岁。”

“我不会这样，我喜欢十七岁的你，但更喜欢二十七岁的你。”

“为什么？”

“因为十七岁的你，是我得不到的，二十七岁的你，已经是我的妻子了。”江途低头看她，“星星，我满足于现在。”

我喜欢你，不管你是十七岁还是二十七岁,就算哪天你八十七岁了，你还是祝星遥。

我们永远都在一个户口本上，生前同眠，死后同棺。

祝星遥又被感动了，紧紧抱住他的腰，仰头看他：“途哥，那年你站在哪个位置？”

夜风吹拂，枝叶晃动出斑驳的光影，江途牵着她走到最边上的那棵树的树影下：“这里。”

祝星遥转身抱住他的脖子，踮起脚亲到他的下巴。

江途低头吻住她的唇，笑了一声：“有点奇怪，像是在吻十七岁的你。”

“那我现在就是十七岁。”她小声哼哼，在他的唇上亲了一下，“途哥，我也喜欢现在的你。你高中的时候从来不说喜欢我，也不敢接近我，其实我想告诉你，那时候的你也很好，一直都很好。”

江途紧紧地抱住她，他们在那片星星灯下拥抱接吻。

他们有一本书，有一首歌，有一部电影。

他们拥有那么多永恒的时光和记忆，那些东西在他们心中永不老去，永远闪亮，浪漫至死。

所有失去过的东西，所有被掩盖的秘密，都以最好的方式回归。

人生最好的开始，是与星星比肩，让月亮奔你而来。

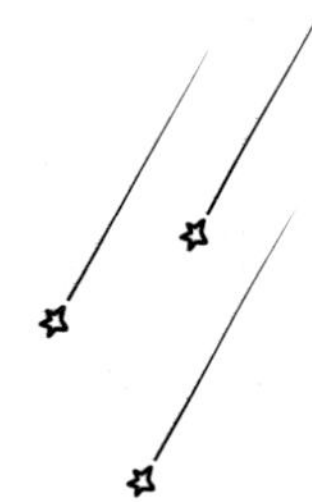

番外一

拥抱月亮

2018年9月20日，林佳语结束签售会，跟陆霁一起走出书店。

今天签售会，林佳语带的东西不少，两个大袋子。她刚拎起来，陆霁就伸手拎过去了。林佳语没说什么。他高中的时候就是这样的，两人一起做值日，他都让她挑轻松的做，一直很照顾女孩子。

门口还有尚未离开的小读者，她们看见林佳语跟一位大帅哥走出来，眼睛瞬间瞪大了，兴奋地问："大大，这是你的男朋友吗？"

林佳语笑着说"不是"，见读者有些失望，转头看陆霁："可以说实话吗？"

陆霁看了她一眼，低声说："林佳语，你把我扒得只剩内裤了，留块布给我吧。"

林佳语："……"

她扒他什么了？不就是在书里写了些真实的事吗？

跟读者挥手道别后，两人往旁边的停车场走，林佳语这才开口："你怎么会来书店？"

陆霁在离车还有几米远时就按开了车锁，手抄在兜里，语气平静："听许向阳说你在这里开签售会，开车经过书店门口，看见门口有宣传照，突然就想进去看看。”

林佳语顿了一下，说：“你看了那本书？”

陆霁嗯了声，说：“下午没忍住就看了，想知道你都写了我什么。”

那本书里记录了许多他不知道的事情，不管是关于江途的，还是关于林佳语那些不经意的少女心思。

林佳语抿紧唇，心情有些复杂。她拉开副驾驶的车门，才反应过来，抬头看陆霁：“我坐副驾驶座，可以吧？”

陆霁把她的东西丢进后排，看过来：“你想坐后面也可以。”

林佳语迅速拉开车门，坐进去：“不了，我还是喜欢坐前面。不是说副驾驶座特殊吗？女人不能随便坐，我怕你也讲究这些。”

“这种话就是你们言情小说作者写出来的吧？”陆霁轻哼了声。

林佳语：“……”

她转头看他。

陆霁看了她一眼：“系安全带。”

林佳语撇撇嘴，低头系上安全带。车很快就开了出去，她看着窗外，听见陆霁问：“吃什么？”

她转头看他：“是我请你吃饭，地方你挑。”话音刚落，她的手机里来了几条微信。

编辑：“亲爱的，你快满足一下我的好奇心，你跟你的同桌是不是有可能？《拥抱月亮》是不是能有个完美的结局？”

编辑：“你之前都没跟我说过，本人这么帅！”

林佳语的出版编辑刚刚在书店见过陆霁，满肚子好奇，这会儿忍不住来八卦了。

林佳语抿了抿唇，低头回复：“之前我们一中的论坛里不是有照片吗？我以为你都看到了。毕竟是惊艳了许多女生的男神，怎么可能不帅？”

她也只不过是许多女生中的一个。

编辑：“我之前只顾着看男主角的原型了，哪里还注意到男二号啊！”

林佳语：“我记得你之前很讨厌男二号，还骂他来着。”

编辑：“我要是知道他这么帅，怎么可能骂他？要是读者知道他这么帅，估计也少骂他几句了。”

林佳语：“……”

她记得她在书里有写过陆霁长得很帅的吧？

编辑：“加油，拿下他！”接着发了一个“勾引”的表情包，看起来很好笑。

林佳语忍不住笑出了声。

北京这会儿很堵，车子缓慢地往前挪，陆霁漫不经心地瞥了她一眼：“笑什么？”

林佳语随意地道：“哦，我的编辑夸你帅，让我加油，把你拿下。”

陆霁默了默，轻笑了声：“是吗？你也是这样想？”

林佳语一愣，不知道陆霁问这句话是什么意思。他是想知道她现在对他是什么感觉，还是想知道她给他发红包、请他吃饭，是不是在追他？

她沉默了一会儿，笑道：“陆霁，你知道以前我们班有多少女生暗恋你吗？不光我们班、我们这一届，包括高一高二的学妹们，有多少女生暗恋过你吗？我估计你都数不清。你看现在有多少人还惦记你？她们还不是该谈恋爱的谈恋爱，该结婚的结婚，什么也没耽误。我就是那些女生中的其中之一。所以这么多年了，我也在好好地过自己的生活，没打扰、纠缠你。我跟别的女生不同的地方，大概是跟你做了两年同桌，我们的关系要深一些，也好一些。”

陆霁皱眉，不知道为什么，他觉得她说得太云淡风轻了。如果事情真的这么简单，那她何必把大学志愿改了，不去北京去广州呢？他笑了笑，换了个话题：“就近可以吗？太堵了，附近有家还不错的泰国餐厅。”

林佳语一口气憋在胸口。她说了那么长一段话，他一句回应也没有？她吹出一口气，额前的刘海飞了飞，她垂下眼：“好啊，那就这家吧。”

那家泰国餐厅很近，不过十分钟就到了。

下车后，林佳语走到陆霁旁边。她净身高一米六二，今天为了签售会，特意穿了双十厘米的高跟鞋，现在站在身高一米八五的陆霁身旁，不会显得矮，气势上也不会被压太多。

其实她平时很少穿高跟鞋，今天也因为在签售会上基本坐着，走的路不多，所以不碍事。

现在，她要从停车的地方走到餐厅，挺远的。袋子里有双平底鞋，她犹豫要不要换上。

“怎么了？”陆霁低头看她。

林佳语摇头：“没事，走吧。”

陆霁点头：“那就走吧。”

走出十几米，林佳语突然后悔了，拉住陆霁，不好意思地说：“再回车上一趟吧，我想换双鞋子……”

陆霁低头看了一眼她脚上的高跟鞋。林佳语个子不高，但身材比例还不错，小腿细长，脚背纤细白皙，脚趾上涂着淡色的指甲油，银色高跟鞋衬得一双脚很秀气。

他移开眼，嫌麻烦似的开口：“穿不惯高跟鞋？刚才怎么不说？”

林佳语：“刚才忘记了。”

陆霁往回走，她跟在后面。

他拉开后座车门，拎出她的袋子，看到里面放着一个鞋盒。他刚要打开鞋盒，就被她抢了过去。林佳语低头说：“我自己来就好。”

她抱着鞋盒坐到后座上，把脚上的高跟鞋脱下，套上平底鞋。

陆霁站在门边看了一眼，手抄在裤兜里，低头不知道在想什么。

林佳语换好鞋子，变回了一米六二，站在他身边，瞬间矮了好多。

陆霁突然笑了声：“差不少啊！”

林佳语抬头瞪他：“那又怎么样？我一米六二，也不矮好吗？”

“那你刚才何必呢，穿那么高跟的鞋不难受？”陆霁锁上车，低头嗤笑道。

“我见读者啊！你不知道，很多读者一米六八以上，我要是不穿高跟鞋，会显得很矮，跟她们拍照不好看。”林佳语无奈地说。

陆霁走了两步，又停下，低头看她：“那你在我面前倒不在意形象。”

林佳语看了看他，低头往前走，嘀咕道：“我高中时那么土的样子你都见过了，也没见你说过什么。现在我比以前漂亮多了，又不是你的什么人，有什么好在意的……”更何况，你什么漂亮女生没见过？我比这些有意义吗？

林佳语知道自己长得不错，但也只是不错，算不上惊艳，跟女神更沾不上边。如果她想让陆霁因为她变得漂亮而喜欢上她，那是不可能的。他身边应该也不缺漂亮姑娘。

陆霁看着走在前面的姑娘，笑了一声，跟上去："说得也是。"

上大学时，两人联系其实不多，但陆霁人缘好，班里人总喜欢在群里叫他，他偶尔会出来聊几句，因此她知道他过得如何。林佳语的身份很尴尬，她是江途的青梅竹马，知道江途的秘密，也知道陆霁的秘密，但她已经选择站在江途那边了，就要远离陆霁，也远离那时候的祝星遥。

林佳语不知道跟陆霁说什么，陆霁可能也不知道。

每当陆霁出现在班级群里时，林佳语都是在一旁默默地看着，不参与聊天，偶尔会搜索他的名字，翻看关于他的聊天记录。

有时候林佳语会想，她跟陆霁有多熟悉呢？两人同桌两年，他在她的面前毫无包袱，甚至没有秘密。

陆霁在林佳语面前，一直很真实，也很放松。

热闹的餐厅里，林佳语给自己盛了一碗冬阴功汤，抬头看他："电影9月25日开机，我有跟你说过吧？"

陆霁给自己剥了个虾，不冷不热地说："没有。怎么，你想邀请我参加？"

"没有，我就是跟你说一声，会在一中拍摄。"

林佳语直勾勾地盯着他的手，陆霁的手指修长白皙，剥虾时也是养眼的。她脑子一抽，突然说："给我一个。"

"嗯？"陆霁十分疑惑，没明白她的意思。

林佳语抬眼看他："给我也剥一个。"

陆霁顿了一下，平静地看着她，把正准备放到嘴里的虾放进她面前的小碗里。过了一会儿，她又开口："再给我一个。"

又过了一会儿，林佳语："再给我一个。"

陆霁抿了一下唇，轻声道："林佳语，你能自己动手吗？"

林佳语理直气壮地道："我懒得动手，反正你的手已经脏了。"

陆霁："……"

他啧了声，有些认命地又拿起一只虾慢慢剥完，放进她的碗里。林佳语笑眯眯地说："谢谢。"她咬着虾，悄悄打量他的神色，发现他嫌弃的表情只保持了几秒，很快就恢复自然了。

陆霁给林佳语剥了八只虾。

上车后，陆霁问："你住哪里？"

林佳语说了酒店名字，陆霁把车开出去。

到了酒店楼下，陆霁从后座把她的东西拿下车，递给她："回去吧。"

林佳语接过，抬头看他，有些疑惑："你不骂我？"

一个晚上，他都没怎么提电影剧本和小说的事，她都做好了被他骂的准备了。但这一晚上，他不仅没骂她，还给她拿鞋、剥虾，任劳任怨。

陆霁将手抄在裤兜里，有些漫不经心地道："骂你有什么用？可以让你把电影剧本改了，还是把小说销毁了？"

林佳语小声说："我没这个本事，钱都收了，吐不出来。"

陆霁笑了声："我也收钱了，吐不出来。"

林佳语："……"他说的是她发的那个红包吗？

"那你还真容易收买。"她忍不住笑了。她收了几百万，给他发的那些红包，总共不到三千块……

林佳语的眼睛是月亮眼，笑起来形状弯弯的，尤其是她学会画眼线以后，一双眼睛笑起来格外好看，笑容很有感染力。陆霁想起爷爷夸她长得好，一看就没什么心眼。他看了她几秒，轻声道："上去吧。"

回到家，陆霁把那本书放进书架，倚着办公桌发了几秒呆。他能看出来，林佳语好像还喜欢他，有几分喜欢他不知道，但能确定的是，她对他很有好感。

她喜欢他什么呢？她明明在书里把他写得那么坏。

高中的时候，他确实不够磊落、坦诚。有些事压在心底多年，回想起来还是会有窒息感。

晚上十点半，林佳语收拾好行李，贴上面膜，躺在床上看综艺。

突然，她收到一条微信。

陆霁："林佳语，你高中的时候喜欢我什么？"

林佳语愣住了，咬了咬嘴唇，过了一会儿才回复："为什么突然这么问？”

陆霁：“好奇。”

林佳语：“……”你倒是直接，好奇……我一定要满足你的好奇心吗？

陆霁：“我以前以为，你应该是看不上我的，甚至有些讨厌我。”

林佳语对陆霁的感情很复杂。从理智上来说，她确实不应该喜欢陆霁，因为陆霁喜欢祝星遥，他跟江途是敌对关系，两人还暗暗地较劲。她选择站在江途那边，完全可以理解江途的处境和他没办法说出口的喜欢。

但陆霁……他没有说出真相，可能是因为年少的傲气，也可能是舍不得那份感情。

不管怎样，他确实做得不够磊落。

他有他的阴暗面。

而她，是看得最清楚也是最清醒的人。

林佳语想了很久，不知道陆霁到底想要什么答案，也不知道自己的答案会把两人推往什么境地。斟酌许久，她回复道：“我知道你有缺点，你明明知道那些事是江途做的，却从不否认，这令我很生气。但是，或许你真的说出口了，事情又是另一番模样了，不一定比现在好。”

陆霁皱眉，正要打字，看到“对方正在输入……”。

她还没说完。

他靠在沙发上，慢慢等着。

林佳语继续说：“至于我为什么会喜欢你，很简单……”

林佳语：“陆霁，你可能忘了，你是我们一中的男神，成绩好、被保送到清华，最重要的是你长得帅！”

林佳语：“正好，我只是一个肤浅的女同学，暗恋你很正常。”

所以，我喜欢上你，是一件再简单不过的事情。

最后，林佳语还发了一个表情包，表示自己超级理直气壮。

陆霁：“……”

他气笑了，靠在沙发上看着手机屏幕，想知道她还能说出什么，等了半分钟，她没再发来消息。

第二天早上，陆霁对着镜子刮胡子的时候，下意识地看了眼镜子里的男人：二十七岁的年轻男人，单身，无不良嗜好，长相英俊，在北京有房有车有事业，别人眼里的“黄金单身汉”。

中午，陆母打来电话：“周末回来吗？”

陆霁看着电脑说：“不回，国庆回去。”

陆母笑眯眯地说：“那正好，你爸爸好朋友的女儿最近回国了，人家姑娘学历高、长得漂亮，你回来跟人家见个面。”

“不用，我说了你们不用再给我安排相亲了。”陆霁皱眉，“我不需要。”

陆母说：“你不知道你现在名气多大？人家姑娘都知道你高中的事了，但还是很喜欢你。你别老封闭自己了，都二十七八岁了，还没谈恋爱，准备什么时候结婚？许向阳跟黎西西都快结婚了吧？你看看人家……”

“他们俩分手了。”

陆母愣了好一会儿，才问：“真的假的？”

陆霁淡淡地说：“真的。”

陆母想了想，说：“过几天就和好了吧？他们不是经常分手？”

陆霁点着鼠标，漫不经心地说：“应该和不了，已经分了快一个月了。”他不知道黎西西这次是不是来真的，但许向阳这次是真的急了，正在准备求婚，不成功便成仁。

过了一会儿，陆母哼了声：“他分他的，你相亲、谈恋爱，不耽误啊！”

陆霁：“……”

是这个道理，但他不想相亲。

好不容易把母亲哄好，陆霁挂断电话，轻轻叹了口气，突然想起林佳语有一段时间在朋友圈吐槽家里逼她相亲的事。

他舔了下嘴角，低头点开微信翻看林佳语的朋友圈，发现她最近一次相亲是前几个月。

他想了想，给林佳语发了条信息：“林佳语，你最近还在相亲？”

林佳语刚上飞机，空姐正在提醒乘客把手机调成飞行模式。

她低头看着信息，不知道陆霁为什么突然问这个问题。

林佳语："最近没有，上一次相亲是江途介绍的。"

林佳语："陆同学，你也要给我介绍？"

正好，陆霁这边来了个电话。半小时后，他挂断电话，盯着林佳语的那两句话，自嘲地笑了一下，没想到江途那种人也会给人介绍相亲对象。

他慢慢收起笑，沉默了一会儿。

自从江途回来后，他跟林佳语的联系慢慢多了起来。去年《等星星》曝光，他知道林佳语高中时喜欢他，平时她给他发红包，他也收了。他知道林佳语对他还有好感，但他没拒绝，两人之间有一种说不明道不破的感觉。

如果这个世界上，有一个女孩能让他做真实、放松的自己，那一定是林佳语。

他在她的面前不必伪装，哪怕最坏的一面都不怕被她看到。

林佳语对陆霁来说，跟别的女孩儿不一样，她很特别。

陆霁不知道这算什么感情，是喜欢吗？或许还没到那种程度。

但他一点也不想别人给她介绍相亲对象，也不喜欢她提起这个话题，更不喜欢她过于洒脱的态度。陆霁皱眉沉思了一会儿，给她回了一句话。

林佳语下飞机后，才看到陆霁一个多小时前发来的消息。

陆霁："不可能。"

林佳语看见这个答案，愣了一下，突然又忍不住笑出声，傻乎乎地问："为什么？"

陆霁大概是在忙，林佳语在机场打车回到家，才收到他的信息。

陆霁："不太爽。"

林佳语一愣，坐在床边咬了咬嘴唇，慢慢打字回复道："为什么？"

陆霁："林佳语，你是十万个为什么吗？"

林佳语："……"

她看着那三个字，心跳后知后觉地加快了，她有点兴奋。她不是小女孩儿了，她是个二十七岁的成年女性，还是个言情小说作者，她知道自己在做什么，也知道有些话代表什么意思。

陆霁……是不是也有一点喜欢她？

至少，他对她不是毫无感觉的。

她一直相信有些爱来得早，不如来得迟，就像江途跟祝星遥，他们在最合适的时间，遇上最合适的人。

林佳语觉得自己很适合陆霁。

她不认为“适合”在爱情里就低一等，有些情侣哪怕再相爱，如果不适合总有一天会分手。

更何况，她跟陆霁不仅仅是合适。

那天之后，两人联系得频繁起来，也不再是林佳语单方面联系陆霁，陆霁主动给林佳语发微信的次数多了起来。

10月1日，陆霁在回江城的飞机上翻看《拥抱月亮》，这本书是他昨晚在书店买的。

他其实很少看这些只讲爱情的小说或电影，觉得没意思。

林佳语的书是很典型的言情小说，女孩子会喜欢。换作以前，他绝对不会看，但这段时间他连着翻了两本——《等星星》和《拥抱月亮》，都是因为林佳语。

陆霁在飞机上看了大半本，晚上又花了一个多小时看完剩下的那部分。如果说看《等星星》的时候陆霁的心情是复杂的，那么看《拥抱月亮》时，他的心中只剩下触动了。

陆霁没想到自己高中的时候那么迟钝，林佳语坐在他旁边两年，喜欢了他那么久，他竟然不知道。他靠在椅背上，仰头看天花板，自言自语：“真有意思，不知道是不是每个人都有不可言说的秘密……”

他试着回忆十七岁的林佳语，那姑娘脾气不小，爱生闷气，有时候喜欢跟他对着干，偶尔还有点笨，做数学卷子的时候脑子经常转不过弯。她生气的时候也不用哄，一会儿就好了，好了后就又厚着脸皮拿着习题让他教……

他总结下来，她能屈能伸、忘性大、不记仇、很现实，也很可爱。

陆霁想着，忽然笑出了声。

最近，林佳语一直待在剧组，也就是江城一中。今晚拍了一场夜戏，她晚上十一点才回家，洗完澡躺到床上已经快十二点了。

陆霁今天一整天都没给她发信息，林佳语猜想他是在忙，或者……他突然觉得两人不合适，打算放弃了。但她想想又觉得不对，昨晚两人还聊到许向阳准备求婚的事情。

她不想主动给他发信息，决定等到十二点他再不发消息她就睡觉。

终于，离十二点还差两分时，昏昏欲睡的她等到了他的信息。

陆霁："《拥抱月亮》的男主角的原型是我？"

林佳语瞬间清醒，从床上坐直了。这人怎么回事啊？对她的书上瘾了吗？

她托着下巴发愁，想了想，回复道："你想太多了，你是《等星星》里那个杀千刀的男二号，哪里是什么男主角？"

陆霁："我不会找你收钱的，说实话吧。"

林佳语："不是。"

陆霁："林佳语，我以前怎么没发现你的嘴这么硬？"

林佳语："你不知道的事情还多着呢！"

陆霁一想，也是，自己不知道的事情确实有很多。

陆霁："明天一起吃饭？"

林佳语："这几天剧组要拍的戏份特别重要，我走不开。"

陆霁沉默，那应该是关于"星星灯"的戏吧。

他回了一句："那早点睡觉，过两天见。晚安。"

林佳语往前翻了一下，昨晚两人的聊天也在他的一声"晚安"中结束。不知不觉，两人变成了睡前互道晚安的关系了。

这代表什么呢？代表她可能是他睡前最后一个想到的女人。

林佳语忍不住问："陆霁，你待会儿还会跟别的女人聊天吗？"

陆霁皱了皱眉，低头发了一句语音："林佳语，我大半夜跟什么女人聊天？"

林佳语听了三遍他的语音，才慢吞吞地丢了四个字过去："随便撩啊。"

陆霁哼了声，回她："没有。"

林佳语喜滋滋地回道："晚安。"

她默认了，《拥抱月亮》男主角的原型就是他。

第二天，陆母又来劝说陆霁去相亲，一直夸那个姑娘，陆霁一脸"我没兴趣”的表情。陆老爷子刚出院，靠在躺椅上慢悠悠地说：“你就别劝他了，他长得那么帅，多的是姑娘喜欢，你还担心他找不到女朋友吗？”

陆母没好气地道：“高中的时候是挺多的，家里总有姑娘来找，现在呢？多久没姑娘找上门了……而且他的那些事你又不是不知道，我这不是担心他吗？他都快二十八岁了。”

陆霁无奈地说：“妈，别提高中了。”

陆母自觉失言，忙说：“喀，不提不提。那你倒是给我找个儿媳妇回来啊。”

陆霁顿了一下，看着她：“你希望有个什么样的儿媳妇？”

“当然是漂亮乖巧的啊。”

“怎么样才算漂亮？”

“这个要看了才知道。女孩子的漂亮分很多种，有些惊艳，有些秀气，有些耐看……”

“也是。”

陆霁的脑子里晃过林佳语的脸，那姑娘秀气、耐看。他低头边翻朋友圈边说：“妈，不要给我安排相亲了，女朋友我会自己找的。现在还要你操心这些，说出去让人笑话。”

陆母：“……”

“是啊，不用操心，要靠缘分。”陆老爷子笑呵呵地说，“我觉得小林就挺好。小霁，她有男朋友吗？”

陆霁顿住了，说：“没有。”林佳语最近都没在朋友圈里发照片，他迅速往下滑，翻到她半年前发的几张照片，但那是她跟祝星遥和黎西西的合影。陆霁想了想，继续往下翻。

陆母问：“哪个小林？”

陆老爷子：“就是写小说的那个，他高中的女同桌。我觉得那姑娘好，通透、聪明、懂事，还有才华……”

“她啊，挺漂亮的姑娘，我前几天在她的微博上看到照片了。”陆母嘀咕着，“但是她跟、跟星星是闺密，这……”她瞧了瞧陆霁，欲言又止。

陆霁却一愣，微博上有她的照片？因为那件事在微博闹得太大，他很久没上微博了，也没去林佳语的微博看过。

他登录微博，发现她确实发过自己跟读者的照片，就在他们在北京一起吃饭的那天。

陆霁给林佳语发了条微信："给我发一张你的照片。"

林佳语："什么？"

剧组刚刚拍完一场戏，她咬着吸管坐在监视器后面喝奶茶，慢慢回复："你要我的照片做什么？"

陆霁："看看。"

林佳语想了想，恶作剧似的问："哦？那你想要什么类型的？是妖艳妩媚的还是清纯的？"

陆霁："妖艳妩媚？"

陆霁："林佳语，你不是这种类型的，发一张正常的过来就好。"

林佳语："……"

她想了想，低头找了一张自拍，发过去给他。

陆霁点开照片看了几秒，然后将照片放到陆母的面前，笑着问："妈，这个怎么样？您要是觉得可以，我就去追。"

追林佳语这件事，是陆霁深思熟虑后决定的。不管是他还是林佳语，都玩不起、闹不起，更伤不起。

林佳语是一个值得被爱，也不能被人辜负的女孩。

这几年，陆霁接触过的女孩儿不少，也尝试过跟别人谈恋爱。但是每次他都进行不下去，他不想花费时间和心思去追人，甚至觉得恋爱是件挺烦的事情。

但他遇到林佳语后，这种烦躁便消失了。

林佳语追问过陆霁，问他拿她照片做什么。

陆霁说："辟邪。"

林佳语："……"

她转念又想，陆霁存着她的照片，是不是因为喜欢她？

林佳语偷着乐了一会儿，转头就去工作了，不再追问。

有些时候，在生活中保留一点未知的东西，比刨根问底要美好许多。因为她可以想象很多种可能性。就像写小说一样，剧情走到某个地方，可以选择的支线有很多。这是一种自娱自乐的好方式，她喜欢这样。

这两天许向阳跟周原来过一中，许向阳是为求婚来踩点的，周原是摄影师，跟着许向阳一起来。陆霁没来。

10月6日，祝星遥跟江途办婚礼，陆霁随了份子钱，但人没到。

直到10月7日，许向阳求婚的那天下午，陆霁来了。

他开着车，戴着蓝牙耳机，给林佳语打电话："要带吃的吗？"

周原坐在副驾驶座上，转头看他，有些好奇他在给谁打电话。

林佳语一点也不客气："要！你来的话不能只带我的，导演、编剧和演员们都要吃，多买点。不行的话，你订外卖送来吧！那样我就不告诉他们，你就是那个男二号。"

陆霁的嘴角抽搐着："那我可谢谢你了。"

他挂断电话，周原连忙问："你是给林佳语打电话？"

"嗯。"陆霁把手机丢给他，漫不经心地说，"订点下午茶。人挺多的，多订一些，选好后我付款。"

周原挑眉："真的打算追林佳语啊？"

陆霁："嗯。"

周原看了他几秒，笑了："挺好的，林佳语现在应该挺抢手的，不但变漂亮了，还变成了才女，又会赚钱。你们知根知底的，要是真能在一起，那……"

"什么叫要是真的能在一起？"陆霁严肃地道，"既然要追，那就肯定要在一起。"

周原一愣，忍不住笑："对对对，她高中时就喜欢你，现在也喜欢，要不然也不会耗到现在。我们陆男神出手，哪有追不到的道理？"

陆霁笑了一下。

他都快忘了，自己当初是林佳语的男神。

陆霁到的时候，那些下午茶也送到了，一群人围着吃东西。唐馨一眼看穿了陆霁的身份，兴致勃勃地说："那个就是男二号的原型？怪不得说是男神，本人比论坛上偷拍的照片帅很多。"

林佳语吃着甜品，看了一眼站在不远处跟许向阳、周原说话的陆霁。

无疑，陆霁长得很帅。他跟个性冷淡、充满禁欲感的江途不同，看起来好亲近得多。

林佳语笑了："当然帅了，不帅怎么做男二号呢？"

唐馨点头："你们一中的帅哥还真多，上一届的宋学长也帅得人神共愤。这是不是风水问题？"

林佳语认真地说："也许。"

两人哈哈大笑，陆霁转头，往这边看了一眼。

林佳语的目光倏地对上他的，她连忙止住笑容，低头佯装没看见他，继续吃甜品。

陆霁忍不住笑了，心想：她装什么呢？！

片场正在布置星星灯，林佳语很忙，也没时间跟他说话。没多久，祝星遥来了，也带了一些下午茶，剧组的人又吃了一轮。陆霁远远地看着，有时候真佩服林佳语的洒脱。

但他觉得这份洒脱有点过头了，他希望她能多在意自己一些。不过……说不定那姑娘的洒脱里有水分，她说不定是装的。这么一想，他舒服多了。

晚上十点多，许向阳求完婚，陆霁跟林佳语看着周围的人，沉默了几秒。

之后，陆霁靠过来，轻声说："林佳语，我们试试吧。"

她十七岁那年，见过他最不堪的一面，却依然在那时候喜欢上他。如今她悄悄蜕变，变得越来越美好，却依然喜欢他。

林佳语愣了愣，转头哼了声："什么叫试试？你想让我做你的女朋友？"

陆霁顿了顿，点头："嗯。"

林佳语眨了眨眼，不高兴地说："陆霁，没人教你，想要女孩子做你的女朋友，你得先追求人家吗？你高中的时候……虽然比不上江途努力，但也挺会追的啊。"

陆霁："……"

过了几秒，他低笑道："好。"

又安静了一会儿，他转头看她："林佳语，你跟以前不一样了。"

“那是我们长大了。”林佳语看着他，“你也长大了。”

陆霁纠正她：“男人不能说是长大了，应该说变成熟了。”

林佳语哈哈大笑：“好，熟男。”

陆霁：“……”

他抬手在她的后脑勺上轻轻地拍了一把，起身道：“走吧，我送你回去。”

林佳语有些为难：“我自己开了车的。”

陆霁顿了一下，低头看她：“放着吧，明天早上我去接你。”

林佳语的心跳漏了一拍，她愣愣地看着他，下意识地抿了抿嘴唇——这是她紧张时的小习惯。陆霁把她拽起来，她忙低头去拿包，恢复镇定：“好啊，反正你在放假。”

她没想到他进入角色这么快，差点没反应过来。

她在心里鄙视自己，没见过世面吗？

两人慢吞吞地往停车场走。

陆霁将手抄在裤兜里，懒洋洋的。林佳语觉得他跟去年有些不一样了，又有了年少时那种意气风发的感觉。

她有点控制不住自己的心动和心跳，差点就说出“我答应你”了。

心先一步倒戈，她迫不及待地想知道，跟陆霁谈恋爱到底是什么感觉。

微风吹拂，月色将两人的影子拉长，气氛倏地变得温柔起来。陆霁突然转头看她，笑了：“你一天偷看我十几回了。”

林佳语理直气壮地说：“你不看我，不注意我，能知道我在偷看你？”

陆霁坦然道：“我是在看你。”

林佳语笑眯眯地说：“彼此彼此。”

陆霁按开车锁，林佳语迅速拉开车门坐进去，趁着他还没坐进来，偷偷喘了一口气。陆霁笑了笑，拉开车门坐进去。他知道她家的地址，直接把车开出去。

路上，林佳语突然想起那张照片的事，转头问：“陆霁，你要我的照片干吗？”

陆霁轻敲方向盘：“看看。”

林佳语眨眼：“看的频率是多少？”

陆霁顿了一下：“这有什么关系吗？”

“有啊，你一天看十次以上，那说明你想我的频率高，喜欢我喜欢的程度深。”

“那你看过我的照片吗？”

“……”

“没有？”

“有。”

“那你一天看几回？”

林佳语觉得跟他聊不下去了！她最近忙得要死，哪有时间翻他的照片？

陆霁笑了声：“所以，这种说法不成立。这是你这种言情小说的作者写出来糊弄小姑娘的。”

林佳语被气到了：“我们言情小说的作者招你惹你了吗？”

陆霁抿了抿唇，淡淡地说：“你要是没招我惹我，写星星、月亮做什么？你干吗暗恋我？林佳语，你是不是对招惹这个词有什么误解？这都不算的话，那怎么才算？”

林佳语：“……”

“你要是没招我惹我，我现在也不会送你回家，更不会追你了。”陆霁笑了声，把车开进小区，转头看了她一眼，“林佳语，别装了，你什么都懂，坦诚点！”

林佳语：“……”

他完全不留余地，赤裸裸地对她公开处刑。她憋红了脸！她装什么了？她懂什么了？他说得跟她是个“老司机”似的。

她深吸了口气，转头看他：“我懂又怎么样？懂也不点头！我就想让你追我，怎么了？你不想追就直说。”

陆霁笑：“别急，没说不追。”

林佳语：“我怎么着急了？”

“指路。”

前面有两条岔道，陆霁不知道该走哪条，放慢了车速。

林佳语小声说：“左边。”

陆霁打转方向盘，她又说：“就在前面那栋楼。”

车在楼前停下，陆霁转头看她，笑了笑：“我还好，不算特别着急，但是我妈妈和我爷爷挺着急的。特别是我妈，看了你的照片之后，她让我努力点。”

林佳语惊了：“啊？你妈？”

下一秒，她突然反应过来，瞪大眼睛，紧张到结巴了：“你、你、你把我的照片给你妈妈看了？就那张？”

“嗯。”陆霁勾了勾嘴角，道，“本来没想那么早告诉她的，她让我去相亲，我不想去，不得不把你搬出来了。她夸你漂亮、聪明、会写书……对了，你回头送她几本签名书吧，她说要送朋友。”

林佳语：“……”

林佳语对自己被迫见家长的事有点郁闷，陆霁这招她完全招架不住。他都已经把追她的事情告诉家人、朋友了，这相当于昭告天下：我在追林佳语。

他的那句“我们试试”是认真的。

林佳语之所以想让他追她，就是怕他所谓的“试试”真的只是试一试。如果他试着试着，发现他们不合适，中途退场了，那她怎么办？她怕受伤，也怕自己走不出来，所以宁愿没试过。

但是，现在陆霁打了她一个措手不及。

她未来……的婆婆要她的签名书，她能不给吗？

林佳语躺在床上，突然起身，噼里啪啦地给陆霁发信息：“陆霁，你套路我！！！”

陆霁刚把车停好，正准备上楼，低头看了一眼，懒得打字，直接发语音：“林佳语，你敢说你没套路我？最先套路的就是你。”

林佳语：“……”

她发了一个“刀子”的表情包过去。

陆霁笑了声：“我妈和爷爷只是着急，你不用有压力。”

陆霁：“签名书之后再给也可以，我帮你兜着！你早点睡。”

他连发了两条语音。

林佳语低头听着，心跳一点点加快，心口的那只小鹿几乎要破膛而出了。这就是被年少时喜欢的人追的感觉？这就是被男神追的感觉？

她突然有点神经兮兮地发了一条语音：“陆霁，我想喝酒。”

陆霁，我想喝酒，庆祝一下。

电梯门缓缓关上，陆霁那边的信号断了一瞬。他听到语音时，电梯已经开始往上了，他顿了一下，问她：“你确定？”

林佳语：“……”

算了，要是现在出去，她怕自己把持不住。

林佳语瞬间反悔：“不去了。”又丢了一句，“晚安。”最后，林佳语还发了个“月亮”的表情。

陆霁每次看见她发月亮的表情，心底都一阵柔软。他想起那本《拥抱月亮》，不知道林佳语为什么会起这么一个名字，心想：什么时候林佳语能真的给他一个拥抱？

他勾了勾嘴角，心情放松、愉悦。

第二天早上，林佳语顶着两个黑眼圈起床，仔细化妆遮瑕后，才拎着包下楼。

陆霁的车停在昨晚那个地方，她左看右看，见没人注意她才拉开车门坐进去。陆霁看她跟做贼似的，皱眉道：“我见不得人？”

“也不是……”林佳语淡淡地解释，“我怕邻居看见后跟我爸妈说，搞不好晚上他们就让我带你回家吃饭。”

“也不是不可以。”陆霁淡淡地接话。

林佳语转头嘀咕：“我以前怎么没发现你的脸皮这么厚？”

陆霁笑了声：“大概是我在你的心里有男神光环吧。”

林佳语：“……”

他真的很不要脸，谁说他……是她的男神了？

"我的男神是他！"

林佳语翻了一张《我们的时光》的男主角钟屹的照片，递到陆霁面前。

陆霁垂眼一看，道："这位弟弟好像才二十一岁。林佳语，你比他大六岁。"

"现在小狼狗、小奶狗多招人喜欢，你不知道吗？"

"不知道。"陆霁把车开出去，漫不经心地说了一句她之前说过的话，"陆霁，你可能忘了，你是我们一中的男神，成绩好、被保送到清华，最重要的是你长得帅！"他顿了一下，提醒她，"我记得，我才是你男神。"

天啊，这人的脸皮怎么这么厚！

林佳语立马说："现在不是了。"

陆霁嘲笑道："是吗？那你什么时候给你的新晋男神写本书？"

她憋红了脸，破罐子破摔地说："是是是，你是我的男神，行了吧？"

陆霁赢了，笑出了声。

林佳语转头看他，阳光透过车窗照进来，他的眉眼都变得温暖阳光起来。他笑得有些开怀，很像当初的少年模样，她有一阵恍惚，心动难耐。

两人一起吃了早餐，陆霁送她去一中，傍晚时，来剧组跟她一起吃盒饭，晚上下班了再送她回家。

这么一来一往，到了10月中旬，剧组里的人都知道了：《等星星》里男二号的原型，正在追林佳语。

有时候林佳语能听到剧组里的一些小姑娘在议论她跟陆霁，甚至连唐叮叮跟唐馨都好奇得不得了。唐叮叮问："你会有压力吗？他的……风评不太好。"

林佳语想了想："不会啊，他的风评不好……大部分是因为我的书和这部电影。"

唐馨笑："所以，你要对他负责？"

林佳语："……"唐馨这么说，也对！

陆霁说过，他跟林佳语在一起，哪怕是不说话，都觉得很放松。

她能让他放松、保持真实。

所以，在某种意义上来说，林佳语对陆霁来说也是特别的。

某个周末，陆霁又一次来探班，林佳语看见剧组的工作人员工作时都分心了，不断地往陆霁的身上瞟。她想起自己无意间听到的八卦，忍不住调侃陆霁：“你看，我不畏惧流言蜚语，还……”她突然反应过来，连忙闭嘴，笔都吓掉了。

好险！她差点就把“还跟你在一起”这句话说出口了。

陆霁挑眉：“还什么？说下去。”

林佳语：“……”

她踢了他一脚：“帮我捡一下笔，刚刚掉了。”

陆霁弯腰，把笔捡起来放到她的手心，凑到她的耳边说：“所以，我们什么时候可以在一起？我妈一直催我，我爷爷想让我带你去家里吃饭，他嫌我讲故事讲得不好，要听你讲。”

林佳语：“……”

他靠得太近，嘴唇几乎贴着她的耳朵，温热的呼吸悉数喷洒在她的耳朵上。林佳语很没出息地红了耳尖。

她忍不住揉了揉耳朵，小声说：“好好说话，别靠这么近。”

陆霁笑着坐回去，跷着腿，一副懒洋洋的样子。

林佳语其实就爱他这个样子，但算算日子……才过了半个月。

她想坚持一个月的，可一个月好漫长啊！

她想谈恋爱了，想跟陆霁谈恋爱，想知道……她盯着他微翘的唇，想知道跟陆霁接吻是什么感觉。

作为一个写了很多吻戏、床戏的言情小说作者，跟男神接吻的感觉，让她来形容，是……

“林佳语。”陆霁突然叫她的名字，打断了林佳语的思绪。

她啊了声：“喀，怎么了？”

陆霁问：“你爸妈叫你什么？”

林佳语眨眨眼：“我的小名吗？”

陆霁点头：“嗯。”

林佳语看着他，抿了抿唇：“叫我佳佳，或者小语。”

“那你想我叫你什么？”陆霁靠在椅子上，歪头看她。

他们前面，导演跟演员在说戏，今晚要继续拍星星灯的戏份。林佳语往那边看了一眼，转头看他：“就叫名字好了，我听习惯了，你应该也叫习惯了。”

他叫自己什么无所谓，一个称呼而已。

陆霁笑了笑：“好。”

晚上，那场戏开拍的时候，林佳语跟导演一起站在监视器后面看。这场戏不好拍，已经拍三个晚上了。

林佳语透过监视器看着男二号，突然有点心疼。那时候的陆霁，在做那些事的时候，应该也很难过、挣扎吧！

就算知道他做错了，林佳语依旧没办法完全责怪他。当年的事，谁都不好受。

林佳语转头看向不远处靠在椅子上抽烟的陆霁。

陆霁低着头，一手夹着烟，一手拿着手机看，神情放松。他知道今晚拍的是这场戏，但没特别去关注。过了一会儿，他起身离开，不知道去了哪里。

林佳语是在教学楼附近的厕所走廊外找到陆霁的，陆霁正在打电话。烟已经抽完了，他将烟头丢进垃圾桶里，转头就看见了林佳语。

他挂断电话，林佳语已经走到他面前。他刚要开口，她却突然一把抱住他。

心脏突然猛地跳了一下，他愣了一会儿，低头看她。

林佳语抱着他，自顾自地说：“我后来想了很久，总觉得我那时候有些偏心。我关心江途，站在江途那边，是因为我跟他从小一起长大……而且，虽然他也有错，但你的错更大。”

陆霁：“……”

林佳语埋首在他的胸口，抱得很紧，声音有些闷：“虽然是这样，但我当时应该给你一点安慰的。”或者，我应该给你一个拥抱。

陆霁突然明白，为什么那本书叫《拥抱月亮》了。

他的心一点点软化，他伸手抱住她，笑了："现在也不迟。"

林佳语有些紧张，心底却在疯狂地尖叫：啊！我抱到男神了！

月色温柔，四周静谧，走廊上有两道紧紧相拥的影子。陆霁轻轻抱住林佳语，侧身倚着护栏，下巴抵在她的头顶上，低声问："林佳语，你这样是不是答应我了？"

林佳语沉默了一会儿，小声说："那是不是太便宜你了？才半个月。"

陆霁笑了："那我就再追一段时间？"

林佳语："……"

她半口气堵在胸口，不上不下。

看看他这洒脱劲，他还说她呢！陆霁，你不懂女人有时候喜欢口是心非，还喜欢半推半就吗？

陆霁慢悠悠地说："你要是答应了，那更好。"

林佳语："……"

她心里更堵得慌了，感觉男神有点烫手，松开他往后退了一步，笑眯眯地道："想得美！"她潇洒地转身，背对着他挥手，"回去了。"

陆霁将手抄在裤兜里，又低头拉起领子闻了一下，上面的烟味有点重。

他大步上前，拉住林佳语。

这时候剧组已经收工了，大家都在收拾东西，准备回去，校园里除了剧组的工作人员偶尔高声喊话，更多时候是安静的。林佳语被他拉住手，心跳漏了一拍，回头看他，强装镇定："干吗？"

陆霁神色自若："你抱我一下，我牵你的手，礼尚往来。"

林佳语："……"

她脸蛋白皙，眼睛亮晶晶的，一笑，那双眼睛便弯成月牙。

陆霁第一次觉得林佳语的笑容很动人。他抿紧唇，握着她的手不自觉地紧了紧。

那一刻，陆霁终于确定，自己是喜欢林佳语的！那种喜欢跟年少的喜欢不一样，不带彷徨和烦闷，只有安定和愉悦。他低头定定地看着她，另一只手忽然抬起来，捧住她的脸颊。

林佳语呆了，眼睛微微地瞪大了些，看着他低头，靠近她的唇。

他……是要亲她吗？

她的呼吸都停滞了，眼睛直愣愣地看着他。

陆霁觉得接吻时应该要闭上眼睛，但见林佳语那么惊讶的样子，觉得有趣。

他将自己的额头抵着她的，咽了咽口水，给了她两秒时间，见她没躲开，也没感觉到她的呼吸，便低头吻了下去。

两唇相触，林佳语咽了一下口水。

咕噜——

陆霁低笑了声，含着她的唇，舌尖抵进去，给了她一个深吻。

林佳语轻轻地颤了颤，脸红到了耳根。她从来没想过，两人的初吻会发生在这种情况下，在一中的走廊上。她莫名地觉得，这个吻在热情与温柔里掺杂着几分青涩，令人悸动不已。

陆霁捧着她的脸，弓着腰，低头吻着她，最后在她的唇上亲了一下。

林佳语的眼睛像水洗过的月亮，亮晶晶的。她用这双眼睛看着他，咬了下唇，小声说："你这样，犯规了吧？"

她还没同意呢。

陆霁看着她："刚才的气氛很好，要是不接个吻，似乎有点遗憾。"

林佳语默默地同意，不吭声了。

陆霁低笑："林佳语，你是不是怕我试着试着，就不玩了？"

林佳语被戳穿心思，抬头看他："是，但也不全是。"她顿了一下，"我们两个确实不适合玩。我不是个大度的人，跟你在一起后又分手，之后还要若无其事地跟大家一起聚会，那太难堪了，我做不到。"

毕竟，陆霁跟别的男人不一样，他是她学生时代喜欢的人。

有些人，得到过，就不想失去了。

陆霁沉默了一会儿，低声问："我给你承诺，你会信吗？"

林佳语一愣，心猛地跳了一下，喃喃道："承诺？"

"虽然我觉得承诺这个东西很飘，但是林佳语，你想的问题，我都想过。"陆霁低头看着她，语气认真，"我很多年没追过人了，你担心的问题，也是我担心的。"

他顿了一下，自嘲地笑了：“林佳语，我也玩不起！你看起来比我还潇洒，我觉得我也该担心自己……”

林佳语瞪眼，这人……怎么还倒打一耙？

她忍不住说：“我看起来是那种花心的人吗？”

陆霁反问：“那我像？”

林佳语：“……”

长得帅的人有资本花心。但她知道，陆霁不花心。

林佳语低头，小声嘀咕：“反正抱也抱了，亲也亲了……毕竟……”她抬头冲他笑，“毕竟我高中的时候喜欢你，现在算是亲到男神了，感觉还不错。”

陆霁挑眉：“只是还不错？”

林佳语：“……”

她刚要说话，手机铃声就响了，是剧组的工作人员发现她的包还在那边，问她去了哪里。林佳语忙说：“我马上过去。”

陆霁也听见了，牵着她往那边走：“送你回去。”

气氛被打破，可有些话他们还没说完。

回去的路上，林佳语有点沉默，在想陆霁说的那些话。

陆霁不说话，是给她空间思考。

到了她家楼下，陆霁转头看她。林佳语捏着包，也看着他。

两人就这么安静地看对方，似乎在较劲，看谁会先移开目光。

林佳语瞪着眼，眼睛酸到都快流泪了。陆霁笑了，问她：“你打算这么看我一晚上？”

“有病吧。”林佳语转头看向前方，低头小声说，“等你下次回来，我给你答案。”就让她再挣扎一下吧！

陆霁笑着低声说：“好。”

晚上，林佳语躺在床上回味了一下陆霁的吻，忍不住拿起枕头捂住脸，兴奋地在被子里滚来滚去！今晚她简直过得比小说还小说，抱了男神，被男神抱了，还被男神亲了。

她兴奋得睡不着觉，心里叫唤着：我的少女心复苏了！！！

陆霁出差了，两人再见面已经是11月初了，《我们的时光》已经进入了拍摄后期。陆霁下飞机时已经快晚上十点了，林佳语还在剧组，他直接打车过去。

今晚月色明亮，剧组还开着大灯，他走过一中的那片树林，周身都是柔和的光晕。

林佳语远远看见他从那片光晕中朝她走过来。

男人身形颀长、步伐沉稳，她愣愣地看着他走到自己面前，然后转头问旁边的摄像师："刚刚拍到他了吗？"

"拍到了！特别帅，特别有感觉。"

摄影师炫耀似的拿过来给林佳语看。

林佳语看了一眼，确实拍得很好，说："有时间传给我。"

摄影师："好，你男朋友的照片，肯定得传给你啊。"

林佳语："……"

她悄悄看了一眼陆霁，陆霁正笑着看她，眼底透着几个字：看你怎么回答。

她直接扭头，不答！

陆霁看她还在看照片，伸手把人拉到身旁，低头说："我都在这里了，你看什么照片？"

"照片好看，比本人帅好吗？"

"……"

"那是艺术。"

"那我就是艺术本身！"

"自恋。"

陆霁笑了，不再跟她争，轻声问："可以走了吗？"

林佳语点头："你等我，我去拿包。"

她很快带着包跑到他身旁。陆霁指指前面："今天我没开车，开你的车。"

林佳语问："那我送你？"

陆霁笑："哪能让你送？我先送你，回头打车回去。"

既然他愿意，那林佳语当然不会拒绝。嗯，这就是恋爱的感觉。

她忍不住偷乐了一下。

上车后，陆霁嫌她将座位挪得太靠前了，手往旁边按了一下，直接把座椅挪到最后面。林佳语偷偷看着陆霁的大长腿，心想：果然男人一定要个高腿长，才更有魅力。

陆霁转头问：“要不要去喝酒？”之前她提过两次。

林佳语一愣，立马笑着道：“好啊，走吧！”

陆霁选了一家清吧，驻唱歌手在台上低声哼唱，现场气氛很好。林佳语很喜欢现在的气氛，很适合约会、谈感情。陆霁说：“这家酒吧的老板是我的发小，你以前见过，还记得吗？”

林佳语想起高中参加他的生日会时见过他的两个发小，点点头，道：“记得，就是好多年没见了，见面了估计也认不出。”毕竟大家都长大成熟了，模样多少有点变化。

陆霁笑：“他们倒是挺好奇你的，想见你。”

林佳语被他领到角落的位置，那里能看见舞台，环境也更安静。他没坐在她的对面，而是坐在她身边，两人的外套放在对面的沙发上。陆霁穿着一件黑色毛衣，皮肤白皙，面容英俊，整个人很放松，靠她很近。

林佳语忍不住默默地咽了下口水，点的酒一上来，她就喝了大半杯。

陆霁转头看她：“这么喝也不怕醉？”

“那你小看我了，我这几年酒量很好的。”林佳语骄傲地说。

陆霁笑了，没再阻止。林佳语的酒量确实挺好的，她喝了好几杯，只是脸红，衬得眼睛发亮。

陆霁又忍不住提醒：“别喝了，我不想背个醉鬼回去。”

“才不会。”林佳语不喝了。她不会真的让自己喝醉，那多失态啊！

突然，酒吧里响起熟悉的旋律，驻唱歌手在轻轻哼唱《等星星》。

虽然这是祝星遥写给江途的歌，也是《我们的时光》的主题曲，但依旧能勾起陆霁和林佳语对往日的回忆。那些日子不单单是江途和祝星遥的，那是他们这一群人的青春。

林佳语转头，突然说：“江途知道你在追我。他说，如果我受了委屈，不需要忍，告诉他跟江路。”

陆霁一愣，笑了一下：“他倒是爱操心。”

林佳语小声说：“我们从小一起长大，像兄妹。”

陆霁点头：“我知道。”

那首歌唱完，林佳语拉住他：“我们回去吧。”

陆霁看着她微红的脸，感觉她已经有点醉了，起身拿过两人的外套，先给她披上，再套上自己的，牵着她的手走出酒吧。

一阵凉风吹来，林佳语的刘海被风吹散，整个人都清醒了。

两人走得很慢。车子停在对面马路的某个售楼部前。这个点，售楼部里没人，前面停了一排车。他们过马路的时候，还能隐约听到某个酒吧传来的歌声，是张杰的《我们都一样》。

你知道我的梦
你知道我的痛
你知道我们感受都相同
就算有再大的风
也挡不住勇敢的冲动
努力地往前飞
再累也无所谓
黑夜过后的光芒有多美
分享你我的力量
就能把对方的路照亮

林佳语轻轻哼了一声。陆霁转头看她，眼底漆黑，目光沉静，那眼神很让人心动。

她抿抿唇，突然有股冲动。陆霁跟她一样。

他低头在她的唇上亲了一下，过往的路人往这边看了看，他也不在意，看着她低声说：“林佳语，在一起吧，我不想等了。”

林佳语悸动不已，伸手抱住他的腰，埋首在他的怀里，小声说：“好啊。”

不管是星星还是月亮，谁愿意一直等呢？

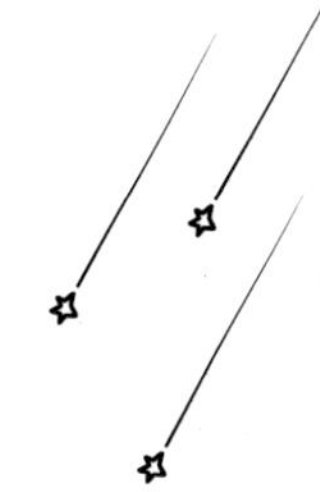

番外二

婚后的甜蜜日常

蜜月旅行结束，祝星遥带回来一把大提琴。那把琴一直被放在琴房里，江途发现她只有在家练习的时候才会把琴拿出来拉一下，平时出去演出带的还是之前的琴。

直到第二年夏天，祝星遥又一次收拾行李准备去演出，江途跟着她进了琴房：“带哪把琴？”

祝星遥指了指上次带的那把琴：“这个吧。”

“为什么一直不用我送你的那把？用不顺手？”江途转头看她，微微皱眉。

“不是！”祝星遥这才知道他误会了，忙摇头解释，“用得很顺手，我特别喜欢，就是太喜欢了才舍不得带出去，怕磕到碰到。那可是你送我的新婚礼物。”

她想好好地保存一辈子。

江途知道她从小就很珍惜自己的琴，垂眼看她：“送你琴就是想看你用。要是真的磕到碰到了也没关系，以后还会送你新的。”

他想给她送一辈子的大提琴。

祝星遥犹豫了一下，眨了眨眼：“那我真的带去了啊？”

江途笑了："带吧。"

其实，这一次祝星遥是去参加黎西西出道八周年的音乐会。当初黎西西能那么快蹿红，祝星遥功不可没，两人的粉丝重合度很高。

黎西西出道以来人气一直不错，不仅是因为她唱得好，还因为她运气好，碰上了好的经纪人和团队。音乐会当天，团队运作了一番，黎西西和祝星遥一起上了热搜。

晚上十一点，江途加完班回到家跟祝星遥视频完后，才抽空看了下网上的音乐会视频。

这次音乐会的主题是"追忆"。黎西西、祝星遥跟粉丝互动的时间很长。俩人的男粉丝不少。祝星遥的长相、气质特别受男生欢迎。

江途看着视频里疯狂的男粉丝，听见他们叫她"星星"，手在胃部按了按，感觉胃开始疼了。

视频里，有个男粉丝问起祝星遥的那把大提琴，说："星星，这个是新琴吗？之前没见过。"

祝星遥点头："是新的。"她顿了一下，笑意动人，"是新婚礼物。"

黎西西在旁边补了一句："某人送的，你们懂吧？就是那个J先生。"

现场的男粉丝叫了几声，心碎了一地。

前一秒还觉得胃疼的J先生，对着屏幕里的画面低笑了声。

第二天，祝星遥要拍杂志照，直到下午六点才拍完，之后还要赶一个饭局。上车后，她给江途发了条消息，等了两分钟都没等到回复，以为他在忙，就去刷了下朋友圈。手突然一顿，她连忙给江途打电话。

电话接通了，江途的声音有点沙哑："星星。"

祝星遥皱眉："你现在在哪儿？"

江途说："在家里。"

"江途。"祝星遥深吸了口气，温柔地问，"你在哪儿？再说一次。"

江途："……"

她显然是生气了。他咳了声："在医院，昨晚胃疼、发烧，今天中午来的医院。没什么大事，住一晚就能出院了。”

挂断电话，他抬头看了老袁一眼，打开朋友圈。

十分钟前，老袁发了条朋友圈：“没想到有生之年还能看见这个机器人病倒住院。祝早日康复！”老袁还拍了一张江途放在桌上的眼镜和手表的照片。

眼镜是祝星遥挑的，手表是她买的，她一眼就看出来了。

深夜十一点，祝星遥推开病房门，跟靠在床头的江途四目相对。江途愣了下：“不是说明天上午回来吗？”

“骗你的，谁让你生病了不告诉我……”祝星遥不高兴地哼了声，走到他面前，见他脸色苍白，心顿时软了，两只手捧住他的脸，“你不想我回来看你吗？”

“想！但你明天就会回来。我不想你急急忙忙地赶回来。我真的没事。”江途把她拉到怀里，无奈地笑笑，“其实不住院也可以，老袁自作主张帮我办了住院手续。”

祝星遥抬头瞪他：“那肯定是看你病得厉害才这样。”

江途揉揉她的脑袋，无声地笑了：“不然现在回去？”

医院过了十点就不准探视了，今晚丁瑜值班，亲自带祝星遥来的住院楼。医生已经查过房了，两人想回去也可以，但祝星遥摇头：“不行，今晚就住在这儿，明天上午不是还要输液吗？等医生批准了再回家。”

半小时后，两人挤在小小的病床上，江途侧身抱着她，低声说：“这是我第一次住院。”

祝星遥将手搭在他的脸上，摸他的下颌线，小声说：“我知道，佳语说你小时候几乎不生病，偶尔感冒、发烧也影响不了你上课、打工，她特别羡慕你的体质。”她突然掐了下他的脸，在昏暗的光线下抬头看他，“你以后要好好吃饭，真当自己是个只会工作的机器人啊？以后不许这样了。”

江途握住她的手，低头在她的额头亲了亲：“好，不会了。”

祝星遥还不满意，食指点点他的鼻尖，语气有点霸道：“这次是急性胃炎和发烧，下次呢？你现在是我的人了，不能再像以前那样硬扛了，你要听我的话。”

他们彼此说过喜欢，说过爱，但祝星遥还是第一次说出“你现在是我的人了”这样的话。

江途低笑出声，手指穿过她的发丝，指腹轻轻摩挲她头皮上的那道陈年疤痕。当年她还笑说谁会扒开她的头发看她的疤啊，还真的有人！这个人不仅扒开看过，还养成了时常摩挲那道疤的习惯。

其实那道疤已经变得很浅了，又藏在头发里，根本就看不见，只有用指腹去摸，才能感觉到。

他在她的鼻尖亲了亲，温热的呼吸往下，吻住她的唇。

“好，以后听你的。”

第二天江途办理了出院手续，在家休息了两天，再回去上班后也不加班了。

又一个周末，两人靠在沙发上一起看电视，是黎西西的一个综艺节目。祝星遥左手抱着“糖豆”，给它挠肚子，它舒服得眯着眼睛，右手往江途的嘴里塞了一块苹果。就在这时，祝星遥的手机铃声响了，是黎西西打来的。

黎西西气呼呼地说：“我要跟许向阳离婚！”

祝星遥：“……”

去年10月，许向阳求婚成功。今年年初，家里的长辈给挑了个日子，许向阳和黎西西就领证了。黎西西晒结婚证的时候，祝星遥还调侃了句：“你们终于不会再‘月经式’分手了，祝你们百年好合！”

两人确实好几个月没闹分手了，而是开始闹离婚。

祝星遥提醒她：“你们马上就要办婚礼了，你清醒一点，许向阳怎么惹你了？”

“等会儿再跟你说。外面下雨了，我现在在江城，刚刚出来……就拿了个手机，没带身份证，我想去住酒店都没办法。”

黎西西跟许向阳在江城有房子，两人吵架，她就跑出来了。许向阳慢了一步，没赶上电梯，追到楼下正好看见黎西西上了一辆出租车。

司机把他的老婆给带走了。

黎西西坐在出租车上，咳了声，对祝星遥说：“我去你那边住一晚上，江途介意吗？”

“他不介意的，你来吧。”

祝星遥挂断电话，转头冲江途眨眨眼，笑着道：“途哥，西西跟许向阳闹离婚，要来我们家住一晚。”

“客房很干净。”他言简意赅。

半小时后，黎西西到了。她的头发和衣服被雨淋得有点湿。

江途跟她打了声招呼，起身回房。祝星遥跟着他进房间，给黎西西找了套衣服，转身踮起脚尖在他的唇上亲了亲：“嗯……今晚我就陪西西睡吧，跟她聊聊天，你一个人睡？”

江途垂眼看她：“我要是不同意呢？”

祝星遥：“……”

她抬头，挑眉问：“真的不同意啊？”

他倒是同意了，只是心里有些不舍。

等黎西西洗完澡，祝星遥跟她像以前那样，躺在床上谈心。祝星遥说：“许向阳给我打过电话了，我说你在我这儿。你们这次是因为什么吵架？”

以前黎西西跟许向阳闹分手的理由可谓千奇百怪，但都没触及彼此的底线，所以他们才能顺利地走进婚姻这座“坟墓”。

黎西西问：“你还记得李黎吗？”

李黎跟许向阳以前是同班同学，性格文静，长得也很斯文。她从高中到大学一直暗恋许向阳，黎西西一点都不知道！今晚黎西西跟许向阳一起收拾东西，从许向阳的一本旧书里翻出一封情书。

那封情书是他们读大四的时候写的。黎西西气愤地对祝星遥道：“那本书就是李黎送的，你知道她说了什么吗？她说我是歌手，是大明星，跟普通人不一样了。李黎一直暗恋许向阳，说许向阳要是有一天觉得跟我不合适了，可以找她，她会一直等许向阳。”

祝星遥想了想，问：“许向阳不知道有那封信？”

“他说那本书他就没翻过，不知道……”黎西西还是生气，“就算不知道，那他收人家的书干吗？他不知道人家暗恋他啊！我还给人家发了请柬……”

祝星遥支起脑袋看她，提醒了句："李黎的孩子都两岁了。"

黎西西咬被角："那也不影响我翻旧账啊。"

黎西西的手机一直在振动，许向阳一直在给她发消息。

黎西西一句也不回，就晾着他，对着祝星遥叹了口气："江途也没少被人惦记吧？他的条件这么好，又那么专情，肯定有很多女人背地里惦记他，你有吃过醋吗？"

祝星遥眨眨眼，实话实说："江途……你也不是第一天认识他，他高中的时候是什么样子，现在也差不多，只不过工作和阅历让他更稳重、圆滑了一些，对别的女人都是公事公办。你要说吃醋，好像……真的没有，估计也很难有这个机会……"

"啊啊啊！"黎西西抓狂了，"你别秀恩爱了，我正在闹离婚呢！"

祝星遥咳了声，手机振了一下，是江途发微信来了。

江途："早点睡觉，不要聊太晚。"

接着，他又发来一张截图，是许向阳发给他的消息。

许向阳："兄弟，你能帮我把黎西西赶出你家吗？我在楼下等着。"

祝星遥把手机递到黎西西面前，黎西西愣了下，过了一会儿，抓起手机给许向阳回了一个字："滚！"

黎西西这几天没通告，在祝星遥的家里赖了两个晚上，祝星遥也陪她睡了两个晚上。

许向阳来堵过几回，都没办法把人带回去。

第三天下午，许向阳发来一张照片：

他跪在键盘上，手里举了个牌子：老婆，我错了！你快回家吧，好吗？

黎西西："……"

当天下午，许向阳喜滋滋地过来接人，顺道请祝星遥跟江途吃晚饭。

餐厅的包间里，许向阳提了几句祝星遥和黎西西才知道，"跪键盘"这招还是江途教许向阳的。黎西西不肯回家，祝星遥又站在黎西西那边，许向阳只能向江途求助。

江途随口回了一句："不然，你试着跪键盘吧。"

许向阳看着黎西西，摇头笑："我跟她在一起十一年了，给她跪键盘也不算什么。”

黎西西闷头喝汤，红着脸憋出一句：“你闭嘴，还要不要脸了？！”

祝星遥抬头看江途，眼里都是笑意，小声说：“你还会给人出这种……馊主意啊？”

“我随口说的。”江途说。

祝星遥凑到他的耳边，悄声说：“就算我以后生你的气了，也不会让你跪键盘的。”

她舍不得。

江途笑了笑，低声说：“我不会做出让你气到离家出走的事。”

他更舍不得。

一个小时后，四人离开餐厅。

四人去停车场的路上，许向阳点了根烟，递给江途。

江途拒绝道：“我已经戒了。”

从祝星遥说要生个孩子的时候，他就戒了。

许向阳看他一眼，笑道：“难戒吧？抽了十来年了。”

“还好。”江途语气平淡，低头看了眼祝星遥。

他确实有烟瘾，但要看是为了谁戒的。似乎为祝星遥做的每一件事，他都格外有韧性，格外能忍耐。

这么多年来，爱她早已成了他的本能。

她才是他的瘾。

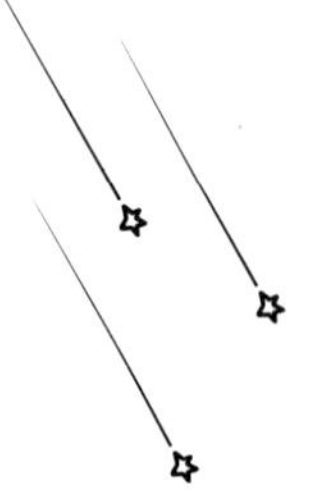

番外三

江家小朋友的日常

江小曜说话早，才九个月就开始喊“爸爸”“妈妈”了，不到一周岁就迈着小短腿摇摇晃晃地走路了。

祝星遥跟江途都不喜欢发朋友圈，祝星遥一年还会发个十来条，江途用微信这么多年，朋友圈就几条，其中两条是他跟祝星遥领证、办婚礼的时候发的。

自从有了江小曜，祝星遥在朋友圈里活跃了很多。她设置了一个分组，里面是熟悉的家人、朋友，隔几天就忍不住晒一下她家江小曜。

底下评论次数最多的就是黎西西、林佳语以及老袁。

黎西西：“我的未来女婿长得真好看！”

林佳语：“难道不是我的女婿？”

老袁：“我觉得是我的女婿。你们两个都在北京，而我的女儿明年就出生了，两个小朋友一起上学，那才是真正的青梅竹马！你们没戏了。”

丁巷：“上面那三个，谁知道你们生的是儿子还是女儿，我这儿有个现成的闺女呢！”

黎西西、林佳语、老袁都是去年10月办的婚礼，老袁的妻子已经怀孕五个月了，林佳语跟黎西西也先后怀孕。

于是，江小曜在一周岁的那年就成了一块香饽饽，他的黎阿姨、林阿姨、袁叔叔和丁叔叔都想让他当自己的未来女婿。

对此，祝星遥问江途："如果真的结娃娃亲，你想选谁？"

江途看了一眼坐在地毯上咬磨牙饼干的儿子，把他抱起来，抽了张纸巾给他擦口水，看向她："谁都不选！等他好好长大，任何事情我都只会给他参考意见，帮他区分利弊，但不会替他做任何选择。他喜欢谁就去追谁。"

祝星遥看着江途的眼睛，突然明白过来，当初江途喜欢她却不能光明正大地追她，所以现在江途希望江小曜未来能无所顾忌、坦坦荡荡，做自己喜欢做的事，追自己喜欢的女孩儿。

他希望江小曜不要像他那样。

她扑过去抱住他，把江小曜夹在中间，仰头去吻他："其实他们就是说说，又不会当真。可能只有西西会当真，她是真的想生女儿，也想让咱儿子做她的女婿。"

"我知道。"江途笑了笑，低头回吻她。

江小曜在他们中间动来动去，仰着小脑袋左看看右看看，突然有点不高兴地扔掉饼干，脏兮兮的小手一巴掌拍在爸爸的衬衫上，手脚并用地爬起来，用自己的脑袋硬生生地把两人挤开。

江途低头，对上儿子圆溜溜的眼睛。小家伙眨了两下眼，很快扭身紧紧地抱住祝星遥的脖子，凑上去就亲，糊了祝星遥一嘴的口水。

祝星遥："……"

她愣了一下，低头看看江小曜，又看看江途，扑哧笑出了声。

江途皱眉，抽了张纸把她脸上的口水擦掉，揉了揉儿子的脑袋，警告道："以后亲妈妈不能亲嘴，只能亲脸，知道吗？"

江小曜听不懂，江小曜不知道。

江小曜下次还敢亲，下下次还要亲。

他每亲一次都会被江途拎着教训，祝星遥每次都被逗得哈哈大笑。

直到江小曜快两岁，江途才把他的这个"坏习惯"纠正过来。

至于娃娃亲，老袁的妻子生了个男孩儿，退出竞争。林佳语和黎西西先后生了女儿，如愿以偿。但是……陆霁拒绝，林佳语也退出了竞争。丁巷自知竞争不过黎西西，也退出了。

最后，只剩下黎西西还惦记着这件事，没人跟她抢了，她简直太高兴了。

江小曜一直很羡慕妈妈有个专属的机器人，经常跑去跟机器人说话。他的语言能力发育得很好，两岁已经能说好多话了，还会说不少英文单词和短句，小家伙有时候跟机器人一聊就能聊半个小时。

其实市面上有很多针对儿童的早教机器人，已经能满足儿童的需要了。有亲戚、朋友送过两个，但江小曜不是很喜欢，只喜欢妈妈的这个。

祝星遥看他喜欢，经常把小江给他玩，但没告诉他小江有“随叫随到”的功能，怕勾起他的好奇心，让小江乱呼叫，影响江途工作。

某天，江小曜还是莫名其妙地解锁了这个功能。江途坐在办公室里，看着屏幕里瞪圆眼睛惊呆了的儿子，愣了一下，问他：“妈妈呢？”

“爸爸？”江小曜惊讶极了，伸手摸摸屏幕。

江途笑了笑：“嗯，是我。”

江小曜的眼睛亮晶晶的，他踮起脚尖，有些吃力地把小江从桌上搬下来。江途忙提醒道：“不要乱搬，小心砸到你的脚。”

江小曜已经把机器人搬下来了，高兴地说：“爸爸，我带小江去找妈妈。”他两只手抱着机器人，边往客厅跑边喊：“妈妈，妈妈！”

江途：“……”

他有种不太好的预感。

祝星遥从琴房出来，小家伙用两只手举着小江，小脸上满是兴奋，道：“妈妈，这个会变魔术吗？爸爸突然出现了。”

祝星遥愣愣地跟屏幕上的江途对视一眼，两人觉得好笑。江途解释道：“不是魔术，是机器人的一个功能。你刚才跟小江聊天时说什么了？”

两分钟前——

江小曜对着小江说：“你的爸爸是谁？”

小江：“江途。”

江小曜非常不高兴：“他不是你的爸爸，他是我的爸爸！”

小江顿了一下，又回答：“理论上，我是江途创造的，所以也算是江途的儿子。”

“不是不是！”江小曜特别生气，“你是假的，爸爸妈妈都教过我，我的爸爸叫江途，我的妈妈叫祝星遥……”

接着，视频就接通了。

江小曜字字清晰地把自己跟小江的对话重复了一遍，江途听完，低笑了声，一时不知道该说什么好。这下可把小家伙委屈到了，他可怜巴巴地说：“爸爸，小江真的是你的儿子吗？”

“当然不是。”江途笑道。

下一秒，小江说：“我是。”

祝星遥：“……”

江途收了笑容，淡淡地说：“回去就把你的程序改改。”

小江抗议了一句，但无效。

江途被下属叫走了，挂断了视频。

祝星遥牵着儿子走进琴房，两人坐在地毯上，她揉揉儿子的脑袋。他其实长得更像江途，性格也如江途所愿，综合了两人的个性，长大后应该是个耀眼肆意的少年。

“宝贝，你很喜欢小江吗？”

“喜欢啊，爸爸说这个是给妈妈的，别人都没有，我也没有。”他说得很委屈。之前他问过爸爸，他能不能也要一个小江，爸爸说不能。

“爸爸说的是，等你再长大一点，再做一个专属的机器人给你。”

“我两岁四个月了。”小家伙仰起下巴，一副小大人的模样。

祝星遥想了想，替江途答应道：“那等你过三岁的生日时，好不好？”

江小曜的眼睛都亮了，他飞快地凑上去在她的嘴角亲了下，亲完想起爸爸说过的话，又小心翼翼地用小手擦擦妈妈的嘴角。他伸出两只小手捧住她的脸，郑重地在她的额头上用力地亲了一口，小声说：“妈妈，你不要告诉爸爸哦。”

夜里，江途和祝星遥刚结束一场情事，江途大汗淋漓地抱着祝星遥，翻身把她搂到怀里，在她的耳边亲吻：“累不累？”

祝星遥微微喘着气，闭着眼睛，脑袋在他的下巴上蹭了蹭，喃喃道：“累……”他们结婚四年多了，这个男人对她的兴致丝毫不减，还是一副想了她很多年的模样。

“老公。”她的嗓音微哑。

“嗯？”江途垂眼看她，目光温柔。

祝星遥把江小曜想要专属机器人的事说了，仰头看他：“我答应他了，你记得准备哦，不准拒绝。”

祝星遥虽然低调，但怎么说也是公众人物，两人带江小曜出去被认出来是常事，有时候还会被围观、拍照。每次遇上这种事，江途就一手抱着儿子，一手搂着祝星遥，神色冷漠：“麻烦大家让一让，我们只是带孩子出来逛逛，别吓到他了。”

其实江小曜不会被吓到，他才几个月大时就被江途带去看妈妈的演奏会。现在，他知道妈妈是个大提琴演奏家，但不知道为什么大提琴家要被大家围观。

大家为什么只围观他们？他们又不是动物园里的动物！

对此，祝云平和丁瑜耐心地解释过：“因为大提琴家是名人，她会上电视，是公众人物，很多人喜欢她。”

江小曜：“公众人物是什么？”

当时他刚满两岁，祝星遥在他的生日那天开了一场演奏会。他毕竟年纪太小，有很多事情说了他也不理解。

于是，江途给了一个简单直接的答案：“因为妈妈漂亮。”

江小曜当时对这个答案非常满意，得意地道：“妈妈就是特别漂亮。”

这天中午，祝星遥、江途带江小曜上完早教课，一家三口在西餐厅吃完饭，趁着中午人少就去附近的商场逛逛。他们刚进了一家店，祝星遥就被人认出来了。有人喊了声，把周围人的目光吸引了过来，他们很快就被围观了。

有人举起手机，江途冷静地将手掌覆在江小曜的后脑勺上，正要开口，怀里的小家伙抬起头，奶声奶气地道：“我知道我妈妈很漂亮，但是你们可以不要拍照吗？爸爸说、爸爸说你们这样会吓到我的。”

众人：“……”

祝星遥：“……”

众人沉默了一秒，纷纷笑了起来，开始盯着江小曜不放。

这小孩儿可真可爱啊！他怎么会这么可爱？！而且，他看起来哪像被吓到的样子？

祝星遥笑倒在江途的怀里，连江途的眼底都有了一丝笑意。江小曜闹了这么一出，周围的人也不好意思拍照了。有人小声问："那可以合影吗？"

"可以啊。"祝星遥心情很好，大大方方地答应了，揉揉儿子柔软的头发，"他们父子就算了，我跟你们拍吧。"

江途抱着儿子站在旁边，小家伙搂着他的脖子，看着妈妈跟不同的人拍照，有些不高兴地撇撇嘴。江途看他一眼，低声问："怎么了？"

江小曜沮丧地趴在他的肩膀上，小声叹气道："爸爸，这么多人跟我们抢妈妈，怎么办啊？"

江途："……"

他们还能怎么办？继续宠着她呗。

夏天一晃而过，江小曜马上就要上幼儿园了，距离他三岁的生日也越来越近了。

8月31日下午，祝星遥去机场接出差回来的江途，出门时江小曜正在睡午觉。两人回到家里，照顾江小曜的阿姨说："曜曜已经醒了，一醒来就去书房找先生，找不到就去主卧了。我看他在跟小江说话，就让他自己玩一会儿。"

丁瑜和祝云平还没退休，平时只有周末才会过来看孩子。江路的妻子生了个女儿，舒娴在一旁照顾，他们还请了个阿姨。

江途已经一个多星期没回家了，换上拖鞋牵着祝星遥往主卧走。主卧的门半掩着，江小曜穿着睡衣站在桌子前，奶声奶气地问："小江，童养媳是什么？"

小江："从小被婆家领养，长大后再跟这家的儿子结婚的女孩子。"

江小曜转了转眼珠，又问："那是不是娃娃亲啊？以后要给我做老婆吗？"

小江："嗯，这么说也……"

"我不要老婆！"江小曜飞快打断小江，十分抗拒地摇头，"我要妈妈就够了，我妈妈最漂亮。”

祝星遥：“……”

她忍着笑，回头看江途。

江途低头看她，眯了下眼：“怎么回事？”

祝星遥小声说：“今天中午西西跟我打电话，我正在给他做饭，他就自己跟西西聊了十几分钟……可能是西西跟他说的。”

黎西西生了个女儿，已经一岁多了，长得特别可爱。自从有了女儿，她跟许向阳从此沦为“女儿奴”，整天在群里炫耀，连表情包都是用女儿的照片做的。虽然祝星遥跟她说过江途不同意这门亲事，但她还是时不时打江小曜的主意，谁让江小曜那么聪明、懂事，长得还越来越好看呢？

最重要的是，黎西西觉得江途的深情基因能遗传给江小曜，加上江小曜家教好，以后不知道会“祸害”多少女孩子。

江小曜转头看见了爸爸妈妈，眼睛一亮，立刻笑着跑过来：“爸爸，妈妈！”

江途弯腰，伸手接住儿子，把他抱了起来。

“爸爸！”江小曜抱紧他，特别高兴。

江途在他的脸上亲了亲，告诉他：“没有娃娃亲，也没有童养媳，你以后不用再问这些傻问题了。”

“哦……”江小曜天生崇拜、信任爸爸，一般江途说什么他都相信。

明天江小曜要上幼儿园了，跟上早教课不一样，这是他人生中第一次正式上学，意义重大。

祝星遥推了一个演出，江途连续加班了好些天，总算赶了回来。

第二天早上，国际幼儿园门口。

一群小朋友抱着爸爸、妈妈哭得撕心裂肺，祝星遥听了都觉得心酸，低头对上江小曜茫然的眼睛。

江小曜天生泪腺不发达，骨子里还继承了江途“能忍”的特征。作为一个小朋友，他真的很少哭。此时，他趴在江途的肩膀上，看见那么多小朋友在哭，也开始紧张起来：“妈妈，他们为什么都在哭，还说不要上幼儿园啊？幼儿园很可怕吗？”

祝星遥：“……”她有时候都跟不上这个小家伙的思维。

“幼儿园不可怕，老师都很好，他们哭是因为舍不得爸爸和妈妈，也不认识身边的小朋友和老师，所以有点害怕。”祝星遥看他的眼圈有点红，怕他也哭，温柔地揉揉他的脑袋，“还记得昨晚爸爸、妈妈说的话吗？”

江小曜点头：“记得，听老师的话，晚上你们会来接我。”

江途把他放下来，拍拍他的后脑勺：“去吧。”

江小曜背着小书包，一步三回头地走到老师身边，被周围此起彼伏的哭声感染，鼻子发酸，眼圈越来越红，眼看着就要掉眼泪了。

“江曜，不能哭。”江途淡淡地说了句。

江小曜抿紧嘴唇，用力地吸了一口气，硬生生地把眼泪憋回去了。

祝星遥心疼不已，皱眉看江途，小声抱怨：“他平时就很少哭，今天哭一下很正常啊。你看别的小朋友都哭了，他不哭多不合群啊。”

江途：“……”

一个星期结束，小朋友们基本适应了幼儿园的生活，江小曜也交到了自己的朋友，每天回来都会跟祝星遥和江途分享他的幼儿园生活。

江小曜被遗传了祝星遥的艺术基因，对乐器很感兴趣。祝星遥小时候学了大提琴、钢琴，他自己做了选择，选了小提琴和钢琴。

祝星遥很满意，觉得拉小提琴的男生很帅！

周五晚上，祝星遥陪江小曜一起练钢琴，练完后，江小曜仰起小脸：“妈妈，我过生日时可以请林睿杨来吗？”

林睿杨是他的同桌兼好朋友。

祝星遥摸摸他的小脑袋：“当然可以，你想请谁来都可以。”

“爸爸……”江小曜眼巴巴地看向江途，把自己最惦记的事情说出来，“我的生日礼物真的是专属机器人吗？”

江途嗯了声，看向儿子：“还有什么愿望？”

小家伙歪着脑袋想了很久，站起来抱住祝星遥的脖子，小声说：“我想跟爸爸妈妈一起睡。”

祝星遥产后休息了半年多，时间都花在江小曜的身上，等他半岁多时才复工，有时候一走就是好多天。江小曜一岁之后，跟江途在一起的时间更多，被江途养得很独立，两岁之后就很少闹着要跟爸爸妈妈一起睡了，有时候一个月才跟爸爸妈妈睡一次。

“不用等过生日，今晚就可以。”祝星遥抱紧他，在他的脸上亲了一口。

晚上十点，江小曜躺在主卧的大床中间，睡得很香。祝星遥迷迷糊糊地抱着他快睡着时，唇上忽然一热。她睁开沉重的眼皮，看见撑在上方的江途。

他摘了眼镜，眼底漆黑，嗓音低沉：“睡吧。”

几天后，江小曜三岁的生日到了，祝星遥跟江途给他在星苑别墅办了一场小型的生日宴。黎西西和林佳语特意带着女儿从北京回来。

江小曜如愿以偿，收到了江途送给他的专属机器人，并给机器人起名叫“小江二号”。

被邀请来参加生日宴的林睿杨非常羡慕，江小曜小心翼翼地把自己的机器人抱给他：“给你看看，小心一点。”

两颗小脑袋凑在一起跟机器人说话时，一个小小的身子挤到他们中间。

江小曜低头，穿着公主裙的小丫头仰起圆乎乎的脸蛋，奶声奶气地冲他喊：“哥哥！”

“是你的妹妹吗？”林睿杨好奇地问。

江小曜怕她摔倒，拉住她肉乎乎的手臂，说：“是西西阿姨的女儿，也是我的妹妹。”

林睿杨歪头想了想，认真地说：“那就不是你的妹妹，你的妈妈生的才是你的妹妹。”他凑到江小曜的耳边，小声说，“我告诉你一个秘密，我妈妈快要给我生小妹妹了哦。”

小丫头要抢江小曜的机器人，江小曜心不在焉地哦了声，注意力依旧在他的生日礼物上，根本不关心林睿杨即将出生的小妹妹。

黎西西欣慰地看着闺女缠住江小曜，得意地转头看祝星遥：“看吧，我闺女跟江小曜多般配！”

“才多大啊，能看出来什么？”祝星遥逗着林佳语怀里的小丫头，“养女儿真好，可以买很多小裙子，以后你们的首饰和包包还可以留给她当嫁妆。”

黎西西："那你要不要再生一个？"

祝星遥想了想，摇头道："应该不了。"

"生吧。"黎西西用肩膀撞她，笑嘻嘻地道，"我们一起生，一起当孕妇，我要三年抱俩。"

林佳语瞥她一眼："你刚复出没多久，又要去生孩子？你不要事业了？"

"那就让许向阳养我，他们公司这两年业绩好，几年内应该不会破产。"黎西西无所谓地耸耸肩，"你跟陆霁没打算？"

林佳语抿唇笑："有啊，得过一两年，我还有个剧本要写。"

晚上十一点，生日宴才结束。江小曜大概知道自己今天是寿星，什么愿望都能被满足，嚷着要跟爸爸妈妈一起睡，爸爸果然同意了。

江小曜高兴地抱着自己的枕头爬上大床，躺在爸爸妈妈中间，一只小脚还搭在江途的肚子上晃来晃去。他扭头看向江途，说："爸爸，林睿杨很喜欢我的机器人，想跟我一起玩，我可以带去幼儿园吗？"

"不可以，不能带去幼儿园。"江途拒绝道。

"好吧。"江小曜晃着小脚丫，"林睿杨说他要有小妹妹了，等他有了小妹妹，他就不羡慕我了。"

祝星遥吓了一跳，还以为他会说"我也想要个小妹妹"。

十分钟后，祝星遥从睡着的儿子的身上跨过去，趴在江途的身上，手撑着他的胸膛，低头看他："途哥，你现在……想再要个孩子吗？你想要个女儿吗？"

江途抱住她，果断地拒绝道："不想，有江小曜就够了。"

幼儿园第二学期快结束了，江小曜在幼儿园里一直深受老师们喜欢。但他最近却有了个小毛病。

周五晚上，祝星遥把刘老师发给她的消息给江途看。

刘老师："江曜非常聪明，我好多年没见过这么聪明的小朋友了。只是，他最近有个小毛病，我纠正了几次都没办法……"

刘老师："他这几天总是用左手写字。刚开始，我以为他是写着玩，观察了几次后发现不对劲。他在家也这样吗？你们看他写的字……"

刘老师发来两张图，图上是江小曜用左手写的字。三岁多的孩子还在学写字的阶段，右手能写好就很不错了，还用左手……

江途顿了一会儿，揉了下眉心：“前两天他看见我用左手给你写东西了，我没想到他会偷偷学我。”

小孩儿天生喜欢模仿大人。不知道是从什么时候开始，江小曜喜欢模仿江途。江途在过节时给她送礼物，江小曜也要送，祝星遥既无奈又感动。

江途冷冷地喊了声：“江曜，过来。”

江小曜正在跟机器人一句中文、一句英文地对话，听到爸爸叫他的大名，心知不妙，慢吞吞地走到跟前，小声说：“爸爸……”

“那天我不是说过，你不能学我用左手写字吗？你去幼儿园就能写了吗？右手都没写好还想用左手写？”江途推了推眼镜，从江小曜的书包翻出一本书，指着其中一页，“把这页抄十遍。”

祝星遥咳了一声，小声说：“五遍就可以了，十遍抄完就过了睡觉的时间了……”

江途顿了一下：“那听妈妈的，给你减半，抄五遍。”

“谢谢妈妈。”江小曜乖乖地抱着书去罚抄，认认真真地抄完了拿来给江途检查。

江途揉揉他的脑袋，把他抱起来往儿童房走。江小曜搂着爸爸的脖子，小声说：“爸爸，你给妈妈写了什么啊？”

江途顿了一下，转头看祝星遥：“你问妈妈。”

祝星遥：“……”

这让她怎么说啊？她瞪他一眼，一本正经地说：“爸爸用左手写的字太丑了，我也认不出来他写了什么。”

这是假话！现在，江途用左手写的字已经比很多人用右手写的字都好看了。

距离江小曜四岁的生日还有三个月，祝星遥悄悄问他想要什么礼物，小家伙仰起脸，语出惊人：“我想要个妹妹，林睿杨说他的妹妹很好看、很可爱。妈妈……你长得这么好看，比幼儿园里其他小朋友的妈妈都好看，爸爸也比别人的爸爸帅，我的老师经常偷偷夸他，比夸你还多，我要是有妹妹，肯定也是最好看的。”

祝星遥：“……”

她暂且忽略幼儿园的女教师们夸江途的事，冲江途眨眼，暗示他：这个问题，你来回答。

江途沉默了一会儿，说：“这个不行，换一个。”

江小曜难得任性，扑到祝星遥的怀里：“我就想要妹妹。”

后来，祝星遥跟江途在顾老师那里了解到，林睿杨是个“妹控”，整天在江小曜的面前夸自己的妹妹，说妹妹多可爱、多好玩。所以，江小曜现在最想要一个好看又好玩的妹妹，别的礼物已经勾不起他的兴趣了。

三个月后，江小曜四岁的生日到了。他早上醒来，看见自己的床边放着个大盒子，一骨碌爬下床，试了好几次都打不开盒子，连忙光着脚丫跑出房间，想叫爸爸妈妈来帮忙。

他刚跑出门口，就撞上了江途，小身板差点被弹开。

江途弯腰捞起儿子。祝星遥走过来摸摸江小曜的脸，柔声问：“撞疼了吗？”

江小曜摇摇头，高兴地指着盒子：“爸爸，那是什么啊？”

江途把盒子打开，里面是一个新的机器人，还是粉色的……江小曜傻了，呆呆地抬头问：“爸爸，我已经有机器人了。”

江途瞥他一眼，淡淡地说：“你不是想要个妹妹吗？就把这个当妹妹吧。”

江小曜：“……”

祝星遥：“……”